논문으로 읽는 문학사
3

근대문학100년 연구총서 06

논문으로 읽는 문학사 3 — 해방 후 남한 2

초판 인쇄 2008년 11월 10일 **초판 발행** 2008년 11월 20일

지은이 근대문학100년 연구총서 편찬위원회 **펴낸이** 박성모 **펴낸곳** 소명출판 **출판등록** 제13-522호

주소 서울시 서초구 서초동 1621-18 란빌딩 1층

전화 02-585-7840 **팩스** 02-585-7848 **전자우편** somyong@korea.com

값 27,000원

ISBN 978-89-5626-340-3 93810
ISBN 978-89-5626-334-2 (전7권)

ⓒ 2008, 근대문학100년 연구총서 편찬위원회

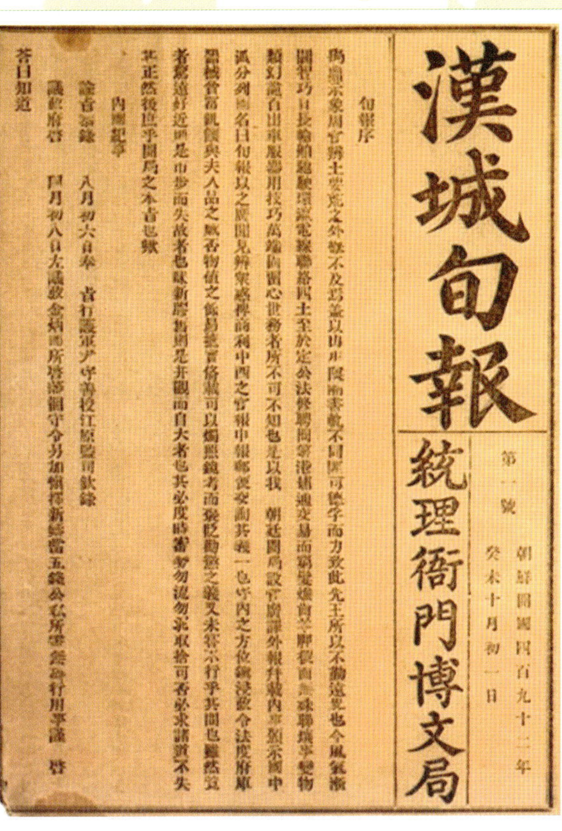

고종 20년(1883)에 창간된 우리 나라 최초의 근대 신문 『한성순보』. 순간(旬刊 : 열흘 간격으로 발행하는 발행물) 신문

(위) 1920년대 북경 망명시절의 단재 신채호
(아래) 신채호의 소설 『을지문덕』(1908)

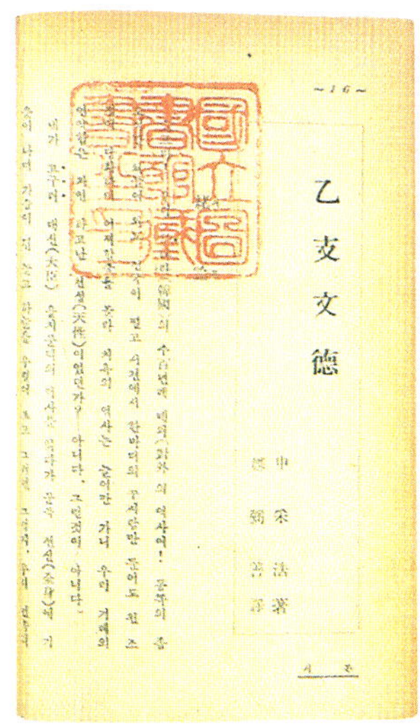

1906년 6월 17일 창간한 『만세보』

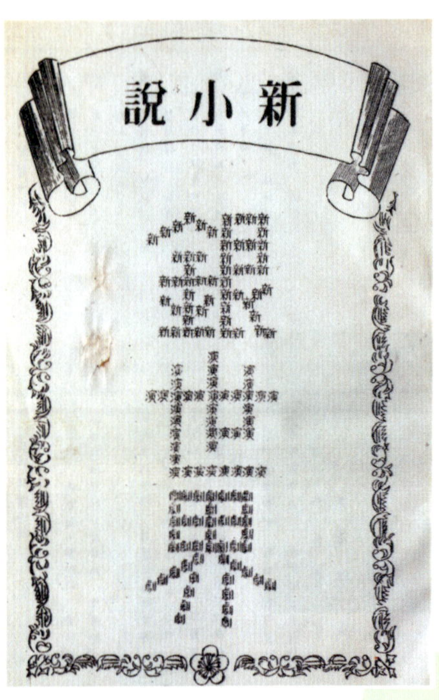

(왼쪽) 한국 최초의 신연극 소설인 이인직의 「은세계」
(1908). 그해 11월 원각사에서 상연
(오른쪽) 이인직의 『치악산』 상편(1908)

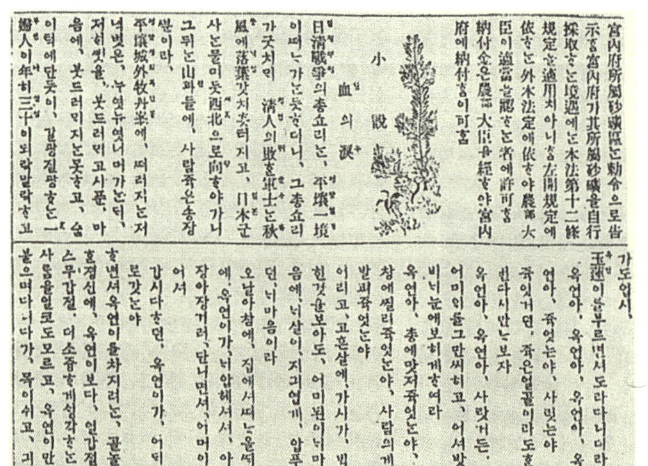

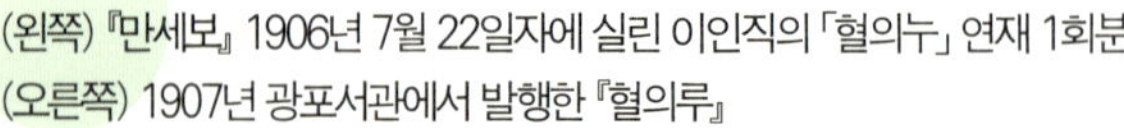

(왼쪽) 『만세보』 1906년 7월 22일자에 실린 이인직의 「혈의누」 연재 1회분
(오른쪽) 1907년 광포서관에서 발행한 『혈의루』

이해조의 『빈상설』(1907) 표지

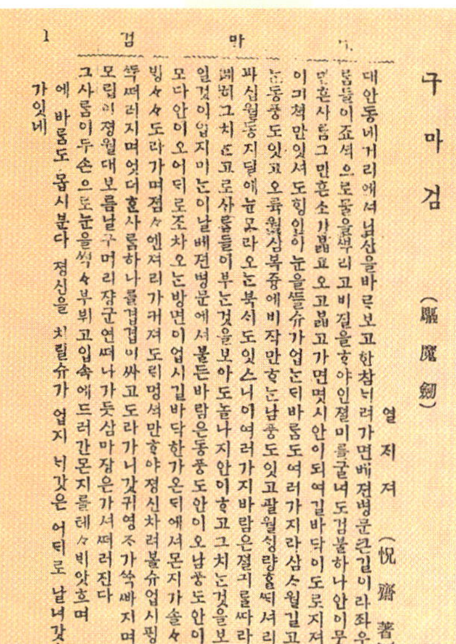

이해조의 『구마검』(1908)

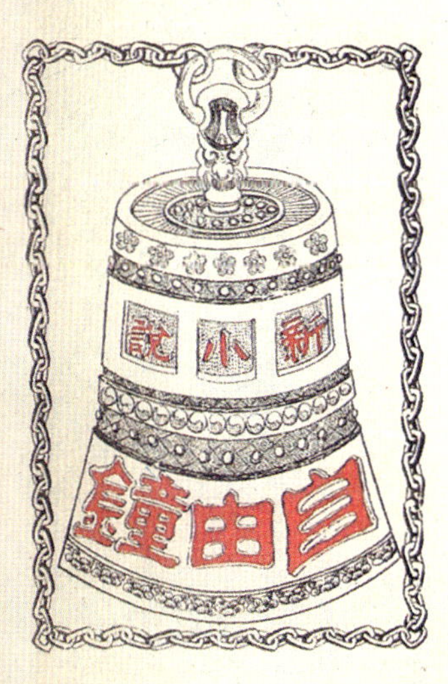

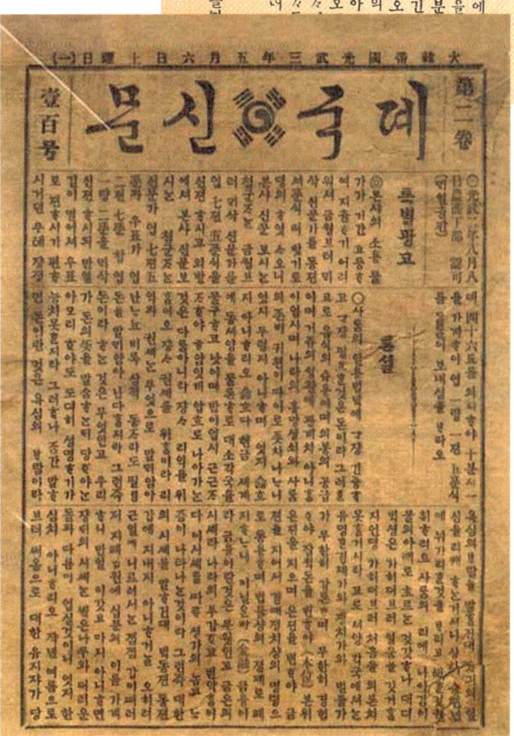

이해조의 소설들이 연재되었던
『제국신문』

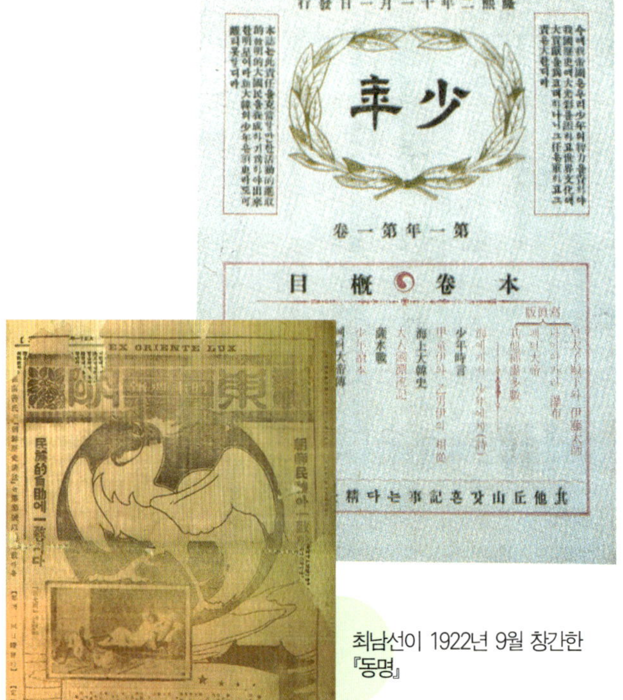

19세의 최남선이 1908년 발행한 『소년』

육당 최남선의 초상

최남선이 1922년 9월 창간한 『동명』

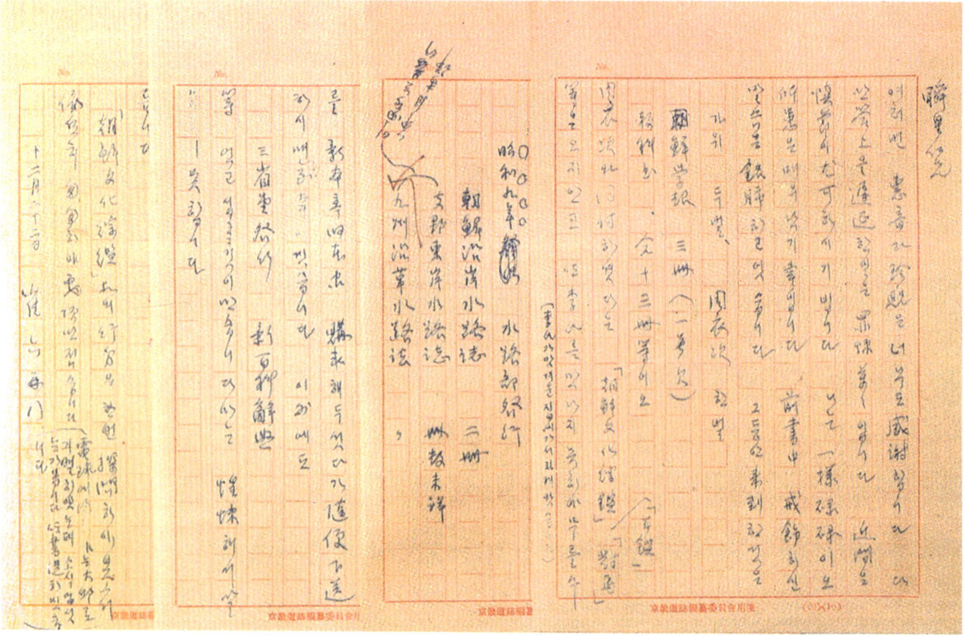

최남선의 육필 원고

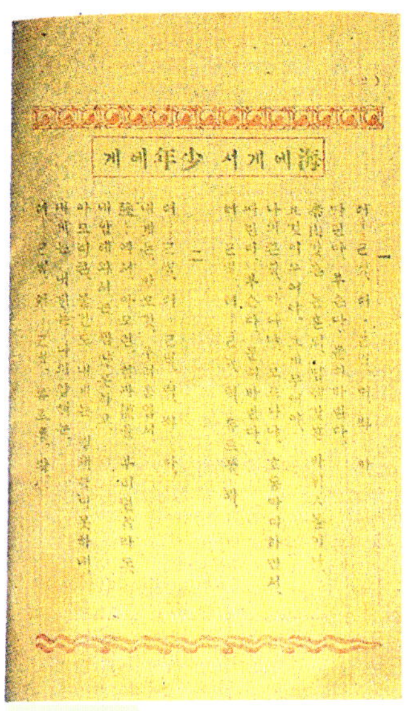

『소년』지에 실린 「해에게서 소년에게」

(위) 한말의 학자이자 독립운동가 박은식,
(오른쪽) 1915년 박은식이 지은 『한국통사』의 서문

1905년 이후에 발간된 학회지들

『대한민보』에 연재된 『만인산』(1909)
을 묶어 낸 단행본

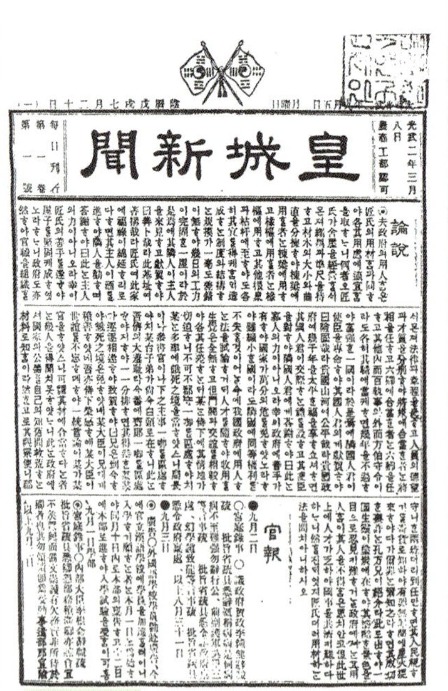

1898년 9월 5일 창간된 일간신문 『황성신문』

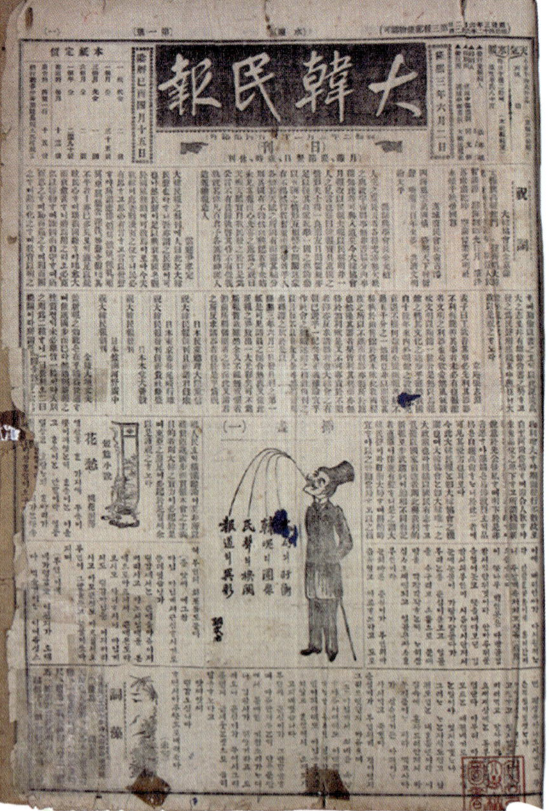

여러 편의 신소설이 연재된 『대한민보』(1909).

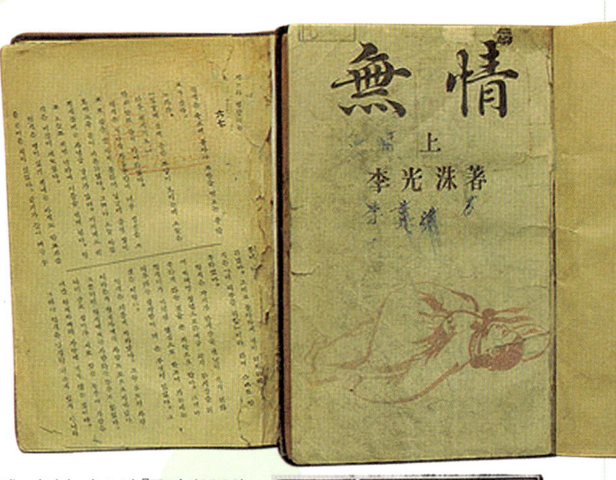

봉선사 광동학교 영어선생 시절 서재에서 집필하는
춘원 이광수(1941)

(위) 이광수의 소설 『무정』(1918)
(오른쪽) 주요한이 발행한 월간 종합지 『동광』(1926)의
제작에 주요섭, 김억 등과 함께 참여

이광수의 육필 원고

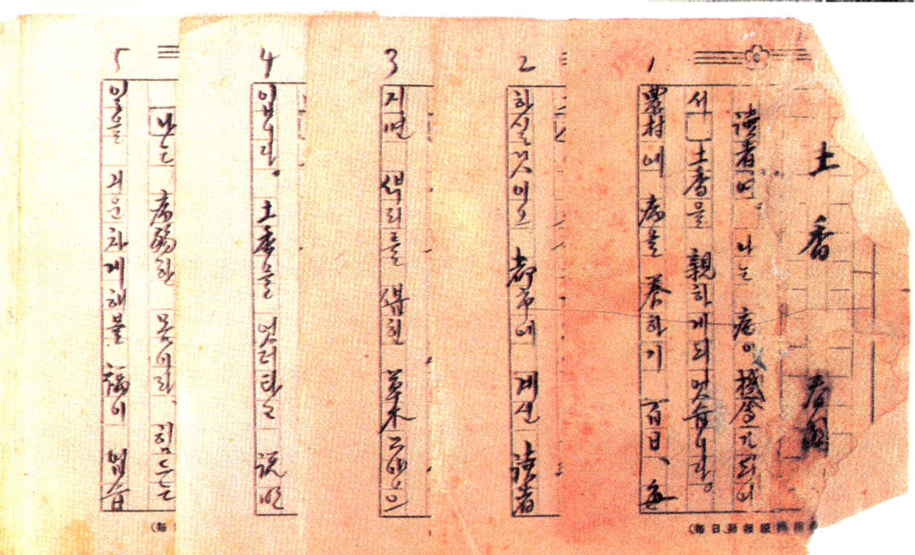

(위,왼쪽) 최남선 · 이광수와 함께 '조선문단의 혁명아'로 불린 현상윤
(위,오른쪽) 근대 최초의 여성작가이자 화가인 나혜석
(아래,왼쪽) 신파소설 『장한몽』(1913)
(아래,오른쪽) 시인 김억

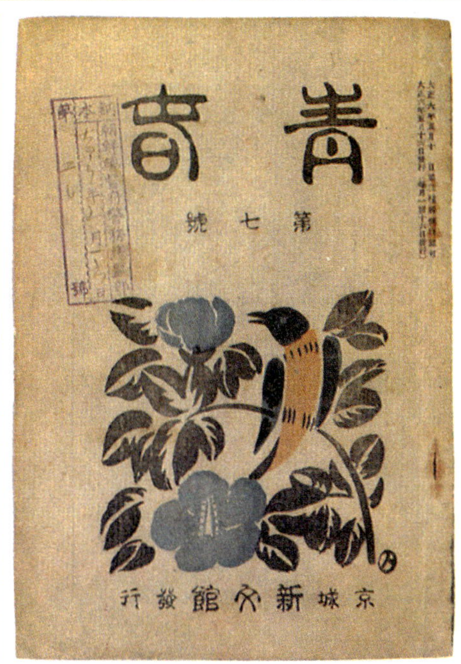

1914년 창간된 월간 종합지 『청춘』. 오른쪽 표지에 조선총독부의 납본인이 찍혀 있다.

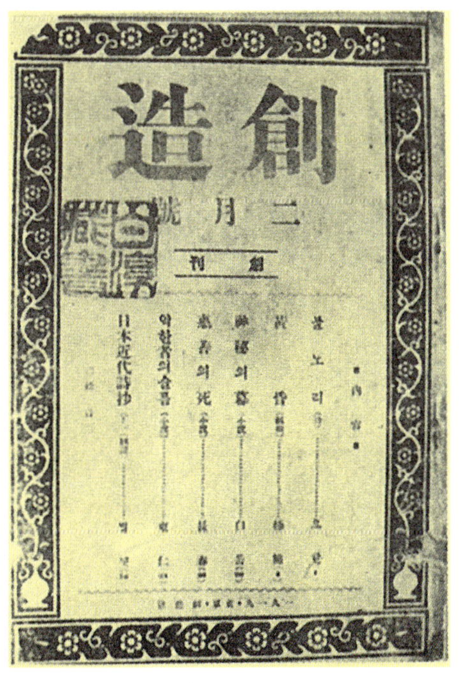

(왼쪽) 재일본동경조선유학생학우회의 기관지 『학지광』 창간호(1914)
(오른쪽) 『창조』 창간호(1919)

아동을 위한 정기간행물들. 왼쪽부터 『붉은 저고리』(1913), 『아이들보이』(1914), 『새별』(1914)

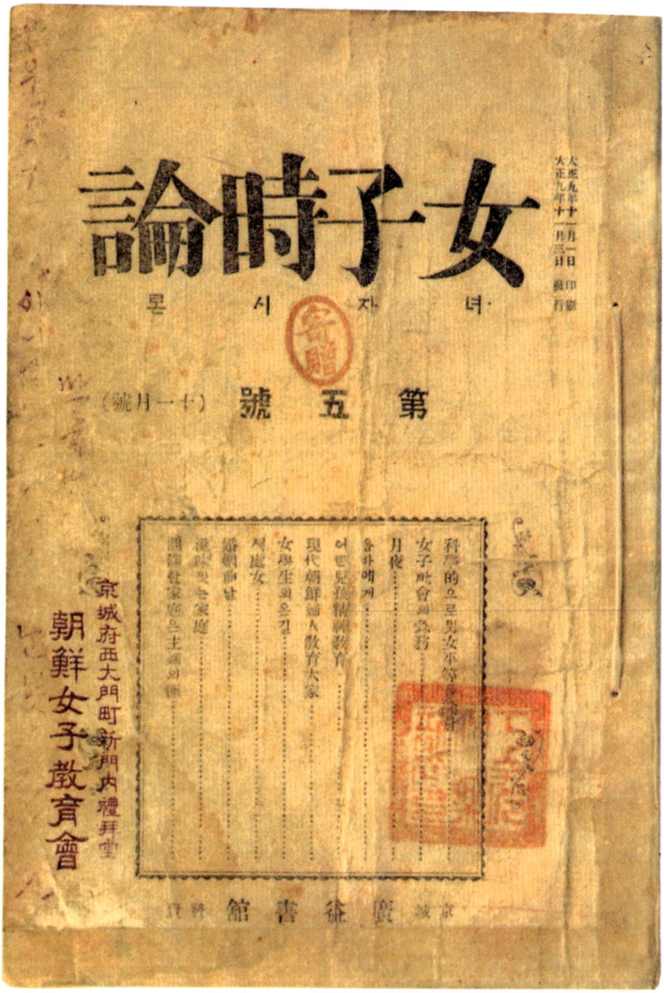

『여자시론』 제5호(1920). 조선여자의 교육 보급을 목적으로 결성된 조선여자교육회의 기관잡지

「만세전」의 작가 염상섭과 그가 쓴
장편소설 『삼대』

소설가 현진건 초상과 그의 단편소설집
『타락자』(1922)

에스페란토어로 꾸며진 『폐허』
창간호(1920) 표지

「탈출기」의 작가 최서해

「물레방아」의 작가 나도향 초상과 그의 장편소설
『환희』(1923). 이 작품이 발표되면서 나도향은
천재작가로 불리게 되었다.

(왼쪽) 신명서림에서 김재희가 펴낸 『박명』(1923)

(아래 왼쪽) 우리 나라 신문학의 개척기를 연 주요한의 대표시집 『아름다운 새벽』(1924)

(아래 오른쪽) 김억이 인도의 시성 타고르의 시를 번역한 『신월』(1924)

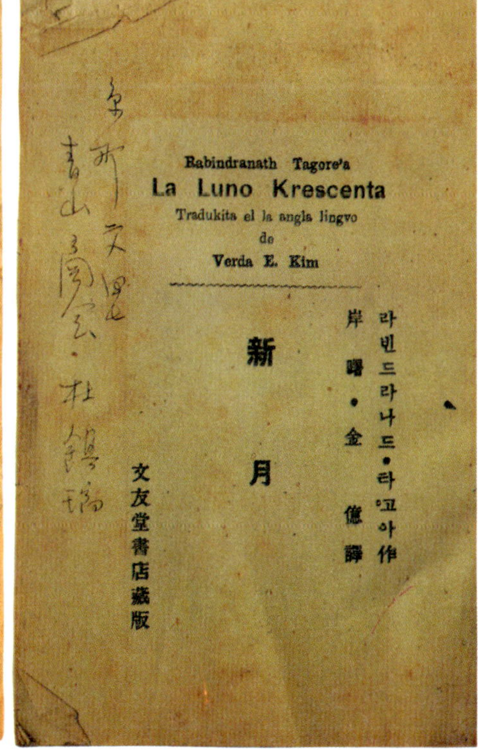

박문서관에서 발행한 『흥부전』(1924)

(위) 박문서관에서 간행한 『옥루몽』(옥연자 저, 1926)
(아래) 『삼천리』 창간호(1929)

만해 한용운과 그의 시집 『님의 침묵』(1934, 재판)

만해 한용운 흉상(황성빈 작, 1992)

한용운의 친필

「진달래꽃」의 시인 김소월. 오른쪽 사진은
그의 젊은 모습

김소월 시집 『진달래꽃』(1925)

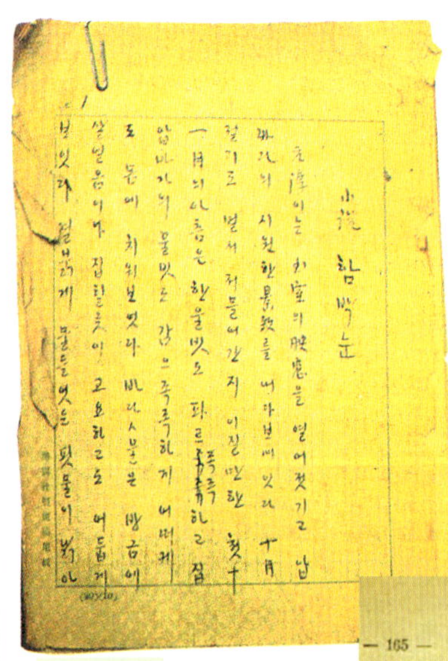

김소월의 육필 원고

『진달래꽃』에 수록된
김소월의 시 「초혼」

招魂

산산이 부서진 이름이여!
허공중에 헤어진 이름이여!
불러도 주인 없는 이름이여!
부르다가 내가 죽을 이름이여!

심중에 남아 있는 말 한 마디는
끝끝내 마저 하지 못하였구나.
사랑하던 그 사람이여!
사랑하던 그 사람이여!

붉은 해는 서산 마루에 걸리었다.

사슴의 무리도 슬피 운다.
떨어져 나가 앉은 산 위에
나는 그대의 이름을 부르노라.

설움에 겹도록 부르노라.
설움에 겹도록 부르노라.
부르는 소리는 비껴가지만
하늘과 땅 사이가 너무 넓구나.

선 채로 이 자리에
부르다가 내가 죽을 이름이여!
사랑하던 그 사람이여!

— 165 —   — 164 —

1920년 서울에서의 시인 이상화

쌕앗긴들에도, 봄은오는가

李相和

지금은 남의짱―빼앗긴들에도 봄은오는가?

나는 온몸에 해살을 밧고
푸른한울 푸른들이 맛부튼 곳으로
가름이 가튼 논길을따라 쑴속을가듯 거러만간다。

입술을 다문 한울아 들아
내맘에는 내혼자온것 갓지를 안쿠나
네가끌엇느냐 누가부르드냐 답답워라 말을해다오。

바람은 내귀에 속삭이며
한자욱도 섯지마라 옷자락을 흔들고
종조리는 울타리넘의 아씨가티 구름뒤에서 반갑다웃네。

고맙게 잘자란 보리밧아
간밤 자정이넘어 나리든 곱은비로

『기벽』에 실린 이상화의 대표작 「빼앗긴 들이도 봄은 오는기」

초기 프로문학의 이론가
김팔봉과 박영희

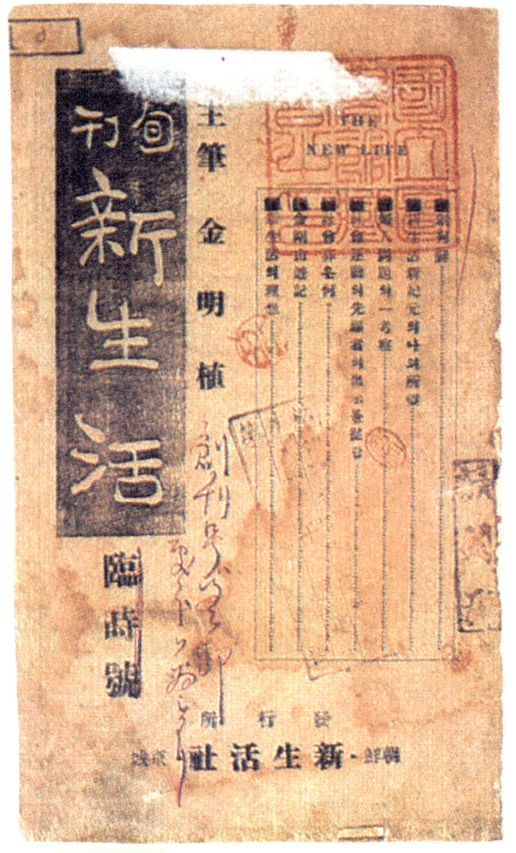

서울에서 창간된 사회주의 계열 잡지 『신생활』

이광수가 주재해 발간한 순문예지
『조선문단』 창간호(1924)

프로문학의 대표작가 민촌 이기영

식민지 시기 한국 농촌소설의 대표작인 이기영
장편소설 『고향』(1934)

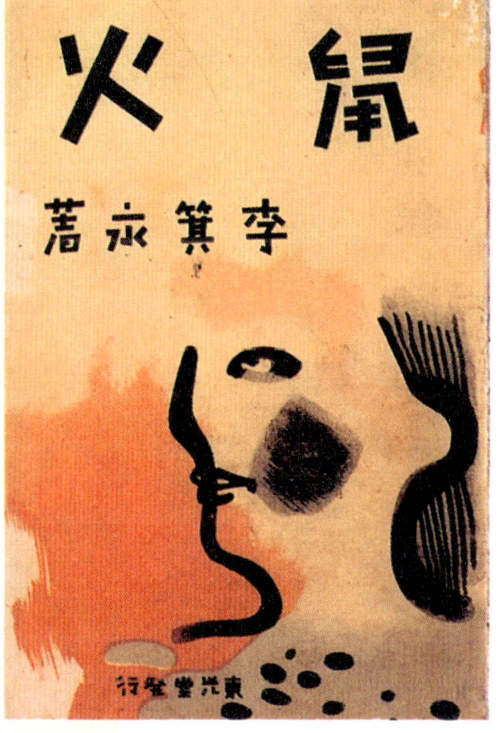

이기영 중편소설 「서화」(1933)

「과도기」의 작가 한설야

한설야의 꽁트 「한길」이 실린 『문예공론』(1929.6)

1930년 9월 함께 자리한 카프 맹원들

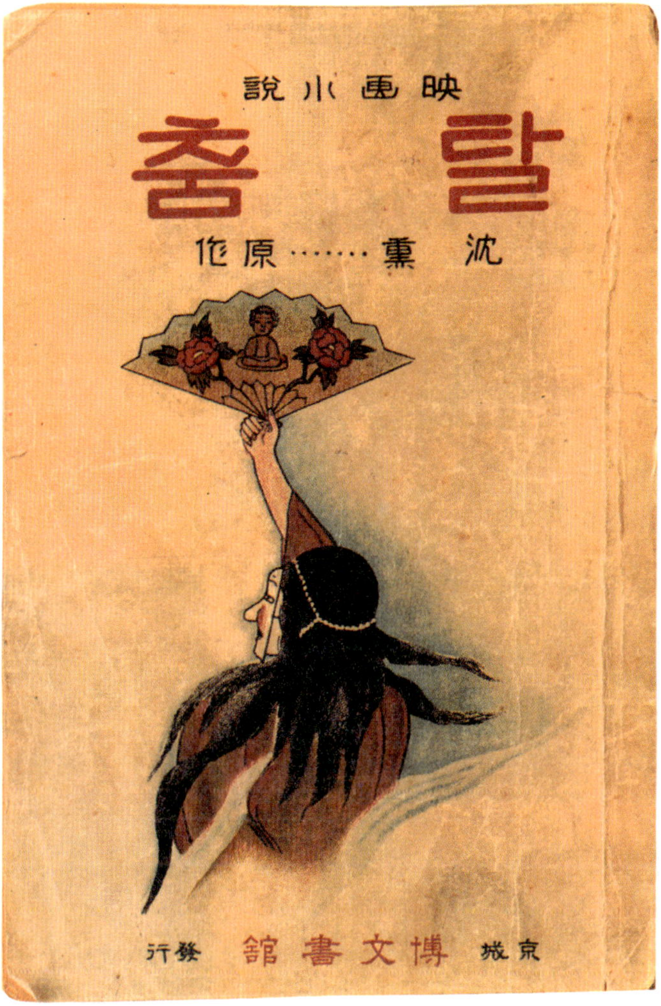

심훈의 『탈춤』(1930). 이 작품을 계기로 영화계에 투신하게 된다.

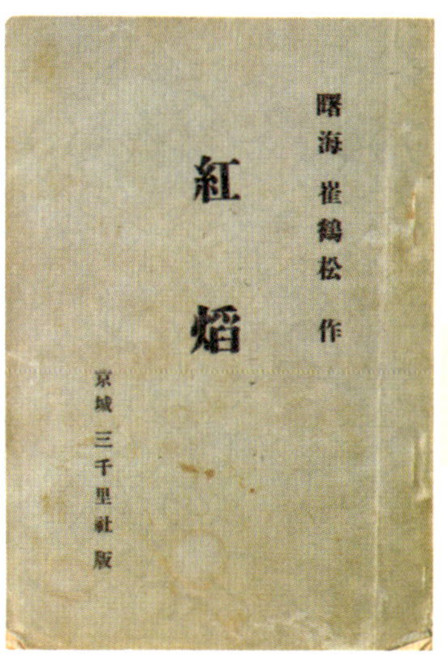

(왼쪽) 이경손의 『백의인』(1929)
(오른쪽) 최학송의 『홍도』(1931)는 프로문학의 성격을 잘 나타낸 대표적인 작품

『신여성』 제6권 제4호(1932)

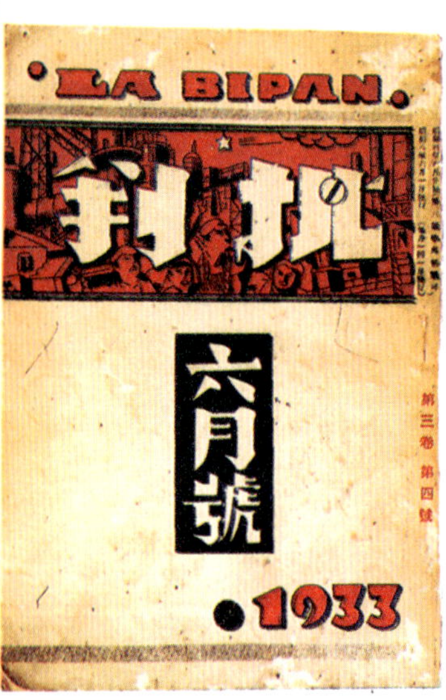

『비판』 제3권 4호(1933)

양주동의 『조선의 맥박』(1932). '조선'은 님 또는 민족, '맥박'은 저자이다. 표지의 재료가 직물이다.

김동인의 작품들.
(왼쪽 위) 김동인의 자전적 중편소설 『여인』(1932)
(오른쪽 위) 초기 우리 나라 자연주의 소설의 대표적인 단편선 『감자』(1935)
(왼쪽 아래) 김동인의 단편 3편이 실려있는 『깨여진 물동이』(1936)

(왼쪽 위) 모윤숙의 처녀시집 『빛나는 지역』(1933)

(오른쪽 위) 『신가정』 제1권 제7호(1933). 1936년 일장기 말소사건에 연루되어 폐간되었다.

(왼쪽 아래) 이광수, 주요한, 김동환의 글을 함께 실은 『시가집』(1934)

(오른쪽 아래) 박귀송의 『애통시집』(1934)

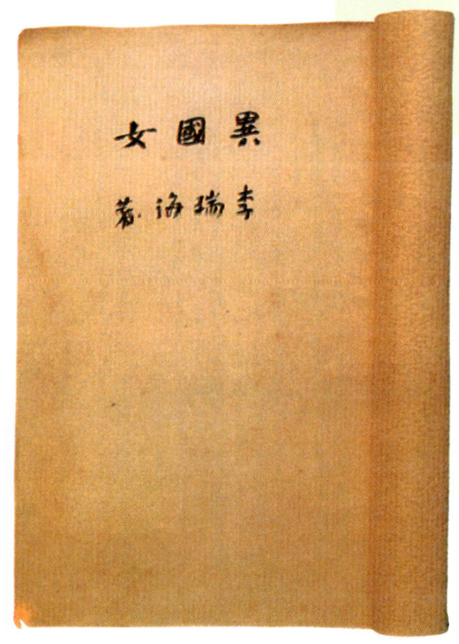

(왼쪽 위) 우정을 주제로 쓴 단편 6편이 실린 이무영의 『취향』(1937)
(오른쪽 위) 염상섭이 평론활동을 하면서 보낸 4~5년의 공백 후 쓴 최초의 장편 『이심』(1928)
(왼쪽 아래) 이서해가 2년간 만주를 여행하여 쓴 『이국녀』(1937). 잘 알려지지 않은 희귀본
(오른쪽 아래) 장만영의 처녀시집 『양』(1937). 최재서 등에게 격찬을 받았다고 함

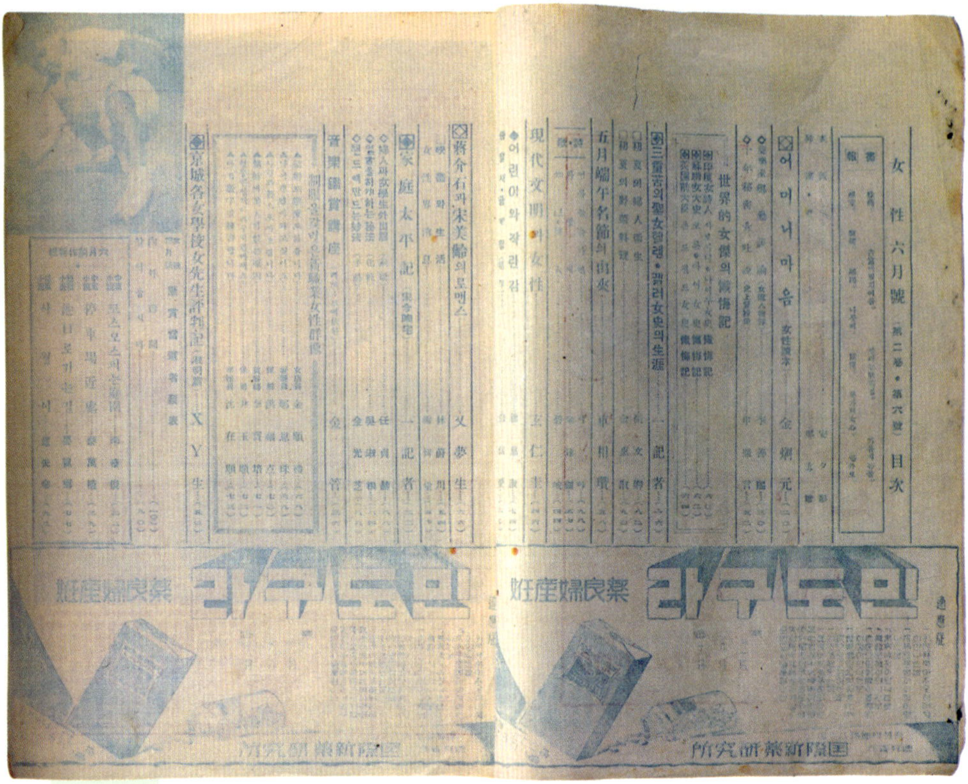

『여성』 제2권 제6호(1937)

(왼쪽) 강경애 외저, 『현대조선여류문학선집』(1937)
(오른쪽) 『여류단편걸작집』(1939). 장덕조, 이선희, 박화성, 백신애 등의 작품이 수록되어 있다.

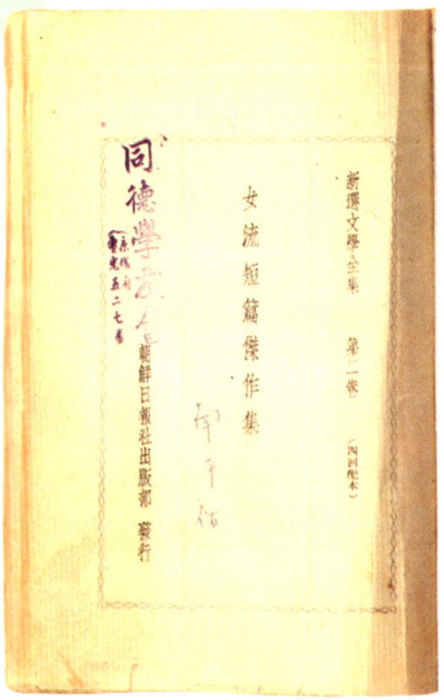

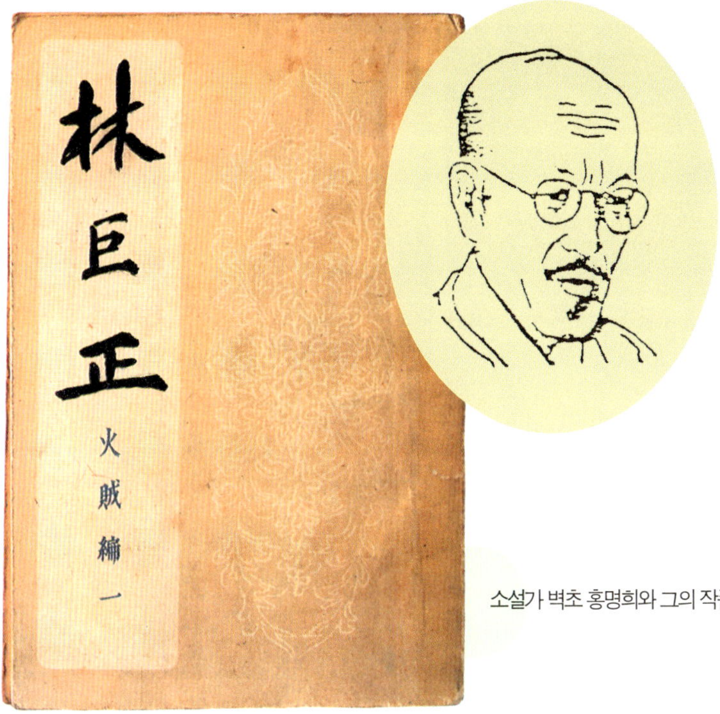

소설가 벽초 홍명희와 그의 작품 『임꺽정』(1948)

新連載小說豫告

본보에 방금 연재중인 [illegible] 「심야의태양」(深夜의太陽)은 만천하 독자의 열광적애독을 받으면서 흥미의 절정을 향하야 올라가고잇거니와 아제또 [illegible] 강경애여사(女流新人姜敬愛女史)의 역작인 예술적 향기높은 장편창작「인간문제」(人間問題)를 오는八월一일부터 청전 이상범화백(靑田李象範畫伯)의 삽화와 아울러 본지학예면에 실리어 금상첨화(錦上添花)의 성관을 이루게되엇습니다.

長篇創作 人間問題 姜敬愛 作 李象範 畵

[illegible]

作者의말 인간사회에는 늘새로운 문제가 생기며 인간은 이문제를 해결하기 위하야 투쟁하므로써 반진 될것입니다. 대개 인간문제라면 근본적 문제와지엽적문제로 나눠 볼수가잇을것이니 나는이 작품에서 이시대에 잇어서의 인간의 근본문제를포착하여 이문제를 해결할 요소와 힘을 구비한 인간이누구며 또 그인간으로서의 [illegible] 발지적하려고 노력하엿습니다. 끝까지 보아주시고 오류와 모순을 들어 진지한 질책을 내려주시면……함행입니다.

八月一日朝刊부터

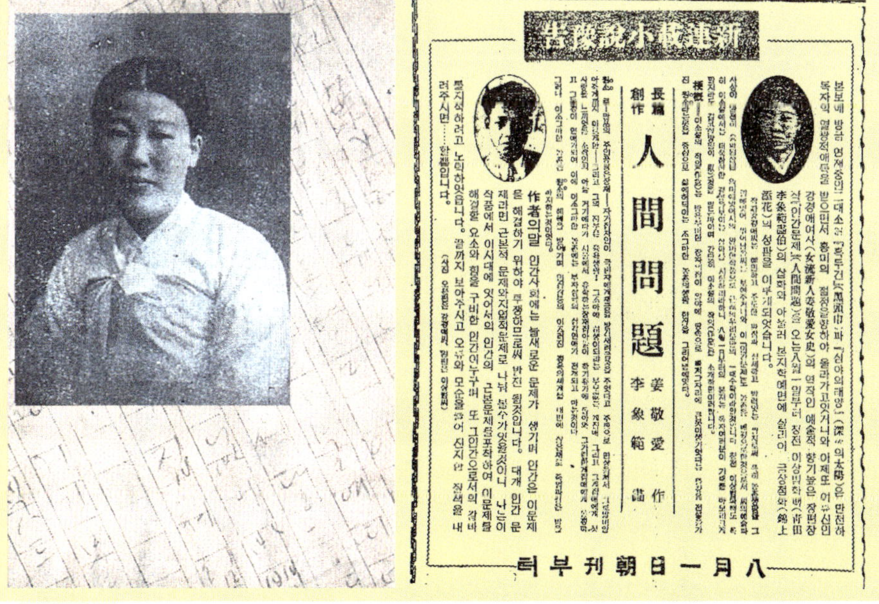

작가 강경애와 육필원고. 오른쪽은 『동아일보』 1934년 7월 27일자에 실린 강경애의 장편소설 『인간 문제』 연재 예고기사

소설가이자 시인 · 영화인으로 활동한 심훈

심훈의 대표작 『상록수』(1936), 아래는 그보다
2년 전에 발표한 장편소설 『영원의 미소』(1935)

일제하 노동현실을 다룬 작품을 여러 편
발표했던 이북명

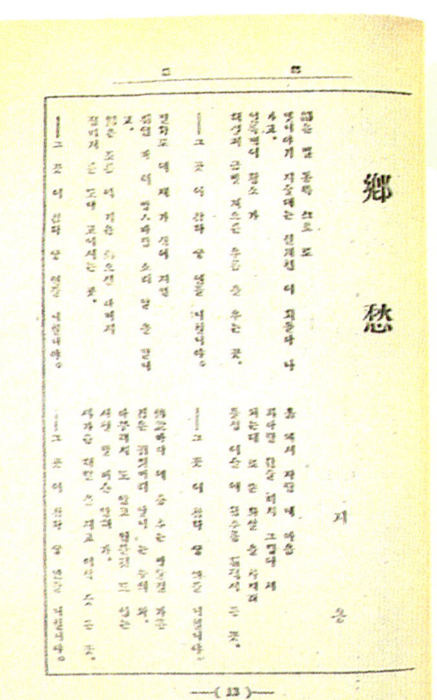

1930년대 초 휘문고보 재직 때의 정지용과 『조선지광』에 실린 그의 시 「향수」

시인 김영랑과 그의 첫 시집이자 한국 현대 시의 전환기를 마련한 『영랑시집』(1935)

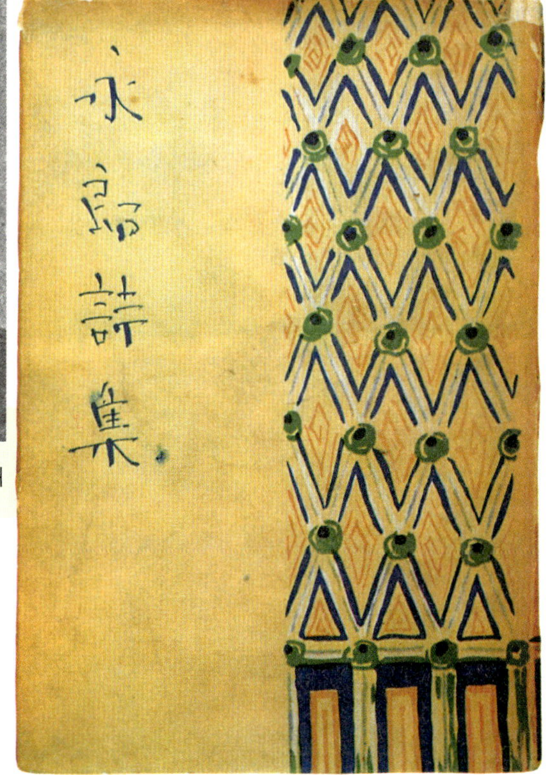

카프에서 활약한 시인 박세영 과 박팔양

카프의 기관지 『예술운동』 창간호(1927)

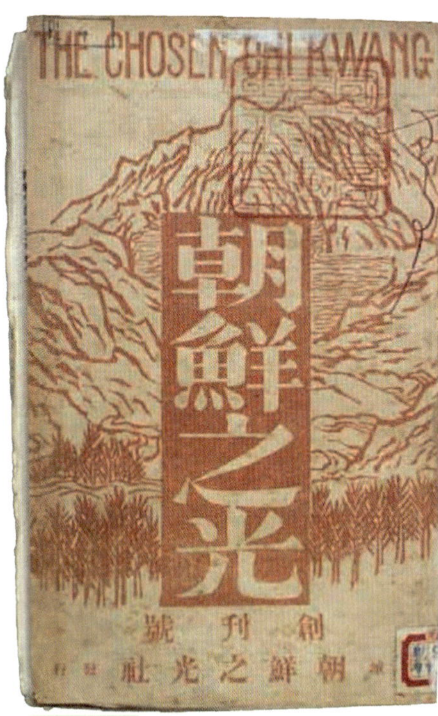

프로문학 작품의 발표 무대가 된
『조선지광』(1927)

문학지 『조선문예』(1929)

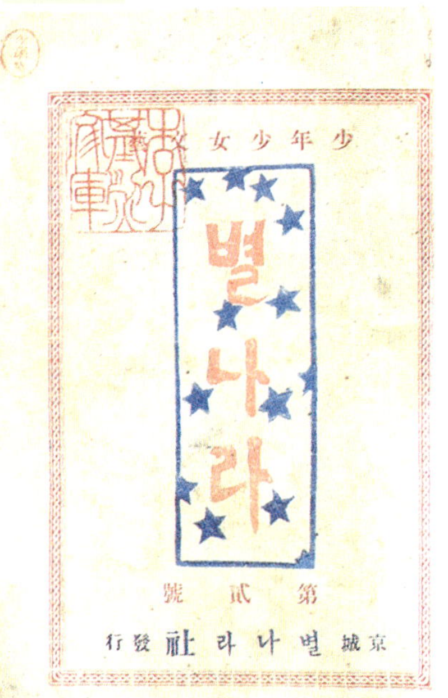

어린이잡지 『별나라』(1926)

시문학파의 기관지 『시문학』(1930)

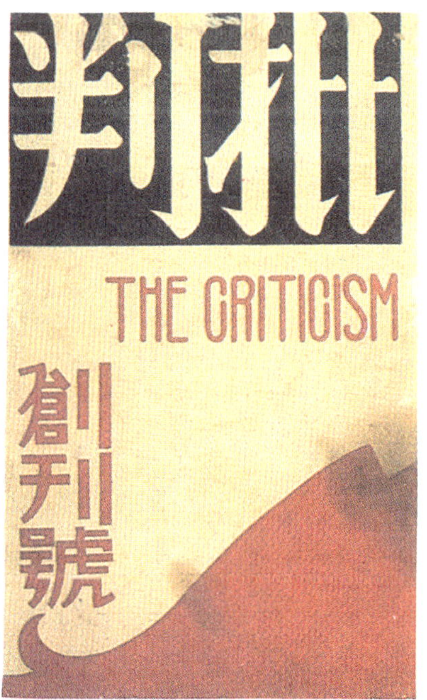

월간지 『비판』 창간호(1931)

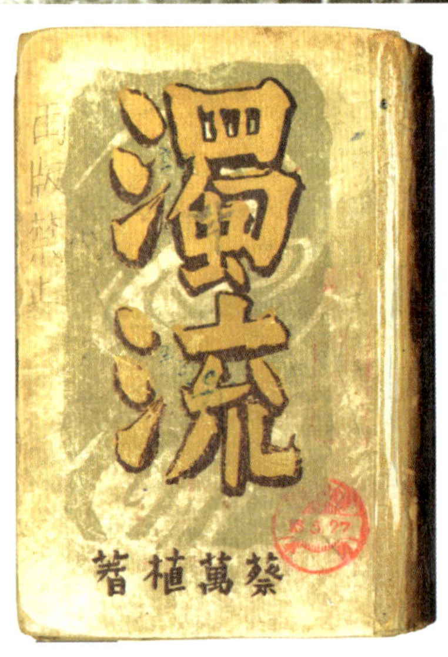

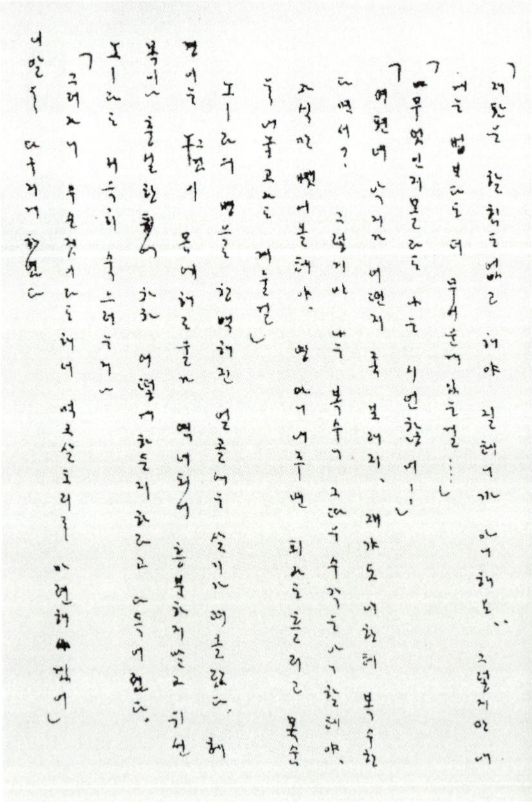

(위) 『탁류』『태평천하』의 작가 채만식.
(왼쪽) 채만식의 장편소설 『탁류』(1939)
(오른쪽) 채만식 육필 원고

작가 박태원과 그의 소설 『천변풍경』(1937)

「東洋」에 關한 斷章

金起林

★…… 原始民族과 밋 그 文化에 대한 硏究는 十九世紀以來 잡자기 盛해졌다。 그리하야 地上에 남아있는 뭇 原始民族은 實로 수없는 人類學者、考古學者、民族心理學者、人種學者들의 間斷없는 訪問으로해서 煩거로울 지경이었다。 그래서 이 方面에 關한 著述은 날로 盛해갔다。 우리는 그中에서도 有名한 「뜨레이저」「말리노스키」「라자루쓰」「그룻세」「분트」等의 이름을 얼른 들수가 있다。 그러면 끝에— 그들 原始民族과 그 文化는 드디어 이른바 進步한 西洋人 一部의 讚嘆의 的이 되었다。「고—갱」이 「타이티」섬으로 永住의 땅을 찾어간 것은 流行小說같은 이야기가 되었지만 印象派에 지쳐버린 畫面에 原始時代를 再現하랴며 고한 野獸派는 드디어 이러한 感傷을 한개의 藝術運動으로 昇華시켰던 것이다。「로—렌쓰」는 原始生活을 「모란」에 까지 걸어올려서 畢竟에는 春畫가 神聖한 것이 되어버린 느낌이 있었다。 原始에의 歸依는 한편 小兒憧憬思想으로 나타났었다。「루쏘—」는 때때로 聖書처럼 引用되기도 하였다。

★…… 생각컨대 이러한 一聯의 原始崇拜 小兒憧憬이 發生하는 心理的 根據의 反面에는 늘 人工的인 너무나 人工的인 物質文明과 그 狡智에 대한 强한 抗議가 숨어있는가 한다。 그무슨 病症에서 오는 呻吟의 一種이었던가 한다。 오늘 自由主義나 個人主義를 誹謗하는 것은 벌써 한낫 常識이 되어버렸지만 끊임없는 利潤追求의 自

문학친목단체인 '구인회'에서 함께 활동한 이상과 김기림.
왼쪽은 김기림의 「동양」에 관한 단장」(1941)

1943년 낙향하기 직전 성북동 집에서 찍은 이태준의 가족사진

한국 문학사상 최초로 토착적 유머를 형상화시켰고, 30세에 요절한 김유정. 오른쪽은 그의 단편 21편이 수록된 『동백꽃』(1938)

유치환 초기 대표작인 「깃발」 「그리움」 「일월」
등 53편이 수록되어 있는 『청마시초』(1939)

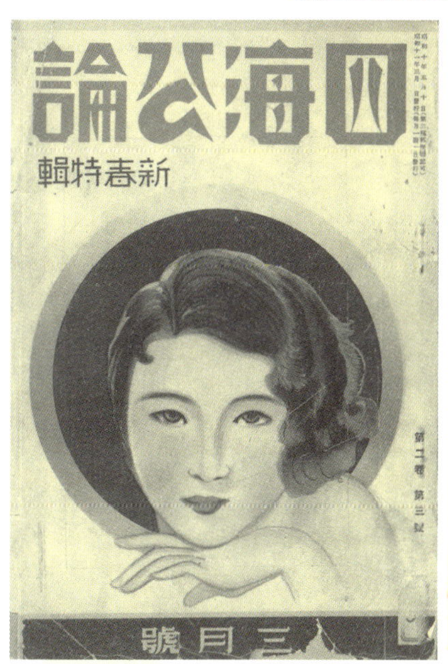

1935년에 창간된 월간 종합문예잡지 『사해공론』

『박문』 제12집(1939)

(왼쪽 위) 1941년 매일신보사에서 간행한 김동인 작품집. 김동인 스스로 한국 최초의 단편이라고 주장한 『배따라기』와 『왕조의 낙조』 『여인』이 실려있다.

(오른쪽 위) 박계주의 『순애보』(1940)는 당시 대단한 베스트셀러였다고 한다.

(왼쪽 아래) 이광수의 추천으로 1931년 동아일보에 연재했던 『백화』(1943)

(오른쪽 아래) 임경일의 『남한산성』(1943)

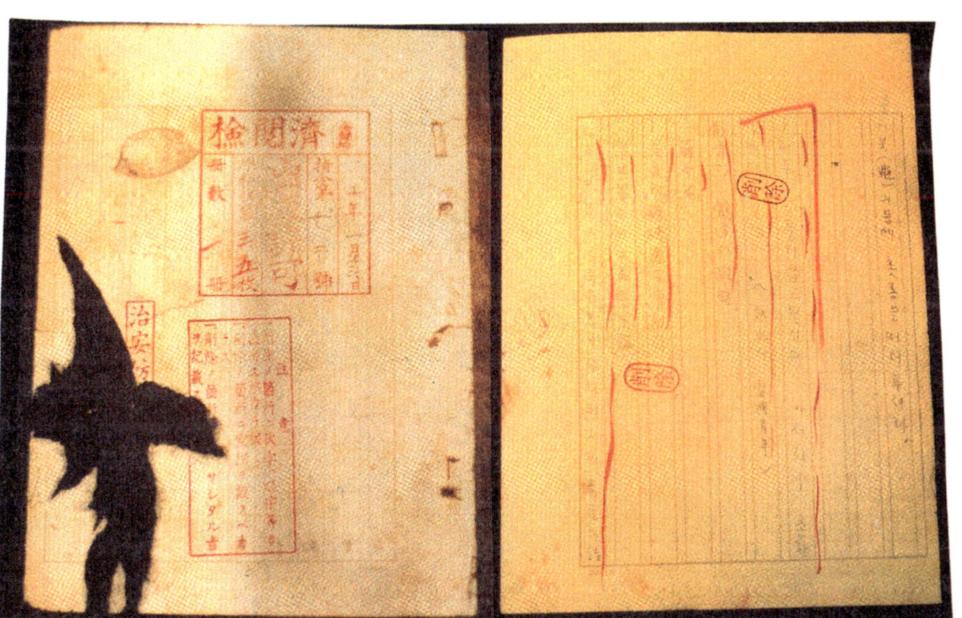

일제에 의해 검열 · 삭제당한 오장환의 육필 원고

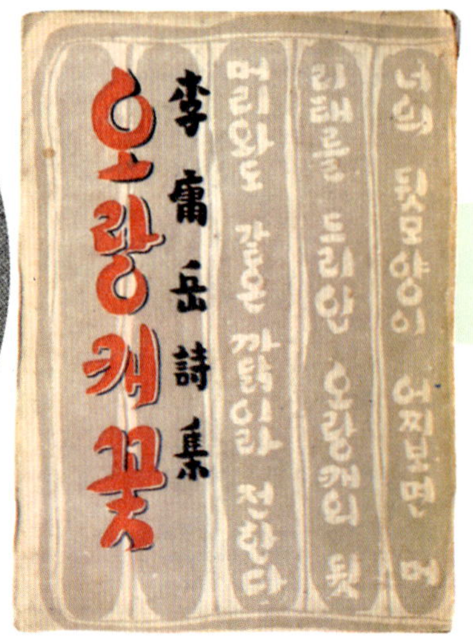

시인 이용악과 그의 제3시집
『오랑캐꽃』(1947)

28세에 형무소에서
요절한 시인 윤동주

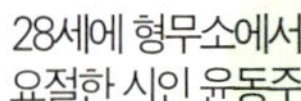

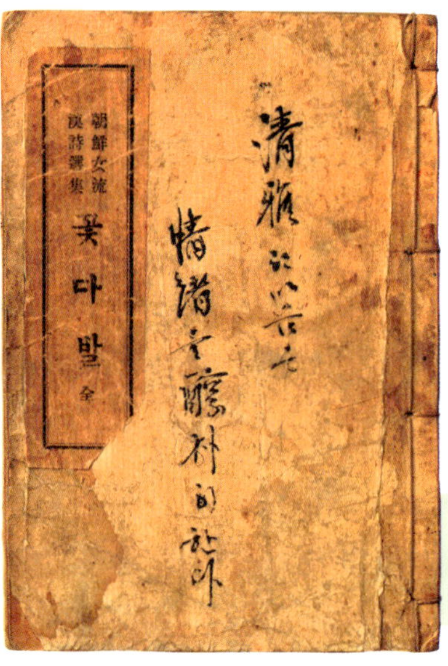

조선시대 여류시집을 김억이 번역하여 펴낸 『꽃다발』(1947)

시인 이찬과 백석

시인 이육사와 평론가 최재서

임화와 그의 평론집 『문학의 논리』(1940, 학예사)

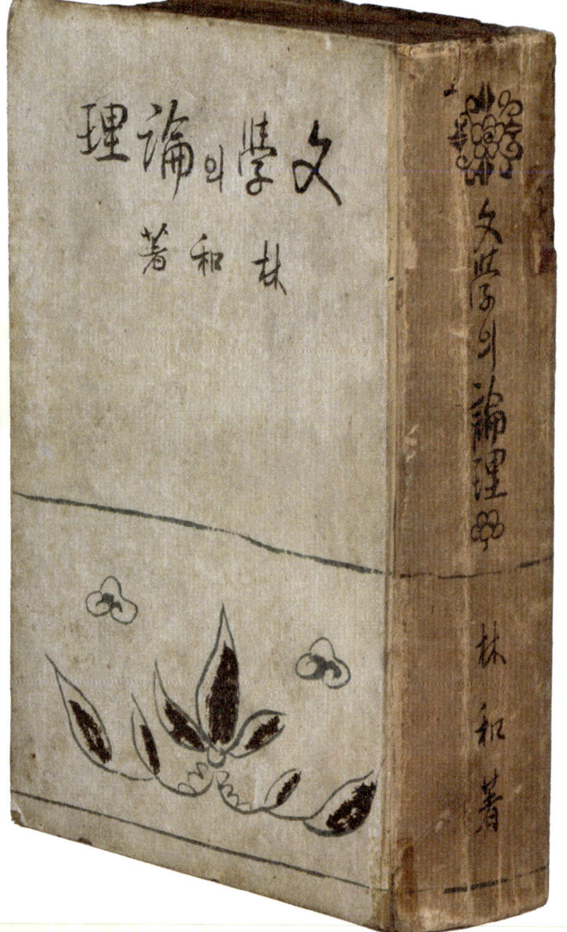

(위) 평론가 김남천
(아래) 평론가 안함광

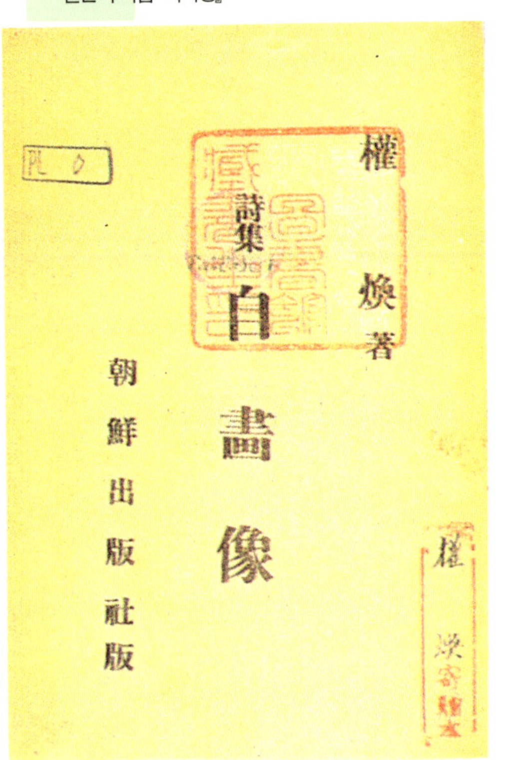

권환의 시집 『자화상』

평론가 최재서와
평론가 백철

일제말에 창간되었다가 해방후에도
속간되었던 『문장』(1948)

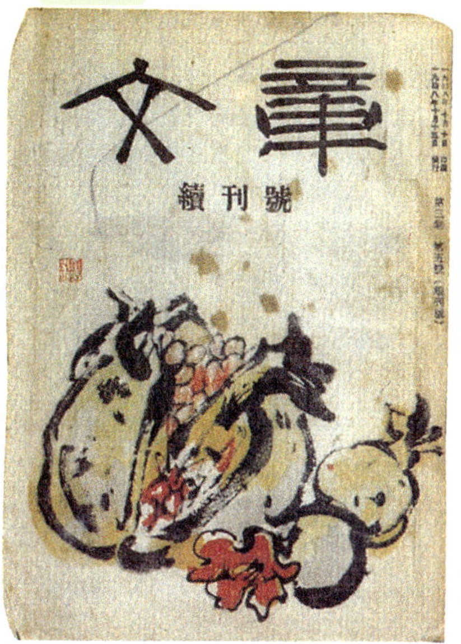

『인문평론』 창간호(1939)

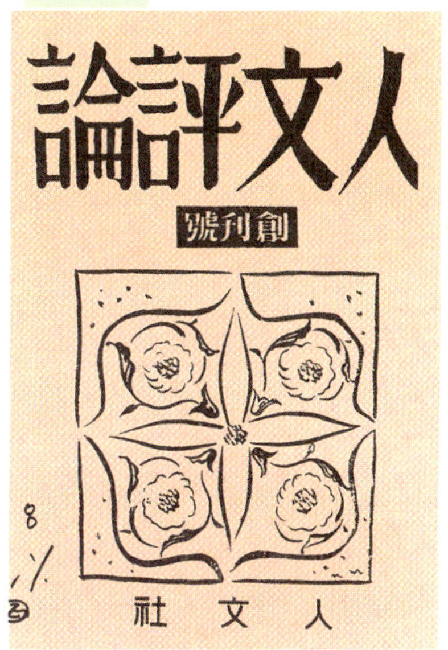

문학지 『조선문학』

월간 종합지 『조광』 창간호(1935)

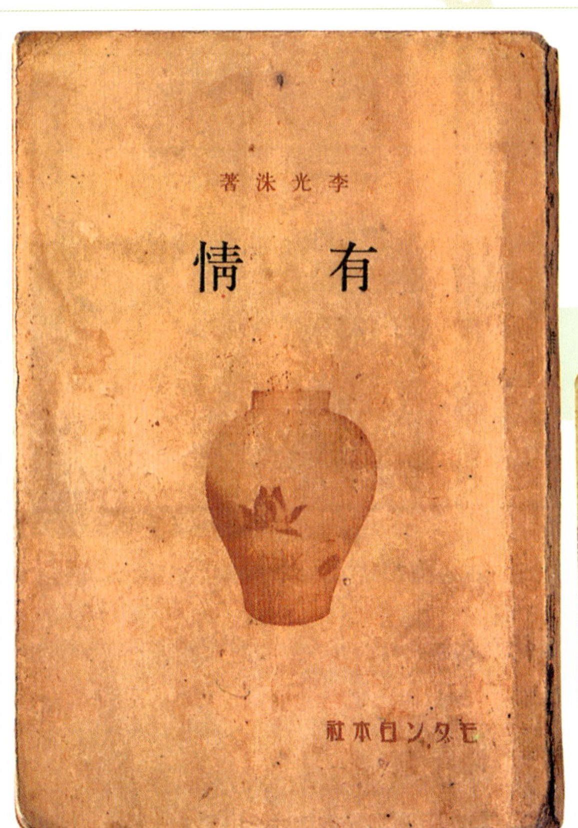

(왼쪽) 이광수의 『유정』(1940)

(오른쪽) 『재만조선시인집』(1942)은 지금까지 알려지지 않았던 만주 한인시라는 점에서 자료 가치가 큰 희귀본이다.

(왼쪽) 『조선동화집』(1941)

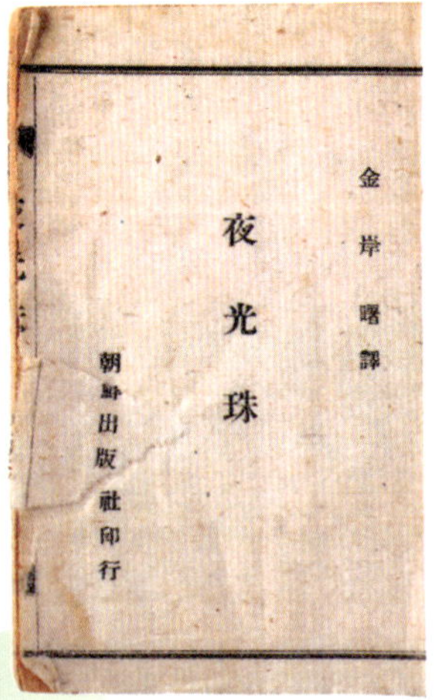

(오른쪽) 중국 한시를 김억이 번역한 시집 『야광주』(1944). 과감한 의역으로 한국 번역사에 크게 기여하였다.

정인택의 『청량리계외』(1944)

(위) 김동인이 아들 일환을 위해 쓴 작품 『아기네』(1944)
(아래) 이기영의 『처녀지』(상)(1944)

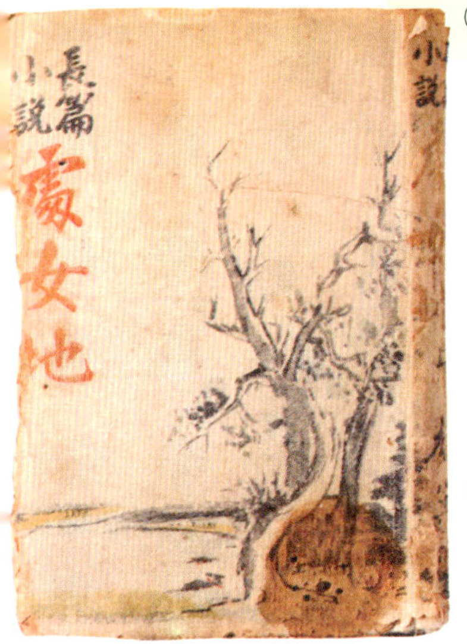

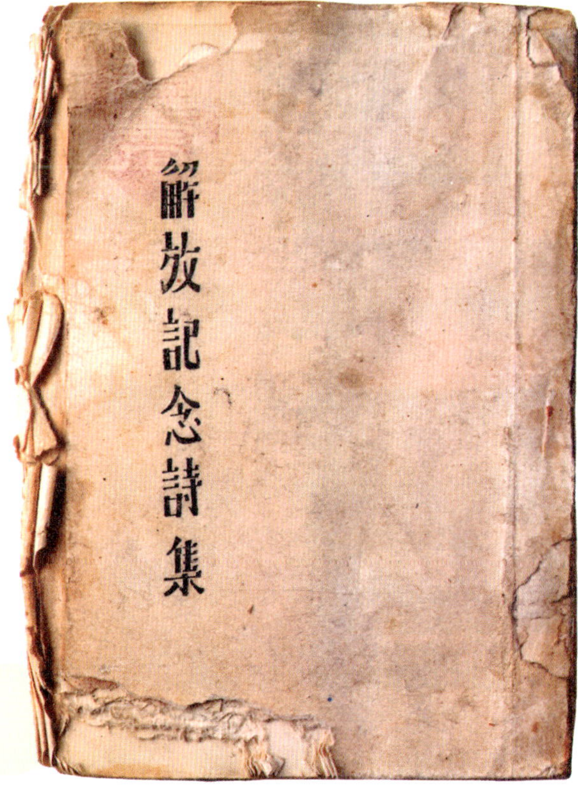

해방 직후 좌익계열 문화단체에 대립하여 양주동, 서항석, 유치진이 결성한 중앙문화협회에서 발행한 시집 『해방기념시집』(1945). 정인보 등 24인의 시를 모아 발행

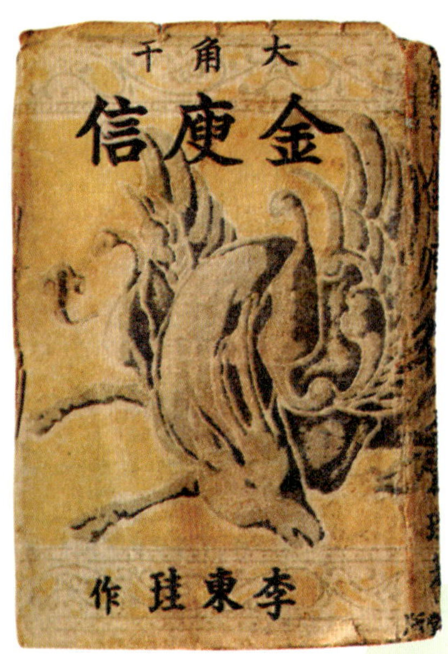

(왼쪽 위) 이동규의 『김유신』(1944)

(오른쪽 위) 당시 국내 유일한 탐정소설가 김래성이 외국 탐정소설을 번안한 대표작 『백가면』(1946)

(왼쪽 아래) 계용묵의 두번째 단편집 『백치 아다다』(1946)

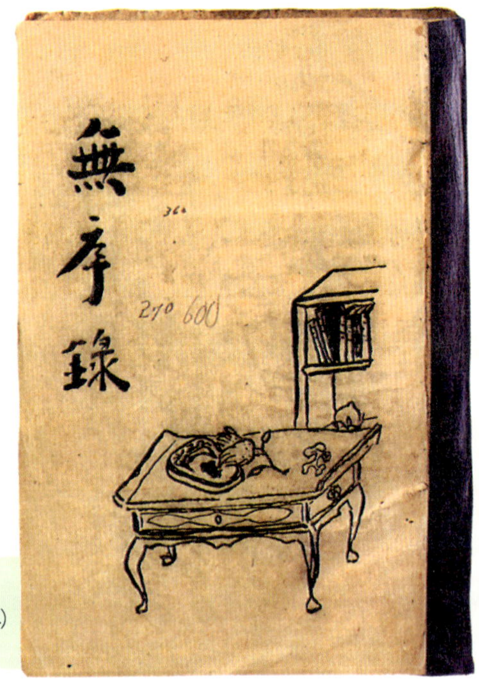

이태준의 『무서록』(1944)

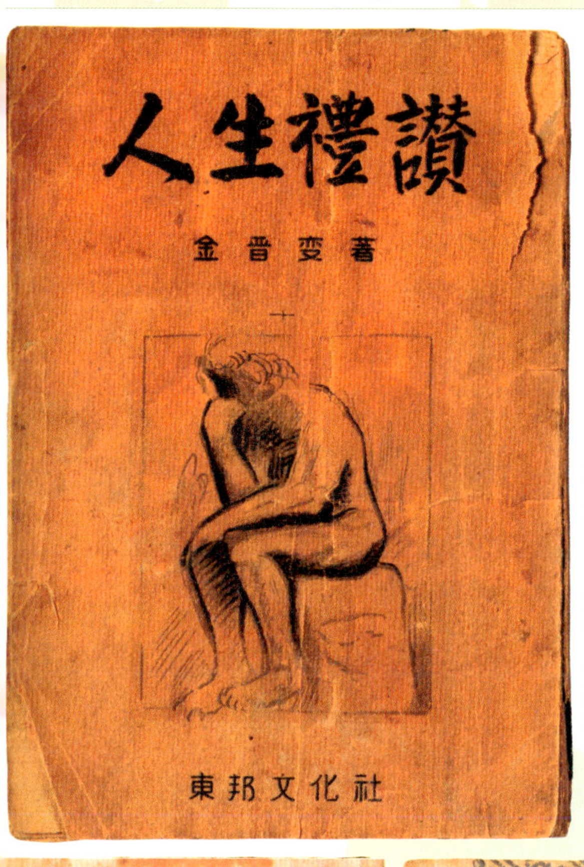

(왼쪽 위) 김진섭의 『인생예찬』(1947)
(오른쪽 위) 정지용의 『산문』(1947)
(왼쪽 아래) 정비석 외 『반도작가 단편집』(1944)
(오른쪽 아래) 이태준의 『상허 문학독본』(1946)

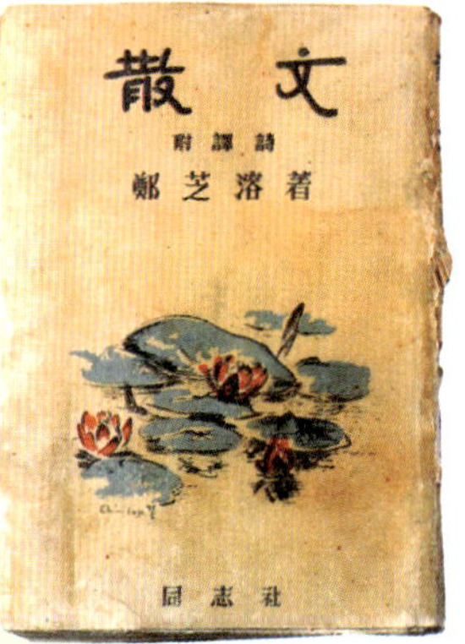

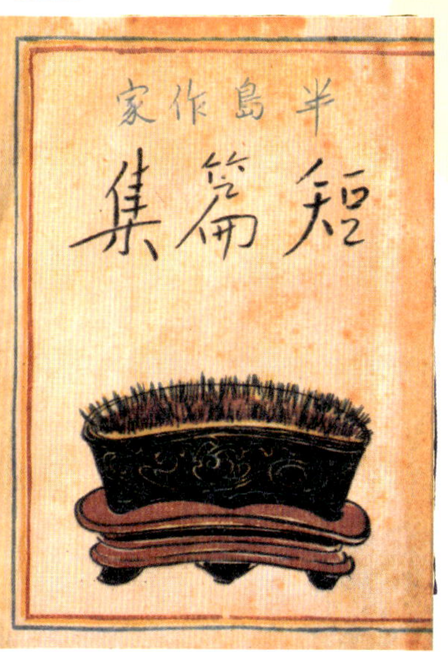

(왼쪽 위) 1930년대 시단에 큰 공헌을 한 정지용의 첫 시집 『정지용 시집』(재판본, 1946)
(오른쪽 위) 신석초 등이 민족저항시인 이육사의 유작 20여 편을 모은 『육사 시집』(1946)
(왼쪽 아래) 일제시대에는 발행할 수 없었던 월북작가 권환의 시집 『동결』(1946)
(오른쪽 아래) 일제 말기의 억압을 달래기 위해 대자연을 노래한 정지용의 시집 『백록담』(1946)

集詩容芝鄭
建設出版社

陸史詩集

凍結
權 煥
建設出版社

白鹿潭
鄭芝溶著

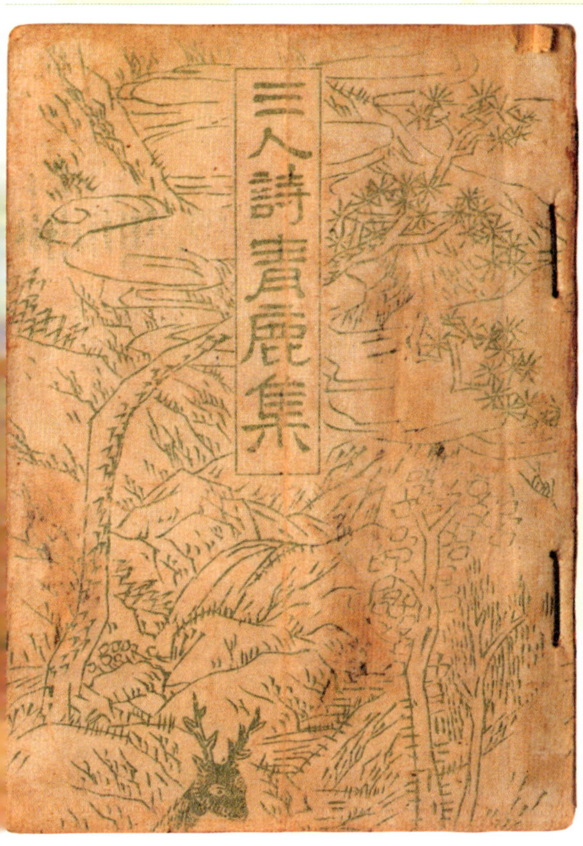

(왼쪽) 박목월, 박두진, 조지훈이 청록파로 불린 계기가 된 시집 『삼인시청록집』(1946)

(오른쪽) 박종화의 두 번째 시집 『청자무』(1946). 광복 후에 발행되었다.

(왼쪽) 여상현의 시집 『칠면조』(1947)

(오른쪽) 검열을 통과하지 못해 1931년에 내지 못하고 해방 후에 간행한 김억의 장편 서사시 『먼동틀 제』(1947)

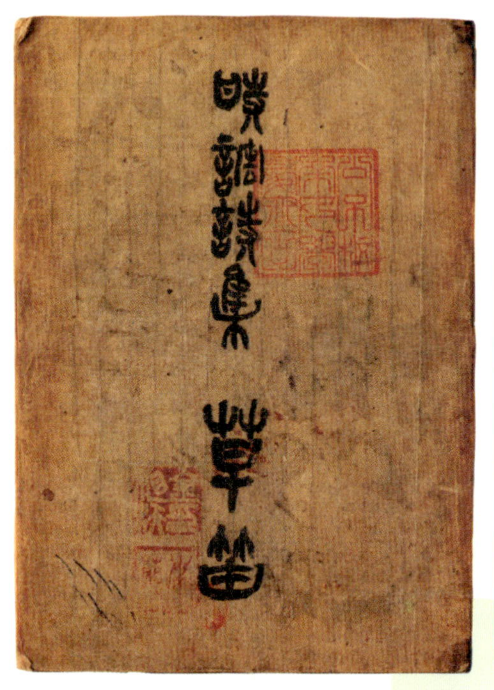

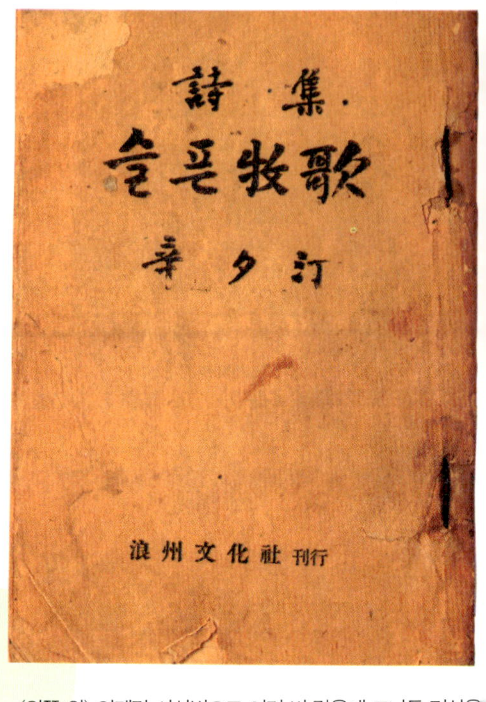

(왼쪽 위) 일제말 사상범으로 여러 번 감옥에 드나든 김상옥의 처녀시조시집 『초적』(1947)

(오른쪽 위) 검열에 걸려 해방 후에야 부인에 의해 발행된 신석초의 『슬픈 목가』(1947)

(왼쪽 아래) 김광균의 두 번째 시집 『기항지』(1947)

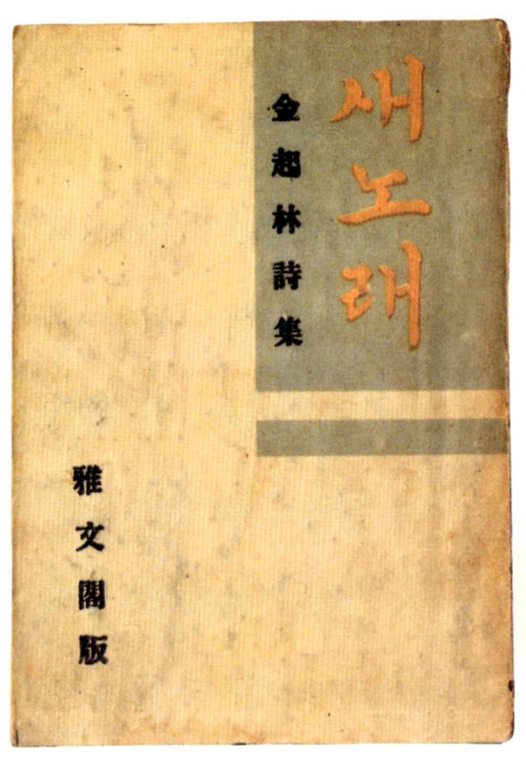

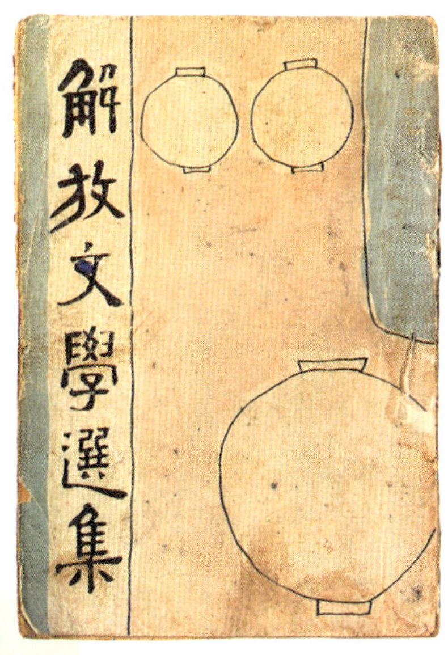

초현실주의적인 시인으로 알려진 김기림의 시집
『새노래』(1948)와 김동리 등이 참여하여 발행한
『해방문학선집』(1948)

김동인의 『발가락이 닮았다』(1948)와 정비석이 만주여행에서 습득한 작품을 모은 『고원』(1948)

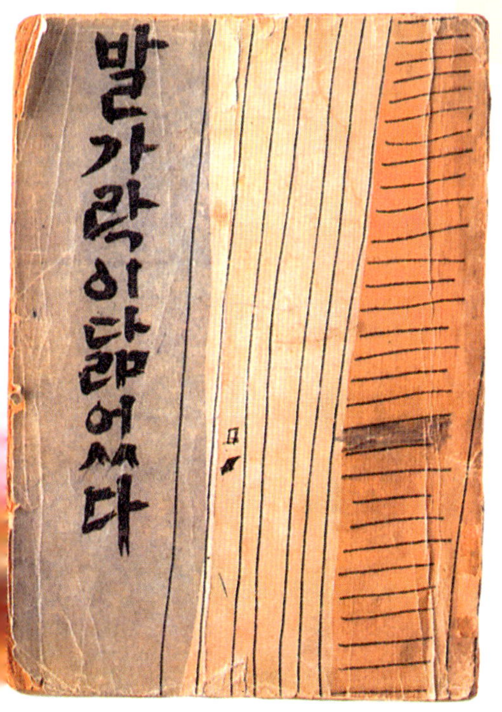

박두진의 처녀시집 『해』(1949)와 조병화의 처녀시집 『버리고 싶은 유산』(1949)

(왼쪽) 한국전쟁 중 부산에서 발행한 청마 유치환의
제5시집 『보병과 더부러』(1951)
(오른쪽) 황순원의 소설 『사예곡』(1952)

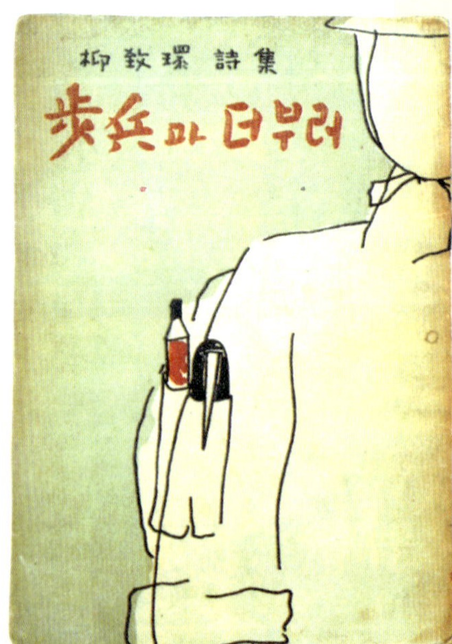

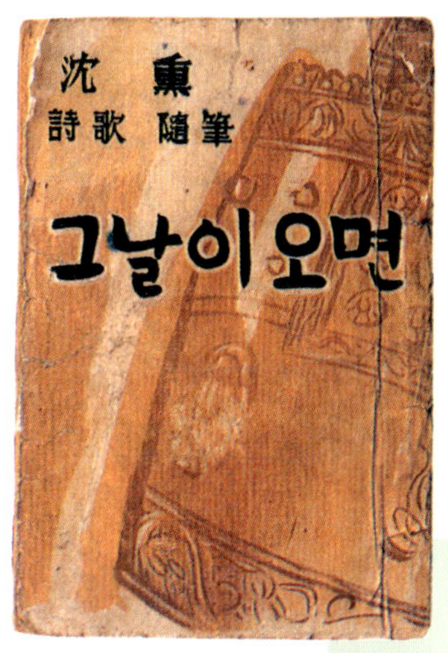
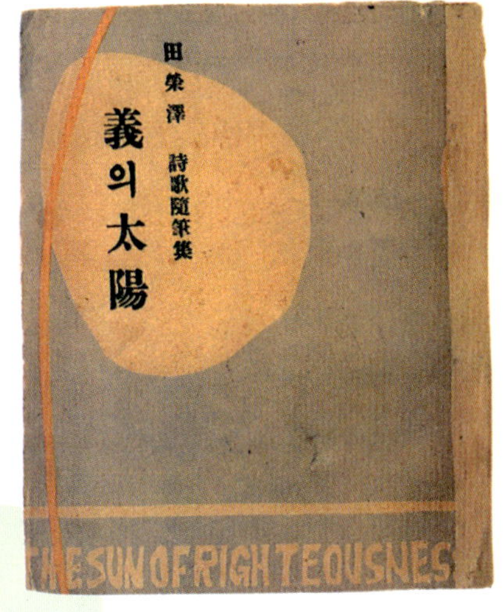

(왼쪽 위) 심훈의 작품집 『그날이 오면』(1953)
(오른쪽 위) 전영택의 작품집 『의의 태양』(1955)
(왼쪽) 변영로의 『명정 사십년』(1953)
(아래 왼쪽) 김팔봉의 『나는 살어 있다』(1951)
(아래 오른쪽) 마해송의 『사회와 인생』(1953)

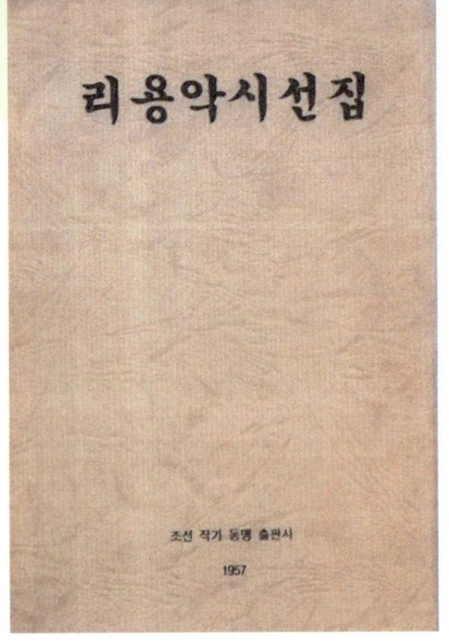

(왼쪽 위) 조기천 시집 『백두산』(1947)
(오른쪽 위) 한설야 단편소설 『승냥이』(1951)
(왼쪽 아래) 한설야의 『력사』(1956)
(오른쪽 아래) 리용악 시선집 『리용악시선집』(1957)

(왼쪽 위) 유주현의 소설 『자매계보』
(1953)

(오른쪽 위) 송헌석의 소설 『미인의
일생』(1953)

(왼쪽 아래) 구상의 사회시평집 『민주
고발』(1953)

(오른쪽 아래) 조지훈의 『시의 원리』
(1953)

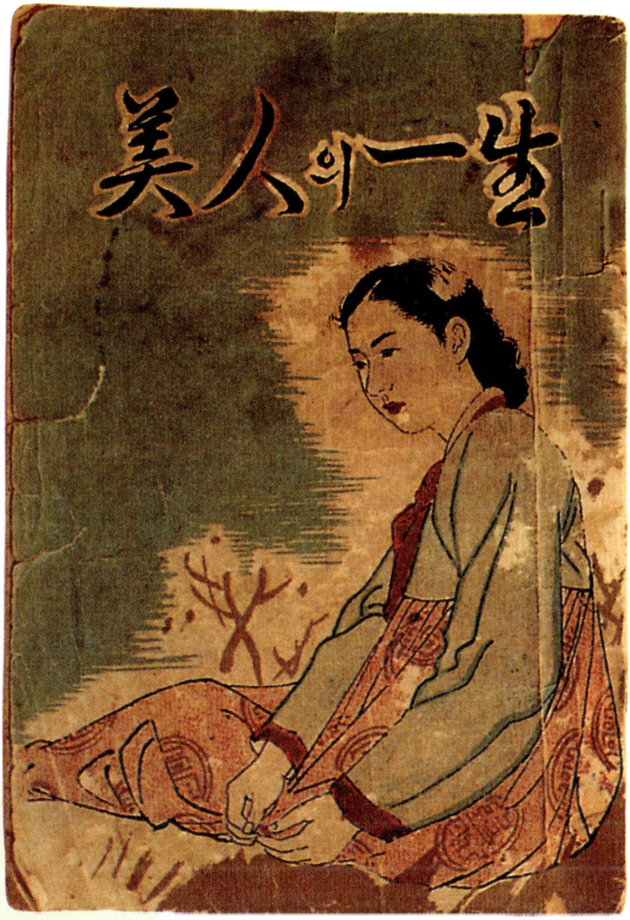

(왼쪽 위) 정비석의 소설 『자유부인』(1954)

(오른쪽 위) 심훈의 소설 『직녀성』 상,하(1953)

(왼쪽 아래) 31세로 요절한 박인환의 유일한 시집 『박인환 시전집』(1955). 시 56이 수록되어 있다.

(오른쪽 아래) 주요섭의 단편소설 『사랑손님과 어머니』(1954)

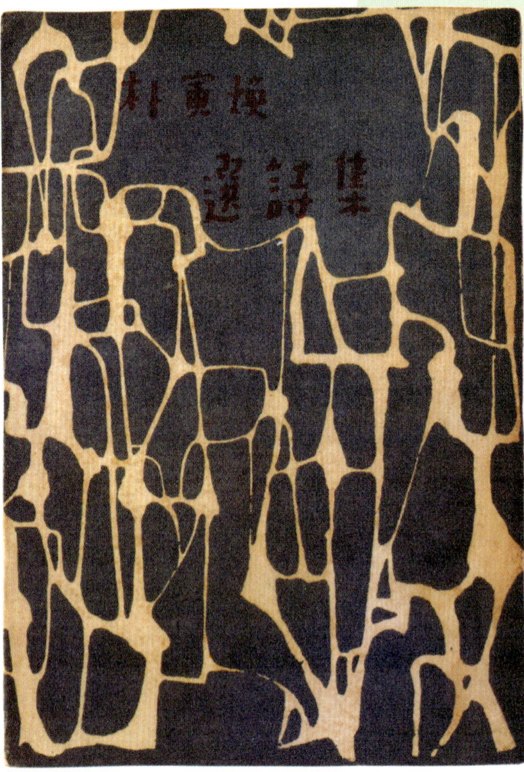

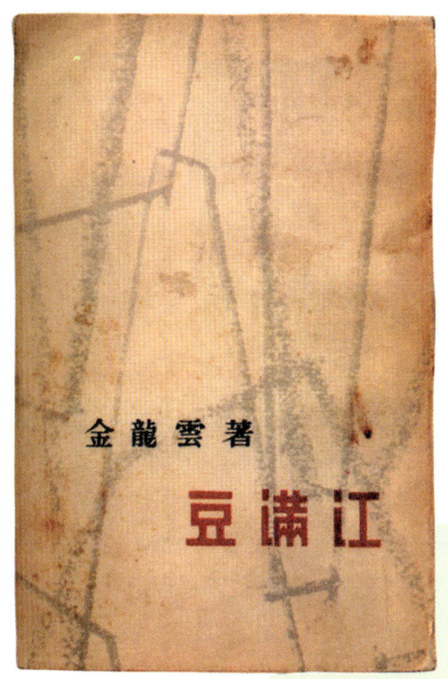

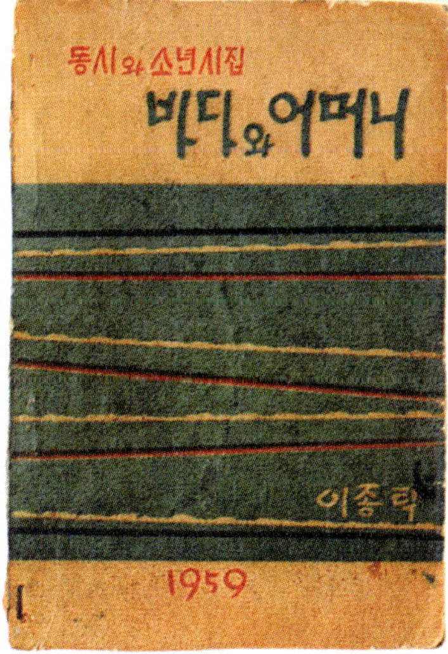

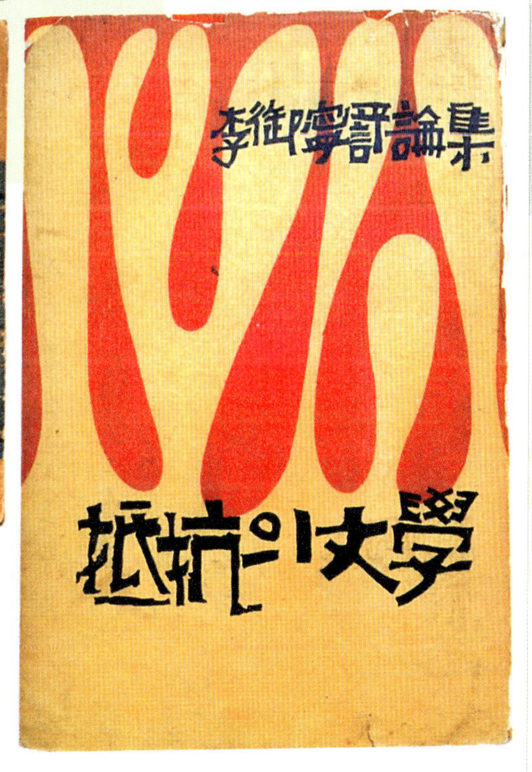

(왼쪽 위) 김용운 소설 『두만강』(1959)
(오른쪽 위) 한무숙 소설 『월운』(1956)
(왼쪽 아래) 이종택의 동시와 소년시집 『바다와 어머니』(1959)
(오른쪽 아래) 이어령 평론집 『저항의 문학』(1959)

이기영의 소설 『두만강』(1958). 1954년에 첫출간되었다.

왼쪽부터 시집 『빛나는 태양』, 『김우철 시선집』, 『벽암시선』

박팔양의 시집 『황해의 노래』(1957)

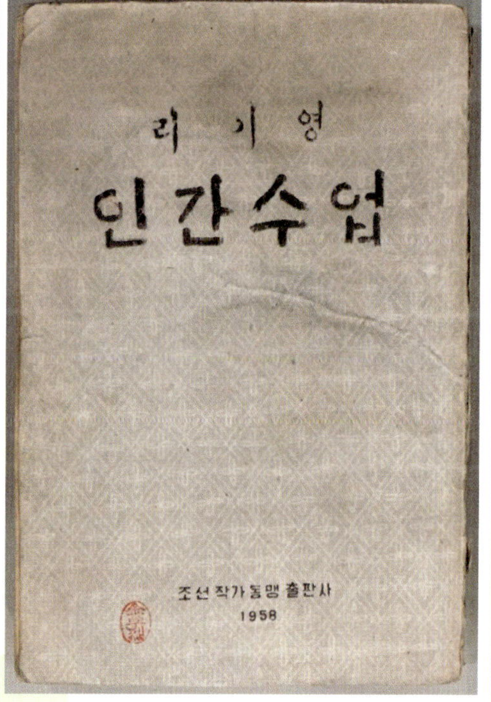

(왼쪽) 송영 희곡집 『불사조』(1959)
(오른쪽) 이기영의 소설 『인간수업』(1941)

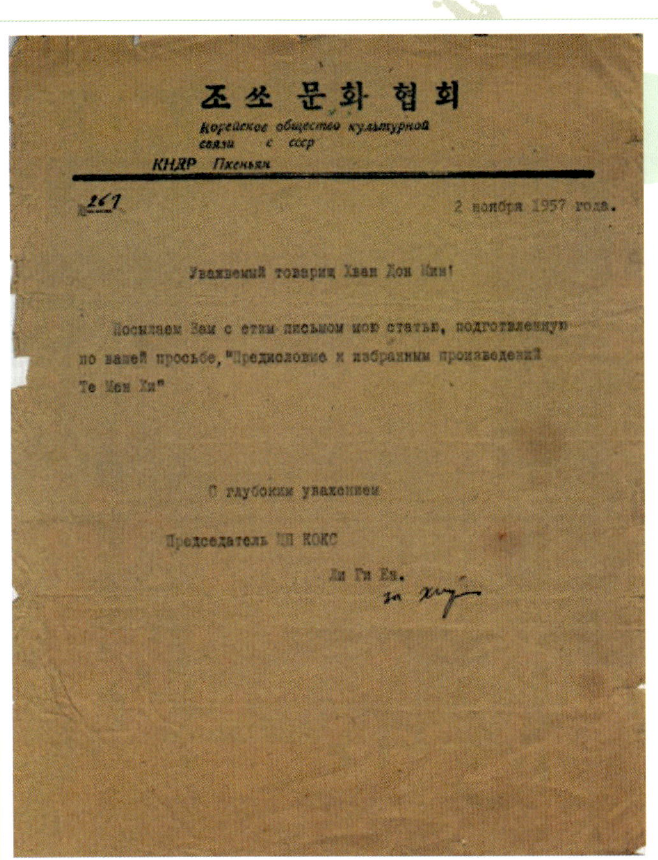

1959년 『포석 조명희 선집』 간행에 앞서 조명희의 처남이자 역사학자였던 황동민이 조쏘문화협회(대표 이기영)에 원고 청탁을 의뢰한 문서

(아래 왼쪽)
엄흥섭의 소설 『동틀무렵』(1960)

(아래 오른쪽)
박팔양 시집 『눈보라만리』(1961)

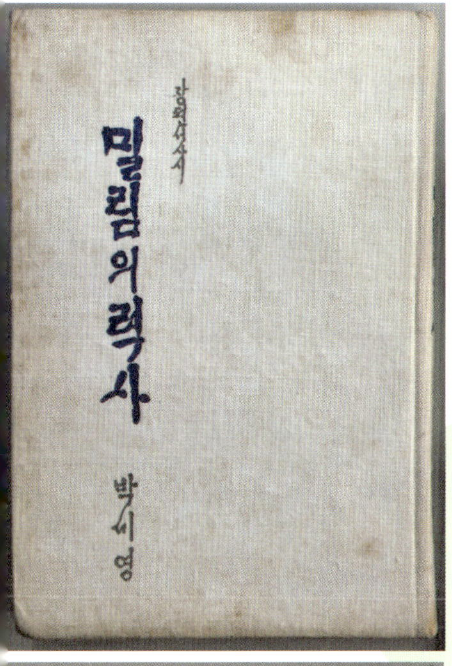

(왼쪽 위)
박세영 시집 『밀림의 역사』(1962)

(오른쪽 위)
윤세중 장편소설 『시련 속에서』(1963)

(왼쪽 아래)
이기영의 소설 『한 녀성의 운명』(1963)

(오른쪽 아래)
박태원 장편소설 『갑오농민전쟁』(1977)

삼성출판사에서 펴낸 박경리 대하소설 『토지』(1973)

(왼쪽 위)『총서 불멸의 역사』(1991~2000) 외
(왼쪽 아래) 천세봉 장편소설 『대하는 흐른다』(1964)
(오른쪽 아래) 이기영 장편소설 『땅』(1973)

풀」의 시인 김수영

「껍데기는 가라」「좋은 언어」의 시인 신동엽

근대문학. 100년. 연구총서. 06

논문으로 읽는 문학사 3

남해
한방
2후

근대문학100년 연구총서 편찬위원회

소명출판

근대문학 기점 문제는 연구자들 사이에서 합의를 이루지 못하여 여전히 논쟁 중에 있다. 보는 이에 따라서 갑오개혁이 시작된 1894년을, 애국계몽기의 시작인 1905년을, 최남선의 신체시가 나온 1908년을 근대문학의 기점으로 잡는다. 상이한 주장이 있기는 하지만 분명한 것은 2008년이 근대문학이 시작된 지 100년이 되는 해라는 것이다. 근대문학의 기점을 늦게 잡아도 1908년을 넘지는 않기 때문이다. 그런 점에서 한국 근대문학은 한 세기를 맞이한 셈이다. 근대문학 100년의 축적 앞에서 우리는 지나온 문학의 여정을 돌이켜보고 새로운 100년을 준비해야 한다. 유럽 근대의 강한 자장 속에서 형성된 한국의 근대문학은 근대 자체가 심각한 반성의 대상이 된 현 시점에서 새로운 틀과 상상력을 요구하고 있다. 이를 위해서는 지나온 100년의 문학을 다각도로 조망할 수 있는 시야가 필요하다. '한국 근대문학 100년 총서'는 이러한 시대적 요청에 부응하기 위하여 마련되었다.

본 총서는 총 7권으로 구성되었다.

1권 『연표로 읽는 문학사』는 근대문학 100년의 기간 동안 발표된 주요 작품 및 문학, 사회 상황을 간략한 연표 형식으로 정리한 것이다. 연표 형식으로 정리된 문학사를 통해 근대문학 100년간의 주요 사건과 작품들을 한눈에 조망할 수 있을 것이다. 이 책에서 특기할 만한 사항은 해방 후 연표에 남북의 문학을 함께 정리하였다는 점, 연표와 함께 연표에 등장하는 주요 사건, 단체, 매체 등에 대해 간략한 설명을 덧붙였다는 점이다. 이러한 형식을 통해 남, 북을 포괄하는 명실상부한 한국 근대문학 연표를 지향했고 좀 더 입체적으로 한국 근대문학사를 이해하는 데 도움이 되고자 했다.

2권과 3권은 『약전(略傳)으로 읽는 문학사』이다. 위원들은 여러 차례의 논의를 거쳐 한국 근대문학 100년의 주요 문인을 선정하였고 이 문인들의 삶과 문학의 요체를 담아내는 서술식 약전을 해당 작가를 연구해 온 연구자들에게 의뢰하였다. 기존의 연대기식 연보 방식뿐 아니라 서술식 약전을 함께 수록함으로써한국 근대문학을 빛낸 문인들의 문학세계를 좀 더 심층적으로 조망하고자 한 것이다. 작업의 전문성과 신뢰를 높이기 위하여 작성한 이들의 실명을 밝혔다. 작성자의 실명은 약전에 대한 독자들의 신뢰를 높이는 데 기여할 것이다. 2권은 해방 전 등단한 문인들을 중심으로 묶었으며 3권은 해방 후 등단한 남북의 문인들을 함께 묶었다. 일부 작가들의 경우 필자의 사정으로 수록되지 못하였다.

4권~7권은 『논문으로 읽는 문학사』라는 이름으로 한국 근대문학에 대한 연구논문들을 모아 엮었다. 한국 근대문학이 100년의 역사 동안 적지 않은 성과를 축적해 온 것과 마찬가지로 한국 근대문학에 대한 연구 또한 다양한 관점과 방식으로 의미 있는 성과를 축적해 왔다. 『논문으로 읽는 문학사』는 이러한 한국문학연구의 성과들을 시기별, 주제별로 가려 모아서 논문을 통해 한국 근대문학 100년을 심층적이고 다각적으로 이해하고자 기획되었다. 해방 전의 한국문학(4권), 해방 후의 남한문학(5,6권), 해방 후의 북한문학(7권)의 구성을 통해 한국 근대문학 100년의 역사를 깊이 있고 개성적으로 이해하는 데 도움을 주고자 했다. 좋은 논문들이 많지만 이 책의 편제상 다 싣지 못한 점이 아쉽다.

이상과 같은 구성으로 '한국 근대문학 100년 총서'는 그간 축적되어 온 한국 근대문학의 성과를 통시적, 공시적으로 조망하면서 좀 더 입체적으로 재구성하고자 하였다. 그간의 한국 근대문학을 총체적으로 정리, 반성하면서 이후의 한국 근대문학사를 준비하기 위해서이다.

이 중요한 작업이 구상에서 끝나지 않고 실현될 수 있는 물적 기반을 마련해준 한국문화예술위원회의 김정헌 위원장에게 깊이 감사드린다. 이 작업의 의미에 대해 공감하고 후원하였던 김병익 전위원장, 구체적인 안에 대해서 조언을 아끼지 않았던 문학소위원회 분들, 그리고 자잘한 문제에 일일이 신경을 써준 문화예술위원회 관계자 여러분의 적극적인 관심이 없었다면 이 작업이 결코 빛을 보지 못하였을 것이다.

근대문학 100년 연구총서 편찬위원회 일동

현대성과 탈현대성의 이질혼성적 탈주 1990~1999   **295**

산업화와 사회적 상상력
1970~1979

불안의 상상력과 정치적 무의식
1970년대 소설의 경우
우찬제

1. 1970년대 소설과 불안의 상상력

불안은 소외·욕망·무관심·타자·생태 등과 더불어 가장 현대적인 주제이다. 유신과 산업화 시대의 문학으로 요약될 1970년대의 소설은[1] 정치적·경제적·민족적·실존적 불안의 풍경을 잘 보여준다. 이에 불안의 상상력을 중심으로 1970년대 소설의 핵심적인 특성을 발견할 수 있는 하나의 길을 마련하고자 한다.

불안의 상상력이 1970년대 소설에서 어떤 프리즘으로 형상화되는가를 구체적으로 살피기 전에 우선 1970년대의 시대적 특성과 소설적 대응 양상을 간략하게 일별해 보기로 한다. 정치 경제적 측면에서 1970년대는 전태일 분신사건(1970년 11월 13일)과 10월유신(1972년)으로 시작하여 박정희 대통령 시해사건(1979년 10월 26일)과 12·12사태로 마감되었다. 1960년대의 군부 독재에 이은 유신체제로 정치적 억압은 심화되었고 사회적 분위기도 경직되었다. 그에 따라 개인의 일상 생활은 자못 불안한 형국이 아닐 수 없었다. 경제적으로는 산업화가 본격화되면서 이른바 '한강의 기적'이라고 불린 놀라운 경제 성장을 이룬 시기였다. 적어도 외적으로 볼 때 1970년대의 경제 성장은 놀라운 것이었다. 새마을운동과 영농 혁신으로 오랜 보릿고개를 해결했고, 1971년에 고작 10억 달러 수준이던 수출액을 불과 6년 뒤인 1977년에는 100억 달러 이상으로 끌어 올렸다. 1970년에 254달러에 불과하던 1인당 국민소득도 1980년에는 1,645달러로 늘어났다.[2] 그러나 이 고도 성장의 그늘에는 많은 희생과 부작용이 웅크리고 있었던 것도 사실이다. 전태일 분신사건에서 YH무역 사건(1979년 8월 6일)에 이르기까지 산업화의 역군인 노동자들이 희생되고 고통받는 사건들이 줄을 이었고, 빈부의 차이가 현격해졌다.[3] 전통적 농촌 사회가 붕괴되기에 이르렀으며, 급격한 도시화의 와중에 전통은 훼손되고 환경이 파괴되었으며 풍속은 타락했다.

  정치적으로 유신시대 혹은 긴급조치 시대였던 1970년대는 1960년 4·19 때에 잠시 향유했던 자유에 절망해야 했고 그 때문에 불안해야 했던 시절이었다. 1970년 9월에 『사상계』가 등록 취소되었는가 하면, 1972년에는 김지하의 「비어(蜚語)」 사건이 있었고, 대통령 긴급조치가 발효된 1974년에는 동아일보 기자들이 자유언론 실천 선언을 하자 이른바 광고 탄압을 하는 사태가 발생했다. 이런 분위기 속에서도 새로운 세대의 젊은이들은 통기타와 청바지, 장발과 미니스커트로 자유와 저항의 분위기를 연출했고, 1975년 서울대 농대 김상진군 할복 사건을 위시해서 반정부 학생운동도 끊임없이 전개되었다. 남북 문제도 순탄치 않았다. 1972년에 남북한 자주평화통일원칙에 합의하여 이른바 7·4공동 선언을 발표하기도 했으나, 1976년(8월 18일)에는 판문점 도끼만행 사건이 있었다. 그런 가운데도 1970년 8월에 『문학과지성』이, 1972년 10월에 『문학사상』이 창간되었으며, 1974년에는 당대의 대표적인 대항 담론이었던 이영희의 『전환시대의 논리』가 출간되었다.

　여러모로 변화가 많고 혼돈스럽고 불안한 시절이었지만, 이 시절에 작가들은 예리한 산문정신으로 '소설의 시대'를 일구어낸다. 1970년대의 소설은 다채로운 제재와 스타일로 한국 소설사를 흥성하게 했다. 1970년대 소설은 기본적으로 산업화 시대의 대응 담론이라는 성격이 강하다. 그러나 그 대응을 위한 서사 텍스트 전략은 다양했다. 황석영·조세희·윤흥길·이문구·최일남·박태순·문순태 등 많은 작가들이 산업화 시대의 노동자와 도시 빈민의 소외 및 빈부 격차 문제, 물질만능주의와 풍속의 타락, 전통적인 농촌 사회의 붕괴 문제 등에 서사의 렌즈를 맞추었다. 한편에서 산업화의 그늘에서 '작은 공'을 쏘아 올리고 있었다면, 다른 한편에서는 정치적으로 자유와 사랑의 문제와 맞씨름했다. 최인훈·이청준·호영송 등이 대표적이다. 그런가하면 분단 상황에 대한 새로운 서사적 탐구 양상도 활발했는데, 김원일·조정래·전상국·홍성원·유재용·현기영 등의 여러 작품들을 떠올릴 수 있다. 이른바 1970년대적 감수성을 보였다고 평가된 최인호를 비롯해 박완서·이동하·조해일·조선작·한수산·박범신 등은 새롭게 형성된 도시적 삶의 빛과 그늘을 보여 주었다. 아울러 박경리·박완서·오정희·서영은·김채원·양귀자 등 여성작가들에 의한 여성소설의 본격적인 전개 양상도 이 시기 소설사의 뚜렷한 풍경이다.

　이런 시대적 상황과 소설적 전개 양상을 염두에 두면서, 1970년대 소설에서 불안의 상상력을 네 국면으로 나누어 논의하겠다. ① 정치적 억압 현실에서 불안을 느끼는 주체에 의한 자유 지향의 정치적 무의식을 보이는 경우로서 이청준의 『당신들의 천국』과 호영송의 「파하의 안개」. ② 경제적 질곡과 불평등의 현실에서 불안을 느끼는 주체에 의한 평등 지향의 정치적 무의식을 보이는 경우로서 황석영의 「객지」와 조세희의 『난장이가 쏘아올린 작은 공』. ③ 민족 분단의 현실에서 불안을 느끼는 주체에 의한 분단 초극의 정치적 무의식을 보이는 김원일의 「어둠의 혼」과 윤홍길의 「장마」. ④실존적 불안 상황에서 불안을 느끼는 주체에 의한 자기 인식의 정치적 무의식을 보이는 경우로서 최인호의 「타인의 방」과 오정희의 「번제(燔祭)」 등. 이런 논의를 통해 1970년대 소설의 핵심적인 특성을 재발견함은 물론 우리문학에서 불안의 상상력을 논의할 수 있는 새로운 가능성을 마련할 수 있기를 바란다.

2. 정치적 불안과 자유의 문제

1970년대에 억압과 불안 및 자유의 가능성 문제에 가장 민감했던 작가는 아무래도 앞에서도 살핀 바 있는 이청준이었다. 4·19에서 본 자유의 가능성과 5·16으로 인한 그 좌절 사이에서 분열과 불안을 느끼면서 소설을 썼던 대표적인 작가였다. 『씌어지지 않은 자서전』(1969)에서 4·19세대 주인공은 "우리들은 언제나 이 가능성과 좌절을 동시에 느끼며 그래서 용기를 가졌다가도 금방 회의하고 끝내 선택을 보류해버리는 것"4)이라고 얼굴 없는 신문관에게 진술한 바 있거니와, 실제로 이청준의 소설은 자유와 자유가 억압된 상황에서의 불안과 절망의 다양한 스펙트럼을 보인다. 4·19에서 본 자유의 가능성과 5·16에서 본 절망의 현실성 사이의 자장에 그의 정치적 무의식은 뿌리내린다. 그런 이청준 소설에서 불안의 상상력의 원초적 장면은 등단작 「퇴원」(1965)의 광속 전짓불 장면이다. 위험 신호로서 전짓불은 불안의 대상이자 원인이된다. 아버지의 전짓불은 대타자의 응시 권력의 극화된 모습이다. 그것은 현실의 억압적 질서를 환기하기에, 그 응시 권력에 포획된 주체의 시선은 불안한 시대의 실존적 운명을 상징한다. 이 원초적 장면에서 보이는 대타자의 응시와 주체의 시선 사이의 역학은, 이청준 소설에서 인물 구성이나 서사 구성의 주요 원리가 된다. 이 원초적 장면은 나중에 광장 불안의 양상으로 극화된다. 「겨울 광장」(1979), 「조만득씨」(1980), 「황홀한 실종」(1976) 등에서 주인공들은 광장에서 불안의 풍경을 연출한다. 「소문의 벽」(1972), 『쓰여지지 않은 자서전』(1969), 「전짓불 앞의 傍白」(1988) 등은 전짓불을 앞세운 대타자의 향락에 의해 진술 불안을 느끼는 주체들의 이야기다. 이런 이청준의 소설에서 불안의 상상력은 자유에의 가능성을 꿈꾸는 정치적 무의식과 관련된다. 장편『당신들의 천국』(1976)에서도 이런 측면에서 불안의 상상력을 읽어낼 수 있다.

『당신들의 천국』은 천국에로 이르는 길의 어려움을 고뇌하면서 1970년대 유신 독재의 허상을 비판적으로 알레고리화한 작품이다. 나환자 병원이 있는 소록도를 무대로 벌어지는 나환자들과 병원장과의 갈등의 이야기다. 병원장 조백헌은 선한 의지를 가지고 나환자들을 위한 '당신들의 천국'을 구상하고 실천하려 한다. 그러나 나환자들은 '우리들의 천국'이 아닌 '당신'에 의한 '당신들의 천국'에 회의하며 좀처럼 협력하지 않는다. 황장로를 비롯한 나환자들은 자유 의지와 사랑의 교감에 기초한 실천적 힘, 위나 밖으로부터가 아닌 안으로부터의 자생적 의지나 운명에 기초한 '우리들의 천국'을 소망했던 것이다. "운명을 같이 하지 않는 한에서의 어떤 힘의 질서는 무서운 힘의 우상을 낳을 뿐"5)이라는 사실을 깨달은 조백헌 원장은 조용히 섬을 떠난다. 떠난 지 5년만에 병원장이 아닌 개인의 신분으로 소록도로 돌아온다. 운명을 같이 하려 한 그였지만, 이제 필요한 원장의 권능이 그에게 없었다. 이에 그는 또 다른 한계에 부딪친다. '당신들의 천국'이 아닌 '우리들의 천국'을 모색하고자 한 조백헌의 반성적 이념과 노력은 소설에서 더 이상 구체적인 결실을 보지 못한다. 그렇지만 윤해원과 서미연의 결혼식 추진 사건을 통해 '우리들의 천국'의 가능성을 암시하는 것으로 소설은 끝난다. 사랑과 자유에 기초한 이 결혼 사건이 암시하는 것은 일반의사에 입각한 공동의 행복 추구 가능성이다. 나환자와 일반인, 우리와 당신들이 구별되는 천국이 아닌, 서로 교감하고 조화를 이루는 '우리들의 천국'의 씨앗이 거기서 자생적으로 움트기를 열망하는 것이다.

그런데 사랑과 자유가 교호하는 진실한 소통의 마당 혹은 진정한 타자와의 소통이 '우리들의 천국'에서 핵심적인 조건으로 부각되는 이유를 다시 탐문하는 과정에서, 우리는 불안의 상상력을 주목하게 된다. 이 소설의 주인공은 분명 조백헌 원장이지만, 그로 하여금 반성적 지평에 이르게 하는 주요한 문제적 인물은 이상욱 과장이다. 도입부에서 그는 타인의 응시 때문에 불안해하는 인물로 제시된다.

> 상욱은 불시에 가슴이 덜컥 내려앉았다. 부속실 사람들의 시선이 온통 그 상욱에게로 집중되고 있었다. 그런 때 그는 그런 버릇이 있었다. 기억도 할 수 없을 만큼 어린 시절부터 있어온 버릇이었다. 어린 시절부터 그는 자신이 사람들의 시선에 얹히는 것을 그렇게 싫어했다. 싫어했다기보다 두려워했다. 그런 시선 앞에선 자기도 모르게 가슴이 덜컥덜컥 내려앉곤 했다. 그리고 한번 그런 시선을 의식하기 시작하면 며칠이고 어떤 괴로운 환각 때문에 견딜 수 없도록 시달림을 당할 때가 많았다. 방안에 혼자 있을 때마저 그의 등뒤 어딘가서 숨을 죽인 채 까맣게 그를 노려보고 있는 눈동자의 환각을 떨어버릴 수가 없었다. (17면)

여기서는 "기억도 할 수 없을 만큼 어린 시절부터 있어온 버릇"이라고 진술되거니와, 뒤에 한민이라는 청년이 쓴 소설을 통해 간접적으로 그의 불안 심리의 경위가 밝혀진다. 당시 병원에서는 나환자의 증식을 막는다는 명목 아래 남성 환자의 단종수술6)을 요구했었는데, 상욱의 아버지는 그것을 어긴 채 정식 결혼도 하지 않은 상태에서 상욱을 낳게 된다. 상욱 어머니의 임신과 출산은 병원 당국자들을 제외한 섬사람들이 공유하는 비밀이 되었고, 비밀이 들통나는 것을 막기 위해 상욱은 방안에 갇힌 채 숨소리도 제대로 내지 못하고 있어야 했다. 발자국 소리만 들려도 상욱은 불안에 떨어야 했다. "제 겁에 제가 질려 머리까지 이불 자락을 뒤집어쓰며 숨을 죽이게 되곤 했다. 어디선가 벌써 자기를

까맣게 노려보는 눈동자 같은 것을 느낄 때가 많았다."(109면) 결국 부모
는 상욱을 몰래 육지로 빼돌렸고, 그후 상욱의 아버지는 계속 비밀이
들통나는 것을 막기 위해 원장의 주구 노릇을 하다가 섬사람에게 피살
된다. 이미 출생에서부터 외상을 가질 수밖에 없었으며, 타인들의 시선
을 피해야 하는 외상을 겹으로 지녔고, 또한 아버지의 비극적 삶과 죽
음이라는 가족 서사를 지니고 있는 인물이기에, 이상욱의 불안 심리는
결코 단순하지 않다. 말하자면 이상욱과 그의 가족은 병원의 규율 내지
나환자만의 천국을 건설하려고 했던 육지 출신 원장들에 의해 억압적
일 수밖에 없었으며, 그 때문에 불안한 나날을 보내거나 죽어가야 했던
것이다. 타자들의 눈이 불안의 대상이자 원인이 되는 것은 이 때문이다.
그런 이상욱이 보기에 아무리 조백헌 원장이 선한 의지를 가지고 나환
자들의 천국을 건설하려 해도, 그것은 건강한 정상적 인간으로 거듭나
기를 소망하는 나환자들을 배반하는 결과를 낳을 뿐이다. 또 천국 건설
이라는 명목 아래 섬에 울타리만을 쌓는 일이 될 것이며, 그러면 섬의
나환자들은 더욱 억압된 상황에서 불안한 나날을 지낼 수밖에 없다는
생각을 그는 지니게 된다. 병원의 일방적 억압 때문에 불안해야 했던
상욱이었기에, 그는 주체의 자유로운 선택을 가장 중요한 것으로 보고,
그 때문에 줄곧 조원장을 감시하고 비판하는 것이다. 시종 불안을 앓으
면서 자유의 가능성을 추구하는 이상욱의 이념형은 자유와 사랑의 실
천적 화해를 강조한 황희백 장로의 이념형과 더불어 조백헌의 성격 변
화에 주요한 기능을 담당한다. 이 과정에서 작가 이청준은 피치자인 나
환자들의 불안뿐만 아니라 치자인 조백헌의 불안도 보여준다. 그의 선
한 의지가 나환자들과 원활하게 소통할 수 없을 때 그도 불안에 빠지는
것이다. 양쪽 모두 불안한 상황에서 벗어나기 위해서는 교감과 공감을
통한 공동 운명이 되어야 함을 보여준다. 삶의 현실과 이상적 소망, 주
체와 타자 사이의 진정한 교감 가능성, 개인의 진실과 집단의 꿈의 화
해 가능성, 자유와 사랑의 허심탄회한 조화 가능성 등 여러 가지 복합

적인 문제의식들을 견인하는 상상적 기저가 바로 불안이다.

호영송의 「파하의 안개」(1973)는 억압과 불안의 테마를 환상적 리얼리즘 기법으로 구현한 소설이다. 권력의 시대였고, 권력 때문에 언로(言路)가 막힌 채 불안에 떨던 시대였던 유신시대에 호영송은 권력과 불안 및 말과 사람의 자유의 문제를 가지고 당대 삶의 실체를 밝히려 했다. 「파하의 안개」에서 파하라는 가상국의 시인 바아몽씨는 수상의 부름을 받고 나라 전체에 안개처럼 번져있는 소문을 제어하는 일을 맡게 된다. 수상은 '소문'이라는 적으로부터 파하를 지킨다는 명목으로 '침묵'을 요구해 왔던 인물이다. 억압적인 대타자의 면목이다. 침묵이란 곧 말의 자유를 박탈한 상태를 의미한다. 상징적 질서에서 말과 법의 규율을 그는 한 손에 거머쥐고 있다. 그의 명분은 "끊임없는 비난, 비방, 중상과 모략, 책략의 말, 거짓의 말, 탐욕의 말로 만연"7)되어 있는 말의 현실을 구원해야 한다는 것이었다. "말과 삶이 서로 평화"(14면)로운 '말의 정통성' 혹은 '진실한 말'에 대한 신뢰에 의탁하여, 이에 응한 주인공은 소문의 양상을 파헤치다가 환청처럼 또 다른 타자의 목소리를 듣고 불안에 빠진다.

> 나는 안개의 입이 내게 다가와 내 귀에 대고 속삭이는 소리를 들었습니다.
> (⋯중략⋯)
> "이 애숭이야. 네가 소문을 물리치겠다고? 하하하하." (⋯중략⋯)
> 나는 순간 안개의 입으로부터 멀리 떨어지려고 몸을 휙 돌렸습니다. 그러나 그 입은 내가 비켜난 쪽에서 또 킬킬거리면서 속삭였습니다.
> "네가 수상의 개가 됐다면서?"
> 나는 더 무엇을 생각해 볼 겨를도 없어, 본능적으로 그 소름끼치는 소리로부터 달아나려고 했습니다. 그러나 그 소리는 뒤를 쫓아오면서 불결하게도 귓속을 파고들었습니다.
> "너는 꼭두각시, 너는 꼭두각시."
> "네가 소문을 어쩌고어쩐다고!"

　　"너를 소문을 수렁에 빠뜨려 줄까."(19면)

　　소문으로부터 해방된 말의 진실한 지평이라는 명분에 입각하여 대타자인 수상과 동일시했던 주체는 이 다른 타자의 목소리를 들으면서 대타자의 향락과 욕망에 포획된 자신의 욕망을 반성하게 된다. 진실로 가닿는 반성적 자의식은 불안을 낳게 마련이다. 게다가 공보장관의 억압적인 견제를 받으면서 "문득 내 눈앞이 갑자기 희끄무레해지면서 가슴이 답답함"(23면)을 느낀다. 불안의 증후다. 그러던 주인공은 숲속을 산책하면서 "숲의, 물의, 바람의 힘을 얻어 다시 생각해야 한다"는 생각과 함께 "숲에게 나뭇잎들에게 초록들에게 부끄러움을 느끼"(24면)게 된다. 교묘한 명분으로 위장한 대타자인 수상과의 동일시가 오인(誤認)이었음을 자각한 주인공은 사태를 정시해야겠다는 의지를 다지게 되고, "소문 때문에 옳은 공론이 제대로 서지 못하는 것도 사실이었지만, 공론이 제대로 설 수 없기 때문에 소문이 만연"한다는 것, 그리고 "수상은 소문을 전염병에 비유하였지만 취약점이 많기 때문에 병균이 창궐"(25면)한다는 사실을 인지하게 된다. 그래서 소문의 실체와 진원시에 대해 좀더 근원적으로 탐색해 들어간다. 그 과정에서 그는 불가피하게 장관과 수상의 권력 작용까지 검토하게 된다. 그야말로 성역 없는 탐색을 계속해 나가던 그는 수상에 의해 국외로 추방된다. 여기서 추방은 곧 말과 법을 좌지우지하는 대타자의 향락에 의해 거세된 상태를 의미한다. 주인공은 불안 상태에서 거세되고 불구화될 것이라는 환상소[8]를 지녔었는데, 그렇게 된 것이다.

　　소설 「파하의 안개」는 이렇게 인접국으로 추방당해 디아스포라의 운명에 처한 주인공이 술을 마시며 자기 이야기를 진술하는 형식으로 짜여 있다. 주인공의 자기 이야기는 불안을 겪다가 거세된 자의 자기 애도이자, 그가 소망하던 말의 진실, 말과 사람의 평화가 거세된 부당한 현실에 대한 애도의 비가라고 할 수 있다. 진실한 말이 억압되어 자유와 평화가 거세된 상태는 영락없이 불안의 정점을 뜻한다. 그러므로 호영송의 「파하의 안개」는 부당한 권력에 의해 말과 사람의 자유와 평화가 억압되고 거세된 상태에서 가까스로 진술되는 자유와 진실에의 소망을 드러낸 불안의 서사라고 할 수 있다.

이렇게 이청준의 『당신들의 천국』과 호영송의 「파하의 안개」는 1970년대 유신 시절의 정치적 억압 상황에서, '말'의 자유와 권력이 일부에 독점되었을 때9) 불가피하게 발생하는 엄혹한 불안의 풍경을 실감 있게 드러내면서, 진실한 자유에의 지평을 소망한 텍스트라는 공통점을 지닌다. 두 작품 모두 대타자의 요구와 향락에 의해 거세당할 지도 모른다는 불안 심리를 드러내며 실제로 거세당하거나(『당신들의 천국』에서 단종수술) 사회 상징적으로 거세당한다(국외로 추방). 다만 「파하의 안개」가 회고적 진술로 불안한 정치 상황을 여실하게 증거하면서 비판한 것이라면, 『당신들의 천국』은 장편에 걸맞게 현실 진단과 비판 및 소망스런 현실을 위한 새로운 지향의 논리까지 제시한 것이 변별된다.

3. 경제적 불안과 평등의 문제

경제개발계획이 본격화되면서 이른바 이촌향도(離村向都) 현상이 나타났다. 1970년대 초 고향을 떠나 객지에서 '가난한 마음'으로 살아가야 했던 유목민들의 처지를 가장 실감 있게 그린 작가는 황석영이다. 그는 중편 「객지」(1971)에서 공사판 노동자들의 삶의 애환을 실감 있게 그리면서 노임 착취의 모순을 밝히고 이를 혁파하려는 동혁의 조직적인 움직임을 힘있게 형상화했다. 작중 늙은 노동자 장씨의 생각에 따르면, 당시 노동판의 구조는 매우 잘못되어 있었는데, 이를 개선하고자 하는 노

동자들의 노력은 실패로 귀결되기 심상이라는 패배의식을 노동자들이
지니고 있기에 계급적 연대의식을 가지지 못한 채 단자화되어 있는 실
정이다. 이에 동혁과 대위는 객지에서 희망을 되찾아 고향으로 돌아갈
수 있게 하기 위해 쟁의를 벌이지만, 현장소장이나 감독의 노회한 술책
에 의해 실패로 돌아간다. 그런 가운데서도 문제적 인물인 동혁은 "알
수 없는 강렬한 희망"으로 자기 마음을 채우고 있으며, "꼭 내일이 아니
라도 좋다"10)며 희망을 향한 결의를 재차 다진다.

　전체적으로 보아 「객지」는 등장인물의 불안 심리가 전경화되어 있는
작품은 아니다. 오히려 불안한 경제적 현실의 생태를 딛고 일어서 불안
이 해소된 희망의 지평을 지향하는 의식이 강한 소설이다. 앞서 언급한
동혁의 "알 수 없는 희망"이 그것이다. 그러나 희망의 이데올로기보다
는 그것을 지향할 수밖에 없는 현존 생태의 생생한 점묘를 우리는 주목
해야 한다. 「객지」에서 떠돌이 노동자들의 불안한 경제적 현실은 다음
몇 가지로 요약된다. 우선 잘못된 노동판의 구조로 말미암아 노동자들
은 죽도록 일하고도 제대로 대우를 받지 못한다는 것이다. 그럼에도 패
배의식에 젖어 자신들의 정당한 권리를 주장하지 못한다는 것이 장씨
에 의해 보고된다. 즉 "수많은 공사판에서 객기를 부리는 젊은이들의
천작을 겪어봐서 알지만, 모두 소용없는 짓"이라는 것, "한번도 성사하
는 꼴을 못 보았다"(159면)는 것이다. 그도 그럴 수밖에 없는 것이 "전화
를 걸면 읍내 유치장에 자네들을 몽땅 쓸어 넣을 수도 있어"라는 감독
의 강압적 말이나, "손목에 감은 쇠사슬로 부엌문의 나무판자를 두
드"(233면)리며 위협하는 구사대의 억압이 엄존하기 때문이다. 자기 안의
패배의식이나 타자의 억압은 모두 주체의 불안을 견인하고 기대 지평
을 좁히는 요인이다. 불안한 가운데도 행동으로 옮겼지만 구사대와 경
찰에 쫓겨 산 위로 올라간 시위 노동자들은 더욱 고립감 속에서 불안을
느낀다. "주위가 완전히 캄캄해지자 인부들은 자기들이 고립되어 있다
는 걸 실감"(258면)할뿐더러, "자기가 낯선 곳에 강제로 하차되었으며, 모

든 불빛들은 지정된 땅으로 저희들끼리만 발차해가는 듯한 느낌"(259면)에 사로잡힌다. 작중 대위는 다음과 같이 불안의 메시지를 전한다. "정말 내 한 몸 살기도 어려운 세상이오."(259면) 현장소장의 노회한 회유 전략에 시위대에 동참했던 많은 인부들이 말려들게 되는 것은 이러한 개개인들의 불안 심리와 계급적 연대 의식의 부족 때문이다. 그러니까 동혁이 추구하는 알 수 없는 희망도 이런 불안의 늪을 건너간 지평에서야 열릴 수 있을 것이다. 일하는 사람들이 정당한 권리를 확보할 수 있는 희망의 지평이, 당장 오늘이 아니라도 꼭 이루어질 수 있기를 동혁은 소망한 것이다. 「객지」에서 불안의 상상력은 쟁의 실패의 배경막이 되면서 동시에 불안을 초극한 지향 이념을 암시한다. 그것은 평등의 정치적 무의식으로 이어진다.

그러나 본격적으로 평등의 이념이 문제되는 것은 조세희의 『난장이가 쏘아올린 작은 공』 연작(1975~78)에 이르러서의 일이다. 황석영이 뜨내기 공사판 노동자들의 삶을 다루었다면, 조세희는 본격적으로 산업화된 공장 노동자들의 불안한 삶과 소외된 생태를 다루었다. 작가가 형상화한 '난장이'는 산업사회의 증후(症候)가 본격화되던 당시에 자신의 경제적 토대와 세계의 타락상으로 인해 철저하게 소외된 삶을 살수밖에 없었던 인물이다. 그 같은 사회·경제적 조건을 작가가 '난장이'라는 신체적 불구성에 빗대어 상징적으로 형상화한 것이다.

'난장이'는 "사랑으로 일하고 사랑으로 자식을 키"[11]우는 그런 세상을 꿈꾸었다. 그러나 경제적 약자로서 그가 꿈꾼 사랑의 세계는 현실그 어디에도 없었다. 그래서 그는 "벽돌 공장 굴뚝 위에 올라가 종이비행기"(「우주 여행」, 67면)를 날리는 대리 행위를 할 수밖에 없었다. 달나라로의 이계(異界)여행만을 꿈꿀 수밖에 별다른 도리가 없었다. 그러다'난장이'는 자신이 사랑의 삶을 희원하던 바로 그 장소(공장 굴뚝)에서 투신 자살하고 만다. 이 연작에서 '난장이'는 신체적·경제적 조건에 대한 객관적 생태와 그가 꿈꾼 사랑의 세상에 대한 소망 등의 이야기와 관련하여 등장하기 때문에 불안의 심리가 극화되지는 않는다. 그러나 '난장이'의 아내나 아들딸의 경우는 다르다. 아내는 경제적 질곡 때문에 고통스러워할뿐더러 아이들이 노동운동에 참여하는 것 때문에 불안해한다.[12) 불안해하면서도 그것을 방해할 수 없다는 판단[13) 아래 심정적으로 지원한다. 산업시대의 본격적인 노동자 1세대인 '난장이'의 큰아들 영수는 "나는 아버지에게 물려받은 사랑 때문에 괴로워했다. 우리는 사랑이 없는 세계에서 살았다"(「잘못은 신에게도 있다」, 220면)고 생각하는 인물이다. 사랑 없는 세계에서 사랑 때문에 괴로웠고, 사랑을 추구해야 한다는 것 때문에 불안했던 터이다. 그는 교육을 통해 사랑을 구현했으면 하는 진전된 생각을 가져보기도 했지만 현실에서 이루지 못한다. 노사 협상이 완패로 끝난 다음, 영수는 신도 잘못을 저지르는 이 세상에서는 자기 소망을 실현할 수 없으리라는 사실을 절감한다. "난장이네 큰아들로 태어나 불행하게도 무엇을 선택할 기회를 한 번도 가져본 적이 없다"(「클라인씨의 병」, 254면)는 생각에 이르러, 그의 불안은 분노와 적의로 전이된다. 적의와 분노의 절정에서 그는 자본가를 살인하여 사형당하고 만다.

불안하기는 자본가/사용자 계급 쪽도 마찬가지다. 「잘못은 신에게도 있다」에 제시된 노사 협상 장면에서 명료하다. "지금은 너무 불공평합니다. 공평해야 산업 평화가 이루어집니다"라는 노동자1의 발언에 "집어치워!", "왜 이래요?", "재가 뭘 압니까?"(230면) 등등으로 신경질적으로 대응하는 사용자들의 반응을 비롯해 여러 곳에서 확인된다. 그들이 느끼는 불안 심리는 작중 은강그룹 회장의 손자인 경훈의 시점으로 서술되고 있는 「내 그물로 오는 가시고기」에서 더욱 분명하다. 경훈의 아버지는 "우리에겐 지켜야 할 게 많아"(274면)라고 말하는가 하면, 경훈은 노동자들에 대해 "나이보다 작은 몸뚱이에 감춘 적의와 오해 때문에 제대로 자라지 못할"(280면) 것이라고 생각한다. 또 '난장이'와 그의 큰아들의 성격적 결함을 지적하기도 한다. 제로섬게임 수준만을 생각할 때 공평한 분배를 요구하는 노동자들의 주장은 자본가들을 불안케 하는 충분한 요인이 된다. 경훈이 악몽에 시달리는 것도 그 때문이다.

> 내 그물로 오는 살찐 고기들이 그물코에 걸리는 것을 보려고 했다. 한 떼의 고기들이 내 그물을 향해 왔다. 그러나 그것은 살찐 고기들이 아니었다. 앙상한 뼈와 가시에 두 눈과 가슴 지느러미만 단 큰 가시고기들이었다. 수백 수천 마리의 큰 가시고기들이 뼈와 가시 소리를 내며 와 내 그물에 걸렸다. 나는 무서웠다. 밖으로 나와 그물을 걷어 올렸다. 큰 가시고기들이 수없이 걸려 올라왔다. 그것들이 그물코에서 빠져 나와 수천 수만 줄기의 인광을 뿜어내며 나에게 뛰어올랐다. 가시가 몸에 닿을 때마다 나의 살갗은 찢어졌다. 그렇게 가리가리 찢기는 아픔 속에서 살려 달라고 외치다 깼다. (302~303면)

그물과 가시고기는 모순 관계이다. 여기서 경훈은 자기 그물로 가시고기들을 잡으려고 하지만, 그 그물을 빠져 나온 가시고기들이 자기 살갗을 찢어버린다. 두 말할 필요도 없이 그물이나 그것을 친 쪽은 자본가이고, 가시고기는 노동자 쪽이다. 경훈의 꿈은 노동자들과 대립 / 모순 관계에 있는 자본가의 상징적 악몽이며, 불안 심리의 도상적 장면화다.

중간 계층으로 제시되는 신애네도 불안하긴 마찬가지다. 「칼날」에서 신애는 "단출한 식구들이 꾸려가는 생활에 불안은 왜 이렇게 많을까?"(33면)라고 탄식한다. 또 아들의 장래를 생각하며 더한 불안에 빠진다. 아들이 학교에서 옳은 교육을 받지 못한다고 판단하기 때문이다. 직장에 다니는 신애의 남편 역시 희망은 날아갔고 불안과 피로에 젖어 있는 인물로 제시된다. 그는 좋은 책을 쓰고 싶었으나 단 한 줄도 쓰지 못했다. "그는 저 자신과 자신의 생활에 싫증을 느끼고 있다. 그는 자기의 시대에, 그리고 사회에 불안을 가지고 있다."(34면) 그의 불안 증후는 스스로 자신을 "실어증 환자"(34~35면)로 생각하는 것으로 나타난다.

"바람이 센 날은 모두 불안에 떨 것이다. 그들이 편안한 잠을 청하기엔 벽돌 공장의 굴뚝이 너무 높다. (…중략…) 난장이에게 이 세상은 안

전한 곳이 못 된다"(54면)라고 한 부분에서 알 수 있듯이, 난장이네는 물론 "저희들도 난장이랍니다. 서로 몰라서 그렇지, 우리는 한편이에요"(57면)라고 말하는 신애네도 세상에서 불안에 떤다. 경우는 다르지만 바람을 일으키는 자본가쪽 그러니까 경훈네도 불안에 시달린다. 그 불안의 대상과 원인이 다를 뿐이다. 한쪽은 공평한 분배 요구가 받아들여지지 않기에 불안하고, 다른 한쪽은 그것을 거부하느라 불안하다. 이런 대립 상황 때문에 불안한 현실을 치유하기 위해 작가는 사랑이나 교육의 이념을 제시해 보기도 하고, 뫼비우스의 띠나 클라인씨의 병과 같은 비유를 동원하기도 한다. 그것의 현실성 여부를 떠나 분배 정의 혹은 평등의 정치적 무의식을 드러낸 기제로 보인다.

황석영의 「객지」와 조세희의 『난장이가 쏘아올린 작은 공』은 경제적 질곡과 불평등 현실을 문제삼아 불안의 상상력으로 경제적 평등의 지평을 지향한 소설이다. 여기서 불안의 상상력은 평등을 위한 정치적 무의식과 연계된다.

4. 민족적 불안과 분단 초극의 문제

분단 상황은 여전히 현재진행형인 중요한 문제였기에 1970년대에도 분단 상흔을 새롭게 조망하고 분단 극복의 길로 나가기 위한 서사적 노력이 계속되었다. 이병주·홍성원·김원일·조정래·전상국·윤흥길·현기영·유재용 등 여러 작가들의 소설에서 분단 상황은 주체로 하여금 불안을 산출하는 맥락적 원인이 되고 있다. 그 중 김원일의 「어둠의 혼」(1973)과 윤흥길의 「장마」(1973)는 소년기의 관찰자적 시점으로 분단 상황과 그 불안의 풍경을 점묘하면서 분단 상황이 해소되기를 소망하고 있는 작품이다.

적어도 1970년대에 김원일은 일관되게 분단과 전쟁 체험을 소설화한 작가다. 자전적 소설 『마당 깊은 집』(1988)을 통해서도 확인할 수 있는 바이지만, 그는 좌익 활동을 했던 아버지가 한국전쟁 때 월북함으로써 겪어야 했던 가난과 주위의 차가운 시선, 무서운 어머니 등 작가의 개인사를 토대로 전쟁이 남긴 상처를 재조명한다. 1970년대 초반의 인상적인 단편 「어둠의 혼」(1973)은 천진한 소년 '갑해'의 시선을 통해 한국전쟁 직전의 이데올로기적 혼란으로 인한 상흔을 점묘한 소설이다. 좌익 지식인이었던 아버지로 인해 가족은 붕괴되고 곤경에 처하게 되지만, 소년은 고통의 뿌리를 통해 성장하게 된다. 어린 갑해에게 이데올로기는 매우 불확실한 혹은 불가해한 어떤 것이었고, 그래서 불안에 떨어야 했다. 차라리 굶주림은 구체적이고 확실한 육체적 고통과 두려움으로 절실하게 다가온다. 이에 갑해는 자신과 가족들을 이런 불가해한 불안과 굶주림의 고통에 빠지게 한 아버지를 미워하게 된다. 이런 갑해의 불안 증후군은 보라색 혐오증으로 나타난다.

> 대추나무 뒤편 하늘은 벌써 짙은 보라색이다. 나는 보라색을 싫어한다. 손톱에 들이는 봉숭아물도, 닭벼슬 같은 맨드라미꽃도, 코스모스의 보라색 꽃도 다 싫다. 어머니의 젖꼭지 빛깔까지도 싫다. 보라색은 어쩐지 아버지의 하는 일을 떠올리게 해주고 어머니의 피멍 든 얼굴을 생각나게 한다. 보라색은 또 말라붙은 피와 같고 캄캄해질 징조를 보이는 빛깔이다. 옅은 보라에서 짙은 보라로, 그래서 야금야금 어둠이 모든 것을 잡아먹다가 끝내 캄캄한 밤이 온다는 것은 참으로 무섭다. 이 세상에 밤이 없는 곳이 있다면 나는 늘 그곳에서 살고 싶다. 나는 빛 속에 함께 끼여 놀고 싶고, 또 빛 속에서 자고 싶다. 그러나 아버지는 어둠 속에서 총살당할 것이다.[14]

주인공이 보라색을 보면서 불안을 느끼는 것은 아버지 하는 일을 떠올리게 하고 어머니의 피멍든 얼굴을 생각나게 하기 때문이다. 좌익 운동을 하는 아버지 때문에 계속 경찰로부터 감시를 받고 집 수색을 당하고 어머니는 종종 지서로 끌려가 치도곤을 당하는 등 실존의 둥지를 위협받는다. 그러기에 아버지 하는 일이란 불안의 대상이자 원인이 될 수밖에 없다. 보라색 뿐 아니라 목소리에서도 불안을 느낀다. 아버지가 밤에 집을 찾아왔을 때, "날 죽이고 가, 죽이고 가란 말이다. 이 미친 남자야, 이 자슥놈들하고 날 죽이고 가란 말이다!"(346면)고 외치는 어머니의 목소리에도 불안에 떨고, 밖을 나가 도망치는 아버지를 뒤쫓는 "죽여라, 죽여! 쏴버려!"(347면)라고 고함치는 순경들의 목소리에도 불안에 떨 수밖에 없다. 불안 때문에 소년은 후들후들 떨며 소변을 보고 소리내어 운다. 부모가 다투는 목소리를 들으며 소년은 자기가 필경 잘못 태어났다는 환상소를[15] 지니게 된다. 또 경찰들의 고함 소리를 통해서는 아버지를 상실할지도 모른다는 불안을 느낀다. 결국 아버지는 체포되어 지서 뒷마당에서 총살당한다. 총살당한 아버지의 보랏빛 시체를 보고 수수께끼 같은 세상에 더 큰 불안과 의심을 품게 되며 더 큰 고통의 세계를 인지하게 된다. 자신이 가장 싫어하는 보랏빛을 아버지의 시체에서 본 소년은 아버지의 죽음을 애도하는 가운데 더 큰 불안에 빠지게 되는 것이다. 불안한 가운데서도 소년은 "이제 집안을 떠맡을 기둥으로서 힘차게 버티어 나가지 않으면 안 된다"(351면)는 생각을 하는데, 이 다짐은 소년의 성장의 계기를 나타내는 징표이면서 동시에 집안을 온통 불안의 둥지로 만들었던 분단 이데올로기의 초극 의지와 연결된다. 어둠의 상황에서 보라색 이미지를 통해 불안의 심리와 표정을 전경화하면서 그 불안의 동인으로서 이데올로기를 어린 주인공의 시선으로 탐색한 작품이 곧 「어둠의 혼」이다.[16]

　　윤흥길의 「장마」(1973)는 한국전쟁기의 불안한 삶의 조건과 상처를 속신과 전통적인 모성애로 위무하고자 한 소설이다. 매우 음습하고 무거운 전쟁 이야기를 다루면서도 어린이 관찰자를 내세워 동화적인 분위기를 효과적으로 연출한 것이 이 작품의 미덕이다. 소설에는 한 집에 살고 있는 두 노인이 등장한다. 사건을 관찰하고 이야기를 하고 있는 '나'라는 어린이의 할머니와 외할머니다. 서로 사돈 사이인 이들 두 노인이 역사의 소용돌이 속에서 극단적인 대립을 보이다가 화해에 도달하는 과정을 순진한 동심의 눈으로 보여준다. 어린이의 외삼촌은 해방후 우익 학생운동을 하던 인물인데, 인공 치하에서 대나무 숲에 숨어 있다가 국군 장교로 입대한다. 이에 반해 삼촌은 빨치산이 되어 밤에만 찾아오는 밤손님이 된다. 한 집안에 서로 다른 이데올로기의 사람들이 산다는 것, 이것이야말로 한국전쟁을 겪은 우리 민족과 사회의 비극적인 축소판이 아닐 수 없다. 삼촌과 외삼촌의 이데올로기적 행보에 대해 분별할 식견을 가지지 않은 어린이에게 이는 매우 당혹스런 상황으로 다가온다.

> "오삼춘이 존냐, 친삼춘이 존냐?"
> 외할머니가 던지는 뚱딴지 같은 질문이었다. 그런 질문만 받으면 나는 어찌할 바를 몰랐다. 우선 질문 자체가 일방적인 대답을 거의 강요하다시피 하고 있었다. 묻는 순서부터가 매번 외삼촌 쪽이 먼저였다. 그리고 내 처지로서는 도저히 누구는 좋고 누구는 싫다고 얘기할 입장이 못 되었다. 사실대로 얘기하려면 둘 다 좋다고 해야 된다. 그런데 외할머니의 요구는 둘 가운데 똑 부러지게 하나만을 가려내라는 것이다.[17]

양자 선택을 요구하는 외할머니의 질문은 볼 수 없거나 알 수 없는 것에 대한 타자의 욕망이라서 불안으로 향하는 정서적 움직임은 커진다. 선택할 수 없는 것을 선택해야 하는 처지에 놓였다는 것 자체가 결코 편안할 수 없기 때문이다. 소년은 불안은 사건이 전개되면서 점점 더 극화된다. 서로 다른 이데올로기적 처지 때문에 불안과 고통을 겪는 집안에 외삼촌의 전사통지서가 날라 온다. 외할머니는 한 맺힌 절규를 하면서 사돈집을 빨갱이 집안 운운하는데, 이 때문에 할머니와 원수 사이가 된다. 밤에 찾아온 삼촌을 아버지가 나서서 자수시키려 하지만 외할머니의 뜻하지 않은 개입으로 실패한다. 게다가 수사관의 꼬임에 빠져 삼촌이 다녀갔다는 말을 '나'가 실토하는 바람에 아버지가 붙들려가 치도곤을 당하기도 한다. 그러면서 두 할머니의 갈등은 극한으로 치닫고, 소년의 불안감은 점증된다. 할머니가 점쟁이한테 삼촌이 '아무 날 아무 시'에 돌아올 거라는 점괘를 받은 날부터 소년의 불안은 가중된다. 아들이 꼭 살아 돌아올 것이라고 믿는 할머니의 기대가 높을수록 소년의 불안은 커지는 것이다. 만약 할머니의 기대가 충족되지 않으면 자신을 용서하지 않을 것 같은 생각이 소년의 불안은 키운 것이다.

> 정말이지 나는 하루 앞으로 닥쳐온 그 '아무 날 아무 시'가 견딜 수 없이 두려웠다. 너무도 두려워 세상 끝날까지 오늘만이 한없이 계속되기를 어느 앞에나 빌고 싶은 심정이었다. (85면)

결국 빨치산인 삼촌은, 할머니의 기대와는 달리, 살아 돌아오지 못한다. 삼촌이 돌아올 것이라고 점쟁이가 예언했던 날에, 삼촌 대신 구렁이 한 마리가 집으로 들어온다. 구렁이는 죽은 사람의 영혼이 화신한 것이라는 속신에 의하면, 삼촌은 죽어 구렁이가 되어 집을 찾아온 것이 된다. 구렁이를 보자 할머니는 기절하여 쓰러지고, 대신 외할머니가 구렁이를 맞아 위로하고 대화하면시 삼촌의 명복을 빌어 준다. 이 사건으로 원수지간이었던 사돈가에 극적인 화해가 이루어진다. 이것은 둘 다 자식을 잃은 어머니의 한 혹은 참척의 고통이라는 공통점이 있기 때문이다. 요컨대 「장마」의 세계는 이데올로기에 의한 불안과 원한을 전통적 샤머니즘의 정서로 해소하려고 시도했다는 점에서 특징적이다. 상호 애도(哀悼)를 통해 용서와 교감의 지평을 열고자 했다. 불안스런 분단 상황을 해소할 수 있는 한 방향으로서 탈이데올로기적 정동(情動)을 불안의 길항 작용을 통해 형상화한 작품이다.

김원일의 「어둠의 혼」과 윤흥길의 「장마」는 소년기의 관찰자적 시점으로 분단 현실이 환기하는 불안 상황을 점묘하면서 분단 상황이 해소되기를 소망한 작품이다. 민족적 분리 불안을 통해 분단 초극에의 정치적 무의식을 보인다.

5. 실존적 불안과 자기 인식의 문제

‘70년대 작가군의 선두주자’였고 ‘청년문화의 기수’였던 최인호의 「타인의 방」(1971)은 도시적 삶에서 공간 소외 양상과 불안 의식을 매우 극적으로 다룬 작품이다. 주인공은 출장 일정을 하루 앞당겨 귀가했는데, 집에 아무도 없어 열쇠를 열고 들어가 심한 고독감과 아내에 대한 배신감 속에서 자신의 ‘방’이 안주의 공간이 아니라 불안한 ‘타인의 방’에 불과함을 환각적으로 절감하는 이야기다.

‘타인의 방’에서는 모든 사물들이 그를 향해 일제히 반란을 일으킨다. 그가 원하는 것은 아무 것도 없거나 돌아서 있다. 신문, 목욕탕 욕조, 면도기, 물, 전축 등 모든 것들이 자기를 배반한다. 가령 면도기는 자기 얼굴을 두어 군데 베어 상처를 입히고 피를 흘리게 한다. 그 와중에 갑자기 노래를 부르기도 하고 휘파람을 불어보기도 한다. 그러다가 “역시 집이란 즐겁고 아늑한 곳이군”18)이라고 무심코 중얼거려 보기도 하지만, 그 목소리가 타인의 소리처럼 들릴 따름이다. 아내의 기만을 서서히 인지하게 되면서 사물들의 반란은 더 심해진다. 잠근 샤워꼭지에서 물이 쏟아져 내리고, 켜지도 않은 곤로에서 불이 붙고, 재떨이에서는 생담배가 불탄다. 주인공은 보고 싶은 것을 보이 못하고 볼 수 없거나 보지 않아도 될 것을 보아야 하는 상황, 또 알고 싶은 것을 알지 못하고 알 수 없거나 알지 않아도 될 것을 알게 되면서 당황하게 되고 불쾌의 감정에 빠지게 된다. 불안은 서서히 전면적인 전개를 보인다. 모든 게 반란하는 주위를 둘러보며 그는 엄청난 불안감을 느끼며 "누구요"(194면)하고 소리 지른다. 그러나 그 소리는 벽에 부딪쳐 멀리 가지 못한 채 차단된다. 순간 그 자신이 갇혀 있음을 절감한다. 일제히 반란하는 사물들에 갇힌 사내는 더욱 심한 환각 속에서 고통스런 불안 체험을 한다.

여기서 주인공의 불안 의식은 대타자의 응시(gaze)와 주체의 시선(eye) 사이의 역학 관계를 통해 설명될 수 있다. 사물들의 반란은 그가 볼 수 없는 자리에서 그를 응시하는 대타자에 의해서 연출되는 것이다. 그래서 그는 사물들을 노려본다. "어둠 속에서 눈을 부릅뜬다."(195면) 그러나 그의 시선은 무기력하기만 하다. 응시의 정체를 알 수 없는 주체의 시선을 희롱하기라고 하는 듯 사물들은 "일제히 흔들거리면서 흥을 돋우기 시작"(194면)한다. 대타자의 기획에 의해 사물들은 "무방비" 상태의 주체를 매우 가혹하게 포획한다. "감히 다가와 그의 얼굴을 슬쩍슬쩍 건드려보기도"(197면) 한다. 이렇게 불안의 어둠에 갇힌 사내는 순간적으로 황홀한 우주를 떠올려보기도 하지만, 이내 황홀한 우주가 아닌 검은 우주, 블랙홀에 빠지고 만다. 사내는 불안한 검은 구멍으로부터 벗어나기 위해 스위치를 찾는다. 스위치는 빛의 상징, 밝고 황홀한 우주의 상징이다. 그러나 그는 스위치에 이르지 못한다. 사물이, 어둠이, 불안이, 끊임없이 그를 옥죄고 있는 까닭이다. 불안의 절정에서 그의 신체는 경직되고 석화(石化)되기에 이른다.

그때였다. 그는 서서히 다리 부분이 경직되어오는 것을 느꼈다. 그것은 우연히 느낀 것이었다. 처음에 그는 이 방에서 도망가리라 생각했었기 때문에, 될 수 있는 한 소리를 내지 않고 살금살금 움직이리라고 마음먹고 천천히 몸을 움직이려 했을 때였다. 그러나 그는 다리를 움직일 수 없었다. 이상한 일이었다. 그래서 그는 손을 내려 다리를 만져보았는데 다리는 이미 굳어 석고처럼 딱딱하고 감촉이 없었으므로 별수 없이 손에 힘을 주어 기어서라도 스위치 있는 쪽으로 가리라고 결심했다. (…중략…) 그러나 그는 채 못 미쳐 이미 온몸이 굳어오는 것을 발견하였다. 그래서 그는 숫제 체념해버렸다. 참 이상한 일이라고 생각하면서 그는 조용히 다리를 모으고 직립하였다. 그는 마치 부활하는 것처럼 보였다. (198면)

주인공은 안식을 위해 자기 방에 들어갔으되, 타인의 방에 갇힌 채 석화되고 해체되고 만다. 대타자의 기획에 의한 사물들의 반란과 이에 따른 주체의 불안이 결국의 주체의 사물화로 결과된 것이다. 이때 부활하는 것처럼 보였다는 것은 곧 존재의 죽음을 환기한다. 그의 존재는 해체되고 마침내 페니스와도 같은 일개 '물건'으로 부활된다. 그렇다는 것은 소설의 결미에서 이 방에 들어온 아내의 삽화에서 확인된다.[19] 사물화된 물건은 이내 "소용이 닿지 않는 물건"으로 치부되고 잡동사니 속으로 버려진다. 한 존재가 본인의 욕망과 상관없이 대타자의 기만적 기획에 의해 상징계를 이탈해 실재계로 버려지는 순간인데, 그럼에도 아내는 여전히 사태를 간파하지 못하고, 새롭게 기만적인 쪽지를 남긴 다음 이 방에서 외출한다.

요컨대 「타인의 방」은 현대적 삶에서 실존적 소외와 불안이 낳을 수 있는 최대치의 비극을 가늠해 본 소설이다. 사물들의 반란과 인간(아내)의 배신을 중층적으로 겹쳐 놓으면서 소외와 불안의 벼랑을 보여준다. 여기서 불안은 현대적 실존의 근본 심리임을 환기한다. 아울러 불안이 깊어지면 인간이 주인으로 살 수 없고 노예화될 것임을 암시한다는 점에서, '주인과 노예의 변증법'이라는 고전적 주제를 현대적 우의적 실험으로 풀어본 작품으로 보인다. 불안의 상상력으로 주체의 불안과 해체를 극적으로 점묘한 이 소설은, 현대 사회에서 주체의 상징적 악몽을 잘 보여준다.

오정희의 소설에 등장하는 여성들은 대부분 지향할 세계 혹은 선험적인 고향을 상실한 상황에서 대면할 수밖에 없는 존재론적 세계의 현상으로부터 일정하게 공포나 불안 의식에 사로잡혀 있다. 공포나 불안은 그녀의 소설에 두루 나타나는 심층의식이다.[20] 말하자면 오정희 소설에서 불안은 일상이다. 그녀가 직조한 각종 여성 인물들은 한결같이 불안한 실존으로 고난받는다. 「번제(燔祭)」(1971)의 여주인공은 "우리는 이미 신의 자식이 아니다"[21]라고 되뇌며 중절 수술을 받는다. 그런데 이로 말미암아 그녀는 죽음과 죽임의 불안과 공포에서 헤어나지 못한 채 정신병원에서 악몽처럼 지낸다.

① 내 앞에는 가직하게 어릴 적의 바다, 모래톱에 밀리는, 은빛 수천 수만의 비늘을 번쩍이며 뒤채는 거대한 한 마리의 뱀이 있어 나는 헤엄치고자 헤엄치고자 버둥거렸다. 그것은 어머니에게로 되돌아가고자 하는 내 나름의 노력이었다. 어머니와 관련된 최초의 가장 뚜렷한 기억은 익사의 공포에서 비롯했다. 유년 시절 어머니와 갔던 바다에서 물에 빠졌을 때 나는 물 속에서 허우적거리며 이젠 다시 어머니에게로 갈 수 없다는, 그녀의 자궁에서 떨어져나온 이래 가장 확실히 분리되었음을 막연한 느낌으로 자각하여 얼마나 외로웠던가. 어머니와 나를 갈라놓았던 수천 수만의 물결, 인처럼 묻어나던 번득거림은 결코 이해할 수 없었으나 절대적인 힘으로 나를 떠밀어 내가 뭍에서 어머니의 손으로 끌어올려진 후에도 언제나 존재하고 있었다.

② 어머니가 손에 십자가를 쥐고 타계했을 때 오히려 어느 때보다도 나는 그녀와 굳게 결합되어 있었다. 어머니와 나 사이에 개재하여 번득이던 물결을 한 걸음에 뛰어넘어 단지 한 개의 알로 환원되어 그녀의 자궁에 부착된 듯 편안한 느낌 속에서 나는 다시는 떠나지 말자 떠나지 말자 다짐하고 있었다.

③ 그러나 밤마다 거듭되는 그와의 끈질긴 싸움 끝에 어느 날 문득 잉태의 기미를 손끝으로 느꼈을 때 나는 다시 한번 어머니에게서 완벽하게 떨어져나온 격렬한 충격을 맛보아야 했다. 나는 내 속에 또 다른 하나의 알을 기르고 있다는 사실을 인정할 수 없었다.

④ 나는 결심했다. 아이를 죽여 버리기로 작정한 순간 나는 이미 두 손에 피를 잔뜩 묻힌 듯 섬뜩한 느낌이 들었고 피를 흘리며 죽어가는 어린양의 모습을 본 듯하였다. 나는 그 일을 조용히 은밀하게 해치울 수 있었다. 그것은 너무도 쉽게

치러진 것이어서 오히려 어머니가 이러한 것을 제물로써 기뻐하고 있는 게 아
닌가 의아할 정도였다(174~175면). (단락 앞의 번호는 인용자에 의한 것임.)

①에서 주인공은 유년 시절 바다에서 어머니의 자궁으로부터의 분리
불안을 트라우마처럼 재체험한다. 바다라는 대타자로부터 삼켜질 것 같
은 불안 상황에서 어머니의 자궁으로 회귀하기 위해 헤엄치지만 그럴
수록 파도에 밀려 분리되고 마는 체험을 한 것이다. 이것이 원초적인
분리 불안과 겹쳐지면서 무의식적으로 각인 되고, 이는 거듭 상징적 악
몽으로 되풀이 나타난다. 연일 꿈으로 반복되는 장면 ①은 원초적 장면
에 해당한다. 이런 외상 불안traumatic anxiety[22]은 어머니의 죽음으로 육체
적인 분리가 확실해졌을 때 역설적인 자궁 회귀를 체험하면서 해소되
는 듯 보인다. 그러나 자신이 아이를 잉태하게 되자 다시 분리 불안 혹
은 외상 불안은 ③처럼 재현되고 더욱 증폭된다. "어머니에게서 완벽하
게 떨어져나온 격렬한 충격"을 느낀다. 이 불안은 ④에서 섬뜩한 살의
로 이어진다. 불안한 상태에서 행위로의 이동은 태아 살해로 나타난다.
수술로 태아를 손쉽게 죽이고 나자 마치 자신과의 분리를 원치 않던 어
머니의 뜻이었던 것 같은 느낌을 지니게 된다. 마치 그 뜻에 따라 번제
(燔祭)를 올린 것 같은 느낌 말이다. 그러나 번제라는 행위로의 이동으로
불안은 종료되지 않는다. 오히려 가중되어 치료를 받아야 할 정도의 증
상으로 나타나 병원에 입원하게 되는 것이다. "눈을 감아도 눈앞에는
오래도록 출렁이는 바다 건너 한 마리의 어린양이 피를 흘리며 죽어가
는 것이 남아 있어 나는 자꾸 손을 씻는 것이었다"(178면)는 결구가 암시
하듯, 분리 불안으로 인한 자신의 증후 행동으로 인해 더욱 가혹한 불
안의 늪에 빠지게 된 것이다.
오정희가 다룬 분리 불안은 몇 가지 의미를 시사한다. 자궁으로부터
의 분리와 회귀 욕망은 인간 심리의 근원 상황이자 불안의 원초적 국면
이라는 것, 인간은 어머니로부터 거칠고 황량한 세상에 피투성이처럼

던져진 피투성(被投性)의 존재라는 것, 그러기에 자기 정체성을 되찾으려고 모태 회귀를 욕망하면 할수록 불안에 빠질 수밖에 없다는 것, 더욱이 여성은 스스로 분리 불안을 체험했을 뿐만 아니라 분리 불안을 '타인으로서의 나'(아이)를 통해 구현해야 하는 운명이기에 더욱 불안할 수밖에 없는 존재라는 것 등이 그것이다.

요컨대 최인호의 「타인의 방」과 오정희의 「燔祭」는 실존적인 불안 심리를 다룬 작품이다. 자궁으로부터의 분리 불안과 그 회귀 욕망이 실패로 귀결되는 드라마를 다루면서, 인간이 사물화되고 여성이 트라우마로 고통받는 증후적 현상을 잘 드러낸다. 이를 통해 진정한 자아를 탐색하는 자기 인식에의 정치적 무의식을 환기한다.

6. 1970년대 불안의 상상력의 네 지평

유신과 산업화 시대였던 1970년대 소설은 산업화 시대의 정치 경제적 현실에 대한 대응의 담론이라는 성격이 강하다. 이념적으로 자유와 평등의 이념이 의미심장하게 제기되었는데, 아직 평등의 이념보다는 자유의 이념에 대한 추구가 우세한 시기였다. 이는 1980년대가 되면 평등의 이념이 우세한 양상으로 변화된다. 자유와 평등을 추구하되, 이루지 못하는 좌절 때문에 고통받았고 그만큼 더 불안 의식에 시달렸던 것으로 보인다. 뿐더러 여전히 계속되는 민족 분단 상황과 현대의 보편적인 실존적 상황도 불안의 상상력을 자극한 것으로 보인다. 네 지평에서 우리는 불안의 상상력을 탐문할 수 있었다. 논의 결과를 요약하면 다음과 같다.

①정치적 억압 현실에서 불안의 풍경은 이청준의 『당신들의 천

국』과 호영송의 「파하의 안개」에 잘 나타난다. 실제적 사회 상징적 거세 이야기가 다루어지는 가운데, 불안은 상상력은 억압이 아닌 해방의 지평을 소망한다. 곧 자유를 위한 정치적 무의식이다. ② 경제적 질곡과 불평등의 현실에서 불안의 풍경은 황석영의 「객지」와 조세희의 『난장이가 쏘아올린 작은 공』에 잘 드러난다. 경제적 불평등이 심화된 상황에서 불안하게 살아가는 유랑 노동자나 거기에 저항하다 죽어가는 공장 노동자의 이야기를 통해, 불안의 상상력은 경제적 불평등이 아닌 평등의 지평을 지향한다. 즉 평등을 위한 정치적 무의식이다. ③ 분단된 민족 현실에서 불안의 풍경은 김원일의 「어둠의 혼」과 윤흥길의 「장마」에 잘 형상화되어 있다. 분단 이데올로기와 현실의 세목을 정확히 알 수 없는 소년의 시점으로 제시되는 이 두 소설에서 불안의 상상력은 분단이 가져온 민족적 비극을 우회적으로 환기하면서 분단 해소의 지평을 동경한다. 바로 분단 초극의 정치적 무의식이다. ④ 실존적 불안 상황에서 불안의 풍경은 최인호의 「타인의 방」과 오정희의 「번제(燔祭)」를 통해 확인할 수 있다. 산업화 시대의 소외와 여성적 억압의 문제를 중점적으로 환기하는 가운데 자궁으로부터의 분리와 회복의 드라마를 기축으로 한 불안의 상상력은 잃어버린 자기정체성을 회복하려는 노력과 관련된다. 곧 자기 인식의 정치적 무의식이다.

많은 1970년대 소설의 심층에서 불안이라는 집단무의식이 발견된다. 이 불안이라는 집단무의식은 당대의 현실에 대응하는 작가의식에 따라 자유, 평등, 통일, 자기 인식 등의 정치적 무의식으로 변주된다. 여기서는 불안의 상상력을 보이는 일부 작품만을 다루었다. 더 많은 작품들을 다루면서, 정신분석학적 철학적 기제를 체계적으로 활용한 미시적인 분석을 한다면 더 심층적인 논의의 지평을 열 수 있을 것이다. 아무쪼록 우리 문학에서 불안의 상상력에 관한 논의가 좀더 심원해지기를 기대한다.

1) 이동하는 1970년대 소설을 유신시대의 비판적 담론으로 요약한 바 있고(이동하, 「유신시대의 소설과 비판적 지성」, 『1970년대 문학 연구』(문학사와비평연구회 편), 예하, 1994, 13~20면), 권영민은 "산업화 과정 속에 커다란 변동을 겪고 있는 사회현실에 대한 폭넓은 인식을 바탕으로 하여 전개된"(권영민, 『한국현대문학사』, 민음사, 1993, 288면) 문학이라고 정리했다.

2) 1970년(7월 7일)에 경부고속도로가 개통되었다는 것은 시사하는 바가 많다. 일종의 고도성장기의 아이콘에 값하는 것이었다. 다음은 1970년대가 고도성장기였음을 확인할 수 있는 간략한 통계 지표다.

연도	인구(명)	국민총생산 GDP(억원)	국민총생산 GDP(억달러)	1인당국민총소득 GNI(만원)	1인당국민총소득 GNI(달러)	노동소득분배율 (%)
1970	32,240,827	27,639	81	9	254	41.1
1975	35,280,725	103,861	215	29	602	39.9
1980	38,123,775	387,749	638	100	1,645	50.4
1985	40,805,744	840,610	966	201	2,309	53.3
1990	42,869,283	1,866,909	2,637	435	6,147	58.0
1995	45,092,991	3,988,377	5,173	881	11,432	61.3
2000	47,008,111	5,786,645	5,118	1,226	10,845	58.8
2004	48,082,163	7,784,446	6,801	1,621	14,162	58.8

* 자료 출처 : 통계청 및 한국은행 국민계정(GDP, GNI 및 노동소득분배율은 명목 수치)

3) 위 각주의 표에서 보듯, 국민소득에서 노동소득(피용자보수)이 차지하는 비율인 노동소득분배율이 40% 안팎에 불과했음이 그 격차의 정도를 짐작케 한다. 일반적으로 노동조합 수와 노동소득분배율은 비례한다. 노동조합을 통해 교섭력을 강화할 수 있기 때문이다. 참고로 2002년에 한국의 노동소득분배율은 60.9%, 2000년에 일본은 73.6%, 2001년에 미국은 72.3%, 2002년에 72.3%를 기록했다. 물론 1970년대의 산업구조가(특히 농업인구 비율의 측면에서) 지금과 달랐기 때문에 지금의 수준과 단순 비교하기는 어려운 게 사실이다(한국은행 공보 2003-4-23호, 「노동소득분배율의 변화 추이와 시사점」 참조.)

4) 이청준, 『쓰여지지 않은 자서전』, 열림원, 2001, 126면.

5) 이청준, 『당신들의 천국』, 열림원, 2000, 424면.

6) 이 소설에서 단종수술에 대해서는 좀더 면밀한 검토가 필요하다. 실제로 한센병(나병)은 유전병이 아니다. 그런데 이 소설 무대에서 단종수술 요구가 철회되는 것은 서미연과 윤해원이 결혼하기 직전의 일이다. 그전까지는 요구가 있었다는 얘기다. 이 단종수술이라는 거세 요구로 인해 대부분은 나환자나 병력자들은 불안에 시달릴 수밖에 없다. 실제로 거세되어도 그렇지만 거세되지 않고 숨은 비밀을 지닌 사람들이나 그 자식들의 불안은 더욱 자심하다. 특히 이상욱이 그 대표적인 인물이지만, 서미연이나 윤해원도 같은 경우이며 둘이 결혼 사건을 놓고 갈등하는 핵심에는 바로 이 거세 문제가 개재되어 있다.

7) 호영송, 「파하의 안개」, 『파하의 안개』, 문학과지성사, 1978, 12면.

8) 대타자의 향락과 거세 위협에 따른 거세 환상에 대해서는 Robert Harari, *Lacan's Seminar on 'Anxiety'*, Other Press, 2001, pp.238~241 참조.

9) 공교롭게도 두 작품에서 권력자는 웅변가의 초상으로 제시된다. 『당신들의 천국』에서

조백헌 원장이나 예전의 주정수 원장 등은 주로 원생들을 향해 자기 메시지를 강조/
강요하는 웅변가로 제시되는 경우가 많다. 작품의 결미에서 반성적인 모습에도 불구하
고 조백헌 원장이 결혼식 주례사(그 또한 웅변의 한 형식인데) 연습을 하는 장면을 의심
어린 시선으로 훔쳐보는 이상욱의 눈은, 발신자(웅변가) 자신의 의견을 수신자(청중)에게
강조 내지 강요하는 권력 시대의 부정적 웅변가에 대한 의혹을 암시한다. "수상은 웅변
가였습니다."(10면)라는 직접적인 진술이 들어 있는 「파하의 안개」에서 그 사정은 더욱
심각하다. 물론 『당신들의 천국』에 비해 더 큰 현실적인 권력을 독점하고 있는 인물이기
때문이기도 하겠지만, 그는 자기 의견은 줄곧 말하고, 자신과는 다른 타자의 의견에는
침묵을 요구한다.

10) 황석영, 「객지」, 『객지』, 창작과비평사, 2000, 275면.

11) 조세희, 「잘못은 신에게도 있다」, 『난장이가 쏘아올린 작은 공』, 이성과힘, 213면.

12) "어머니는 나 때문에 불안해했다."(「클라인씨의 병」, 237면)

13) "어머니는 불안했으나 더 이상 나를 잡아둘 수 없다는 판단을 내렸다."(「잘못은 신에게
도 있다」, 222면)

14) 김원일, 「어둠의 혼」, 『마음의 감옥』, 동아출판사, 1995, 346면.

15) 대타자의 목소리에 의해 잘못 태어났다는 환상소를 지니게 되는 원리에 대해서는
Robert Harari, 앞의 책, 246~255면 참조.

16) 신분과 이데올로기 문제를 복합적으로 구성한 『노을』(1977~1978)에서, 천민 백정 출
신의 김삼조가 벌이는 좌익 행위에는 신분 콤플렉스가 작용한다. 신분과 이념의 콤플렉
스 때문에 불안했던 그는 결국 자살이라는 '행위로의 이동(passing to act)'을 통해 분단
현실의 상징적 그물망을 탈출한다. 불안에서 행위로의 이동으로 이어지는 이 서사 경로
를 통해 김원일은 사랑과 용서를 통해 분단 상흔을 극복해야 한다는 작가의식을 드러낸
다. '행위로의 이동' 개념에 대해서는 딜런 에반스, 김종주 외역, 『라깡 정신분석 사전』,
인간사랑, 1998, 429~430면 참조.

17) 윤흥길, 「장마」, 『장마』, 동아출판사, 1995, 74면.

18) 최인호, 「타인의 방」, 『타인의 방』, 문학동네, 2002, 190면. 주인공은 자기 집과 방이
모태와도 같은 공간이기를 소망한다. 일종의 자궁 회귀 욕망과도 통할 터인데, 그 욕망은
대타자의 상징적 기획에 의해 철저하게 훼절된다.

19) "그러나 그녀는 곧 잃어버린 것이 없는 대신 새로운 물건이 하나 놓여 있는 것을 발견
했다. 그 물건은 그녀가 매우 좋아했던 것이었으므로 며칠 동안은 먼지도 털고 좀 뭣하긴
하지만 키스도 하긴 했다. 하지만 나중엔 별 소용이 닿지 않는 물건임을 알아차렸고 싫증
이 났으므로 그 물건을 다락 잡동사니 속에 처넣어버렸다."(198~199면)

20) 우찬제, "'텅 빈 충만', 그 여성적 넋의 노래」, 『타자의 목소리』, 문학동네, 1996, 349~
351면 참조.

21) 오정희 「燔祭」, 『불의 강』, 문학과지성사, 1977 / 2003, 175면.

22) 감당키 어려운 자극이나 방출시키기 어려운 자극에 마음이 압도당하면 불안이 자동적
으로 생겨난다. 외상 불안의 원초형은 출생 시의 상황이다. 조두영, 『프로이트와 한국문
학』, 일조각, 1999, 27면 참조.

1970년대 분단소설의 성과와 의미

강진호

1. 분단소설의 형성

'분단문학'이라는 용어가 구체적인 내실을 갖고 문학사에 정착된 것
은 1970년대 이후로 볼 수 있다. 그 이전까지는 '전쟁문학', '전후문학',
'이산문학', '분단시대의 문학' 등 다양한 이름으로 회자되다가 1970년
대 이후에야 구체적인 내포와 실질을 갖춘 용어로 널리 통용되기 시작
하였다.

"남북분단의 역사와 현실이 투영된 문학"[1]이라거나, "6·25의 비극
에 대한 인과율을 담고 있으며 세계사 속에서도 독특한 환경에 처해 있
는 한국적 상황과 이를 형상화시킨 문학",[2] "통일을 이룩하는데 필요한
모든 것에 대한 인식이요 성찰이며 통일을 저해하는 온갖 것에 대한 반
성과 부정의 문학",[3] "현재 우리가 몸담고 살아가고 있는 남한 사회의

분단 고착적 성격을 올바로 드러내고 통일을 위한 실천적인 가능성을 형상화시킨 소설"4)이라는 규정은 강조점의 차이는 있을지언정 모두 분단 현실에 대한 합리적 인식과 극복 의지를 강조한 말들이다. 한 사학자의 말대로, 20세기 전반기의 민족사가 식민통치에서 벗어나는 일을 그 최고 차원의 목적으로 삼는다면, 후반기 즉 해방 후의 시대는 민족 분단의 역사를 청산하고 통일 민족국가의 수립을 그 민족사의 일차적 과제로 삼는 시대이고, 따라서 그 시기를 '분단시대' 혹은 '분단극복시대'라고 규정하는 것은5) 어쩌면 당연한 일이기도 하다. 따라서 분단문학이란 분단이 시작된 시점에서부터 분단체제가 해체되는 미래의 어느 시점까지의 문학으로 정의해도 무방할 것이다. 그런데 이 용어가 단순한 분류의 차원에서 벗어나 민족문학의 맥락에서 의미를 갖기 위해서는 분단의 원인에 대한 천착과 그 극복의지가 작품 속에 구체적으로 내재되어 있어야 할 것이다. 그래야 맹신적 반공주의 문학이라든가 분단을 항속화하려는 불순한 의도에 맞서 민족문학의 참의미를 획득할 수 있을 것이다.

분단 현실에 대한 문인들의 관심이 작품을 통해서 본격적으로 표출된 것은 1960년대 이후로 볼 수 있다. 1950년대 중반 이후 전후 작가들은 전쟁의 상처를 가슴 깊이 간직한 채 작품 활동을 본격화했지만, 이들의 작품은 전쟁을 증언하고 전쟁의 폭력에 의해 와해된 주체의 분열과 혼돈을 그리는 수준에서 크게 벗어나지 못하였다. 사회 곳곳에는 여전히 전쟁의 상처가 황량한 몰골을 드러내고 있었고, 작가들은 그런 현실을 즉물적으로 그렸을 뿐 그것을 거시적으로 조망하는 능력과 원근법을 갖고 있지 못하였다. 손창섭과 장용학 등으로 대표되는 이 시기 문학은, 그렇기에 분단극복에 대한 의지라든가 분단 현실에 대한 총체성 확보에는 현저히 미달될 수밖에 없었고, 기껏 단편적인 체험을 토로하는 수준이었다.

전후 경제복구기(1953~1958)를 거치면서 사회가 점차 안정되고, 또 민주주의에 대한 열망이 거족적으로 표출된 4·19를 경과하면서 분단소설은 점차 본궤도에 진입한다. 4·19 이후 확보된 민주와 자유의 공간을 활용하여 분단문제를 거시적으로 문제 삼은 최초의 작품인 『광장』(60)에서 확인할 수 있듯이, 당시로서는 감히 상상할 수도 없었던 남과 북의 이데올로기를 동시에 문제 삼고 금제에 대한 과감한 도전을 시도한 것은 분단소설의 새 지평을 여는 시금석과도 같은 것이었다. 주인공 이명준은 남한의 자유주의 사회에 대한 불만으로 월북을 감행하지만 눈앞에 전개된 북한 사회주의 현실 역시 만족스러운 것은 아니었다. 은혜를 만나서 푸른 광장을 다시 꿈꾸지만 6·25 전쟁이 일어나고 은혜는 전쟁 중에 세상을 떠나며 이명준 역시 자살로 생을 마감한다. 남과 북을 비판한 뒤에 도달하는 이러한 허무주의적 결론은 당대 소설이 분단 극복의 전망을 마련하기에는 역부족이었음을 단적으로 보여주는 것이다. 이후 박경리의 『시장과 전장』(64)에서도 이데올로기 문제가 지속적으로 탐구되지만, 그 역시 '사랑'이라는 보편적 주제로 문제의 본질을 얼버무리는 당대의 한계에서 크게 벗어나지 못하였다.6) 한편, 대표적인 분단작가의 한 사람인 이호철은 혈혈단신으로 남한 사회에 던져진 실향민을 통해서 돌아갈 수 없는 고향에 대한 회한을 실감나게 그려내고, 남한 사회에 뿌리내리는 힘겨운 과정에 주목하였다 『소시민』(64)에서 보이는 비정한 약육강식의 사회 여건 속에서 하루하루를 살지 않을 수 없는 월남민들 참상과 그 과정에서 겪는 삶의 비애는, 단편 「판문점」(61)에서 보여준 남북한의 이질화에 대한 고발과 더불어 이 시기 분단문학의 중요한 성과라 할 수 있다.7) 민족 분단의 아픈 상처를 상징하는 판문점, 사상과 체제를 달리하는 남북 사이의 이질감, 이러한 비극을 극복하기 위한 에너지로서의 어떤 근원적인 사랑은 이 시기 소설이 보여준 분단문학에 대한 높은 관심을 대변하는 셈이다. 1960년대 분단소설은 이들 작가의 힘겨운 탐구를 통해서 전쟁의 원인을 천착하고 남북한 이질감을 지적하는 등의 분단소설적 성과를 획득하는 것이다.

하지만 이 시기 분단문학은 분단으로 인한 이질화를 극복하고 통일을 준비하는, 이를테면 민족 동질성의 회복을 도모하는 수준에는 이르지 못하였다. 이호철 작품에서 단적으로 드러나듯이 민족의 이질화와 분단 고착화에 대한 안타까움과 회한이 작품의 중심을 이루지만 작가들은 그것을 넘어설 구체적 전망을 확보하지는 못했고, 심한 경우 최인훈처럼 전망 부재의 허무주의적 경향까지 노정하였다. 또, 창작의 주체가 대부분 전쟁 체험세대였던 관계로 개인적 체험에 긴박되어 그것을 객관화해서 조망하지도 못하였다. 이호철과 최인훈은 월남자로서의 뼈아픈 체험을 지닌 작가들이고, 박경리는 남편을 잃은 전쟁미망인이었다. 그런 개인적 체험에 사로잡혀 있었던 관계로 이들은 체험의 다양한 계기들에 대한 인식과 극복 방안에 대해서는 상대적으로 소홀할 수밖에 없었다.

1970년대 분단소설이 의미를 갖는 것은 이런 한계를 넘어서는 지점에서 본격적인 출발이 이루어졌다는데 있다.

2. 분단현실의 자기화와 주체적 인식의 심화

1970년대 분단문학은 1960년대의 성과를 이어받으면서 한층 진전된 모습을 보여준다. 이 시기에는 분단 현실에 대한 관심이 문단 전체로 확산되면서 앞 시기에 비해 훨씬 풍성한 양의 작품이 생산된다. 이호철·박경리·최인훈 등의 중견작가들이 왕성한 필력으로 분단 현실을 천착하였고, 김원일·윤흥길·박완서·문순태·황석영·이문구·조정래·전상국·이동하·신상웅·현기영·홍성원·한승원 등 갓 등단한 신진작가들까지 대거 가세하여 분단소설을 창작하는, 분단문학의 일대

장관을 연출한다.

　당시 분단소설이 만개한 데는 다음 몇 가지 요인이 작용하였다. 우선, 이승만 정권 이래의 경직된 반공주의가 1972년 7·4남북공동성명을 계기로 점차 해빙기로 접어들면서 분단 현실에 대한 관심을 증폭시킨 사실을 들 수 있다. 물론 사회 전반의 분위기는 유신체제의 출범과 더불어 한층 악화되었으나, "오오 통일!"을 외치는 감상적 시와 소설을 비롯하여 실향민으로서의 비애와 이데올로기적 폐해를 지적하는 작품 등이 다양하게 등장했던 것은 분단 현실에 대한 문인들의 관심이 그만큼 고조되었음을 뜻한다. 또 당시 본격적으로 발굴·채록된 증언과 수기 등의 영향 역시 분단소설을 번성케 한 중요한 요인이다. 1970년대 말의 「민족의 증언」과 이병주가 작품의 근거로 활용한 이태의 수기 등이 소개되면서 이념적인 금기가 점차 신비의 베일을 벗고 적나라한 본질을 드러내게 된 것이다. 게다가, 당시 활기를 띠기 시작한 현대사와 관련된 사회과학계의 연구 성과를 적극적으로 수용한 사실 또한 무시할 수 없다. 6·25전쟁과 관련된 다양한 연구물이 출간되고 전쟁의 원인과 양상·결과에 대한 진전된 논의가 확산되면서 작가들은 분단의 심층에 한층 가까이 다가설 수 있었던 것이다.8)

　하지만, 무엇보다 중요한 것은 1970년대 들어서 소년시절에 전쟁을 체험한 세대들이 작품 활동을 본격화한 사실에 있다. 김원일의 체험적 고백에서 짐작할 수 있듯이, 유소년기에 전쟁을 체험한 세대들이 1970년대로 접어들면서 자신의 체험을 성찰할 수 있는 정신적 연령에 이르고, 자신의 삶을 근본에서 규율하는 6·25를 객관적으로 조망하는 거리 감각을 확보하게 된다.9) 개인의 이해관계나 유용성과 결부시키지 않고 일정하게 거리를 둠으로써 과거의 체험들은 한층 객관적으로 조망되기에 이른 것이다. 작가들은 소설을 통해 과거사를 조망하면서 한편으론 그것을 현재화하고 치유의 가능성을 찾는 보다 적극적인 모색을 보여준다. 이 시기 소설의 상당수가 '회상 기법'을 도입한 것은 6·25와 관련된 과거사를 객관화하고 성장기에 체험한 그 상처를 어떤 식으로든 정리하고 치료하려는 의도로 볼 수 있다. 과거사를 서술하면서 어린이의 시점을 차용하고, 또 성인의 시점과 어린이의 시점을 병렬적으로 서술하면서 작가들은 과거와 현재를 계기적으로 이해하고 나아가 현재의 관점에서 과거사를 적극적으로 수용하고자 하는 것이다. 6·25가 여전히 현실적 삶을 가로막는 원체험으로 이해되고, 작가들은 그것이 한 개인뿐만 아니라 민족 전체의 삶을 질곡 하는 요인임을 깨닫는 것이다.

이런 점에서 이 시기 분단소설은 현재의 삶을 여러 요인들의 복합체로 파악하는 주체적 시각의 정립 과정으로 정리할 수 있을 것이다. 주체적 시각이란 현재의 삶을 대타적으로 이해하려는 태도와 자세로서, 자신의 존재 기반이 되는 현실적 근거를 주체의 특수한 정황과 결부지어 이해하는 태도라 할 수 있다. 이를테면, 국내·국제적인 정치의 영역이자 공산주의와 자본주의라는 이념과 경제의 영역이기도 한 분단체제[10]를 국내·외적 요소의 복합으로 이해하고 그 해결의 실마리를 모색하는 것으로, 이는 과거사에 대한 성찰과 그것을 극복하려는 실천적 의지를 수반할 때만이 가능한 일이다. 분단 극복의 진정한 가능성은 이런 자각을 통해서 마련되며, 따라서 이 시기 소설에서 두루 목격되는 민중과 민족사에 대한 주체적 인식과 분단 극복의 의지는 전 시기에는 볼 수 없었던 이 시기만의 소중한 성과라 하겠다.

1970년대 분단소설은 대략 세 부류로 나누어 볼 수 있다. 하나는『노을』(김원일), 『순이삼촌』(현기영), 「유형의 땅」『불놀이』(조정래) 등과 같이 해방정국의 좌우 대립을 배경으로 분단의 원인을 사회·경제적인 측면에서 조망한 작품들이고, 둘은『아베의 가족』(전상국)이나『황토』「거부반응」「타이거 메이저」(조정래) 등에서 문제시되는 외세의 작용과 그로 인해 왜곡된 민족의 삶을 고발하는 내용의 작품이고, 셋은「한씨연대기」(황석영), 『나목』「카메라와 워커」(박완서), 「앞산도 첩첩하고」「폐촌」(한승원), 『관촌수필』(이문구), 「장마」(윤흥길) 등에서 볼 수 있듯 일상 속에 내

재되어 있는 분단의 상흔과 질곡을 민중의 시각에서 수용하고 넘어서
려는 의지를 담은 소설이다.

1) 분단 원인에 대한 역사적 조망

상처의 원인을 진단하지 않고서 수술의 칼날을 들이댈 수 없듯이, 우
리의 삶을 근본에서 왜곡하는 요인들에 대한 탐구 없이는 문제 해결의
진정한 실마리를 찾기 힘들 것이다. 그런 점에서 분단의 원인에 대한 탐
구는 분단문학이 성립되기 위한 전제조건에 해당한다. 최인훈이 『광
장』에서 집요하게 추적한 이념의 문제라든가, 박경리가 『시장과 전
장』에서 보여준 코뮤니즘의 맹목성에 대한 천착 역시 분단 원인에 대한
탐구와 무관하지 않은데, 작가들의 그런 노력에 의해서 분단 현실은 점
차 객관적으로 이해되고 심층적인 탐구의 대상으로 떠오르게 된다. 1970
년대 분단소설이 1960년대의 성과를 전제하면서도 그보다도 더욱 진전
된 인식을 보여주는 것은 이런 사실에 바탕을 두고 있다.

1960년대의 작가들이 6 · 25 전시하의 현실을 배경으로 전쟁의 참상
과 이념의 문제를 천착했던 것과 달리 1970년대의 김원일 · 조정래 · 현
기영 · 신상웅 등은 시대 배경을 해방공간으로 소급해서 분단의 원인을
탐색하는 시각의 역사적 확장을 보여준다. 이들에 의하면 분단의 실질
적 원인은 이데올로기의 대립뿐만 아니라 과거 오랫동안 우리의 삶을
구속해온 경제적 · 신분적 차별에 있다.

대표적인 분단작가로 평가되는 김원일 · 조정래 · 현기영 등이 일관되
게 주목한 것은 분단의 자기화(自己化)와 분단 극복에 대한 열망이다. 월
북한 부친을 둔 특수한 가족사와 "조국 분단문제야말로 이 시대의 가장
첨예한 이슈"라는 확고한 시대 인식을 바탕으로 왕성하게 분단소설을
창작한 김원일이나 여순사건과 제주 4 · 3사건과 같은 고향에서의 특수

한 체험을 바탕으로 좌익의 역사적 진실에 주목한 조정래·현기영 등에 있어서 분단이란 사실 자신들의 삶을 규정하는 원체험과도 같은 것이었다. 그런 유년기의 상처가 이들의 삶을 무의식처럼 규율해 온 까닭에 작품에는 분단현실에 대한 고통과 거기서 벗어나려는 열망이 누구보다도 강렬하게 드러난다. 이들은 하나 같이 현재의 시점에서 과거를 회상하고 그것을 다시 현재적으로 의미화하는 등 과거와 현재를 교차하면서 작품을 전개하는데, 이는 현재는 과거에 의해서 규정되고 과거역시 현재의 시각에서 조망되어야 한다는 생각을 표현한 것이다. 『노을』(김원일)에서 강조되듯이, 분단 현실이란 그것과는 전혀 무관한 것으로 보이는 중산층 소시민에게도 지울 수 없는 깊은 화인(火印)을 남겨놓았다. "아버지의 시대와는 달리 그런 쪽(이데올로기)과는 담을 쌓고 살려는 나에게까지 남북의 극단적인 대치 상황이 그렇게 가깝게 영향력"을 미치고 있다는 사실을 문득 깨달았다는 진술은, 자신과는 무관하리라 여겼던 이데올로기와 분단 현실이 사실은 자신의 일상을 옭아맨 거미줄과도 같은 굴레였음을 확인시켜 준다.11) 조정래가 「유형의 땅」에서 분단 현실을 '유형(流刑)의 땅'이라고 명명했던 것도 그런 이유이다. 주인공 만석 영감은 세상이 엄청나게 변했음에도 불구하고 아직도 6·25 당시와 같은 현실의 변두리에서 벗어나지 못하는 삶을 살고 있다. 온갖 고초를 겪고 살기 위해 부단히 애를 썼음에도 불구하고 여전히 이전과 다를 바 없는 참담한 상태에서 벗어나지 못하는 것은 전적으로 6·25의 상처가 자신의 삶을 근원적으로 제약하고 있었기 때문이다.12) 이런 깨달음을 통해서 작가들은 불행했던 과거사란 외면하거나 부정함으로써 치유되는 것이 아니라, 바르게 보고 객관화함으로써 극복될 수 있다고 생각하기에 이른다.

분단의 자기화(自己化)를 통해서 김원일 등은 분단 현실에 대한 한층 진전된 인식에 도달하는데, 그것은 구체적으로 아버지로 표상된 앞 세대의 비극을 사실적으로 조망하려는 노력으로 나타난다. 이들에게 있어서 '아버지'는 하나 같이 부정적 이미지로 채색된 '빨갱이'였고, 그것도 엄청난 만행을 자행한 살인마로 기억 속에 남아 있는 인물이었다. 『노을』에서 제시된 아버지는 '소백정'으로 성격이 포악하여 걸핏하면 어머니를 학대했고, 사회주의자가 된 뒤에는 그것을 맹신적으로 추종하는 인물로 돌변하여 무자비한 학살을 자행했으며 마침내 경찰에 쫓겨 스스로 목숨을 끊은 인물이다. 『불놀이』(조정래)에서 그려진 아버지 또한 이와 다르지 않다. 화자의 아버지인 배점수는 신씨 집성촌에서 대대로 소작을 붙이던 소작인의 자식으로 성질이 괄괄해서 걸핏하면 지주집 아이들과 싸웠고 자신의 미천한 신분에 항상 불만을 품고 있었다. 대장장이로 일하던 중 사회주의에 세례를 받았고, 인민위원회 부위원장을 맡으면서부터는 그 권력을 이용하여 과거의 수모를 앙갚음하듯이 자그마치 38명이나 되는 신씨 일족을 무참히 학살하였다. 이런 아버지를 두었던 까닭에 『노을』의 화자는 30년에 가까운 세월 동안 아버지를 잊으려 했고, 『불놀이』의 배점수는 자신의 출신과 고향을 완전히 바꾼 채 30년 가까운 세월을 다른 인생으로 살아왔던 것이다.

'핏빛'으로 얼룩진 이 아버지들의 과거사를 추적하면서 작가들은 이들이 왜 사회주의 사상에 물들었고 또 빨치산이 되었는가를 이해하게 된다. 곧, 빨치산이었던 아버지가 그토록 잔혹한 만행을 저질렀던 것은 단지 이데올로기 때문만은 아니었다. 백정이라는 최하층 신분으로서 당해야 했던 오랜 천대와 울분에서 이들은 해방 직후 인민 해방의 기치를 내건 사회주의를 맹신하게 되었던 것이다. 신분적 불평등과 차별 속에서 이들은 무의식적으로 계급적 적대감을 내면화하고 있었고, 그것이 해방 후 좌우 대립의 극한 외중에서 걷잡을 수 없이 폭발한 것이다. 이들이 자행한 참혹한 살육은 그런 억압 감정이 소위 '인간해방'의 기치를 앞세워 표출된 것이었다.

"니한테 한 마디 묻겠다. 니는 여태꺼정 백정으로 천대받고 살아온 시월이 원쑤같지도 않나? 우리가 언제 사람대접 한분 받아 본 적이 있나 말이다. 그러나 인자 시상이 바꼈으이 나도 한자리 할 끼데이. 우리 같은 사람을 더 떠받들어 준다카능 기 공산주이잉께 울매나 좋노. 니가 자꾸 이래 아가리를 때싸모 증말로 재미 적데이. 인자 내가 가만 아둘 끼라. 니는 반동잉께, 내가 반드시 니를 쥑이고 말 끼데이. 니 목숨 하니 쥑이능 거는 문제도 읎다!"13)

　소를 잡던 도수장 안에다 지서 순경을 매달아 놓고, "갑자기 신명이 받치는지 덩실덩실 춤을" 추며 난도질했던 광기어린 행동에는 이처럼 이데올로기와는 상관없는 오랜 사감(私感)이 개입되어 있었다. 그렇기에 이들의 행위는 잔인할 수밖에 없었고, 그것이 또 다른 증오와 복수를 불러와 서북청년단 사건과 같은 또 다른 참극을 초래한 것이다. 물론 이들의 행동에는 오랜 신분적 구속에서 벗어나 차별 없는 세상에서 살고자 하는 강렬한 열망이 깃들어 있지만, 그것은 외형상의 명분에 불과할 뿐 사실은 누적된 복수심의 극단적 표출 외에 다른 무엇이 아니었다. 『불놀이』에서 배점수가 보인 광신적 살인행위는 그 외에는 달리 설명할 방법이 없다. "상것이고 가난하기" 때문에 당했던 그간의 수모에서 그는 사회주의 세상이 되자 자신을 멸시하고 천대했던 신씨 일족만을 골라서 의도적으로 살해했던 것이다. 「하늘 아래 그 자리」에서 전상국이 보여준 문제의식도 이와 전혀 다르지 않다. 상암리와 하암리로 나누어진 마을에서, 전쟁이 발발하면서 상암리 사람들에 의해 양반들이 사는 하암리가 무참하게 파괴되고 복수를 당한다는 내용은 반상의 적대감이 분단의 비극을 더욱 조장했다는 사실을 보여주는 또 다른 사례인 것이다.14) 또 「순이삼촌」에서 목격되는 서북청년단들의 맹신적 반공주의 역시 같은 맥락에서 이해될 수 있다. 공산주의자들에게 농토와 가옥을 빼앗기고 강제로 월남하지 않을 수 없었던 이들에게 있어서 공산주의자란 가정과 개인의 삶을 송두리째 파괴한 원수나 다름없었고, 그런 까닭에 공비토벌과정에서 보인 이들의 광적인 만행은 이데올로기적 명분보다는 오히려 사적인 감정과 그에 따른 복수의 형태를 취했던 것이다.15) 이 불행한 과거사를 조망하면서 작가는 6·25를 전후해서 자행된 처절한 살육은 과거 불합리한 신분제도와 수탈구조에서 비롯된 민족 내부의 오랜 갈등에 원인이 있음을 사실적으로 포착해낸다.

이런 점에서 이 부류 소설은 이른바 '빨치산 소설'의 본격적인 출발을 예고하는 전사(前史)로서의 의미를 갖는다. 문학사에서 좌익, 특히 빨치산에 대한 관심이 본격화되고 그 실상이 구체적으로 조망되기 시작한 것은 1980년대였다. 『남부군』(이태)이나 『태백산맥』(조정래)에 이르면 빨치산의 생성과 투쟁·소멸의 과정이 소상하게 그려지고, 그것이 어떻게 분단 구조 속에 용해되었는지가 사실적으로 규명된다. 특히 『태백산맥』은 빨치산이 생겨나게 된 직접적이고 본질적인 원인, 가령 일반 민중들의 경제적·정치적 요구가 해방 이후의 정치 현실 속에서 좌절되면서 공산주의 이데올로기와 결합하고 급기야 빨치산 항쟁으로 이어지는 일련의 과정에 대한 총체적인 조망을 통해서 이 부류 소설이 도달할 수 있는 최고 경지를 보여준 바 있다. 이들 작품과 비교하자면 1970년대 소설은 체험의 개별성에 폐쇄되어 개인적 체험과 역사적 사실이라는 두 영역을 유기적인 전체로 파악하지는 못하고 있음을 알 수 있다. 체험의 진실함과 생생함에 근거하면서도 개인적인 체험의 폐쇄성에 매몰되지 않기 위해서는 그것을 역사적 맥락에서 조망하는 역사주의적 시각을 견지해야 하지만, 이들 소설은 빨치산이 준동한 원인을 대부분 개인의 사감으로 이해하는 소박한 수준을 벗어나지 못했던 것이다.16) 그렇지만 이러한 노력에 의해 점차 좌익의 삶을 객관화하고 공산주의에 대한 새로운 인식을 계기를 마련한 것은 높이 평가되어 마땅할 것이다. 빨치산의 준동이 단순한 광기나 이념의 맹신적 추종이 아닌 사회·경제적 요인에 의해서 유발된 것이라는 인식은 그들의 인간적 진실에 대한 추인과 공감일 뿐만 아니라 사회주의에 대한 새로운 인식의 지평을 열어준 것이다. 1980년대 빨치산 소설이 독자들에게 널리 공감을 얻을 수 있었던 것은 이런 전사적 노력에 힘입은 바 크다고 하겠다.

이런 시각에 기대자면, 분단 극복의 진정한 방법은 민족 내부의 갈등 요인을 제거하고, 누구나 인간으로서 기본적인 삶을 누릴 수 있는 평등한 사회를 만드는 데 있음을 확인할 수 있다. 김원일이 '노을'을 우울한 낙조로 보지 않고 새벽을 여는 '여명'으로 받아들였던 것이나, 조정래가 만행의 당사자인 배점수를 응징하되 그 죄를 자식 세대에까지 물려주지는 말아야 한다는 의지를 피력했던 것은 분단 극복이 현재적이면서 동시에 미래지향적이라는 사실을 새롭게 환기한 것이다. 그런 점에서 이 부류 소설은 분단소설의 새 지평을 열었을 뿐만 아니라 분단의 진실을 역사적 차원에서 규명하고 해결의 실마리를 적극 모색한 것으로 평가할 수 있다.

2) 외세와 민족사에 대한 주체적 인식

문학사에서 미국과 외세의 문제가 본격적으로 등장한 것은 1960년대 이후라고 할 수 있다. 물론 해방직후에도 「양과자갑」(염상섭)이나 「미스터 방」 「역로」(채만식) 등의 작품이 없었던 것은 아니지만, 민족 주체성의 시각에서 외세를 정면으로 문제 삼은 것은 1960년대 이후였다. 미국은 우리를 공산화에서 지켜준 은인이고 또 그 은덕으로 전후 복구사업을 수행하지 않을 수 없었던 상황에서, 더구나 당시 집권자들은 대부분 미국의 비호 아래서 정권을 유지했던 까닭에 미국을 비판한다는 것은 국가 정책을 비판하는 것이자 동시에 반국가적인 불경죄를 범하는 것이기도 했다. 특히 박정희 정권이 들어서면서 본격화된 근대화정책은 경제구조의 대외의존도를 심화시켜 친미적인 성향을 더욱 강화시켰고, 그것이 이승만 정권 이래의 반공주의와 결합되면서 사회 전반의 분위기를 동토처럼 경색시켜 놓았다. 그런 현실에서 미국과 외세를 문제 삼는다는 것은 엄청난 모험일 수밖에 없었다. 1965년 남정현의 '「분지」필화사건'은 이런 시대의 야만성을 단적으로 보여주었다. 1965년 『현대문학』 3월호에 발표된 단편 「분지」가 북한의 조선노동당 기관지인 『조국통일』 5월 8일자에 실림으로써 작가가 반공법 위반으로 기소되어 실형을 선고받았다는 것은, 지금의 시점에서 보자면 결코 이해될 수 없는 일이었다. 그렇지만, 그런 불행에도 불구하고 「분지」에서 제시된 작가의 문제의식은, 즉 민족의 정기를 바로 세우고 주체적 역사의식을 확립하기 위해서는 미국을 비판하고 극복해야 한다는 생각은, 이후 민족사의 전개과정에서 미국을 인식하고 우리의 위상을 가늠하는 중요하고도 본질적인 통찰을 담고 있었다.

1970년대 소설에서 외세에 대한 인식은, 「분지」에서 보인 문제의식이 한층 구체화되고 심화되어 드러난 형국이다. 조정래의 「거부반응」과 「타이거 메이저」[17)]는 일상 현실에 내재되어 있는 외세의 문제를 조망한 것으로, 「거부반응」에서 보이는 옷가게 점원들의 태도, 즉 미국 옷을 판다는 것에 대한 자부심과 국산품을 사용하는 사람들에 대한 경멸감이나, 「타이거 메이저」에서 제시된 한국군과 미군 사이에 존재하는 심한 차별과 불평등은 전쟁으로 인해 잉태된 우리의 왜곡되고 굴종적인 심리가 사회 곳곳에 만연되어 있음을 환기시켜 준다. 특히 동등한 복무규정을 갖고 있음에도 불구하고 한국군에게 오만한 행동을 서슴지 않는 미군들의 행태나 그것을 당연한 것으로 받아들이는 한국 군인들의 비굴한 모습은 그런 문제가 궁극적으로 국가적인 차원에서 구조화되어 있음을 시사해준다. 작가가 이런 현실에 대해 강한 비판의식을 보였던 것은 「거부반응」에서 제시되었듯이, 미국은 우리에게 결코 긍정적인 존재만은 아니라는 역사적인 체험에 근거를 두고 있다. 한국전쟁 당시 '형태'에게 각인된 미군의 이미지는 한 마리의 난폭한 야수에 지나지 않는 것이었다. 어머니와 고모를 겁탈하려 했던 미군의 모습은 "시커먼 얼굴에서 무섭게 빛나던 그 눈, 뒤집어 까진 그 두껍고 징그럽던 입술과 커다랗던 입, 그 속에서 유난히 희게 빛나던 이빨"로 기억 속에 잠복되어 지금까지 그를 괴롭혀 왔던 것이다.

한편, 전상국에 의하면 미군들의 사소한 행위는 한 가족의 삶과 의식을 근본에서 속박하는 불행의 원천으로 나타난다. 「아베의 가족」에서 초점인물로 등장하는 '아베'는 미군에 의해서 짓밟힌 우리 민족의 비극을 상징하는 인물이다. 아베가 지능지수 20도 안 되는 미숙아로 태어난 것은 어머니가 임신 팔 개월이 된 시점에서 미군들에게 집단으로 윤간을 당했고 그것이 원인이 되어 미처 사람의 형체를 갖추기도 전에 세상에 내던져진 때문이다. 아베는 동물과 다름없는 존재였고, 그런 아베를 양육하면서 어머니는 평생 죄의식 속에서 살지 않을 수 없게 된다. 아베의 가족이 한국을 떠나 만리타향 미국으로 이민을 떠났던 것은 이 원죄와도 같은 땅과 과거의 기억으로부터 벗어나기 위한 실존적 결단이었다. 하지만, 거기서도 과거의 상처를 떨칠 수는 없었고, 급기야 그 치유책을 찾기 위해서 다시 고국으로 발길을 돌리지 않을 수 없게 된다. 화자가 미군이 되어 한국 근무를 지원했던 것은 어머니의 상처를 조금이나마 덜어주고자 하는 의도에서였고, 그래서 주변을 수소문해서 재혼하기 전에 어머니가 머물렀던 집을 방문해서 '아베'의 행방을 찾고자 한 것이다. 하지만 시어머니는 죽었고, 미국으로 건너오기 직전 어머니가 아베를 데리고 잠깐 다녀갔다는 흔적만을 확인하는 것으로 작품은 마무리된다.

미군은 이렇듯 한 가족의 삶을 철저하게 황폐화시킨 상처의 근원으로 나타난다. 물론 이 작품에서 전상국이 집중적인 관심을 보인 것은 외세보다는 그로 인해 치유되지 않은 상처를 간직한 사람들의 신산스러운 삶이지만, 거기에는 외세에 대한 고려 없이는 분단문제를 풀 수 없으리라는 믿음이 깃들어 있음을 알 수 있다.

분단의 비극은 이렇듯 단순히 남과 북의 대립에서만 연유하는 것이 아니라 외세의 개입에 의해서 더욱 심화되었음을 확인할 수 있는데, 그것을 역사적으로 확장하여 보다 심도 있게 천착한 작가가 조정래이다. 중편 「황토」에서 작가는 외세의 문제를 역사적으로 조망하고 그 극복 가능성을 찾는데, 여기서 오욕으로 얼룩진 민족사의 비극을 대변하는 인물은 가난한 소작인의 딸 점례이다. 그녀가 걸어온 삶의 궤적은 외세에 짓밟힌 통한의 최근세사를 상징하는 것이라 해도 과언이 아닐 정도로 고통과 불행으로 얼룩져 있다.

식민지 시대, 과수원에서 품팔이를 하던 어머니가 일본인 주인에게 겁탈 당하려는 것을 목격한 아버지는 지주를 폭행했고, 그것이 계기가 되어 주재소에 갇히는 신세가 된다. 아버지를 살려내기 위해서 점례는 주재소장 야마다의 첩으로 들어가고, 야마다의 성적 노리개로 전락한 뒤에는 갖은 수모를 당한 끝에 아들까지 두지만, 야마다는 일본이 패망하자 야반도주하고 만다. 이렇게 시작된 그녀의 비극은 끝이 없어서, 해방 후에는 이모의 배려로 과거를 숨기고 총각과 정식으로 결혼식을 올리지만, 그것도 잠깐 공산주의자였던 그가 행방불명되자 이내 물거품이 되고 만다. 게다가 당국에 연행되어 조사를 받는 과정에서 뜻하지 않게 미군의 호의를 받지만, 그 역시 다시 한번 그녀를 비극으로 몰아넣는다. 미군의 성적 노리개로 전락했고 아들까지 낳았지만 그 역시 야마다처럼 본국으로 훌쩍 떠나버리는 것이다. 이 불행한 여인의 일대기를 추적하면서 작가는 그녀의 불행은 단지 그녀 혼자만의 것이 아니라 우리 민족 전체의 것임을 환기한다. 식민치하에서 그녀가 당했던 고통은 피지배 민족으로서 민족 전체가 당했던 수모와 동일하고, 좌익 남편을 둔 그녀의 비극 역시 이념에 희생당한 무고한 양민들의 수난사를 대변한다고 할 수 있다. 말하자면 그녀의 비극은 일제 강점기에서 오늘의 분단시대에 이르기까지 역사의 주체로서 지위를 누려야 했으나 사실은 생존권마저 유린당해야 했던 우리의 비극적인 역사를 상징적으로 보여주는 것이다.

그런데, 작가는 이런 참혹한 운명을 지녔음에도 불구하고 그녀가 누구보다도 강인한 생명력을 지녔다는 데 주목한다. 점례는 비극의 씨앗이라 할 수 있는 아비 다른 세 자식을 박씨의 호적(정식 결혼한 남편의 호적)에 편입함으로써 그들 모두를 자식으로 받아들이겠다는 본능적인 모성을 보여준다. 야마다의 피를 받은 큰아들을 박태순으로, 공산주의자 남편의 피를 받은 딸은 박세연으로, 푸란더스의 피를 받은 막내아들은 박동익으로 가호적을 만들어 편입함으로써 그들 모두를 포용하겠다는 의지를 분명히 하는 것이다. 그래서 그녀는 자식들의 교육과 뒷바라지에 온 정성을 쏟았고, 특히 모멸과 자학으로 일그러진 막내 동익을 보살피는데 세심한 배려를 아끼지 않았다. 이를테면 한으로 얼룩진 자신의 삶을 넉넉한 모성과 강인한 생명력으로 승화시키고자 한 것이다. 작품의 제목이 '황토(黃土)'인 것은 그런 사실과 무관하지 않을 것이다. 생산과 풍요의 상징이기도 한 '황토'는 외세의 작용과 그 질곡으로 얼룩진 민족사를 넉넉한 모성과 생명력으로 포용하겠다는 의지를 상징적으로 보여주는데, 특히 작품 말미에서 그녀가 수난으로 점철된 자신의 생애를 기록하여 딸에게 물려주겠다고 한 것은 비극의 역사를 정리하여 다시는 그런 과오를 되풀이하지 않겠다는 단호한 의지를 피력한 것으로 볼 수 있다. 그런 점에서 이 작품은 한 여인의 비극적 삶을 통해서 민족사를 증언하고, 외세에 대한 주체적 인식을 통해서 그 극복 가능성까지도 암시한 작품이라 할 수 있다. 1970년대 분단문학은 이런 작품들을 통해서 분단의 비극이 단순히 남과 북의 이념적 대립에서만 연유하는 것이 아니라 외세의 개입에 의해 더욱 심화되었음을 사실적으로 확인시켜 준다.

3) 분단 현실의 민중적 수용과 극복 의지

1970년대는 민중의식이 본격적으로 성숙하고 사회 각 분야에서 민중의 시각으로 문제를 파악하려는 노력이 대대적으로 일어났던 때였다.

전태일 분신(70)과 광주대단지 사건(71)을 계기로 민중 현실에 대한 지식인들의 관심이 고조되면서 사회의 구조적 모순에 대한 민중적 천착이 본격화되었다. 당시 번성하였던 『장길산』을 비롯한 대하 역사소설은 역사를 민중의 시각에서 이해하고 재정립하려는 노력의 일환이었고, 큰 줄기를 형성하기 시작한 「객지」『우리동네』 등의 노동자·농민소설은 민중의 열망을 예술로 승화시키려는 시대 분위기를 구체적으로 표현한 것이었다. 분단 현실에 대한 민중들의 관심을 적극적으로 포착해내고 그들의 입장에서 분단을 극복하려는 의지를 피력한 작품들이 다양하게 등장했던 것은 그런 시대 현실에 힘입은 것이었다.

남다른 사명감으로 의업에 종사해 왔던 한 양심 있는 의사가 월남민이라는 이유만으로 간첩으로 몰려 갖은 수모를 당한 끝에 폐인이 된다는 내용을 그린 황석영의 「한씨 연대기」[18]나, 고등학생인 조카의 진로를 결정하는 과정에서 이데올로기로 인한 과거의 비극을 떠올리면서 이과(理科)로 진로를 선택하게 한다는 내용의 박완서의 「카메라와 워커」[19] 등은 모두 민중 현실에 작용하는 분단의 상처를 되새기고 그 비극을 조망한 작품들이다. 그리고 6·25란 "잔인한 한발(旱魃)이 고사시킨 고목(枯木)"처럼 냉혹한 것이지만, 궁극적으로는 성인이 되는 과정에서 겪을 수밖에 없는 젊음의 내면혼란을 가중시키는 계기에 불과할 뿐이라는 생각을 토로한 박완서의 『나목(裸木)』[20] 역시 전쟁의 의미가 무엇인가를 새삼스럽게 질문하고 천착한 작품이다. 그리고, 전쟁으로 파괴된 한 집안과 마을 사람들을 통해서 전쟁이 야기한 사회적·인간적 변모를 추적한 이문구의 연작소설 『관촌수필』[21]이나, 한 가족 내부에 틈입한 이데올로기로 인해 야기된 갈등과 그 극복의지를 피력한 윤흥길의 「장마」,[22] 이념적 상처에도 불구하고 두 남녀가 필연적으로 결합해야만 한다는 내용을 신화적인 발상을 통해서 그려낸 한승원의 「폐촌」[23] 등은 이념과 분단이 민중에게 어떠한 의미를 지니며 그것을 극복하기 위한 방안이 무엇인가를 질문한 작품들이다. 이런 일련의 작업을 통해서 분단 현실에 대한 민중적 이해는 한층 심화되는데, 여기서 특히 주목되는 것은 이문구와 윤흥길의 소설이다.

8개의 연작으로 구성되어 있는 『관촌수필』은 근대화의 물결에 의해 사라져버린 고향의 질박한 인정과 풍속에 대한 그리움을 배경으로, 공산주의자였던 아버지에 대한 회상과 인공치하에서 겪었던 일화를 소개한 작품이다. 여기서 특히 돋보이는 대목은 분단 현실을 담담하게 수용하는 민중들의 넉넉한 자세라고 할 수 있다. 그것은 작품 전반을 관통하는 작가의 민중적 시각과 그런 시각에서 과거사를 이해하고 포용하려는 작가정신을 통해서 드러난다. 가령, 사회주의 활동을 했던 아버지에 대한 화자의 태도는, 어린이의 시점을 빌어서 서술되기는 하지만, 은근한 자부심과 긍지로 충만해 있다. 「일낙서산(日落西山)」에서 드러나듯이, 해방이 되자마자 아버지는 종래의 회고조의 가풍이나 실속 없는 사상을 뒤집어엎는데 앞장섰고, 사농공상의 서열을 망국적 퇴폐풍조로 생각하여 단호하게 부정하였다. 더구나 사회주의자였던 까닭에 "무산 계급의 옹호와 서민 대중의 사회적인 위치를 쟁취한다"는 생각을 몸소 실천했고, 그로 인해 숱하게 연행되어 구금되기도 했었다. 그렇지만 언제나 의기 왕성하고 투지만만했던 인물이다. 이런 아버지에 대해서 화자는 전혀 두려움이나 부끄러움을 갖지 않는다. 그것은 아버지가 "잡범이나 파렴치범"이 아닌 '뭔가 의미 있는 일을 하고 있으리라'는 믿음 때문이었다. 물론 이런 믿음에는 혈연관계에서 비롯된 원초적 신뢰가 작용하고 있으나, 근본적으로는 민중에 대한 작가의 깊은 애정이 바탕이 되고 있음을 확인할 수 있다. 아버지 때문에 수시로 일어나는 심야의 가택수색과 그에 얽힌 옹점의 일화(「행운유수(行雲流水)」)에서 볼 수 있듯, 작품 전반을 관통하는 것은 민중의 질박한 심성에 대한 작가의 깊은 애정이다. 즉, 경찰들은 한 밤중이고 새벽이고를 가리지 않고 느닷없이 담을 넘어 들어와서 함부로 뒤져대기 때문에 온 집안 여자들은 아무리 무더운 복중이라도 겉옷을 벗고 잘 수가 없었고, 수시로 일어나 신문을 당해야 했다. 그런데 그런 수모를 누구보다 심하게 당했던 식모 옹점이의 푸념이란 기껏 "하루라도 좋웅께 속것만 입구 자 봤으면 원이 읎겄유. 오뉴월 삼복에두 입은 채루 틀틀 감구 자장께 첫째루 땀떼기 땜이 못 살것유"라는 것이었다. 또 식모를 가장한 연락원으로 오인한 순경이 그녀의 치렁치렁 땋아 늘인 머리채를 풀고 무슨 암호문이나 찾듯이 빗기는 모멸적인 심문을 한 적도 있었다. 그렇지만 그런 수모에도 그녀는 "자던 사람 대이구 말시키면 하품 나와유"라는 재치로 위기를 모면하는 여유를 보여준다. 이런 넉넉한 품성을 통해서 작가는 그 참혹했던 시절을 견디어낸 민중의 지혜와 의지를 포착해내는 것이다. 물론 옹점이 역시 시대의 비극에서 예외가 아니어서, 결혼한 남편을 전장에서 잃는 비운의 당사자로 전락하지만, 그런 불운 역시 그녀의 강인한 생명력을 꺾을 수는 없었던 것이다.

민중의 강인한 생명력은 「공산토월(空山吐月)」의 석공(石工) 신씨를 통해서도 포착되고 있다. 석공 신씨가 부역행위로 5년형을 살았던 것은 6·25전쟁의 어수선한 분위기 속에서 사회주의자였던 화자의 아버지를 존경하고 보살폈던 것 외에는 달리 이유가 없었다. 사상에 대해서는 전혀 관심이 없었지만 단지 평소 존경하던 어른이 구속되었다는 이유 하나만으로 마치 자신의 부친이 구속되기나 한 듯이 매일 사식을 나르면서 뒷수발을 했던 것이다. 그를 지배한 것은 이념이라기보다는 윗사람에 대한 존경과 연민의 마음이었다. 그런 관계로 그가 감내해야 했던 감옥살이 5년이라는 대가는 지나치게 가혹한 것이었다. 그런 부당한 옥살이를 하고 나온 뒤 아내에게 내놓은 고백에서 드러나듯이 그는 이념과는 무관한 순박하고 성실한 농민에 지나지 않았던 것이다. "형무소에 들 앉아 있는 동안 처자 다음으로 그립고 잡아보고 싶어 못 견딘 것이 낫 호미 쇠스랑이며, 밤마다 귓전에 들려 온 것이 도리깨 소리 탈곡기 소리였다"는 것. 농투성이로 땅을 일구고 살려는 질박한 농부였던 까닭에, 그는 출감 직후 곧바로 마을의 온갖 궂은일을 도맡는 억척스럽고 건실한 농군으로 변신하는 것이다. 이렇게 보자면 그에게 이념이란 한 갓 스쳐 지나가는 바람에 지나지 않았던 것이다. 이는 「폐촌」에서 한승원이 분단의 비극을 "잘못 만난 시국 탓"으로 보는 시각과도 일치한다. 즉, "그렇게 우리 일단 이 자리서 과거지사를 쏴 쓸어다가 잊어 뿝시다. 그라고, 그런 일이 씨도 없었든 것으로 치고, 다시 옛날 맹이로 오순도순 정답게 삽씨다"라는 진술은 이념이란 이들의 실제 삶을 구속하는 본질적인 요인이 아니었음을 시사해준다.

하지만 그 이념의 독기는 그들의 생각과는 달리 심각한 것이어서 신씨는 결국 감옥에서 얻은 병과 고문의 후유증으로 37살이라는 한창 나이에 생을 마감하고 만다. 죽음에 임박해서 토해놓은 짧은 절규에는 분단과 이념의 덫에 걸린 민중의 원망이 단적으로 어려 있다. "나는 살구 싶은디, 살구 싶은디 그여 데려가네…… 늙으신 부모를 두구 먼저 가다니, 어린 새끼들은 워칙허라구 나를 데려가까……" 늙은 부모와 어린 처자식을 남겨 둔 채 결코 죽을 수 없다는 절규는 민중해방과 평등사회를 앞세운 이념이 기실은 민중의 삶을 향상시키기보다는 왜곡하는데 일조했음을 보여준다. 이들에게 중요한 것은 시대의 격랑과는 무관하게 씨를 뿌리고 땅을 파는 일상의 노동이고, 그것을 작가는 이 일화를 통해 실감나게 포착해 놓은 것이다. 이런 데서 우리는 이문구의 넉넉한 심성과 민중 지향성을 다시금 확인할 수 있다.

윤흥길은 이 민초들에게 맺힌 한을 해한(解恨)의 차원으로 승화시킨 작가이다. 평판작 「장마」와 「무지개는 언제 뜨는가」에서 두드러지는 것은 일상에 틈입한 이데올로기와 그 폐해를 지적하고 치유하고자 하는 의지이다. 「장마」에서 사돈지간의 두 할머니가 우연히 한 솥밥을 먹게 된 것은 전쟁이 일어난 직후였다. 서울에서 피난 온 외할머니의 안타까운 사정을 알게 된 할머니는 아들에게 사랑방을 내주라고 일렀고, 난리가 끝나는 날까지 서로 의지하면서 살자고 위로했던 그야말로 돈독한 사돈지간이었다. 그런데 이데올로기가 개입하면서 그 돈독했던 관계는 이내 금이 가고 견원지간으로 악화된다. 국군에 입대해서 장교로 근무하던 외삼촌이 죽었다는 통지서가 날아들고, 외할머니는 그 충격에서 빨갱이들에 대한 저주를 퍼붓는데, 그것이 아이러니 하게도 빨치산 아들을 둔 할머니를 자극한 것이다. 이념과는 무관한 인물들이 자식을 사이에 두고 정반대의 입장이 되면서 서로를 적대하는 처지가 된 것이다. 그런데, 빨치산이 된 삼촌마저 국군에게 쫓겨 생사를 알 수 없는 상황이 되면서 할머니 역시 외할머니와 같은 운명으로 전락한다. 하지만 아들의 생존을 굳게 믿는 할머니는 죽음을 부정하면서 점쟁이를 찾게 되고 급기야 아들이 "아무 날 아무 시"에 귀가하리라는 "신탁"을 받는다. 할머니의 지시로 음식을 장만하는 등 법석을 피우면서 기다리던 그 시간이 다가 왔지만 예언과는 달리 삼촌은 나타나지 않았고 사람들은 하나 둘 실망감을 감추지 못한 채 자리를 떠난다. 그런데 그 초조한 기다림의 시간에 돌연 예기치 않았던 한 마리의 큰 구렁이가 나타난다. 구렁이의 난데없는 출현으로 할머니는 졸도하고, 집안은 삽시간에 혼란에 빠져드는데, 뜻밖에도 그 어수선한 상황을 수습한 것은 외할머니였다. 외할머니는 구렁이를 삼촌으로 생각하고 꼭 산사람을 대하듯이 말을 건넸고, 마치 '영혼의 안내자(psychopomp)'가 되어 이승에서의 미련을 떨치지 못하고 방황하는 원귀를 달래듯이 구렁이를 제 갈 길로 인도하는 것이다. 말하자면, 불행한 원귀가 되었을지도 모르는 삼촌의 영혼을 달래는 진혼굿과도 같은 행위를 연출했고, 그것이 결국 구렁이로 하여금 제 길을 가게 하고, 급기야 이데올로기의 독기를 중화하여 두 노인을 화해하게 만드는 것이다. 의식을 회복한 할머니가 외할머니의 노고를 전해 듣고 하염없이 감사의 눈물을 흘렸던 것은 자식을 향한 어머니의 원초적 심리를 이해한 때문이고, 그 동병상련의 심리 앞에서 이데올로기적 갈등이란 한갓 물거품과도 같은 것임을 작가는 말해주는 것이다.

이렇듯 이 부류 작품들은 분단의 장벽을 허물고 민족의 동질성을 회복하는 지난한 과정을 통해서 분단으로 야기된 상처를 확인하고 극복하려는 의지를 보여준다. 이 부류 작품들에서 목격되는 민중적 시선과 극복 의지는 근대화의 부정성에 대한 저항의지를 본격화한 노동소설과 더불어 민중적 관심으로 일구어낸 1970년대 소설의 중요한 성과라 할 수 있을 것이다.

3. 1970년대 분단 소설의 성과와 한계

새로운 세기를 맞은 지금, 반세기에 걸친 분단의 역사는 우리의 정상적인 삶을 가로막는 완고한 벽으로 존재한다. 주변에는 분단 극복을 내세우기보다는 오히려 외면하는 경향이 늘고 있고, 특히 1990년대 이후 문단을 휩쓴 소위 '신세대 문학'에서는 분단 현실에 대한 고민의 모습이 거의 발견되지 않는다. 그렇지만 김원일이 『노을』에서 설파했듯이, 과거란 현재를 구속하는 원체험과도 같고 그러므로 그것은 외면하거나 부정한다고 해서 해소되거나 극복될 성질의 것은 아니다. 최근 소설에서 두루 목격되는 분단 현실에 대한 무관심은 현실을 천착하고 그 이면의 진실을 포착하는 작가 본연의 역할을 스스로 방기한 듯한 느낌을 준다. 문제의 본질을 직시하고 정직하게 수용하는 것이 작가가 지녀야 할 본연의 자세라면, 전후의 허무주의와 자기모멸의 감정에서 벗어나 분단 현실을 객관적으로 조망하고 자기 문제화한 1970년대 분단소설은 그래서 지금도 여전히 유효할 수밖에 없는 것이다.

한 평론가의 말대로, 분단문학이란 통일이 그 종점이 아니라 통일이 된 이후에도 인간 존재의 모든 비극성을 극복하려는 의지까지 담아내야 하는 것이라면,[24] 현실을 주체적 시각으로 수용하고 해결의 실마리를 모색한 70년대 소설은 분단 극복에 대한 작가들의 의지가 전 시기에

비해서 한층 고조되었음을 보여준다. 김원일·현기영·조정래 등이 해
방정국의 좌우 대립을 통해서 분단 문제를 천착한 것은 분단의 원인을
민족 내부의 오랜 갈등에서 찾는 한층 진전된 인식의 표현이고, 전상
국·조정래 등이 외세의 작용과 그로 인해 왜곡되는 민족의 삶을 비판
적으로 천착한 것은 분단 극복을 위해서는 주체적인 시각이 정립되어
야 한다는 필요성을 역설한 것이다. 또 황석영·이문구·박완서·한승
원·윤흥길 등이 분단의 상처를 민중의 시각에서 수용하고 극복하려
했던 것은 이 모든 문제가 궁극적으로 민중의 입장에서 이해되고 해결
되어야 한다는 믿음을 담은 것이다. 70년대 분단소설의 성과란 바로 이
러한 인식을 통해서 분단 현실을 주체적으로 수용하고 해결의 전망을
마련한 데 있을 것이다. 특히 빨치산에 대한 조망을 통해서 반공주의로
인해 경직된 이데올로기에 대한 이해의 지평을 넓힌 것은 이념의 상대
화라는 측면과 아울러 이승만 정권 이래 지속된 정통성 약한 정권에 대
한 과감한 비판이라는 측면에서도 매우 소중하다. 1980년대 들어서 분
단소설이 만개할 수 있었던 것은 이런 바탕 위에서 가능했다. 물론 이
시기 소설은 80년대와 비교하자면 상대적으로 역사주의적 시각이 결여
되어 있고, 또 문제해결의 과정 역시 능동적이지 못했던 게 사실이다.
하지만, 이런 지난한 과정을 통해서 80년대의 한층 성숙한 모습을 지니
게 되었다는 점을 고려하자면 그 의의를 결코 부정할 수 없을 것이다.
　분단소설에서 무엇보다 중요한 것은 민족의 동질성을 회복해야 한다
는 구호적인 내용의 나열이 아니라 동질성을 구성하는 현실의 구체적
항목들을 찾고 그것을 분단극복의 차원에서 충족시켜 나가는 일이라
할 수 있다. 분단 반세기를 살면서 사실 남과 북은 같은 한국인이라는
동질성보다는 오히려 다른 민족보다도 더 많은 차이점을 갖고 있는 이
질적인 체제와 이념에 익숙해져 왔다. 김병익의 지적대로, 서로 다른 체
제 하에서 기성세대든 분단 이후 세대든 상반된 경제적·문화적 특히,
교육적·사상적 훈련 속에 굳혀져 왔기 때문에 각각의 틀 안에서 고착

된 그들의 인간관과 세계관을 혈연 기반 위에 어떻게 접합시킬 수 있느냐의 문제는 우리가 당면한 가장 큰 현안일 수밖에 없다. 남한과 북한이 군사분계선을 사이에 두고 마주해 있지만 그것의 거리는 지구상 어느 곳보다 멀리 떨어져 있는 형편이다. 언어의 이질성이 점차 확대되고 있고 역사 해석에서는 이미 현격한 심연을 드러내고 있다. 그런 상황에서 북한은 이질적인 타자로 자리매김 되어 점차 사람들의 시야에서 벗어나고 있는 게 현실이다. 거기다가 1990년대 이후 대거 유입된 이른바 포스트 담론과 몰주체적 세계화의 이념들은 현실에 대한 관심과 탐구의 의지를 한층 희석화시키고 있다. 90년대 소설에서 분단을 제재로 한 작품을 거의 찾을 수 없는 것은 이런 시대 현실에서 야기된 필연적인 현상이 아닐까. 그렇기에 현실의 표면에 시선을 국한하지 않고 그 이면을 관류하는 문화의 동질적 국면들에 대한 섬세한 천착과 동시에 분단 현실을 규율하는 세계적인 변화를 주시하고 대응하는 일이 절실할 수밖에 없는 것이다. 아울러, 분단 극복이란, 조정래나 김원일의 소설에서 암시되었듯이, 민족 내부의 경제적·신분적 갈등을 해소하고 평등한 삶을 실현하기 위한 조건을 마련하는 것이라는 사실 또한 명심할 필요가 있다. 최근 우리 사회 전반에서 목격되는 계층 간의 불평등과 위화감의 심화는 현실 변혁에 대한 허무주의적 사고를 만연시켜 분단 현실 자체를 망각케 할 수도 있다. 식민치하의 현실에서 식민치하에 살고 있다는 의식이 철저하지 못하다면 거기서 벗어날 수 없듯이, 분단시대를 살면서 분단시대에 살고 있다는 의식이 철저하지 못하다면 결코 그 극복의 방향을 찾을 수 없을 것이다. 이런 점에서도 1970년대 소설이 보여준 분단의 자기화와 극복노력은 소중할 수밖에 없고, 그에 대한 관심이 저조한 오늘날도 중요하게 음미되어야 하는 것이다.

주석

1) 김병익, 「분단의식의 문학적 전개」, 『문학과지성』 1979년 봄호, 84면.
2) 임헌영, 「분단시대 문학론고」, 『민족의 상황과 문학사상』, 한길사, 1986, 203면.
3) 백낙청, 「분단시대 문학의 사상」, 『씨올의 소리』, 1976.6, 35면.
4) 황광수, 「분단과정의 소설적 표현」, 『삶과 역사적 진실』, 창작과비평사, 1995, 119면.
5) 강만길, 『분단시대의 역사인식』, 창작과비평사, 1978, 15면.
6) 1960년대 박경리 문학에 대한 자세한 사항은 강진호의 「주체 확립의 과정과 서사적 거리감각」(『국어국문학』 122호, 1998) 참조.
7) 이호철에 대한 자세한 논의는 강진호의 「이호철의 「소시민」 연구」(『민족문학사연구』 11호, 창작과비평사, 1997) 참조.
8) 이런 사실은 앞의 백낙청과 김병익의 글 및 김원일의 「분단현실과 분단지양의 문학」(『강좌, 민족문학』, 정민, 1990)에서 부분적으로 언급되고 있다.
9) 김원일, 앞의 글 참조.
10) 김병익, 앞의 글, 99면. 이 분단체제라는 말을 한층 정교화하고 내포를 확충하여 실천의 차원에서 조망한 글이 백낙청의 『흔들리는 분단체제』(창작과비평사, 1998)이다.
11) 김원일, 「노을」, 『마음의 감옥』(한국소설문학대계 57), 동아출판사, 1995.
12) 조정래, 「유형의 땅」, 『불놀이』(한국소설문학대계 67), 동아출판사, 1995.
13) 김원일, 「노을」, 앞의 책, 265면.
14) 전상국, 「하늘 아래 그 자리」, 『전상국』(제3세대 한국문학 11), 삼성출판사, 1983.
15) 현기영, 『순이삼촌』, 창작과비평사, 1994년판.
16) 정호웅, 「지리산론」, 『1970년대 문학연구』, 예하, 1994, 109면.
17) 조정래, 『황토』, 열림원, 1993.
18) 황석영, 「한씨연대기」, 『객지』, 창작과비평사, 1993년 개정판.
19) 박완서, 「카메라와 워커」, 『도둑맞은 가난』, 민음사, 1981.
20) 위의 글.
21) 이문구, 『관촌수필』, 문학과지성사, 1991.
22) 윤흥길, 『징마』, 민음사, 1982.
23) 한승원, 「폐촌」, 『해변의 길손』(한국소설문학대계 59), 동아출판사, 1995.
24) 임헌영, 「분단인식과 민족문학」, 『민족의 상황과 문학사상』, 한길사, 1986, 242~243면.

1970년대 대중소설의 '육체 담론'

김현주

1. 성 담론을 구성하는 '육체'

성sexuality[1]의 문제는 1950년대부터 아프레걸을 다룬 소설이나 영화에서 자주 다루어져왔으나, 한국사회에 일상적이면서 대중적인 담론으로 형성되기 시작한 시기는 1970년대이다. 이 시기의 대중 매체를 통한 대중문화의 보급은 성의 보편화와 담론화에 크게 기여했다. 특히 대중소설은 성 담론을 대중적으로 확산시키는데 중요한 역할을 담당하게 된다.

전통적으로 여성은 남성보다 열등한 존재로 차별 받아 왔다. 그리고 사람들은 그 차별을 규범화해 왔고 그것을 남성과 여성이라는 성sex의 생물학적인 차이로 자연스럽게 받아들이도록 훈육 받아 왔다.[2] 한편 육체는 전통적으로 정신과의 통일체로 인식하여 윤리적 주체로서의 육체를 강조해 왔기 때문에, 육체의 감각적 쾌락은 열등한 것이며 억제되어야 하는 것이라고 여겨 왔다.[3] 특히 가부장적 이데올로기가 지배적인 사회에서는 남성은 정신과 보다 가까운 존재로, 여성은 육체와 보다 가까운 존재로 인식되어 왔다.

이렇듯 성sexuality에 관한 담론은 육체와 불가분의 관계를 이루면서 사회적·역사적 맥락에서 구성해 왔으며 자본주의 사회에서도 끊임없이 재생산되고 있다.

> 성의 근대적 억압에 관한 그 담론은 진정 효력을 잃지 않고 있다. 그 이유는 틀림없이 그것을 지지하는 것이 쉽기 때문일 것이다. 그것은 엄연한 역사적·정치적 담보에 의해 보호되고 있다. 수백 년에 걸친 대담하고 자유로운 표현의 시기에 뒤이어 17세기에 억압의 시대가 출현했다고 판단함으로써, 사람들은 그것을 자본주의의 발전과 일치시키기에 이른다. 그것이 부르조아적 질서와 한 몸을 이룬다는 것이다.[4]

따라서 현대인은 자기 자신의 성과 육체에 도취하여 자신을 인식하기도 하지만, 이와 동시에 "하나의 정치적 장치로 이용하는 체계의 이데올로기"를 무의식 중에 수용하기도 한다.[5]

산업 사회에서 성과 육체에 대한 담론은 학교나 가정에서뿐만 아니라, 소설·광고·영화 등의 다양한 기제를 통해 재생산된다. 소설 텍스트는 남성성, 여성성에 대한 사회적 통념, 그리고 어떤 이데올로기를 생산 또는 재생산하고 있는 현장이라 할 수 있다. 그러나 소설 텍스트는 단지 그러한 권력을 재생산하고 유지하는 능력을 가지고 있는 것이 아니다. 주변화되어 있거나 너무나 국지적이어서 인식되지 않는 상태이기는 하지만 그것에 도전하는 담론이 구성되어 있다는 점에서 지배담론과 대항담론이 첨예하게 길항하는 공간이라 할 수 있다.

> 질문하고 감시하고 숨어서 노리고 엿보고 뒤지고 만져보고 밝혀내는 권력을

행사하는 쾌락이 있고, 다른 쪽에는 그 권력의 손아귀에서 벗어나고 그것을 피하고 속이고 우습게 만들어야 한다는 것 때문에 자극되는 쾌락이 있다. 스스로를 추적의 대상인 쾌락에 의해 침입 당하도록 내버려두는 권력이 있고, 그것의 맞은 편에는 모습을 나타내어 빈축을 사거나 저항하는 쾌락 속에서 스스로를 확인하는 권력이 있다.[6]

특히 성과 육체는 지배 권력과 대항 권력이 동시에 힘을 행사되는 전략적 거점이다. 따라서 성과 관련된 담론 분석은 성과 육체를 통해 지배 권력이 어떻게 형성되고 있는지, 그리고 그 안에서 어떻게 균열이 생기는지를 고찰해야 한다. 또한 텍스트가 성과 육체라는 문화적 코드를 통해 대중의 실존을 표현 내지 생성하고 있으며 대중의 실존은 텍스트를 통해 그 문화적 코드를 선택적으로 수용하고 있다는 점을 감안할 때,[7] 성과 관련된 담론 분석은 독자 대중의 성과 관련된 의식을 규명하는 시도여야 한다.

한국사회에서 1970년대 성과 육체의 담론은 산업화와 더불어 광범위하게 진행되면서, 성과 육체의 상품화와 그것에 대한 비판의 논의가 동시에 진행된다. 결과적으로 이러한 논의는 성과 육체를 사적 관심사로 부각시키는 대중적 분위기를 조성하게 된다.

성 상품화를 주도한 매춘의 확대는 급격한 산업화의 의도하지 않은 결과라 할 수 있다. 즉 산업화의 첫 단계에서 여성은 가정에서 시장으로, 지방에서 도시로 이동하는 과정에서 남성보다 불리한 임금 노동자가 된다. 임금을 받는 대부분의 여성들은 저임금의 하찮은 직업에 배치되고 그 결과 가난과 궁핍 상황에 처하게 된다. 절대적인 빈곤에서는 벗어날 수 있었으나, 궁핍한 삶에서는 벗어날 수 없기에 자발적으로 창녀가 되기도 했다. 다시 말해서 경제 발전이 전체 사회의 물질주의적 수준 향상을 가속화할 수록, 특별한 기능을 습득하거나 물질적 혜택을 받지 못한 여성들은 물질적 이익을 얻을 수 있는 쉬운 수단으로 매춘을 선택하게 된다. 매매춘이 산업화되고 전지구적으로 확산되는 시기가 경제 발전이 고도화되던 1970년대라는 점도 이를 뒷받침한다.[8]

매춘과 관련된 소설이 대거 등장하면서 1970년대 대중소설은 흔히 창녀 소설 내지 호스티스 소설이라고 명명된다. 고전소설에서 기생이나 1930년대 김유정과 박태원 소설에서 들병이나 여급이 등장하는 것을 보면, 성과 육체가 교환가치로 상품화되고 있음을 보여주는 소설이 등장한 것은 오래된 일이라 할 수 있다. 그럼에도 불구하고 유독 1970년대 대중소설을 호스티스 소설이라고 하고 "불순한 취향"을 조장하는 소설이라고 매도하는 이유는 도시 창녀를 주인공으로 삼아 성과 여성의 육체를 노골적으로 묘사하고 있으며 성 상품화를 가장 생생하고 적나라하게 보여주고 있기 때문이다. 또한 호스티스 소설에 대한 부정적 반응은 육체적 '쾌락'이나 관능의 감각을 거부하는 미학적 관점으로 판단하기 때문이다. 이러한 미학적 관점은 육체적 쾌락과 자연 취향, 신체, 감각 등을 거부하고 그것과의 차별성을 강조함으로써, 자신의 지위와 권위를 공고히한다.[9]

그러므로 1970년대 대중소설의 문학적·문화적 의미를 객관화하기 위해서는 소설에 나타난 육체적 쾌락 내지 관능의 감각을 구체적으로 살펴보고, 그 의미 작용을 살펴볼 필요가 있다. 이를 위해서 우선 1970년대 대중소설 텍스트에서 여성의 육체는 이상화된 육체의 이미지와 훼손된 육체의 이미지라는 기호로 대립된다는 사실에 주목하고자 한다.[10] 대립적인 육체의 이미지가 1970년대 대중소설에 자주 등장하는 이유를 도시 창녀를 주인공으로 삼은 소설이 대거 등장한 것과 대중소설의 대중성 내지 통속성에서 찾을 수 있다. 육체의 대립적인 이미지를 분석한다면, 1970년대 대중소설의 대중 서사의 원리를 규명하는 동시에, 성과 육체를 통해 드러나는 사회·역사적 의미를 고찰할 수 있을 것이다.

2. 이상화된 육체

미적 쾌감을 자극하며 관능적 상상력을 확장시켜주는 여성의 육체는
'보는 자'와 '보이는 자' 모두에게 이상적인 육체로 매혹의 대상이 된다.
1970년대 대중소설에서도 여성의 육체를 '보는 자'는 대부분 남성이고,
'보이는 자'는 여성이다. 심지어 여성의 시선에도 여성은 남성의 성적
욕망의 대상, 감상의 대상이라는 남성의 시선이 내면화되어 있음을 쉽
사리 발견할 수 있다. 근대까지 보편적으로 남성은 시선을 조직하고 지
배하는 권력의 담지자이므로, 여성 스스로 자신의 육체를 통해 쾌락을
느끼거나 도취된다고 하더라도, 그것은 자기를 대상화하는 것으로써 남
성의 성적 욕망의 자극제로서 표출하는 매력을 확인하는 것에 불과하
다. 심지어 여성은 남성에게 보이기 위해 육체를 과시하여 남성의 욕망
에 따라 움직이고 의미를 생산한다.

가부장적 이데올로기가 확고한 사회에서 여성의 육체가 대상화된다
는 의미는 여성 자신의 고유한 육체를 공적 영역의 타자인 여성이 스스
로의 육체를 감상하는 것을 의미하는 것이 아니라, 공적 영역의 주체인
남성의 입장에서 경험하는 것을 의미한다. 1970년대 대중소설의 배경이
되는 산업사회에서 여성의 육체는 자본주의 생산과 소비체계에 흡수되
면서 상품의 형식을 띠게 되고, 가부장적 이데올로기가 결합되면서 남
성의 시선을 생산·재생산하는 대상이 된다. 로라 멀비에 의하면, 이것
은 산업사회에서 두 가지 모순되는 형태가 시각적 쾌락을 만들었기 때
문에 발생한 것이다. 남성의 절시증[11]과 여성의 나르시시즘[12]이 그것
인데, 남성의 시선은 '보는 자'의 즐거움, 즉 절시증scopophilia에 해당한다.
남성은 절시증에 의해 자신의 욕망의 대상으로 여성을 대상화하는 반
면에 여성은 자신의 육체를 보는/보이는 즐거움, 일종의 나르시시즘
narcissism에 빠져 도리어 자신을 남성의 대상으로 통제한다. 따라서 여성

은 자신의 육체에 가해지는 보는/'보이는 자'의 시선이나 통제하는/통제받는 시선을 통해 자신의 경험을 축적하고 자신을 인식한다. 육체를 통해 세계와 접촉하게 되므로 여성은 육체를 매개로 하여 타인과 세계와 관계를 맺고 자발적으로 타자가 되는 것이다.

예를 들어 『별들의 고향』의 경아는 아버지의 죽음, 대학 포기 등 인생의 시련을 겪으면서 자신의 육체에 대해 나르시시즘에 빠진다. 경아처럼 내세울 집안이나 학력이 저급한 하층 여성에게 육체의 아름다움은 경제적 능력을 획득할 마지막 자산이다. 빈곤한 여성이 나르시시즘에 빠지는 이유는 대부분 삶의 원동력을 회복하고 현실의 고통을 이겨내는 힘을 얻고자 하는 욕망 때문이다. 경아 역시 나르시시즘을 통해 자신의 육체가 남성의 성적 대상으로서 교환가치를 지니고 있으며, 사회적 지위와 물질적 풍요를 보장해 주는 유일한 도구라는 점을 발견한다. 발견 아니 새로운 삶의 방식에 대해 자각한 이후 경아의 육체는 생산에 투여될 수 있는 노동력으로서 가치보다는, 삶의 목표 그 자체가 된다. 삶의 주체가 될 수 있는 물적 토대를 포기하는 대신 남성의 성적 대상물이 되는 육체의 타자성을 능동적으로 수용한다. 그녀는 나르시시즘을 통해 고통을 주는 현실로부터 도피하여 타율적인 세계에 안주하는 방식을 터득한 것이다. 그 대가로 그녀는 가난한 현실의 고통이나 남성에게 버림 받은 고통에 직면하더라도 쉽게 그곳으로부터 벗어나게 된다.

자신이 보아도 눈부시게 아름다운 여인이 그곳에 서 있었다. 고운 빛깔의 손수건이 맑은 물속에서 더욱 투명해지듯, 지는 햇빛 속에서 풀잎들이 오히려 더욱 빛나오고 타오르듯 경아의 온 몸은 한결 돋보여 수면을 향해 튀어오르는 비늘돋친 물고기처럼 팽팽한 생동감으로 넘쳐오고 있었다. 그녀는 참으로 오랫동안 잊어버렸던 자신의 아름다움에 대해 마치 다른 사람을 보듯 감탄하고 있었다.[13)]

위 인용문은 경아가 강영석으로부터 버림 받은 고통에서 비로소 벗어나 홀아비인 이만준과 맞선을 보기 위해 집을 나서기 전에, 자신의 모습을 거울을 통해 바라보는 장면이다. 경아가 거울을 통해 자신의 육체를 바라보고선 나르시시즘에 빠지게 되는데, "자신이 보아도" 아름답다고 느낀다. 결국 그녀는 이미 익숙하게 보아왔던 자신의 육체를 한 번도 본 적이 없는 것처럼 새롭게 바라본다. 다른 자아로 변화되고 싶다는 내면적 욕망이 현실을 왜곡시키는 힘으로 작동하였기 때문이다. 그러므로 "다른 사람을 보듯" 거울 속에 비친 자신의 육체를 타인의 시선을 의식하며 보고 감탄한다. 경아는 자신의 아름다움을 객관화하기 위해 경아 자신의 시선과 다른 사람의 시선을 무의식적으로 교차하고 있는 것이다. 그러나 남성의 시선을 의식하여 자신의 육체를 대상화하는 경아의 시선은 결코 주체적인 시선이라 할 수 없다. 실제로 경아의 육체를 서술하고 보는 사람은 은폐된 남성일 뿐이다. 그녀가 자신의 육체적 아름다움에 대해 예찬하고 있지만, 실은 그 예찬은 남성의 성적 대상 즉 교환가치에 대한 예찬인 것이다. 산업사회에서 대부분의 사람이나 사물은 사용가치를 추구하는 것이 아니라 교환가치를 추구함으로써 가짜 가치의 지배를 받으며 육체도 결코 예외적인 대상이 아니다.

경아에게 거울은 교환가치로 육체를 전화시키는 도구이다. 거울은 경아 자신이 남성의 대상화가 되는 것을 묵인하게 하는 매개체이자, 그런 대상화가 된 육체를 과시하도록 하는 도구에 해당한다. 그 결과 경아는 무의식적으로 자신의 육체를 타인에게 '보이는 자' 즉 타자로서의 위치를 적극적으로 수용한 후에야 거짓될 것일지라도 쾌감을 느낀다.

> 새로운 사람에게 사랑을 느껴서 과거를 잊는다는 것은 경아가 새로운 '처녀의 방'으로 들어서고 있다는 것을 의미한다.
>
> 왜냐하면 여자의 처녀성은 얼마든지 재생되는 것이니까. 여자는 자기가 사랑한다고 느끼는 바로 그 순간부터 처녀로서 부활하니까.[14]

이상적인 육체를 소유했다고 스스로 확신하기에, 경아는 다시 자신이 "처녀로서 부활"할 수 있다고 자기 최면을 걸면서 다시 한번 현실을 왜곡하기에 이른다. 그것은 순결성을 회복하여 개인적 행복과 경제적 지위를 확보하고 싶다는 내면적 욕망의 우회적이면서도 강렬한 표현일 것이다. 현실을 왜곡한 경아는 내면적 가치보다 아름다운 외양에서 여성적 매력을 찾는 듯한 중년의 홀아비 이만준과 결혼하기로 결심한다. 그녀는 자신의 육체적 아름다움이 순결 상실을 상쇄할 만큼 가치가 있다고 판단했기 때문에 내린 결정이다. 이 결정을 할 때만해도, 그녀는 육체의 아름다움과 젊음 외에 순결성마저 소유하고자 한 이만준의 속내를 제대로 알지 못했다. '보는 자' 이만준은 '보이는 자' 경아의 주인이기 때문에 '보는 자'가 독단적이고 변덕스러울지라도 그의 판단에 따라 '보이는 자'의 인생은 쉽게 전복되기 마련이다. 여성의 아름다움은 '보는 자'의 권력 의지에 의해 판단되기에, 본다는 것은 단순히 물리적이고 시각적인 것이 아니라 대상에 대한 '보는 자'의 인식과 권력의지가 개입되는 것이다. 즉 '보는 자'에 의해서 '보이는 자'는 판단되기 때문에 '보이는 자' 경아의 주관적 판단은 무의미한 것임에도 불구하고, 경아는 거기까지 생각이 미치지 못했던 것이다.

결국 경아는 이만준에게 이혼 당한 후 술집을 전전하다가 화가인 김문오를 만난다. 순결성과 모성성을 상실했다는 이유로 이혼 당한 경아는, 미적 감식안이 있는 그에게 여전히 아름다운 육체의 소유자로 인식된다.

여자의 몸은 남자에 의해서 길들여지는 것으로 믿고 있는 나는 몸을 파는 여자에게서 언뜻 느끼곤 하는 그런 메슥하고 때묻은 냄새는 아니지만 무언가 조금 무너져 있는 흔적. 표피를 벗긴 과일이 공기에 의해 착색되는 듯한 흔적, 그러나 차라리 그런 흔적으로 더욱 풍요로운 점액질과 같은 육체를 경아에게서 보고 있었다.

집요한 남자들의 손으로 각(角)이 드디어는 부드럽게 마멸된 것처럼 그녀의
어깨는 춤추듯 흘러 내리고 있다. 피부는 잘 빚어진 자기의 표면처럼 아른거린
다.15)

'보는 자' 문오의 눈에 '보이는 자' 경아는 "부드럽게 마멸된" 듯한
육체를 지닌 즉 성적 쾌락을 유발하는 관능미를 지녔다. 게다가 다른
창녀처럼 "메슥하고 때묻은 냄새"를 풍기지 않지만 지속적인 책임을 지
지 않을 만큼의 "조금 무너져 있는 흔적"이 있으므로, 문오는 경아와 선
뜻 동거를 시작한다. 이 동거 역시 그녀의 노력과는 무관하게 보는 자
의 권력 의지에 따라 무산되어 버린다.
박완서의 소설 『휘청거리는 오후』에도 자신의 육체를 물질과 교환하
려고 하는 허영심에 가득찬 여성이 등장한다.

초희는 아름답고 편안한 주택과 고가한 보석과, 더 고가한 보석을 살 수 있
는 돈을 주는 공회장의 애무에 어떻게 반응해야 된다는 걸 알고 있다.
그녀는 남자들 사이에 특히 공회장같이 여자에 대해도 도통하고 있는 것으
로 믿고 있는 정력적인 남자들 사이에 떠도는 여자에 대한, 아니 여체(女體)에
대한 소문에 대해 알 만큼 알고 있었으므로 그 소문대로만 반응하면 되었다.
그 소문은 모든 소문이 그렇듯이 아주 근거없는 것도 아니면서도 진실과는 동
떨어지는 것이었지만 그대로 충실히 반응해 줌으로써 공회장으로 하여금 자기
의 정력과 정력제의 효험에 대한 한층 두터운 자신을 갖게 해줄 수 있다는 걸
초희는 알고 있었다.16)

초희는 『별들의 고향』의 경아와 달리 물질적 허영심 때문에 사랑 대
신에 물질적 안정을 욕망하고, 쉽사리 그것을 획득한다. 물질적 안정이
자신의 육체와 교환되는 것이라는 사실을 충분히 인지하고 있었던 것
이다. 따라서 그녀는 자신의 육체에 대해서 '보이는 자'의 시선으로 관
찰하는 동시에 의식적으로 '보는 자'의 시선으로도 관찰한다. '보이는

자' 여성은 남성의 시선을 의식하여 자기를 남성의 대상으로 삼고, 자기 연출에 노력한다. 따라서 초희는 "아름답고 편안한 주택과 고가한 보석과, 더 고가한 보석을 살 수 있는 돈을 주는 공회장"에게 "정력적인 남자들 사이에 떠도는 여자"처럼 반응한다.

그녀 역시『별들의 고향』의 경아처럼 자신의 육체를 보고 자기 도취적 쾌락에 빠지지만 그것은 시장성 높은 자아 만들기이며 신데렐라적 환상을 성취하려는 노력의 일환이다. 그러나 경아와 달리 자신의 시선 안에 남성의 시선을 의식하고 있으며, 남성의 시선을 즐기고 남성을 유혹하는 공모 관계에 기꺼이 참여한다. 이것은 초희 스스로 가부장적 이데올로기에 종속되어 주체적인 시선이나 육체적 경험 내지 욕구를 통제하고, 자신을 남성의 성적 욕망의 대상 또는 감상의 대상으로 자발적으로 귀속시키는 것이다. 즉 초희는 남성에 종속되고 대상화되는 것을 적극적으로 동의한다는 것을 의미한다.

전통적인 가치관에 따르자면, 성적 욕구나 성적 억압의 주체는 언제나 남성이었다. 여성은 성적 욕구에 있어서도 타자로서 존재해왔다. 남성은 여성의 육체를 관람하는 주체이고, 여성은 자신의 육체를 관람하게 하는 대상에 불과했던 것이다. 1970년대 박범신의 소설『죽음보다 깊은 잠』의 다희도 초희처럼 남성의 대상화에 자발적으로 동조하는 인물이다.[17] 산업사회가 되면서 더 문제적인 것은 초희나 다희처럼 여성 스스로 자신을 상품화하는데 자발적으로 나서서 상품화를 확산시키는 것이다. 이들처럼 관능적인 매력을 더 강조하기 위해 자신의 육체를 신비화하고, 자신의 육체를 통해 타인과의 차별성을 내세우고 경쟁하는 여성이 당당하게 등장한다. 그리고 여성 스스로 여성의 육체가 주는 여성에 대한 환상과 성적 상상력으로 남성들의 감성을 자극하는 한편, 여성들에게도 그런 남성들의 시선을 의식하게 하고 더 열심히 가꾸도록 유도하고 그런 타율적인 행위를 더 광범위하게 확산시키는 것이다.

이처럼 1970년대 대중소설 텍스트에서 남성의 육체와 여성의 육체는 모두 시선을 받을 수 있는 대상이지만 유독 여성의 육체만이 매혹의 대상으로 한정된다. 경제적 토대가 남성에 의해 운영될 때, 육체에 대한 시선은 전적으로 남성의 특권으로만 인식되기 때문이다. 따라서 대중 텍스트에서 여성의 육체가 유발하는 아름다움이 쾌감을 야기시키는 한편, 여성의 육체 묘사가 상세하게 서술되고 관능적 상상력을 유발시키게 된다. 그러나 여성의 육체는 남성들의 사회적이고 환상적인 구성물에 불과한 것이라는 점을 간과할 수 없다. 나르시시즘은 타자인 여성의 환상적 구성물에 의해 유발된 것이므로 여성 스스로 타자성을 능동적으로 수용하는 계기이며, 현실에 대한 깊이 있는 통찰을 회피하는 행위이다. 나르시시즘에 몰입하는 여성의 경우, 자신의 육체를 '보는 자'와 타인에게 '보이는 자'가 동시에 되지만, 스스로 남성의 대상화에 적극적으로 동참하기 때문에 궁극적으로는 '보이는 자'의 시선과 만나게 될 뿐이다. 이는 여성의 정서와 심리 속에 가부장적 이데올로기가 내면화되어 있음의 또 다른 증거이다. 문제는 여성이 남성의 성적 대상으로 물화될 때, 여성은 자신의 육체가 지닌 구체적인 가치를 도외시하고 표면적인 가치 즉 기능적인 교환가치에 매달리게 된다는 사실이다.[18] 그래서 여성은 자신의 육체를 보는 시선을 의식하고 끊임없이 자신의 육체를 관리하고, '보는 자'인 남성의 시선이 '보이는 자'인 여성의 육체에서 사라졌을 때, 여성은 도리어 자기 소외에 빠지는 상황에 맞부딪히게 한다.

3. 훼손된 육체

이상화된 육체는 훼손된 육체에 대한 혐오감과 대비되면서, 그것의 고결함과 미적 쾌감이 더 돋보이게 된다. 남성이 여성의 관능적 육체를 찬미하고 그것을 소유하게 되면 관능성은 훼손되지 않지만 순결성은 훼손된다. 가부장적 이데올로기와 자본주의 체제가 결합된 사회에서는 남성에 의해 순결성을 훼손당한 여성은 사회적 지탄을 받는 것은 물론이고 남성에 의해 통제되는 모순적 상황에 처하게 된다. 다만 여성이 순결성을 훼손했더라도 관능적 육체를 지속적으로 보존할 수 있도록 끊임없이 관리하거나 재생산의 기능을 수행하는 모성성을 지니게 되면, 사회적 지탄을 모면하게 된다. 그렇지 못할 경우 창녀와 같은 존재로 전락하고 만다. 그러므로 1970년대 대중소설에서 훼손된 육체는 혐오감을 주는 육체, 불모성, 통제하는 시선과 통제 받는 시선 등의 기표로 지시된다.

가부장적 이데올로기가 지배적인 사회에서 성적 욕구나 성적 억압의 주체는 남성이므로, 남성은 여성의 육체를 욕망의 대상으로 택하고 그들을 보고 즐거워하는 동시에 통제하는 데서 쾌락을 구한다. 라이히에 따르면 성의 억압은 모든 문화적 형태 속에서 나타나는 특정한 부권주의적 문화라는 대중심리학적인 토대를 형성하는 데 일조한다.[19] 이런 토대 위에서 여성의 육체는 여성과 남성에 의해서 동시에 관람되고 통제되는 이중의 시선으로 포착된다. 그러나 여성은 스스로를 본다고 착각할 뿐 본질적으로 남성의 시선으로 보는 것이다. 1970년대 대중소설 역시 그 자장 안에서 움직이고 있기에, 남성의 여성에 대한 독점적 소유욕과 통제를 최인호의 『별들의 고향』에서 발견할 수 있다.

> "난 그 남자 때문에 망쳤어요. 난 그 남자에게 모든 것을 줬어요 우스운 얘기지만 한때 있던 재산도, 내 몸까지도 모두 바쳤어요 그런데 보세요."
> 경아가 불쑥 팔뚝에 그려져 있는 문신을 내 눈앞으로 내밀었다.
> "언젠가 아저씨가 나를 처음 봤을 때 그 문신이 무엇인가고 물었죠 이게 바로 그거예요 그 남자가 내게 강제로 그려준 표시예요 내가 맨 처음 그 남자에게서 도망쳤다가 붙잡혀서 강제로 자기의 표시를 남겨둬야 한다면서 그린 문신이에요."[20]

경아의 세 번째 남자인 이동혁은 경아에게 돈과 몸을 바치기를 요구한다. 자신을 피해 경아가 "도망쳤다가 붙잡"히자 "강제로 자기의 표시를 남겨둬야 한다면서" 문신까지 강제로 새긴다. 순결성을 상실하고 술집을 전전하는 여성은 '아무래도 좋은 여성'이라고 판단하는 이동혁은 자신의 의사에 따라 경아를 독점적으로 소유하고 '통제'하려고 하는 것이다. 여성의 관능적 육체가 남성에게 관능적 환상과 관능적 상상력을 주었다면, 훼손된 육체는 권위적인 남성의 시선에 의해서 통제 받기 때문이다. 통제하는 자는 통제받는 자를 사회적 통념에 의해서 비판하고 나아가 자신의 통제를 정당화한다.

특히, '육체적 순결성+모성성'을 여성성으로 규정하는 사회적 통념에 따라, 여성은 결혼 전에는 '순결=처녀성'을 결혼 후에는 '모성성'을 지키지 못하면, 불모의 여성으로 낙인 찍혀 남성의 보호에서 '배제'되고 사회의 주변부로 밀려나는 것을 감수해야 하는 것이다.

> 만준은 대답도 없이 무표정하게 경아를 쳐다보고 있었다. 경아는 그의 눈을 마주보았는데 그의 눈은 강렬하게 타오르고 있었고 자기의 내부를 구석구석 뚫어져라 응시하고 있는 것 같아서, 경아는 기름 독에 빠진 날 곤충처럼 그의 시선을 피할 수 없는 듯한 느낌을 받았다.[21]

위 인용문은 경아의 두 번째 남자인 이만준이 의사에게서 경아가 임신 중절 수술을 한 적이 있다는 말을 듣고서, 경아를 "뚫어져라 응시"하는 부분이다. 이 응시는 '육체적 순결성+모성성'을 지키지 못한 자에 대한 통제하는 자의 질책이다. 통제받는 자는 통제하는 자에 의해 불모성의 대상으로 간주되게 되면, 배려의 대상에서 급전직하하여 하찮은 "곤충"처럼 대우해도 무관한 존재로 순식간에 전락하고 만다.

> "지쳤어. 이젠 정말 지쳤어. 당신의 눈물을 하루에도 수십 번 보는, 보는 일에 지쳤소"

만준의 말이 경아를 향해 차디차게 던져졌다.

"저두 술 한잔 주세요."

경아가 불쑥 눈물이 번진 얼굴을 들어 남편을 쳐다보았다. 이제는 내가 이렇게 울고 앉아 있어도 이미 남편은 알아차린 것이니까.[22]

인용문에서 "눈물이 번진 얼굴"을 보는 것은 경아가 아니라, 경아 앞에 있는 이만준인 것이다. 이만준은 "눈물을" 흘리는 애처로운 얼굴의 아내가 아니라 "눈물이 번진" 지저분한 얼굴의 창녀에게 던지는 시선으로 경아를 바라보고 있다. 평소에 이만준은 경아가 눈물로 호소하면 무조건 경아의 부탁을 들어주었던 자상한 남편이었다. 경아가 혼전에 이미 순결성과 모성성을 상실했다는 사실을 알고 난 후에는 태도가 완전히 돌변하여, 눈물어린 경아의 호소를 외면하는 한편 경멸한다.

결혼 전에 육체적 순결을 잃은 딸에게 아버지의 시선 역시 통제하는 자의 시선이 된다는 사실을 『휘청거리는 오후』에서 읽을 수 있다.

허 성 씨는 지금 우희에게 얼마나 따뜻한 마음과 도움이 필요한가를 안다. 그러나 조금도 따뜻한 마음이 우러나지 않는다. 자기 가슴에서 파동치는 커다란 몸뚱이가 싫고 징그럽다. 따뜻하게 어루만지고 위로해 주기는커녕 떠다 밀고 싶은 걸 참는 것만도 겨우겨우다.

이미 반 이상 눈치채고 있었던 딸의 육체적인 변화가 막상 명백해지고 나서 허 성 씨에게 최초로 온 것은 심리적 충격 이전에 거의 육체적인 혐오감이었다.[23]

아버지 허성씨는 "딸의 육체적 변화"를 감지하고 즉각적으로 "육체적 혐오감"을 느낀다. 허성씨는 딸의 "커다란 몸뚱이가 싫고 징그럽다"고 느끼는데 이것은 육체적 순결을 잃은 자에 대한 통제하는 자의 시선이며 "떠다밀고 싶은" 배제의 심리이다. 이런 심리는 시각에 대한 즉각적인 반응인 것 같지만 내면화된 가부장적 이데올로기에 의한 통제이다. 그는 잠깐 동안 감정에 휩싸여 일반 남성의 시선으로 딸을 바라보다가 잠시 후 이성을 되찾고 다시 부성의 자리로 되돌아와 딸 우희의 문제를 사회적 관습에 따라 처리하려 한다. 육체적 순결을 훼손한 딸의 결혼을 서두르는 것이다. 이는 딸의 사회적 지탄을 모면하게 하려는 아버지의 배려이지만, 결과적으로는 가부장적 이데올로기에 의해 딸의 행동을 비판하고 그의 관리 대상에서 사위의 관리 대상으로 딸을 넘기려는 시도이다.

결혼 전에 순결을 상실한 우희는 결혼 후에도 가족으로부터 배려 대상이 되지 못하고 대가족의 시집살이와 권위적으로 돌변한 남편의 폭행을 감내하면서, 살아가는 처지가 된다. 우희는 대학까지 졸업할 정도로 합리적 사고 방식을 훈련받고 사회적 활동 능력을 인정받은 여성임에도 불구하고, 결혼 후에는 대가족제도의 비합리적인 요구에 쉽사리 순응해 들어간다. 이런 변화의 일차적인 이유는 결혼이라는 통과제의를 거치기 이전에 우희가 육체를 훼손했던 데에 있다. 그러나 근본적인 문제는 우희 자신도 모르는 사이에 가부장적 이데올로기가 내면화되어 있기 때문이며, '취직의 문은 바늘구멍보다 더 답답'할 정도로 여성 특히 기혼 여성의 사회 활동이 제약되어 있는 사회이기 때문이다.

여성은 남성과 달리 혼전의 '순결'이 통제되듯이, 결혼 후의 '혼외정사'도 통제된다.

①김상기가 그랬던 것처럼 거울 앞에 서보고는 못 본 것을 본 것처럼 얼른 거울을 외면했다.

그속에서 만난, 낯선 방에 서 있는 자기 모습에 무서움증을 느꼈기 때문이다. 미구에 자기 얼굴이 석고처럼 창백하게 경화될 조짐을 보았기 때문이다.

그녀는 큰 거울을 피해 콤팩트를 보며 입술, 볼, 연지 등을 칠하나 잘 되지 않는다. 손끝도 손끝이지만 시각조차 믿을 수 없어진다.[24]

②웨이터가 별난 여자 다 보겠다는 듯이, 그러나 귀찮다는 듯이 무뚝뚝하게 초희를 밀어내면서 계단 쪽을 손가락질한다.[25]

인용문 ①은『휘청거리는 오후』의 초희가 남편 모르게 혼외 정사 직후, 큰 거울에 비친 자신의 모습을 보고 외면하는 장면이다. 큰 거울에 비추어진 자신의 육체를 보고 "못 본 것을 본 것처럼" 외면하는데 자신도 모르게 통제 받는 시선을 느낀 것이다. 통제 받는 시선을 의식하고 그녀는 콤펙트의 거울에 비친 자신의 얼굴에 화장을 한다. 화장품을 "칠하나 잘 되지 않는" 것은 창백한 얼굴의 은폐가 아니라 그녀의 부도덕한 내면의 은폐가 잘 되지 않는다는 것을 의미한다.

②는 혼외 정사 직후 호텔방을 나서자 자신에 대해서 "웨이터가 별난 여자 다 보겠다는 듯이" 반응한다고 초희가 의식하는 대목이다. 이것은 실은 웨이터의 반응이 아니라 통제 받는 시선을 의식한 초희의 생각이다. 타인의 시선에 "무서움증"26)마저 느끼는 것 역시 타인이 주는 시선 때문이 아니라 통제 받는 시선을 의식한 초희의 생각인 것이다. 초희가 느끼는 무서움증이란 내면화된 가부장적 이데올로기에 의해서 그녀 스스로 혼외정사을 도덕적으로 단죄한 결과이다.

> 미소를 띠고 자기를 올려다보고 있는 여섯 개의 눈동자 앞에서 민희는 온몸이 굳어지며 얼굴이 새빨개졌다.
> 그들의 미소가 공범자끼리의 친밀감에서 나온 미소라고 민희는 생각할 수 없었다. 이 바보야! 하는 비웃음처럼 보였다.
> 아까 양일이라는 청년과 알몸으로 뒤굴 때는 그 자체로 사회적 모든 인연을 초월한 순수한 세계에서 헤매고 있는 듯한 느낌이었는데, 옷들을 갖춰 입은 그들과 마주치고 보니 민희는 자기가 그들에게 무력한 노리개로서 실컷 휘둘림을 당한 느낌이 왈칵 들었다.27)

김승옥의『강변부인』의 주인공 민희 역시 혼외 정사 직후, 자신이 "무력한 노리개"로 타인에게 비쳐진다는 생각에 부끄러워한다. 부끄러움 역시 무서움증처럼 민희 스스로 통제 받는 시선을 의식하고 가부장적 이데올로기에 의해서 자신의 행동을 단죄한 결과이다.

이처럼 1970년대 대중소설 텍스트에서는 훼손된 육체를 기호화하는 혐오감을 주는 육체, 불모성, 통제 받는 육체 등의 기표는 때로는 관능성과 순결성의 상실로, 때로는 모성성의 상실로 드러난다. 결국 훼손된 육체에 대한 통제의 시선에는 이상화된 육체처럼 관능성·순결성·불모성을 여성성으로 규정하는 가부장적 이데올로기가 작동하고 있는 것이다.

4. 반복과 타협적 균형의 원리

1970년대 대중소설은 성과 육체를 노골적으로 다룸으로써 감각적 쾌락을 부여하고 있지만, 성과 육체에 대한 사회적 관습이나 규범에서 크게 벗어나 있지 않다. 1970년대 대중소설이 성과 육체에 대한 이중적 기능을 수행할 수 있었던 근본적인 이유는 대중 서사 방식을 취하고 있기 때문이다. 대중 서사 방식은 텍스트-독자-유통의 순환구조를 의식한 서사 방식인데, 특히 익숙한 감수성의 범주에서 벗어나는 것을 좋아하지 않으면서도, 기성의 감각궤도 속에서 기분 좋게 흔들기만을 원하는 독자 대중을 의식한 서사 방식이다.[28] 대부분의 독자 대중은 관능적 육체와 행동을 보고/보이는 즐거움을 통해 사회적 관습으로부터 해방된 자유를 느끼기도 하지만, 한편으로 사회적 관습을 유지하려는 욕구 때문에 불편함을 느끼기도 한다. 이러한 독자 대중의 불편함을 라이히는 '쾌감 불안'이라고 지칭한다. 즉 쾌감불안이란 "성 흥분을 억압하는" 행위로서, "성 행위의 처벌에 대한 외부로부터 학습된 불안"을 의미한다.[29]

우선, 1970년대 대중소설은 쾌감 불안을 해소하기 위해 '반복'적인 서술방식을 취하고 있다. 동일한 사실을 "반복iterative"[30] 서술함으로써, 허구가 허구적 이미지가 아니라 "확실한 사실constat"[31]로 인식되는 효과를 낳는다. 예를 들어 여성 육체와 성을 말초적인 감각을 직접적으로 자극하는 상세한 묘사의 '반복' 서술로 인하여 센세이션을 일으키면서 보는/보이는 즐거움을 대중화시키는 데 기여한다. 특히 시각적 쾌락이나 입술이나 성기 등의 피부에 의한 육체 접촉과 그것으로 인한 촉각적 쾌락을 '반복'적으로 상세하게 서술함으로써, 사생활의 은밀함이나 여성을 사유화할 수 있다는 환상을 자극한다. 1970년대 대중소설은 여성의 육체와 성에 대해서 반복적으로 상세하게 묘사하여 말초적 감각을 자극하는 한편, 쾌감 불안을 해소하기 위해서 가부장적 이데올로기에 순응하는 인물의 성격을 병치시켜 서술한다. 따라서 텍스트에 등장하는 여성은 천진난만하거나 정숙한 성격 내지 성처녀와 같은 내면의 소유자가 대부분이다. 이들 여성은 표면적으로 다른 성격의 소유자로 인식되지만 본질적으로는 가부장적 이데올로기에 순응하는 여성성을 지닌 인물의 변형적 '반복'에 불과하다. 순응적인 인물의 성격으로 인해 성행위나 육체에 대한 상세한 묘사가 주는 말초적 감각의 자극성은 거부감 없이 확장시킬 수 있었던 것이다. 요컨대 반복과 병치의 서술방법을 통해 1970년대 대중소설 텍스트는 지배 이념의 지배성에 순응해 들어가는 한편 심층적 차원에서 그것을 거부하려는 인간의 본능적인 욕망을 동시에 충족시키고 있는 것이다.[32]

둘째로 1970년대 대중소설은 쾌감 불안을 해소하기 위한 대중 서사 방식으로 타협적 균형의 원리를 취하고 있다. 대중소설은 상대적 자율성을 지닌 문화로서, 구체적인 일상적 국면에서 "타협적 균형compromise equilibrium"[33]을 유지하려 한다는 점이 특징적이다. 타협적 균형이란 매혹과 거부의 갈등을 조정하는 원리로서 "분명치도 않으며 직접적이지도 않은 작용과 반작용을 통해 낡은 사고 방식"[34]이나 제도를 변형시킨다는 의미, 즉 지배 이념의 강력한 지배에 매혹되면서 동시에 그에 대해 폭넓게 도전한다는 적극적인 의미를 내포하고 있다.[35] 앞서 보았듯이 1970년대 대중소설 텍스트는 육체를 이상화된 육체와 훼손된 육체로 대립시킴으로써 육체에 대한 '매혹'과 '거부'를 병치시키고 있다. 그러한 병치 내지 대립은 사회적 규범이나 가치에 의해서 거부되는 여성인 창녀나 성적으로 문란한 여성을 구제하는 방법과 배제하는 방법을 취함으로써, 타협적 균형을 모색한다.

타협적 균형의 원리에 의해서 텍스트는 관능적이고 남성의 보호 대상이 될 수 있는 성격을 소유한 창녀는 모성성과 순결성을 지닌 성처녀로 승화시켜 관능적인 상상의 공간은 확장시키는 방법과 그러한 성격을 지니지 못한 창녀는 도덕적 차원에서 배제하는 방법을 취한다. 전자의 방법을 취하는 1970년대 대중소설로는 『별들의 고향』과 『겨울여자』36)가 있다. 이들 소설의 주인공인 경아와 이화는 소설적 문법에 의해서 성처녀로의 승화된 인물이다. 특히 『별들의 고향』에서 창녀에서 성처녀로의 승화라는 모티브와 아름다운 죽음이라는 환상적 모티브가 결합된 결말 구조는 성적 규범과 보는/보이는 즐거움 사이의 간극을 조정하는 타협적 균형의 원리가 적용된 지점이라 할 수 있다. 이 지점에서 남성은 자신의 무책임을 묵인하고, 부끄러움과 죄의식을 털게 하는 면죄부를 부여받고 있는 것이다. 그럼으로써 가부장적 이데올로기를 더 강화시키고 있다.

심층적 차원에서 분석해 볼 때, 이들 소설은 여성을 육체적 순결성 대신에 정신의 순결성을, 아이에게 모성을 베푸는 여성 대신에 모성적 성격을 지닌 여성으로 환치시켜놓는다. 환치는 모성성과 순결성을 극단적으로 분리/통합시키는 이중적 기능을 수행함으로써, 가부장적 이데올로기 안으로 이들 여성들을 수렴하고 있음을 알 수 있다. 이러한 분리/통합의 이중적 기능은 순결성과 모성성을 여성성으로 규정하는 전통적인 윤리관을 해체할 가능성을 내포하고 있다. 이를테면 육체적 순결이 정신적 순결로 대체되는 순간 순결에 대한 성적 규제가 느슨해지는 부수적 기능을 수반한다. 이처럼 1970년대 대중소설은 순결 이데올로기를 건드리지 않으면서도 그 의미 내용을 역전시키고 있는 것이다.

　　반면에 『영자의 전성시대』는 성적으로 타락한 주인공을 배제하는 방법으로 타협적 균형을 모색한다. 즉 산업사회에서 성이란 일부일처제, 가부장적인 가족 틀 안에서 형성되고, 문명화된 사회 관계를 지속시키는 힘이며 그 조건이기 때문에,37) 그런 문명화된 사회 관계를 훼손할 우려가 있는 영자는 그 문명권 밖으로 배제된다. 외형적으로 이런 결말 구조는 가부장적 이데올로기에 동조하여 창녀를 배제하는 방법으로 비쳐진다. 그러나 심층적 차원에서 볼 때 이 소설은 그런 사회적 관습에 대한 반란의 의미가 숨겨져 있는 공간이다. 영자의 처참한 죽음은 남성의 부끄러움과 죄의식을 은폐하려는 시도에 대한 반란의 가능성을 내재하고 있다. 그녀의 죽음은 사회적 관습에 의해서 배제된 자의 종말이지만, 실은 가부장적 이데올로기의 모순을 폭로하는 지점이 된다. 그녀의 죽음의 직접적인 원인은 화재이지만, 더 근원적인 원인은 여성을 대상화하려는 남성의 폭력 성향이기 때문이다. 그녀는 오직 “배불리 먹어보기 위해서” 서울로 와서 식모살이를 했는데 “하룻밤은 주인놈이 덤벼들면 다음 날은 꼭지에 피도 안 마른 아들 녀석이” 덤벼들고 “대학생들을 하숙치는 집에도 좀 살아봤는데, 배웠다는 사람들이 이건 뭐 더 악마구리떼”처럼 그녀를 성적 유희의 대상으로 취급하였다고 고백한다.38) 그녀의 육체는 약하고 상처받기 쉬운데, 성적 유희의 대상으로만 취급하려는 남성에 의해서 그것이 마음대로 훼손되었던 것이다. 따라서 그녀는 식모살이조차 제대로 할 수 없어 차장이 되었다가 한 팔을 잃고나서 창녀가 되었던 것이다. 게다가 ‘살림집’을 마련하기 위해 의수를 끼고 매춘을 하는 기이한 풍경도 매춘 단속으로 중단해야만 했다. 매춘 단속은 창녀는 사회에서 뿌리 뽑힌 자이고 쫓겨난 자이므로 근절해야 한다는 사회적 관습에 근거한다. 이러한 사회적 관습이 ‘외화 벌이’를 위해 국가적 사업으로 매춘을 공인해야 한다는 산업사회의 경제 논리와 공존하고 있다는 사실을 염두에 둘 때, 사회적 관습의 허위성이 여실히 드러난다.

　창녀에 대한 이중적 잣대의 공존하는 사회는 여성을 사물처럼 마음대로 처분할 수 있는 물체로 대상화하려는 남성의 일방적인 폭력 행사의 현장이다. 영자의 죽음은 경제적으로 지위가 낮은 여성을 남성의 성적 유희의 대상으로 취급하고 창녀로 전락시키는 남성의 사회적 타락을 은폐하려는 시도이지만 심층적 차원에서 볼 때 그 은폐를 폭로하려는 시도라 할 수 있다. 타협적 균형에 의해 수렴된 『영자의 전성시대』라는 소설 텍스트는 순결성과 관능미를 여성에게 강요하는 전통적인 윤리관이 해체될 가능성을 지닌 새로운 문화적 경험 공간인 셈이다.39)

5. 전복성을 지닌 대중 텍스트

　1970년대 대중소설 텍스트에서 이상화된 육체는 '보는' / '보이는 자'의 시선에 의해 여성의 육체는 쾌감과 관능적 상상력을 주지만 자본주의 체계에 의해서 상품의 형식을 띠게 되면서 조종, 통제, 착취당하게 된다. 이상화된 육체를 '보는 자'가 남성이고 '보이는 자'가 여성이므로, 여성 스스로 이상화된 육체를 만들기 위해 자기 억압과 개성의 자기 연출, 자기 대상화와 자기 도취적 쾌락, 시장성 높은 자아 만들기와 신데렐라적 환상에 몰입하게 한다. 반면에 훼손된 육체의 소유자는 가부장적 이데올로기의 성 규범에 어긋나므로 사회로부터 통제 당한다. 이러한 통제의 논리에 의해 모성성과 순결성 그리고 관능미로 여성성이 규정되고, 여성성을 구비한 여성만이 남성 내지 사회의 보호 대상이 되고, 그렇지 않은 여성은 사회로부터 배제된다는 사실을 파악할 수 있다.

　1970년대 대중소설 텍스트에서 육체 중에서 가장 흥미를 끄는 부분은 성적인 측면에서의 여성의 육체인 바, 성과 관련된 육체는 성차를 반영하기도 하지만 성차를 야기시키고 있다. 1970년대 대중소설 텍스트는 남성성을 정신과 공적 영역으로, 여성성을 육체와 사적 영역으로 분리시키고 있다. 분리는 대중에게 여성이 남성에 비해서 사회적으로 열등하다는 의식을 내면화시키는 기능을 한다. 남성 / 여성 간의 차이를 이와 같은 방식으로 극대화하여 남성과 여성을 각기 육체의 소비자와 공급자로 이분화하고, 육체의 소비자로서의 기능을 수행하지 못하는 여성에게 도덕적 차원의 비판을 가하고 있는 것이다.[40] 또한 여성성을 순결성과 모성성 / 관능성으로 분리함으로써 여성을 순수한 여성 / 순수하지 않은 여성, 즉 재생산 기능을 수행하는 대상과 성적 유희 대상으로 구분하고 후자를 사회적으로 차별하는 사회적 통념을 형성하는 역할을 한다. 남성 / 여성, 정신 / 육체, 순수한 여성 / 순수하지 않은 여성 등의 구분은 전통적인 성규범과 육체에 대한 생각이 자본주의의 상품 논리와 교묘히 결합된 결과로서, 여성의 육체를 대상화하여 보고 / 보이는 즐거움을 대중화하는데 일조한다.

대중 텍스트의 공간에서 여성의 육체는 한편으로 남성의 시선에 의해서 포착되고 있으나, 다른 한편으로 여성도 그러한 시선을 통해 자유로운 자신의 공간을 확보하려는 작업을 무의식적으로 동반하고 있다는 사실을 간과해서는 안 된다. 이러한 모순적 시선과 모순적 작업을 통해 성 자체가 재생산되거나 새롭게 구성될 가능성이 잠재되어 있기 때문이다. 1970년대 대중소설에서 여성은 성적 억압의 대상이 되지만, 자신의 육체를 통해 억눌린 일상과 사회적 규범이나 가치로부터 해방될 가능성도 표현한다. 여성은 타인의 시선을 의식하고 자신의 육체를 보여주지만, 다른 한편으로 자기 자신의 이미지를 표현하고 자신의 중요성에 대한 감각을 사회적으로 확인받고자 하는 욕구도 갖는 것이다. 이런 여성을 '보는 자'인 남성들도 여성과 동일하게 일상이나 관습의 억압으로부터 해방하고자 하는 욕구를 갖게 된다. 성과 육체의 담론에 기대어 인간은 모두 자신의 자유로움을 이야기하고 있는 것이다. 성과 육체의 담론은 단순히 보는/보이는 감각적 즐거움을 주는 구경거리를 넘어서 인간의 육체에 대한 새로운 담론을 형성하게 하는 힘을 내재하고 있다.

이러한 관점에서 볼 때, 관능적 상황은 개인적 편차가 존재하지만, 삶에 활력을 불어넣어 주는 요소 중 하나임에 틀림없다. 1970년대 대중소설 텍스트에서 성과 육체에 관한 담론은 그러한 상황을 연출함으로써 인간의 본능적 욕망을 해방시킬 가능성을 드러내고 있는 것이다. 따라서 텍스트는 성 내지 육체를 통해 여성을 남성의 대상화나 경멸의 대상으로 전락시키는 것으로만 작용하지 않는다. 도리어 여성의 성과 육체를 공적 담론으로 끄집어내고, 그것에 가해지는 이데올로기를 드러냄으로써 그 이데올로기를 전복시킬 가능성을 노출하고 있다. 남성의 시선이 지닌 특권은 이데올로기이고, 이 이데올로기는 허위의식이므로 불안정한 것이다. 허위의식은 그 허위성이 폭로되면 언제나 뒤집어질 수 있는 특성을 지녔기 때문이다.41)

그런데 1970년대 대중소설은 여성과 육체에 대한 이중적 반응에서 오는 쾌감불안을 해소하기 위해 반복과 타협적 균형의 대중 서사 방식을 취하고 있기에 전복성은 폭발적으로 드러나지 않는다. 대중 서사 방식은 오히려 가부장적인 여성관이나 성적 에너지를 공적 담론으로 방출하는 것을 금기시하는 전통적인 윤리관으로부터 해방될 가능성을 은밀히 노출하고 있다. 그리고 성과 육체라는 문화적 코드로 사적 생활의 발견 내지 자유라는 기의(의미작용의 개념)를 은유적으로 표현하고 있다. 반복과 타협적 균형이라는 대중 서사 원리에 의해서 상반된 이데올로기가 조정되고 있음을 알 수 있다. 그러므로 1970년대 대중소설이 관능성과 통속성을 지니고 있다고 하여, 호스티스 소설 내지 통속적인 소설이라고 그 의미를 단순화시키고 왜곡시키려는 기존의 미학적 관점은 지양되어야 한다. 대중소설을 그 '안'에서 객관적으로 고찰해 볼 때, 1970년대 대중소설이 여성의 육체에 대한 사회적 인습에 얽매인 의식과 그것을 초월하려는 의식이 공존하는 공간임을 명확히 파악할 수 있고, 그 전복의 힘을 이해할 수 있을 것이다.

주석

1) 본고에서 성(sexuality)이란 용어는 성적인 것을 모두 지칭한다. 다시 말해 성은 생물학적인 차원에서의 성(sex)과 사회 문화적인 의미에서의 성차(gender), 그리고 성 행위(sex acts)를 포함한 성적 행동(sex behavior)을 의미하는 포괄적인 용어이다.

2) 이숙인, 「유가의 몸 담론과 여성」, 『여성의 몸에 관한 철학적 성찰』(한국여성철학회 편), 철학과현실사, 2000, 117~144면.

3) 오생근, 「몸의 정치학—시선과 권력 데카르트·들뢰즈·푸코의 '육체'」, 『사회비평』 제17호, 1997.6, 95~121면.

4) 미셸 푸코, 이규현 역, 『성의 역사—제1권 앎의 의지』, 나남출판, 1995, 26면.

5) 보드리야르는 "성을 「이용」하는 광고업자들의 배후에는, 인간의 전면적 해방으로 향하는 위험한 변증법에 대항해서 성해방을 (도덕적으로는 비난하기도 하지만) 「이용」하는 기존의 사회질서가 기다리고 있다"고 지적한다. 장 보르리야르, 이상률 역, 『소비의 사회』, 문예출판사, 1992, 219면.

6) 미셸 푸코, 앞의 책, 63면.

7) 리차드 M. 자너, 최경호 역, 『신체의 현상학』, 인간사랑, 1994, 295면.

8) 캐슬린 배리는 매매춘의 산업화는 근대 대춘을 위한 대규모 여성 배치, 외화 소득을 위한 관광 산업의 발전, 수출 시향적 경세 발선에 뒤이어 일어난나고 보았다. 캐슬린 배리, 정금나·김은정 역, 『섹슈얼리티의 매춘화』, 삼인, 2002, 161면.

9) 부르디외는 정통적인 미학은 '순수 취향'을 강조하는 대신에, '불순한 취향'에 대한 거부를 기본 원리를 한다고 주장한다. '불순한 취향'이란 칸트가 혀, 입천장, 목구멍의 취향이라고 부른 것처럼 직접적인 감각의 쾌락으로 지각되는 단순한 형태를 말한다. 반면에 순수 취향은 향락을 강요하는 폭력에 굴복하지 않고 재현 대상으로부터 '거리'(칸트는 이 거리를 사물의 현손에 대해 감각적인 욕구능력을 떠나 있는 부관심한 관조라고 설명한다)를 두게 되는데, 이 거리로부터 '자유'가 나타난다고 한다. 부르디외가 보기에, 이 양자의 대립은 '반성의 취향과 '감각의 취향'의 대립이며, 야만스런 환상의 주체인 대중과 교양화된 부르주아 사이의 대립이라고 할 수 있다. 부르디외, 최종철 역, 『구별짓기—문화와 취향의 사회학』 하, 새물결, 1996, 792~820면.

10) 호르크하이머와 아도르노는 "육체에 대한 '증오에 찬 사랑'은 모든 근대문화의 바탕색을 이"룬다고 주장했다. 그러므로 육체는 매력의 대상이 되면서도 혐오의 대상이 된다고 본다. M. Horkheimer & TH. W. Adorno, 김유동 외역, 『계몽의 변증법』, 문예출판사, 1995, 316~317면.

11) 프로이트의 정신분석학에서 절시증은 관음증 내지 관찰 망상증으로도 불리는 것으로 자신을 드러내지 않고 타인을 훔쳐봄으로써 성적 쾌감을 느끼는 이상 심리를 말한다. 지그문트 프로이트, 임홍빈 외역, 『정신분석 강의』(하), 열린책들, 2002, 605면.

12) 프로이트에 의하면 나르시시즘은 성 도착증의 일종으로 분리하면서, 성장한 개인이 자신의 몸에 대해서 가능한 한 모든 섬세한 방법을 동원해서 배려하는 이상 심리이다. 위의 책, 588면.

13) 최인호, 『별들의 고향 상권』(1972~73년 조선일보 연재), 샘터사, 1994, 195면.

14) 위의 책, 222면.

15) 위의 책, 106면.

16) 박완서, 『휘청거리는 오후』, 세계사, 1998, 450면. 이 소설은 1977년 창작과 비평사에서 단행본으로 출간됨.

17) 박범신, 『죽음보다 깊은 잠』, 문학예술사, 1979.

18) 장 보드리야르, 앞의 책, 196면.

19) 빌헬름 라이히, 윤수종 역, 『성혁명』, 샛길출판사, 2000.

20) 최인호, 앞의 책, 167면.

21) 위의 책, 362면.

22) 위의 책, 366면.

23) 박완서, 앞의 책, 151면.

24) 위의 책, 474면.

25) 위의 책, 476면.

26) 위의 책, 476면.

27) 김승옥, 『김승옥 소설 전집 4-보통여자 / 강변부인』, 문학동네, 2002, 263면. 이 소설은 1973년 『독서신문』에 발표됨.

28) 나카무라 미쓰오, 유은경 역, 「풍속소설론-근대 리얼리즘 비판」, 『일본 사소설의 이해』(이토 세이 외), 소화, 1997.

29) 빌헬름 라이히, 앞의 책, 180~181면.

30) '반복'이란 하나의 서술방식으로서 동일한 사건이나 동일한 단어, 한 사건을 여러 번 서술하는 것을 의미한다. Gérard Genette, trans Jane E. Lewin, *Narrative Discourse Revisited*, Cornell Univ Press, Ithaca, New York, 1988, 38~40면.

31) '확실한 사실'은 신화적 형식 중에 하나이다. 롤랑 바르트는 '확실한 사실' 외에 '예방접종(vaccine)', '역사의 제거(privation d'Histoire)', '동일화(identification)', '동어 반복(tautologie)', '양비론(ninisme)', '질의 양화(quantification de la qualité)'를 신화의 수사학적 형식으로 규정하고 있다. 그 중 '확실한 사실'은 이미 만들어진 세계(신화적 세계)를 자명한 것으로 믿게 하여 "더이상 만들어야 할 세계를 지향하지 않"게 유도하는 수사학(신화 기표의 다양한 형태들이 와서 자리잡는 고정된, 규칙적인, 뚜렷한 양식의 총체)적 형식을 의미한다. 롤랑 바르트, 이화여대 기호학연구소 역, 『현대의 신화』, 동문선, 1997, 330~332면.

32) 이에 대한 상세한 설명은 『1970년대 대중소설 연구』(김현주, 연세대 박사논문, 2003)를 참고하기 바람.

33) Antonio Gramsi, Quintin Hoare & Geoffrey Nowell-Smith(eds), *Selections from Prison Notebooks*, London : Lawrence & Wishart, 1971, 161면.

34) 안토니오 그람시, 이상훈 역, 『그람시의 옥중수고 II』, 거름, 1993, 250면.

35) '타협적 균형'과 비슷한 개념으로 마르땡은 '백일몽'이란 용어를, 카웰티는 '도피의 예술적 수완'이란 용어를, 레이몬드 윌리엄즈는 '마술적 해결'이란 용어를 사용한다. 윌리엄즈는 19세기 소설들에서 당대 사회에 존재했던 윤리와 실제 경험' 사이의 공간을 메꾸

기 위해 마술적 해결을 사용했다고 주장한다. 이브 올리비에 마르땡, 임성래·김중현 역, 「프랑스 대중소설사 서설」, 대중문학연구회 편, 『대중문학이란 무엇인가』, 평민사, 1995, 159면; J. C. Cawelti, Adventure, *Mystery and Romance : Formula Stories as Art and Popular Culture*, Chiago and London, Chicago univ Press, 1976, p.1; R. Williams, *The Long Revolution*, Harmondsworth : Penguin, 1965.

36) 조해일, 『겨울여자』 상·하(1975년 『중앙일보』 연재), 솔출판사, 1996.

37) 문명의 억압적 성격은 본능의 승화가 아니라 성적 관계의 배타성과 관련이 있다(지그 문트 프로이트, 김석희 역, 『문명 속의 불만』, 열린책들, 1998). 그러나 푸코는 프로이트의 이론에서 한 발 더 나아가 성적 배타성이 생산되는 권력—지식 체계뿐만 아니라, 그것 을 전복시키려는 권력—지식 체계의 등장에 주목한다.

38) 조선작, 『영자의 전성시대』, 민음사, 1974, 66면. 이 소설은 1973년 『세대』에 처음 게재 되었다.

39) 미셸 푸코에 의하면, 1970년대 대중소설에서처럼 성의 억압에 관한 담론에는 반항, 약속된 자유라는 이율배반적인 담론이 개입될 수 있다. "성과 그것의 억압에 대해 말한 다는 사실 자체가 이미 결연한 위반의 태도 같은 것을 구성"하기 때문이다. 미셸 푸코, 앞의 책, 27면.

40) 리타 펠스키, 김영찬·심진경 역, 『근대성과 페미니즘』, 거름, 1998, 108면.

41) 피터 브룩스, 이봉지 외역, 『육체와 예술』, 문학과지성사, 2000, 517면.

1970년대 서술시의 양식적 특성

김지하 · 신경림 · 서정주의 시를 중심으로

이혜원

1. 서론

한국 현대시사는 이미지 중심의 단형 서정시가 주류를 이루는 가운데 서사적 요소가 강한 장형의 시들도 지속적인 흐름을 이어왔다. 1930년대와 1970년대의 시들은 장형화가 두드러지면서 우리 시의 양식적 확충을 가져왔다는 점에서 각별한 주목의 대상이 된다. 1930년대의 백석 · 이용악 · 김기림 · 정지용 등은 전시대 김동환이 시도한 서사시와 다른 장형의 서정시를 다양하게 시도하여 독자적인 개성을 획득한 바 있다. 우리 시사에서 장형의 개성적인 서정시가 광범위하게 시도되는 또 다른 시기는 1970년대이다. 김지하 · 신경림 · 서정주 등의 시인들이 1970년대에 보여준 장형의 서정시들은 전통적인 서정시와도 다르고 서사시와도 다른 새로운 양식을 담고 있다. 특히 1970년대의 장형 서정시들이 전통적인 문학양식을 적극적으로 수용한 공통점을 보이고 있다는 것은 주목할 만한 사항이다.

본고에서는 1970년대의 장형 서정시를 대표하는 김지하의 담시 「오적(五賊)」(1970)과 신경림의 시집 『농무(農舞)』(1973)과 『새재』(1979), 서정주의 시집 『질마재 신화(神話)』(1975)를 중심으로 그 양식적 특성과 시대적 맥락을 고찰해보고자 한다. 이 시들의 양식을 통칭할만한 용어로 본고에서는 '서술시'의 개념을 택하려 한다. '서술시'는 시행의 배열이 운문적이든 산문적이든 상관없이 시 속에 들어 있는 이야기와 그 이야기가 전달 소통되는 과정을 포괄하는 개념이다. '서술'이란 원래 인식의 양식인 동시에 설명의 양식이기도 하기 때문이다.[1] 위의 시들은 시행의 배열방식은 각양각색이지만 공통적으로 '서술'의 양식을 채택하고 있다는 점이 분명한 특징이다. 이 시들에서 서술의 방식이 두드러진 것은 1970년대의 시대상황과 미적 인식의 변화와도 밀접한 관련을 갖는 것으로 보인다. '서술시'에서는 이미지 중심의 서정시가 보여주는 일방적인 정서의 표현과는 달리 '화자'와 '청자'의 긴밀한 상호 작용이 전제된다. 이 시들이 각별하게 '화자'의 역할을 강화하고 '청자'와의 의사소통의 가능성을 다각도로 시도한 것은 당시의 시대적 분위기와 미의식의 변화를 반영하는 것이라 할 수 있다

1970년대 서술시의 양식적 특징에 주목할 때 이 시들이 보여주는 전통양식의 수용양상은 중요한 의미를 갖는다. 이 시기의 시들은 그동안 서구 문학 양식의 수용에 의존했던 전 시기의 시들과는 다르게 우리의 문학 전통 속에서 적극적으로 새로운 양식의 가능성을 발견하려 하는 공통점을 보인다. 이들은 특히 판소리나 민요, 민담 등의 전통적인 구비문학의 양식을 창조의 원천으로 삼았다. 이러한 전통적인 구비문학 양식은 공동체적인 정서와 상호교감을 바탕으로 하고 있다는 점에서 '서술시'의 양식적 특성과도 상관성을 갖는 것으로 보인다.

그런데 이러한 전통적인 문학양식을 수용하는 데 있어 이 시기의 시

들은 상당히 창조적인 역량을 발휘한 것으로 나타난다. 이들은 전통을 소극적으로 계승하는 데 그치지 않고 독창적인 양식을 창안하는 데 이르고 있다. 그 결과 이들은 우리 현대시사에서 유례없는 독특한 시 양식을 선보이게 된다. 이런 시들은 양식의 혼합이 가져오는 문학의 창조적 가능성을 확대시킨다는 점에서 양식에 대한 논의에서 각별한 관심을 불러일으킨다. 본고에서는 이 시들이 보여주는 전통의 요소와 함께 변화와 창조의 측면을 살펴 그 양식적 특성을 규명해보고자 한다.

지금까지 김지하·신경림·서정주의 1970년대 시에 대한 개별적인 논의는 적지 않다. 특히 김지하의 '담시'는 그 양식의 독창성과 관련된 본격적인 논의가 이루어져 왔다.[2] 신경림의 시에 대해서는 서사적 특징과 공동체의식의 관련성을 살핀 연구[3]가 주류를 이루는 가운데 전통 구비문학 양식인 민요나 굿과의 상관성을 언급한 연구들도 있다.[4] 서정주의 『질마재 신화』에 대해 서술시적 특성이나 화자와 청자의 요소에 주목한 성과도 축적되어 있다.[5] 그런데 각 시인에 대한 개별 연구가 상당히 진행된 것에 비하면 이들의 시를 공통분모로 묶고 그 시대적 의미를 해명하는 시사적 연구는 찾아보기가 힘들다. 시대적 맥락에 주목한 이시영의 글[6]이 있지만, 이는 주로 내용과 관련된 논의에 한정된 것이다. 양식과 관련해서 이들의 시를 함께 언급한 것으로 유종호의 글[7]이 선구적이다. 여기서는 한용운·김소월·김지하·신경림·서정주 등의 시에서 내간체나 민요, 서사적 창악, 노동요, 전설이나 음담패설 등의 '변두리 형식'을 주류화 시키는 창조적 승화의 양상을 보여주었다는 사실을 간파하고 있다. 그러나 이 글은 양식과 관련된 본격적인 논의라 하기 어렵고 '변두리 형식'이라는 개념도 자의적으로 쓰인 것이어서 시론(試論)으로서의 의미가 강하다.

본고에서는 이상의 연구 성과들을 바탕으로 1970년대 서술시의 양식적 특성과 그 시대적인 맥락을 밝히고자 한다. 1970년대의 서술시는 특히 전통양식의 창조적 계승이라는 측면에서 주목할 만하다. 따라서 본고에서는 1970년대의 서술시가 보여주는 전통적인 요소와 창조의 양상을 구체적으로 검토하여 귀납적으로 그 양식적 특성을 증명하려 한다. 양식의 개념 중에는 이론적이고 사변적으로 구성되는 것이 있는 반면 실제 작품의 분석으로 얻어지는 개념이 있다. 개념들로 정의되는 양식의 '본질'과 구체적인 '현상'은 일치되어야 마땅하지만 실제로는 불일치하는 경우가 많다. 특히 현대문학의 경우 양식의 '환원'이 아니라 '증대'로 해서 생기는 양식이 증가하고 있어 비배타적인 포괄성으로서의 양식의 개념을 적극적으로 받아들일 필요가 있다.[8] 본고에서는 양식과 관련된 논의들이 선험적이고 이론적인 잣대에 얽매어 실질적인 문학 현상을 설명하는 데 취약했던 것에 대한 반성으로 구체적인 현상과 시대적 맥락을 중시하며 양식의 '증대'와 '창조'라는 측면에서 1970년대 시의 특이한 양상을 이해하고자 한다. 이렇게 볼 때 '서술시'의 개념은 서정과 서사라는 기존의 양식 개념을 두루 포괄하면서 세 시인의 상이한 개성을 묶어낼 수 있는 공통분모로서 유용하게 기능하리라 본다. 김지하, 신경림, 서정주의 순으로 각 시인의 장르의식과 양식 면의 혁신을 검토해보고 전통양식의 확산과 창조가 광범위하게 이루어진 1970년대의 사회적·미학적 변화의 근거를 살펴볼 것이다.

2. 전통의 재인식과 양식의 창조

1) 판소리의 다성화법과 풍자의 가능성 – 김지하

「오적(五賊)」은 1970년 5월 『사상계』에 발표된 김지하의 최초의 '담시(譚詩)'이다. 1971년에서 1974년까지 시인은 지속적으로 여러 편의 담시

를 발표한다. 그러나 「오적」은 그가 쓴 최초의 담시이며 또 담시의 특
성을 가장 함축적으로 드러내는 대표작이라 할 수 있다. 김지하는 「오
적」을 쓰기 여러 해 전에 이미 장편 서사시를 시도하였지만 형식 문제
에 부딪치면서 포기한 바가 있다. 그러던 중 우리문학연구회에서 민
요·판소리·무속·탈춤 등에 접하게 되면서 전통적인 문학과 민예에
관심을 갖게 된다. 「오적」은 판소리의 현대화를 위한 최초의 시도로 쓰
여진 것이라 할 수 있다.9)

  '담시'는 김지하가 자신의 단형 판소리에 붙인 용어로서, 글자 그대
로 '이야기 구조'를 지닌 시가 형식을 통칭하는 말이다. 김지하는 판소
리를 비롯한 서사민요나 내방가사, 민담 등의 전통적인 문학 양식에서
'이야기 구조'를 발견하고 여기에서 형식문제를 해결할 실마리를 찾았
다. 김지하의 담시는 이 중에서도 판소리의 독창적인 구조와 어조, 유장
한 호흡을 전면적으로 수용한 것이다. 그는 풍부한 사설과 다양한 화법
이 가능한 판소리 양식을 통해 당대 현실에 대한 실감 있는 묘사와 신
랄한 비판을 시도하였다. 김지하의 담시는 일찍이 우리 시에서 볼 수
없었던 특이한 형식을 보이기 때문에 그 양식에 대한 분류가 쉽지 않다.
김지하의 담시는 노래체의 비교적 긴 형식으로 일정한 구조를 지닌 사
건이 전개된다는 점에서 서사시로 분류되는 경우도 있다. 그러나 이렇
게 볼 때 김지하 담시에 나타나는 다성적 화법이나 열등한 인물 중심의
서술은 위대한 영웅의 생애나 민족의 운명을 밀도 있게 다룬 장형의 서
사시에 비해 열등한 요소로 간주된다.10) 김지하의 담시를 서사시로 분
류하는 경우 분량이나 구성이나 인물 등의 여러 측면에서 함량 미달일
수밖에 없다. 그러나 '서술시'의 범주에서 볼 때는 그 독특한 형식을 모
두 포괄하면서도 하나의 양식으로 수용될 수 있다. 시인은 '서술'의 방
식으로 당대 현실에 대한 구체적인 묘사를 행하려 했고 분량이나 구성
이나 인물 등의 모든 요소에서 효과적인 비판과 풍자의 형식을 도모한
것이다.

김지하의 담시가 '서술시'로서 갖는 분명한 특징은 뚜렷한 '화자'가 등장한다는 사실에서 드러난다. 「오적」의 구성은 크게 보면 서두와 본시와 결구로 짜이는데, 이 중에서 '화자'의 존재가 부각되는 것은 서두와 결구이다.

> 詩를 쓰되 좀스럽게 쓰지말고 똑 이렇게 쓰랏다.
> 내 어쩌다 붓끝이 험한 죄로 칠전에 끌려가
> 볼기를 맞은지도 하도 오래라 삭신이 근질근질
> 방정맞은 조동아리 손목댕이 오물오물 수물수물
> 뭐든 자꾸 쓰고 싶어 견딜 수가 없으니, 에라 모르겠다
> 볼기가 확확 불이나게 맞을 때는 맞더라도
> 내 별별 이상한 도둑이야길 하나 쓰겄다.11)

이와 같은 「오적」의 서두 부분은 이 시의 전체적인 인상을 결정하며 판소리 사설 구조와의 강한 연관성을 보여준다. 이 시의 화자는 '시인'으로서 붓끝이 험한 죄로 갖은 수난과 고초를 당한 바 있는 저항적인 인물이다. 그가 자신에게 닥칠 위험을 감수하면서도 다시 붓을 든 이유는 '이상한 도둑 이야기'를 쓰기 위해서이다. 서두에서의 소개에 의해 화자의 신분과 입장, 그리고 앞으로 펼쳐질 이야기의 윤곽이 그려진 셈이다. 이 시에서 도입한 판소리의 구조와 어법은 문어체에서 기대하기 어려운 강한 흡인력과 홍미를 유발하고 있다.

이어지는 본시에서 화자는 판소리 창자와 같은 다성적 화법을 적극적으로 도입하여 각계각층의 다양한 인물 군상들을 실감나게 묘사한다. 판소리를 구현할 때 창자는 자유롭게 다성적인 화법을 구사하며 일인다역을 실행할 수 있다. 「오적」의 화자 역시 여러 등장인물의 묘사에서 각자의 신분과 개성에 따라 다양한 어법을 구사한다. 예를 들어 최상류층인 오적과 하층민인 꾀수 사이의 중간계층에 해당하는 포도대장이 상대에 따라 다르게 표출하는 어조는 이 시의 역동적인 화법을 증명한

다. 오적들을 잡으러 갔다가 오적들이 권한 술에 취한 포도대장은 "만
장하옵시고 존경하옵는 도둑님들! / 도둑은 도둑의 죄가 아니요, 도둑을
만든 이 사회의 죄입네다 / 여러도둑님들께옵선 도둑이 아니라 이 사회
에 충실한 일꾼이니 / 부디 所信껏 그길에 매진, 용진, 전진, 약진하시길
간절히 간절히 바라옵고 또 바라옵나이다"라고 극존칭을 써가며 그들
이 저지른 죄상을 호도한다. 강자에 대해 비굴하기 그지없던 그의 태도
와 어조는 약자인 꾀수에 대해서는 단호하고 강압적인 자세로 돌변하
여 "요놈, 네놈을 무고죄로 입건한다"며 전혀 다른 태도를 드러낸다.
「오적」의 화자는 이처럼 자유로운 선택에 의해 다양한 화법을 구사하
며 주제의식을 강하게 표출한다.

　이 시의 다성적인 어조 못지않게 역동적인 느낌을 주는 것은 특이한
구성의 방식이다. 이 시는 통상 서사시들이 보여주는 긴밀한 사건의 전
개와 유기적인 구성과는 달리 탄력적이고 불연속적인 서술방식을 나타
낸다. 일반적인 서사구성의 방식에 의해 본시의 구성을 보자면, 옛날 우
리 나라 서울에 다섯 도둑이 모여 살았다(발단), 어명이 떨어져서 포도대
장이 오적을 잡으러 나섰다(전개), 오적들의 잔치에 포도대장이 기가 죽
는다(절정), 오적을 잡아들이는 대신 꾀수를 잡아 감옥에 보낸다(결말)는
줄거리로 간추릴 수 있다. 발단, 전개, 절정, 결말의 구성이 긴밀하고 균
형이 잡혀있는 일반적인 서사양식과 달리 이 시에서는 발단과 절정 부
분이 비대한 것에 비해 다른 부분은 소략되는 등 불규칙한 흐름을 보인
다. 이는 이야기 속의 여러 상황이 지닌 의미·정서를 강화 확장하여
'부분이나 상황의 독자적인 미(美)와 쾌감을 추구'하는 판소리의 양식적
원리12)와 상통하는 특성이다. 따라서 판소리에서는 주제나 정서가 강조
되는 대목은 길어지고 그렇지 않은 부분은 빠르게 전개되는 탄력적인
구성이 실현된다. 「오적」에서는 발단 부분에서 오적들의 존재와 비리를
장황하게 서술하고 절정부분에서는 온갖 사치와 타락을 일삼는 그들의
실태를 낱낱이 묘사하여 철저한 비판을 가하려는 의도를 엿볼 수 있다.

즉 「오적」의 구성 원리는 오적들의 부정과 비리에 대한 비판과 풍자에 의거한 것이다. '오적'에 대한 비판에 초점이 맞추어져 있기 때문에 하층민 주인공인 꾀수의 역할과 의미는 상대적으로 미약할 수밖에 없다. 이 시를 당대 현실에 대한 총체적 조망을 행하는 서사시로 기획했다면 전체 구성 방식과 등장인물들의 역할은 크게 달라졌을 것이다. 그러나 이 시에서 서술의 흐름을 주도하는 것은 '오적'의 실상과 그에 대한 비판의식이다. 이러한 관점에서 볼 때 이 시에서 종종 문제가 되는 결구에 대한 이해도 달라질 수 있을 것이다. 이 시는 꾀수가 감옥으로 들어간 후 어느 날 아침 포도대장은 갑자기 벼락을 맞아 죽고 오적도 피를 토하며 거꾸러졌다는 결말을 보여준다. 오적의 행태에 대한 묘사가 장황했던 것에 비하면 너무도 간결하고 허망한 결론이다. 시인은 오적의 실상을 비판하고 풍자하는 데 비중을 두었고 그 결과보다는 비판의 과정을 중시했던 것이다. 더불어 이 시의 갑작스럽고 황당한 결론은, 당대 현실을 통해 볼 때 오적의 위세가 꺾이는 것은 벼락을 맞는 것만큼이나 실현이 어렵다는 사실에 대한 허탈감의 표현으로 볼 수 있다. 결국 이 시에서 의도한 것은 오적의 실상에 대한 고발과 풍자이고, 판소리 식의 반복 어법이나 탄력적인 구성의 방식은 이러한 의도를 효과적으로 실현시키고 있다.

　지금까지 살펴본 것처럼 「오적」과 판소리는 많은 유사성을 보여준다. 그러나 다른 한편으로 「오적」의 특성과 성과는 판소리와의 차이점을 통해서 보다 긴밀하게 밝혀질 수 있다. 「오적」과 판소리를 비교할 때 간과할 수 없는 차이점은 창작의 주체이다. 판소리는 창작의 주체가 뚜렷하지 않은 채 일반 민중의 목소리를 반영하는 것에 비해 「오적」은 지식인이자 시인인 창작 주체에 의해 의도적으로 쓰인 것이다. 따라서 판소리에서는 민중들의 욕망과 현실의 갈등에서 기인하는 이중적인 주제[13]가 드러나는 것에 비해 「오적」은 훨씬 직접적이고 분명한 주제의식을 보여준다. 「오적」에서는 지배계층에 대한 민중의 비판적 시각을 대변하는 지식인의 관점이 일관된 주제의식을 형성한다. 김지하가 우리 시의 새로운 방향을 모색하면서 주력한 것은 ‘풍자’의 가능성이다. 그는 전통적인 민예나 민요에서 풍자의 요소들을 발견하고 이를 우리시의 폭발적인 힘으로 계승할 수 있음을 확신했다. “풍자의 방향은 민중적인 것, 민중의 증오의 방향에 일치하지 않으면 안 된다. 강력한 민중적 자기긍정에 토대를 둔 비판이요 폭로·규탄이어야 한다. 결코 그것은 민중 자체를 매도하는 시적 폭력 표현으로 될 수가 없다. 그것은 본질적으로 반민중적인 소수집단에 대한 폭력의 표현인 것이다.”[14]에서 알 수 있듯 그는 풍자를 민중적인 양식의 특성으로 보았고 특권계층에 대한 강력한 비판의 기능을 행할 수 있는 도구로 인식했다. 「오적」은 풍자에 대한 시인의 관심과 실천이 가장 잘 드러난 작품이라 할 수 있다.

「오적」에서 창작 주체의 지식인적 관점이 드러나는 또 다른 예는 한자의 용례에서 찾아볼 수 있다. 이 시에서 五賊은 ‘狋猰, 匑獪狋猿, 跍礫功無源, 瞕猩, 瞕猻瞳’이라는 한자로 표현된다. 각각 재벌, 국회의원, 고급공무원, 장성, 장차관을 가리키는 것이지만 이면적으로는 ‘엮어놓은 미친 개, 간교한 곱사등이로 개싸움을 하는 원숭이, 공은 없이 우뚝 솟게 걸터앉은 돼지, 나이 많은 성성이, 예막이 생긴 눈을 성내어 부릅뜨고 휘두르고 다니는 형상’[15]을 뜻한다. 이러한 희귀한 한자의 특이한 조합으로 인해 오적의 추악한 실상은 더욱 선명하게 부각된다.[16] 시인은 한자의 의도적인 조합으로 특권층의 허위의식을 날카롭게 비판한다. 이는 판소리에 쓰이는 한자가 양반 식자층의 어법과 사유방식을 대변하는 것과는 다른 양상이다.

「오적」은 전체적으로 볼 때 이야기 중심의 서술시로서 지배 계층에 대한 강력한 풍자의 양식을 선보인다. 이 시에서는 판소리의 구조와 어법을 탄력적으로 도입하는 한편 지적이고 날카로운 풍자의 방식을 통해 당대 현실에 대한 비판적 양식의 가능성을 실험하고 있다. 김지하는 전통 속에서 새롭고 진보적인 저항의 가능성을 발견하고 현대적으로 실현함으로써 우리 시의 주제와 양식을 대폭 확장하였다.

2) 서술의 핍진성과 정한의 가락—신경림

　신경림은 1970년대에 괄목할 만한 두 권의 시집을 내놓는다. 1973년의 『농무』와 1979년의 『새재』가 그것이다. 『농무』는 기존의 시에서 보기 힘들었던 농민의 삶에 대한 질박하고 구체적인 묘사로 인해 시사적인 관심의 대상이 되어 왔다. 『농무』에서 서술적인 서정시의 가능성을 실험했던 시인은 『새재』에 이르면 민요의 가락을 적극적으로 도입하여 전통 양식과의 접맥을 시도한다. 본고에서는 『농무』와 『새재』를 서술시라는 일관된 맥락에서 파악하면서 그 변모의 동인과 양상을 살펴보고자 한다.

　『농무』는 소외계층의 삶을 대변하는 문학으로서 문단의 관심을 불러일으킨다. 그러나 『농무』의 진정한 성취는 그러한 소재 자체보다는 구체적인 묘사와 녹특한 서술의 방식에서 기인하는 것이다. 『농무』에서는 가난한 농민이나 소외계층의 육성을 그대로 살려 그들의 삶을 실감나게 재현한다. 표제시인 「농무」(1971)는 이러한 특성을 함축적으로 드러내주는 작품이다.

> 징이 울린다 막이 내렸다
> 오동나무에 전등이 매어달린 가설무대
> 구경꾼이 돌아가고 난 텅 빈 운동장
> 우리는 분이 얼룩진 얼굴로
> 학교 앞 소줏집에 몰려 술을 마신다
> 답답하고 고달프게 사는 것이 원통하다
> 꽹과리를 앞장 세워 장거리로 나서면
> 따라붙어 악을 쓰는 건 쪼무래기들뿐

처녀애들은 기름집 담벽에 붙어서서
철없이 킬킬대는구나
보름달은 밝아 어떤 녀석은
꺽정이처럼 울부짖고 또 어떤 녀석은
서림이처럼 해해대지만 이까짓
산구석에 처박혀 발버둥친들 무엇하랴
비료값도 안 나오는 농사 따위야
아예 여편네에게나 맡겨두고
쇠전을 거쳐 도수장 앞에 와 돌 때
우리는 점점 신명이 난다
한 다리를 들고 날라리를 불거나
고갯짓을 하고 어깨를 흔들거나

—「農舞」 전문[17)

　　이 시의 길이와 형태는 보통의 서정시와 다를 바가 없다. 그러나 이 시는 이미지나 정서의 표출에 의거하는 대부분의 서정시와는 달리 구체적인 장면의 서술에 의해 전개되고 있다. 따라서 서술을 담당하는 화자의 존재와 역할은 다른 서정시들에 비해 훨씬 두드러진다. 이 시의 화자는 '비료값도 안 나오는 농사'일을 하는 가난한 농부이다. 울분과 설움으로 가득한 이 화자의 내면은 직접적으로 표출되지 않고 구체적인 삶의 묘사 속에서 자연스럽게 그려지게 된다.

　　이 시에서 삶의 묘사가 생생한 느낌을 주는 것은 당시 농촌의 실상을 절묘하게 드러내는 구체적인 장면의 배열에 의한다. 첫 장면은 막이 내린 가설무대에서 시작된다. '오동나무에 전등이 매어달린 가설무대'는 당시 근대화에 밀려 소외되었던 농민을 독려하려고 마련한 어설프고 한시적인 시설이다. 이곳에서 꼭두각시처럼 분장하고 흥도 나지 않는 공연을 마친 화자와 그 일행은 '학교 앞 소줏집'에 몰려가 술을 마신다. '가설무대'를 떠난 '소줏집'에 이르자 그들의 속마음이 표출된다. "답답하고 고달프게 사는 것이 원통하다"는 것이다. 전체 농민의 울분을 대변하는 이러한 발언은 극적인 전개 속에서 한결 절실한 육성으로 표출된다. 다음 장면부터는 소줏집을 나와 장거리를 향하는 공간 이동이 그려진다. 그러나 이 시에서는 카메라 기법과 같은 객관적 묘사에만 의지하지 않고 중간 중간에서 화자의 감정과 육성을 드러낸다. 술기운이 도는 데다 보름달이 밝아 흥분이 더하게 되면서 화자와 그 일행의 울분과 허탈감도 고조된다. 비료값도 안 나오는 농사를 지으며 "산구석에 처박혀 발버둥친들 무엇하랴"는 항변은 그들의 가장 절실한 심정을 담고 있다. 마지막 장면은 쇠전을 거쳐 장거리의 중심에 해당하는 도수장에 이르는 과정을 보여준다. 이는 첫 장면이 '전등이 매어달린 가설무대'에서 시작되었던 것과 대조적이다. 보름달이 환하게 뜬 도수장에 이르러 화자와 그 일행의 신명은 절정에 다다른다. '가설무대'에서 공허한 공연을 했던 그들은 장거리의 중심에 이르자 비로소 신명이 나서 춤추게 된다. 삶의 터전인 마을의 중심에 이르러 그들은 진정한 주인공으로서의 자신을 느끼며 자발적으로 자신들의 춤 '농무'를 출 수 있는 것이다. 이 춤을 통해 그들의 울분과 애환과 신명은 한데 어우러지고 강한 일치감을 이루게 된다.

「농무」는 이와 같이 소외계층인 농민의 실상을 전례 없이 구체적이고 핍진한 서술을 통해 그려냈다. 농민의 육성을 실현한 화자는 공동체적인 삶의 문제를 관념이 아닌 실감으로 표출해낼 수 있었다. 이 시는 또한 구체적인 삶의 묘사가 장황한 수사가 아닌 간명한 서술에 의해 실현될 수 있음을 보여주었다. 효과적인 장면 배치와 간결한 상황 묘사, 적절한 육성의 배합은 서정시의 간결한 구조로도 서술의 가능성을 극대화시킬 수 있음을 증명한다. 아울러 이 시는 서술적인 시들이 흔히 간과하는 리듬에 대한 세심한 배려로 인해 독자의 호응과 공감을 배가시켰다. 「농무」는 서정시의 양식 속에서 서술의 효과를 극대화한 시로서 서정시의 새로운 가능성을 제시하였다.

첫 시집 『농무』에서 서정시와 결합할 수 있는 서술 방식을 실험했던 시인은 두 번째 시집 『새재』에서는 '서술'과 '리듬'의 결합을 시도하게 된다. 『농무』에서도 리듬에 대한 고려가 나타나지만 『새재』에서는 한결 의식적으로 그것을 실천한다. 그는 특히 민요의 가락과 정서에서 민중의 생활과 감정을 표현할 수 있는 양식적 특성을 발견하고 적극적으로 그 가능성을 실험하게 된다.

> 하늘은 날더러 구름이 되라 하고
> 땅은 날더러 바람이 되라 하네
> 청룡 흑룡 흩어져 비 개인 나루
> 잡초나 일깨우는 잔바람이 되라네
> 뱃길이라 서울 사흘 목계 나루에
> 아흐레 나흘 찾아 박가분 파는
> 가을볕도 서러운 방물장수 되라네
> 산은 날더러 들꽃이 되라 하고
> 강은 날더러 잔돌이 되라 하네
> 산서리 맵차거든 풀속에 얼굴 묻고
> 물여울 모질거든 바위 뒤에 붙으라네
> 민물 새우 끓어넘는 토방 툇마루
> 석삼년에 한 이레쯤 천치로 변해
> 짐부리고 앉아 쉬는 떠돌이가 되라네
> 하늘은 날더러 바람이 되라 하고
> 산은 날더러 잔돌이 되라 하네

—「목계장터」 전문18)

「목계장터」는 민요의 수용 양상이 잘 드러나는 시이다. 이 시의 화자는 장터를 떠도는 방물장수이다. 시인은 여전히 소외계층의 육성을 재현할 수 있는 화자를 설정하여 그들의 삶을 표현하고 있다. 그런데 「농무」의 화자가 구체적인 정황과 배경 속에서 움직이는 사실적인 인물인 것에 비해 이 시의 화자는 떠돌이의 보편적인 삶을 대변하는 인물이다. 「농무」에서 구체적으로 묘사되었던 삶의 공간도 이 시에서는 대략적으로 그려질 뿐이다. 사건의 설명과 묘사는 개인적인 태도와 성향이 개입되기 쉬운 반면, 행위를 중심으로 한 사건의 제시는 이러한 개입을 방지할 수 있다.19) 「목계장터」는 대략적인 행위의 서술과 반복 어구가 중심을 이루면서 구체적인 묘사와 육성이 드러나는 「농무」에 비해 더욱 비개성적인 문체를 보여준다. 비개성은 곧 전형성을 이루는 바탕이다. 그리고 이러한 전형성을 이룰 때 전승공동체의 전통적인 그리고 공유의 감각과 호흡을 맞출 수 있다.20)『새재』에서 시도한 민요풍의 시에서 시인은 이전 시들에 비해 훨씬 보편적이고 전통적인 삶과 정서의 표현에 주력하게 된다.

「목계장터」를 구성하는 원리는 「농무」에서처럼 구체적이고 사실적인 서술의 방식보다는 민요 특유의 가락과 정서이다. 4음보의 규칙적인 운율과 반복적인 어구, 동일한 어미의 사용은 이 시를 전체적으로 리듬의 흐름에 따라 읽게 만든다. 사설과 후렴이 교차되는 민요의 형식은 서술의 구체성과 일관성을 보장하기보다는 삶에 대한 포괄적인 정서와 감응을 일으킨다. 일정한 리듬이나 후렴, 반복적 어구는 삶의 세목에 대한 몰입과 집중을 차단하는 대신 보편화된 정서의 차원을 열어놓는다.

신경림은 민요의 계승을 통해『농무』에서보다 보편적이고 전통적인 삶의 정서를 표출하려 했다. 그는 "그릇된 서구문화의 맹목적인 수입에 의해서 끊어진 우리 가락의 줄을 거기서(민요에서―필자) 찾아 오늘의 삶과 일에 맞는 노래를 새로 만들자"21)는 생각으로 민요를 적극 수용하였다. 우리 문화에 깊이 침윤된 서구의 영향에서 벗어나 민족 고유의 전통에서 새로운 창조의 동력을 찾으려는 노력으로 민요의 가락을 되살려냈던 것이다. 그러나 전통의 가락을 '오늘의 삶과 일에 맞는 노래'로 만드는 일은 그가 의도한 만큼 성과를 얻지는 못한 것으로 보인다.『농무』에서 보여준 당대 현실에 대한 현장감 있는 묘사에 비해『새재』의 민요풍 시들은 현실의 삶보다는 재래의 가락과 정서에 경도되는 경향이 강하다. 이로써 그의 시는 『농무』에서 보여준 당대 삶에 대한 구체적인 재현의 성과에서 멀어지는 대신 뿌리 깊은 정한의 가락을 재창조하는 변화를 초래한다. 이 과정에서 서술의 방식과 비중은 달라졌지만, 소외계층의 삶을 대변하려는 서술의 핍진성과 보편정서에 대한 호소력 있는 양식은 서정시의 범주와 공감의 차원을 크게 확대시켜 놓았다.

3) 설화의 양식화와 영원성의 추구 – 서정주

『질마재 신화』(1975)는 서정주의 시세계를 크게 가르는 계기를 마련한 시집이다. 이 시집을 중심으로 전통 서정시의 범주에 들어있던 그의 시는 뚜렷한 산문성을 보이게 되고 문체나 형식의 변화가 두드러지게 된다. 삼국유사나 신라정신을 시의 원천으로 삼았던 그는 자신이 들으며 자란 민간의 설화나 속설에서 새롭게 시의 보고를 발견한다. 이러한 변화에는 다분히 시인 자신의 의도가 내재하는 것으로 볼 수 있다. "예, 그게 말하자면 액션이거든. 액션이란 말씀야. 액션이 없으니까 독자들이 떠나가는 것 같아요. 그러니까 시에도 액션을 넣었지. 소설처럼 말이오. 어디 양식이란 걸 그런 식으로 만들어 본 것이거든"22)이라는 시인의 말에서 시에 산문성을 도입하게 된 계기를 짐작해볼 수 있다. 서정주가 시에 도입한 '액션'이란 독자들에게 친근감을 줄 수 있는 소설 같은 이야기의 양식을 뜻한다. 그는 이전 시의 정신적인 지향이 독자들에게 거리감을 주었다고 판단하고 실감 있는 이야기를 시도했다. 이때의 이야기는 민간 설화와 같이 전통적이고 친근한 액션이다. 그런데 이러한 이야기가 단지 소재의 차원에 그치는 것이 아니라 '양식'으로 인식되고 있다는 사실을 주목할 필요가 있다. 그는 시에 소설처럼 생생한 이야기를 도입하는 새로운 양식을 통해 독자의 흥미를 유발시키려 한 것이다.

　양식으로서 이야기를 도입하려는 시인의 적극적인 의도는 이 시집에서 이야기를 담당한 화자의 역할을 극대화시킨다. 시집 전체는 이야기꾼이 들려주는 개개 이야기의 집합으로 구성되어 있다. 모든 화소는 이야기꾼의 목소리를 거쳐 독특한 어조와 분위기로 굴절되어 전달된다. 서정적 주체의 정서 표출이 섬세하게 이루어지는 이전의 서정시에 비해 이야기의 전개, 즉 서술 자체에 비중이 주어진 가운데 이야기꾼 자신의 관점과 해석이 부각된다. 따라서 독자의 흥미를 유발시키기 위해서는 이야기꾼의 솜씨와 입담이 결정적인 작용을 하게 된다.

> 질마재 上歌手의 노랫소리는 답답하면 열두 발 상무를 젓고, 따분하면 어깨에 고깔 쓴 중을 세우고, 또 喪輿면 喪輿머리에 뙤약볕 같은 놋쇠 요령 흔들며, 이승과 저승에 뻗쳤읍니다.
>
> 그렇지만, 그 소리를 안 하는 어느 아침에 보니까 上歌手는 뒤깐 똥오줌 항아리에서 똥오줌 거름을 옮겨 내고 있었는데요, 왜, 거, 있지 않아, 하늘의 별과 달도 언제나 잘 비치는 우리네 똥오줌 항아리, 비가 오나 눈이 오나 지붕도 앗세 작파해 버린 우리네 그 참 재미있는 똥오줌 항아리, 거길 明鏡으로 해 망건 밑에 염발질을 열심히 하고 서 있었습니다. 망건 밑으로 흘러내린 머리털들을 망건 속으로 보기좋게 밀어넣어 올리는 쇠뿔 염발질을 점잔하게 하고 있어요
>
> 明鏡도 이만큼은 특별나고 기름져서 이승 저승에 두루 무성하던 그 노랫소리는 나온 것 아닐까요?
>
> ─「上歌手의 소리」 전문[23]

　『질마재 신화』의 서술방식은 이처럼 마치 구연된 이야기를 채록해 놓은 듯한 생생한 구어체가 중심을 이룬다. 청자를 분명하게 의식하고 있는 듯한 존칭어 뿐 아니라 이야기의 현장성을 살린 반복이나 생략 어법, 구어체적인 화술 등으로 인해 시를 읽는다기보다는 이야기를 듣는 듯한 느낌을 준다. 화자의 정서적 상태에 공감하며 자발적으로 감정이

입을 시도해야하는 보통의 서정시에 비해『질마재 신화』의 서술시들은 옛날이야기를 듣는 식으로 편안하고 자연스럽게 공감의 영역으로 들어가게 한다. 친근한 소재와 서술방식으로 독자의 흥미를 유발하려는 시도가 이처럼 독특한 양식을 창출한 것이다.

이 시에서는 이야기꾼인 화자가 질마재의 상가수에 대해 이야기하고 하고 있다.『질마재 신화』에서는 이런 식으로 인물 중심의 서술이 주를 이루는데, 대체로 처음에 인물의 특징에 대한 설명이 들어가고 가운데서 인상적인 일화를 소개한 후 간단히 요약하며 끝내는 짜임으로 이루어진다. 흥미로운 일화를 중심으로 한 인물의 특징을 선명하게 각인시킬 수 있는 방식인 것이다.

『질마재 신화』의 등장인물들은 하나같이 평범한 신분의 민초들이다. 시인은 자신이 자라면서 접했던 많은 이웃들의 삶에서 귀중한 이야기 거리를 발견하고 있다.『질마재 신화』에서 그가 선택한 민중의 삶은 답답하고 고달프게 사는 그들의 사회적 현실이 아니다. 그는 평범한 민중의 삶에 내재해있는 비범한 삶의 질서를 그리고자 했다.『질마재 신화』의 주인공들은 현실적인 신분과 상관없이 인간의 자존과 소우주적인 신비를 간직한 신화적 인물들이다. 위의 시에서 그려지는 질마재의 상가수도 마을의 소리꾼에 불과하지만 타고난 예술적 감각을 가진 인물이라 할 수 있다. 상가수의 비범함은 그가 염발질을 하기 위해 비추는 거울이 '하늘의 별과 달도 언제나 잘 비치는 우리네 똥오줌 항아리'라는 데서 단적으로 드러난다. 더럽고 추한 똥오줌 항아리를 자연의 거울삼아 태연하게 염발질을 하는 그의 타고난 예술가 기질이야말로 이승과 저승을 넘나드는 그 노랫소리의 원천이라 할 수 있다.

상가수를 비롯하여『질마재 신화』의 주인공들은 우주 자연과 소통하는 신비한 능력을 보유한 것으로 나타난다. 그것도 현실에서 소외 받은 약자일수록 자연과의 교감은 더욱 활발하게 이루어진다.『질마재 신화』의 많은 여성 주인공들은 고단하고 신산한 삶을 살아가면서도 대모신과 같이 풍성한 자연의 섭리를 보유하고 있다. 가령 「小者 李 생원네 마누라님의 오줌 기운」에서는 마을에서 제일 무성한 무밭을 만드는 안주인의 오줌 기운이 그려지고, 「알묏집 개피떡」에서는 달 좋은 보름 동안은 행실이 궂어지고 달 안 좋은 보름 동안은 개피떡 장사를 하는 과부 알묏집의 생체 리듬이 흥미롭게 표현된다. 「石女 한물宅의 한숨」의 한물댁은 불모성의 상징이면서도 솔바람 소리로 재생하여 마을사람들과 희로애락을 함께 한다.

이 시집에서는 불행하고 천한 운명을 타고난 인물일수록 신비한 존재로 부각된다. 「단골 巫堂네 머슴 아이」의 '세상에서도 제일로 천한 단골 巫堂네 집 꼬마둥이 머슴'은 어느 사이 마을의 敎主가 되고, 「神仙 在坤이」의 앉은뱅이 사내는 날개가 돋아 하늘로 신선살이를 하러 간 것으로 전해진다. 질마재를 떠도는 갖가지 소문이 '신화'가 될 수 있는 것은 가난과 불행을 승화시키는 그들의 놀라운 생명력과 신성의 발견에 기인하는 것이다.

질마재를 떠도는 온갖 속설과 여러 인물들이 이렇게 세속적 기준과는 다르게 신화화되는 데에는 시인 특유의 독특한 역사관이 작용한다. '완결된 세계'로서의 '신라' 이후 우리 역사는 그에게 타락의 과정에 지나지 않는다. 특히 근대의 '시, 분, 초라는 순수 추상 시간'은 '우리 생활과 관계있는 공간 속의 좋은 시각적 영상들을 담은' 시간 경험, 다시 말해 주관적·경험적 시간 체험을 완전히 추방하는 것으로 인식된다.[24] 폐쇄적이고 자족적인 공간을 형성하고 있는 질마재의 시간은 근대적인 시간의식과는 다른 주관과 경험의 감각에 의거한 것으로 그의 반근대적 성향을 대변하는 것이다.

『질마재 신화』를 지배하는 시간의식은 「박꽃 時間」의 '박꽃 때'와 같은 시간단위에서 단적으로 드러난다. 이 시에 나타나는 시간은 근대적 시간 개념과는 전혀 다른 여유 있고 자연적인 시간이다. 근대의 계량적인 시간이 생산성을 고취시키기 위해 인간을 도구화하는 인위적인 장

치인 것에 비해 전근대적인 삶에서 시간은 생활의 리듬과 자연의 질서
를 반영하는 경험적인 사실로 작용하였던 것이다. "박꽃 때는 하로낮
내내 오물었던 박꽃이 새로 피기 시작하는 여름 해으스름"이라는 진술
에서 알 수 있듯 질마재의 시간은 지극히 자연 친화적이다. 질마재 사
람들의 삶의 리듬은 자연의 원초적이고 순환적인 질서에 맞추어져 있
어 좀처럼 변하는 법이 없고 자족적이다. 질마재 사람들은 경쟁과 생산
을 독촉하는 근대적인 시간의 자장에서 자유롭기 때문에 여유 있고 낙
관적인 삶의 태도를 견지할 수 있는 것이다. 시인은 '박꽃 시간'과 같은
자연의 시간을 영원불변하는 가치로 인식했다.

　『질마재 신화』의 '신화적' 의미는 바로 이 영원성을 추구하는 시간의
식과 불가분의 관련을 갖는다. 시간의 파편화와 인식의 해체가 극단에
다다른 근대에 있어 그것을 다시 통합하는 데 신화는 매우 유용한 방
법25)일 수 있다. 시인은 산업화가 본격화되는 1970년대에 근대적인 시
간의 파행을 비판하면서 자연적 시간의 영원성을 일깨우려 했다. 질마
재 사람들에게 내재해있는 충만한 우주적 교감과 자족적인 삶의 모습
을 통해 근대의 이념에 의해 망각돼가고 있는 존재의 영속성을 증명하
려 한 것이다. 이 시집에서 그리려 한 것은 질마재의 근대적 현실이 아
니라 영원성의 관념 속에 고정된 질마재의 탈근대적 공간이다. 구전을
통해 영속되는 설화의 힘을 빌려 시인은 자신의 정신적인 지향과 영원
성에 대한 기원을 담았다. 속설에 불과한 이야기들을 윤색하고 의미화
한 시인의 역량은 남다른 바가 있다. 설화와 시의 결합 가능성에 대한
집중적인 탐색은 개인적인 정서에 매몰되어 가는 서정시의 소재와 양
식을 대폭 확충하였다.

3. 서술시의 확산과 시대적 맥락

　1970년대의 많은 시들은 서술적 경향이 강해지고 전통 문예양식을 적극적으로 도입하는 양상을 보여준다. 앞에서 살펴본 김지하·신경림·서정주의 1970년대 시는 그 대표적인 예라고 할 수 있다. 이들의 새로운 시를 통해 전통적인 서정시의 개념과 범주는 획기적인 변화를 맞이한다. 동일한 시기에 각기 다른 성향의 시인들이 이와 같이 양식상의 전환을 꾀하게 된 동기는 무엇일까? 또한 그들은 왜 공통적으로 서술시에 관심을 갖게 되었으며 한결같이 전통 양식에 눈을 돌리게 된 것일까? 여기서는 이런 의문을 갖고 그 시대적 맥락 속에서 연관성을 찾아보고자 한다.

　1970년대는 외향적으로는 산업화시대가 본격화되어 근대화가 급진전되는 시기였지만 독재정권이 장기화되고 부정부패가 극심해지는 가운데 대외적으로는 외채가 누적되고 해외의존도가 커지면서 위기감이 고조된 시기이다. 급격한 근대화 과정에서 빈부 격차로 인한 계층 간의 양극화 현상이 일어나고 농촌과 도시간의 소득 격차도 커지게 되면서 사회·경제적으로 모순과 갈등이 심화되었다. 산업화로 인한 소외 현상이 심각해지고 기존의 질서와 가치가 무너지는 등 갖가지 사회 변화 속에서 현실의 문제에 대한 문학적 관심이 높아졌다. 1970년대는 문학 내적으로 볼 때 4·19후의 민주주의적·통일운동적 경험을 배경으로 한 민중의식의 성장과 7·4남북공동성명 등에 자극됨으로써 민족문학론이 다시 부각된 시기로 특기할 만하다.[26] 이 시대의 문학은 전례 없이 현실적 삶과 민족의식에 대한 치열한 탐구를 보여주었다. 1970년대 소설의 괄목할 만한 성과로도 알 수 있듯 이러한 격동의 시대를 형상화하는 데는 산문의 형식이 유리하다. 소설의 서술 양식과 다양한 형식은 혼돈과 갈등의 삶을 구체적으로 표현할 수 있기 때문이다.

삶의 다양성과 구체성을 담보하려는 시대적 흐름은 시의 영역에서도 서술의 역할을 강화시켰다. 기존 서정시의 영역을 크게 넘어서는 정도에서 서정시의 형태를 유지하는 정도까지 다양한 층위에서 서술시 양식이 활발하게 실험된다. 역사적 격변기의 다채로운 시대상황을 표현하기 위해 기존 서정시의 양식은 지나치게 협소한 것으로 인식되었던 것이다. 구체적인 삶의 정황을 그려내거나 사라져가는 재래의 삶을 복원하기 위해서는 풍부한 서술의 양식이 효과적이었다.

서술시는 또한 소통의 측면에서도 기존 서정시와는 다른 관점을 반영한다. 기존의 서정시에서 서정적 주체가 중심이 되어 표현 면에 역점을 두는 것과 달리 서술시는 청자의 존재를 뚜렷하게 인식하고 전달의 측면을 최대한 고려한다. 서술은 많은 이야기를 수월하게 전달할 수 있는 청자 중심의 소통 양식이다. 1970년대의 서술시들은 청자와의 긴밀한 소통의 공간을 상정하고 전달의 가능성을 충분히 배려하였다. 이 시기 시들의 연희적 특성은 청자와의 소통 가능성을 입증한다. 김지하의 담시는 소리꾼 임진택에 의해 창작판소리로서 실제로 구연된 바 있으며 신경림의 민요풍 시들도 가창이 가능한 양식을 보여준다. 서정주의 『질마재 신화』역시 연행적 상황에 적합한 문체와 형식을 갖춘 것으로 입증된 바 있다.27) 이 시들의 실제 연행 여부나 그 성과의 문제를 떠나서 청자의 호응과 전달의 필요성에 대한 절실한 요청이 1970년대의 시 양식에 결정적으로 작용하고 있음을 부인하기는 힘들다.

또한 이들이 소통의 대상으로 상정한 청자가 기층 민중이라는 사실도 1970년대의 독특한 현상이라 할 수 있다. 이들은 한결같이 가난하고 소외된 계층의 인물을 주인공으로 삼아 그들의 삶을 구체적으로 서술함으로써 문제의식을 유발하고 있다. 민중의 삶과 역량을 외면하고서는 당대 문학의 핵심적인 주제에 도달할 수 없다는 인식이 보편화되었던 것이다. 물론 실제로 이들의 시가 기층 민중들에게 더 잘 읽혔다는 증거는 없다. 김지하의 담시는 앞에서도 살펴본 바와 같이 고도의 비판적 전략이 담겨 있고 그 표현에 있어서도 지식인적 관점이 강하게 드러난다. 서정주의 시 역시 '심미적 삶'에의 가치부여를 위해서 '사실'로서의 역사에 담긴 삶의 추악한 국면을 슬며시 제거하거나 도덕적·윤리적 가치판단을 유보하기까지 한다28)는 비판에서 자유로울 수 없다. 그들은 자신의 계급적 위치를 특징짓는 지식인적 관점이나 보수적 예술가의 위상에서 벗어날 수는 없었지만 당대의 요청과 사회적 흐름을 적극적으로 반영하여 사회적 공감의 폭을 넓히려 하였다.

이들이 공통적으로 보여준 전통 양식의 수용 역시 1970년대에 크게 고양된 민족문학에 대한 관심과 무관하지 않다. 산업화로 인한 급격한 사회 변화와 전통의 붕괴는 역으로 민족의 문화적 전통을 재인식하게 한다. 지속되는 정치·경제적 파행 속에서 민족적 동질성의 훼손과 계층 간의 위화감을 절감하게 되면서 판소리나, 민요·민담 등의 전통적인 민중 예술에서 민족 정체성과 공동체적 정서를 되살려보려는 움직임이 일어나게 된 것이다. 전시대에도 전통의 문학 양식을 계승하려는 움직임이 없었던 것은 아니지만 1970년대 들어서는 전면적인 현상으로 자리 잡는다. 이 시기의 시들은 또한 진부하고 고답적인 연계에 그치기 쉬운 전통 양식을 혁신적으로 재창조한다. 김지하의 담시는 전통 판소리의 양식을 단형화하면서 서술의 기능을 강화하여 비판과 풍자의 효과를 극대화시킨다. 신경림은 『농무』에서 서술의 양식과 리듬의 조화를 실험한 후 『새재』에서는 본격적으로 민요의 가락을 도입하여 기층 민중의 삶과 정한을 담아낸다. 서정주는 민간 설화의 양식을 독자적으로 개발하여 유년의 기억과 재래의 삶을 흥미롭게 재구성한다. 각기 다른 성향의 시인들이지만 모두 전통 양식을 새롭게 주목하게 되었다는 데서 이 시대의 전체적인 분위기를 엿볼 수 있다. 이와 같이 1970년대 시는 전통양식의 창조력을 새롭게 발견하고 개화시켰다. 전시대의 시들이 외국시의 양식을 전범으로 삼았던 것에 비하면 민족 주체성과 창조적 역량이 증대되었다는 증거이다.

1970년대의 시는 독재정치가 강화되고 민족 동질성이 훼손되려하는 시대에 오히려 위기를 전화시키는 저력을 발휘하였다. 전통 양식의 수용을 통해 직접적인 현실 비판의 통로가 차단된 억압적인 상황을 돌파하고 민족문화의 창조력을 발현시켰다. 이 시들은 근대의 위기를 극복하려는 정신적이고 미학적인 대응의 양식을 전통 문화 속에서 발견하였다. 이때의 전통의 탐색과 양식화는 근대를 넘어서는 새로운 전통의 창조를 기획하려는 의지의 소산이다. 1970년대를 통해 우리시는 전통 양식의 수용이 복고 취향의 답습이 아닌 새롭고 획기적인 전위의 양식이 될 수 있음을 보여주었다. 또한 이 시기에 대폭 확장된 서술시의 가능성은 이후 지속되는 우리시의 산문화 경향으로 비추어볼 때도 선구적인 양식적 시도로 주목할 만하다.

4. 결론

본고에서는 1970년대 시에서 서술시적 경향과 전통 양식의 창조적 수용의 양상이 두드러지다는 사실을 주목하고 그 양식적 특성과 시대적 맥락을 살펴보았다. 1970년대 서술시를 대표하는 김지하, 신경림, 서정주의 시를 대상으로 하여 대표작들을 중심으로 양식상의 특성을 고찰하였다. 또한 1970년대에 전통양식을 수용한 서술시가 크게 확산된 현상과 관련하여 그 시대적 맥락과 미학적 근거를 추적해 보았다. 양식에 대한 기존의 논의들이 서구의 개념을 기준으로 연역적인 규정을 행하는 것에 대한 반성으로 여기서는 구체적인 작품분석을 통해 드러난 현상을 포괄적으로 수렴하면서 귀납적인 결론을 도출하고자 했다.

1970년대 초반에 발표된 김지하의 「오적」은 그의 담시를 대표할 뿐 아니라 당대의 문학 현상을 주도해 나간 선구적인 작품이다. 김지하는 판소리의 독창적인 구조와 화법에서 서술의 양식을 발견하고 단형의 판소리로 그것을 실현시켰다. 「오적」에서 서술을 담당한 화자는 판소리 창자와 같은 다성적인 화법으로 강한 흡인력과 흥미를 유발하며 각개 각층의 다양한 인물들을 실감나게 묘사한다. 판소리의 다성적인 화법 외에도 강조점이 분명한 탄력적인 구성방식은 이 시에 역동적인 실감을 부여하고 주제의식을 확연하게 드러낸다. 판소리와는 달리 창작의 주체가 지식인이자 시인이라는 점도 주제의식이 분명한 이유이다. 「오적」은 판소리의 구조와 어법을 효율적으로 도입하는 한편 지적이고 날카로운 풍자의 방식을 통해 새롭고 진보적인 저항의 양식을 실현하였다.

신경림은 1970년대에 『농무』와 『새재』 두 권의 시집을 통해 서정시의 범주 안에서 서술의 양식을 다양하게 실험하였다. 『농무』는 구체적인 묘사와 독특한 서술의 방식으로 소외계층의 삶을 재현하였다. 『농무』에서 삶의 묘사가 실감을 주는 것은 구체적인 장면의 배열과 간명하면서도 핍진한 서술에 의거한다. 이 시집에서는 또한 서술시로서는 드물게 리듬을 섬세하게 배려하여 서정시의 양식 속에서 서술의 효과를 배가시켰다. 『새재』에서는 『농무』에서보다 훨씬 의도적으로 서술과 리듬의 조화를 시도한다. 이 시집에서 삶에 대한 포괄적인 정서와 감응에 호소하는 민요의 양식을 수용하게 되면서 그의 시는 서술의 구체성에서 멀어지는 반면 전통적인 정한의 가락을 재현할 수 있었다.

서정주는 『질마재 신화』에서 민간 설화의 소재와 양식에서 서술시의 가능성을 적극적으로 실험하였다. 서술에 비중이 주어지면서 화자의 역할이 극대화되어 이야기꾼의 관점과 해석이 부각된다. 서술의 방식에 있어서는 이야기의 현장성을 살린 생생한 구어체와 반복이나 생략 어법 등으로 청자의 호응을 높이고 있다. 『질마재 신화』에서는 평범한 민중의 삶에 내재해있는 본연의 질서와 우주적인 교감을 그려낸다. 가난과 불행을 승화시키는 민초들의 놀라운 생명력은 시인의 독특한 역사관에 의해 신화화한다. 시인은 재래의 삶에 내재해 있는 충만한 우주적 교감과 자족적인 삶의 양상을 통해 근대적 시간에 의해 망각되어온 존재의 영속성을 추구하고자 하였다.

1970년대에 서술시가 확산되고 전통양식이 적극적으로 수용된 배경은 국내외적인 변화와 민족문학론의 전격적인 대두와 관련을 맺고 있다. 독재정권이 장기화되는 가운데 산업화가 급진전되고 해외의존도가 심화되면서 근대화의 모순과 갈등이 심각해진 이 시기에 문학은 현실적 삶과 민족의식에 대한 치열한 탐구를 행하게 된다. 삶의 다양성과 구체성을 표현하려는 욕구가 강해지면서 시에서도 서술의 역할이 강화된다. 1970년대의 서술시는 민중을 청자로 삼아 가난하고 소외된 계층의 삶을 구체적으로 재현하여 당대의 요청과 사회적 공감대에 호응하려 하였다. 이 시기의 서술시들은 또한 공통적으로 판소리나 민요, 민담 등의 전통적인 민족 문화를 적극적으로 수용하여 새롭게 발현시켰다. 전통 문화의 창조적 저력을 재발견하여 근대의 위기를 극복할 수 있는 정신적이고 미학적인 대응의 양식을 수립하려한 1970년대의 시는 우리 시의 양식적 확산에 있어 획기적인 전환점을 이루었다.

주석

1) 김준오, 「서술시의 서사학」, 『한국 서술시의 시학』, 태학사, 1998, 18면.
2) 박애리, 「김지하 담시 『오적』 연구」, 한남대 석사논문, 1994; 이승하, 「한국 현대시에 나타난 풍자성 연구」, 중앙대 박사논문, 1995; 강영미, 「김지하 담시의 판소리 수용 양상 연구」, 고려대 석사논문, 1995; 차창룡, 「김지하의 담시 연구」, 중앙대 석사논문, 1996; 홍용희, 「김지하 문학 연구」, 경희대 박사논문, 1998.
3) 박윤우, 「민중적 상상력의 양식화와 리얼리즘의 탐구」, 『시와시학』, 1993년 봄호; 윤호병, 「치열한 민중의식과 준열한 서사의 힘」, 『시와시학』, 1993년 봄호, 고형진, 「서사적 요소의 시적 수용」, 『한국 현대시의 서사지향성 연구』, 시와시학사, 1995.
4) 김흥진, 「신경림 시의 장르 패러디적 특성」, 『한남어문학』 23, 1998.12; 박혜숙, 「신경림 시의 구조와 담론 연구」, 『문학한글』 13, 1999.12.
5) 강희근, 「서정주 시의 서술성에 대하여」, 『월간문학』, 1984.1; 김동일, 「서정주 시 연구

　－화자를 중심으로」, 성균관대 석사논문, 1989; 심혜련, 「서정주 시의 화자 청자 연구」, 이화여대 석사논문, 1992; 고형진, 「서정주의 『질마재 신화』의 '이야기시'적 특성 연구」, 『예술논문집』, 예술원, 1995; 나희덕, 「서정주의 『질마재 신화』 연구－서술시적 특성을 중심으로」, 연세대 석사논문, 1999.

6) 이시영, 「70년대의 시－신경림과 김지하의 시를 중심으로」, 『동서문학』, 1990.11.

7) 유종호, 「변두리 형식의 주류화」, 『세계의 문학』, 1984년 가을호.

8) 김준오, 『한국 현대쟝르비평론』, 문학과지성사, 1990 / 1991, 179면 참조. 본고의 '양식' 개념은 기존의 '장르' 개념과 흡사한 것으로 쓰인다. 인용문에서도 '장르'를 '양식'으로 대치하였음을 밝혀둔다.

9) 김지하, 「생명문학의 산알」, 『오적』, 솔, 1993, 9~10면; 윤구병·김지하 대담, 「시인 김지하의 사상세계」, 『철학과현실』, 1990년 봄호, 165면 등 참조.

10) 김재홍은 김지하의 「오적」을 서사민요와 판소리의 구조를 수용한 단형서사시로 보았다. 그는 김지하의 담시가 "서사민요와 판소리의 장점을 잘 살리고 있으면서도 정작 총체적 장르로서의 판소리의 스케일을 살리지 못하고 당대사회의 모순의 한 면만을 단선적 틀로 제시하는 데 그친 것은 분명 아쉬운 점이 아닐 수 없다"고 하여 그 한계를 지적하고 있다. 김재홍, 「한국 근대서사시와 역사적 대응력」, 『문예중앙』, 1985년 가을호, 268~277면 참조.

11) 김지하, 『오적』, 솔, 1993, 25면. 이후 김지하 시 인용은 이 책에 의거함.

12) 김흥규, 「판소리의 서사적 구조」, 『판소리의 이해』, 창작과비평사, 1978 / 1991, 116면.

13) 판소리에는 두 가지 주제가 있다. 표면적 주제와 이면적 주제가 그것이다. 판소리의 표면적 주제는 열이나 효나 우애와 같은 전래적인 도덕률이다. 이에 비해 그것의 이면적인 주제는 이 같은 교훈이 아니고 오히려 교훈에 대한 비판이다. 춘향전의 경우 표면적 주제가 열(烈)인 것에 비해 이면적 주제는 춘향이 신분적 제약을 극복하고 인간적 해방을 이루고자 하는 것이다. 판소리의 이면적 주제를 이루는 민중의 경험적 갈등론은 표면적인 주제를 이루는 양반의 관념적 인과론을 거부하고 기존사회의 불평등과 허위를 비판한 것이다. 조동일, 「판소리의 전반적 성격」, 『판소리의 이해』, (조동일·김흥규 편), 창작과비평사, 1978, 26~28면 참조.

14) 김지하, 「풍자냐 자살이냐」, 『타는 목마름으로』, 창작과비평사, 1982, 154면.

15) 강영미, 앞의 논문, 27면.

16) 또 다른 담시 「蜚語」에서는 꾀수와 비슷한 처지의 이농민 안도를 문책하는 과정에서 "건방지게 無許可着足罪, 제가뭔데 肉身休息罪, 싹아지없이 心氣安定罪, 가난뱅이 주제에 直立的人間本質 簒奪劃策罪, 못난놈이 思惟時間消費罪 ……" 등의 한자어를 잔뜩 늘어놓아 권위와 억압의 상징인 법조어를 풍자하고 있다.

17) 신경림, 『농무』, 창작과비평사, 1975, 16~7면.

18) 위의 책, 6면.

19) 강등학, 「서사민요와 반복의 기능」, 『한국민요의 현장과 장르론적 관심』, 집문당, 1996, 271면.

20) 위의 글.

21) 신경림, 『민요기행』 I, 한길사, 1985 / 1989, 96면.

22) 김주연, 「이야기를 가진 시」, 『나의 칼은 나의 작품』, 민음사, 1975, 11면.

23) 서정주, 『미당 서정주 시전집』 1(민음사, 1983), 282면. 이후 서정주 시 인용은 이 책에

의거함.

24) 최현식, 「타락한 역사의 구원과 '질마재'」, 『한국언어문학』 41, 1998.12, 121면.

25) 김형효, 『구조주의의 사유체계와 사상』, 인간사랑, 1989, 201면.

26) 강만길, 『한국현대사』, 창작과비평사, 1985, 297~8면 참조

27) 나희덕, 앞의 논문.

28) 최현식, 앞의 글, 130면.

1970년대 시에 나타난 호명과 주체의 의미작용 연구

곽명숙

1. 서론

1970년대에 들어오면서 사회와 현실에 대한 관심을 적극적으로 담고자 하는 시의 경향이 대두한다. 이 경향은 1980년대에 이르러 '민중시'라고 불리는 시의 흐름을 태동시키게 된다. 이 과정에서 한국적 특수성을 띤 '민중'이라는 용어가 사회적 담론의 중심기호가 되었으며, 몇 차례 문인들의 구속과 필화사건을 겪은 문단에서도 '민중시인'이나 '민중시'라는 용어가 장르적 개념과 무관하게 사용되게 되었다.

한국지성사와 문학사에서 '민중' 개념은 일찍이 다양한 문맥에서 사용된 바 있으며[1] 주지하다시피 1920년대의 '인민', '민족' 등의 개념과 더불어 카프(KAPF) 문예운동이나 반제국주의 저항운동에서 핵심적인 대상이나 주체와 관련된 용어였다. 1970년대의 '민중' 개념은 군사정권 주도의 근대화 프로젝트를 배경으로 등장하였다. 해방과 한국전쟁으로 인한 정치적 혼란과 경제적인 궁핍에 종지부를 찍고, 한국은 1964년 1억 달러, 1971년 10억 달러였던 수출액이 1977년 100억 달러에 이르게 되는 경제적인 비약을 경험한다. 이것은 경부고속도로의 건설과 새마을 운동의 전개와 같이 정부의 개발중심의 근대화 프로젝트가 있었기에 가능했던 것이다. 그러나 1970년 전태일의 분신 사건이 말해 주듯 이러한 근대화 프로젝트로 인해 사회구조의 급격한 변동과 계층 갈등이 발생하면서, '민중'이라는 개념은 사회적으로 소외된 계층의 현실과 정치적 독재에 반대하는 민주화의 요구를 포괄하는 핵심적인 기호가 된다.

이러한 사회적 담론의 변화 속에서 기존의 개인적인 서정시나 모더니즘 시의 테두리를 벗어나 이른바 '민중시'라고 불리게 되는 경향이 대두되었다. 일반적으로 서정시는 회감을 통해 주관과 객관의 합일을 드러낸다. 그러나 1970년대 현실인식을 담고자 하는 시들에는 서정적인 회감을 드러내는 서정적 자아보다는 현실의 부정적 상황 속에서 지식인적인 자기반성을 드러내는 시적 주체(poetic subject)들이 두드러지게 나타난다. 시를 하나의 담론으로 볼 때 텍스트의 내부와 외부는 연결되어 있는 것이고 이때 담론을 수행하는 주체가 문제된다. 그러한 점에서 시적 주체라는 개념은 서정적 자아를 통해 규명되는 부분을 포함하면서도, 텍스트 내부에 완결되어 있는 서정적 자아를 넘어서 있다. 이러한 시적 주체의 지향이 어떠한 양상으로 텍스트 속에 드러나는가를 살펴봄으로써 1970년대 '민중시'라고 불리는 시들의 특질을 파악할 수 있을 것으로 본다. 이러한 관점은 내용 중심의 리얼리즘 미학과 다른 시각에서 텍스트의 의미를 해명할 수 있는 단초가 될 것이다.[2]

본고의 문제의식은 1970년대 시에서 '침묵'과 '아우성 소리'가 텍스트에 편재하는 기호이자 이미지이며, 시적 주체의 현실 인식이 구체적인 현실을 통해 비롯되는 것이 아니라 이러한 기호와 관련하여 드러난다는 점에서 출발한다. 이러한 특징을 잘 보여주는 시인으로 앞서 등단

한 고은·신경림·조태일·이시영·이성부와 1970년대에 등단한 김지
하·정희성·양성우·김명인 등을 들 수 있는데 이 시인들은 사회적인
관심과 의식을 작품을 통해서, 혹은 작품 바깥의 발언이나 행동으로 표
방한 시인들이다. 시인들마다 풍자성·서정성·어조 등의 측면에서 개
별적인 차이를 지니고 있지만, 이들이 1970년대 발표한 작품들을 하나
의 시적 담론으로 놓고 비교해 볼 때 강한 공통점을 발견하게 된다. 그
것은 당대의 현실 자체를 보여주기보다 은폐되어 있음 자체를 의미화
하고자 했고, 일반적인 서정시의 서정적 자아와 달리 각성하거나 변모
하는 시적 주체의 모습을 보여주고자 하였다는 점이다. 이러한 시적 형
상화의 특징은 지식인 계층에 속한 시인이 정서적으로 민중지향적인
성격을 띠게 되는 변모과정과 관련되어 있다고 본다.

2. 은폐된 대상의 의미화

   1970년대 시에는 '울음소리', '통곡', '아우성' 등 비언어적인 소리를
표시하는 기표들이 자주 등장한다.3) 또한 소리와 정반대되긴 하지만 청
각적인 감각과 관련된 '침묵'이라는 기표도 여러 시인들의 작품들에서
볼 수 있다. '울음소리', '통곡', '아우성'이 슬픈 감정을 언어로 표현할
수 없을 정도에 이르는 최대치를 뜻하는 기호라면, '침묵'은 표현가능성
조차 뛰어넘어 있는 기호이다. 두 가지 기호는 지시내용을 뚜렷하게 전
달할 수 없다. 텍스트에는 울음이 의성어로 표현되지도 않으며, 텍스트
내에서 발화가 생략되거나 거부되는 양상으로 침묵이 표현될 수도 있
을 테지만, 1970년대 시에서는 개인의 경험과 사회적 분위기와 관련되
어 다만 울음과 침묵이 존재하고 있음을 말할 뿐이다. '울음소리'와 '침

묵'이라는 기호는 표현할 수 없고 표현되지 못한 그 무엇이 존재하고 있다고 언표하고 있는 것이다.

이러한 기호들은 지시대상에 대한 전달보다는 이 기호를 둘러싼 발화상황 자체를 강조하기 위해 사용되며, '말'이나 '담론'의 문제와 관계되어 있다. 담론은 다른 언술 집단과의 관계, 또는 대조와 대립을 통해서 이루어지며, 원칙적으로 배제의 관행을 통해서 구성된다.[4] 이러한 담론의 원리에서 지배적인 담론이 당연하고 자명한 것으로 언표되는 것이라면, '침묵'은 지배적 담론에서 배제된 어떠한 영역과 관련되어 있는 것이다. 지배적인 질서 바깥에 타자와 같이 놓여 있는 존재로부터 오는 언술이 명료하게 인식될 수 없는 아우성이나 울음소리, 또는 '침묵'이라는 기호로 언표되는 것이다. 다시 말해 '침묵'이나 '아우성 소리' 등은 무엇인가 말할 수 없는 것이 존재하고, 말해질 수 없게 억압하는 상황이 존재한다는 것 자체를 언표하는 기표이다.

> 우리 나라에는 왜 이다지도/노여움에서 태어난 사람들이 많으냐,/마련된 칼로 저마다의 가슴만을 찌르며/왜 이다지도 돌아오지 않는 사람을 기다리는/사람들이 많으냐./동해 짠 바닷물로 씻어 내려도/씻겨지지 않는 울음을 우는 사람들아!/어디로 문 열고 나가야 할 곳을/미리 다 알지 않느냐./부릅뜬 눈들이 어둠을 찢어서 달려가고/끝내 죽을 수 없는 목소리들 뭉치어/하나로 외쳐 보면/빈 벌판에도 하늘에도 부딪쳐 메아리로 크는구나./우리 나라의 밤도 깊을 대로 깊어/생생하게 돌아오는 벗을 보면 깨어나리라.
>
> ―이성부, 「밤샘을 하며」 전문[5](강조는 인용자)

이성부의 위 시에 등장하는 '울음소리'는 우리 나라의 역사적 굴곡과 관련된 "노여움에서 태어난 사람들"의 것이다. 즉 그들의 표출되지 못한 언설이다. "씻겨지지 않는 울음"은 그러한 노여움의 깊이와 한으로 응어리짐을 말해준다. 시적 주체가 부르는 대상들은 '돌아오지 않는 사람'들처럼 배제된 자들이다. 밤과 어둠으로 상징되는 부정적인 현실을 극복하고자 하는 시적 주체는 이 배제된 대상들이 '부릅뜬 눈'과 '죽을 수 없는 목소리'로 하나 되기를 염원한다. 그렇게 "돌아오는 벗"을 통해 "깊을 대로 깊어" 깨어날 밤의 역설적인 희망을 노래하고 있다. 언표되지 못하고 배제되어 있는 존재들에 대해 시적 주체가 드러내는 이러한 동화(同化)와 연대(連帶)의 감정을 민중지향성이라고 부를 수 있을 것이다.

조태일의 연작시 「국토」에는 권력과 관계된 억압과 은폐를 드러내는 의미로서 '말'과 '침묵'이 나타난다. 이 연작시에서는 "계엄과 같이 살벌하고 세상이 가로막힐 때"(「눈 보라가 치는 날 – 국토 21」)라는 표현으로 억압된 시대상황을 비유한다. 연작시의 제목인 '국토(國土)'는 자유와 생명을 지닌 곳으로, 강압적 권력에 의해 통치되는 '국가(國家)'와 대조를 이룬다. 시적 주체는 개인의 자유가 실현될 수 있는 '국토'를 상상하며, 그의 욕망은 "앵무새의 부리"가 되어서라도 말하고자 하는 것이다. 이러한 욕망은 여러 은유를 통해 언표되는데, 그 은유는 "잃어버린 목소리"(「국토 23」), "풀어주는 목소리"(「국토 28」), "오랜만에 듣는 소문", "믿어 의심치 못할 아우성"(「국토 38」) 등과 같이 '말과 침묵'의 대립 구도에 기반하고 있다.

> 우리들의 귀는 / 닫아도 닫아도 거듭 열려서 / 말 못하는 침묵을 듣기도 한다.
> —조태일, 「국토 43」 부분[6]

위의 시에 나타나는 "말 못하는 침묵"이라는 기호는 그러한 은폐된 존재가 있다는 것을 말하는 동시에 그러한 기의가 드러나지 못하도록 은폐시키고 있는 권력이 있음을 가리킨다. 시적 주체의 "귀"는 외부에서 강제로 닫으려 해도 "거듭" 열리며 은폐된 진실을 듣는다. 여기에 나타나는 '말과 침묵'의 대립은 '우리'라는 집단적 정체성과 '나라'라는 국가적 차원에 놓여 있음을 알 수 있다.

이러한 기호들이 의미화되는 방식과 구조는 이차적인 의미작용 구조

속에서 무엇인가를 이해하도록 명시하는 신화체계(mythology)를 닮아있다.[7] 기호가 랑그 수준에서 기표와 기의의 결합에 의해 이뤄질 때를 일차적 체계라고 한다면, 신화가 이루어지는 의미작용의 수준에서 기호는 다시 개념이라고 부를 수 있는 기의와 결합하며 이차적인 체계를 이루게 된다. 1970년대 시에서 '침묵'이라는 기표는 '말해지지 않음 / 못함'이라는 기의와 결합하여 기호를 구성하면서, 다시 기표가 되어 그 무엇인가를 대리하는 것이 된다. '침묵'이라는 기표가 대리하는 것은 말해지지 못한다는 상황과 은폐의 억압성이 되고, 억압의 반대편을 정의로운 것으로 구축한다.[8]

> 침묵의 땅은 비에 젖고, / 집없는 아이들아 / 너희들의 영혼까지 축축히 젖었구나.
>
> ─양성우, 「雨中詩」 부분

> 당신은 들으십니까? / 오뉴월 시궁창에 개 짖는 소리, / 늙은 어미 주먹으로 허공을 치고 / 하루 세 끼 아이들 숨 넘어가는 소리를 / 당신은 귀 기울여 들으십니까? / 이 거리 저 골목에 승냥이 울고 / 살진 촉백여우 맞장구치며, / 당신이 보내신 이들을 밧줄로 묶고 / 침 뱉고 발로 차며 빰 때리는 소리. / 궂은 비 회오리 바람 넋나간 시절, / 썩은 풀 죽은 땅에 칼날만 솟고 / 긴 채찍 몽둥이소리 하늘을 찌르니, / 들으십니까? 당신은 / 그 먼 곳에서도
>
> ─양성우, 「그 먼 곳에서도 당신은」 전문[9]

위의 시들에서 폭력이 난무하는 현재의 세상은 "침묵의 땅"으로 불린다. 그곳은 굶주린 아이들의 "숨 넘어가는 소리"와 짐승 소리, 채찍과 몽둥이 소리 같은 흉폭한 소리들로 가득하다. 양성우의 다른 시에서 "간밤에도 이웃집 문두드리는 소리 들리고 / 그 누군가 흔적없이 끌려가"[10]는 소리가 등장한다. 이러한 돌발적이고 일방적인 권력의 공포를 표현하는 데에서 볼 수 있듯이, 부정적인 상황의 드러냄은 주로 소리와

관계된다. 이러한 부정적인 상황에 등장하는 땅과 집은 '국가(國家)'를 연상시키며, 그 반대항에 '집없는 아이들'과 '당신'이 놓여 있다. 시적 주체는 이러한 대립구도 속에서 "듣는가, 칠흑의 밤에 / 소리죽여 부르는 저 아이들의 노래를"(양성우, 「칠흑의 밤에」)이라고 묻는다. '듣는다'는 것은 대상에 대해 이해하려는 주의와 관심을 기울이는 상태이며 이러한 행위에는 전환을 예비하는 자세가 담겨 있다.[11] 즉 시적 주체가 귀 기울여 듣고자 하는 '아이들의 노래'는 현재의 부정적 상황을 벗어나길 바라는 시적 주체의 욕망을 표상한다고 할 수 있다.

'침묵'과 '보는 행위'를 결합시키는 시의 경우, 은폐된 것의 언표와 더불어 은폐성을 타파하고자 하는 시적 주체의 결단이 강하게 나타나기도 한다. 본다는 행위에는 볼 수 있음과 볼 수 없음을 구별짓는 '가시성(可視性)의 배치'[12]가 작동하며 이는 권력과 관련되기 때문에 '침묵'의 은폐성을 한층 억압적인 것으로 느끼도록 한다.

> 산 채로 / 산 채로 묻힌 붉은 흙을 헤치고 / 등에 칼을 꽂은 채 바다로 열린 푸른 눈 / 씩은 보리와 길라진 논바닥이 거기서 외치고 / (…중략…) / 침묵한 아우성의 번뜩임이 거기서 타느냐 / 지금도 너는 반짝이느냐 / 성자동 언덕의 눈 / 하얗게 날카롭게 너는 타느냐.
>
> — 김시하, 「성사동 언덕의 눈」 부분[13](강조는 인용사)

김지하의 위의 시에서 "침묵한 아우성"이라는 청각적 이미지는 "번뜩임"이라는 시각적 이미지와 결합되어 나타난다. "너"는 성자동 언덕에 산 채로 매장되고 등에 칼이 꽂힌 채 어떤 억울함을 하소연하듯이 "하얗게 날카롭게" 타고 있다. "붉은 흙을 헤치고" 나타난 "푸른 눈"을 통해 시적 주체는 비인간적인 죽음과 궁핍함이 낳은 원한과 분노를 표현한다. "침묵한 아우성의 번뜩임"을 둘러싼 색채는 '붉은 흙'에서 '푸른 눈'을 거쳐 '하얗게' 타는 눈으로 전개되는데, 이러한 이미지의 전환은 원한이 정화되는 것이라기보다 그 절정에서 작열하고 있는 것에 가깝다. 은폐된 존재를 바라보며 그 존재를 보이게끔 형상화하고 있는 시적 주체는 역으로 그 존재의 '봄(voir)'을 의식한다. '눈'의 응시를 되받으며 시적 주체는 "지금도 너는 반짝이느냐"라고 물음을 던짐과 동시에 내면의 각성을 요구받게 되는 것이다.

1970년대 시에 대해 리얼리즘 미학만으로 접근할 수 없는 한계가 여기에 있다고 할 수 있다. '침묵' 자체를 반복적으로 언표하거나 울음과 아우성과 같은 청각적 심상이 우세하게 등장하는 등의 특징은 계몽주의가 지닌 '시각의 헤게모니'나 '시각 중심주의ocularcentrism',14) 고전적인 리얼리즘에서 작가의 객관적인 관찰하는 눈이 강조되었던 것15)과 대조된다. 즉 1970년대 시에 나타나는 민중지향성은 계몽적인 판단이나 객관적 관찰을 통한 명징성과는 다른 무엇을 추구하였다고 할 수 있다. 이러한 점이 소위 '민중시'로 불리는 시들에 나타나는 재현의 대상이나 방법을 분석하는 것만으로는 설명할 수 없는 중요한 특질이라고 할 수 있다.

3. 주체의 내면적 각성과 동일시

시적 주체에게 들려오는 소리는 현상적인 것에 그치지 않고 시적 주체의 내면을 동요시킨다. 앞서 침묵은 은폐하는 권력에 대해 정당성을 갖는 것으로 의미화되었음을 살펴보았는데, 그러한 침묵을 뚫고 들려오는 소리는 시적 주체에게 무엇인가를 각성시키거나 호소하는 것으로 그려진다.

> 이 울음 소리 / 마을을 덮고 세상을 흔드는 / 이 울음 소리 / 九泉에 닿았다가 돌아와서 / 死者들을 일깨우고, / 단단히 굳어지면 / 이 나라의 아픈 돌부리가 된다.
> —이성부, 「上洞부락의 제삿날」 부분16)(강조는 인용자)

> 강물은 그 울음소리를 잊었을까 / 총소리와 아우성소리를 잊었을까 / 조그만 주먹과 맨발들을 잊었을까 // 바람이 흐느끼며 울고 있다 / 울면서 강물 위를 맴돌고 있다 / 아이들이 바람을 따라 헤매고 있다 / 울면서 빗발 속을 헤매고 있다
> —신경림, 「江」 부분17)(강조는 인용자)

위의 시들에서 '울음소리'는 죽음이나 아픔과 연결되어 있다. 이성부의 시에서는 울음소리가 '사자(死者)'를 일깨우고 이 나라의 '아픈 돌부리'가 된다고 표현된다. 이것은 시적 주체가 울음소리에서 현실을 각성시키고 변화시키는 힘을 인식하고 있음을 보여주는 것이라고 할 수 있다. 신경림의 시에서는 잊혀진 죽음들이 '울음소리, 총소리, 아우성 소리'로 상기된다. 울고 있는 바람소리에 헤매고 있는 아이들은 시적 주체 자신이기도 하며 아직 어떤 이데올로기적인 확고함이나 역사적 의미가 각인되기 이전의 미결정적인 주체들이다. 시적 주체는 힘없고 헐벗은 자의 "조그만 주먹과 맨발들"을 기억하며 그 울분과 원통함에 동화되어 헤매고 있다.

신경림의 다른 시에서도 "아우성 울부짖음 속에 세상 뜬 제 사내"(「나루터 일기」)라든가, "숨죽여 떠돌다가 / 저 느티나무 아래 / 돌매로 묻힌" 친구(「개치 나루에서」)의 이야기에서처럼 그 죽음의 기억은 침묵과 아우성에 연결되어 있다. 이러한 감각과 각인된 기억은 "산다는 것이 갈수록 부끄럽구나"(「君子에게」)는 탄식을 하게 한다. 그의 시에 등장하는, "삶이란 쓸쓸하고 슬픈 것이라는 감개"18)는 자기연민에 그치는 것이 아니라 부끄러움의 반성과 결부된 도덕적 감정을 내포하고 있다. 억울한 죽음의 억압성이 침묵이나 아우성으로 표상되면서 그 소리를 듣고 있는 시적 주체를, 기존 담론 체계로부터 지워지고 억압된 장소로 끌어들이는

것이다. 신경림의 시를 두고 대개 농민 화자나 농촌 현실을 다루었다는 점을 지적하지만 그러한 특질 외에도 1970년대 다른 시인들과 공통적으로 지니고 있는 이러한 텍스트의 의미화 양상은 지적될 필요가 있다.

정희성의 시도 신경림의 시에 등장하는 농민적 주체와 대비되어 노동자적 주체라는 측면에서 많이 언급되고 있으나, 지식인으로서의 시적 주체의 자기반성이 뚜렷하게 나타나는 시편들도 상당수 있다. 그와 더불어 김명인의 시도 미군기지촌의 혼혈아들을 가르치는 교사라는 지식인의 입장에 서 있는 시적 주체의 자기반성을 보여준다. 이 둘의 경우 모두 소리와 연관되어 그러한 자기반성이 형상화되고 있음을 볼 수 있다.

> 그런데 여기엔 얼굴이 없다 / 눈도, 코도, 입도, 귀도 / 그런데 소리만 들린다 / 오 하느님, 하는 소리만
>
> —정희성, 「불망기」 부분[19](강조는 인용자)

> 아버지, 밤이면 아메리카를 꿈꿔도 될까요? / 그러면 나라여 한 밤은 / 외로새우고 한 밤은 절름거려 떠돌며 / 머리 우론 저렇게 내리는 기차들 / 고삐도 없이 헐떡거리며 찬비에 이끌리며 / 개울에서 개울로 떨어지는 / 이 욕된 살들을 흘려보낸다 / 무엇을 듣겠는가 이곳이 말 못할 때 / 부끄러운 빗줄만이 흐느끼며 네 뼈를 풀어가나니 / 벗어둔 한 벌 옷마저 챙기고 / 새벽이 올 때까지 / 밤새도록 빗소리를 닦고 또 닦는다
>
> —김명인, 「동두천 11」 부분[20](강조는 인용자)

정희성의 시에서 소리는 자기 각성이나 자기반성과 관계되는데, 그 반성의 양상은 다양하다. 위에 인용된 「불망기」에서는 현재 선생이 되어 있는 시적 주체가 학생들에게 책을 읽힐 때마다 4월 혁명 때 죽은 친구의 목소리가 들려온다. 목소리는 기표의 작용 이후에 소급되지 않고 남아 있는 잔존물과 같은 대상이다.[21] 4·19혁명이 지니는 어떠한 가치도 어린 친구의 죽음에 완전한 의미부여를 할 수 없고 그 죽음을

구원시켜줄 수 없는 것이다. 그리고 시적 주체는 "어젯밤 붙잡혀간 시인의 넋두리"를 기억한다. 그 기억은 "그가 돌아올 수 없는 땅이 무섭다 / 그가 돌아오지 않는 땅에서 사는 내가 무섭다"라는 자기 성찰로 이어진다. 이러한 자기 반성은 그의 다른 시 「바람에게」에서 "외오곰 죽은 혼이 내는 목소리"를 들으며 "말 탄 바람이여 이 밤에 나를 태워 / 아프게 아프게 / 채찍을 쳐라"고 말하는는 구절에서도 확인할 수 있다. 「숲 속에 서서」나 「항아리」 등의 시에서는 소리가 진리와 불의의 대립구도 속에서 들려오는데, 시적 주체는 사물을 철저하게 인식하고 현실의 부정을 직시하겠다는 냉철한 태도를 보여준다.

김명인의 시에서 시적 주체는 현실을 아메리카 드림의 헛된 욕망으로 "절름"거리고 있는 상황으로 파악한다. 그리고 시적 주체는 "무엇을 듣겠는가 이 곳이 말 못할 때"라고 물음으로써 "욕된" 삶을 부끄러워하는 자기반성을 보여준다. 자기반성을 촉발하는 것은 "빗소리"인데, 그것을 "닦고" 있는 시적 주체의 행위는 '밤'의 부정성과 함께 그에 대립되는 '새벽'의 긍정성을 지향하는 것이다.

이와 같이 살펴본 '침묵', '울음소리', '아우성 소리' 등은 시적 주체의 내면을 동요시키는 일종의 '부름'이고 들려옴이다. 이것들을 통해 시적 주체들은 은폐된 것들과 접합된다. 시 텍스트두 하나의 담론으로 볼 때, 이데올로기적 담론으로서 담론의 주체는 일종의 '호명작용'을 통해 구성된다. 누군가를 부르고 누군가가 불리는 행위를 호명(呼名)이라고 하며 이러한 호명을 통해 한 개인(individual)은 구체적인 주체(subject)가 되는 것이다. 가령 거리에서 누군가 자기를 부르면 돌아보게 되는데, 이럴 때 몸을 돌리는 것만으로 그 사람은 하나의 주체가 된다. 그 부름이 실제로 자기를 향한 것이며 부름을 당한 사람이 바로 자기임을 깨닫기 때문이다. 이러한 '호명작용interpellation'을 이데올로기가 주체를 구성하는 방식이자 이데올로기가 주체의 범주로 기능하는 방식이라고 볼 수 있다.22)

앞선 시들에서 볼 수 있듯이 이러한 시들에 등장하는 호명과 저항담론 이데올로기와의 접합은 국가기구나 지배 이데올로기에 의한 자동적인 호명과 달리 시적 주체의 내면적 각성과 자기반성을 중심으로 이루어진다. 김지하의 다음 시에는 그러한 외부의 소리와 주체 내부의 각성 사이의 의미화 과정이 다양하고 은밀한 방식으로 작동하고 있다.

> 아직 동 트지 않은 뒷골목의 어딘가 / 발자욱소리 호르락소리 문 두드리는 소리 / 외마디 길고 긴 누군가의 비명소리 / 신음소리 통곡소리 탄식소리 그 속에 내 가슴팍 속에 / 깊이깊이 새겨지는 네 이름 위에 / 네 이름의 외로운 눈부심 위에 / 살아오는 삶의 아픔 / 살아오는 저 푸르른 자유의 추억 / 되살아오는 끌려가던 벗들의 피묻은 얼굴 / 떨리는 손 떨리는 가슴 / 떨리는 치떨리는 노여움으로 나무판자에 / 백묵으로 서툰 솜씨로 / 쓴다. // 숨죽여 흐느끼며 / 네 이름을 남 몰래 쓴다. / 타는 목마름으로 / 타는 목마름으로 / 민주주의여 만세
>
> ─ 김지하, 「타는 목마름으로」 부분

> 그것은 / 늙은 산맥이 찢어지는 소리 / 그것은 허물어진 옛 성터에 / 미친 듯이 타오르는 붉은 산딸기와 / 꽃들의 외침소리 / 그것은 그리고 / 시드는 힘과 새로 피어오르는 모든 힘의 / 기인 싸움을 알리는 쇠나팔소리 / 내 귓속에서 / 또 내 가슴 속에서 울리는 / 피 끓는 소리
>
> ─ 김지하, 「들녘」 부분23)(강조는 인용자)

첫 번째 시를 보면, 세상의 폭력을 드러내는 소리들이 돌연 들려오고, 그 소리들은 시적 주체의 가슴에 잊을 수 없는 "네 이름"을 새긴다. 그 이름들은 삶의 아픔들과 추억들, 벗들의 고통들을 상기시킨다. 이 이름은 궁극적으로 억압되고 있는 어떠한 것의 기표이며, 시적 주체가 욕망하는 대상이다. 간절히 욕망하며 "숨죽여" "남 몰래" 쓴 그 이름은 "민주주의여 만세"이다. 정치적 구호 문구에 그칠 수 있는 이 이름은 직설적으로 토로되지 않고 은폐의 힘을 뚫고 비밀스럽게 쓴 문자로 등장한다. 시적 주체는 숨죽인 흐느낌의 독백으로 그 문자를 발화한다. 그 억눌린 발화는 "타는 목마름"의 간절함과 고통의 감각을 동반하면서 시적

주체의 내면에 갈망의 강도를 증폭시킨다. '민주주의'는 시적 주체가 원하는 대상이자 텍스트에서 의미의 중핵이지만 시의 가장 마지막에 '남몰래' 간신히 나타난다. 그럼으로써 마지막에 등장하는 '민주주의'는 기표의 연쇄에서 고정점/누빔점이 되어 앞의 문장들에 소급적으로 의미를 부여한다.24) 즉 주체에게 들리는 외부의 쫓기고 고통 받는 소리들과 주체가 내면에서 느끼는 아픔의 감각들은 민주주의를 억압하는 비민주적인 힘들로 인한 것이라는 의미화 작용이 소급적으로 일어나는 것이다. 이 시에서는 민주주의와 비민주주의적인 힘, 정의와 불의, 진실과 은폐가 소리와 문자의 상관관계를 통해 의미화된다. 이 시에서 주체 바깥의 소리는 주체의 내면으로 들어와서 '이름'을 기입하는 상징적인 작용을 한다. 이러한 '이름'이자 순수한 중심기표는 시적 주체에게 결여되어 있는 대상을 나타내면서 욕망의 환유적인 대상25)이라고 할 수 있을 것이다. 그것은 시적 주체가 잃어버린 대상이며 그가 상실에 저항하게 하는 욕망의 원인이다.

두 번째 시에서 시적 주체는 들녘을 바라보고 있지만, 그 풍경은 시각적이 아닌 청각적으로 감각된다. 시적 주체는 '늙은 산맥'과 산딸기와 꽃들이 소멸과 탄생을 겪는 소리들을 듣는다. 그리고 그 소멸과 탄생의 내부에 각축하는 힘들의 싸움을 알리는 쇠나팔소리가 들려온다. 시적 주체에게는 보이는 것들 내부의 보이지 않는 투쟁이 소리로 감각된다. 이러한 투쟁의 소리들은 동시에 주체에로 전이되고, '내 가슴'에서도 그것과 동화되어 '피 끓는 소리'가 울려나온다. 풍경을 풍경으로 보지 않고 낡은 것과 새로운 것의 갈등하는 힘의 소리로 듣는 것은 시적 주체의 의도이다. 그러한 의도 아래 기표들이 연쇄되고 생명의 싸움이라는 상징적 의미가 부여된다. 그런데 그런 힘의 외침소리와 쇠나팔 소리에 감응하여 "내 가슴 속에서"도 "피 끓는 소리"가 울리며 시적 주체는 그 소리에 동일시된다. 이러한 동일시는 일종의 '역전효과'라고 할 수 있다.26) '피 끓는 소리'는 현실의 낡은 힘과 새로운 힘 간의 투쟁, 현실을 변화시키고자 하는 의지를 주체 내부에서 확인시키는 소리이다. 현실 변혁에 대한 결의를 드러내거나 현실에 대한 참여의 필요성을 강변하지 않고, 이 시가 서정성을 띠면서도 시인의 현실 변혁에 대한 열망을 느끼게 하는 것은 위와 같이 감각과 주체가 교호작용을 이루며 주체를 보다 넓은 사회적-상징적 영역 속에 통합시키고 자신의 내부에서 그러한 상징성들과 동일시를 이루고 있기 때문이라고 할 수 있다.

4. 호명의 중층화와 주체의 전이

침묵이나 소리를 언표함으로써 은폐되어 있는 가치에 동일시를 하고자 하는 시적 주체의 욕망은 소리가 '호명'으로 나타날 때 더욱 적극적인 형태가 된다. 나아가 시적 주체 자신이 호명하는 자의 위치로 옮겨 가기도 한다. 호명을 받는 주체가 다시 호명을 하는 주체의 자리로 옮겨 가서 두 가지의 호명이 교차하고 있다는 점에서 중층화된 호명이라고 볼 수 있다. 호명 작용이 시 텍스트에서 직접적인 발화행위로 등장할 때에는 화자와 청자, 즉 발신자와 수신자의 관계에서 일어난다.

> 잠든 것들아 / 그대들이 남겨 둔 이름을 부르나니 / 넋마다 불을 달고 / 이 京畿 땅 강 기슭으로 내려오라. / 北漢江 어린 물소리 혹은 물 속의 돌소리도 함께 와서 / 이 땅의 잠이 되게 하라. / 때로는 古代 遊民의 아비가 아이를 부르는 소리, / 三國 邊境에 비 오는 소리 들리고 / 그것들과 함께 잠이 되게 하라. / 잠든 것들아 잠든 것들아 / 그대들의 白骨을 일으켜서 / 그 白骨에 불을 달고 내려오라. / 이 땅에서는 사람 가운데서 부르는 사람 없도다. / 내가 어둠 속으로 부르나니 / 어서 와서 어둠 속의 강물을 빛나게 하라.
>
> —고은, 「呼名」 부분27)(강조는 인용자)

침묵들아 / 돌아오라 / 돌아와서 커다란 침묵으로 / 침묵의 아우성을 들려다오 / 어떤 아우성보다도 무섭게 / 모든 침묵들아 돌아오라 / 그리하여 韓半島의 침묵을 모든 바다에까지 波及하라. / 모든 침묵들아 떠나지 말라. / 돌아오라. 한 개의 침묵은 침묵이 아니다. / 한 개의 소리는 소리이나 / 모든 침묵 속에 / 그 소리는 살아있다.

―고은, 「沈默에 대하여」 부분28)(강조는 인용자)

위의 첫 번째 시에서 시적 주체는 '잠든 것들'을 호명한다. 그들을 불러 일으켜 넋과 백골에 불을 달게 하며 '어둠 속의 강물을 빛나게' 하길 원하는 것이다. 떠돌다 잊혀진 그 존재를 상기하는 것은 역시 소리로서, "아비가 아이를 부르는 소리", "비 오는 소리"들이다. 부르는 사람 없는 그들의 "남겨 둔 이름"과 삶은 망각되어 있다. 시적 주체는 선지자와 같은 목소리로 그 이름을 망각된 잠으로부터 불러내어 안식과 포용으로 인도하고자 한다. 강물로 은유되는 역사는 은폐되고 배제된 존재들에 의미를 주는 중심이 된다.

이러한 형상화가 단순한 수사학적인 돈호법을 넘어 호명작용의 의미를 갖고 있다고 볼 수 있는 까닭은 은폐된 것들에 대한 의미 부여와 더불어 시적 주체 자신이 그러한 의미망 속에 위치지워지기 때문이다. 호명을 하는 시적 주체 자신도 어둠 속에서 잠들지 않고 가성된 자의 위치에 있어야 하는 것이다. 시적 주체는 호명을 하지만 그 호명은 동시에 자기 자신을 향한 것이기도 하다.

두 번째 시에서는 '침묵'이 직접 호명된다. "아우성 보다 무섭게 돌아오는 침묵"이라는 역설로, 침묵이 은유하고 있는 진실과 진리의 거대한 힘을 표현하고 있다. 그것은 한반도의 역사와 결부된 침묵이고 "옥수숫대 서걱이는 바람소리", "썩은 뒤엄 속에 박혀있는 기침소리"와 같이 보잘것없는 삶의 부분까지 껴안는 것이다. 고은의 다른 시편들에서도 "아 잊어버렸던 울음을 / 내 痼疾의 이빨로 물어 뜯어 / 비오는 서울에서

울부짖나니"(「서울의 비」), "부르면 대답 없는 것이 어디 있겠느냐. …… 이 나라와 이 나라의 집 없는 넋들아/내 어린 울음소리로 齋를 올린다"(「秋收以後」)와 같이 울음소리들과 호명의 관계가 지배적으로 등장한다.

1960년대 사회 현실에 대해 비판적인 목소리를 낸 신동문의 시에 등장한 '호명'은 시적 주체가 동일시하기 보다는 회피하고자 하는 지배이데올로기에 의한 호명으로 등장한다는 점에서 좋은 대비를 이룬다.

所管없는정신은밤낮없이통금이지난뒤에도창백한형광등아래서나를호명한다. '네' '네' '네' 나는 아니 대답할수도대답할수도없어대답하면서그눈동자에 매혹된듯이假面한다. 아아도망가리로다도망가리로다내안에있는유리상자속의 인형이여.29)

위의 시에서 호명은 소리가 아닌 "창백한 형광등"과 같이 시적 주체가 노출되고 그 시선 아래에 시적 주체가 감시되는 시각적인 이미지로 등장한다. 시적 주체는 "대답할 수도 없"어 하며 "가면(假面)"으로 숨거나, "도망가"려는 회피의 태도를 보인다.

그러나 1970년대 시에서 호명에 응답하는 시적 주체들은 자신들이 처한 상황을 '침묵'이나 '밤'과 같이 결핍을 느끼게 하는 상황으로 인식하며 채워지지 않은 일종의 '존재론적 요청'을 내면에서 느끼고 있다.30) 이러한 내면의 욕구를 지닌 시적 주체는 호명을 받으면서 호명을 하는 위치로 전이된다.

불러다오/밤이 깊다/벌레들이 밤이슬에 뒤척이며/하나의 별을 애타게 부르듯이/새들이 마지막 남은 가지에 앉아/위태로이 나무를 부르듯이/그렇게 나를 불러다오/부르는 곳을 찾아/모르는 너를 찾아/밤 벌판에 떨면서/날 밝기 전에/나는 무엇이 되어 서고 싶구나/나 아닌 다른 무엇이 되어/걷고 싶구나

—이시영, 「너」 부분31)

> 밤이 깊어갈수록 / 우리는 누군가를 불러야 한다 / 우리가 그 이름을 부르지
> 않았을 때 / 잠시라도 잊었을 때 / 채찍 아래서 우리를 부르는 뜨거운 소리를 듣
> 는다
>
> —이시영, 「이름」 부분32)

위의 첫 번째 시에서 시적 주체는 '나'를 불러달라는 요청을 하고 있
다. 그 부름은 "마지막 남은 가지"에서처럼 위태롭고 절박하다. 그러한
절박성은 시적 상황이 '밤'이라는 부정적인 현실에서 온다. 그 부름을
통해 시적 주체는 현재의 나를 벗어나 "나 아닌 다른 무엇"이 되기를
희망하며 두 번째 시에서 등장하는 "우리"라는 집단적인 주체가 연대적
인 감정에 근거하고 있음을 보여준다. 연대(solidarity)라는 것은 집단 내부
의 상호 행위의 한 형태로서 정치적 억압에 대항한 공동의 저항 경험아
래서 발생한 집단 관계에 적용된다.33) 이 두 시에 나타나는 '부르는 곳',
'모르는 너', '누군가', '그 이름', '뜨거운 소리'는 명확한 지시대상이 밝
혀지지 않는 기표이며, 시적 주체를 호명하는 작용을 하는 중심 기표이
다. 시적 주체는 그 기의를 "모르는" 순수한 기표이자 연대감과 욕망을
일으키는 "뜨거운" 기표를 지향한다. 그의 다른 시에서도 "잊혀진 목소
리가 살아나는 때가 있다 / 잊혀진 한 목소리 잊혀진 다른 목소리의 끝
을 찾아"(「그리움」)라고 말하며 배재된 존재로부터 오는 호명에 대한 연
대감을 드러낸다.

정희성의 시 「너를 부르마」는 중심기표가 '너'로 표상되며 그 중심기
표가 시적 주체에 의해 호명되고 있다. 담론구조의 표면상 발신자는 시
적 주체이지만, 넓은 의미의 호명작용에서 본다면 '너'로 표상된 중심기
표에 의해 시적 주체는 호명되고 있는 것이라고 보아야 한다.

> 너를 부르마 / 불러서 그리우면 사랑이라 하마 / 아무 데도 보이지 않아도 / 내
> 가장 가까운 곳 / 나와 함께 숨쉬는 / 空氣여 / 시궁창에도 버림받은 하늘에도 /
> 쓰러진 너를 일으켜서 / 나는 숨을 쉬고 싶다 / 내 여기 살아야 하므로 / 이 땅이

나를 버려도/空氣여, 새삼스레 나는 네 이름을 부른다/내가 그 이름을 부르기 전에도/그 이름을 부른 뒤에도/그 이름을 잘못 불러도 변함없는 너를/自由여

—정희성, 「너를 부르마」 전문[34]

위의 시에서 시적 주체가 간절히 부르는 '너'는 사랑하고 욕망하는 대상이자 결여된 대상이다. 시적 주체에게 '공기'와 같은 생존의 조건이 될 만큼 중요하고 필수적인 대상이다. 그것을 향한 그리움은 '사랑'과 같이 은밀하고 열렬하며 '숨'을 쉬는 것과 같이 절실한 것이다. 시적 주체는 "내 여기 살아야 하므로/이 땅이 나를 버려도"라는 비장한 어조로 대상의 '이름'을 호명한다. 텍스트의 종결부에 등장하는 그 이름인 "자유(自由)"는 담론의 기표연쇄에 하나의 고정점이 된다.

앞서 살펴본 김지하의 시 「타는 목마름으로」에서 나타난 "민주주의"와 마찬가지로 이 시의 "자유"는 지연되던 의미의 연쇄들을 종결시키고 기표들에 의미부여를 하는 고정점이다. 고정점은 기표 연쇄에 의미를 부여할 뿐만 아니라 주체의 위치를 의미연쇄에 접합시킨다. 시적 주체에게 그러한 고정점이 되는 "자유"라는 기표는 그것의 일차적인 기의, 직접적인 지시대상을 떠나 있다. 설령 "그 이름을 잘못" 부르더라도, 즉 기표와 무관하게, 현재 욕망하는 대상이 자유라는 것에는 "변함없"는 것이다. '그 이름'이라는 기표에는 신화적인 의미작용처럼 이차적인 의미가 작동하고 있다. 그 의미작용의 고정점 역할을 하는 '자유'라는 기표가 나타남으로써 이 텍스트는 "쓰러진 너", "시궁창", "버림받은 하늘"들이 되읽히며 자유가 부정된 현실을 드러낸다. 앞서 살펴본 고은의 시 「호명」에서 시적 주체의 호명이 어둠과 대비된 시간적인 의미에서 선지자적인 어조를 띠고 있다면, 정희성의 시에서 시적 주체의 호명은 '숨'과 같은 육체적인 절박감과 비장함을 동반하고 있다.

이인칭의 청자가 상정되는 '연시(戀詩)' 형식을 이데올로기적인 호명

작용으로 구현한 경우도 있다. 양성우의 연시 형식은 시인의 구속 경험에서 나온 것으로 대상을 향한 시적 주체의 헌신적 열정을 표현하는 형식이라고 할 수 있다.

> 그대, / 모습은 보이지 않고 목소리만 / 들려오는 이여. / 여기 흰 서리 내리는 황토언덕, / 사금파리처럼 햇살에 번쩍이며 / 그대를 위하여 북을 치고 / 사랑의 노래를 부르게 하라. / 열두길 물속에 잠기고 / 흩어져 다리 절며 잡목숲을 / 쫓기는 동안에도, / 그대의 큰 이름을 외쳐 부르고 / 그대를 위하여 한줌의 재도 없이 / 타오르게 하라. / 오죽이나 긴 세월 피묻은 채찍 아래 / 이 몸을 두고, / 그렇지만 꿈속에도 오지 않는 / 이여.
>
> —양성우, 「앉은뱅이 연가 1」 전문35)

이 시에서 호명되는 '그대'는 보이지 않고 목소리로만 인지되는 존재이자 사랑의 대상이다. 시적 주체는 "그대의 큰 이름"을 부르며 헌신적 열정을 표현한다. "피묻은 채찍 아래" 놓여 있다고 하는 폭력적인 상황 속에서도, 시적 주체는 미래의 해방을 기다리는 박해받는 수난자처럼, 오지 않는 대상을 "큰" 이름의 자리에 놓고 연모하며 부르고 있다. 이것은 시적 주체가 박해와 수난의 이데올로기적 담론에 호명되어 있으며 그 담론의 행위인이 되어 있음을 말하는 것이기도 하다. 시적 주체는 자신을 "앉은뱅이"라는 신체적으로 비정상으로 취급받고 사회적으로 소외된 자로 부른다. 다른 시편들에서도 죽은 자들(「봄눈」), 곰배팔이, 앉은뱅이, 팔대장승, 원보아비, 용천배기 등(「壁詩」)이 호명의 대상이 된다. 시적 주체는 "나는 묶여 돌에 맞으며 / 그대의 큰 이름을 부르고"(「앉은뱅이 연가 4」), "그대 떠난 가시밭길 / 나도 가리라"(「영등포 散調」)라는 다짐과 같이 박해받는 수난자로 자처하며 소외된 자들의 위치로 옮겨 가겠다는 결단을 보여준다. 지식인적 주체의 위치에 머물지 않고 '우리'와 같은 보다 집단적이고 공동체적인 주체의 위치로 확장되어 가는 것이다.

형은 바람이 되시오. / 우리는 파도가 되겠오. / 이 끝도 없는 어둠의 바다에 /
불길처럼 뜨거운 바람이 되시오. / 우리는 온몸으로 출렁이고 / 쓰러져도 다시
일어서는 파도가 되겠오

— 양성우, 「형은 바람이 되시오」 부분

청산이 소리쳐 부르거든 / 나 이미 떠났다고 대답하라. / 기나긴 죽음의 시절,
/ 꿈도 없이 누웠다가 / 이 새벽 안개 속에 / 떠났다고 대답하라.

— 양성우, 「靑山이 소리쳐 부르거든」 부분[36]

위에서 인용한 첫 번째 시에서 호명관계는 형과 우리라는 구체적인
인물 관계 속에서 발신−수신의 구조를 띠고 있다. 시적 주체는 '우리'라
는 확장된 주체로 등장한다. "어둠의 바다"가 부정적 현실이라면 그 대
립항에 저항적인 주체를 은유하는 "뜨거운 바람"과 "다시 일어서는 파
도"가 있다. 그 '바람'이 되라고 청자인 '형'에게 집단적 주체인 '우리'
는 말한다. 자연적인 현상에서 파도는 바람의 영향을 받는 관계라고 할
수 있는데, 텍스트에서는 파도가 되겠다는 우리의 입장에서 형을 부르
고 있다. 호명의 관계에서 보다 확장된 주체가 호명하는 주체로 바뀌어
있는 것이다. 이 과정에는 일종의 '감정전이(Übertragung, transfert)', 즉 특정
한 대상으로 향해졌던 감정이 다른 대상을 향해 이전되는 것을 볼 수
있다. 감정전이 현상이 내포하고 있는 사실은 특정한 표상체계 또는 대
상체계에 상응하는 감정적 짜임새가 존재하고 그 감정적 짜임새가 반
복된다는 것이다.[37] 위의 호명을 받은 시적 주체가 다시 호명하는 주체
가 될 때 감정적 짜임새의 반복 현상이 나타나는 것이다.

두 번째 인용된 시에서도 역시 호명작용이 발신−수신 구조를 이루
는데 '청산(靑山)'이 부르는 자의 위치에 있고 '나'가 수신을 받는 위치이
다. 일차적인 발신−수신은 '청산'과 시적 주체 '나' 사이에서 이뤄진다.
시간상 청산의 호명은 미래에 이뤄질 것이지만, 시적 주체는 이미 "떠
났다"고 대답하겠다고 한다. '청산(靑山)'의 상징성을 생각한다면 시적

주체의 떠남은 청산에 의해 비롯된 행동으로 짐작할 수 있다. 청산은 "죽음의 시절"에 대립되는 '생명'을 의미하고, 떠남이라는 행동은 일반적으로 '옮겨감, 길을 나섬, 죽음' 등을 뜻하기 때문이다. 시적 주체의 떠남은 죽음을 극복하고 생명을 지향하는 일이기에, 미리 앞서 청산의 호명에 부응한 행동이라고 할 수 있다. 시적 주체는 "이미 떠났다"고 말함으로써 그 미래를 향한 결단이 확고한 것임을 보여준다.

그런데 이 텍스트에서 호명의 관계는 겹침 구조로 되어 있다. 이차적인 발신-수신 구조가 화자와 독자 사이에 발생하기 때문이다. "떠났다"라고 대답해 달라는 부탁은 이 텍스트를 읽는 독자를 향해서 이뤄지고 있다. 시적 주체는 현재의 독자를 텍스트의 내부로 끌어들여서 자신의 대답을 전해주기를 부탁한다. 시적 주체에게 일어난 호명작용은 시의 발신-수신 구조를 통해 독자에게 전이되는 것이다. 이 텍스트는 시적 주체의 호명작용이 텍스트 내부의 자신과 텍스트 외부의 독자를 향해 중층화되어 있고, 주체의 위치를 '우리'로 확장시키고 감정전이를 일으키는 구조를 보여준다. 이러한 호명작용은 1970년대의 민중지향적인 시가 지배적인 질서 바깥에 은폐되거나 말해지지 못한 이데올로기적인 담론에 접합되며 동시에 그러한 담론의 일부를 구성하고 있는 양상을 설명해준다고 할 수 있을 것이다. 즉 민중시는 시적 주체를 둘러싼 호명작용에 기반한 의미화작용을 통해 민중담론의 주요한 부분을 담당했던 것이다.

5. 결론

이상으로 1970년대 시에 '침묵'과 '아우성'과 같은 기호들이 지속적으로 등장하면서 시적 주체의 내면적 각성이나 변화에 관련되어 있다는 점을 살펴보았다. '침묵'과 '울음소리' 등은 텍스트 외부에 있는 은폐된 존재들을 의미화하고 부정적인 현실의 반대항에 그 진리 가치를 구축하도록 하는 계기가 된다. 한편으로 그것은 시적 주체로 하여금 지배 이데올로기와 다른 은폐된 담론과 접합할 수 있게 하는 호명작용으로서, 주체의 위치를 확장시키는 의미화 작용을 하였다. 이러한 의미작용은 연대의 감정을 갖는 민중지향적인 시적 주체의 내적인 자각이나 결단과 밀접한 관계를 가지고 나타난다.

이러한 특징은 1980년대의 민중시들에서 계급적 이념적 정체성을 강하게 표출하는 시적 주체들의 모습과도 구별될 것이며, 리얼리즘 미학의 재현 범주만으로 설명하기 어려운 담론 행위라고 볼 수 있다. 1970년대 시는 지식인적 주체의 사회적 의식과 자기반성이 이데올로기적 담론과 문학적으로 조우하는 지점에서 민중지향성을 드러낼 수 있었다. 이러한 작품들 가운데 이데올로기적인 구호에 머물거나 도덕적 열정이 전면화된 경우에는 미학적 고려와 긴장을 상실한 것도 사실이다. 그러나 1970년대 시의 이러한 양상은 운동으로서의 문학 또는 이데올로기적 담론에 전적으로 흡수되거나 복속된 형태가 아닌, 문학적 자율성과 지식인적 주체의 내면 간의 긴장을 보여주었다고 평가할 수 있을 것이다.

1) 조남현, 「한국 현대문학에서의 지식인과 민중」, 『한국 현대문학사상 연구』, 서울대 출판부, 1994 참조.

2) 1970년대의 시인들을 다룬 시인론 연구는 일부 시인에 국한되긴 하였으나 많은 양이 축적되어 있다. 민중시에 관해 시인론을 넘어 역사적 의미망을 띤 연대단위로서 1970년대 시를 체계적으로 다룬 연구로는 맹문재의 박사논문을 들 수 있다. 이 연구에서는 노동시의 관점으로 많은 시인과 작품들을 다루며 1980년대까지 분류하고 있다. 맹문재, 「한국 노동시의 문학사적 연구」, 중앙대 박사논문, 1997. 본고는 필자가 민중과 관련된 담론과 재현의 문제로 1970년대 시를 다룬 학위논문의 연장선상에 발표한 논문을 수정하여 재수록하였다. 곽명숙, 「1970년대 한국시에 나타난 민중의 의미화와 재현 양상」, 서울대 박사논문, 2006 참고. 그외 민중지향성과 리얼리즘의 차원에서 해명한 시론적인 접근들로는 다음을 참고할 수 있다. 이승하, 「산업화 시대의 시인들―시사 1970년대」, 『한국의 현대시와 풍자의 미학』, 문예출판사, 1997; 황정산, 「70년대의 민중시」, 『1970년대 문학 연구』(민족문학사연구소 현대문학분과), 소명출판, 2000; 류순태, 「민중시의 현실인식」, 『20세기 한국시의 사적 조명』(한국현대시학회편), 태학사, 2003.

3) 1970년대 시와 관련하여 '울음' 이미지를 지적한 글로는 다음을 볼 수 있다. 조남현, 「70년대 시의 주조(主潮)」, 『현대시』, 1984년 여름. 권정우, 「이성부 시에 나타난 슬픔 연구」, 『한국 현대시의 분석적 이해』, 월인, 2005. 김윤정, 「신경림 시에 나타난 '울음'의 의미 연구」, 『한국문학이론과 비평』 제29집, 2005 참조.

4) 사라 밀즈, 김부용 역, 『담론』, 인간사랑, 2001, 27면.

5) 이성부, 『백제행』, 창작과비평사, 1977.

6) 조태일, 『국토』, 창작과비평사, 1975.

7) 롤랑 바르트, 정현 역, 『신화론』, 현대미학사, 1995, 25·29면. 신화는 자신의 체계를 축조하기 위해 기의와 기표가 결합된 기호를 일차적으로 필요로 하며, 이 기호가 다시 신화의 기표로 확장되어 신화 내의 기의와 관계를 맺어 신화적인 기호가 되는 것이 이차적인 의미작용이다. 이미 완성된 언어적 체계의 기호들로 형성되기 때문에 '의미작용(signification)'이라고 부른다.

8) "신화는 무엇인가를 의미하는 동시에, 그것을 강제적으로 명시하며, 우리가 그 무엇인가를 이해하도록 하는 동시에 그 무엇을 강요하는 것이다." 위의 책, 29면. 이러한 의미작용의 한 양식으로 사용하는 신화론(mythology)은 형식 안의 관념들을 연구함으로써, 형식에 형식의 실질을 부여하는 리얼리즘 미학의 해석과는 다른 관점에서 기호의 형식을 바라보는 것이다.

9) 양성우, 『북치는 앉은뱅이』, 창작과비평사, 1980.

10) 양성우, 「간밤에도 이웃집 문두드리는 소리 들리고」, 『겨울공화국』, 화다출판사, 1977.

11) 에른스트 블로흐, 박설호 역, 『희망의 원리』 5, 열린책들, 2004, 2981면. 블로흐는 독일어의 '이성(Vernunft)'이라는 단어는 '듣는다(Vernehmen)'라는 동사에서 유래하였다는 점을 지적하며, '듣는다'는 행위에 내포된, 일상적인 복종이나 막힌 길로부터의 변증법적인 전환의 자세를 설명하고 있다.

12) 들뢰즈, 권영숙 역, 『들뢰즈의 푸코』, 새길, 1999, 94~96면. 통찰(Insight)이라는 말의 어원이 본다는 지각행위와 관련되어 있음도 근대적 인식에서 시각의 우위를 말하여 준

다. 이진경은 봄—권력(voir-pouvoir)이라는 말도 가능하다고 보아 "권력에 의해 작동하며, 제도화되어 작동하는 특정한 체제나 그 안에서 작동하는 권력"이라는 의미로 사용한다. 이진경, 『근대적 시·공간의 탄생』, 푸른숲, 1997, 86면.

13) 김지하, 『타는 목마름으로』, 창작과비평사, 1982.

14) 서구 현대의 이성중심주의와 계몽주의는 주체와 객체, 마음과 신체, 이성과 비이성을 이분법으로 나누고, 전자의 항에 대한 특권화에 의거하여 객체에 대한 관찰과 통제를 낳고 지배와 억압의 사회적 결과를 초래하였다. 이것이 시각의 특권화라는 서구 현대성의 전통과 연결되어 있다고 할 수 있다. 주은우, 『시각과 현대성』, 한나래, 2003. 35면.

15) 임철규, 『눈의 역사 눈의 미학』, 한길사, 2004, 144~171면.

16) 이성부, 『백제행』, 창작과비평사, 1977.

17) 신경림, 『농무』, 창작과비평사, 1973.

18) 유종호, 「슬픔의 사회적 차원」, 『동시대의 시와 잔실』, 민음사, 1995, 123면.

19) 정희성, 『답청』, 샘터사, 1974.

20) 김명인, 『동두천』, 문학과지성사, 1979.

21) 슬라보예 지젝, 이수련 역, 『이데올로기적인 환상』, 인간사랑, 2002, 182면.

22) 경찰이 부르는 경우를 상상해 보면 부름을 받는 개인은 죄책감만으로 설명할 수 없는 어떠한 주체로의 변형을 인식하게 된다. 모든 이데올로기는 구체적인 개인을 구체적인 주체로 호명하거나 구체적인 주체로서의 구체적인 개인에게 질문한다. 루이 알튀세르, 이진수 역, 「이데올로기와 이데올로기적 국가 기구」, 『레닌과 철학』, 백의, 1991, 176면.

23) 김지하, 앞의 책.

24) 고정점 / 누빔점(point de capiton / quilt)은 그 기의의 모든 변환에도 불구하고 그것의 동일성을 유지하는 기표라고 정의된다. 떠도는 기표들에게 기의의 환유적인 미끄러짐을 멈추게 하고 하나의 이데올로기로 전체화하는 작용을 한다. 이것은 어떤 이데올로기적인 경험의 통일성과 동일성을 보장하는 참조점이며, 현실 속의 대상이 아닌 '순수한' 기표라 할 수 있다. 역사적인 현실은 상징화되어 있고, 우리가 그것을 체험하는 방식 또한 상징화의 다양한 방식을 통해 매개되어 있기 때문이다. '민주주의'라는 개념을 예로 들어보면, 본질주의에서는 '민주주의'의 영원한 본질을 규정하는 결정적인 특징들과 실정적인 속성을 결정할 수 있다고 믿지만, '민주주의'를 규정할 때에는 민주주의적이라고 지시될 수 있는 모든 정치적인 운동과 조직들을 포함하여 말해야 한다. 가령 민주주의 개념은 자유주의적—개인주의적 관념과 현실 사회주의적인 관념 모두에서 쓰일 수 있으며 그 실정적인 속성은 달라질 수 있는 것이다. 슬라보예 지젝, 앞의 책, 154~173면 참조

25) 아니카 르메르, 이미선 역, 『자크 라캉』, 문예출판사, 1994, 254~255면. 라캉의 대상(a)라 부른 것은 첫째, 주체가 분열될 때 잃어버린 대상이며 욕망의 원인이다. 이 상실에 저항하는 것은 이름을 부여받은 주체이다. 둘째 대상(a)는 결여의 대상을 나타내는 재현 표상이거나 욕망의 환유적 대상이다.

26) 라캉의 욕망그래프를 설명하면서 지젝은 이야기를 만들고자 하는 의도가 기표연쇄를 가로지를 때 창출된 주체 대신 기표연쇄를 관통하는 주체의 작용에서 상징적인 동일시를 하는 주체가 산출된다고 하며, 여기에 '역전효과'가 있다고 말한다. 다시 말해 '역전효과'란 주체로 하여금 '항상, 이미 거기에 있었던 것'으로 나타나도록 하는 전이적인 환영이 있다는 것이다. 슬라보예 지젝, 앞의 책, 183면.

27) 고은, 『문의마을에 가서』, 민음사, 1974.

28) 위의 책.

29) 신동문, 「시 제2호」, 『세대』, 1965.11.

30) 사회적 불의에 분노하던 젊은이들이 개인사(個人史)의 특정한 계기에 볼셰비즘을 받아들이는 의식의 차원을 보면, 볼셰비즘은 세계 속에서 의미의 결여로 인한 존재론적 고통을 받은 개인들에게 역사의 의미와 역사적 역할에 대한 믿음을 보장해 줄 '무엇'을 확신시킴으로써 개인을 포획한다고 할 수 있다. 그 '무엇인가'의 의미와 내용을 알지 못하지만, 볼셰비즘이 개인을 호출하는 순간, 개인은 그것이 바로 자신이 필요로 하던 것이라고 느낀다는 것이다. 이종영, 『내면성의 형식들』, 새물결, 2002, 161~165면 참조.

31) 이시영, 『만월』, 창작과비평사, 1976.

32) 위의 책.

33) 악셀 호네트, 문성훈 외역, 『인정투쟁』, 동녘, 1996, 219면 참조.

34) 정희성, 『저문 강에 삽을 씻고』, 창작과비평사, 1978.

35) 양성우, 『북치는 앉은뱅이』, 창작과비평사, 1980.

36) 위의 책.

37) 이종영, 앞의 책, 374면 참조.

1970년대 희곡에 나타난 민중담론과 여성성

김옥란

1. 문제 제기

1990년대 이후 한국 문화담론 지형 내에서 성(sexuality)의 문제는 중요한 이슈였다. 1990년대 초 포스트모더니즘이라는 이름으로 풍미하기 시작한 문화담론은 전 세계적으로 냉전질서가 해체되고 새롭게 드러나기 시작한 후기자본주의적 문화 현상에 대한 이론적 설명의 근거로 환영받았다. 이에 따라 기존의 정치적·사회적 거대 담론(이데올로기론) 대신 일상생활 영역의 미시 담론(문화론)이 새로운 관심의 대상이 되었고, 이 과정에서 남성적 영역을 대신하여 여성적 영역이 새롭게 부각되었다. 이러한 흐름 속에서 성의 문제는 공적 영역이 아닌 사적 영역의 문제로, 그리하여 자연스럽게 여성의 문제로 위치지워지면서 페미니즘 논의가 주목받기 시작했다. 실제로 1990년대는 "페미니즘의 대중화·패션화"[1)]

의 시대로 불릴 만큼 페미니즘이 대중적으로 확산되고, "성에 대한 각종 언술이 공식적인 담론의 지위를 획득"2)하게 된 시기였다.

그러나 이러한 '담론의 현상'과는 달리 실제 여성들의 삶에는 큰 변화가 없었고, 오히려 미디어상으로 과표상된 페미니즘이 한편으로는 상업적으로 이용당하면서, 다른 한편으로는 남성 주체들에게 페미니즘에 대한 상상적 공포를 불러일으켜 진지한 페미니즘 논의에 어려움을 초래하기도 했다.3) 공/사의 이분법적 논리에 의한 '성의 문제=여성의 문제'라는 전제는 성의 문제를, 그리고 여성의 문제를 단지 여성들만의 문제로 국한시켜버릴 위험을 가지고 있으며, 그럴 때 성담론은, 그리고 페미니즘은 후기자본주의 사회 속에서의 대항담론으로서의 정치성을 거세당할 우려가 있다.

이 논문은 한국 현대희곡을 대상으로 여성성을 탐구하고자 하는 글이다. 즉 한국 현대희곡에 대한 페미니즘적 접근을 시도하는 글이다. 그러나 이 글은 페미니즘적 시각을 견지하되, '페미니즘은 여성만을 위한 편협한 시각'4)이라는 대중 일반의 이해로부터는 일정한 거리를 두고 있다. 오히려 이 글은 "사적인 것이 가장 정치적이다(The Personal is Political)"라는 1960년대 후반 현대 페미니즘이 성취한 기본적인 인식에 동의하고 있으며, 이러한 페미니즘적 시각이 공/사, 남/녀의 이항대립을 넘어서 '우리'가 속해있는 근대 전체에 대한 새로운 시각과 전망을 제시해줄 것으로 기대하고 있다.

이에 따라 이 글에서는 '여성성(femininity)'의 개념 또한 생물학적 성(sex) 구분에 따른 남성/여성의 본질적·고정적 의미로 이해하고 있지 않다. '여성적인 것', '여성다움', '여성성'이란 이미 주어진 것이 아니라 구체적인 사회 역사적 상황 속에서 끊임없이 학습·구성되는 것, 즉 각 주체에게 강요된 문화적 성역할(gender)에 불과하다. 결국 이러한 입장은 페미니즘 논의에 새롭게 유물론적·정신분석학적 관점을 도입하고 있는 것으로, 기존 페미니즘 논의가 여성 자체의 문제에서 벗어나서 여성(혹은 남성) 주체 형성의 문제에 대해서, 그리고 그러한 주체를 호명하고 동원하고 있는 근대 자체에 대해서 근본적인 질문을 던질 수 있게 해준다. 현재 활발하게 진행되고 있는 근대성 논의에서 페미니즘이 유용한 분석틀로 활용되고 있는 것도 바로 이러한 맥락에서 이해할 수 있다.

그런데 한국 현대희곡에서의 여성성을 탐구하고자 하는 이 글에서는 우선 일차적으로 1970년대 민중담론 내에서의 여성 재현의 방식에 관심을 두고 있다. 1960년대로부터 본격적으로 진행된 근대화·자본주의화의 결과 1970년대엔 전 사회계층에 걸쳐 계급분화가 이루어지고 여성 주체에게도 이전 시기와는 다른 복잡한 국면이 시작되었다. 그러나 지금까지 민중담론 내에서 여성은 자신만의 독자적인 목소리를 내지 못했다. 투쟁과 혁명의 시대에 여성의 문제는 부차적인 문제로만 여겨졌고 분파주의의 혐의를 받는 위험한 일이었기 때문이다. 따라서 한국 현대희곡에서 여성성의 문제를 다룰 때, 민중담론과의 관련 하에서의 검토는 매우 중요한 일이 될 수 있다.

따라서 이하에서는 1970년대 희곡, 그중에서도 여성 주체의 분화를 실질적으로 가능케 한 계급담론, 민중담론을 중심으로 이 시기에 구성된 '여성성'의 면모를 좀더 구체적으로 살펴보고자 한다. 이를 위해서 당시의 민중적 시각을 견지하고 있었던 작품들을 분석 대상으로 삼을 것인데, 대표적으로 박조열·이강백·최인훈, 마당극 등의 경우가 그것이다. 한편으로 이들은 제도권 연극 내에서 혹은 제도권 연극에 대한 대항문화의 성격을 가지고 활동했거나, 부조리극·서사극·우화극과 같은 서구적이며 현대적인 실험을 하는가 하면, 역사극·마당극에서와 같이 전통적인 것으로부터 새로운 양식상의 실험을 하는 등 서로 이질적인 경향을 보인다. 그러나 다른 한편으로 이들의 작품에는 당대 동시대인들의 공통된 인식인 민중적 세계관이 짙게 배어있다. 1970년대적 상황에서 문제적인 작품들로 언급되는 이들의 몇몇 작품들은 그 배경이 지금 여기이든 역사 속의 어느 한 시점이든, 혹은 아예 역사성이 거세된 관념적인 공간이든 당대의 정치 사회적 상황을 강하게 환기시키고 있다.

2. 민중 담론과 여성 재현의 양상

1970년대에는 국가 주도의 급속한 자본주의화의 부산물로 경제적 불평등이 심화되고, 그로 인해 노동자·농민·도시빈민 등 광범위한 소외계층이 출현했다. 이에 따라 이 시기에는 군부가 최종 주도권을 가지고 있는 군부·관료·재벌의 지배 블럭과, 이에 대항하는 운동세력으로서 학생·지식인·노동자의 반대 블럭이 형성되었다. 전통적으로 비판적인 세력으로 존재했던 지식인 블럭 외에 새롭게 노동자, 농민이라는 '민중' 세력이 역사적 주체로 등장한 것이다. 비록 열악한 노동 조건 하에서 자연발생적이고 비조직적이며 때로는 폭력성을 동반한, 아직 미숙한 형태의 모습이긴 했지만 산업화·도시화로 이미 광범위한 계층이 형성되어 있었던 이들 민중 세력은 학생·지식인에게 적극적인 역사 변혁의 주체로 받아들여졌다.5) 이렇게 하여 1970년대는 '민중'을 중심으로 한 계급의식이 형성되기 시작한 시기, 단일한 하나의 상상적 공동체인 '민족' 혹은 '국가'의 담론보다 '민중'의 담론이 급부상한 때였다.

그리고 이러한 계층분화의 양상은 여성의 경우에도 마찬가지였다. 1960년대까지만 해도 '모성'이라는 단일한 역할로만 수렴되던 여성은 이제 '공순이', '여대생', '호스테스'(혹은 '직업여성'), '복부인', '유한마담', '극성엄마' 등 다양한 이름으로 불리기 시작했다. 실제로 이 시기는 저임금 정책에 기반한 노동집약적 수출산업에 의존하는 산업구조가 형성되어 있었고, 이에 따라 저학력 여성 노동자의 수가 급격히 증가하는 등 사회적으로 여성들의 진출—비록 그것이 저임금 노동력의 하위직종에 국한되어 있긴 했지만—이 가시화되기 시작한 시기였다.[6] 그러나 '공순이', '직업여성' 등의 표현에서처럼 그러한 여성들의 모습은 여전히 남성 중심적 시각에 의해 부정적인 것으로 비춰졌다. 이들은 1970년대적 현실 속에서 또 하나의 민중의 모습으로 존재했음에도 불구하고 그 존재가치가 정당하게 인정되지 않았다. 여성 주체의 경우, 기존의 가부장적 질서 내의 성별 위계질서가 그대로 유지되고 있는 가운데 계급갈등이라는 또 하나의 조건이 더 덧붙여져 좀더 복잡한 양상이 드러났다. 요컨대 1970년대는 여성 주체에게 복잡한 국면이 등장하기 시작한 문제적인 시기로, 계급별·세대별·성별 각각의 주체별로 다양한 관점에서 여성이 문제되고 있었다.

따라서 이하에서는 1970년대 희곡을 중심으로 구체적인 여성 재현의 양상이 어떠했는가를 살펴볼 것인데, 먼저 제도권 연극 내 기성 작가들의 경우를 살펴본 이후, 다음으로 1970년대 민중 담론과 밀접한 관련을 맺으며 성장해온 마당극의 경우를 살펴보도록 하겠다.

1) 이중적 민중 의식과 관념적 여성성—박조열·이강백·최인훈

우선 먼저 박조열과 이강백은 세련되고 절제된 대사, 풍부한 암시와 상징성 등 현대적 감각을 보여주고 있는 독특한 작가들이다. 그러나 이들의 '현대성'은 명백히 자신들이 속해있는 현실에 대한 동시대적 감수성으로부터 나온 것이다. 다분히 서구적인 취향의 부조리적 상황, 알레고리적 기법을 주로 사용하고 있지만, 두 작가의 궁극적인 관심사는 유신체제로 대표되는 1970년대의 암울했던 정치 사회 상황에 대한 것이다. 박조열의 〈흰둥이의 방문〉(1970)에서 침묵하고 있는 짐승들의 존재, 이강백의 〈셋〉(1972)에서 죽음의 쇼에 중독되어 있는 무감각하고 잔인한 군중이나 〈파수꾼〉(1974)에서의 무력한 우중(愚衆)의 존재는 침묵을 강요당하고, 행동을 거세당한 채 소극적(笑劇的) 제스처만을 취하도록 조종당하고 있는 1970년대 민중의 모습을 암시한다.

이러한 상황 속에서 여성의 문제는 우선순위에서 밀려나 부차적인 문제, 혹은 아예 관심의 대상이 될 수도 없었는데, 이는 박조열과 이강백의 작품 속에서도 그대로 확인된다. 〈흰둥이의 방문〉에서 '개의 방문'이라는 의외의 상황에 대한 아내의 반응은 시종일관 "쌀쌀맞거나"(200)[7] 무관심하다. 그리고 그녀는 갑작스런 개의 방문뿐만 아니라 전투 경찰복으로 옷을 갈아입은 남편이 "개새끼들"이라는 욕을 남발하며 야만적인 모습으로 변해가는 것에도 아무런 반응을 보이지 않는다. 그녀는, TV 뉴스 속에서 진압되는 데모대원이 고통에 길들여지듯이 무감각, 무반응의 불감증의 시대를 살아가는 또 다른 민중의 측면을 보여주는 한편, TV의 다른 채널에서 흘러나오는 패션쇼에 중독되어 있는 "치매성"(208)을 보여주는 이중적인 존재로 그려지고 있다. 그녀는 자신의 주변에서 벌어지는 일에 대해 아무 말도 하지 않으며 냉소적인 반응을 보일 뿐이다.

한편 이강백 작품 속의 인물들은 남성, 여성 할 것 없이 모두 익명의 군중[8]의 모습으로 그려지고 있다. 그중에서도 여성은 여러 명의 익명의 '가·나·다·라……' 중의 하나, 그것도 '마'나 '사' 정도의 맨 마지막에 위치한 존재이다. 여성은 한 무리의 무성적(無性的) 군중 속에 마치 구색 맞추기처럼 끼워져 있는, 관념적 차원에서 배열되어 있는 존재이다. 그리고 '가·나·다·라……'의 마지막 인물로서 '마'나 '사아'는 〈다섯〉(1971)이나 〈미술관에서의 혼돈과 정리〉(1975)에서처럼 남자들의 사랑의 대상이거나, 아이를 잉태하는 존재, 즉 사랑(性)과 모성(母性)이라는 기존의 낯익은 여성 역할을 피상적으로 반복하고 있을 뿐이다.

그런데 여기서 한 가지 흥미로운 것은 〈다섯〉의 여성인물 '마'가, 〈흰둥이의 방문〉의 아내처럼 외부의 자극에 불감증적 반응을 보이고 있다는 점이다. 신탐라국으로 가는 배 밑 창고에 숨어든 밀항자인 그녀는 끊임없이 울려대는 경보종 소리에 조건반사적인 행동을 기계적으로 반복하고 있지만, 정작 '라'의 사랑 고백 앞에서는 아무런 반응도 보이지 않는다. 그녀는 극의 처음부터 끝까지 대사가 없으며, 다른 사람들과 떨어진 자리에서 "남자들이 하는 짓을 바라보고만"(14)[9] 있거나, 무의미하게 "손으로 날개짓을 해 보이다가 다시 침묵을"(29) 지킬 뿐이다. 이렇듯 여성을 벙어리로 설정하는 방식은 〈우리들 세상〉(1975)에도 나타난다. 식당 주인의 딸 '바람'은 열 너댓 살가량의 벙어리 소녀이며, 이기적이며 비양심적인 손님들 대신 줄에 매달려 고통 받는 희생자의 역할을 하고 있다. 그녀는 손이 묶인 채 자신의 유일한 의사소통 수단인 피리도 불지 못한 채 무대 위에 혼자 남겨진다.

그런데 이렇듯 여성을 무력하고 동떨어진 존재로 그리고 있는 것은, 마찬가지로 어리고 무력한 존재인 소년에 대해서 이강백이 가지고 있는 깊은 애정과 비교해봤을 때 매우 대조적이다. 〈셋〉과 〈파수꾼〉의 소년들은 마찬가지로 어쩔 수 없는 희생의 구도 속에 처하고 부조리한 어른들의 세계 속에서 희생양의 제물이 되지만, 다른 한편으로 이들의 희생에는 '성장'이라는 또 다른 역동적인 차원이 작용하고 있다. 따라서 이들의 희생은 소녀들의 무력하고 아무런 대가없는 희생과는 다른 의미를 갖게 된다. 오히려 이들의 모습에선 현재의 몰락을 통해서 미래에의 "약속"(103)[10]을 기약하는[11] 비극적 비전이 읽혀진다. 바로 여기에서 소년들은 초기 형태의 민중의 모습으로 해석될 수도 있다. 소년들은 비록 아직 힘을 갖추지 못해 믿음직하지는 않지만 미래에의 싹을 기대해 볼 수 있는 존재인 것이다.

이상 이강백의 소년 모티브는 1960년대 말, 1970년대 초 자연발생적인 형태로 형성되고 있었던 '민중'의 모습을 반영하고 있다. 이강백의 소년들은, 1970년대 이강백의 작품 속에 등장하는 이름 없는 군중들, 무질서하고 잔인한 우중들의 모습과는 다른, 소년의 순수함과 같은 도덕

성을 지니고 있으며 진실을 밝혀내고자 하는 의지 —역사 변혁의 의지
—를 가지고 있다. 그러나 다른 한편으로 이렇듯 소년을 통해 민중적
비전을 제시하는 방식에는 논란의 여지가 있을 수 있는데, 여기에서는
여전히 남성 중심적 서사 논리가 읽혀진다. 결국 소년은 성인 남성 주
체로 성장해나갈 것이기 때문이다. 실제로 이강백의 소녀들이 아무런
대가없는 희생을 치르고 있는 모습이나, 성인 여성들이 남성들의 영역
과는 동떨어진 곳에 위치지워진 채 침묵하고 있는 모습은, 1970년대 민
중 담론에서의 여성의 위치에 대해 다시 한번 생각하게 한다.

다음으로 1970년대 민중의 이미지를 선명하게 제시하고 있는 또 다
른 작가로 최인훈을 들 수 있다. 최인훈은 아기장수 설화를 기본 모티
브로 하고 있는 〈옛날 옛적에 훠어이 훠이〉(1976)에서 아기장수와 구원
자로서의 메시아 예수를 연결시킴으로써 민중의 역사 변혁 주체로서의
성격을 강하게 부각시키고 있다. 실제로 원래 설화에는 없는 부분인, 마
지막 장면에서의 아기장수의 승천은 예수의 부활 이미지와 겹쳐짐으로
써 아기장수의 희생과 죽음에 신성성이 부여된다. 그리하여 그러한 아
기장수를 자기 손으로 직접 죽인 아버지의 비극성이 더욱 극대화되는
데, 바로 여기에서 민중으로부터 나온 힘을 민중 스스로 배반하는 이율
배반적이고 모순적인 민중성에 대한 충격적인 인식을 이끌어낸다.
그러나 이렇듯 아기장수와 예수를 연결시키고 아기장수에게 신성성
을 부여하는 데에는 구체적인 역사적 존재로서의 민중을 신격화·신비
화시키고 있다는 의구심이 든다. 〈옛날 옛적에 훠어이 훠이〉에서의 아
기장수는 무대상에서 인형으로 표현되고 있는데, 아기장수가 타고 가는
용마 또한 인형이다. 물론 이는 무대 표현상의 제약이라는 현실적인 고
려에 의한 것으로 해석될 수도 있지만, 마지막 아기장수와 용마의 승천
장면이 "추상적인 구조"(122)[12]로 제시되도록 작가에 의해 요구되고 있
는 것을 볼 때 이러한 설정에는 기본적으로 땅의 인간과 하늘의 존재라

는 대립구도가 깔려있음을 알 수 있다. 곧 아기장수는 땅의 사람들과 섞일 수 없는 존재, 하늘의 존재인 것이다.

그리하여 이 극은 승천하는 아기장수와 춤추는 사람들이라는 '하늘과 땅' 사이의 감응(感應)을 강조하면서 막이 내린다. 그러나 최인훈의 아기장수 모티브는 이강백의 소년 모티브처럼 발생 초기의 민중적 힘에 대한 발견과 순수한 긍정이라는 문학적 설득력을 가지고는 있지만, 구체적인 역사적 존재로서의 민중을 지나치게 신비화시킴으로써 오히려 민중의 지속적인 현실적 힘을 발견해내는 데는 실패하고 있는 것이 아닌가 한다. 여기에서 새로운 역사적 주체로서 민중을 발견하고 인정하고 있지만 스스로 구체적인 민중적 현실을 담보해내지는 못했던 1970년대 남성 지식인의 한계[13]를 지적할 수 있다. 최인훈의 아기장수 모티브에는 민중 속으로부터 나온 또 한 사람의 민중일 뿐인 '아기'를 '장수'로 승격시켜 이해하고자 하는 욕망, 강력한 남성 중심적 영웅 서사 구성에의 욕망 또한 읽혀진다.

그런데 최인훈의 또 다른 작품 〈둥둥 낙랑둥〉(1978)은 〈옛날 옛적에 훠어이 훠이〉와 같은 동일한 민중적 전망을 지니고 있으면서, 부계(父系) 중심 영웅 담론의 이면을 보여주고자 하는 색다른 시도가 엿보이고 있어 흥미를 끈다. 낙랑공주와 호동왕자 설화를 기본으로 하고 있는 이 작품의 새로움은, 기존의 이야기 방식이 호동왕자를 중심으로 하는 단일한 구조를 가지는 것이었다면 여기에 낙랑공주의 관점이라는 복합적인 시각을 덧붙임으로써 가능해졌다. 게다가 낙랑공주를 쌍둥이로 설정해 사랑의 대상(낙랑공주)이자 모성적 존재(왕비)로 동시에 표현되는 여성 주체의 복합적 상황이 더 추가되고 있다.

왕비: (남자처럼 껄껄껄 웃고 나서 남자 목소리 투로) 내 새끼들아, 장하다 / 장하다 / 일찍이 / 하늘 아비 해모수가 / 내 어미 유화부인을 맞아 / 웅신산 아래 강가에서 / 나를 배고 / (…중략…) / 내가 금와왕의 말을 기르니 (말들 울음소리)

/ 그의 아들들이 나를 미워하여 / 죽이려 하매 / 나 여윈 말을 몰아 / 엄수에 이르러 (말발굽 소리 물결 소리) / 내 어미의 아비를 불러 / 물을 건너 / 졸본주에 이르러 / 비류수 냇가에 / 나라를 세웠노라 (176~177)[14]

위의 장면은 낙랑공주의 쌍둥이 언니이자 고구려 왕에게 시집온, 호동왕자의 의붓어미인 왕비가 고구려 조상신 주몽의 신을 받아 제사를 지내는 모습이다. 낙랑의 딸이지만, 고구려의 왕비로서, 고구려의 어미 무당으로서 왕비가 읊는 고구려의 건국신화는 "하늘 아비 해모수"로부터 아들인 주몽에게로 이어지는 철저히 남성 중심적인, 가부장적 세계관에 기초한 것이다. 그런데 이 극의 갈등은 고구려의 아들인 호동이 자신의 정당성에 대해 의심하면서 시작된다. 그리고 그러한 의심은 낙랑공주라는 적국(敵國)·타자의 존재로 인해 비롯된다. 고구려의 영웅 호동은 자신의 승리가 여자의 사랑을 이용한 "속임수"(184)에 의한 것이었음을 괴로워하고, 이러한 의심은 조상신인 주몽에게까지 연장된다. 주몽 또한 금와왕을 속여 말을 훔쳐냈기 때문이다. 그리하여 "영웅은 속임수를 써도 영웅이다"(184)라는 정당화의 논리는 점차 부정되는데, 절대적인 남성 중심적 영웅 서사의 정당성이 "여자의 힘을 빌린 영웅"(184)이라는 현실로 대체됨으로써 훼손되고 있다.

결국 호동의 이러한 인식에는 사랑의 관점, 여성인물의 행동이 결정적인 영향을 미치고 있는 것이다. 그리고 여성인물의 능동적인 행동이라는 이러한 특징은 최인훈 희곡 전반에 걸쳐 나타나고 있다. 〈어디서 무엇이 되어 만나랴〉(1969)의 평강공주, 〈봄이 오면 산에 들에〉(1977)의 달래, 그리고 〈둥둥 낙랑둥〉의 왕비 등. 그런데 문제는 서사적 차원에서 능동적인 행위의 주체로 나타나는 이들 여성인물들이 극적 차원에서 무대 위에 제시될 때에는 행동을 거세당하고 폐쇄적인 이중삼중의 구조 속에 갇히게 된다는 점이다. 최인훈 희곡의 특징이라 할 수 있는 잦은 독백과 회상, 꿈 장면, 혹은 〈둥둥의 나랑둥〉의 경우와 같은 과거 흥내 내기의 연극놀이는 사건의 진행이 앞으로 나아가지 못하고 반복되는 과거의 회상에 의해, 관념적인 독백에 의해 자꾸만 지연되고 지체되게끔 한다. 그리하여 인물들은 행동을 전개하기보다 관념적인 의식 상태에 머물러 있게 된다. 예컨대 〈둥둥 낙랑둥〉의 왕비는 동생 낙랑의 복수를 위해 호동을 유혹하지만 호동과의 연극놀이를 통해서 과거를 재현해낼 뿐 앞으로의 행동으로 나아가지 못한다.

이상 〈둥둥 낙랑둥〉은 남성 중심적 영웅 담론, 민중적 서사 방식에 있어서 여성인물에 의한 이질적이고 복합적인 관점의 도입이라는 새로운 측면을 지니고 있지만, 행동의 주체로서의 여성인물의 적극성을 끝까지 보장해주지 못하고 있다. 이러한 맥락에서 이 극의 결말이 〈옛날 옛적에 훠어이 훠이〉와 같은 집단적·민중적 신명의 춤과 노래의 장면으로 끝나고 있는 점은 여러 가지 시사점을 던져준다. 낙랑의 북을 친 호동은 처형되고, 낙랑의 딸인 왕비 또한 죽음을 택하고, 무대 위에 고구려 백성들의 풍년가 소리가 가득 채워지는 결말부분은 여성적 비전·사랑의 논리에 의해 훼손된 남성 중심적 영웅의 논리가 다시 온전히 복원되고 회복되는 모습을 보여준다. 호동과 낙랑의 사랑이라는 전체 극의 행동 구조와는 상관없이 결말부분에 이질적으로 끼어든 하늘사자의 존재라든가 백성들의 "우렁찬"(248) 노래 소리는 1970년대적 맥락에서 '민중'의 함의가 지니고 있었던 강력한 효과를 새삼 느끼게 해준다.

1970년대는 우리의 정치사·사회사에서 '민중'의 존재가 새롭게 '발견'된 중요한 시기이다. 그러나 1970년대 중후반까지도 민중에 대한 이해는 여전히 초보적인 수준에 머물러 있었다. 1970년대의 대표적인 희곡 작품들에 나타난 민중의 이미지는 익명의 군중 혹은 우중, 거대한 집단인 대중과 구분되지 않은 채 혼재되어 제시되고 있다. 이 시기의 민중의 모습은 익명의 무기력하고 무질서한 존재이면서 동시에 다른 한편으로는 폭력적이고 잔인한 모습을 보여준다. 이들은 구원자를 기다리면서도 그 구원자를 스스로 거세하는 이율배반적이고 모순적인, 혼란스러운 모습으로 그려지고 있다. 반면에 역사변혁의 주체, 긍정적인 힘으로서의 '진정한' 민중의 모습은 이강백의 소년이나 최인훈의 아기장수의 경우처럼, 아직 충분히 성장하지 않은 잠재태의 형태로만 감지되고 있다. 바로 여기에서 1970년대 민중 담론이 관념적 이해의 차원에 머물러 있었다고 할 수 있는데, 민중은 이제 막 발견되기 시작한 존재, 따라서 아직 구체적인 이름이 붙여지지 않은 채 모호하게 호명되고 있는 존재였다.

그리고 이는 여성의 경우에도 마찬가지였다. 여성 문제에 있어서 복잡한 갈등상황이 형성되고 있었던 현실과는 달리, 1970년대의 대표적인 희곡 작품이라고 할 수 있는 이상의 작품들에서 여성들은 여전히 수동적이고 부차적인 기존의 여성 역할을 반복하고 있다. 여성인물에게 적극적인 행동의 동기를 부여함으로써 새로운 여성인물의 가능성을 보여주고 있었던 최인훈의 경우에도, 극 중반 이후 여성인물의 행동을 거세함으로써 여성인물의 적극성을 끝까지 보장해주지 못하고 있다. 요컨대 이상의 작품들은 1970년대의 여성의 현실을 구체적으로 담고 있지 못한데, 1970년대 제도권 지식인 남성 극작가들의 작품에 1970년대 민중의 또 다른 계층이었던 여공('산업역군')이나 호스테스('관광역군')의 문제는 언급조차 되고 있지 않다. 1970년대 남성 지식인에게 '민중'이 새롭게 발견되고 호명되고 있었던 것과는 달리 또 하나의 계급으로서 '여성'은 아직 발견되지 않은 존재였다. 이러한 관념적 여성성은 1970년대 현실에 대한 제도권 지식인 남성 극작가들의 관념적 현실인식의 또 다른 증거이다.

2) 진보적 민중 담론과 부정적 여성성—마당극

한편 1970년대 제도권 연극이 당대의 현실, 민중의 현실에 대해 관념적인 인식의 차원에 머물러 있었던 것과는 달리, 마당극은 구체적인 민중의 현실을 담고 있다. 마당극은 "1960년대의 맹아기를 거쳐 1970년대 중반부터 시작한 진보적 연극운동"[15]으로, 그 태동에서부터 진보적 의식, 즉 민중적 입장을 대변하고자 하는 진보적 지식인에 의해 의도적으로 고안된 연극양식이었다. 바로 여기에서 마당극 창작의 주체의 문제를 중요하게 생각해볼 수 있는데, 마당극은 주로 아마추어 대학극(특히 탈반과 연극반) 출신 연극인들[16]에 의해 주도되었다. 이들은 연극영화과 중심, 해외유학파 중심, 연출가 중심으로 새롭게 구도가 짜여지고 있었던 1970년대 제도권 연극 주체들이 서있던 지점과는 다른 위치에서 연극을 사유하기 시작했다. 특히 당면한 사회 역사적 문제에 대해 깊은 관심을 가지고 있었다. 마당극이 구체적인 민중의 현실을 담고 있는 것도 바로 이러한 맥락에서 이해할 수 있다. 1970년대의 마당극은 서구 번역극 위주의 공연을 올리며 상업적으로 성공하고 있었던 당대의 기성 연극계에 대한 일종의 대항문화[17]로서 형성되었다.

기성 연극계에서와는 달리 마당극에서 여성인물의 문제가 중요하게 다루어진 것도 바로 이러한 상황에서 비롯된다. 마당극의 여성인물들은 동시대의 문제적인 인물들이었다. 이는 마당극 형성기[18]에 중심적인 역할을 했던 마당극의 '대부' 격인 김지하의 희곡에서도 확인할 수 있다. 김지하의 첫 희곡 〈나뽈레옹 꼬냑〉(1970)은 거의 같은 시기 집필된 담시 「오적」의 여성판[19]이라 할 수 있는 5명의 지도층 사모님들에 대한 이야기이며, 전형적인 마당극 구조를 가진 작품으로 평가되는 〈소리굿 아구〉(1974)는 여공과 여대생을 등장시켜 기생관광 문제를 다루고 있다. 요컨대 김지하는 1970년대의 정치·사회운동의 중심 이슈였던 계급론적 관점, 민중적 관점에서 여성의 문제를 중요하게 다루고 있다.

그러나 반면에 김지하가 여성문제 자체에 대해서 진지한 관심을 가지고 있었다고 보기는 어렵다. 1970년대 사회운동사에서 보듯이 민중적 입장을 대변하는 진보적 지식인의 시각이 그대로 여성문제에 있어서의 진보성을 보장해주는 것은 아니기 때문이다. 실제로 1970년대 진보적 지식인의 민중지향성이란 다른 한편으로는 '민중적인 것' 이외에 대해서는 배타적이고 공격적인 입장을 취하는 경향이 있었다. 그런데 여성은, 앞에서도 이미 살펴보았듯이, 국가나 민족 혹은 남성들의 세계와는 동떨어진 곳에 위치해 있는 존재로 생각되었고, 그녀들의 그러한 주변부적 위치로 인해 애매하게 공격의 대상이 되기도 했다. 더더군다나 새로운 진보적 민중담론이라는 것도 1960·70년대의 국가·민족 담론과 마찬가지로 남성 중심적·가부장적 이데올로기로부터 자유롭지 못했다는 점을 상기해봤을 때, 마당극에서의 여성(인물)에 대한 태도 또한 다시 짚어볼 필요가 있다.

먼저 김지하의 여성인물은, 공격 대상으로서의 여성인물과 연민의 대상으로서의 여성인물이 이분법적으로 확연히 구분된다. 각각 전자에는 사모님이나 여대생과 같은 지배계층의 인물이, 후자에는 여공이나 식모 아이 같은 하층계급 여성이 해당된다. 이러한 이분법적 구분은 풍자와 해학이라는 마당극의 미학적 태도[20]와도 서로 연관되는데, 풍자가 적대세력에 대한 날카로운 공격을 의미한다면, 해학은 우호적인 세력에 대한 애정을 드러내는 것이다. 이중에서 김지하의 희곡은 해학보다는 풍자가 우세한 초기 마당극[21]의 특성을 단적으로 보여준다. 이에 따라 김지하 희곡에서 비중 있게 다뤄지고 있는 여성인물 또한 주로 풍자의 대상으로 선택되는 경향이 있다. 김지하의 희곡에는 제도권 연극 무대의 관념적이고 추상적인 여성인물과는 달리 1970년대적 현실을 담고 있는 구체적인 여성인물이 등장하고는 있지만, 그러한 여성인물들이 주로 공격의 대상으로서, 부정태의 양상으로 제시되고 있다는 점에서 또 다른 문제의 여지를 남긴다.

예컨대 〈나뽈레옹 꼬냑〉에서는 '여자 오적' 사모님들에 대한 일방적인 공격의 양상이 보이고 있으며, 〈소리굿 아구〉에서는 일본인 자본가를 상대로 매춘에 나선 여공과 여대생을 신랄하게 꼬집고 있다. 이중에서 〈소리굿 아구〉는 1970년대 기생관광 문제를 다루고 있는 작품으로, 여공, 여대생, 양공주 등 1970년대의 문제적인 여성인물들이 등장하고 있다. 그런데 〈소리굿 아구〉의 흥미로운 지점은 민중적 시각에서 연민의 대상이 되는 여공과 비판의 대상이 되는 여대생이 동시에 등장하고 있는 점, 그것도 민족적 수치심을 불러일으키는 일본인 자본가를 상대로 매춘행위를 하고 있다는 점을 들 수 있다.

> 여공·여대생: 벗으라면 벗겠어요 / 당신이 벗으라시면 / 창피해도 벗겠어요 / 쪽팔려도 벗겠어요 / 먼 훗날 당신이 나를 버리고 / 도의적 법적 책임 없다 하여도 / 짜릿하던 그 순간 / 수지맞던 그 시절 / 꿈이었다 생각해도 / 벗으라면 벗겠어요 / 주체적으로 벗겠어요 (227~8)[22]

이상은 〈소리굿 아구〉의 첫 장면이다. 이 작품은 1962년 한일국교 정상화 이후 일본의 독점자본이 유입되기 시작하면서 일본 자본에 대한 저항감이 점점 더 커지고 있었던 1970년대적 상황을 배경으로, "쪽발이 사장"과 현지처인 여공·여대생을 "대한민국 백성 김아구"(231)가 혼내준다는 상황을 설정하고 있다. 위의 인용문은 공연이 시작되자마자 요사스런 춤을 추면서 등장하는 여공과 여대생이 부르는 노래로, 일차적으로는 일본인 자본가에게 예속되어 있는 이들의 처지를 나타내고 있다.

그러나 이들의 매춘의 대상이 일본인 자본가라는 점을 염두에 두었을 때, 이 노래는 또 다른 차원의 의미망을 형성한다. "창피해도", "쪽팔려도", "주체적으로" 벗겠다고 반복적으로 강조되고 있는 노랫말에는 훼손된 민족적 자존심에 대한 비틀리고 억눌린 감정이 표출되고 있다. 요컨대 이 작품은 1970년대에 국가 주도로 기생관광 사업에 동원된 '관광역군'인 하층계급 여성의 현실에 대해서가 아니라 1960·70년대 한일 관계에 굴욕감을 느끼고 있었던 남성 지식인에 의해 민족문제로서 기생관광의 문제가 주목된 것이다.[23) 여기에서 여공이나 여대생은 '민족의 딸들'이라는 익숙한 이미지, 민족주의 이데올로기에 의해 도구적으로 이용되고 있는 여성성의 일면을 드러내고 있다.

그리고 이에 덧붙여 여공과 여대생 각각에게 계급론적 입장이 추가된다. 대본의 형태로는 잘 확인되지 않지만, 실제 공연현장에서 여공과 여대생은 노동자와 중간계층의 전형적인 인물로 보일 수 있도록 연출되었다고 한다. 똑같은 소무의 자라춤을 추더라도 여대생의 춤이 좀더 유혹적인 춤이라면 여공의 춤은 "계층적인 면모가 보이는 춤"[24)을 추는 식으로. 이렇게 볼 때, 이 극에 등장하는 두 명의 여성인물 중에 좀더 중심적인 위치에 서있는 인물은 여대생이 아니라 여공이라고 할 수 있다. 마라데쓰 사장과 대적하고 있는 아구가 "대한민국 백성"(231), 즉 총체적 민중성을 지닌 인물로 재현되고 있는 것과 똑같은 방식으로 여공은 민중적 여성인물의 전형으로 재현되고 있다.

바로 여기에서 이 작품에서 유난히 여대생에 대한 공격의 강도가 높음을 비로소 이해할 수 있다. 여대생의 매춘행위라는 상황 설정 자체가 작위적인 것임은 차치하고라도, 여공에 비해 여대생은 성적·계급적·민족적 관점에서 상대적으로 더욱 심한 공격의 대상이 되고 있다.

> 아구: 내 오늘 듣자 허니 ○○에 좋은 구경거리가 있다고 해서 ○○동 바닥을 덜렁덜렁 지나오는데 왼갖 시라이, 양아치, 펨프, 포주, 갈보 할 것 없이 '노부라, 노팬티, 노팁이요―노부라, 노팬티, 노팁이요―' 하고 악을 바락바락 쓰길래 어디 요지경 속이나 한번 구경해 보실까 하고는 쓰윽 들어가서, 노부라, 노팬티, 노팁 요렇게 노가 년 세 년을 끼고 한 잔 잡수 쪼르륵, 두 잔 잡수 쪼르륵, 아 그런데 그 노팬티란 년 팬티에 ○○대학 뱃지가 단단히 박혔더라 ……(229)

위의 장면은 대한민국 청년 김아구가 처음 등장하는 장면이다. 아구의 걸쭉한 입담을 통해 일본인 자본가나 미군을 상대로 조성된 윤락가 혹은 기지촌의 모습이 적나라하게 폭로되고 있다. 그런데 문제는 이러한 '요지경 속' 세상에 대한 책임이 갑자기 여대생에게로 전가되고 있다는 점이다. 여기에서 여대생은 여성이라는 가부장적 관점에서의 약자이자, 대학을 다닐 수 있을 정도의 특권계층 출신이라는 계급론적 관점에서의 약자로 이중삼중의 공격의 대상이 되고 있다. 즉흥성을 토대로 풍자성의 목표를 극대화하고자 하는 초기 마당극의 성격상, 그리고 '집단적 신명'의 전제를 이루는 마당극 공연의 공동체적 양상을 염두에 두었을 때, 이러한 공격은 현장공연에서 더욱 가차 없는 것으로 받아들여질 수 있는데, 이러한 직접적인 공격에는 풍자 대상에 대한 단순화가 전제되어 있다. 곧 일본인 자본가의 성적 노리개로 전락할 수밖에 없었던 1970년대 여성들에 대한 현실적·역사적 조건25)에 대한 고려가 배제되어 있다.

이상에서와 같이 1970년대 초·중반, 초기 마당극의 민중 담론은 명백히 남성 중심적이다. 1970년대의 제도권 연극 및 문화현상에 대한 대항담론의 역할을 했던 마당극은, 기성 연극계의 민중담론이 관념적이거나 신비주의적인 경향을 보임으로써 구체적인 사회·역사적 현실성을 획득해내는 데에 실패하고 있었던 반면, 현장 중심의 공연활동 등으로 직접적인 '민중적 전형성'을 창출해낼 수 있었다. 그러나 이러한 직접성의 통쾌함의 이면에는 '반민중적'으로 분류되는 풍자의 대상에 대한 철저한 배제와 공격의 논리가 담겨져 있었다. 특히 1970년대 지식인 중심의 초기 마당극에서 여성에 대한 공격적 태도는 기존 지배담론의 근거로서 작용하고 있었던 가부장적 태도를 그대로 답습하고 있다. 곧 여기에는 자신들이 부정하는 군사독재의 기반을 이루고 있는 가부장적 세계관을 똑같이 공유하고 있었던 1970년대 남성 지식인들의 자기 한계가 드러나 있다.

반면에 여성의 문제를 여성의 시각에서 다루기 시작한 것은 1970년
대 후반에 들어서서야 가능해졌다. 1970년대 말에는 유신체제의 강압적
인 분위기에서 마당극 운동 담당자들이 민주노조 안의 탈춤반과 연극
반의 지도강사로 나가 노동자들에게 탈춤과 연극을 가르치면서 공동창
작의 형태로 마당극을 만들기 시작했다.[26] 1970년대 노조탄압의 대표적
인 사례인 동일방직 사건을 소재로 하고 있는 〈공장의 불빛〉(1979) 등이
이 시기의 결과물들로, 이 시기에 실질적으로 마당극 내의 연극 생산
주체가 교체되었다고 볼 수 있다. 그리고 1980년대에 들어 대학 내 여
성 지식인들('여대생')에 의해 본격적으로 여성의 현실이 문제되기 시작
했는데, 〈소리굿 아구〉와 동일한 기생관광의 문제를 다루고 있는 이화
여대 사범대 연극회의 〈닷찌풀이〉(1984)[27]라든가 가부장적 분위기의 사
업장 내에서 어렵게 노조를 결성해나가는 여성 노동자들의 이야기를
다룬 이화여대 총연극회의 〈딸〉(1986)과 같은 작품들이 그 예이다. 이상
남성 중심적 민중담론 내에서 여성 중심적 시각이 가능해진 것은 1980
년대에 들어서서, 그것도 여성 창작 주체의 출현과 밀접한 관련을 가지
고 있다.

지금까지 1970년대 민중담론 내에서의 여성 재현의 양상을 살펴보았
다. 1970년대의 민중담론은 당시 급격한 사회계층간 계급분화의 현실을
반영하고 있는 한편 새롭게 부상한 '민중'이라는 존재에 대한 전폭적인
긍정을 통해 사회 변혁을 이루고자 했던 시대적 의의를 가지고 있다.
그러나 다른 한편으로 이러한 민중담론은 여전히 남성 중심적 논리에
의해 구축되고 있는데, 1970년대에 새롭게 등장한 여성 인물들에 대한
이들의 철저한 거부의 태도가 그 예이다. '공순이'는 비록 민중적 관점
에서 연민의 대상으로 여겨지기는 했지만 민중의 주체세력으로 함께
성장해나갈 적극적인 존재로 여겨지지 않았으며, '여대생'은 미래의 여
성 지식인으로의 역할 대신 부르주아 계급의 부속물 혹은 성적 대상으

로 비하되었고, 기지촌 여성인 '양공주'는 민족적 자존심을 훼손시키는 존재로 경멸되었다.

결국 여기에서 알 수 있는 것은 이 시기까지 여성은 하나의 주체, 혹은 하나의 계급 주체로서 온전하게 인정되지 못했다는 점이다. 그러나 유신체제로 상징되는 파시즘적·가부장적 지배 권력이 강력하게 작동하고 있었던 1970년대적 현실 속에서 여성은 남성/여성이라는 또 하나의 계급적 현실에 처해 있었다. 이 시기의 여성들은 정당한 사회적 주체로 인정되지 못했고, 그럼으로써 기생적인 존재방식을 취할 수밖에 없었다. '사모님' 혹은 '복부인'의 명칭으로 비난받았던 중산층 여성들, '공순이'와 '양공주'로 불릴 수밖에 없었던 하층계급 여성들은 자기 자신만의 주체적인 삶의 형태를 '선택'할 수 없었고, 그녀들이 처하게 된 현실적인 조건으로부터 기인한 기생적인 존재방식으로 인해 아무런 전망도 대안도 없이 쉽게 비난받거나 폭로되는 대상물이 되곤 했다. 그러나 이러한 일군의 부정적 여성인물들은 명백히 1970년대라는 구체적인 역사의 산물로서 좀더 세밀한 분석이 요청되고 있다.

3. 그 외의 지점들

이상 1970년대 희곡을 중심으로 민중 담론과 여성 재현의 양상을 살펴보았다. 1960년대 이후 1980년대까지 한국 현대사는 반공 이데올로기에 의한 민족주의 담론이 절정을 이루면서 '조국 근대화'라는 남성 중심적 발전논리가 헤게모니를 장악했던 시대였다. 특히 1970년대는 유신체제로 상징되는 파시즘적 지배논리가 관철됐던 시대로, 이러한 지배논리는 기존의 전근대적·가부장적 이데올로기에 기반한 권위적이고 폭압적인 성격의 것이었다. 그리하여 이에 대한 대항담론으로 형성됐던 민중담론 또한 치열하고 극단적인 방법으로 전개될 수밖에 없었다.

그런 맥락에서 민중담론 또한 역설적으로 자신이 부정하고자 했던 지배담론의 가부장적·남성 중심적 세계관을 공유하고 있었다. 이는 한국사회가 개방의 물결을 타게 되는 1980년대 중반까지 지속됐던 상황으로, 1970년대의 역사 주체로서의 여성은, 급속한 근대화·자본주의화의 결과로 나타난 세대분화·계급분화 등으로 격렬한 갈등을 겪고 있었던 사회 변동 속에서 여전히 소외된 처지에서 자신만의 주체적인 위치를 찾지 못하고 있었다. 그리하여 1970년대의 남성 주체에게, 그리고 여성 주체에게도 여성의 문제는 부차적인 문제 혹은 문제 삼아서는 안 되는 문제로 인식되었다. 사실 이러한 성맹적(性盲的) 의식은 보다 근본적으로는 남성 중심적 사유구조를 가지고 있는 근대 자체와 연관되는 것이지만, 투쟁과 혁명의 절박한 시기를 거쳐 왔던 한국사회 내에서 더욱더 강력하게 내면화되고 정당화되어온 면이 있다.

그러나 1970년대에는 노동자·농민 등이 '민중'의 이름으로 새롭게 발견되고 호명되고 있었던 것처럼, 성별 분업의 산업구조로 인해 어머니, 아내, 딸 등 가족과 관련된 기존의 여성 역할과는 다른 '새로운 여성들'이 출현하고 있었다. 가정 내의 개별화되고 원자화되어 있는 위치에서 벗어나 집단의 형태를 이루고 있는 여성 노동자('여공'), 여성 지식인('여대생') 등의 출현이 그것으로, 이들은 1970년대의 사회 주체들과 새로운 갈등관계를 형성하고 있었다. 그러나 1970년대 희곡에서 이러한 여성의 현실은 외면되거나 간과되었다. 제도권 연극인들의 관념적 여성 인식이 그렇고, 마당극 연행자들이 여성의 문제를 중요하게 다루었음에도 불구하고 이를 민중적·민족적 관점으로만 환원시켜버리는 경향도 그렇다.

그럼에도 불구하고 마당극에서의 여성 재현 방식은 주목을 요한다. 기존의 무대에서와는 달리 여성은 구체적인 역사성을 획득하고 있기 때문이다. 마당극에서 여성은, 비록 부정적으로 그려지고는 있지만, 관념적 차원에서 신비화되거나 이상화되지 않고, 자신이 속한 가족의 계급적 이익의 재생산에 몰두하는 뚜렷한 계급의식을 가지고 있거나('사모님' 혹은 '복부인'), 억압적이고 가부장적인 직장 내 권력과 맞서 노조를 결성해나가는('여공') 등 구체적인 행동을 가지고 무대 위에 서고 있다. 곧 마당극에서는 이전과는 달리 훨씬 구체적인 여성 인물이 그려지고 있다.

한편 이와 관련해서, 민중담론 이외의 지점에서 여성 재현의 양상 또한 좀더 구체적으로 살펴볼 필요가 있는데, 동시대 여성 극작가의 경우라든가, 동일한 시대적 맥락에서 민중담론과는 별도로 새로운 여성인물형을 제시하고 있는 오태석·이현화의 경우 등이 그렇다. 먼저 동시대의 여성 극작가들은 아직 이 시기까지 충분한 활동이 보장되지 않은 채 여전히 소외된 위치에서 위축된 작품 활동을 펼치고 있었는데, 결국 그녀들은 각각 단절되고 제한된 위치에서 여성(주의)적 시각 또한 의식적으로 전유할 수 없었다.28) 그녀들은 국가든 민족이든 민중이든 남성 중심적 거대담론의 시대에 무력할 수밖에 없었고, 1970년대 민중담론과도 역설적인 관계에 있었다.

그리고 오태석과 이현화는 각각 전통적인 방식과 현대적인 방식의 극작술을 지닌 지극히 대조적인 작가들이지만, 이전과는 다른 방식의 새로운 여성인물들을 제시하고 있다는 점에서 공통점을 갖는 작가들이다.29) 오태석은 굿에서의 모권적 비전을 보여주는 여성인물을 재현해내고 있으며, 이현화는 가학·피학증적 관계에 있는 남녀를 통해 기존의 가족 이데올로기에서는 철저히 배제하고 있었던 성(sexuality)의 문제를 부각시키고 있다. 따라서 오태석과 이현화는 각각 남성 작가에 의한 여성적 비전이라는 측면에서, 그리고 남성 작가에 의한 성담론의 제기라는 측면에서 흥미로운 관심의 대상이 된다. 그리고 무엇보다도 민중담론에서와는 달리 이들 작품 속에서 여성인물이 중심적인 역할을 하고 있는 것을 어떻게 해석해야 할지에 대해서도 새로운 문제제기가 가능하다.

기든스의 논의에서처럼, 현대는 기존의 이성의 영역·공적 영역과 대비되는 친밀성의 영역·사적 영역이 점차 중요해지고 있다. 이에 따라 전통적으로 공/사 분리에 의해 친밀성의 영역의 전문가로 불리던 여성이 이러한 구조변동의 담당자30)로 새롭게 주목을 받고 있다. 또한 성(sexuality)은 여성만의 문제로서가 아니라 근대 자체에 결핍되어 있었던 사적 경험의 영역으로서, 특히 "자아의 성찰적 기획의 핵심"31)으로 중요하게 부각되고 있다. 따라서 앞으로 여성성의 논의는 근대성과 관련하여 더욱 섬세하게 짚어볼 필요가 있다. 이 글에서 살펴본 진보진영의 민중담론은 여전히 남성 중심적 근대 논리 안에 머물러 있었던 1970년대에 대한 또 하나의 은유라고 할 수 있는데, 그럼에도 불구하고 여성의 현실이 중요하게 취급되고 있는 것 자체는 여러 가지 면에서 시사적이다.

주석

1) 김영·김유선·김효선·배은경·정현백·지하은희, 「페미니즘 담론과 여성운동의 다리놓기」, 『여성과사회』 8호, 창자과비평사, 1997, 24면.
2) 이남희, 「'상상력'으로 열어가야 할 새로운 지평―90년대 성담론」, 『창작과비평』, 창작과비평사, 2002년 가을, 79면. 이 시기에 성의 주제가 구체적인 학술적 관심사로 등장하기 시작했는데, 예컨대 미셸 푸코의 『성의 역사』 1~3(나남출판, 1990), 앤소니 기든스의 『현대사회의 성·사랑·에로티시즘』(새물결, 1996), 『프로이트 전집』 1·20(열린책들, 1997~1999), 빌헬름 라이히의 『성혁명』(새길, 2000) 등이 번역되어 나온 것도 바로 이 시기이다.
3) 김영 외, 앞의 책, 32~43면.
4) 이러한 대중적 인식은 대략 1860년대부터 1920년대까지 초창기 여성운동의 목표였던 투표권 획득을 위한 여성참정권 운동, 그리고 1960년대 이후 현대 페미니즘의 여성해방 운동의 급진적이고 투쟁적인 양상에 대한 남성 주체들의 심리적 거부감으로 인해 형성된 일면이 있다. 여성운동의 이러한 과격한 투쟁 양상은 남성 주체뿐만 아니라 여성 주체들에게도 심리적인 불편함을 안겨주는데, 이른바 "나는 페미니스트는 아니지만 그래도……" 증후군이 그것이다. 1960년대까지의 페미니즘은 일부 소수의 과격하고 고지식한 여성들에 의한 운동이라는 그릇된 편견으로 대중들에게 받아들여졌고, 그리하여 페미니즘이라는 용어는 그 급진적 정치성에도 불구하고 희화화되거나 상업적으로 손쉽게 이용당하면서 대중들에게 진지하게 어필되지 못했다. 페미니즘이라는 용어는 페미니스트들의 의도와는 달리 대중들에게 온전하게 '전유'되지 못했다.

5) 김동춘, 「1960,70년대의 사회운동」, 『한국사』 19, 한길사, 1994, 322~324면.

6) 이효재, 「분단시대의 여성운동」, 『분단시대의 사회학』, 한길사, 1985, 331~346면.

7) 박조열, 「흰둥이의 방문」, 『오장군의 발톱』, 학고방, 1991.

8) 이는 이강백의 초기 작품 거의 모두에게서 발견되는 모습이다. 이들은 시민 가·나·
다·라·마(「다섯」과 「알」) 혹은 가씨·나님·다분·라양·마군(「우리들 세상」), 나
암·소온·이이·자앙·바악·조오·기임·사아(「미술관에서의 혼돈과 정리」), 니임·
노옴·그이·여인(「개뿔」) 등 익명의 호칭으로 불리고 있으며 위축되고 과장된 행동으
로 웃음을 자아내는 인물들이기도 하다.

9) 이강백, 「다섯」, 『이강백 희곡전집』 1, 평민사, 1982.

10) 이강백, 「파수꾼」, 위의 책, 1982.

11) 이강백 작품에는 이러한 약속의 모티브를 자주 발견할 수 있다. 「내마」에서의 실성과
내마의 약속, 그리고 눌지와 내마의 약속 등이 그것이다. 또한 「우리들 세상」, 「셋」, 「보
석과 여인」에 나타나는 여러 종류의 게임도 이러한 약속 모티브의 변형이라 할 수 있다.

12) 최인훈, 「옛날 옛적에 훠어이 훠이」, 『옛날 옛적에 훠어이 훠이』, 문학과지성사, 1979.

13) 1970년대 후반 지식인 중심의 사회운동은 노동 현장과의 연계 등으로 민중문제를 몸으
로 체험하게 되고, 적극적인 민중지원운동을 펼쳐나간다. 즉 "지식인들의 민중지원운동
은 1960년대 지식인의 엘리트주의적 자아관과 현실관을 극복하고 지식인이 민중의 삶에
적극 동참하여야 한다는 문제의식으로 발전된 것으로서 커다란 역사적 의의를 갖는 것
이었다. 그러나 이들의 민중문제에 대한 접근방식은 여전히 '시혜자'로서의 입장에서
벗어난 것이 아니었기 때문에 민중을 지나치게 미화하거나 대상화하는 태도가 강하게
남아 있었다." 김동춘, 앞의 책, 310~311면.

14) 최인훈, 「둥둥 낙랑둥」, 『옛날 옛적에 훠어이 훠이』, 문학과지성사, 1979.

15) 이영미, 『마당극 양식의 원리와 특성』, 한국예술종합학교 한국예술연구소, 1996, 23면.

16) 1970년대 대학 탈반, 연극반 등 문화패의 형성과 마당극과의 관계에 대해서는 김현민,
「1970년대 마당극 연구」, 이화여대 석사논문, 1993, 15~27면.

17) 마당극은 번역극보다는 창작극을, 서구 무대극보다는 전통극적 요소를 차용한 야외
극을 중시했으며, 연극을 부분적인 예술운동의 측면에서뿐만 아니라 전체 사회·문화
운동의 한 측면으로 간주했다. 즉 이 시기 마당극에 의해 '연극' 개념에 대한 전복이
이루어졌다.

18) 이영미는 마당극의 역사적 흐름을 크게 4시기로 나누고 있다. 1960년대의 맹아기를
거쳐 1970년대의 형성기, 1980년대 초중반의 양식의 안정과 양적 팽창기, 그리고 1987년
이후가 그것이다. 여기서 1970년대 마당극 형성기의 주체는 지식인 중심이라 할 수 있고,
이후 1980년대에 가서야 마당극이 대중적으로 확산되면서 창작 주체 또한 현장중심, 지
방극단 중심으로 옮겨가게 된다.

19) 박영정, 「1970년대 김지하 희곡 연구」, 한국극예술학회 2002년도 3차 정기학술발표회
자료집, 3면.

20) 이영미는 마당극의 가장 대표적인 미의식으로 풍자와 해학을 들고 있다. 한편 이영미
는 마당극의 지배적인 미의식으로 '풍자'를 꼽는 통념에 반대하여 마당극의 낙관적 전망,
관중과의 관계 등을 이유로 들어 오히려 '해학'이 마당극의 중요한 미의식임을 강조하고
있다. 이영미, 앞의 책, 257~265면.

21) 위의 책, 262면.

22) 김지하, 「소리굿 아구」, 『똥딱기 똥딱』, 동광출판사, 1991.

23) 이 작품은 "60년대 초 대일 굴욕 외교 이후 일본 자본이 한반도에 재진출함에 따라 정치 경제적 침투가 노골화되고 사회 문화적으로도 예속화되어 가는 현실을 특히 기생 관광에 초점을 맞춘" 작품으로 설명되고 있다. 김석만, 「새로운 천지굿을 기다리며」, 『똥 딱기 똥딱』, 253면.

24) 김현민, 앞의 책, 54면. 〈소리굿 아구〉의 실제 공연상황 및 연출방식에 관해서는 김현민 과 마당극 관계자들과의 대담 참고.

25) 반면에 동일한 일본인 기생관광 문제에 관심을 가져왔던 여성 운동 주체들은 이 문제 가 일제강점기 '정신대'의 문제로까지 연결되고 있다는 인식을 가지고 이를 역사적으로 접근하기 시작했다. 그러나 이러한 인식은 오랜 시간 동안 동시대인들, 특히 남성들에게 공유되지 못한 채 묻혀있었고, 1980년대 후반, 1990년대 초에 이르러서야 여성 주체 스스 로의 노력에 의해서 비로소 문제 제기되기에 이른다.

26) 이영미, 앞의 책, 44~45면.

27) 동일한 기생관광 문제를 다루고 있는 〈소리굿 아구〉와 〈닷찌풀이〉의 가장 큰 차이점은 〈닷찌풀이〉의 공연 참가자들이 기생관광의 문제를 일제 말기 정신대 문제와 연결시키고 있다는 점과, 1970년대의 산업현장에서 노동자들이 '산업역군'으로 호명되며 혹독한 착 취를 당해온 것처럼 하층계급 여성이 새롭게 '관광역군'으로 호명되고 있으며 그 과정에 경제학 교수, 관광협회 이사, 한국관광공사 등 국가 차원의 권력이 적극적으로 개입되고 있음을 간파해내고 있다는 점이다. 〈닷찌풀이〉에는 '관광요원 교육 세미나', '관광요원 선서' 등이 사실 보고의 차원에서 충실히 재연되고 있다(「닷찌풀이」, 『민족극대본선 2』, 풀빛, 1988 참고). 그 외 동일한 기생관광 모티브를 다루고 있는 윤대성의 〈너도 먹고 물러나라〉(1973)도 이러한 맥락에서 함께 비교해보는 것도 흥미로운 분석이 될 것이다.

28) 1970년대 여성 극작가의 예로 전옥주를 들 수 있다. 전옥주의 작품에는 이강백의 군중 의 모습을 연상시키는 무력하고 나약한 '낮공원 산책자들'이 등장한다. 그러나 이강백의 군중이 좀더 잔인하고 소극적(笑劇的)으로 희화화·양식화되어 있다면, 전옥주가 그리 고 있는 군중의 모습은 무기력하고 나약한, 1970년대 현실을 거의 그대로 모사하고 있다. 예컨대 전옥주의 〈낮 공원 산책〉(1972)에서는 실직자, 도둑, 창녀, 불량학생, 퇴직교사, 정체불명의 괴신사, 집을 나와 떠돌아다니는 부인 등 1970년대 도시의 거리를 배회하고 다니는 여러 인물들이 등장하고 있다. 전옥주의 군중에 대해서는 김옥란, 「한국 현대희 곡에 나타난 여성성과 근대성」, 한양대 박사논문, 2001, 99~111면.

29) 김옥란, 「1970년대 희곡과 여성 재현의 새로운 방식」, 『민족문학사연구』, 민족문학사 학회, 2004.11 참고.

30) "현대성이 시동을 걸어놓은 친밀성의 구조변동은 **사실상** 여성들이 담당하게 되었다. 제도적 억압체계는 공적 영역에서 여성을 배제하였기 때문에 출발에서부터 긴장에 빠 지게 되었다. 남성들이 여성의 속성을 탐구하는 것은 단순히 이성에 대한 전통적인 관심 의 표현이 아니다. 지금껏 남성들이 알지 못했던 자기 정체성과 친밀성의 영역, 바로 남성들이 거의 들어갈 수 없었던 새로운 질서의 사회적 삶의 영역을 탐구하는 것이다." 앤소니 기든스, 배은경·황정미 역, 『현대사회의 성·사랑·에로티시즘』, 새물결, 1996, 264~5면.

31) 앤소니 기든스, 앞의 책, 268면.

구축과 해체, 현대성의 새로운 모험
1980~1989

절정의 곡예사들

1980년대 한국시의 전개

정과리

1.

　화려했던 시의 시대는 지금 자취도 없는 듯이 보인다. 비록 저널리즘의 과장이 끼어들기는 했지만, 80년대 전반기의 문학을 휩쓴 것은 분명 시의 홍수였다. 그리고 그것에는 그 나름의 까닭이 없는 것이 아니었다. 그것은 무크의 파도를 타고 범람하였다. 그 점에서 그것은 발빠른 문화를 요구하는 시대의 산물이었다. 그것은 기존의 등단 절차를 비웃으면서 확산되었다. 그 점에서 그것은 문화의 민주화, 세속화 과정 속에 놓인다. 노래시·벽시 주창과 함께 그것은 장르 해체의 주장을 낳았다. 그 점에서 그것은 새로운 문학의 궤도로 진입하는 로켓이었다. 요컨대 시의 시대는 이념·제도·형태에 있어서 두루 진보주의의 시대였다.

　아니다. 또다른 이유들이 숨어 있었다. 시가 만발한 광장의 시간적 전면에는 70년대 문학에 대한 권력의 살해가 있었고, 그것의 공간적 전면에는 정치적 정복을 달성한 권력의 문화적 관용이 있었다. 시의 꽃들이 흐드러지게 피어난 곳은 정확히 정치적 울타리의 바로 안쪽이었다. 누구나 시인이 될 수 있었던 시대, 누구나 좋은 시 한 두편은 가지고 있었던 그 시대의 시는, 그러나, 그 기세등등하던 70년대의 문학, 문화의 영역을 독점하고 과학적 분석과 정치적 발언을 도맡아 왔던 문학의 어처구니없는 무기력에 대한 자기 모멸을 은닉하고 있었다. 장르 해체의 주장은, 그러나, 문학 그 자체에 대한 의심은 수반하고 있지 않았으며 더 나아가, 벽시도, 노래시도 모두 '시'의 이름으로 불리우길 원함으로써 부르조아 문화에 대한 향수를 알게 모르게 흘리고 있었다. 시의 팽창은 문학사회학적 현상이었지, 문학의 위기를 타개하려는 실천적 노력의 하나는 아니었다. '시의 시대'라는 말이 저널리즘적 과장이라는 이유가 여기에 있다. 그 때에도 좋은 시는 많지 않았다. 그 때에도 현실과 문학의 동시적 갱신을 온몸으로 밀고 나가려 한 시는 여전히 적었다.

어쨌든 식탁은 만찬이었고, 그 자리엔 모두가 요리사며 동시에 회식자로 초대되었다. 그 민주화가 『홀로 서기』와 『접시꽃 당신』에 와서 절정에 달했을 때, 시는 문득 맥이 빠지기 시작하였다. 대체로 6월 항쟁과 시간적 궤적을 함께 하면서 시에 대한 사람들의 열광은 대하 소설로 서서히 옮겨가고 있었다.

2.

그 많은 문학 쟝르들 중에 왜 그때는 시가 돋보였던가? 가장 광범위한 동의를 얻은 대답은 기동력이었다. 글쓰기와 글읽기와 배포가 모두

굼뜬 산문 장르(특히, 소설)에 비해서 시는 생산과 유통과 수용 전반에 걸쳐 속도를 거의 무시할 수 있고 따라서 숨돌릴 여지를 주지 않는 압제적 현실에 가장 신속한 응전을 할 수 있다는 것이었다. 한국인에게 시는 감정과 거의 동의어라는 점을 염두에 둔다면, 그러한 진단은 충분히 수긍될 수 있을 법하다. 그러나, 적어도 두 가지 이상의 이유가 더 있다.

우선, 앞의 것을 교환의 직접성이라고 이름붙일 수 있다면, 가담의 직접성이라고 할 만한 것이 있다. 허물어진 벽을 넘어 문학의 성으로 진입하는 데에 시는 가장 효율적인 복구 자원일 뿐 아니라, 입성의 자격을 부여해주는 가장 보편적인 호패였다. 그것은 열정의 돌일 수도, 전시의 뱃지일 수도 있었다. 그러나 이 보다 더 중요한 이유가 있다. 진리의 직접성이라고 이름붙일 만한 것이 그것이다. 지금까지 시는 항상 진리의 달을 직접 가리키는 손가락이었다. 손가락이 중요한가, 달이 중요한가 라는 논쟁은 있었지만, 시가 달의 주변을 배회하지는 않는다는 것은 자명한 쟝르적 특성으로 받아들여져 왔다. 80년대 전반기의 시도 그 성격에 존재 근거를 두고 있었다.

그것의 풍요는 진리의 전면적 상실의 시대가 진리의 전면적 복원을 사람들에게 요구하고 있었다는 정황적 사실에 밑받침되어 가능할 수 있었다. 사람들은 한 마디 말로 이 세상의 악마성이 설명되고 단죄되기를, 저 세상의 광휘가 우리의 마음 속에 재림하기를 열망하고 있었다.

그렇다. 80년대 전반기의 한국시는 광주로부터 시작하였다. 광주 체험은 "원죄와도 같은 결정적인 모티브"(성민엽)가 되었고, 시인이면 누구나 '그해 5월'에 대해서 한편 이상의 시를 썼다. 그와 나란히, "아우슈비츠 이후에도 시는 존재할 수 있는가"라는 고통스러운 물음이 있었다는 점에서, 시의 폭발은 일종의 아이러니였다. 시인들은 시를 쓸 수 없게 만드는 상황에서, 그럼에도 불구하고 시를 썼거나, 이 세상이 시를 쓸 수 없게 한다는 내용의 시를 씀으로써 시의 존재를 입증하려고했다. 시의 목을 움켜 쥔 그 의문법의 명제는, 그러니까 실은, 사실을 가리키는 것이 아니라, 가치를 부추기는 명제였다. 역설의 가치, 진리의 전면적 상실의 순간이 진리의 전면적 재수립의 계기라는 당시의 보편적 역설에 행동의 불을 당기는 것이 그 명제의 실질적인 의의였다. 절대 부정이 절대 긍정으로 전화하는 바로 그 순간 텅빈 허무의 시적 공간은 동시에 무한한 가능성으로 충만할 것이었다. 절대 부정과 절대 긍정이 항상 모순의 관계를 이루지는 않는다. 부정이 곧 긍정의 전제가 되는 경우도 있으며, 80년대의 집단 무의식은 적절한 사례이다. 그렇게 되기 위해서는 그 진술에 시간과 지역이라는 범주를 끼워넣는 것만으로 충분했다. 채광석과 김정환이 거듭 역설했듯이 민중의 헐벗음을 풍요로 바꾸는 것이 문제가 아니라, 민중의 헐벗음이야말로 새 세상에서의 민중의 주인됨을 보장해주는 가장 확실한 징표였다. 전시대의 논의들이 단칼에 적의 논리로 매도된 것도 이때였으며, 운동권의 세대 교체의 주기가 급격히 짧아지기 시작한 것도 80년대였다. 문학의 차원에서, 그것은 기존의 문학적 관습과 규범에 대한 정면 도전을 낳았다. 그것이 이룬 최대의 문학적 혁명은 그때까지의 문학이 기대어 있던 인문주의적 신화를 발가벗겼다는 것이다. 시는 사람의 산물이 아니라, '시를 쓰게 하는 것' 그 자체로 환원되었다. 시를 쓰려면 안목과 기교를 길러야 한다는 전시대의 묵시적 동의는 도대체 어떤 안목이며, 무엇을 위한 기교인가 라는 회의와 항변에 파묻혀버렸다. 시는 시를 읽을 줄 아는 사람들의 전유물에서 만인의 항유물로 바뀌어졌다. 80년대의 시는 시 자체를 부정함으로써 자신의 시를 세웠다. "나는 파괴를 양식화한다"는 황지우의 그 유명한 발언은 80년대 전반기의 문학적 분위기를 축약하고 있었다. 아니다. 80년대 시의 호전적 낭만주의가 자기 부정을 새 세상의 원리 자체로 삼은 경우는 드물었다. 진리의 전면적 복원이 항상적 강박관념이었던 것과 마찬가지로, 파괴가 양식화되기 까지의 시간은 지나치게 지루할 수도 있었다. 그것을 앞당기기 위해서 부정의 대상은 자신에게서 타자로 옮겨지고, 현재는 과거로 내던져질 수도 있었다. 80년대 시의 자기 부정은 거대한 긍정의 세계를 도입하는 계기에 불과할 수도 있었다. 사회과학과 신화가 거리낌없이 시를 자처하게 되는 일('민중시'와 '시운동')이 실제로 일어났다. 거기서 시는 사람의 산물이 아닌 대신, 무당과 계급의 산물이었고, 시는 교양과 기술을 요구하는 대신, 이념에 복무하는 도구이거나 감각에 몸을 내맡길 때 솟아나왔다. 창조의 신화는 제작 혹은 방류의 신화로, 인문주의적 신화는 정치적 혹은 원시적 신화로 대체되었다.

3.

　광주(정치적 압제)만이 80년대 한국사회를 규정하는 것은 아니다. 광주와 더불어 생겨난 새로운 양상은, 사회적으로는 '거대 소비사회'로의 진입이었고, 문화적으로는 '탈(脫)―문자문화'(전자 · 기계문화, 스포츠, 영상)의 가속화된 발달을 들 수 있을 것이다. 그리고 그것은 한국 자본주의의 예기치 않은 성공에 많은 것을 빚지고 있었다. 그러나, 적어도 80년대 전반기에 있어서 그 새 양상들은 정치적 현실을 은폐하는 알리바이로서 인식되었고, 또 상당부분 그렇게 기능하였다. 이 반문학적, 특히 반시적 양상들이 시의 폭발에 큰 영향을 미치지 못한 것은 그 때문이 었다. 그러나 그렇다고 해서 그것들이 간단하게 무시될 성질의 것은 아니었다. 실상 그것은 거꾸로 시의 폭발을 부채질해주는 역할을 담당하였다. 거대 소비사회와 탈―문자문화의 조합으로 태어날 것이 이른바 '기호―교환가치'가 지배하는 사회이고, 집없는 기호들의 자동 번식이라면, 그것은 잠정적으로 문자에 기생해 육체적 생명을 확대시켰고, 그때 시는 그것들이 그것을 낡은 외투처럼 벗어버리게 될 때까지 아주 마줌

한 숙주가 되었다. 똑같은 형태, 똑같은 내용의 말들이 표현만 바꾸어지칠 줄 모르고 재생산되었다는 것, 질리는 법 없이 그것들에 열광하면서 끊임없이 시인을 갈아치우는 독자들의 존재는, 요컨대 시인은 세상을 발견하는 대신 규정하기를 즐기며, 독자는 시에서 무엇을 깨우치기보다는 이미 알고 있는 것을 다채롭게 확인하기를 원하는 사회심리학적 현상은 그러한 사실에 대한 가장 확실한 증거라고 할 수 있다.

자본주의의 가공할 문화적 특징은 그 불가사리적 성격에 있다. 그것은 자신에 대한 가장 격렬한 비판조차 자신의 일부로 빨아들인다. 많은 비판 문화들은 자신이 자본주의의 늪에 깊이 빠져든 후에야 그 사실을 알게 된다. 자본주의 자체의 측면에서 보자면 그것은 그것이 변신에 아주 뛰어나다는 것을 의미한다. 단 한가지, 그 방향은 일률적이다. 모든 살아 있는 것들에게서 넋을 빼앗아버리는 것. 다시 말해 삶의 시공간적 깊이와 굴곡을 제거하고 조각들의 무한한 자의적 조합으로 이루어지고 증식하는 자동 세계를 이루는 것. 시기가 무르익으면 그 세계의 주도체 자체가 그 자동 증식 과정 속에 편입될 것이다. 무수한 기업들이 발흥하고 도산하며 자본주의 경제를 확대시킨 초기 자본주의의 양상은 그 계통적 과정에 대한 개체적 한 모습이라 할 수 있으며, 현대 사회에서의 정치적·경제적·문화적 권력의 세분화, 다국적 기업으로부터 국제 기업 연합으로의 경제 체제 전환, 넓혀 말해 제국주의로부터 국가 연합으로의 전환은 그 미래적 현상에 대한 징조라 할 수 있다. 소외·사물화·획일화·파편화 등은 그러한 현상에 대한 가장 직접적인 문화적 인식이다. 사람에 따라서는 그 세계가 '멋진 신세계'로 보일 수도 있을 것이다. 삶의 뿌리를 무시해도 된다는 것만큼 멋진 일이 어디 있겠는가. 우리는 그러한 세대의 출현을 벌써 보고있다.

4.

　80년대의 한국시는 전면적 진실의 복원에 조급해 하면 할수록 편입의 회로에 빠질 가능성을 더욱 키우고 있었다. 진지한 사람들에 의해 우려되었던 그 당시의 각종 형태의 단편성은 한국시의 반현실주의가 현실의 물결에 휩쓸리고 있다는 것을 보여주는 증거였다. 그것은 사람들이 애써 위안했던 것처럼 역량의 미성숙이 아니라, 구조의 한계였다. 하지만 그것만으로 80년대 한국시의 성취가 부정될 수 있는 것은 아니다. 그것은 부인되고 단죄될 성질의 것이 아니라 불가피한 전제였다. 문제는 그것을 정직하게 받아들이고 어떻게 극복하는가에 있었다. 그것은 앞에서 말한 부정과 긍정의 긴장을 얼마만큼 잘 이끌고 가는가의 문제라고 할 수 있었다. 절대 부정에 대한 부정으로서의 절대 긍정의 세계가 자신이 부정한 세계와 똑같이 속도전과 물량주의에 휘말리고, 그와 똑같이 기호의 수사학에 빨려드는 그 속내에는 세계의 주도권을 대체하면 만사가 해결되리라는 소박하고도 끈질긴 욕망이 있었다. 그것이 절대 소외를 느끼게 하고, 동시에 마찬가지의 논리로 절대적 충만으로 들뜨게 할 수 있었다. 우리는 앞에서 헐벗음이 곧 주인됨의 전제임을 보았다. 그렇다. 그러나 중요한 것은 그 사실의 확인이 아니라, 헐벗음이 감추고 있는 새로운 삶의 풍요로운 가능성을 발굴하는 것이었다. 그러니까 실은 헐벗음이 전제가 아니었다. 현실의 자로 잴때 아무 것도 아닌 것이 그 자신의 새로운 도량형을 만들어내고 있다는 것, 현실에 의해 박탈되는 삶 속에 새로운 삶의 양식이 일구어지고 있었다는 것, 헐벗음이 아니라 새로운 형태의 풍요가 문제였다. 절대 부정을 절대 긍정으로 전화시키는것이 중요한 것이 아니라, 절대 부정 속에 움트고 있는 긍정의 싹의 발견과 북돋음이 80년대의 한국시가 실제 당면한 과제였다.

나는 그것을 '나머지'라는 말로 표현한 적이 있다(「80년대의 시생산」). "지배 체제의 가치 계산에서 남는다"는 것, 그것은 "현실로부터 소외되었다"는 발언보다 생산적이고 당당할 수 있다고 말했다. 그 성찰을 거쳤을 때 80년대의 시는 다시 현실로 되돌아 온다. 그것은 좌절을 승리로 성급하게 뒤바꾸려 하기 보다는 "비극을 비극으로 받아(들여) / 비극을 일상품목의 하나로 만"(김정환)든다. 그리고 비극이 그 스스로 생기로 전환하는 데에서 시들이 태어날 것이다.

무엇이 남는가? 지난 시대의 눈으로 볼 때 '시적인 것'은 현실에 남아 있지 않았다. 도저한 산문성의 세계, 무참히 무너진 삶의 유적들, 뜻없고 황폐한 일상만이 남아 있었다. "도큐 호텔에서, 5세기 후 발굴단 인부들이, 달라붙은 / 남녀의 화석을 긁어낼" 이 "디럽게 붙"은 세월 속에서 황지우는 "나는 미래를 포기한다"고 주기하였고, 최승자는 "개같은 가을"을 내뱉었다. 그러나, 바로 거기가 새 문학의 원천이었다. 그들에겐 그 더러운 현실을 제외하고는 기댈 데가 없었고, 그들이 그렇게 부인하려 한 과거는 그들 삶의 뿌리였다. 과거의 문학 또한 예외가 아니었다.

80년대의 직전에 '반시 선언'과 김광규의 「늦깎이」(덧붙여, 김준태의 '생명 예찬')가 있었다는 것은 무척 시사적이다. 그들은 일상의 문을 열고 들어가 시를 길어낸 최초의 시인들이었다. 그들의 명제가 '반—시'이었고, 그들의 문법이 산문의 뒤집기였다는 점에서 그들은 이미 80년대의 징후였다. 그러나 그들이 의미하는 바는 좀 더 복합적이다. 그들은 70년대가 80년대의 토대였음을 역으로 증거하고 있었다. 그들의 산문 속의 시, 시 속의 산문은 70년대의 문학이 문학과 현실의 대립 구조를 하나로 통일시키는데 기울여 온 노력의 연장선 상에 있었다. 문학 / 사회의 대립은 이미 서로의 살을 더듬고 있었다. 70년대의 비평은 그 통일으로의 지향에 반성 혹은 실천이라는 이름을 붙였다. 그 반성 혹은 실천이라는 명제가 구체화되면서 70년대의 문학은 '범속한 트임'의 세계로 진입하였다. 80년대 문학의 자양은 70년대에 있었다.

　그러나 어쨌든 80년의 의미는 '단절'이었다. 정치적 폭압이 모든 문화적 꿈들을 말살하였을 때, 그 통일으로의 지향은 다시 명제로 환원되었다. 하지만 본래의 대립으로 돌아갈 수 없는 것이 또한 시의 현실이었다. "시의 사다리"(황지우)는 이미 거두어져서, 시는 이미 현실 그 자체였다. 그때 80년대의 시가 처음 한 일은 현실을 거꾸로 비-현실로 만드는 것이었다. 그들은 현실의 한 복판에서, "사람이 사람을 괴롭히고, 그러나 죽지 않을 만큼 짓이"기는 이 현실을 "신비"(이성복)라 지목하였다. 벌어진 싸움은 문법과 비유의 싸움이었다. 현실을 합리화하는 논리와 그것을 추악의 늪으로 던지는 은유의 싸움이었다. 시는 현실의 이름으로 그 싸움을 벌임으로써 현실과 같은 힘을 얻을 수 있었는데, 하지만 싸우는 두 당사자가 실은 본래 하나였기 때문에, 상대방에 대한 싸움은 곧 자기 자신에 대한 싸움이 되지 않을 수 없었다. 그 싸움은 안팎이 없는 싸움이었고, 따라서 그것은 경계와 끝장을 모르는 싸움이었다. 80년대 시의 비유가 그렇게도 숨가쁜 변주를 보여준 것도, 80년대 시의 문법이 처절한 자기 해체를 수반한 것도 그 때문이었다.

　80년대의 시는 그 거대한 싸움을 통해서 현실 그 자체를 새로운 현실로 변형시켜나간다 그 문법과 비유의 싸움이 가장 직접적인 형식으로 맞붙었을 때 그것은 "피투성이 희망"(김정환)의 모순 어법, 아니 차라리 모순의 선포를 낳았다. 모순은 해소될 것이라기보다는 끝끝내 물고 늘어질 것이었다. 그 선언이 시이면서 동시에 관념이었기 때문에 그것은 크게 두가지 가능성을 앞에 두고 있었다. 모순의 개념 자신이 신비화되고 굳어버리는 것, 그리고 모순이 그 스스로 모순의 자손을 번식시키는 것. 물론 지금 우리의 관심은 두번째에 대해서이다.

　모순의 싸움이 잉태한 세계는 두루 '현실'의 이름을 가졌지만 그 모양은 다채로왔다. 그것은 현실의 들판 위에 전진의 바퀴를 굴릴 수도, 현실 안을 열고 나갈 수도, 현실을 타고 그 위에 두께를 입힐 수도 있었다.

그것을 모두 열거하기는 불가능하다. 나는 대강의 분류 체계만을 세운다. 우선, 생활의 세계가 발굴되었다. 그 이전까지 시의 관할이 아니라고 여겨졌던 생활의 생동하는 리듬이 시의 울타리를 단숨에 무너뜨린다. 그 리듬에 의하면 생활은 단조롭지도, 간난하지도 않은 것이었다. 그것은 "아 / 없어, 선명하게 없"는 "노동 속에 문드러"진 "지문"에 대한 분노와 "모래에 싹이 텄나 / 사장님이 애를 뺐나 / 이 좋은 토요일 잔업이 없단다"는 풍자와 "이불 홑청을 꿰매면서" 아프게 찌르는 "각성의 바늘"이 한데 어우러져 '노동의 새벽'(박노해)을 향해 넘쳐 흐르는 강물이었다. 그것은 "퍼낸다고 마를 강물이더냐고" "껄껄 웃"(김용택)는 여유와 저력을 또한 품고 있었다. 그 저력이 어디서 나오는가 하는 쪽으로 눈길을 돌렸을 때 80년대의 시는 '이야기'의 산중을 탐사하기 시작하였다. 이야기란 곧 내력을 의미하였고, 내력은 현실의 개별적 물상들의 밑바닥에 흐르고 있는 집단적 삶의 역사였다. 그것은 "바닷물에 담가 놓은 통나무"에 스며든 "바닷물"(최두석)이었고, 그 바닷물은 단순히 드넓음만을 속성으로 가진 것이 아니라, "변화와 발전"을 치루어내는 살아 숨쉬는 바다였다. 80년대 시인들은 그 이야기를 누룩으로 광포한 현실의 크기에 맞먹는 깊이와 분단과 폭압의 한국 현대사를 버틸 시간적 넓이를 가진 상상의 세계를 쑤어낼 수 있었다. 그 바다에 서식하고 그 바다에서 자란 어족들이 그 바다의 표면으로 솟아오를 때 그 바다는 또한 생명의 바다였다. 70년대의 인문주의의 양분을 흡수면서 그 세계를 넘어 선 것이 바로 이 생명 사상이었다. 그것은 인간 자유의 활달성을 빨아들이고 그것을 소화시켜 다시 세상 밖으로 흘려 보냈다. 그럼으로써 그것은 '인간다움'을 요구하는 인문주의적 궁정의 담을 헐고 보편적 참여의 광장을 넓힌다. 그에 의하면, 바윗돌을 뚫고 핀 민들레로부터 우르렁대는 천둥에 이르기까지 살아 있지 않은 것이 없었고, 세상은 그 살아 있는 것들이 엮어내는 화응과 융합의 세상이었다. 그 세상은 때로는 산문적 현실을 아우르면서 그것을 대 낙관의 경지로 여는 '훤한 세상'(고은)이며, 때로는 세상의 정제된 더러움을 혼돈 속으로 되던짐으로써 생기들이 충만하고 불꽃튀는 '요란법석'(『南』)의 세상이기도 하였다. 혹은 생명들의 기운, "생명의 황홀"은 생명들 자체에서 나오는 것이 아니라, 생명들 사이에서 피어올랐다. 시는 만물에 취하는 대신, "만물이 드나드는 길목이 많아서 / 만물교통의 중심이며 / 天地를 꿰고 있"는 "눈부신 아홉 구멍"의 '몸뚱아리 하나'를 열심히 놀려 모든 순간 다아 "내 열심에 따라 피어날 / 꽃봉오리"(정현종)를 피워내기도 하였고, 때로는 "내 눈이 他人을 완성시킨다!"(황동규)는 마음의 환한 자유로움에 이르기도 하였으며, 또는 그 사이가 죽임과 생명의 사이이기도 하여서, "바람이거나 구름이거나 귀신이거나간에 / 변하지 않고는 도리없는 땅끝에"서 "내 속에서 차츰 크게 열리어 / 저 바다만큼 / 저 하늘만큼 열리다 / 이내 작은 한 덩이 검은 돌에 빛나는 / 한 오리 햇빛 / 애린 / 나"(『애린』)의 하염없는 애가를 부르기도 하였다. 그것이 혼돈이든 트임이든 애조이든 자유자재로움이든 그 바다— 생명의 세계는 모두 '자기 해방'이라는 심리적 핵자를 가지고 있어서 거칠고 딱딱한 현실에 크고 무수한 하늘 구멍을 열어주고 있었다. 이 현실을 여는 생명의 활기가 또한 이 현실에 다름아니라면, 그 모순을 끝끝내 살아가는 시인들도 있었다. 그들에게는 "고상한 것, 근사한 것은 일용적인 것, 필수적인 것"과 다를 바 없어서, "가을의 누런, 지는 잎을 '내장의 고름'이라고 상상"(오규원·김현, 「무거움과 가벼움」)하면서, 그러나, 그 "화농하는 육체"에서 "꽃의 개화"를 그려내었다. 그들이 그리는 세계는 풍자와 야유의 세계이기도 하고, "부패하는 광물질"(이하석)의 고통의 세계이기도 했지만 동시에 "이 어이 거친 삶"의 세계이기도 하였다. 그 삶은 지속을 가진 불모와 생성이 동시적인 삶이었다. 그것은 현실과 한치의 오차도 없이 맞붙어, "발효하는 시체의 냄새"의 생산적 부패와 "보름달을 임신한 박이 배가 부르고 / 흰 달빛을 지붕에 환히 뿌리"(최승호)는 분산적 생산이 하나로 엉켜 나아갔으며, 등짐 진 '인고의 어머니' 품으로 파고 들어감으로써 누워 세상을 펼치는 '어머니의 사랑'(이성복)을 길어냈고, "가랭이가 찢어지"고 "내장을 모두 도려내 버리"는 사막의 길을 지우고 "가면 뒤에 있"(황지우)는 길을 찾아내었다. 모순을 끝끝내 살아 나가는 그 과정을 통해 그들은 "성냥개비로 별자리"를 다 태웠을 때 전체를 만났고, 한 사람의 생애에 온 세상의 생애가 가로지르는 '상관성으로만 존재하는' 존재들의 관계를 이루어내었다.

이 모든 것들이 80년대 시가 이룩한 거대한 성취였다. 이것이 정치적 현실과 왜 관련이 없겠는가. 나는 이것들이 87년 6월 항쟁의 문화적 밑자리를 이루었다고 감히 말할 수 있다. 80년대의 생산적인 시들이 나아간 그대로 6월 항쟁은 가능성의 혁명, 영구 혁명을 요구하는 모순의 혁명이었다. 그렇다. 모순은 폭발하거나 삭제되거나 지연되는 것만이 아니었다. 그것은 그의 내력, 생활, 생명, 삶을 스스로 이끌고 가면서 끊임없이 갱신되고 무한히 넓어지고 두꺼워 가는 통일의 역사이기도 하였다.

5.

6월 항쟁이 있었고 세상이 바뀌었다. 여전히 반―파쇼, 반―제국주의, 반―독점투쟁은 존재하고 있으나, 지배 권력도 자신을 변신시키는 데 능란했으며, 투쟁의 양상도 달라졌다. 문화적 차원에서 그것은 파묻혔던 의식들의 대지로의 부상과 80년대 전반기의 시를 내내 옥죄고 있던 죄의식으로부터의 탈피를 낳았다. 그 긍정적인 의미에서 깊이는 사라졌으며 '수평적 확산'의 구조를 가진 백화 제방의 시대가 도래하였다. 시는 죄의식을 벗어 던진 대신 80년 전반기에 그가 떠맡았던 역할, 즉 전면적 진리의 즉각적 복원을 담당할 특권도 함께 버렸다. 시, 그리고 문학 전반은 80년대 후반기에 광범위하게 퍼지기 시작한 새로운 문화적 체계들과 실제적으로 혼용되었다. 그것 또한 시가 감당해야 할 과제이며, 80년대의 시 내부에 항존해 온 경직화/활기의 모순도 시가 넘어서야 할 산이었다.

시는 여전히 제 일을 찾아가고 있었으나, 독자들은 서서히 시의 지대로부터 철수하고 있었다. 80년대 중반기에 『홀로서기』와 『접시꽃 당신』이 베스트 셀러가 되었던 게 아마 고비였던 것 같다. 그것은 시가 문화 영역에서 지배적 자리를 차지하고 있다는 특이한 한국적 현상을 가장 화려하게 증거해주는 것이었으면서, 동시에 시 안에 무수히 많은 이질적 문화 체계들이 기생하고 있다는 것을 보여주는 것이기도 했다. 그 시집들이 대대적인 판매량을 기록하여 국세청으로 하여금 가난한 문화 단체를 넘보게 한 것은 그것들이 대중의 문화적 욕구에 적절히 몸을 주었기 때문이었다. 이미 대중은 80년대 전반기가 마련한 토대 위에서 자기 드러냄의 문화를 요구하고 있었고, 시는 대중이 뛰어 놀 마당이 되기에는 지나치게 협소했으나, 중반기까지는 다른 문화 체계들이 아직 성숙해 있지 않았다. 시로서는 그것이 기회였겠지만, 다른 문화체계들에게 시는 의욕적인 활용의 대상이었다. 시는 그것들에게 시적 권위를 빌려주면서 동시에 감상적 수필, 일용할 위안의 휴게실이 되었다. 조만간에 보다 효율적인 문화 장치들이 출현할 것이며, 그것들이 80년대 중반기에 시가 누린 상품가치를 대체할 것이고, 이미 그 현상이 진행되고 있다. 전자 사서함은 '자신을 감춘' 문화들의 수평적 교류를 촉진시키고 있으며, 시, 비평들에도 저마다의 서랍을 제공하고 있다. 사족을 달자면, 이러한 깊이가 제거된 수평화 현상 자체는 문화사회학적 현상일 뿐, 도덕적 판단의 대상이 아니다.

물론, 다시 말하지만, 시는 여전히 제 일을 찾아가고 있었다. 앞에서 열거한 시인들이 활동을 멈추지 않고 있고, 그 연장선 상에서 새로운 시인들이 끊임없이 출현하였고, 하고 있다. 80년대 전반기의 시가 보여준 생활의 리듬은 "물결은 자신이 물결인지 모르고 / 산으로 들로 강으

로 도랑으로 / 떠다녔지만, 여기 저기 헤어지며 / 작은 부딪힘도 찢어짐
도 기억하면서 / 서서히 자신이 물결임을······ 몸으로 깨닫게"(백무산) 됨
으로써 삶의 굴곡을 획득하기도 하고, 이야기는 과거로부터 현실로 이
동해 '해학의 소리'로 변용되어 "현실의 어려움을 이겨내는 힘이 되어
주면서 또한 그것을 바라보는 사람에게는 그들의 어려움을 더 아픈 것
으로 받아들이게 하는 힘"(윤중호·박혜경, 「뿌리뽑힌 삶과 웃음의 내면화」)으로
크기도 하며, 모순의 거친 삶은 황폐한 "거리의 상상력"으로 나아가
"입 속의 검은"(기형도) 죽음을 끄집어내는 '그로테스크 리얼리즘'(김현,
「영원히 닫힌 빈 방의 체험」)의 갈래를 낳기도 하였다.

   80년대 후반기의 시는, 그러나, 달라진 지평선에서의 작업을 또한 감
당해야만 했다. 문화의 수평화 현상과 수평 문화의 확대라는 산업 정보
사회의 현상 앞에서 시는 그것과 몸을 뒤섞지 않을 수 없었다. 삶의 내
력을 추구하고 부패 속에서 개화를 보던 전반기의 시적 경향은 여전히
이어지면서, "거름"에 대한 육체적 느낌(허수경)이 생생하게 구체화되기
시작하고, 일상 속에서의 날 것 그대로의 감각, 경쾌하게 반동하는 감각
들이 신감각주의의 시인들을 만들어내고 있었다. 그들의 시는 80년대
후반기의 문화와 함께 커오면서 그것을 대변하기도, 그것에 대한 고뇌
를 보여주기도 한다. 그들은 그것을 교묘하게 뒤집어 그것 자체에 대한
풍자와 정치적 풍자의 복합적 세계를 낳기도 하고(유하), 그것 안에 숨어
있는 섬뜩한 '자기 애'를 낯선 물건처럼 꺼내 놓기도 하며(황인숙), 그것
과 과거로의 꿈 사이에 꾸불꾸불한 터널을 뚫기도(이창기) 한다.

   나는 모른다. 비교적 젊은 세대의 시들이 어떻게 발전할 것인가에 대
해서. 나는 다만 그들의 시를 문화사회학적 현상으로 보고, 동시에 그
현상과 문학이 나눌 교류 혹은 싸움으로 여기고 아직 모색할 뿐이다.
문학의 장래 전반에 대해서도 나는 모른다. 이제 문자문화의 자리를 대
신할 새로운 문화, 무선전신과도 같이 사방에 떠돌 무소부재의 문화 앞
에서 문학은, 시는 무엇을 할 수 있을 것인가? 아마도 문학은 그 뿌리없

는 문화의 뿌리를 되묻는 일에서 자신의 삶을 발견할지 모른다.[1)]

---

1) 이 글이 씌어진 지 17년이 지났다. 따라서 마지막 문단의 진술은 대폭 수정되어야 할 것이지만, 이 글이 씌어질 당시의, 최소한 나에게는 진실이라고 생각하는 정신적 분위기를 그대로 전달하기 위하여, 그대로 둔다. 80년대 이후의 시의 변모에 대해서는 여러 필자들에 의해 많은 글들이 씌어진 바 있으니, 그 글들이 참고문헌의 역할을 해줄 것이다.

민중적 서정과 존재 탐색의 공존과 통합
1980년대의 시적 지형

유성호

1. 1980년대 시의 배경과 자장

1980년대는 정치사적으로는 물론이고 사상사나 문화사적으로도 '광주민중항쟁'과 신군부의 등장에 의해 시작된다. 유신 정권의 몰락과 더불어 범국민적으로 형성된 새로운 사회에 대한 열망과 비전을 무참한 살육으로 좌절시키며 등장한 신군부 권력은 1980년대 내내 폭력과 억압으로 국민 위에 군림하였으며, 자연스럽게 우리 시 역시 그 같은 부도덕한 권력과의 날카로운 대결과 그에 대한 여러 불가피한 반응들을 반영하게 된다.

광주민중항쟁은 우리 민족사에서 매우 커다란 분수령이자 결절점(結節點)의 의미를 띤다. 그것은 3·1운동과 4·19혁명을 정신사적 측면에서 잇고 있고, 민중 의식을 기반으로 한 반(反)외세·반(反)독재의 성격을 견지하는 시민민주주의적 저항 운동이었다고 할 수 있다. 그만큼 광주 민중항쟁 이후 우리 시는 강렬한 정론성(政論性)을 띠면서, 지사적 열정과 혁명적 파토스를 결합한 분노의 목소리를 드러내게 된다. 따라서 1980년대 초기에는 체험의 직접성을 토대로 하는 거친 목소리가 이른바 '배역시(配役詩)'적 양식을 통해 나타나게 되지만, 시간을 더해갈수록 광주민중항쟁의 민족사적 대의에 눈떠가면서 다양한 양식적 표출을 보여주게 된다.

"오월 어느날이었다 / 1980년 오월 어느날이었다 / 광주 1980년 오월 어느날이었다"(김남주, 「학살·2」)에 나타난 시인의 분노와 격앙처럼 우리 시는 이러한 시대적 역학의 자장 안에 깊이 유폐되었으며, 도덕적 자아와 시적 자아 사이의 간극을 스스로 파기하고 그 둘을 통합하게 된다. 이 시기의 시편들 속에 구비된 이러한 저항력과 실천 의지는, 유례가 없을 정도의 민족민주 운동의 활력과 함께 다수의 민족·민중 지향의 시편들을 양산하였으며, 창작과 비평 모두에서 일종의 이념 과잉 혹은 정치 과잉의 현상을 드러내기도 하였다. 이때 등장하는 시적 흐름은 소재적으로만 본다면, '노동시'나 '농민시', 민중적 서정을 담은 시편들, 전교조 운동에 발맞춘 '교육 현장시', 혹은 통일 운동에 따른 '분단 극복의 시' 등이 많이 선보였다. 이들은 한결같이 운동사적인 내용이 시의 심층으로 수용되는 양상을 빚은 것이다.

그러나 시대의 가혹한 외압에도 불구하고 시의 자기 전개 과정에서 의미있는 내적 진화의 모습을 보인 시인들도 폭 넓게 활동하였다. 이들은 사회적 자아를 표나게 내세우지는 않으면서, 작품 안에 시대가 주는 소외감이나 좌절을 깊이있는 서정적 언어로 담아냈고, 일각에서는 기존의 시문법을 파괴함으로써 미학적 저항을 드러내는 형식 파괴의 '해체시'를 쓰기도 했다. 1980년대가 민족·민중문학이 일종의 문단적 헤게모니를 장악했던 시기였음에도 불구하고, 이들의 시는 이념이나 방법의 선험적 우위성을 인정하지 않고 저마다의 미학적 심화 작업을 폈다는 데 그 생성적 의의가 있다. 이러한 경향들은, 현실 사회주의권이 실질적으로 몰락하는 1980년대 후반까지 지속적으로 심화·확산되며 펼쳐지게 된다.

또한 1980년대 내내 실험되었던 '시적 리얼리즘'의 가능성과 성취에 대한 미학적 논의가 1980년대가 끝나는 지점에 시작되는데, 이는 우리 민족문학의 자산들을 논리적으로 해명해보려는 학구적 열의와, 당대에 만연하였던 '민족문학 위기론'을 미학적으로 극복해보려는 의욕이 통합되면서 배태된 움직임이었다. 그래서 '시적 리얼리즘'에 관한 논의를 정리하는 일은 시학 일반의 차원에서도 중요한 것이지만, 1980년대라는 특수한 역사적 시기를 이해하는 차원에서도 불가결한 일이 된다.

이 글에서 우리는 1980년대의 이러한 배경 안에서 펼쳐진 시적 '형상'과 '논리'를 차례대로 살펴봄으로써, 1980년대의 시사적 지형을 구축할 수 있는 토대를 얻고자 한다.

2. 노동시와 농민시 – 비극성과 시적 리얼리즘의 구현

먼저 1980년대 내내 가장 대대적으로 대두된 시적 흐름 중의 으뜸은 이른바 '노동시'라고 불리는 일군의 경향일 것이다. 박노해의 『노동의 새벽』(1984) 이후 문학권 전체에 강력한 충격과 관심을 환기하며 등장한 '노동시'는, 그 후 백무산의 『만국의 노동자여』(1988)를 통해 대중들의 뇌리에 자신의 정체성과 언어적 독자성을 깊이 각인하게 된다. 특히 박노해는 기층 언어의 문학적 활용과 노동 계층의 생활 묘사 그리고 계급적 자각에 기초를 둔 노동자들의 연대 의식을 담은 충격적인 노동 시편을 우리문학사에 선구적으로 선보인다.

전쟁 같은 밤일을 마치고 난
새벽 쓰린 가슴 위로
차거운 소주를 붓는다
아
이러다간 오래 못가지
이러다간 끝내 못가지

설은 세 그릇 짬밥으로
기름투성이 체력전을
전력을 다 짜내어 바둥치는
이 전쟁 같은 노동일을
오래 못가도
끝내 못가도
어쩔 수 없지

탈출할 수만 있다면,
진이 빠져, 허깨비 같은
스물아홉의 내 운명을 날아 빠실 수만 있다면
아 그러나
어쩔 수 없지 어쩔 수 없지
죽음이 아니라면 어쩔 수 없지
이 질긴 목숨을,
가난의 멍에를,
이 운명을 어쩔 수 없지

늘어쳐진 육신에
또다시 다가올 내일의 노동을 위하여
새벽 쓰린 가슴 위로
차거운 소주를 붓는다
소주보다 독한 깡다구를 오기를

분노와 슬픔을 붓는다

어쩔 수 없는 이 절망의 벽을
기어코 깨뜨려 솟구칠
거치른 땀방울, 피눈물 속에
새근새근 숨쉬며 자라는
우리들의 사랑
우리들의 분노
우리들의 희망과 단결을 위해
새벽 쓰린 가슴 위로
차거운 소줏잔을
돌리며 돌리며 붓는다
노동자의 햇새벽이
솟아오를 때까지

—박노해 「노동의 새벽」

이처럼 노동시의 본격적 전개를 연 박노해의 시는, 인간 존재를 계급
성의 차원에서 사유하게끔 해준 가장 유력한 민중시의 미학적 사례가
되었다. 그러나 계급 해방이라는 가장 원론적이고 당위론적인 슬로건에
도 불구하고, 자신들의 운명이 이 역사의 혼돈 속에서 끊임없이 재생산
될 것이라는 비극성의 내면화 과정이 이 작품에는 녹아 있다. 물론 자
본가 계급이라는 노동 계급의 대타적 범주에 대한 배제와 자기 동일성
논리의 심화는 이 시기 노동시가 거둔 가장 극명한 한계라고 할 수 있
을 것이다.

"죽음이 아니라면 어쩔 수 없"는 "이 질긴 목숨을, / 가난의 멍에를, /
이 운명을 어쩔 수 없"다는 체념의 언어 뒤에 도사리고 있는 "다시 다
가올 내일의 노동을 위하여 / 새벽 쓰린 가슴 위로 / 차거운 소주를 붓는"
행위는 그대로 노동 생활의 양가적 사실성을 구현한다. 그래서 시인은
"우리들의 사랑 / 우리들의 분노 / 우리들의 희망과 단결을 위해 / 새벽

쓰린 가슴 위로 / 차가운 소줏잔을 / 돌리며 돌리며 붓는다 / 노동자의 햇 새벽이 / 솟아오를 때까지"라고 역설적 희망의 유토피아를 노래하는 것이다.

이어서 박영근·정인화·김해화 등의 젊은 시인들이 등장하여, 노동시(혹은 '노동해방시')는 보편적인 민중시의 한 양식으로 자리를 굳게 확립한다. 이 가운데 특히 박영근은 『취업공고판 앞에서』(1984), 『대열』(1987)의 초기 시편을 통해 하나의 확연한 시사적 자리를 얻는다. 그가 자신의 시 안에 일관되게 구축했던 노동 경험의 구체성과 노동 소외의 맥락 그리고 노동자들 사이의 견고하고도 따뜻한 연대감에 대한 충실한 재현은 그를 가장 전형적인 1980년대의 시인으로 각인케 한 원동력이 된 것이다.

물론 이 같은 노동시의 양적 폭발이 질적 균질성으로 곧바로 이어진 것은 아니지만, 아무튼 이러한 상황은 당시 사회에 강력한 자장을 드리웠던 마르크스주의적 인식의 시적 반영으로 나타난 측면과 노동 계층 스스로의 정체성 자각에 의한 측면이 아울러 투사된 결과라고 해도 좋을 것이다.

이처럼 이 시기의 노동시가 기여한 문학적 성과로는 창작 주체의 민주화, '시적 리얼리즘'의 방법적·이념적 확대, 민중 언어의 재발견, 노동 현장의 현장성을 실감과 애정을 동시에 실어 표현함으로써 노동 계층에 대한 사회적 관심을 유도한 점 등을 꼽을 수 있다. 반대로 시의식과 어조의 표준화 및 상투화, '아(我) / 적(敵)'의 단순한 대립 구도, 1990년대로 양식적 전이가 이루어지지 못한 점 등이 아쉬운 점으로 지적될 만하다.

노동시의 이러한 전개와는 달리 민중 계층을 이루는 또 하나의 축으로 인지된 농민들의 삶과 의식을 형상화한 시편들도 많이 나와서 주목을 받았다. 1970년대 신경림의 『농무』(1973) 이래, 김용택의 『섬진강』(1985), 고재종의 『새벽들』(1989) 등이 그 뒤를 이었고, 이어서 이동순이나 홍일선 등도 농민시의 한 축을 형성하였다. 이들의 시에는 '농민 해방'이라는 거대한 이념적 기획을 목표로 한 지향과, 농민적 삶의 구체적 형상화에 중심을 둔 지향이 아울러 나타났다. 이러한 두 가지 목표를 통합적으로 달성한 시편들이 우리 사회에서 마지막 남은 농촌의 잔영(殘影)을 잘 포착하고 증언했다고 할 수 있다. 이 같은 흐름은 1990년대에는 거의 절맥(絶脈)에 처했으나 고진하·정윤천·정우영·이중기 등에 의해 꿋꿋이 그 맥이 이어지고 있다. 이 가운데 김용택은 사실적인 농민적 정서와 뛰어난 언어 구사로 1980년대 농민시의 한 전범을 구축하게 된다.

가문 섬진강을 따라가며 보라
퍼가도 퍼가도 전라도 실핏줄 같은
개울물들이 끊기지 않고 모여 흐르며
해 저물면 저무는 강변에
쌀밥 같은 토끼풀꽃,
숯불 같은 자운영꽃 머리에 이어주며
지도에도 없는 동네 강변
식물도감에도 없는 풀에
어둠을 끌어다 죽이며
그을린 이마 훤하게
꽃등도 달아준다

—김용택 「섬진강 1」 중에서

　주로 '섬진강'을 배경으로 하여 농촌적 서정의 실감을 누구보다도 빼어나게 형상화하고 나아가 생태적 사유의 맹아를 보여준 김용택의 시는, 농민들의 삶에 배어 있는 뜨겁고 애달픈 정서들을 구체적으로 드러내는 데 성공하고 있다. 섬진강에서 살아가고 있는 "지도에도 없는 동네 강변 /식물도감에도 없는 풀"의 목숨은 그 자체로 시인에게 시적 대상이지만 동시에 시인이 발견해낸 삶의 주체이기도 하다. 이러한 농촌 정서의 핍진한 재현은 후에 『맑은 날』(1986)에서 더욱 심화되어 나타난다.

이처럼 우리가 살핀 '노동시'와 '농민시'의 폭증은, 당대의 문예 운동의 한 방식이었던 '무크' 운동과 궤를 같이 하면서 예민한 기동성을 보이며 일어났다. '나'의 내면과 실존이나 운명보다는 '우리'의 사회적 조건과 의지를 강조하면서 거기에 계급적 함의를 일관되게 부여했던 이 같은 시적 경향은, 일종의 서사적 비전을 보이면서 한국사회가 보인 근대성의 파국에 경고를 보내는 비극성의 구체적 측면을 보여주었다. 아울러 시적 리얼리즘의 외연을 다채롭게 구성하게 된 것도 이들 시편의 뜻깊은 생성적 성격이다. 이처럼 우리는 비극성과 시적 리얼리즘의 구현에 노동시와 농민시가 가장 구체적인 양식적 전범으로 등장하게 된 것이 1980년대 시사의 특기할 만한 한 장면이라고 할 수 있다.

3. 민중적 서정시의 활황

또한 1980년대의 주체들이 가진 양보할 수 없었던 사유의 지표는 '민중 / 지배세력' 또는 '자주(민주) / 외세(독재)' 같은 이분법적 도식이었는데, 이는 '민중적 상상력'이라는 고유의 시적 지향을 만들면서 풍요로운 '민중적 서정시'의 광맥을 형성한다. 신경림·고은·이시영·김준태 등의 시적 적공(積功)이 심화된 채 이어졌으며, 1980년대 들어 제 목소리를 내기 시작한 시인들도 이 시기의 풍요로운 외연을 형성한다. 이 가운데 곽재구의 서정 시편들은 이 시대의 민중적 서정의 한 단면을 빼어나게 담고 있다.

막차는 좀처럼 오지 않았다

대합실 밖에는 밤새 송이눈이 쌓이고
흰보라 수수꽃 눈시린 유리창마다
톱밥난로가 지펴지고 있었다
그믐처럼 몇은 졸고
몇은 감기에 쿨럭이고
그리웠던 순간들을 생각하며 나는
한 줌의 톱밥을 불빛 속에 던져 주었다
내면 깊숙이 할 말들은 가득해도
청색의 손바닥을 불빛 속에 적셔두고
모두들 아무 말도 하지 않았다
산다는 것이 때론 술에 취한 듯
한 두릅의 굴비 한 광주리의 사과를
만지작거리며 귀향하는 기분으로
침묵해야 한다는 것을
모두들 알고 있었다
오래 앓은 기침 소리와
쓴 약은 입술담배 연기 속에서
싸륵싸륵 눈꽃은 쌓이고
그래 지금은 모두들
눈꽃의 화음에 귀를 적신다
자정 넘으면
낯설음도 뼈아픔도 다 설원인데
단풍잎 같은 몇 잎의 차창을 달고
밤열차는 또 어디로 흘러가는지
그리웠던 순간들을 호명하며 나는
한 줌의 눈물을 불빛 속에 던져 주었다

— 곽재구 「沙平驛에서」

　곽재구의 시는 외진 간이역에서 막차를 기다리는 몇몇 사람들의 기
억 속에 있는 서사적 편린들을 통해, 한 시대의 어둑한 내면 상황을 은

유하고 있다. "대합실 밖에는 밤새 송이눈이 쌓이고" 막차는 오지 않는
닫힌 공간에서 그들은 "그믐처럼 몇은 졸고 / 몇은 감기에 쿨럭이고" 있
다. 시인은 "그리웠던 순간들을 생각하며" 무심코 "한 줌의 톱밥을 불
빛 속에 던져"준다. "모두들 아무 말도 하지 않"는다. 그 순간, 침묵과
고통과 기다림과 낯설음과 뼈아픔이 모두 어우러지면서 '沙平驛'은 "눈
꽃의 화음에 귀를 적"시는 "그리웠던 순간들을 호명하"는 공간으로 화
한다. 그 기다림 속에 얼비치는 "눈물"이야말로 폭력적인 시대 상황을
견디고 새로운 세계를 기다리는 구체적인 매재라고 할 것이다.

　한편 여성 시인 고정희의 시편들은 종교적 세계관을 기본 바탕으로
하면서도, 서정적 주체가 시대 상황을 비판하는 목소리를 강렬하게 띠
고 있다. 그 구체적 형상은 대부분 알레고리적 성격을 띠고 있으면서,
힘찬 대안적 사유를 지향하고 있다.

　　오 아벨은 어디로 갔는가 / 너희 안락한 처마밑에서 / 함께 살기 원하던 우리
　　들의 아벨, / 너희 따뜻한 난롯가에서 / 함께 몸을 비비던 아벨은 어디로 갔는가
　　/ 너희 풍성한 산채진미 잔치상에서 / 주린 배 움켜 쥐던 우리들의 아벨 / 우물
　　가에서 혹은 태평 성대 동구 밖에서 / 지친 등 추스르며 한숨짓던 아벨 / 어둠의
　　골짜기로 골짜기로 거슬러오르던 / 너희 아벨은 어디로 갔느냐? / …… / 이제
　　침묵은 용서받지 못한다 / 돌들이 일어나 꽃씨를 뿌리고 / 바람들이 달려와 성
　　벽을 허물리라 / 지진이 솟구쳐 빗장을 뽑으리라 / 바람부는 이 세상 어디서나 /
　　아벨의 울음은 잠들지 못하리

　　　　　　　　　　　　　　　　　　　　—고정희 「이 시대의 아벨」 중에서

　우리는 '아벨'과 그를 억압하는 어떤 세력이라는 대립적 구도 설정에
서, 이 작품의 내질이 인간다움의 참가치를 억압하고 말살하는 우리 사
회의 폐부를 비판적으로 풍자하는 형상임을 읽을 수 있다. 그런데 여기
서 아벨은 '우리들의 아벨'이자 '너희 아벨'로 나타나는데 결국 사회의
질곡과 부조리는 양 진영을 모두 피해지로 묶는 것임을 이 시는 말하고

있는 것이다. 이처럼 외틀어지고 수탈받는 민중의 형상을 '아벨'로 표상하여 불평등한 사회적 구조에 침묵으로 일관하지 말고 주체적이고 능동적인 열정과 흔연한 참여의식을 권고함으로써 개인 고통을 우상화하고 실존적 자기 구원에 탐닉되어 있는 종교 의식의 폭을 역사적 지평으로 넓힌 종교적 역사 의식의 한 본보기를 그는 보여준다. 이렇듯 그의 작품 세계는 허무주의를 극복하고 사회역사적 의미를 추구해내려는 성실한 노력에서 완성되고 있다.

우리가 살폈듯이, 민중적 서정의 따듯함과 비판적 의지를 동시에 결합한 시편들이 다수 창작됨으로써 1980년대는 가장 풍요로운 민중적 서정시의 광맥을 형성한 시기로 기록될 만하다. 이러한 양상을 우리는 곽재구의『사평역에서』를 비롯하여 최두석의『대꽃』, 나해철의『무등에 올라』, 고정희의『이 시대의 아벨』, 이은봉의『봄 여름 가을 겨울』, 임동확의『매장시편』, 김정환의『지울 수 없는 노래』, 강형철의『해망동 일기』, 하종오의『벼는 벼끼리 피는 피끼리』, 박몽구의『십자가의 꿈』, 정양의『수수깡을 씹으며』, 송기원의『그대 언 살이 터져 시가 빛날 때』, 고형렬의『대청봉 수박밭』, 이영진의『6·25와 참외씨』, 박철의『김포행 막차』, 정동주의『논개』, 김사인의『밤에 쓰는 편지』, 안도현의『서울로 가는 전봉준』, 조재훈의『겨울의 꿈』, 김형수의『애국의 계절』, 나종영의『끝끝내 너는』, 이재무의『섣달 그믐』, 이상국의『내일로 가는 소』등의 목록에서 채취할 수 있다.

4. 반(反)외세와 분단 극복의 시편들

1980년대가 정치적 폭력성이 절정에 달한 시대인 만큼, 직접적으로 정치적인 저항시를 쓴 시인들이 다수 배출되는 것은 어쩌면 필연적이었을 것이다. 이러한 저항시의 문맥에서 가장 이채롭고 우뚝한 존재는 단연 김남주다. 오랜 감옥 생활을 마치고 나온, 1980년대의 '뜨거운 상징'이자 전사(戰士) 시인이기도 했던 그는 날카로운 시선으로 한국적 상황이 외세의 억압 아래서 이루어진 것이라는 사실을 비판적으로 설파해내고 있다. "미군이 없으면 / 삼팔선이 터지나요 / 삼팔선이 터지면 / 대창에 찔린 깨구락지처럼 / 든든하던 부자들 배도 터지나요"(「다 쓴 시」)라고 촌철살인으로 노래하기도 했던 그는 다음 작품에서 외세의 폭력적 본질을 힘차게 노래하고 있다.

아침 저녁으로 요즘 / 밥상 앞에 앉아 있노라면 / 텔레비전을 대하고 앉아 있노라면 / 후세인은 천하에 죽일 놈 살릴 놈이고 / 미군은 평화의 십자군 / 자유세계의 창과 방패이다 // 이런 일은 어디 이란에서만 그러랴! / 탄생 이래 미국은 늘 그런 나라였으니 / 자유와 평화의 수호자로 / 남의 나라에 들어가 피를 흘렸으니 / 사람들은 미국의 얼굴을 보면 우선 / 비둘기와 자유의 여신상을 떠올린다 // 그러나 나는 믿지 않는다 아메리카여 / 세기말 최후의 밤까지 / 노예무역으로 톡톡히 재미를 본 자유의 나라 / 인류 최초로 인간의 머리 위에 / 원폭의 세례를 내린 평화의 나라 / 그리고 엊그제까지만 해도 / 리비아에서 파나마에서 그라나다에서 / 수천의 인명을 살해한 인권의 나라 / 아메리카여 아메리카여 아메리카여 / 이 밤의 텔레비전 앞에서 나는 믿지 않는다 / 그대가 치켜든 자유의 깃발과 / 하늘 높이 날리는 평화의 비둘기를 / 나는 믿지 않는다 나는 믿을 수가 없다 / 사람들이 전쟁과 평화를 / 가진 나라 가진 자의 눈으로가 아니라 / 억압받는 계급의 눈으로 볼 수 있을 때까지는 / 제국주의와 싸우는 식민지의 모든 민중이 / 그대의 얼굴에서 가면을 벗기고 / 위선의 평화를 읽을 수 있을 때까지는 / 자주 민주 행복한 삶을 꿈꾸며 / 식민지 피압박민족이 제 목소리를 높이면 / 그곳이 어디건 지구 끝까지 쫓아가 / 아프리카의 황금해안 희망봉까지 쫓아가 / 아시아의 곡창지대 삼각주 하구까지 쫓아가 / 침략과 약탈로 거재를 쌓아올린 마천루의 나라 / 아메리카여 아메리카여 아메리카여

— 김남주 「아메리카여 아메리카여 아메리카여」

1980년대 중반을 넘어서면서 반미운동의 양상은 생존권 투쟁과 곧바로 이어지면서 질적인 변화를 보이기 시작한다. 1983년 미국소 도입으로 인한 소값 폭락으로 생존의 위협을 받던 농민들의 분노는 미국 농축산물 수입개방 반대투쟁에 이르러 수만 명의 물리적 시위에 돌입하게 되는데, 이것은 곧 한미간 무역마찰로 이어지면서 전국민적 반미 기운을 고양시키게 된다. 따라서 이러한 흐름은 제국주의 문제를 남한 변혁운동의 전면에 등장시키게 되며 제국주의는 곧 미국의 논리라는 등식에 따라 반제 문제가 주요 모순으로 자리잡게 된다. 김남주의 시편들은 이러한 제국주의적 자취가 농후한 미국의 속성을 폭로하고 비판하는 데 주로 바쳐진다.

제도 언론이 강요하는 이미지 곧 "후세인은 천하에 죽일 놈 살릴 놈이고／미군은 평화의 십자군／자유세계의 창과 방패"라는 이미지를 시인은 믿지 않는다. "탄생 이래 미국은 늘 그런 나라였으니／자유와 평화의 수호자로／남의 나라에 들어가 피를 흘렸으니／사람들은 미국의 얼굴을 보면 우선／비둘기와 자유의 여신상을 떠올린다"는 환각 또한 시인은 믿지 않는다. 왜냐하면 미국은 "세기말 최후의 밤까지／노예무역으로 톡톡히 재미를 본 자유의 나라"이며 "인류 최초로 인간의 머리 위에／원폭의 세례를 내린 평화의 나라"이며 "엊그제까지만 해도／리비아에서 파나마에서 그라나다에서／수천의 인명을 살해한 인권의 나라"이기 때문이다. 그래서 시인은 "그대가 치켜든 자유의 깃발과／하늘 높이 날리는 평화의 비둘기를" 믿지 않는다. "사람들이 전쟁과 평화를／가진 나라 가진 자의 눈으로가 아니라／억압받는 계급의 눈으로 볼 수 있을 때까지" 혹은 "제국주의와 싸우는 식민지의 모든 민중이／그대의 얼굴에서 가면을 벗기고／위선의 평화를 읽을 수 있을 때까지" 미국의 본질을 폭로하고 비판하겠노라는 시인의 결의와 분노가 직접적 발화를 통해 강렬하게 전달되고 있다. 그것이 곧 시인에게는 "식민지 피압박민족이 제 목소리를" 찾는 방법이기 때문이다.

이처럼 김남주는 1970년대부터 줄기찬 저항성으로 한 시대의 가장 뜨거운 전사 시인이 되었다. 그의 『조국은 하나다』(1988)로 대표되는 분단 극복과 민주 회복에 대한 열망의 시편들은, 그래서 순결하고 높은 도덕적 열정과 실천적 의지를 보인 가장 극명한 예에 속한다. 이어 문익환의 『두 하늘 한 하늘』(1989)이나, 이광웅의 『목숨을 걸고』(1989), 오봉옥의 『지리산 갈대꽃』(1987) 등은 분단을 철폐하고 통일을 이루려는 강한 열망을 보여준 목록들이다.

이 가운데 문익환은 1989년 역사적인 방북을 결행하게 되는데, 당시 그의 방북을 두고 통일 지상주의자의 영웅주의적 행동이라고 매도했던 주류 언론들은, 한결같이 그의 내적 진정성과 우리 역사의 질곡에 맞서는 의지에 대해서는 침묵한다. 그러나 그로부터 10년 후 우리는 화해와 협력을 기조로 하는 해빙의 분위기를 힘겹게 이루어가고 있다. 다음 작품은 그가 북한에 가기 전에 거의 예언자적으로, 그리고 자기 확인의 에너지로 쓴 시편이다.

난 올해 안으로 평양으로 갈 거야 / 기어코 가고 말 거야 이건 / 잠꼬대가 아니라고 농담이 아니라고 / 이건 진담이라고 // 누가 시인이 아니랄까봐서 / 터무니없는 상상력을 또 펼치는 거야 / 천만에 그게 아니라구 나는 / 이 1989년이 가기 전에 진짜 갈 거라고 / 가기로 결심했다구 / 시작이 반이라는 속담 있지 않아 / 모란봉에 올라 대동강 흐르는 물에 / 가슴 적실 생각을 해보라고 / 거리 거리를 거닐면서 오가는 사람 손을 잡고 / 손바닥 온기로 회포를 푸는 거지 / 얼어붙었던 마음 풀어버리는 거지 / 난 그들을 괴뢰라고 부르지 않을 거야 / 그렇다고 인민이라고 부를 생각도 없어 / 동무라는 좋은 우리말 있지 않아 / 동무라고 부르면서 열살 스무살 때로 / 돌아가는 거지 // …… // 난 걸어서라도 갈 테니까 / 임진강을 헤엄쳐서라도 갈 테니까 / 그러다가 총에라도 맞아 죽는 날이면 / 그야 하는 수 없지 / 구름처럼 바람처럼 넋으로 가는 거지

— 문익환 「잠꼬대 아닌 잠꼬대」 중에서

마치 어린아이 같은 맑고 고운 눈빛과 그와 상반될 것만 같은 강렬한 실천 의지는 그의 '꿈'을 이끌어가는 근본적인 두 힘이다. "난 걸어서라도 갈 테니까 / 임진강을 헤엄쳐서라도 갈 테니까 / 그러다가 총에라도 맞아 죽는 날이면 / 그야 하는 수 없지 / 구름처럼 바람처럼 넋으로 가는 거지"라는 마지막 연은 그 같은 행동의 절정을 표현하고 있다. "그도 아니면 / 이런 꿈은 어떻겠소? / 그 무던 앞에서 샘이 솟아 / 서해바다로 서해바다로 흐르면서 / 휴전선 원시림이 / 압록강 두만강을 넘어 만주로 펼쳐지고 / 한려수도를 건너뛰어 제주도까지 뻗는 꿈, / 그리고 우리 모두 / 짐승이 되어 산과 들을 뛰노는 꿈, / 새가 되어 신나게 하늘을 나는 꿈, / 물고기가 되어 펄떡펄떡 뛰며 강과 바다를 누비는 / 어처구니없는 꿈 말이외다."(「꿈을 비는 마음」) 같은 오래 전에 씌어진 시적 진술 속에도 그는 분단을 극복하고 민족의 정체성을 회복하는 유토피아를 줄곧 그리고 있다.

이러한 분단 극복의 의지들은 나아가 혁명적 전통을 복원하려는 서사시(장시) 계열로 이어지게 되는데, 이 같은 경향은 대개 관념적 급진성으로 말미암아 그 효력이 일회성으로 끝났으며, 다음 시대로 그 경향이 이어지지는 못했다.

마지막으로 1980년대 후반에 전(全)사회적 이슈로 대두한 이른바 '전교조 운동'은 교육 현장의 열악성과 구조적 모순을 교사적 양심에 실어 표출하는 일군의 '교육 현장시'를 불러오기에 이른다. 도종환·조재도·배창환·김진경 등에 의해 천착된 이 경향은 많은 이들에게 한국 사회의 구조적 모순이 어디까지 퍼져 있는가를 실감있게 암시해주었고, 나아가 시가 지향하려는 도덕적 의지가 얼마나 강렬할 수 있는지를 아울러 보여주었다.

이처럼 반외세, 통일 지향, 민주 지향의 언어들은 강렬한 저항성과 행동적 열정을 그 안에 품으면서 한국 서정시의 가장 굵은 음역을 이 시기에 드리우게 된다.

5. 해체적 열정과 모더니즘 시

이러한 민중시적 흐름들에 일정한 대타적 영역을 형성하면서, 선명하게 구축된 또 하나의 시적 흐름은 당시 이른바 '해체시'로 불렸던 일군의 경향이다. 이들은 기존의 시의식과 시문법에 대해 강렬하고도 냉소적인 도전을 보냈으며, 정치적 전위가 아니라 미학적 전위로 나서 문학적 진정성을 새로운 각도에서 예시하였다. 이같은 경향의 시들은 초기에는 수상쩍은 미학적 이단아라는 혐의를 받았으나, 한 시대의 총체적 폭력과 왜곡상에 우화적으로 저항하는 강력한 방법론으로서의 역할을 인정받았다.

특히 황지우의 『새들도 세상을 뜨는구나』(1983)는 오규원·이승훈에서 간헐적으로 실험되던 언어 실험을 극단까지 밀어붙인 탁월성으로 문학적 성가(聲價)를 누렸다. 그는 "나는 파괴를 양식화한다"고 선언하면서, 당대의 인문적 신화의 축적을 와해시키면서, 광주의 야만으로 대표되는 근대성의 어두운 폐부를 조롱하고 야유하며 비판하였다.

映畵가 시작하기 전에 우리는 / 일제히 일어나 애국가를 경청한다 / 삼천리 화려 강산의 / 을숙도에서 일정한 群을 이루며 / 갈대 숲을 이룩하는 흰 새떼들이 / 사기들끼리 끼룩거리면서 / 사기들끼리 낄낄내면서 / 일렬 이열 삼열 횡대로 자기들의 세상을 / 이 세상에서 떼어 메고 / 이 세상 밖 어디론가 날아간다 / 우리도 우리들끼리 / 낄낄대면서 / 깔쭉대면서 / 우리의 대열을 이루며 / 한 세상 떼어 메고 / 이 세상 밖 어디론가 날아갔으면 / 하는데 대한 사람 대한으로 / 길이 보전하세로 / 각각 자기 자리에 앉는다 / 주저앉는다

—황지우 「새들도 세상을 뜨는구나」

기존의 질서와 가치관 전체주의적 구도를 비판하고 풍자하는 황지우의 시문법은, 전위적 기법과 실험정신 그리고 상렬한 사회 비판의식으

로 우리 모더니즘 시의 정치성을 날카롭게 보여준 사례이다. 또한 그것
은 "의미를 박탈당한 언어의 넌센스, 즉 지배 이데올로기에 대한 교란"
(「끔찍한 모더니티」, 『문학과 사회』 1992. 겨울)의 성과였던 것이다. 이어서 박남
철 · 김영승 · 장정일 등이 더욱 위악적이고 급진적인 형태 파괴의 실험
적 해체시를 양산했으며, 유하 · 이영유 · 이윤택 · 하재봉 등으로 그 흐
름이 이어지면서 '해체시'는 1980년대 자유주의 문학의 주요 흐름으로
정착하게 된다. 그들에게 "세계는 텅 빈 껍질"(장정일)이었고, 그 텅 빈
폐허 속에서 진행되는 일상성과 정치성의 혼종(混種)은 당대의 삶을 우
회적으로 바라보는 유력한 대안적 모형의 구실을 한 것이다. 우리가
"해체시의 감각은 우선 '광주'로 대표되는 한국 근대성의 파산에 기초
하고 있다"(구모룡)고 인식하는 것은 바로 그 때문이다.

원래 '모더니즘 시'가 세계에 대한 회의를 미적 자율성에 의한 심미
적 과정으로 표출한다면, '해체시'는 이런 과정을 뒤집어 탈심미화의 과
정으로 세계 환멸의 의식을 표출한다.(이승훈) 그 점에서 해체시는 탈정
치적이지 않고 정치성을 지향한다. 그래서 해체시는 현실을 해체한 것
이 아니라, 현실을 수용하면서 그 수용하는 방법을 해체한 것이다. 또한
이들은 문학적 관습과 규범에 대한 도전을 연쇄적으로 제기하면서, 자
본주의적 일상성이 흩뿌려놓은 여러 적폐와 모순 그리고 그 공동감(空洞
感)을 강조하였다. 그것을 떠받친 것이 아이러니의 시정신이었음은 췌
언의 여지가 없다.

그리고 이 시기의 모더니즘 시가 집중적으로 착목하게 되는 일종의
도시적 경험은 획일성 · 익명성 · 소비성 · 이질성 등으로 표상된다. 그
러나 이러한 도시의 성격들은 곧 환멸과 상실의 극치를 불러오게 되는
데, 이는 1980년대가 후기자본주의의 입구에 진입하고 있는 것에 대한
물리적 실증이라고 할 것이다.

내려다보면 발 밑은, 아찔한 서울, 폭격에 폐허가 된 집터에서, 밥 짓는 연기

가 모락모락 솟고 있다. 아이들은 시궁창에서 목을 놓아 길게도 운다. 왜 나를 낙태시켰냐고 떼를 쓰는 것이다. 어떤 녀석은 머리가 터진 채, 누런 양변기에 들어앉아, 두루마리 휴지를 씹으며 운다. 또 어떤 녀석은 똥오줌투성이 탯줄을 질질질 끌고 돌아다니며, 젖을 달라고 운다.

—최승호 「시간 없는 서울」 중에서

1980년대 이후 우리의 시적 주체들이 보여준 해체나 아방가르드의 미학은, 도시를 향해 죽음과 폐허의 이미지를 부여한다. 그래서 이른바 '지옥의 도시(infernal city)' 형상이 주류화된다. 그래서 유하는 압구정동에 대비되는 '하나대'를 그리게 되고, 이성복은 '남해 금산'을, 황지우는 '게 눈 속의 연꽃'을 그 대안적 형식으로 그린다. 그런데 최승호의 시에 서는 대안적 형식 자체가 부재한 끔찍하고도 엽기적인 도시적 일상의 잔혹함이 잘 드러나고 있다. 폐허와 오염과 낙태로 범벅이 된 도시의 음습하고도 어두운 이미지가 그의 시에는 가득하다. 이처럼 그들에게 도시는 '역사'보다는 '일상', '생산'보다는 '소비', '자궁'보다는 '무덤', '흙'보다는 '콘크리트 벽', '연속'보다는 '단절' 등의 이미지로 우리 시에 깊은 자신의 그림자를 드리우게 되는 것이다.

이와 같은 경향은, 1990년대에도 많은 후예들을 얻어 지금은 '해체' 라는 특수한 에피셋이 불필요할 정도로 보편적인 현대시의 방법적 의 장(意匠)이 되고 있다. 첨단의 전위가 문학사의 전통으로 이렇게 빨리 흡 수되는 것 자체가 우리 근대문학사의 체질을 일러주는 효율적 지표가 되고도 남는 사례이다.

6. 상상적 꿈과 인간 존재의 탐구

1980년대는 '오월시'와 '시운동'의 공존, 『노동의 새벽』과 『홀로서기』의 동반 베스트셀러 진입, 정치적 전위와 미학적 전위의 숨가쁜 대립과 긴장, 그리고 문학의 급속한 대중화가 한꺼번에 진행된 미증유의 활황기(活況期)이다. 그래서 그 어느 때보다 주목받는 시인이 많이 등장했고, 시 안에 담기는 내용 또한 엄청난 파장을 그리며 그 외연이 확대되었다. 급격한 산업화와 정통성 없는 정치 세력이 가져온 불구적 근대에 대하여 비판적 사유와 표현을 일관되게 보낸 이와 같은 흐름들은, 1990년대로 넘어오면서 그 대칭적 긴장을 많이 상실한 채 일군의 탈근대 담론과 내면·연성 편향으로 급격히 그 속성이 기울게 된다.

그 와중에서도 개인사의 굴곡을 통한 사회 반영 혹은 인간의 존재 탐구에 매진해온 시인들이 있으니, 황동규·마종기·정현종·김광규·김명인 등은 이 같은 목록의 선두에 선다. 이 가운데 정현종은 이 시대의 불모성과 비극성을 푸는 방법론으로 '육체에 기반을 둔 사랑' 곧 에로스의 시적 발견에 힘을 쏟는다. 1980년대의 문맥으로 보아 차라리 예외적인 시적 욕망이라고 할 수 있다.

> 뒷산에 올라가 삭정이로 흙을 파헤치고 거기 코를 박는다. 아아, 이 흙냄새! 이 깊은 향기는 어디 가서 닿는가. 머나멀다. 생명이다. 그 원천. 크나큰 품. 깊은 숨. / 생명이 다아 여기 모인다. 이 향기 속에 붐빈다. 감자처럼 주렁주렁 딸려 올라온다. // 흙냄새여 / 생명의 한통속이여.
>
> —정현종 「흙냄새」 중에서

시인이 정성스럽게 어루만지고 냄새맡고 있는 '흙'에 대한 이 우주적 스킨십(skinship)은 그의 시에서 연면하게 지속되는 상상력의 원천이다. 이처럼 정현종의 시는 사물들의 활력있는 생명에 대한 긍정과, 불모의 세상에 대한 비극적 인식의 사이에서 분출한 탄력의 언어를 보여준다. 그것들이 자연에 대한 긍정적 친화로의 확산해간다. 이러한 생각은 내면 공간에서의 명상과 자유로운 창조적 상상력에 의해 가능하게 되는데, 시인의 세계는 그 같은 상상적 꿈의 힘과 아름다움을 예민하게 보여주고 있다.

또한 『뒹구는 돌은 언제 잠 깨는가』(1980)의 이성복, 『입 속의 검은 잎』(1989)의 기형도 등은 경향의 편차가 있기는 하지만, 자본주의 사회를 살아가는 인간 내면의 폐허 의식과 그것을 유발시킨 사회의 폭력적 구조를 동시에 표상하며 진정성있는 존재 탐구의 시편을 선보였다. 특히 기형도는 '죽음'이라는 가장 개인사적 사건을 사회적 폭력을 우화하는 매재로 승화시키며, 비극성의 가장 높은 경지까지 시적 언어를 끌어올린 시인이었다.

밤 세시, 길 밖으로 모두 흘러간다 나는 금지된다 / 장마비 빈 빌딩에 퍼붓는다 / 물 위를 읽을 수 없는 문장들이 지나가고 / 나는 더 이상 인기척을 내지 않는다 // 유리창, 푸른 옥수수잎 흘러내린다 / 무정한 옥수수나무……나는 천천히 발음해본다 / 석탄가루를 뒤집어쓴 흰 개는 / 그해 장마통에 집을 버렸다 // 비닐집, 비에 잠겼던 흙탕마다 / 잎들은 각오한 듯 무성했지만 / 의심이 많은 자의 침묵은 아무것도 통과하지 못한다 / 밤 도시의 환한 빌딩은 차디차다 // 장마비, 아버지 얼굴 떠내려오신다 / 유리창에 잠시 붙어 입을 벌린다 / 나는 헛것을 살았다, 살아서 헛것이었다 / 우수수 아버지 지워진다, 빗줄기와 몸을 바꾼다 // 아버지, 비에 묻는다 내 단단한 각오들은 어디로 갔을까? / 번들거리는 검은 유리창, 와이셔츠 흰 빛은 터진다 / 미친 듯이 소리친다, 빌딩 속은 악몽조차 젖지 못한다 / 물들은 집은 버렸다! 내 눈 속에는 물들이 살지 않는다

— 기형도 「물 속의 사막」

이 작품에서 그는 문명의 중심지에 서 있는 주체가 빗물이 밀어붙이는 추억의 공간으로 잠입하여, 자신의 혈류를 타고 흐르는 유년과 자연

의 숨길을 '실체'가 아닌 '흔적'으로 느끼고 있는 풍경을 실물 감각적 아이러니를 통해 드러내고 있다. 한편으로 근대 문명의 제도적 세례를 줄곧 받은 도회의 아들이면서 또 한편으로는 영락없는 자연의 적자(嫡子)이기도 했던 자신의 이중적 정체성을 그는 혼돈과 부정의 역동성으로 잘 보여준 것이다.

이처럼 기억 속에 존재하는 남루한 시간들을 현재로 불러들여 그것과 힘겹게 마주하고 있는 풍경을 제시하는 것은, 기형도의 익숙한 시적 방법이다. 그는 도회지 생활의 절망을 유년의 아름다운 기억으로 치유하려는 낭만주의의 기획을 거부하고, 누추하기만 했던 기억과 혹독한 현재적 고통을 유추적 관계에 놓으면서 그것을 견디는 주체만이 시적 주체가 될 수 있다고 처절하게 노래한다. 이처럼 기형도의 시는 1980년대말에 우리에게 나타난 가장 비극적인 내면이었다.

이와 더불어 최승자·황인숙·장석주·김윤배·박태일·정한용·황학주 등은 사회와 개인의 내면이 맺고 있는 접점을 집요한 형식 탐구와 내면 탐구로 열어 보임으로써, 이른바 모더니즘의 자장 안에서 사회의 추이와 역학을 내보인 시인들이다.

그 외에도 다양한 시쓰기를 통해 한 시대가 하나의 이념으로 전일적으로 편제되는 것이 아님을 명징하게 증명한 서정시인으로 우리는 서정윤·권혁진·이승하·박세현·김중식·장경린·원재훈·김수복·정화진·이문재·홍영철·백학기·손진은·박덕규·정일근·최영철·허수경·송찬호·장석남·나희덕 등의 시인을 각별히 기록해야 할 것이다.

7. 1980년대 시의 명암

언필칭 '시의 시대'라는 꼬리표가 따라다닌 1980년대는, 그런데 1990
년대 들어서 심각한 편견과 오해 속에서 폄하되고 만다. 상투성·평면
성·급진성·관념성·편향성·미성숙성·비시성(非詩性) 등의 이미지로
이 시기의 시편들을 비판하는 것이 그 대표적인 시각이다. 또한 이 시
기의 시편들은 서정 양식이 추구해 마땅한 내면·실존·감각·영혼·
운명 등에 대한 관심을 철저하게 배제하면서 자신만의 배타적인 이념
적 성채를 쌓아왔다고 질타를 받기도 하였다.

그러나 왜곡된 근대의 절정인 파시즘과 외세의 개입 그리고 자본의
활력이 결합하여 빚어낸 저 1980년대의 화려한 외관을 심층에서부터
비판하고 대안적 사유를 진행했던 시적 주체들의 진정성과 언어들은,
그 자체로 우리 시의 중요한 한 국면을 담당했다고 보아야 할 것이다.
그리고 간단없는 자기 반성과 갱신을 통해 리얼리즘 시학을 수립하려
했던 시적 주체들의 치열한 프리즘도 각별하게 다시 탐색되고 심화된
결론을 마련해가야 할 것이다. 그래서 민중적 서정과 존재 탐색의 공존
과 통합을 꾀한 1980년대의 시적 지형은, 극명한 명암을 하나의 육체에
안은 채 오늘도 흔들리고 있는 것이다.

1980년대 한국사회와 리얼리즘

이남호

1.

현대소설에 있어서 리얼리즘이란 절대적인 명제로 생각된다. 가장 논쟁적인 문학 용어의 하나라고 할 수 있는 리얼리즘의 개념 규정을 잠시 유보하더라도, 리얼리즘은 당대의 삶을 여실하게 드러내고자 하는 그 근본정신 때문에 당연히 현대소설의 지향점이 되는 것 같다. 소박하고 단순한 입장에서 볼 때는 결코 리얼리즘이라고 할 수 없는, 그래서 표현주의나 모더니즘 계열에 속할 것 같은 작품들조차 '의식적 리얼리즘' 혹은 '환상적 리얼리즘' 등의 명칭을 사용하면서 스스로 리얼리즘으로 지칭되기를 원한다는 것은, 현대소설에 있어서 리얼리즘의 당위성을 확인시켜주는 하나의 보기가 된다.[1] 이제 소설은 현실이라는 복잡한 정글을 벗어 날 수 없다. 문제는 어떤 소설이 이 현실이라는 정글의 지도를 잘 만드는가에 있다.

현대소설에 있어서 리얼리즘이 왜 중요한가를 따져보기 위해서는, 리얼리즘을 도식적인 현실반영론으로부터 구출해야 할 필요가 있다. 문학이 당대의 현실이 앓고 있는 문제점들을 적극적으로 수용해야 한다는 단순 논리만으로 리얼리즘이 주장된다면, 그것은 새삼스런 되풀이로서 상투적 논리에 또 한 겹의 때를 입히는 것과 다름없다. 소설을 시정의 이모저모를 비쳐 주는 길거리의 거울로 비유하는[2) 식의 소박한 반영론은 리얼리즘의 이해에 도움을 주기는커녕 오히려 진정한 리얼리즘을 왜곡시킨다. 흔히 지적되듯이 리얼리즘이란 개별적 사실성에 대한 충실한 묘사만도 아니고 사회적 현상에 대한 보도용 사진도 아니다. 그래서 소설과 현실이 밀접한 관계를 갖되, 그 관계가 어떠한 것인가에 대한 물음이 리얼리즘 논의의 초점이 된다. 이런 점에서 문학사회학이 리얼리즘 논의의 선봉에 섰다는 것은 당연하다. 그러나 현실과 소설의 관계에 대한 세련된 해명인 골드만 L. Goldmann의 발생론적 구조주의조차 기계적인 반영론의 한 변형이란 비난을 면치 못한다.[3) 소설과 현실의 관계에 대한 그 어떤 견해도 부분적인 설득력을 가질 수 있을 뿐, 완전한 해명은 근본적으로 불가능해 보인다. 그렇다면 리얼리즘의 본질에 대한 접근은 어떤 식으로 가능할 수 있을까? 그것은 형식미학적 차원을 넘어섬으로써 가능할 것 같다. 브레히트도 리얼리즘이 단순한 형식문제가 아니라고 말한 바 있지만, 스테판 코울 Stephan Kohl의 주장이 보다 친절하고 설득력이 있다. 스테판 코울은 '전적으로 형식미학적으로만 간주된다면 리얼리즘의 특성이 결코 완전히 해명되지 못한다'라고 말하고, 인식의 차원에서 리얼리즘의 본질을 규정한다.

리얼리즘 작품의 예술적 성격은 현실을 반영하는 형식적인 형상화에 근거하는 것이 아니라, 예술에 고유한 현실이 외부 현실과 맺는 관계 속에서 지니는 인식적 가치에 근거한다. 리얼리즘 특유의 인식행위를 리얼리즘의 미적인 특질로부

터 끌어내리는 것은 리얼리즘 이론의 역사에 있어서는 상당히 새로운 생각인데,
그것은 어느 정도 예술의 세속화를 전제하지만 단지 예술 작품에 의해서만 전달
될 수 있는 현실의 핵심에 관한 통찰들이 존재한다는 것을 내포한다. (…중략…)
리얼리즘은 이제 예술이라는 매체를 통한 리얼리즘 작업으로서 정의될 수
있다. 그럼으로써 리얼리즘은 '단순히 모방하는 능력이 아니라 본원적이고 창
조적인 능력'에 내재하는 모든 정신적 근본 기능의 특성을 획득하게 된다.[4]
(방점은 인용자)

비록 현실의 핵심에 관한 통찰이 어떻게 판단될 수 있는가에 대한 논
란의 여지를 여전히 내포하고 있긴 하지만,[5] 이 인용문은 리얼리즘에
대한 타당한 시각을 제공해 준다. 리얼리즘은, 형식미학적으로가 아니
라 인식적으로 이해됨으로써 현대소설에 있어서의 그 당위성과 중요성
을 비로소 확보한다.

리얼리즘은 간단히 말해서 현실을 있는 그대로 인식할 수 있는 태도
혹은 통찰능력이다. 일반적으로 현실의 참모습이란 허위의 껍질에 가려
져 있다고 말해진다. 그리고 현실의 크기란 언제나 인식 용량을 크게 초
월한다. 뿐만 아니라 현실은 고착된 대상이 아니라 끊임없이 변화하는
대상이다. 지금까지의 인류의 지성사는 달리 말해 현실 이해의 노력이었
다고도 할 수 있다. 기존이론의 발전과 새로운 학설의 대두는 곧 미지의
현실을 인식의 영역 안으로 편입시키려는 시도로 이해되는 것이다. 불완
전하고 미완일 수밖에 없는 현실 인식의 모델을 될 수 있는 대로 현실의
많은 부분을 정확하게 드러낼 수 있도록 유지시키는 것이 모든 지적 작
업의 지향점이다. 이런 점에서 기존의 인식 모델을 벗어나 현실의 참모
습을 직접 간파할 수 있는 능력은 매우 소중한 것이다. 여기서 인식 모델
이란 이데올로기란 말로 대치될 수 있다. 새로운 이데올로기는 기존의
이데올로기가 조명하지 못했던 현실의 어떤 부분을 새롭게 조명하여 인
식과 현실의 틈새를 줄여 주지만, 그것은 곧 그 긍정적 기능을 상실하고
현실의 참모습을 가리는 역기능을 가지게 된다. 이러한 새로운 이데올로

기의 유효기간은 오늘날 점점 짧아지는 것 같다. 그것은 아마도 인간의 지적 작업이 그만큼 활발하기 때문일 수도 있겠고, 또 새로운 이데올로기 자체가 그만큼 허약한 것이기 때문일 수도 있겠지만, 오늘날의 현실이 매우 복잡하고 빠르게 변화한다는 사실이 보다 중요한 이유일 것 같다. 그래서 현실의 참모습을 새롭게 간파하여 기존의 인식 모델을 현실에 맞도록 변형시키는 작업이 오늘날에는 보다 시급해진다.

그런데, 반복되는 말이지만, 이데올로기는 현실 인식의 수단이면서 동시에 그 방해물이다. 현실에 대한 새로운 인식은 기존의 이데올로기를 벗어나야만 가능하다. 그렇지 못하면 기존의 이데올로기의 색안경이 참된 현실 인식을 방해하여 효용성 높은 새로운 인식모델을 생산해내지 못하게 된다. 리얼리즘을 인식적 차원에서 이해한다는 것은, 곧 기존 이데올로기의 영향력에서 벗어나 순수한 관찰력으로 현실을 인식하는 것이 리얼리즘이란 뜻이다. 리얼리즘은 인간의 지적 작업 중에서 가장 전위에 서서 허위 이데올로기 뒷면의 생생한 현실을 인식할 수 있는 능력이다. 이 점이 바로 리얼리즘을 중요하고 또 위대하다고까지 말하는 이유이다. 엥겔스가 발자크의 소설을 두고 위대한 리얼리즘의 승리라고 말했을 때, 그것은 그의 소설들이 작가 자신의 이데올로기조차 벗어나 당시 현실의 참모습을 보여줄 수 있었다는 사실에 대한 찬양이었다고 할 수 있다. 안락하지만 자기 파괴적인 이데올로기화의 유혹을 끝까지 거부하면서 현실의 진실 된 모습을 보여주는 정신이기 때문에, 리얼리즘은 현대소설에 있어서 절대적인 명제가 되는 것이다.

한편, 리얼리즘의 본질을 형식미학적으로가 아니라 인식적 차원에서 이해한다는 것이 리얼리즘의 형식 문제를 도외시하는 결과를 낳는 것은 아니다. 오히려 형식미학적인 차원을 넘어섬으로써 리얼리즘의 형식 문제는 새로운 중요성을 띠고 대두된다. 리얼리즘을 형식미학적 차원에서 이해할 때는 형식이 '주어지는' 것이지만, 인식적 차원에서 이해할 때는 형식이 '탐구되어야' 하기 때문이다. 다시 말해 새로운 인식을 담을 수 있는 그릇이 그때마다 변해야 하기 때문이다.

　내용과 형식에 관한 이분법적 논쟁은 해묵은 것이나, 그 결론을 단답형으로 내리기는 그리 어렵지 않은 것 같다. 물론 형식주의자들은 내용에 대한 형식의 우위를 주장하고 소위 '속류 맑스주의자'들은 형식에 대한 내용의 우위를 주장하지만 대개는 형식과 내용이 동등한 비중을 가지며 불가분의 관계에 있다고 말해진다. 우리의 선입견과는 달리 루카치 같은 사람도 '문학에서 진실로 사회적인 요소는 형식이다'라고 말하여 형식을 오히려 더 중요하게 생각하고 있는 듯하지만, 이 말도 형식의 우위성에 대한 지적이 아니라 형식과 내용의 불가분성에 대한 강조로 이해되는 것이 무난할 것 같다. 형식과 내용에 관한 단답형의 결론은 '형식은 내용이 형식으로 변형된 것에 불과하고, 내용은 형식이 내용으로 변형된 것에 불과하다'[6]라는 헤겔의 말로 대신할 수 있을 것 같다. 내용과 형식이 불가분의 것이라면, 형식 역시 일종의 이데올로기라고 볼 수 있다. 형식은 현실을 소설 속에 담는 하나의 모델로서 자체의 생명력을 지닌다. 즉 초기에는 신선한 현실을 많이 담을 수 있으나 시간이 지나면서 그것의 수용능력은 새로운 현실을 감당할 수 없게 된다. 이런 점에서 리얼리즘의 정신 속에는 새로운 형식에 대한 탐구 정신이 이미 내포되어 있다고 할 수 있다. 새로운 형식의 탐구는 그 자체가 기존의 이데올로기를 벗어나 현실의 참모습을 드러내려는 노력이다.

2.

　기존의 이데올로기를 벗어나 그동안 가려졌던 현실과 새롭게 변화된 현실을 통찰하여 우리의 인식 모델을 거기에 보다 가까운 것으로 변형시키려는 것이 리얼리즘의 근본정신이요, 또한 현대소설의 지향점이라면, 오늘날 우리의 소설은 이러한 요구에 얼마만큼 부합된 모습을 보여주고 있는가?

80년대에 들어와 우리 소설이 침체되었다는 지적은 여러 차례 반복된 바 있다. 이는, 70년대 소설의 활기와 비교할 때, 충분히 수긍이 가는 지적이다. 80년대 소설이 침체된 느낌을 주는 이유에 대하여, 성민엽은 '현실에 대한 총체적 인식을 가능케 해줄 포괄적 세계관'이 정립되지 못했기 때문이라고 지적하였고,[7] 권오룡도 '80년대 소설에 시급히 요청되는 과제는 총체성 회복의 노력'이라고 말함으로써 성민엽과 유사한 견해를 보여준다.[8] 여기서 총체성이란 개념은 루카치의 소설이론에서 비롯된 것이라 판단되는데, 그럼에도 불구하고 루카치적 개념에 충실한 것처럼 보이지는 않는다.[9] 다만 80년대 현실에 대한 '知覺의 全體化'라는 정도의 뜻으로 사용하고 있는 것 같다. 다시 말해 70년대의 소설은 70년대의 현실에 대하여 전체적 조망을 가지고 주요 문제점을 잘 간파하여 드러내었기 때문에 성공적이며, 80년대 소설은 80년대의 현실에 대하여 전체적인 조망을 갖지 못하여 침체된 느낌을 주는 것이란 뜻으로 이해된다. 80년대 소설의 침체 현상에 대한 이러한 해명은 일단 타당한 것으로 보인다. 그러나 이러한 해명에는 보다 구체적인 부연 설명이 필요한 것 같다. 왜냐하면 위의 논리만으로는 다음과 같은 난처한 문제를 해결할 수 없기 때문이다.

엄청난 충격과 함께 전개된 80년대의 현실에 문학의 대응 자세가 어떤 식으로 재정립되어야 하는가라는 문제가 주어졌을 때, 많은 사람들은 70년대와 80년대의 질적 차이를 아예 인정하지 않음으로써 이 문제를 간접적으로 해결하였다. 황지우는 '70년대의 문학적 의미는 무엇이며, 80년대 문학에 대해 어떤 전망을 가지고 있는가라는 물음 자체를 나는 폐기하겠다. 왜냐하면 나로서는 이 두 시대에서 어떤 질적 차이가 발견되지 않기 때문이다. 오직 같은 문제가 더욱 심화 악화되고 있을 따름이다'[10]라고 말했다. 성민엽도 '70년대와 80년대 사이에 질적 차이가 있는 것 같지 않다'[11]라고 말했다. 80년대는 70년대의 문제점들이 전혀 해결되지 않은 채 이어졌으며, 그것들이 누적되어 있다는 지적은 그럴듯하다. 그런데 이러한 생각은 '80년대 소설들이 80년대의 현실을 제대로 그리지 못했다'라는 지적과 논리적 모순을 이룬다. 70년대와 80년대가 아무런 차이도 없다면, 70년대 소설에서 가능했던 현실 인식이 80년대 소설에 와서 갑자기 불가능하게 될 수가 없기 때문이다. 이러한 모순을 해결하기 위해서는, 그 두 가지 지적 중 한 가지를 포기하기 이전에, 70년대와 80년대의 현실에 대한 성찰이 새롭게 요구된다.

70년대는, 잘 알려진 바와 같이, 60년대에 시작된 경제개발정책에 의하여 사회 전체가 큰 변화를 감수해야 했던 격동의 시대였다. 산업화·도시화·공업화 등이 동시에 진행되면서 사회구조가 크게 개편되었는데, 사회 전반에 걸친 격심한 변화란 어쩔 수 없이 심각한 문제점들을 수반하지 않을 수 없다. 더구나 그러한 변화를 적극적으로 추진하였던 집권층의 반민주적이며 비윤리적인 성향과 '하면 된다'식의 무모성은, 더욱 심각한 사회적 갈등과 불만을 야기 시켰다. 그리하여 사회전반에 걸쳐 누적된 모순들은 마침내 10·26사건으로 폭발하였다. 권오룡이 지적한 바와 같이, 70년대 말의 상징적 사건이었던 10·26사건이 함축하는 의미는 한국사회의 구조적 개편의 요청이 그 극한점에 이르러 폭발한 것이었다고 할 수 있다.[12] 그러나 불행하게도 10·26사건은 누적된 모순을 해결하는 쪽으로 작용하지 못하고 오히려 증폭시키는 쪽으로 작용하는 결과를 초래했다. 그리하여 80년대는 70년대의 모순들을 그대로 이어받아 더욱 악화시킨 시대가 되어 버렸다. 이러한 의미에서 70년대와 80년대 사회의 질적 차이를 허용하지 않으려는 생각은 옳다. 그러나 80년대에 들어와 70년대로부터 누적된 모순들이 심화되었다는 사실은 중요한 변화를 내포하고 있다고 생각된다.

70년대는 무엇보다 사회구조의 전반적인 격변으로 이해될 수 있을 것 같다. 농촌 인구가 도시로 몰려들고, 산업 노동자 계층이 중요한 사회 집단으로 부상되고, 생활방식이 크게 바뀌었다. 이러한 변화는 모든 사람들에게 전혀 새로운 체험이었다. 따라서 70년대의 새로운 현실은 '개척'의 대상이 될 수 있었다. 다시 말해, 70년대에 있어서 현실을 인식한다는 것은 새로운 체험들을 인식 영역 안으로 수용하는 것일 수 있었다. 격변의 소용돌이 속에서 현실은 마치 황야처럼 미지의 영역으로 펼쳐진 대상이었다. 이 미지의 영역으로 서부 개척하듯이 달려가서 그곳의 모습을 널리 알리는 것이 바로 70년대 현실 인식의 성격이라고 볼 수 있다. 70년대 벽두에 우리문학의 새로운 지평을 열어준 것으로 평가받고 있는 황석영의 「객지」는, 당시 새롭게 형성된 노동자 계층의 삶을 일반인들의 경험 속으로 편입시켜주었고, 윤흥길의 『아홉켤레의 구두로 남은 사내』는 도시 변두리의 부동적(浮動的) 삶을 보여주었고, 조세희의 『난장이가 쏘아올린 작은 공』은 경제개발의 밑거름이 되어 주었던 노동자들의 삶을 보여주었다. 뿐만 아니라 최인호, 조해일, 조선작 등의 소설들은 변화된 여성들의 삶을 통하여 현실의 새로운 모습을 알려주었다. 그러니까 70년대 소설의 활기를 주도했던 작품들은 거의가 새롭게 펼쳐진 충격적 현실들이 바로 우리의 문 밖에 있음을 고지해주었던 셈이다. 상전벽해(桑田碧海)가 되어 버린 현실의 지각(地殼)을 카메라의 위치 이동으로 포착하여, 그 변화가 어떤 모습으로 귀결되었는가를 보여주었다고 할 수 있다. 70년대 말에 갑자기 성행한 소위 '르뽀 문학'이라는 것도, 이 시대의 현실 인식이 미지의 영역에 대한 개척과 탐사임을 확인시켜 준다. 가령 『어둠의 자식들』『꼬방동네 사람들』『어느 돌멩이의 외침』 등등은 독자들에게 미지의 현실을 보고해 준다. 70년대 현실은 평범한 사람들의 일상성 속에 있었던 것이 아니라 비일상적 인물의 특수체험 속에 있었던 것이다. 그래서 소설이 이 특수 체험을 널리 알려 사회 문제화시키는 것만으로 전체 현실의 인식이라는 기본 역할을 수행할 수 있었던 것으로 보인다. 그리고 이럴 경우, 소설이 현실의 기계적 반영(이것의 극단적인 형태가 르뽀문학일 것이다)에 머물더라도 그 역할의 수행에 큰 지장이 없다.

　그러나 80년대 현실은 이미 '개척'의 대상이 아니라 '투시(透視)'의 대상이라는 점에서 70년대 현실과 중요한 차이점을 가진다. 80년대는 70년대의 문제점들을 그대로 가지되, 그것들은 이제 새로운 체험이 아니다. 70년대에는 비일상적 인물의 특수체험이었던 것들이 이제는 여러 가지 형태로 평범한 인물들의 일상성 속에 녹아들어 갔다. 현실은 더 이상 문 밖에 펼쳐진 미지의 영역에 있는 것이 아니라 나날의 삶 속에 보이지 않는 형태로 내재화되어 있다. 달리 비유해서 말해 본다면, 70년대에 개척하였던 그 거칠고 모순 가득한 영토 위에 이제 사람들은 집도 짓고 농사도 지으며 살아가고 있는 셈이다. 거칠고 모순 가득한 영토 위에서의 살림살이가 제대로 된 것일 수야 당연히 없지만, 그 모순의 실상은 육안으로 보이는 창밖의 풍경이 아니다. 그것은 집의 주춧돌 밑에서, 우물 속에서, 곡식들의 뿌리 근처에서 혹은 의식의 근저에서 우리의 삶을 통제하는 악마의 힘이다. 그 힘의 근원은 이제 감지되지 않으며, 파편화된 모순의 조각들이 일상의 마당에 어지러울 뿐이다. 물론 그 모순의 전면에 정치 상황이 너무나 거대하게 버티고 있어 우리의 현실 인식을 단순논리로 유도하고 있으나, 단순논리로 접근하기에는 현실이 너무나 복잡하게 얽혀있다. 지각 변동이 매우 활발하였던 70년대 현실의 경우 변동사항의 인지만으로 그 현실인식이 가능하였으나, 지각 변동이 파행적 형태로나마 고착되어 가는 80년대의 경우 그 어둠이 복잡하고 심각하게 얽히면서 내재화되어 있기 때문에 현실의 인식이 매우 까다롭다. 그래서 80년대의 현실은 일반 카메라의 렌즈로써는 포착 할 수 없고 뢴트겐 촬영기와 같은 투시력이 있는 수단으로써만이 포착될는지 모른다. 바로 이러한 까다로움이 80년대 소설이 현실을 제대로 그리지 못했던 가장 큰 이유가 아닐까 한다. 그리고 이러한 까다로움과 동시발생적인 까다로움이 또 하나 있는데, 그것은 현실인식이 까다로운 만큼 그것의 소설적 수용도 매우 어려워진다는 점이다.

　앞서 언급하였듯이, 70년대 소설은 그 현실을 기계적으로 반영하더라도 리얼리즘의 정신을 어느 정도 발휘할 수 있었다. 그 까닭은 70년대 현실 자체의 심각한 변화가 외면적 움직임이라 할 수 있기 때문이다. 그러나 80년대 현실의 성격상 80년대 소설은 70년대 소설처럼 소박한 안목으로 그 역할을 수행할 수가 없다. 이제 70년대 소설의 인식 논리는 하나의 이데올로기가 된다. 이 이데올로기를 벗어나 새롭게 변화된 현실의 모습에 대한 통찰이 있어야 한다. 70년대의 어둠이 그대로 지속되고 있는 현실이면서도 그 인식태도가 달라져야 한다는 요청은, 두 가지 근거를 가지고 있다. 물론 가장 중요한 근거는 앞의 지적과 같이 80년대 현실이 근본적으로 70년대와 동일한 어둠을 가지고 있으면서도 그 어둠의 존재 양상이 훨씬 부정적으로 달라졌다는 점이다. 이와 아울러 또 하나의 근거는, 동일한 어둠에 대한 지적이라 할지라도 그 지적이 동어반복에 머물 때에는 현실에 대항하는 에너지를 상실하고 상투성의 옷을 걸치게 된다는 점이다. 이에 80년대 소설은 기계적 인과론에 의한 현실인식에서 벗어나 보다 복잡한 인식 모델을 스스로 확립해야만 하는 것이다.13) 그리고 이렇게 인식된 내용을 소설 속에 담기 위해서는 소설의 형식에 대한 탐구도 병행되어야 할 것이다. 형식은 내용이 형식으로 변형된 것이라는 말을 상기할 때, 인식 내용의 변화는 당연히 소설 형식의 변화를 수반한다.

　80년대 소설에 대한 이상과 같은 까다로운 요청을 제대로 수용하지 못했다는 점이 지금까지 발표된 80년대 소설의 실질이다.14) 즉 침체된 느낌을 주는 구체적 이유라고 할 수 있다. 그러나 최근에 이러한 침체의 늪을 벗어나는 듯한 징후가 보인다. 그것은 바로 서정인의 『달궁』과 복거일의 『碑銘을 찾아서』라는 작품이다. 이 두 편의 소설은, 현실에 대한 새로운 인식과 독특한 소설 형식을 가지고 80년대의 현실을 투시

하여 노출시킨다. 그것이 우리의 까다로운 요청을 만족스럽게 충족시켜
주는 정도는 아니라 하더라도, 각각 상당한 정도로 새로운 사실감을 내
포하고 있다고 판단된다. 새로운 사실감이란, 즉 기존의 이데올로기로
서는 드러낼 수 없었던 현실에 대한 새로운 조명을 뜻한다.

3.

　서정인의 『달궁』은 은실이라는 여인의 삶을 중심으로 펼쳐지는 이야
기이다. 공식적으로는 은실이라는 여인이 주인공이긴 하지만 실질적인
주인공은 없다고 봐야 한다. 작가는 은실이의 삶에 관련된 많은 등장인
물의 삶을 은실이의 삶에 종속시키지 않고 각각 독립하여, 그리고 거의
동등한 비중으로 펼쳐 보이기 때문이다. 따라서 이 소설은 줄거리의 요
약이 완전 불가능하다. 줄거리가 없어서 그렇다기보다는 줄거리가 너무
많아서 그러하다. 이 작품의 내용 분석은 형식 분석을 통해서만이 가능
하다.
　『달궁』은 매우 독특한 형식을 가지고 있다. 우선 크게 보아, 이 작품
은 소제목을 가진 수많은 부분들의 집합인데 각 부분은 200자 원고지로
10매에서 15매 정도이다. 그리고 지금까지 14회에 걸쳐 나누어 발표된
조각[15]은 대략 90개가량 된다. 지금까지 발표된 내용을 따져보더라도
앞으로 이 소설이 얼마나 길게 씌어질 것인지 전혀 가늠할 수 없다. 이
는 지금까지 발표된 것만으로도 한편의 장편으로 읽힐 수 있음을 의미
하는 동시에, 이 소설이 인과적 구성을 중시하지 않고 있음을 의미한다.
작가는 단편 분량으로 몇 조각씩 묶어 잡지에 발표하였는데, 이러한 발
표 형식은 심지어 단편으로 읽힐 수도 있음을 뜻한다.

각 조각들은 대체로 하나의 사건이나 장면을 가지고 있는데, 그 자체가 완결된 느낌을 주는 것은 거의 없다. 개별적으로 본다면 각 조각들은 처음도 끝도 가지지 못하는 이야기이다. 그렇다고 해서 각 조각들의 배열이 명백한 줄거리를 형성시켜 주는 것도 아니다. 많은 조각들이 인과적으로든 시간적으로든 무질서하게 섞여 배열되어 있다. 뿐만 아니라 조각에 따라서 시점과 화자가 마음대로 바뀐다. 매우 주의 깊은 독서자 세로 몇 십 개의 조각을 읽고 난 이후에라야 등장인물들의 관계와 펼쳐지는 사건의 윤곽을 어렴풋이 알 수 있을 따름이다. 한마디로 작가는 등장인물들의 관계나 전개되는 사건의 바깥테두리를 독자들에게 알리는데 전혀 무관심한 듯이 보인다.

이처럼 『달궁』의 형식은 독자들에게 당혹감을 주기에 충분하다. 여러 가지 점에서 관습적인 소설 형식을 완전히 무시하고 있다. 그렇다면 작가는 어떠한 내용을 전달하기 위하여 이런 당혹스런 형식을 마련하고 있는가? 이에 답하기 위해서 먼저 서정인의 이전 작품들을 잠시 되돌아볼 필요가 있다.

잘 알려진 바와 같이 서정인은 교과서적인 단편소설의 미학에 탁월한 솜씨를 부여주는 작가이다. 우리 현대소설사에서 가장 모범적인 단편소설을 언급하는 자리에서 그의 「江」이란 작품이 빠지는 경우란 거의 없다. 절제된 문장, 단일한 인상과 효과, 통일된 구성, 인생의 한 단면을 통찰하는 그의 능력 등등에서 그의 단편소설은 소설지망생들의 전범이 되곤 하였다. 그러나 그는 일찍부터 이러한 교과서적인 단편소설의 미학에 스스로 불만을 품고 있었던 것 같다. 그 불만은 그 형식의 최대치까지 도달해 본 자의 불만이라고 볼 수도 있겠다.

단편소설의 엄정한 형식이란, 입체적이고 혼돈된 삶의 실체를 담기에는 여러모로 부적절하다. 교과서적인 단편소설의 미학이란 추상화된 삶의 인상이나 파편화된 현실의 한 장면을 드러낼 수 있을 따름이다.

따라서 소설이 궁극적으로 고통스런 현실의 토양 위에서 서식하는 것임을 믿는 작가들에게 교과서적인 단편소설의 미학은 조만간 불만의 대상이 될 수밖에 없다. 지금까지 서정인은 교과서적인 단편소설의 미학을 잘 지키고 있었던 작가로 알려졌지만, 실제는 스스로 단편소설의 미학을 파괴해가며 보다 많은 현실을 소설 속에 담을 수 있도록 노력해왔다. 가령 「圓舞」 같은 작품은 우리 현실의 인간관계가 돌고 돌아 결국 자신에게 되돌아온다는 점을 구성의 파괴·변형을 통해서 보여준다. 그리고 「分列式」 같은 작품은 세태소설식으로 소설의 인과성을 무시한 채 여러 가지 삶의 모습을 겹쳐서 보여준다. 그런가 하면 「뒷개」 같은 작품에서는 있어야 할 이야기를 대폭 생략해 버리고 우리의 현실에 대한 어떤 느낌만을 상기시켜 준다. 그러니까 작품 내에서의 인과적 필연성은 더 이상 신경을 쓰지 않고 현실의 터무니없음을 그대로 소설형식의 터무니없음으로 연결시킨다. 이상과 같은 전통적 형식으로부터 벗어난 작품들에서 추출할 수 있는 공통분모는 무엇보다 삶의 실감에 대한 존중이다. 그리고 그의 소설에서 점차적으로 강조되는 것이 삶의 불가해성에 대한 인식이다. 합리적인 사고방식으로는 도저히 이해될 수 없는 우리의 현실을 언어로 재현하는데 있어, 전통적 형식의 합리성은 방해가 된다. 그래서 그는, 전통적 안목으로 볼 때는 전혀 비합리적인 형식을 통해서 불가해한 삶의 실제 모습을 재현시키려고 노력한 것이다. 그러나 이러한 형식상의 방황은, 「뒷개」 정도를 제외하고는 거의 실패한 노력으로 보인다. 여전히 그의 능력은 「나들이」류의 작품을 통해서 발휘되는 듯 했다. 다만 새로운 형식의 시도는 그의 소설이 보다 현실의 실감에 가까이 있을 수 있기 위한 꾸준한 노력이었다는 점에서 긍정적 의미를 갖는다.

한편, 『철쭉제』라는 작품은 단편들에서 시도했던 위의 노력들을 장편으로 확산한 것이라 할 수 있다. 복잡하고 불가해한 삶의 모습을 담기에는 단편이란 그릇이 근본적으로 불편했던 것이다. 「뒷개」와 같은 단편을 여러 개 합쳐서 『철쭉제』라는 하나의 형식을 탄생시켰다. 그런 점에서 『철쭉제』는 바로 『달궁』이 가진 형식의 전단계라고 할 수 있다. 그리고 이 『철쭉제』에 이르러 또 한 가지 지적해야 할 것은, 마치 판소리계 소설들처럼 사건이나 줄거리를 배경에 희미하게 깔고 작중인물들의 대화를 전면에 부각시켰다는 점이다. 대화가 구성에 종속되는 것이 아니라 대화 자체가 주제를 실어 나르는 근본 동력인 셈이다. 이러한 점은 『달궁』에 그대로 연결된다. 『달궁』은 『철쭉제』의 형식을 이어받되 『철쭉제』에 남아 있던 단편형식의 잔재를 좀 더 거부하는 대신 전체내용의 불합리성과 입체성을 더욱 증폭시킨 것이라 할 수 있다.

이상과 같은 서정인의 형식 탐구는 작가 자신의 리얼리즘 문학관을 그대로 반영하고 있는 것으로 보인다. 작가는 「리얼리즘考」라는 글에서 리얼리즘의 여러 가지 측면을 검토하고 있는데, 이는 그대로 작가의 문학관이라 할 만하다. 이 글에서 작가는 형식과 관련하여 리얼리즘을 다음과 같이 말한다.

> 삶의 형식적 모방이 그 삶의 혼돈으로부터 실체를 보여주고, 형식이 모방의 현실로부터 유리되어 실체를 보여줄 수 없을 때 그 형식을 새로운 형식으로 파괴하여 유리된 현실이 아니라 놓친 실체를 보여주려는 노력이 리얼리즘이라면, 삶의 잠재적 가능성의 혼돈으로 나타나는 수많은 우발적이고 미필적인 실현들 중에서 그것이 보편적인 완전한 전개를 했을 때 도달하게 되는 삶의 entelechy를 보여주는 리얼리즘 문학은 삶의 사회적 전개인 역사를 펼쳐나가는 힘의 안으로부터의 완성적 구성요소이다.[16]

그러니까 『달궁』의 당혹스런 형식은, 삶의 잠재적 가능성의 혼돈으로 나타나는 수많은 우발적이고 미필적인 실현들을 보편적이고 완전하게 드러내려는 노력의 결과라고 할 수 있다.

우리의 삶이란 것은 미필적이고 우발적인 실현들이 중층적으로 뒤엉

켜 있다. 그 속에서 모든 사람들은 자기 삶의 주인공이 되어 자신의 입
장에서 삶을 이해한다. 그리고 그들 행위의 상호관계는 인과적이기도
하고 비인과적이기도 하다. 그런데 일반적으로 소설이라는 장르는 한
사람을 주인공으로 선택하여 그 주인공의 삶을 중심으로 현실을 펼쳐보
여 주되 직접적인 인과적 관련성이 없는 삶의 부분들은 고의적으로 생
략된다. 우리의 삶이 선적(線的)으로 전개되는 한편의 드라마라고 이해할
때는 이와 같은 전통적 소설형식이 충분히 효과적일 수 있다. 그러나 우
리의 일상적 삶을 수많은 파편의 집적이라고 인식할 때는 그것이 효과
적일 수가 없다. 그래서 서정인은 선적이고 인과적인 구성을 거부하고
여러 개의 독자적인 줄거리를 조각내고 또 몇 겹으로 겹쳐서 보여주는
것이다. 뿐만 아니라 줄거리 자체를 매우 약화시킨다. 즉 그 역할을 최
소화하여, 독자들이 겨우 윤곽만 감지하도록 한다. 줄거리라는 것은 독
자들이 혼란 속에 빠지지 않고 소설을 계속 읽어나갈 수 있도록 해주면
되는 것이다. 작품의 내용 , 즉 소설이 드러내려고 하는 삶의 실감은, 마
치 물방울이 모여 구름을 이루듯 조각들이 축적됨에 따라 확인되는 것
이다. 거의 마찬가지 이유로 작중인물들의 개성과 역할도 축소된다. 공
식적인 주인공은 은실이라는 여인이지만, 실제적으로는 주인공의 역할
을 하지 않고 다만 소설의 중심이 되어 줄 뿐이다. 수많은 등장인물들은
대부분이 익명적 성격을 가지고 있으며 은실이의 삶과 필연적 상관성을
갖는 것이 아니다. 다른 등장인물들의 삶이 은실이의 삶을 보조하는 것
이 아니라 각자의 삶을 독립적으로 보여준다. 이와 관련해서 이해되는
것이 시점의 자유로운 변화이다. 그동안 간혹 한 사건을 시점을 옮겨가
며 관찰한 소설은 있었으나 『달궁』은 그런 식의 시점 이동이 아니라 주
인공과 화자가 동시에 바뀌는 식이다. 이는 어떤 상황에 대한 여러 입장
의 수용이라는 의미를 갖는 동시에 삶의 다중성(多重的) 상대성을 포착하
려는 노력으로 보인다. 정리해서 말한다면, 작가는 합리적이고 질서 있
는 형식 속에 현실을 재단하여 억지로 넣는 것이 아니라 불합리하고 중

층적이고 복잡다기한 현실이 풍부하게 담길 수 있도록 형식을 열어 놓고 있다. 이러한 열린 형식 속에서, 작품의 의미는 줄거리에 있는 것도 아니고 인물에 있는 것도 아니고 추출·요약될 수 있는 것도 아니다. 그것은 위에서 언급한 형식적 특수성과 작가 특유의 요설적 문체가 합쳐서 만들어 내는 어떤 효과 속에 있다고 겨우 말할 수 있을 따름이다.

그렇다면 열린 형식과 함께『달궁』의 효과를 창출해내는 요설적 문체란 어떤 것인가? 서정인은 절제의 미학의 장기였지만, 그의 소설 속에서 지방색을 강조하면서부터, 또 주인공을 지식인으로부터 시정(市井)의 인물로 바꾸면서부터 요설의 징후를 드러내었다. 그리고『철쭉제』와『달궁』에 이르러서는 그 요설적 문체를 매우 중요한 수단으로 사용하고 있다. 그러나『철쭉제』에서의 요설과『달궁』에서의 요설은 상당한 차이를 가진다. 전자에서는 요설의 어투가 서울말이고 그것이 노리는 의도는 진정성을 상실한 삶의 혼란스러움이라 할 수 있다. 다시 말해 말도 안 되는 말장난 속에서 가치를 상실한 우리의 의식이 부황성(浮黃性)을 보여준다. 이와는 달리『달궁』에서는 요설의 어투가 사투리이다. 사투리로 된 요설 속에서도 우리 의식의 부황성을 드러내는 변이 있기는 하지만 대개의 경우 그것은 삶의 깊은 맛을 드러낸다. 이는 마치 시골 할머니들의 중얼거림처럼 비합리적이고 비논리적이면서도 그 속에 오랜 삶의 아픔과 그 아픔을 견뎌내 온 지혜를 다 담고 있다. 우리 삶에 대한 작가의 통찰이 이러한 요설적 사투리 속에 다 들어 있다고 볼 수도 있으며, 이 요설을 읽는 맛이 곧『달궁』을 읽는 맛이라고 해도 무방할 정도다. 이 점에 대해서는 작가 스스로「달궁·5」를 발표하면서 다음과 같이 밝힌 바 있다.

이 글에는 사투리가 많이 나온다. (…중략…) 무수히 나오는 그 사투리들은 멋을 부리려는 사치가 아니고, 단순히 현장감·임장감을 주려는 장치도 아니고, 이 글에서 내가 하려는 이야기를 전달해 주는 유일한 기량이다 ㄱ 사투리

들과 그 사투리들의 말투가 어떤 삶의 한 단면을 보여준다면 그것이 이 글의
주제이다.17)

　　작가의 이 말은 과장으로 들리지 않는다. 실제로『달궁』의 열린 형식
을 생각할 때 의미를 직접적으로 가두고 있는 부분은 바로 이 요설적
사투리이다. 앞서, 마치 판소리계 소설들처럼 사건이나 줄거리를 희미
하게 깔고 작중인물들의 대화를 전면에 부각시켰다는 점을 지적한 바
있다. 판소리계 소설들은 사건이나 줄거리가 큰 의미를 갖지 않는다. 그
래서 부분만으로도 자체의 의미를 가지고, 그 말맛 속에서 사람들은 감
동을 받는다.『달궁』도 이와 유사하다. 몇 조각씩 묶어 단편으로 발표해
도 되는 까닭도 바로 이 때문이다. 작가는 마치 산전수전 다 겪은 노파
처럼 하염없이 중얼거리면서 그 속에서 폭과 깊이가 있는 삶의 통찰을
능청스럽게 늘어놓는다. 아마도 작가가 이러한 요설의 기량을 갖고 있
기 때문에 이 소설의 열린 형식이 성공할 수 있었을 것이다.

　　『달궁』의 의미는 그 형식 속에 녹아 있어 따로이 추출 요약될 수 없
는 것이긴 하지만, 형식을 벗어나서 지적해야 되는 점이 한 가지 남아
있다. 그것은『달궁』이 그려내는 삶이 어떤 계층에 속하는 것이냐 라는
점이다. 우선 등장인물들의 생활 터전은, 서울과 적당히 떨어져 있는 지
방(전라북도)이고 가끔은 서울이기도 하다. 즉 주변적 성격을 지닌다. 그
리고 아버지 세대와 아들세대가 완전히 달라진 삶을 살고 있는 사람들
이다. 어릴 때는 지역적으로나 문화적으로나 정신적으로 동일한 공간에
살았던 사람들이 지금 완전히 다른 종류의 삶을 각자 살아간다. 또 대
체로 성장과정에서 많은 알력을 경험하였으며 그것이 현재의 불편한
인간관계의 원인이 되기도 한다. 그러나 이는 누구에게도 그 잘못을 물
을 수가 없다. 이들은 모두 익명성이 강한, 즉 평범한 우리 시대의 장삼
이사(張三李四)들이다. 지방의 중소도시에서, 그리고 서울의 외곽지대에

서 살되 지방이 고향인 많은 사람들에게서 찾아볼 수 있는 인간형들이
다. 모호한 말이긴 하지만, 우리 사회의 기층민이라는 것을 생각해 본다
면, 즉 시대의 변화와 모순을 가장 보편적으로 체험한 대다수의 사람들
을 가정해 본다면 바로 이러한 인물들이 바로 그들일 것이다. 우리의
현실을 투시하기 위해서 그 대상을 이러한 삶으로 선택하였다는 사실
은 당연하면서도 중요하다. 왜냐하면 이러한 인물들의 삶이야말로 우리
사회의 질곡을 가장 보편적으로 드러낼 수 있기 때문이다. 70년대의 현
실이 특수집단의 비일상성 속에 있었다면, 80년대 현실은 이러한 기층
계층의 일상성 속에 들어 있다고 할 수 있다. 이 삶은 이미 우리의 체험
속에 있는 것이다. 작가의 역할은, 알고는 있지만 날로 무감각해지는 현
실의 실감을 우리들에게 낯설게 인식시켜 주는 것이다. 이 점에서도
『달궁』의 80년대 소설적 의의는 확인된다.

4.

『비명을 찾아서』는, 역사를 가정해서 쓴 소설이다. 작가의 표현을 빌
리자면 대체역사라는 것이다. 이 소설에는 '京城, 쇼우와 62년'이라는
일제식 지명과 연호가 부제로 붙어 있는데, 이를 우리식으로 옮기면
'서울, 1987년'이 된다. 그러니까 이 소설은, 우리 나라가 아직도 일본의
식민지라는 가정 아래 1987년의 서울에서 벌어진 일을 그려 보여주고
있다. 전체는 일월부터 십이월까지 열두 부분으로 나눠져 있고, 장(章)으
로서는 109장으로 나눠져 있다. 부제와 소제목을 볼 때 이 소설이 시사
성을 매우 중요하게 생각하고 있음을 짐작할 수 있다. 그리고 각장의
첫머리에는 작가가 꾸며낸 인용문이 항상 붙어 있으며 이 역시 시사성

을 매우 강조하는데 일익을 한다.

　주인공인 기노시다 히데요는 서른아홉 살의 회사원으로 경성대학을 나온 엘리트이며 시인이기도 하다. 일본의 철저한 민족말살정책으로 인하여 히데요는 자신이 조선인인 것도 모르고 조선이라는 나라와 조선말이라는 것이 있었는지조차 모른다. 그러다가 어느 날 우연히 자신의 조국이 조선이라는 사실을 알게 되고 조선에 대한 정보를 몰래 수집하여 조선말도 배우곤 한다. 그러나 조선관계 책을 가지고 있다가 일본경찰에 체포되어 큰 곤욕을 치르고, 가정은 일본헌병소좌에 의해 파탄을 당한다. 이에 히데요는 자신의 조국을 되찾기 위해서 상해 임시정부로 망명의 길에 오른다. 이상이 아주 간추린 줄거리이다. 그런데 이 소설은 이중 구조를 가지고 있다. 하나는 이러한 줄거리의 의미이고, 다른 하나는 그 줄거리 사이사이에 들어 있는 ‘京城, 쇼우와 62년’의 상황묘사이다. 이 소설의 무게중심은 후자, 즉 세태 소설적 요소에 들어 있다.

　작가가 재구성하고 있는 쇼우와 62년도의 경성에서의 상황은 현재 우리의 상황과 거의 흡사하다. 작가가 교묘하고 치밀하게 짜 맞춘 일본식 명칭들을 괄호 안으로 넣어 버리면 우리의 현재 상황을 제시한 것이 되는 셈이다. 따라서 이 소설은 바로 우리의 현재 모습을 보여주고자 하는 의도를 가졌으며 대체역사라는 형식은 소위 ‘낯설게 하기’의 탁월한 기법이 되는 셈이다. 다시 말해 우리가 일상 속에서 늘 체험하고 있는 일들을 대체역사라는 형식 속에 넣어 남의 이야기처럼 들려줌으로 해서 현실에 대한 인식을 새롭게 강화시켜 주는 것이다. 그래서 이 작품의 의미 파악을 위해서는 대체역사임을 말하기 위한 작가의 치밀한 장치를 계속 괄호 속에 넣으면서 읽을 필요가 있다. 작가가 우리 현실을 재구성하는 솜씨는 매우 차분하고 믿을 만하다. 물론 대체역사라는 틀이 있었기 때문에 큰 도움이 되었겠지만 그렇다고 하더라도 우리의 정치적 상황과 사회적 분위기를 재구성하는 능력은 높이 살만하다. 특히 일반사회의 사원으로서 접하게 되는 우리 사회의 분위기가 이처럼 사실감 있게 재현되었다는 점은 매우 반가운 일이다. 여기에는 일반기업체의 사원을 오랫동안 한 작가의 체험이 큰 도움이 되었으리라 짐작된다. 이러한 부분은 우리 현실 중에서 중요한 의미를 가짐에도 불구하고 그동안 우리 소설이 제대로 손을 쓰지 못한 부분이다. 회사 안의 분위기와 인간관계, 기업윤리, 외국인들과의 상담, 기업운영과 정치의 상관성 등등은 우리 현실의 실체를 드러내는 데 좋은 창구가 될 것이다. 이 소설의 주인공이 엘리트이고 또 평범한 회사원이라는 점은 새로운 실감으로 현실을 재구성하는데 큰 도움이 된 듯하다. 역사를 가정해서 쓴 소설이면서도 이 작품은 분명히 우리의 현실을 실감나게 그려준 리얼리즘이라 할 수 있다. 작가의 궁극적 지향점이 리얼리즘이라면, 왜 대체역사라는 반 리얼리즘적 형식을 채택했을까? 이 질문은 이 작품의 이해와 80년대 소설로서의 의의를 가늠하는 데 있어서 꼭 필요하다. 우선 이 형식은, 앞서 지적한대로, '낯설게 하기'의 효과를 내는데 아주 유용하다. 그리고 이 형식 속에서는 현실의 재현이 그대로 신랄한 풍자성을 갖게 된다. 왜냐하면 일제 식민지 상황아래서 일어나야 할 일 들이 지금의 우리가 겪는 일이라면 그 자체로서 강한 풍자가 되기 때문이다. 형식 자체가 이미 반어적이다. 주인공의 나이가 39세인 것도 1987년이 정부수립 39년째라는 사실을 생각하면 풍자적인 장치이다. 따라서 작가가 현실을 비꼬지 않고 그대로 객관적 입장에서 묘사해도 이미 풍자가 된다. 대체역사라는 소설적 형식은 이러한 두 가지 장점을 가진다.

그러나 이보다 더 중요한 점은 이런 형식이 우리 소설이 처한 두 가지 위기를 동시에 해결하고 있다는 사실이다. 첫 번째 위기는 금기가 되어 있는 정치적 현실을 어떻게 드러낼 수 있는가 하는 것이다. 일제 식민 상태라는 가상적 배경은 이 금기를 피하면서 동시에 공격을 하는 이중적 효과를 갖는다. 두 번째 위기는 이분법적 현실 인식의 대립을 어떤 식의 작품으로 화해시킬 수 있는가 하는 것이다. 70년대 이후 문학의 실천적 관심은 날로 높아져 소위 참여문학은 자체의 관성과 억압성의 심화로 매우 경직된 모습을 갖게 되었다. 그리고 그 경직성은 시대적 상황의 역설적인 옹호를 받고 있었던 셈이다. 실천적 주장의 시대적 당위성은 받아들이되 그것을 평범하고 일상적인 삶을 통해 드러내고 또 문학적 특성도 견지할 수 있는 작품이 요청되었지만 이분법적 현실인식 속에서 그것은 좀처럼 성취되지 못했다. 조그만 예를 들면, 우리의 정치적 상황 아래서는 양반들이 시조를 좋아하는 입장과 평민들의 사설시조를 좋아하는 입장이 갈라서 있어야만 했던 것이다. 그런데 대체역사라는 형식 속에서는 이 문제가 쉽게 풀릴 수 있다. 일본제국이라는 외부의 적을 가상함으로써 '우리'라는 내부에 있는 여러 입장은 당연히 화해된다. 주인공 히데요의 중산층 의식도 문제가 안 되고 또 「梨花에 月白하고」라는 시조가 「님의 침묵」에 못지 않는 민족적 가치를 지니며 여린 서정성마저 시대적 의의를 획득한다. 그리고 노동자와 농민의 입장에서만 우리 시대의 성감대를 건드릴 수 있다는 경직성도 극복된다. 70년대와는 달리 우리의 현실이 평범한 삶의 일상성을 투시할 때 드러난다는 사실을 확인하고 있는 셈이다. 이런 점에서도 이 소설은 80년대 소설에 대한 우리의 요청을 상당히 수용하고 있다.

한편, 이 소설의 형식이 그 의도를 성공적으로 살릴 수 있었던 데에는 다음과 같은 몇 가지 미덕이 역시 중요한 역할을 한다. 먼저 치밀한 짜임새를 들 수 있다. 해박한 지식과 폭넓은 관심 그리고 풍부한 자료 수집을 바탕으로 충분한 구체성을 확보하고 있다. 이와 관련하여 지적인 세련미가 돋보이는데, 이는 특히 작가가 꾸며낸 인용문들에서 확인된다. 각 장의 첫머리마다 붙어 있는 이 인용문들은 나름대로의 하나의 흐름을 가지나 이 흐름이 사건의 흐름과 도식적으로 대응되지는 않는다. 이것은 상황을 구체적으로 혹은 시사적 안목으로 제시해 주는 역할을 하는 것으로 보인다. 동시에 대체역사의 개연성을 높여 소설내적 사실감을 주는 데도 큰 역할을 한다. 마지막으로 지적하고 싶은 것은 주인공의 성격과 자세이다. 주인공 히데요의 사고나 행위는 시종일관 침착하고 냉정하며 절제되어 있다. 여러 가지 상황에 접하되, 섣불리 분개하거나 성급하게 도덕심에 휩싸이지 않는다. 이러한 주인공의 성격은 상황의 어둠을 냉정하고 설득력 있게 전달하는데 큰 도움이 된다. 뿐만 아니라 주인공의 성격 자체가 문학적인 매력을 지닌다. 그 까닭은 그가 시인이기도 하기 때문이 아니라, 사소한 일상적 문제에서부터 심각한 상황적 문제에 이르기까지 그의 대응자세가 순수하고 진지하기 때문이다. 그에게 있어 인간적인 문제와 상황적인 문제는 별개의 것이 아니다. 그는 지사도 아니고 도덕적 결벽성을 가진 자도 아니고 그냥 평범한 사람이지만 가장 진지한 자세로 삶을 살아간다. 그리고 그 인성이 맑다는 느낌을 준다. 우리 시대의 인간상으로 기억될만하다.

이러한 미덕과 아울러 몇 가지 어색한 점도 지적할 수 있다. 몇 십 년 만에 한 나라의 존재가 그렇게 망각될 수 있다는 가정이 어색하며, 마지막 부분의 파티·살해·망명준비 장면에서도 무리가 있는 것으로 보인다. 그리고 상황적 어둠의 누적에 따른 인간관계의 불모성을 드러내는 부분이 너무 약하다. 오랫동안 잘못된 삶을 견뎌내야 했던 사회치고는 등장인물들이 너무 착하게 설정되어 있다. 이는 우리 현실의 실감과도 약간 다르지 않을까 한다. 그러나 이런 지적들에도 불구하고, 『비명을 찾아서』는, 80년대 소설에 대한 까다로운 요청을 적극 수용하여 우리시대의 리얼리즘을 획득한 작품이라 생각된다.

5.

이상의 논의를 결론삼아 요약하면 다음과 같다.

리얼리즘이란 이데올로기를 벗어나 현실의 실체를 통찰할 수 있는 인식 능력 내지 태도라고 볼 때, 리얼리즘은 당연히 현대소설의 지향점이 된다. 70년대 소설의 활기는 이러한 리얼리즘을 실현한 것으로 이해되고 80년대 소설의 침체는 이러한 리얼리즘을 제대로 실현하지 못한 것으로 이해된다. 그동안 80년대 소설이 리얼리즘을 제대로 실현하지 못한 까닭은, 70년대 현실과 80년대 현실의 차이를 간과하고 70년대 이데올로기로 80년대 현실에 접근했기 때문인 것으로 보인다. 70년대는 급격한 외면적 변화의 시대였기 때문에, 그 현실은 새롭게 형성된 특수집단의 비일상적 삶 속에 있었다고 할 수 있다. 그래서 70년대 소설은 그 미지의 현실을 '개척'하여 널리 고지함으로써 리얼리즘을 달성할 수 있었다. 그러나 80년대는 외면적 변화가 내재화되었기 때문에 그 현실은 보통 사람들의 일상성 속에 불투명하고 복잡한 형태로 숨어 있다고 할 수 있다. 그래서 80년대 소설이 리얼리즘을 실현하려면 그 불투명한 현실을 '투시'하여 일상적 삶의 실감을 재현시켜 주어야만 한다. 그리고 이를 위해서는 형식적 탐구가 당연히 수반될 것이다. 새로운 내용을 수용하기 위해서는 새로운 형식이 필요하기 때문이다.

최근에 발표된 서정인의 『달궁』과 복거일의 『비명을 찾아서』는 이러한 요청을 적극 받아들임으로써 80년대 소설의 지평을 열어준다. 『달궁』은 줄거리와 인물의 역할을 희석시키는 대신 조각들의 집적과 요설적 문체를 이용하여 80년대 현실의 보편적 실감을 입체적으로 드러낸다. 그리고 『비명을 찾아서』는 대체역사라는 지적인 형식을 이용하여 시사적 차원의 80년대 현실을 드러낸다. 『비명을 찾아서』가 80년대 현실을 시사적 차원에서 드러낸 것이라면, 『달궁』은 비시사적 차원의 삶을 통해 드러낸 셈이다. 그래서 이 두 편은 80년대 현실을 인식하는데 상호보완적일 수도 있다.

한마디로 이 두 편의 소설은 각각 독특한 형식을 통해서 80년대 소설에 대한 까다로운 요청을 상당한 수준으로 충족시킨다. 비록 흡족할 정도는 아니라 할지라도, 80년대 현실을 제대로 그려내고 있기 때문에 우리 시대의 리얼리즘이라고 할 만하다. 단, 대단한 에너지를 발산하는 이 두 가지 특이한 형식이 장차 다른 작품에서도 여전히 유효할 수 있는 拮抗力을 가졌다고 보이지는 않는다. (1987)

주석

1) 예를 들어 이제하 같은 소설가는 스스로 자신의 소설을 '환상적 리얼리즘'이라고 명명하고 있다.
2) 스땅달(Stendhal)은 『적과 흑』이란 소설의 49장에서 "소설이란 큰길 위를 오가는 거울"이라고 말한다.
3) 테리 이글턴, 이경덕 역, 『문학비평─반영이론과 생산이론』, 까치, 1986, 47~50면.
4) 스테판 코울, 여균동 역, 『리얼리즘의 歷史와 理論』, 미래사, 1986, 196면.
5) 현실에 통찰 가능한 핵심이 있다는 견해는 목적론적 관념론이라는 비판을 받는다.
6) 테리 이글턴, 앞의 책, 36면에서 재인용.
7) 성민엽, 「80년대는 시의 시대인가」, 『지성과 실천』, 문학과지성사, 1985, 23면.
8) 권오룡, 「총체성의 상실과 그 회복의 전망」, 『문예중앙』 1986년 가을호, 357면.
9) 루카치에 있어서 소설이란, 총체성을 상실하였지만 '총체성으로의 지향'은 사라지지 않고 여전히 살아 있는 시대의 서사시이다. 즉 오늘날에 있어서 총체성이란 하나의 이상으로서만 존재한다(The Theory of the Novel, The MIT Press, Mass., 1971, pp.60~61). 그러므로 루카치의 개념에 입각할 때는, 소설이란 형식 자체가 삶의 총체성을 회복하려는 끝없는 노력이기 때문에 소설의 내용이 삶의 총체성을 보여주어야 한다는 말은 성립될 수 없다.
10) 황지우, 「사람과 사람 사이의 신호」, 『우리세대의 문학』 2집, 1983, 142면.
11) 성민엽, 앞의 책, 20면.
12) 권오룡, 앞의 글, 254면.
13) 보다 복잡한 인식모델이 어떤 식으로 확립될 수 있는가 하는 문제에서 알뛰세 L. Althusser가 제시한 세 가지 인과론 모델은 좋은 참고가 되는 듯하다. 알뛰세는 상부구조와 하부구조 사이를 연결 짓는 인과론 모델을 기계적 인과론(mechanical causality), 표현적 인과론(expressive causality), 구조적 인과론(structural causality) 등 세 가지로 나누어 설명한다. 기계적 인과론은 상부구조와 하부구조의 사이를 기계적인 결정관계로 설정하는 것인데, 이는 단순하고 도식적인 반영론이라 할 수 있겠다. 그리고 표현적 인과론은 전체를 일관성 있는 하나의 유기적 조직체로 보고, 부분이 전체의 표현이 될 수 있는 내적 인과관계를 가진다는 생각이다. 표현적 인과론에 의하면 현실의 일부분으로써 전체 현실을 노출시킬 수가 있게 되는데, 이때 그 일부분은 현실의 핵심에 닿아 있는 것이 된다. 그러나 부분이 전체의 구조를 그대로 표현할 수 있다는 생각은 하나의 희망 사항이다. 즉 목적론적 관념론이 되는 셈이다. 끝으로 구조적 인과론은 알뛰세 특유의 사회 분석 모델이다. 그는 사회를 정치·경제·이데올로기·과학이라는 네 개의 실천영역들이 환유적으로 결합되어 있는 구조로 파악한다. 이 네 개의 실천영역들은 불균등하고 불연속적인 그 자체의

모순을 가지고 있으며, 이러한 모순들은 경제적 본질 모순의 단일한 표현이 아니라 꿈의 텍스트처럼 상호 응축 대체되어 환유적 관계로 겹쳐지고 중층적으로 결정된다. 이러한 네 개의 실천영역들 사이의 지배 종속 관계가 바로 구조인데, 이 구조는 효과를 낳는 원인이기는 하되 효과 바깥의 외재적 힘도 아니고 효과 안에서 효과를 일으키는 내적 본질도 아니다. 구조는 부재 원인(absent cause)으로 효과 속에 내재해 있으면서 동시에 그 어느 부분에도 완전한 형태로 들어가 있지 않다. 이러한 알뛰세의 구조적 인과론 모델은 과연 사회현실의 실질적 분석에 얼마나 효용이 있겠는가 하는 의문이 들지만, 탈 중심화 되고 파편화되어 있으며 중층적인 형태를 띠고 있는 현실의 인식이 단순논리로는 불가능하다는 점을 지적하여 현실 이해의 폭을 한걸음 넓혀주는 것으로 보인다. 80년대의 현실을 인식하는데 있어서 꼭 이러한 정형화된 모델이 요구되는 것은 아니고 또 알뛰세의 구조적 인과론이 모범적 모델이라고 장담하기도 쉽지 않지만, 적어도 기계적 인과론이나 표현적 인과론을 넘어선 통찰이 요구된다는 것은 분명하다. 알뛰세의 세 가지 인과론에 대한 설명은, 이명호, 「서사·욕망 그리고 역사」, 경희대 대학원 석사논문, 1987년, 18~50면 참조.

14) 이에 대한 조그만 예외로 강석경의 「숲속의 방」, 임철우 「볼록거울」, 양귀자 『원미동사람들』 같은 작품들을 생각해 볼 수 있겠다. 이 작품들이 80년대 소설로서 갖는 의의는, 비록 좁은 폭으로나마 이러한 요청을 의식한 현실인식의 노력을 나름대로 보여주었다는 데 있다고 하겠다.

15) 소제목을 가진 하나의 부분을 필자 임의대로 '조각'이라고 명명한다.

16) 서정인, 「리얼리즘考」, 『벌판』, 나남출판사, 1984, 414면.

17) 서정인, 「달궁·5」, 『문학사상』, 1986.3, 186면.

역사적 원상과 서사적 치유의 주제학

5 · 18 관련 소설을 사례로

장일구

1. 서론

원상(寃傷) 혹은 정신적 외상이라 번역할 수 있는 '트라우마(Trauma)'는, 그야말로 충격적인 체험이 잠재 의식에 각인되어 남아, 때때로 무심코 떠올리는 기억으로써 드러나 지독한 정신적 고통을 유발하는 병증이다.[1] 그 기억을 온전히 감당하지 못하는 이들은 심한 정신적 장애(PTSD; post-traumatic stress disorder)를 겪는다. 이럴 때면 육체적 외상보다 더한 병적 징후를 수반하게 마련이다. 그런 장애 정도까지는 아니라도, 요컨대 한의 응어리를 안고 살아가며 고통스러워 한다.[2]

원상의 병반을 지닌 이는, 떠올리는 것만으로도 몸서리쳐질 그 기억의 실체를 두려워하여 전전긍긍할 수밖에 없다. 떠올리는 것도 그러할진대 이야기하는 것은 오죽하겠는가 싶다. 그래도 치유의 거점은, 고통스럽더라도 기억을 떠올려 말함으로써 원상의 요인이 되었던 체험을 대상화해 두고서 스스로 확인하게끔 하는 데 있다. 그렇게 하여, 실체 모르던 원상의 요인을 찾아 해소할 수 있는 계기를 마련하는 셈이다. 흔히 '말 못할 사연을 가슴에 품고 있다'고 하는데, 그렇듯이 맺힌 한은 말문을 틔워줌으로써만 해소될 수 있다. 굿은 그런 치유의 원리를 전면적으로 극화한 장에 상응한다.[3]

　그런데 원상이 개인에 국한되지 않고, 집단적 혹은 사회적인 차원으로 비화된 것이라면 어떠할까. 기실 원상은 전쟁이나 대학살(holocaust)의 참극을 목격하거나 그 현장에서 실제로 물리적인 외상을 입어 죽음에 근사한 고통을 당한 충격에서 오는 경우가 있어 더 문제다. 실로 사회적인 문제가 아닐 수 없다. 그럴 경우 육체적 피해 보상과 아울러 이른바 '정신적 피해 보상'이 뒤따르곤 하지만, 그 어떤 물질적 보상으로 정신적 외상을 치유할 수 있을지 의문이다. 역시 치유의 관건은 그 트라우마의 내용을, 그 맺힌 사연을 발설하여 풀게끔 말문을 틔워주는 데 있다. 말문이 트이면 고통스런 기억을 공유한 이들 간에 모종의 연민과 함께 일체감이 이루어질 것이며 입을 굳게 다물었던 이들조차도 그 담론의 장에 함께 어우러질 법하다.[4] 끔찍한 기억을 혼자서야 떠올리기조차 싫지만, 고통을 함께 하는 이들이 있음을 확인한 연후에는 말문을 트게 되고, 말이 모여 어우러져 급기야 '언로'가 트이기에 이르는 것이다. 한 사람 한 사람의 넋두리가 모여 거대한 담론의 마당이 이루어지게 된다고 할까. 굿판에서 터져 나오는 넋두리 덕에 굿주는 말할 것도 없고 구경꾼들까지 예의 어우러짐으로써 해한과 치유의 의례가 완성되는 원리와 진배없다. 판(마당)에 어우러짐, 그 문화적 상징성은 사회적 해한의 모티프를 담고 있다.[5]

　원상이라 하든 한이라 하든, 정신적 충격으로 깊이 남은 상흔은 관념도 아니며 그렇다고 물리적 실체도 아니다. 관념이라서 뇌리에서 지우면 그만일 수 없으며, 실체라서 덮어버리거나 없애버리거나 할 수 있는 것도 아니다. 그것은 의식의 저변에 잠재되어 있어 눈에 띄지는 않지만, 계기마다 의식의 겉면에 표출되어 당사자에게 고통스런 기억을 떠올리게 한다. 때로 심신증적(psychosomatic) 징후를 야기하거나 심지어 자학적인 행동까지 유발하여 문제다. 결국 트라우마는 그 실체 여부에보다는, 삶에 작용하는 과정에 이해의 관건이 있는 셈이다.

그렇다면 원상이든 한이든 자체를 없애서 될 게 아니라, 병반을 치유하여 회복하거나 맺힌 응어리를 풀거나 하여, 당사자가 온전한 삶의 자리로 복귀할 수 있게끔 치유책(therapy)을 강구하는 것이 타당하다고 할 수 있다. 당장은 고통스럽더라도 기억을 떠올려 얘기하게 하는 것이 치유의 구심점인데, 무조건 상처를 후벼 파다가는 환부를 더 키우거나 심각한 부작용을 유발할 수 있기에, 우원해 이야기하도록 처방하는 방안을 모색해 봄직하다. 혹 공수의 원리6) 그대로, 혹은 심리극(psycho-drama)의 원리 그대로, 대리인이 그 사연을 이야기하거나 극화해 줌으로써, 당사자의 고통을 덜어줄 수 있다. 이런 맥락에서 문학적 담론은 가장 훌륭한 처방 가운데 하나이다.

가령, 5·187)의 원상은 문학적 담론으로써 치유를 모색할 여지가 있다. 물론 그 이야기의 양상이 일면에만 걸쳐 있지 않다. '대학살'의 참극, ㄱ 살육의 현장에 연루되었을 이들에 얽힌 사연이 한두 가지 면에만 걸쳐 있지는 않을 것이다. 죽어간 이들, 심하게 부상을 입어 고통을 겪는 이들, 피해 당사자들보다 더한 고통을 감내해야 하는 가족들, 동료의 죽음을 지켜보며 자신만 살아남았다는 죄책감에 괴로워하는 이들, 혹은 총칼 앞에 무력할 수밖에 없었음을 자책하는 이들, 심지어 무자비한 폭력을 휘두르며 무고한 이들을 난자하고 그들에게 총을 겨눴던 이들에 이르기까지, 언뜻 떠올려 보아도 여러 국면의 이야깃거리가 있음직하다. 원상의 계기가 다를 것이며 그 원상을 짊어지는 태도 여하에 따라 이야기의 양상이 각색일 게 분명하다. 병반의 상태가 다르기에 치유의 처방을 다각도로 모색해야 하는 것도 수순이다.

그런데도 5·18과 같이 집단적 혹은 사회적 원상을 야기한 사태에는, 개개인의 원상을 치유하는 것만으로 해소되지 않을, 또 다른 차원의 상흔이 잠재되어 있다.8) 구성원 개인의 총합이 사회의 외연에 훨씬 못미치듯, 개인의 원상 혹은 한의 총화는 사회적 원상의 범위나 한의 크기에 모자란다. 한 마을 전체에 역질이 퍼져 많은 이들이 죽었거나 어촌에서 고기잡이 나간 마을 사람들이 풍랑에 몰살당했을 때에, 개인적인 씻김굿(오귀굿) 아닌 사회적인 별신굿을 해야만 마을에 드리운 한의 그늘을 온전히 거두어 낼 수 있다는 문화적 상징을 기억해도 좋다.9) 나찌의 대학살에 대규모로 희생된 유태인들의 원상을 회복시키기 위한 치유책이 민족적인 차원에서 진행되었음을 돌이켜 보아도 좋다. 실질적인 보상 대책을 마련하거나 정치적인 수준에서 사태 주동자를 처벌하거나 하여서도 치유책을 강구할 수 있겠지만, 정작 정신적 외상의 환부를 어루만지는 상징적 처방으로써 치유책을 모색할 필요가 있다. 개인적 넋두리의 차원을 넘어 사회적 담론의 장을 구축할 것을 모색해야 한다.

이 글을 통해, 그간 5·18을 제재로 한 소설에서 이야기된 트라우마의 양상과 치유 모색의 사례를 살피려 한다. 이는 '역사적 원상과 서사적 치유의 주제학'의 단면을 엿보는 작업에 상응할 것이다.10)

2. 원상의 병반

추한 동물처럼 푸르륵거리면서 여자애는 바닥에서 깨진 시멘트 조각 하나를 집어들었다. 남자가 말릴 틈도 없이, 설령 남자의 손아귀에 잡혔다 해도 어디서 솟는지 모를 힘으로 그것에서 빠져나오면서, 빠른 동작으로 경련적인 리듬에 사로잡힌 것처럼 집어든 돌 조각으로 몸을 문지르기 시작했다. 돌조각의 날카로운 이빨이 허벅지에 뱃가죽에 등허리에 종아리에 마구잡이로 가로 세로 붉은 선들을 긁어내기 시작했다. 돌의 이빨이 만들어낸 출혈의 자국이 풀리기도 전에 다시 거친 여자애의 손길이, 더 어찌해볼 수도 없는 빈곤한 몸뚱어리 위에서 마구 춤추었다. 붉은 빗발이 후려쳐지고 또 후려쳐져 붉은 면이 되고 그녀의 손이 닿지 않은 부위에 흉측한 흰 얼룩을 드문드문 남긴 채 한참을 경련은 계속되었고, 어느 한 순간 자지러지는 듯한 외마디 소리를 내지르는 것과 동시에 그녀는 피에 절은 장작처럼 모로 쓰러졌다.

—최윤, 「저기 소리없이 한 점 꽃잎이 지고」

장선우가 연출한 영화 〈꽃잎〉에서 이정현이 분한 나어린 소녀의 자해 장면은 대단히 충격적이다. 그 장면은 원작 소설의 이 대목을 각색하여 연출한 것이다. 발작 증세를 보이며 온몸을 난자하며 몸부림치는 소녀에겐 연민보다는 왠지 모를 울분을 느끼기 십상이다. 무자비하게 가학하곤 하던 그 '남자'조차도 어찌해 볼 수 없는 괴력까지 실려 지독히 자학적인 몸부림은 가사(假死) 지경에 이르러서야 그친다. 이 광경은 그 사내에게 '악몽'과도 같이 느껴져 대단한 공포감을 자아내기에 충분하다. 발작 후 정신승 징후처럼 흘려 내는 '괴음'은 이런 자해의 연원이 무엇인지 더욱 궁금하게 한다.

척 둘로 접혀지던 엄마 몸에 순식간에 구멍들이 …… 사람 몸에 그렇게 빨리 구멍이 나고 …… 그리고는 모든 게 끝이아. 내가 지금 뭐라고 했지. 엄마라고 했나. 우리 엄마. 구멍 나버린 엄마. 내가 조금 더 빨리 뛰어나왔다면. 나를 휘어잡는 팔을 빼내는 데 걸린 시간이 없었다면 …… 모든 일이 바뀔 수 있었을까. 엄마가 시장 골목의 어두컴컴한 통로에 나를 밀어넣고는 말했어. 무슨 일이 있어도 꼼짝하지 말고 있어. 엄마가 밤에 찾으로 올게. 나는 엄마 모습을 놓치지 않으려고 골목을 뛰쳐나왔어. 우리는 왜 거기 있었을까. 엄마. 허수아비처럼 휘둘려 채 비명도 지르지 못한 채 헉하고 고꾸라지던 엄마.

'구멍닌 엄마'로 각인된 이미니의 죽음에 대한 기억, 그 기억이 소녀

의 뇌리를 장악한 채 때로 몸을 난자하는 발작 상태로 내 몰았던 것이
다. 난리통에 오빠를 찾으러 가던 길에 당한 참극에 몸서리치며 소녀는
죽었다는 오빠를 엄마 대신 찾으러 떠돈다. 혼몽 중에 엄마와 오빠의
환영을 볼 정도로, 엄마와 오빠의 죽음은 지독한 정신적 충격이었을 것
이다. 온몸을 난자하여 만신창이가 되고서야 발작이 그칠 만큼, 그 원상
의 병증은 심하다. 어린 시절 당한 일이라 전제하였기에11) 끝내 그 참
극의 현장이 어디인지 명시되지 않았지만, 원상의 연원이 5·18 현장임
을 알아채기 어렵지는 않다. 5·18의 원상. 살육의 현장은 이렇듯 잠재
의식에 각인되어 있다가 곧잘 삶의 겉면에 드러나 당사자를 괴롭힌다.
그 병증은 제 온몸을 지극히 자해해야 할 정도로 심각하다. 정신적 외
상은 때로 드러나 그 상흔을 육화한다. 육체적 외상보다 더 고통스런
외상인 것이다. 환부를 정확히 파악할 수도 없으니 치유책을 찾기 어려
운 만큼 만성이 되도록 방치할 수밖에 없다. 여기 소녀처럼 발작하거나
심신증으로 발현되지 않는다면, 한낱 악몽이라 치부하고 고통을 짊어지
고 살다 끝내 병반을 키우기 일쑤다.

　때로 악몽과도 같은 기억을 지워버리려는 심산을 할 법하다. 그러나
그 기억에서 온전히 벗어날 수 없다. 벗어나려 하면 할수록 깊이 빠져
드는 수렁과도 같다. 오히려 원상을 야기한 기억은 여지없이 병적인 징
후를 수반하게 마련이다. '기억 상실증', 그 병증을 앓는 인물을 김신운
의 『청동조서』 같은 작품에서 확인할 수 있는데, 기억상실증이라지만
유독 어떤 기억만큼은 뚜렷이 남아 있어 문제다. 계엄 포고령을 낭독하
는 "대머리 석상"에 대한 꿈으로 희화되어 병증의 연원이 암시되어 있
듯이, 뚜렷한 기억은 5·18에 관한 것이다. 참극을 당한 충격이 원상이
되어서인지 모든 기억이 거기 고착되어 버렸던 것이다. 원상은 강한 구
속력을 발휘하게 마련이다.12)

　원상이 정신증으로 드러나는 것은 오히려 범상하게 여겨질 정도다.
가령 한승원의 소설 「어둠꽃」의 주인공 '순애'는 5·18의 원상 때문에

정신증을 앓는 인물이다. 5·18 현장에서 입은 원상은 다른 공포감과 얽혀 일종의 콤플렉스가 된 지경에 이르는데, 그 양상이 순애를 통해 그려져 있다. 공교롭게도 남편인 '종남'이 5·18 현장에서 "총질을 하고 칼질을 한 놈"이라는 죄책감이 여기 얽혀 있다. 물론 '종남' 자신도 그 죄책감이 원상이 되어 있는 처지다. 원상이란 그렇듯 관계 속에서 얽히고설켜 빚어진다는 사실이 단적으로 시사된다. 이 경우 종남은 아내든 자신이든 원상의 연원을 정신과 상담을 통해 알아차리게 되어 해소될 기미나마 보인다. 그러나 그렇지 않을 경우 파국은 또다른 차원의 공황 상태를 낳는다.

「완전한 영혼」(정찬)의 '장인하'에게서 그 원상의 파국을 확인할 수 있다. '80년 5월 당시' 인쇄소 식자공이었던 그는 '지성수'를 유린하는 군인들을 저지하려다 개머리판과 진압봉에 머리를 얻어 맞고 청력을 잃었다. 그러나 문제는 물리적 상처가 아니었다. 그는 참극의 현장을 구석구석 목격하고선 그 기억이 원상이 되었던지, 어느 순간 세상의 소리를 듣지 못하게 되었던 것이다.

> 상처입은 뇌 속으로 들어오는 소리는 끊임없이 그를 괴롭혔다. 낮은 비명 소리가 때로는 주파수가 맞지 않은 라디오의 잡음처럼 거칠고 조악한 소리로 변하기도 했다. (…중략…)
>
> 어느 날 그는 새로운 소리를 들었다. 끊어질 듯 끊어질 듯하면서 이어지는 낮은 울음 소리. (…중략…)
>
> 아이는 오래도록 울음을 그치지 않았고, 그는 오랜만에, 참으로 오랜만에 귀를 활짝 열었다. (…중략…)
>
> 이 세상에서 살아 있는 유일한 소리, 닫힌 방의 창살 틈으로 새어들어오는 인간의 다정한 소리, 험하고 힘든 길을 허우적거리며 걸어와 헤진 가슴에 안기는 생명의 소리였다.
>
> ─정찬, 「완전한 영혼」

뇌에, 특히 청각과 관련된 부분에 상처를 입고서도 그는 분명 청력을 회복해 가고 있었다. 물리적 상처는 문제되지 않았던 것이다. 그러던 그가 청력을 잃게 되기까지는, 무자비한 폭력에 죽어간 이들의 고통스런 절규에 몸부림치는 과정이 관련되어 있다. 도청을 사수하려 끝내 남았던 것도 그 고통스런 소리를 외면할 수 없어서였다고 한다. 죽음조차 두려워하지 않지만, '소리의 죽음'을 두려워하였다는 것이다. 도청 사수는 끝내 좌절되었고, 종내 그는 청력을 잃었다. "의사의 말에 의하면 소리의 인지 기관인 달팽이관이 완전히 망가졌다"고 하지만, 장인하 자신은 그런 과학적인 설명을 그다지 내켜하지 않는 눈치를 엿보인다. 청력을 잃게 된 것은 물리적인 외상 탓보다는 정신적인 외상 탓이 큰 것이다. 도청이 계엄군에 점령당하던 때에, 그는 정신의 기력을 놓아 버렸고, 회복되어 가던 청각의 기력도 그로써 놓아 버렸던 것이다.

그런데 장인하의 '상처입은 정신'은 '귀를 못쓰게 한 자들'에게 증오를 품지 않은 것처럼 보였다 한다. 5월 현장에서나 수배 생활 중에서나 결정적인 도움을 받았던 지성수는 그런 그를 이해하지 못하고 무력함을 비난하는 듯한 태도를 취한다. 허나 고문의 고통 속에서 "고통에 저항하지 않는 정신"의 의의를 깨닫기 시작하면서 혼란에 빠진다. 급기야 장인하의 죽음에 직면하고선 "세계의 악에 대한 증오로 무장된 실천가의 열정이 증오가 없는 단순한 정신 앞에 무릎을 꿇는다는 것"을 깨닫는다. 그리고 장인하의 죽음을 회상하여 "완전한 영혼"이라 판단하기에 이른다. 그렇지만 장인하가 과연 세상에 대한 증오가 없었을까. 그를 죽음에까지 내 몰았을 원상이 그리 만만한 것일까.

장인하의 모습과 행동은, 세상의 소리와 단절되어 있는 만큼, 풍진 세상에서 초탈한 듯 순진무구한 모습으로 비쳐진다. 자신에게 고통의 기억을 각인시켜 주었고 불구의 몸을 남겨준 세상에 대한 증오의 감정 따위를 버린 듯 그려져 있다. 참으로 "꿈을 꾸는 자의 모습" 그대로인 것이다. 그렇지만 그것은 남들에게 보여진, 이를테면 투사된 모습일 개연성이 다분하다. 그는 분명 "5월이 되면" 심해지는 "괴로운 소리"를 늘 상 듣고 있었다. "무엇인가가 허물어지는 소리, 혹은 생명이 파괴되는 잔인한 소리들"이 그를 괴롭히고 있었던 것이다.

> "그날도 괴로운 소리가 일어났습니다. 몸을 꼿꼿이 세우며 …… 그것을 견뎌야 했는데 …… 이를 악물고 견뎌야 했는데, 소리를 지르지 말았어야 했는데 ……."

그는 그 소리가 주는, 무엇보다 지독한 고통을 견뎌내고 있었다. 그는 꿈속을 거니는 천진난만한 영혼의 소유자가 결코 아니다. 가해자에 대한 증오심을 겉으로 드러내지 못한 것은, 증오심 이전에, 그 참극의 현장에서 죽어가는 영혼의 소리를 뒤로하고 살아남았다는 죄책감이 크게 자리잡고 있었기 때문일 것이다. 저 의식 밑에 잠재된 괴로운 소리가 먼저 들려 정작 세상의 소리를 듣지 못하게 되었을지도 모를 일이다. 원상이란 그렇게 강하게 그의 정신과 육체 모두를 옭아매고 있었다. 결국 그는 달려드는 트럭의 경적 소리를 듣지 못해 치인 것이 아니라, 부러 그 트럭을 향해 걸음을 멈추지 않았다. 원상이 그를 죽음에 내 몰았던 것이다.

3. 원상의 사회적 확산

원상은 개인의 끔찍한 체험에서 비롯되기도 하지만, 사회적 공황에서 비롯되기도 한다. 5월의 광주는 누구나 할 것 없이 죽음의 공포에 떨어야 했다. 무자비하게 자행되는 폭력 앞에 누구나 두려움에 떨게 마련이다.

그러나 더한 공포는 친지나 이웃들이 목전에서 난자 당하거나 난사 당해 죽어가는 광경을 지켜보는 데서 온다. 한 도시가 그렇듯 유린되었다면 그 시민들 개개인의 원상은 사회적 원상으로 비화될 수밖에 없다. 80년 5월의 광주는, 아니 그 이후 줄곧 광주는 공황 상태였다. 5·18을 다룬 소설이라면 대개 그 공황 상태가 넌지시나 직설적으로나 간에 기술되어 있다.

> 아주 흉헌 소문이 돌았습니다. 아니 그것은 제가 직접 보았지요 우리들은 오층 옥상에 올라가 있었지요. 두 배나 많은 군인들이 학생들의 뒷덜미를 잡아 나꿔채 길에 넘어뜨리더니 발로 짓이기고, 그것도 모자라 개머리판으로 내리치고 총대로 쑤셔댑디다. 우리는 놀래서 그저 입을 딱 벌리고 혼을 빼고 있었지라. 그 때야 저는 계엄령이라는 것의 위대함과 절대무비의 권력을 알았습니다. 우리들은 무서워 모두 고개를 숙이고 얼굴도 내밀지 못했습니다. 죽게 얻어맞고 쭉 뻗은 학생들은 맺음줄로 묶여 도청 쪽으로 끌려갔습니다. 양선생님의 얼굴은 창백하다 못해서 밀랍으로 변하더니 그 자리에서 휘청거립디다. 우리는 조심수럽게 양선생을 데리고 내려왔지요. 민 기사는 당장 나가서 저런 놈들은 죽여뿌러야 한다고 흥분해서 소리치고, 어떤 환자는 광주 사람을 다 죽일라고 공수 부대를 투입했다는디 정말이구먼 하고 벌벌 떨고 간호사들은 그들대로 떠들고 아예 병원이 냉장고가 되불더라고요. 지요? 지도 겁이 나고 떨려서 그 더위에도 불알이 딱 오그라져붑디다.
>
> —채희윤, 「어느 오월의 삽화」

'흉한 소문', 살육의 주변에는 늘 소문이 먼저 떠돌게 마련이다. 그런데 그 소문은 그저 떠도는 풍문이나 과장된 유언비어가 아닌 경우가 대부분이다. 설사 과장되었더라도 그것은 무자비한 만행을 목도한 충격이 입에서 입으로 전해지면서 과장된 것이다. '말로 표현할 수 없는 끔찍한 광경'에서 얻은 충격이기에 그러하다. 소문으로 떠돌던 사태를 직접 눈으로 확인한 이들이 하나 둘 늘면서, 형언하기 어려운 참극의 현장을 애써 말로 옮기다 보면 비화하게 마련일 것이다. 그리 된 것을 과장된 유언비어라고 할 수는 없다. 공황 상태에서 각인된 그 영상은 배경의 디테일이 제외된 채 충격적인 전경만으로 구성된 것이기에 더욱 실재적이다.13)

　사실이 실재화된 소문은 그만큼 파급력이 크다. 소문을 먼저 접한 후 실상을 목격했을 때 충격의 강도도 더해지게 마련이다. 그에 따라 분노도 더할 것이지만, 자신들도 언제 당할지 모른다는 두려움도 커질 것이다. 그 분노와 두려움이 확산되면서 이는 개인 차원 아닌 사회 차원으로 비화되게 마련이다. '광주 사람 다 죽이려 한다'는 말은 터무니없는 유언비어라기보다는 사회적 분노와 공황 상태를 여실히 드러내는 절규와도 같은 것이다.

　　그 때는 전쟁이 따로 웂지요. 총소리가 들리고 대검이 번뜩이고 피가 거리에 넘치고 시민들을 적군으로 취급하는데 그것이 어찌 소란이라고만 하겠습디여. 바로 선전포고하고 직접 붙은 전쟁이지라. 광주 사람들이 나서기 시작했지라.

　그런데 사회적 분노와 공황은 단결과 저항의 계기가 된다. 자신도 그 총칼에 희생될지 모른다는 막연한 두려움 때문에 더욱 몸을 사리기도 하는 반면, 그리 살아 남아서는 더한 정신적 외상을 입게 되리라는 생각에라도 무차별한 폭력에 항거힐 법하다. 물론 지힝의 의지와 몸부림을 그리 단적인 단서로서만 이해하고 말 것은 아니지만, 극도의 공황 상태에 처한 이들의 내면을 이렇듯 십분 이해할 수 있다. 원상이나 한을 남기지 않으려는 의지가 실체 모를 저항의 힘으로 작용하는 듯해서 더욱 그러하다. '광주 사람들'이 항거한 저력이 그 의지에서 비롯된 면이 있는 셈이다.

　　금남로와 소방서 쪽에서 군중들이 계속 몰려오고 있었다. 순분은 군중들과 섞이어 꼼짝할 수가 없었다. 갑자기 여기저기서 비명소리가 터져나왔다. 쓰라린 눈을 가까스로 떴다. 어디서 나타났는지 얼룩무늬의 군복을 입은 군인들이 날뛰고 있었다. (나중에 그들이 공수특전단이라는 것을 알았다) 공수특전단들은 무조건 곤봉을 휘둘렀다. 머리고 가슴이고 닥치는 대로 내질렀다. 그들과 맞닿아 있던 군중들이 순식간에 피를 토하고 쓰러졌다. 손은 뻗치는 사람에게 가차없이 대검으로 배를 쑤셨다. (…중략…) 공수특전단은 한 속에 청년의 팔을 잡은 채로 대검으로 노인을 내리쳤다. 노인은 피를 뒤집어쓰며 고꾸라졌다. 거리에는 일시에 살기가 맴돌았다.

정신이 들면서 그녀가 느낀 것은 살아 있는 것이 몹시 무섭다는 것였다. (…중략…) 차라리 그 때 죽었으면, 하고 바라기도 했다. 죽음보다 더 무서운 생생한 비명소리와 칼부림과 찢겨진 시체더미. 그런 기억을 갖고 어떻게 온전히 살아갈 수 있을 것인가. 생명 한줌 움켜쥐고 그녀는 이를 악문 채 일어섰다.

—홍희담, 「깃발」

비가 그치자 군중들이 몰려들기 시작했다. 열두시 무렵에는 엄청나게 쏟아져나왔다. 구름처럼 몰려들었다. 어제가 백명이나 천명 단위였다면 오늘은 천명이나 만명 단위였고 표정들도 어제와는 달랐다. 멀찍이 구경하며 쭈뼛거리던 공포는 사라지고 눈에 살기가 돌고 있었다. 젊은이들은 거의가 몽둥이를 들고 있었다. 연탄집게나 낫을 든 젊은이도 있고, 큼직한 쇠스랑을 둘러멘 사람도 있었다.

—송기숙, 『오월의 미소』에서

죽음보다 더한 공포, 이 때문에 주저 앉기 십상이지만, 광주 사람들은 죽음보다 더 고통스런 원상에 대한 두려움에 '이를 악문 채 일어섰던' 것이다. 이는 그 어떤 이념적 의식에 따른 결단보다 더한 저력일 법하다.

민중의 항거는 지극히 자연발생적인 것이었다. 그들이 무기삼아 들고 나온 것은 지극히 일상적인 용구들이다. 공포가 사라지고 저항의 의지를 북돋운 그 계기는 무엇인가. '처참한 장면'의 기억에서 온 공황이 아이러니하게도 항거의 저력이 된 것이다. 처참하게 죽어간 '우리 형제와 자식들', 그들의 죽음 앞에서 치떨고만 있을 수 없다는 각성이 실은 극도의 공황 상태에서 비롯되었던 것이다. 사실 아이러니라고 할 것도 없다. 죽음보다 원상이 더 큰 공황을 야기할 것이기 때문이다.

4. 병리학과 회복의 담론

어쨌거나 고맙소이. 남의 아픈 속을 귀담아 들어 볼란다고 찾아와 주는 성의가 얼마나 갸륵하냔 말이시. 솔직히, 그 동안 팔 년이 넘도록 이렇게 나한테까장 직접 찾아와가꼬 우리집 사정 얘기를 들어 볼란다고 졸라보기라도 했던 사람은 시방까장 아무도 없었응께.
아이고오, 그런 말은 허도 마시오 지금 이 때까장 누구한티 하소연 한번 팔자타령 한번 마음 놓고 못 해보고, 그저 가슴 속에다 돌뎅이 맨키로 꾹꾹 묻어 둔 채로 죽은디끼 지내온 이 내 속사정을 누가 다 알아줄랍디까이. 참말로 그 생각만 허면 억장이 무너지고 분통이 터질라고해서 돌아보기조차 싫소만은
······흐유우······

—임철우, 「어떤 넋두리」

차마 발설하시 못하었거나 발을 할래노 하지 못하는 상황에서 맺힌 응어리는 더욱 굳어져 버린다. 원상의 병증은 더욱 심각해질 수밖에 없을 것이다. 돌이켜보기조차 치떨리는 그 고통스런 기억을 떠올려 말하는 것도 보통 일이 아니겠지만, 이를 가슴에 묻어 두는 것은 더 큰 화를 불러 일으키는 법이다. 원상의 기억을 이야기함으로써만 병증을 치유할 수 있음은 기실 당사자들이 더 잘 알고 있다. 한은 넋두리해서 풀 수 있다는 사실, 삶의 고통스런 기억은 '신세 타령' 해서 하소연함으로써 속 시원한 감을 맛보고서야 떨어버릴 수 있다는 사실을 누구보다 당사자들이 잘 알고 있는 것이다. 문제는 그 말문을 트기까지 보통 힘든 결단

을 하지 않을 수 없다는 데 있다. 여기서처럼 누군가 계기를 만들어 주거나, 「어느 오월의 삽화」의 화자처럼 때가 되어야 하는 법이다. 그렇더라도 종내 당사자 스스로 입을 열어야 회복의 담론은 이루어질 수 있다.

그것은 이런 예처럼 직설적인 넋두리 형태로 표출되는 게 상례지만, '때가 되지 않았을 때' 즉 내놓고 발설할 수 없던 서슬퍼런 군부 통치 시절에는 그리 할수도 없는 노릇이었다. 요행히 문학적 알레고리로써 일단이 발설되었다. 임철우의 「알수 없는 일」 연작은 그런 알레고리의 단면이다. 특히 "해태 아줌마" 이야기인 2편은 원상과 회복 담론의 알레고리를 극화한 소설이라 할 수 있다.

어찌 보면 그들은 모두가 그곳으로 오기 바로 전 어디에서 누군가에게 전혀 억울하게도 일방적으로 흠씬 두들겨 얻어맞고 쫓겨온 사람들처럼 잔뜩 살기등등하게 독이 올라 있어서, 그렇듯 미친 듯 악을 쓰고 욕설을 퍼붓는 품이 흡사 두고두고 가슴에 응어리진 어떤 한풀이 혹은 분풀이를 하기 위해 두 눈에다 불을 켜고 있는 것 같기도 했다. (…중략…) 다만 뭣인가 차마 말할 수 없는(혹은 말하기가 두려워 억지로 참고 있는) 어떤 억울함과 원통함과 분노의 불덩어리를 저마다 하나씩 가슴속에 숨겨두고 있는 듯한 (…중략…) 그러므로 그들이 내지르는 지독한 고함과 야유와 욕설과 웃음과 기괴한 온갖 비명 소리는 어쩌면 출구를 차단 당해버린 욕구의 변형된 또 다른 파편일지도 모를 일이었다.
—임철우, 「알수 없는 일 2」

기실 이 소설에서 울분 혹은 한의 연원이 5·18이라는 직접적인 단서는 어디에도 없다. 다만 야구장에서 연고지 팀인 해태를 응원하는 그 열기를 선동하곤 하는 '해태 아줌마'의 과거에 대해추측하는 말 가운데 남편이 그 당시 행방불명되어 불행하게 되었을지 모른다는 소문만 한 구절 나와 있을 뿐이다. 그러고 보면 그 도시가 '광주'라고 나와 있지도 않다. 'K시'라고 나와있을 뿐이지만, 그 도시를 설명하는 내용으로 보아 분명 광주를 가리킨다고 알 수 있을 뿐이다.

짐짓 이 소설은 처음부터 말을 에둘러 시작되었다. 그래서 오히려 해태 아줌마가 5·18의 비극적 체험을 원상으로 짊어지고 있음을 알아채기 어렵지 않다. 그리고 그가 야구장에서 유도하는 응원이, 5·18의 원상을 어떻게든 발설하여 그 병반을 치유해 보겠다는, 그 가슴 속 깊이 응어리진 한을 풀어 보겠다는 담론의 변형이라 해석할 수 있다. 해태 아줌마는 누구보다 깊은 상처를 안고서도 사회적 원상의 치유를 위해 앞장서 있는 만큼, 기묘한 비애감을 유발하는 것도 사실이다. 허나 '적선'을 거부하는 그의 당당함 앞에서, 그 치유의 몸부림이 패배감이나 체념에서 비롯된 것이 아님을 읽을 수 있다. 알레고리는 알레고리로서 읽어야 한다. 다만 때가 이르지 않아 이야기를 우원하여 하는 현실 정황을 전제하고 읽지 않으면 안 된다.

언로가 막혀 있던 시절, 특히 5·18에 대한 이야기를 대놓고 할 수 없던 시절. 그 시절은 피해 당사자들, 광주 시민들 입장에서라도 원상의 아픔이 너무도 가혹한 것인지라 쉬이 기억을 돌이켜 이야기하기 꺼려했을 법하다. 사실 공식적으로는 폭동이요 체제 전복을 노린 불순 세력의 난동으로 규정되었던 터라, 정신적 외상의 치유나 해한 같은 것은 아예 생각조차 하기 힘들었을 것이다. 많은 피해 당사자는 수형 생활을 하거나 수배 생활을 이어가고 있던 상황이기도 하다. 운동권이나 외식 있는 지식인을 제외하고 대다수 국민들은 그 실상조차 알지 못하던 상황이었다.[14] 원상을 치유하고 한을 풀기 위해 말을 하려 해도 언로가 없었으며 들어줄 상대도 없었다. 서로의 아픔을 나누기는 천상 광주 안에서만 이루어졌다. 그것은 특히 사회적 원상의 국면을 전제하고 볼 때, 환부를 후벼 파며 병증을 키우는 자학에 가까운 것일 뿐, 결코 치유책이 아니었으리라. 관건은 언로였다.

실로 80년 대 광주는 공황 상태나 다름 없었다. 온갖 풍문이 끊이지 않았으며, 원상을 짊어진 이들의 비극적 삶의 흔적이 곳곳에서 엿보였다. 임철우 자신이 80년 광주에서 살아남은 자로서 원상을 짊어졌던 것처럼 보인다. 그 아픈 기억을 선뜻 떠올려 얘기할 수는 없었을 것이다. 그러나 '때'가 이르러서일까. 오랫동안 말문을 닫았던 그가 말문을 다시 트고선 방대한 분량의 이야기를 내 놓았다. 그것은 5·18 광주 민중 항쟁의 현장 구석구석을 적나라하게 이야기한 『봄날』이다. 무엇보다 그 이야기를 하기까지 작가의 심회가 정작 소설의 대목들보다 주목을 끈다.

    총구 옆 혹은 뒤편에 비켜나 있었던(물론 그것은 누구의 탓도 아니다) 사람에게 그것은 단지 하나의 중요한 역사나 사건의 항목으로 어렵지 않게 정리될 수 있을지 모르지만, 한번 총구 앞에 세워졌던 사람들에겐 그것은 영원한 악몽이거나 좀처럼 치유되기 어려운 생채기라는 사실을. 어차피 고통은 그것을 기억하는 사람의 몫일 수밖에 없다는 사실을.

    그러기에 여전히 그 도시 사람들은 저 강기슭을 차마 떠나지 못하고 안타깝게 서성거리고 있는지도 모른다. 마치도 억울한 망자들의 넋이나마 한사코 건져내야겠다는 듯이. 아니면, 미처 못다 한 저마다의 눅진한 설움과 분노와 아픔의 호곡을 마저 터뜨리지 않고서는 견디지 못하겠다는 듯이. 설사 그것이 다른 사람의 귀에는 지겨운 넋두리나 탄식쯤으로밖에 들리지 않는다 하더라도 말이다.

    그 도시 사람들이 그러하듯, 나 또한 아직도 생생히 기억한다. 수만 명 대한민국 국군의 총과 탱크에 포위된 채 분노와 죽음의 공포에 치떨며, 그 버려진 도시에서 그들만의 힘으로 홀로 견뎌내야 했던 그해 봄날 열흘의 낮과 밤을.

    —임철우, '책을 내면서', 『봄날 1』에서

『봄날』에는 숱한 이야기들이 얽어져 있다. 많은 이들이 겪은 이야기가 뒤섞여 있다. 구성도 단편적인 이야기의 완결된 구조(플롯)를 따르지 않았다. 아니 그리 단편적으로 구조화할 이야기도 아니다. '1980년 5월 16일 새벽, 산수동 오거리'에서 시작해서 '5월 27일 아침 7시 30분, 도청 앞 광장'에 이어지기까지 시간의 흐름에 따라 광주 시내의 어느 곳에서 벌어진 사건을 기술하는 식이다. 때로 실록 그대로 기술하는가 하면 유인물의 내용이나 포고문 내용까지 옮겨 실어 놓았다. 작가 스스로 밝히

듯이 "이 소설에 관한 한 최대한 사실성에 의지"한 듯, 실화의 국면이 두드러진다. 물론 아무리 실화라 해도, 이야기할 때면 곧 서사화할 때면 허구가 개입될 수밖에 없음을 전혀 배제하지는 않았지만, 기조는 5·18의 현장을 구체적으로 기술하는 데 있다.

그 서사는 떠올리기 쉽지 않은 원상의 연원을 드러내는 것으로 작용할 만하다. 나아가 진상과 체험을 이야기함으로써 악몽과도 같은 기억의 원상을 치유하는 계기로 작용할 만하다. 그것은 개인적 치유 혹은 해한의 계기도 되지만, 그 치유와 해한의 담론이 어우러진 장으로서 기능할 때면, 집단적 원상의 치유 혹은 사회적 해한의 계기가 됨직한 것이다.15) 그래서 이 소설의 에필로그의 마지막 대목 격인 명기의 독백은 의미심장하다.

> "그래 절망하지 말자. 두려워하거나 증오하지도 말자. 이 추한 세상의 악과 폭력이 오직 절망과 증오만을 가르치려 할지라도, 나는 이제부터 희망을 배워 가리라. 인간과 삶을 향한, 가슴 벅찬 소망과 그리움의 노래를……"
>
> —임철우, 『봄날 5』에서

이 대목 자체가 서사 구성과 맞물린 개연성 면에서는 결구력이 약해 보이며 비약된 결말로 비쳐질 가능성이 없지 않다. 그러나 이 결말은 이야기의 결말이 아니다. 그것은 원상과 그 치유책인 담론적 모색의 결과 제시된 언설로 이해되어야 한다. '명기'라는 인물 개인의 깨달음이라기보다는, 원상의 회복을 위한 처방이며 해한을 위한 공수이다.16)

송기숙의 『오월의 미소』 또한 그런 맥락에서 읽힌다. 특히 '김영선과 김성보 저승혼례식'을 기술한 대목은 치유의 의례인 굿의 현장을 기술해 놓은 것으로 주목을 끈다. 그 망자 혼사굿은 일단 개인적 해한굿 성격이지만, 그 판에 참여자와 구경꾼들이 어우러지는 계기로 작용한다는 점에서 이미 사회적 별신굿 혹은 대동굿의 성격으로 확장된 것이다.

'허혼'이나마 주인공인 신랑 신부의 넋은 '오월'의 원상을 짊어진 한스
런 영혼들이기에, 그 한풀이 굿은 이미 사회적 차원의 원상 치유를 대
유하는 형상이다. 더욱이 신랑은 당시 공수단원인 까닭에 둘의 넋이나
마 저승에서 만나 넋두리하여 화합한다는 것이 극히 상징적인 알레고
리이다. 망자와 참여자 간의 소통 기제인 '공수'를 통해 화해의 전언이
담론된다.

> 신부님께도 인사드립니다. 저는 오일팔 때 출동했던 공수단 장교 가운데 한
> 사람입니다. 신부님께 진심으로 사과드리며 용서를 빕니다. 우리도 나중에야
> 진상을 알았습니다. 신랑은 특히 고민이 많았습니다. 그 세상은 싸우는 일도
> 없고 죄 없는 사람 해치는 일도 없는 세상일 테니 이세상 일은 모두 잊으시고
> 행복하게 사십시오. 거듭 사과드리며 용서를 빕니다. 성보, 이런 혼사나마 치
> 러 어머님 한을 풀어드렸으니 자네도 이세상 일은 다 잊어버리고 행복하게 살
> 게나. 행복하게 살아.
>
> —송기숙, 『오월의 미소』에서

이런 혼사굿은 기실 현실적 개연성이 없다. 게다가 당시 가해자인 공
수단 장교가 이렇듯 피해자에게 공개적으로 용서를 빌 개연성은 더더
욱 없다. 그리 용서를 빌고 화해를 청한다고 해서 피해 당사자들의 고
통이 금세 상쇄되거나 울분이 쉬이 가라앉거나 하지도 않을 것이다. 그
러나 이는 허구적 담론에서 펼쳐진 것인 만큼 알레고리로서 전제하고
읽어야 마땅하다. 더욱이 이 상황은 의례 상황이다. 문화적 상징 체계로
서 전제하고 해석할 의례 상황이다. 치유의 의례인 굿의 상징적 의미를
전제하고 이해해야 할 상황인 것이다. 풀이와 어우러짐이라는 굿의 상
징 원리17)가 바로 이 대목에 구현되어 있다고 이해하지 않으면 안 된
다. 원상의 병반을 더 이상 악화시키거나 부작용을 낳지 않고 치유하려
는 회복의 담론으로 읽어 마땅한 것이다.

5. 결론

5·18은 어찌 보면 '사태'이다. 난데 없는 공수 부대의 무자비한 폭력에 무고하게 희생되었던 이들에게 그것은 사태와 다름 없이 비쳐졌을 것이다. '항쟁 의지'는 그 다음일지도 모른다. 그 의지의 저변과 항거의 저력이 실은 원상에서 비롯되었음을 간과할 수 없다. 눈앞에서 가족과 친지와 동료와 이웃이 무자비한 살육에 희생되는 비극적 체험은 그대로 원상으로 각인되게 마련이다. 죽음보다 더한 공포감, 차라리 같이 죽었더라면 하는 죄책감에 사로잡혀 육체적 외상보다 더한 정신적 외상을 짊어지고 살아야 하는 운명을 저주할 만하다. 때로 극도의 공황 상태에서 더 이상 몸조차 움직일 수 없는 처지에 이르거나 아예 그 원상을 짊어지지 않기 위해 사지로 몸을 내던지곤 했다. 그렇게 자기들의 공동체를 스스로 지키겠노라 모여든 이들이 끝내 뜻을 이루지 못하고 더욱 비극적인 최후를 맞았으니, 그 원상은 이미 사회적 차원으로 비화되었던 것이다.

그 어떤 물질적 보상으로도 다 치유할 수 없을 원상의 병반을 치유하고 회복한 처방은 어디 있는가. 말문을 트지 못해 정신의 외상은 환부가 곪아 터지고 문드러져 더욱 응어리진 한을 키울 뿐이다. 그 한을, 그 울분을 터뜨려야 병반이 치유될 기미나마 엿보인다. 바로 문학적 담론은 그 자체가 원상의 치유책으로서 효력을 발하는 것이다. 5·18의 원상 또한 마찬가지로, 그와 관련된 한 맺힌 이야기를 공론화하여 기술하는 데서부터 회복을 모색할 수 있다. 특히 치떨리는 참극의 기억을, 그로 인한 정신적 외상의 환부를 무조건 건드려서야 부작용이 생기거나 병증이 악화될 뿐이다.

문학적 담론은 기본적으로 허구적 담론의 형태이며, 현실을 실재화하거나 알레고리화하거나 간에 모순된 현실 논리를 넘어선 세계를 개시할 수 있으므로, 적절한 처방이 될 만한 것이다. 이는 마치 치유의 의례에서 주된 기제로 작용하는 넋두리와 마당의 원리에 근사한 것이어서 문화적 맥락에서 타당성 있는 처방이기도 하다. 많은 이들이 5·18의 한과 한풀이라 하거니와, 그 원상을 회복할 처방은 말문이 트인 담론의 장의 형성에 관건이 있다. 그 서사적 치유의 주제 원리가 다른 역사적 원상에 대해서도 유사하게 적용될지에 대해서는 더 연구할 과제로 남긴다.

주석

1) Sigmund Freud, *Der Mann Moses und die monotheistische Religion*, Gesammelte Werke XVI, S.Fischer Verlag, 1981, S.177.
2) '한'도 심한 심신증을 유발하기까지 한다. 이를 한국인 고유의 정서라고 하는 게 통념이지만, '트라우마' 개념으로써 이해할 만하다. 물론 문화적 특수성을 전제해야 하는데, 삶의 구체적인 국면에서 드러나는 과정적 현상이기에 그러하다.
3) 굿은 그저 특정 종교의 의례로서가 아니라 문화적인 상징 체계로서 이해해야 그 온전한 의의를 알 수 있다. 상징인류학자인 터너(Victor Turner)가 의례 연구 결과 제시한, 과도문화(liminoid)나 사회극(social drama) 등 개념은 의례의 상징성의 단면을 보여준다. 이에 대해서는 장일구, 「굿의 해석학적 순환」, 『한국문학형태론』(김병욱 외, 일조각, 1993)에서 상론하였다.
4) 의례는 대개 참여자 모두가 어우러져 강한 결속력을 다지는 데 원리가 있다. 터너는 이를 의사소통 공동체라고 할 법한 '코뮤니타스(communitas)' 형성 원리로 설명한다. 이에 대해 다음 책에 상론되어 있다. Victor Turner, *Dramas, Fields and Metaphors, Symbolic Action in Human Society*, Cornell UP., 1975.
5) 장일구, 앞의 글 참조.
6) 굿에서, 접신한 만신과 굿주 사이 의사소통은 공수로써 매개된다. 그것은 만신의 일방적인 의사 전달이 아니라, 분명 상호간의 의사 소통의 원리를 바탕으로 한다.
7) 1980년 5월 18일에 시작된 광주민중항쟁(광주민주화운동)을 가리킨다.
8) Kai Erikson, 'Notes on Trauma and Community', Cathy Caruty (ed.), *Trauma : Explorations in Memory*, Johns Hopkins UP., 1995, p.185 참조.
9) 장일구, 앞의 글 참조.
10) 이 글의 논지를 단서로, 서사적 주제로서 '원상과 치유'의 역사적 유형 등을 논급함으로써, 개인의 무의식 차원을 넘어선 역사적 맥락에 결부된 원상의 제 양상을 밝혀 대비함으로써 논의를 완성할 수 있을 것이다. 이 글은 그 단초를 마련하려는 것이기도 하지만, 5·18을 제재로 한 소설에 주제학 차원에서 접근하려는 시도라는 면에서 독립적인 논의

성격도 있어, 논의 목적이 다소 모호할 개연성이 있는 것이 사실이다. 또한 치유와 회복을 모색하는 서사 담론의 양상에 특질이 있는지 여부에 대해서 미시적인 분석을 시도함 직하지만, 이 글의 논점 범위를 넘어서는 것이다. 5·18을 모티프로 한 소설의 담론(혹은 문체) 특질이 있는지에 관해서는 추후 연구 과제로 남긴다.

11) 이 대목의 서사는 지각 주체와 서술 주체가 동일인으로 전제되어 있다. 특히 서술 주체의 지각 범위가 어렸을 적 기억에 고정되어 있기에, 외견상 당시 상황의 전모를 판단하지 못한 것으로 전제되어 있는 것이다. 이는 이 소설이 5·18에 대해 우원하게 기술하는 전반적인 전략에 맞닿아 있다.

12) 신들리듯이 원상도 들린다(possessed)고 한다. 의지와는 아무 상관 없이 원상의 명령에 조종된다는 얘기다. 원상에는 강한 구속력이 수반되는 것이다. 따라서 원상 들린 이는 부적응 상태나 정신증적 증상을 엿보이게 마련이다.

13) 실재성, 리얼리티는 실사에 근접한 이미지를 의미하지 않는다. 거울에 비추듯 혹은 사진으로 찍듯 그려 낸 형상에 리얼리티가 있는 것이 아니라는 점은 리얼리즘 이론의 제일 전제이다. 실제성(actuality)과 실재성(reality)은 그 국면이 전혀 다르다. 이에 대해서는 「실재라는 허구, 그 기묘한 아이러니—리얼리티 논의의 맥락」, 『포에티카』 창간호(민음사, 1997) 참조.

14) 이 점에 대해서도 임철우는 「관광객들」을 통해 알레고리로 제시한다.

15) 여기에는 임동확의 시편들을 비롯, 5·18과 관련된 숱한 담론 대목이 에피그램으로 재록되어 있다. 이 역시 담론의 장으로서 성격을 더하는 요소이다.

16) 여기 언급하지 않았더라도 5·18 광주민주화운동을 다룬 문학 작품은 모두가 그런 담론의 장을 형성하는 데 크게 기여한 셈이다.

17) 종교인류학자 기어쯔(Clifford Geertz)는 종교(의례)의 상징성을 원리 모델(model of)과 기능 모델(model for)로 대별하여 논급한다(장일구, 앞의 글 참조). 또한 나경수는 민속학적 관점에서 『오월의 미소』를 집중적으로 분석한 바 있어, 이 맥락과 관련하여 상당한 논거를 얻을 수 있다. 나경수, 「문학민속학적 비평방법을 통한 송기숙 소설 읽기—『오월의 미소』를 중심으로」, 『송기숙의 소설 세계』, 임환모 편, 태학사, 2001.

1980년대 이후 한국연극에 나타난 포스트모더니즘의 양상

김방옥

1. 들어가며

우리 문화예술계에서 포스트모더니즘에 관한 소개와 토론이 시작 된 지 오년 가량 경과했지만 포스트모더니즘에 관한 논의는 여전히 모호하며 조심스럽다. 일반적으로 포스트모더니즘의 개념 자체도 아직 체계가 잡혀있지 않지만 과연 국내에 포스트모더니즘을 어떻게 받아들여야 하는가에 대한 방향설정도 아직 제대로 이루어지지 못한 것이 사실이다. 우리 연극계에서도 포스트모더니즘은 비평 용어로서 피상적으로 언급되거나 단편적으로 논의될 뿐 본격적인 논의는 현재까지 이루어진 바 없다.

일반적으로 포스트모더니즘은 그 개념이 불명확하고 광범위하다는 지적을 받는데, 문화예술의 여러 영역 중에서도 특히 포스트모더니즘 연극의 위상은 매우 모호하고 불안하다. 포스트모더니즘 연극은 그 역사적 기반도, 충분한 철학적 기반도 결하고 있다는 것이다. 예컨대 모더니즘과 포스트모더니즘 예술의 경계가 그리 분명치 않다는 점은 많은 포스트모더니즘 비판자들에 의해 지적되어 왔는데 이는 연극의 경우 특히 심하다. 포스트모더니즘 연극은 그 기점부터 불분명하다.

모방과 재현이라는 전통적 개념에 도전함으로써 흔히 포스트모더니즘 연극의 선구자로 일컬어지는[1] 앙토넹 아르토가, 연극을 그 본질적인 요소로 환원시키자는 미니멀리즘적 요소 때문에 모더니즘의 영역에 포함되는가 하면,[2] 베케트는 마지막 모더니스트로서 분류되기도 하고[3] 동시에 포스트모더니즘의 대표적 작가로 분석의 대상이 되기도 한다.[4] 포스트모더니즘의 시발이 루이지 피란델로나 아르토가 활동했던 1920~30년대로 거슬러 올라가는가하면[5] 양차대전 이후 리빙디어터가 활동하고 해프닝이 관심을 모으던 미국의 1960년대로 잡히기도 하고,[6] 혹은 80년대 이후의 로버트 윌슨·리챠드 포먼·우스터 그룹·하이네 뮐러의 작업들을 대상으로 하기도 한다.[7] 연극에서는 문학이나 건축의 경우처럼 모더니즘의 영역이 분명치 못할 뿐 아니라[8] 스티븐 코너에 의하면 연극에서는 다른 예술의 경우처럼 모더니즘의 영역을 증명하려는 노력도 부족하다는 것인데 따라서 포스트모더니즘의 개념도 모호할 수밖에 없다. 코너는 이런 이유를 연극예술의 상업적 취약성, 고급예술과 저급예술을 오가는 속성, 그리고 종합예술로서의 연극의 불순성 때문으로 본다.[9]

또한 포스트모더니즘 연극은 그 자체의 철학적 기반도 부족하다. 건축에서 비롯된 포스트모더니즘의 개념은 사진, 댄스, 미술, 문학 뿐 만 아니라 심리학, 인류학, 기호학, 여성학, 사회학 등에서 활발한 논리를 전개했으나 연극은 이런 인접분야의 개념을 부분적으로 받아들이는데 그쳤다. 또는 바르뜨, 데리다, 크리스테바 같은 인문학자들의 부분적 연극론을 모호하게 수긍하면서 포스트모더니즘 연극이란 이름하에 지극히 현상적이며 단편적인 무대를 만드는데 그쳤던 것이다. 이에 관해 요

하네스 버링거는

> 연극이나 공연예술분야에 있어 포스트모더니즘을 향해 전환하는 그런 역사적 순간이 있다고 보지 않는다. 건축이나 패션 분야와는 달리, 연극은 그것을 겪는 변화를 공식화하거나 떠벌리지 못했다. 나는 대부분의 연극이, 1960년대의 전위 연극이 정치적 전략이 점차 효율성을 잃어가는 데 조바심이 나서, 그리고 새롭게 세련되어가는 비디오나 필름, 그리고 재생기술의 도움을 얻어 점차 덜 본질적으로 반미학적으로 변해가는 실험적 공연들에 의해 고무되어, 포스트모더니즘 담론에 대한 지식 없이 1980년대로 접어든 것이 아닌가 의심하고 있다.10)

라고 비판하면서 그 결과,

> 포스트모더니즘 연극은 텍스트와 언어가 연극의 공연과 공간에 대해 지니는 복합적이고도 갈등적인 관계에 관한 역사적 지식, 그리고 이 세기의 몇 대에 걸친 실험적 예술가들에 의해 행해진 문학적인 혹은 비문학적인(무대장치, 안무, 음악) 작업들에 있어서의 연기와 연출을 어떻게 재인식하고 새롭게 받아들일까에 관한 구체적인 연극적 지식을 결하고 있다.11)

고 지적한다. 결국 일관된 일치된 역사적 설명도 철학적 기반도 없는 포스트모더니즘 연극의 많은 부분도 인접예술로부터 빌어올 수밖에 없는 실정이다.

2. 포스트모더니즘 연극의 특징

절대적이며 근원적 진리와 그것을 추구하는 주체의 존재 및 외적 세계의 재현 가능성 등을 믿던 서구의 전통적 형이상학과 달리 구조주의

자들에게 있어 오늘날 세계의 의미는 상대적인 구조나 변별적 차이로 축소되어 왔다. 이어서 후기 구조주의자들은 이런 구조나 차이 등의 보편적 틀조차를 허물고 지연시키면서 오늘의 세계를 불확실성 혹은 결정불가능의 세계로 규정하고 있는 바, 이는 포스트모더니즘 연극의 경우에도 적용된다고 하겠다. 포스트모더니즘 연극은 후기 구조주의자들과 같은 맥락에서 형이상학적 절대 진실, 진리의 근원주의, 원전 텍스트의 권위나 절대적 의미를 배제하고 새로운 읽기와 쓰기의 맥락에 따라 기존의 희곡 텍스트에 새로운 해석을 가한다. 전통적 원전에 대한 해체적이며 적극적인 해석은 포스트모더니즘 연극에서 가장 일반적으로 드러나는 양상이다. 예컨대 하이네 뮐러는 고전 텍스트의 재해석을 통해 기존의 서구적 전통적 개념들을 해체함으로써 서구문명과 이성의 몰락을 그려내고 고발하고 있다.

로버트 코리건에 의하면 "(전통적 삶의 규범의) 경계가 무너지고 패턴의 사라지면서 연극의 '창조자'—지난 몇 년의 연극에 관하여 말할 때 점점 '극작가'니 '희곡'이니 하는 단어를 쓰기 힘들어진다는 것은 흥미로운 일이다—점차 재현될만한 바깥세계나 그 안의 인물들이 존재한다는 신념을 가지지 못하게 된 것처럼 보인다. 그리고 만일 그런 것들이 있다고 한들 그것들을 재현할만한 형태나 언어들을 찾아내지 못했다"라는 것이다.12) 외적 세계의 고정불변한 의미를 믿지 않는 시대의 연극에서 직접적으로 정치적이거나 역사적 관심은 찾기 힘들며, 나타나더라도 그것은 후기 구조주의자들의 해체적 전략속의 비판적 담론으로 드러나게 된다.

포스트모더니즘 공연의 기본적인 미학적 바탕은 전통적 연극의 개념인 재현과 모방에 대한 도전이라고 할 수 있을 것이다. 대체로 아르토 이후부터, 연극의 목적이 더 이상 외부적 세계의 모방과 재현에 있다고 믿지 않는 경향이 나타나기 시작했다. 아르토는 초월적이며 중심적 기의라고 할 수 있는 삶, 의미, 진리에 대한 모방이나 재현으로서의 연극을 거부하고 삶의 등가물이자 분신으로서의 충격성·잔혹성·원초적 생명력을 지닌 연극을 추구했으며, 창조자—텍스트로서의 고정된 언어를 극복하고 공연적·물리적·육체적 요소로서 무한히 의미화 될 수 있는 장으로서의 연극을 추구했다. 따라서 이러한 무대에서는 연출·배우의 동작·의상·조명·음악 등 무대적 공연자체의 의미가 커지기 시작한다.

포스트모더니즘 연극을 구체적으로 생각할 때 실제적으로 문제시 되는 것의 하나는 구성의 측면이다. 포스트모더니즘 공연의 가장 큰 가시적 특징은 종래의 논리적이고 일관적인 의미의 고리가 파편적으로 와해되고 있다는 점이기 때문이다. 닉 케이는 포스트모더니즘 연극의 가장 두드러진 특징으로 "단편화된 서술(fragmented narrative)"을 든다.13) 코리건 역시 스토리의 붕괴를 든다.14) 기존연극이 주로 희곡적 텍스트에 의존했다면 포스트모더니즘 공연에서는 공연기호들의 체계자체가 중시된다. 기존의 연극에서의 무대성이 연기·조명·의상·무대미술 등 공연의 모든 요소가 작가나 연출자의 의도를 통해 하나의 새로운 채널로 모아졌다면 포스트모더니즘에서 무대의 각 요소는 각각 개별적 기호로서 다중적인 신호로서 전달된다. 리차드 셰크너는 각자 놓고 있는 다중적 신호들의 최소한의 체계를 사물—시간—공간으로 본 바 있다15) 셰크너는 이에서 더 발전해 새로운 개념의 구성에 관해 말하고 있다.

> 포스트모던 공연에서의 다중적 신호는 현대적 공연(modern performance)의 양상들과 다르다. 물론 모더니즘과 포스트모더니즘은 공존한다. 현대적 공연에서도 움직임, 대사, 무대장치, 음악 등의 많은 신호들이 발신된다. 그러나 이런 신호들은—작가나 연출가나 디자이너나 연기자 등의—뚜렷한 창조의 방향(line of creation)을 중심으로 조작된다. 또한 희곡자체가 실제로 모든 다른 신호들을 지탱하고 운반할 '척추'를 지니고 있다. 현대적 공연의 이상은 공연의 모든 요소 들을 하나의 통일체로 만드는 것이다. ……(그러나) 포스트모던한 공연에서는 통일할 필요가 없다. 통일성이란 경험의 근저에 있는 정보단위들에 내재되

어 있다. 통일성이란 막연할 것일 수도 있다. 신호들은 많은 채널을 통해 동시에 발신된다. 한 채널에서 또 다른 채널로 옮기는 것은 쉽다. 충동은 움직임에서 말로 미디어로 공간 등을 변환된다.16)

결국 극의 구성은 붕괴되고 연극은 각자 개별적으로 작동되는 다중적 신호들의 장으로 변질되고 있는 것이다. 그러나 이처럼 의미의 사슬을 벗어나 다중의 동시신호로 바뀌어 단편화된 공연요소들은 흔히 모호함과 불안정함의 이유가 되기도 한다.

포스트모던 문명 일반에서 공허한 이미지의 범람이 지적되듯이 포스트모던한 연극에서도 실체와 관련 없는 이미지들이 난무하게 된다. 보니 마랑카는 포스트모더니즘의 주요기수인 로버트 윌슨·리차드 포먼·리 브루에의 작업들을 이미지의 연극(theatre of image)라고 명명하고 있으며17) 코리건 역시 포스트모던 연극의 주요양상이 적합한 용어는 아니나 이미지 연극이고 이런 연극의 주요 방법론은 시각적이며 청각적 이미지라고 하면서

거기에는 서술적 구조가 거의 없다―주제도, 등뼈도, 선적인 이야기도 없다. ―그 대신 연극이란 마치 무대 위의 일련의 프레임 안에 창조된 거대한 혼합 그림(assemblage)처럼 끊임없는 전환 이 과정일 뿐이다. 배우들은 그들의 극중을 창조하는 것이 아니라 공간 안의 패턴을 창조한다. 그들은 도상이며 에너지의 육화일 뿐이다. 사실 그림이란 공연의 주요전략이며 예술가들은 미 술가들이 캔버스를 채우듯 공연을 구축해간다. 공연의 각 부분은 컴퓨터 뱅크의 정보 단편처럼 다른 부분들과 별개로 존재한다. 그리고 에리노어 퓨크가 말했듯이 관객들은 극 인물들 사이의 관계를 따라가는 것이 아니라 언어적, 시각적, 음악적 채널이나 차원들의 관계를 따라간다. 인물들의 단편들은 이것들 사이에서 자리를 잡지만 인물들은 공연요소의 유출 속에 녹아버린다.18)

라고 경계한다. 요하네스 비링거는 고도의 기술적 영상이 연극의 많은 부분을 차지하고 있다고 지적하면서 엄청난 자본과 기술을 투자하는

로버트 윌슨의 가공할 시각적 이미지의 공허성을 비판하기도 한다.[19] 포스트모더니즘 연극은 시각적 이미지 못지않게 엄청난 힘의 오디오를 사용하여 청각적 이미지에도 중점을 둔다. 현란한 시각성과 어우러지는 청각적 요소들은 포스트모더니즘적인 독특한 도취감의 원인이 되기도 한다. 프레드릭 제임슨에 의하면 주체가 소멸되거나 분열되고 자아가 시간의 자표를 제어할 능력을 잃으며 기표와 기의, 기표와 기표 사이의 의미사슬이 와해될 때 의미 없는 기표들의 더미는 강렬한 도취적 힘을 발휘하게 된다. 즉 행복한 붕 뜬 상태, 흥분과 환각의 강렬함 등의 신비로운 충만과 강렬함, 표면적 쾌활함과 히스테리성 숭고함을 지니고 주체 앞에 나타나게 된다.[20]

한편 이와는 조금 다른 맥락에서, 인간의 신체에 대한 관심과 강한 자의식 역시 포스트모더니즘 공연의 한 양상이다. 이는 전통적으로 형이상학에 의해 억압되어있던 인간의 신체가 복권되기 시작하는 포스트모더니즘 사회 전반의 양상과도 관련이 있다. 연극의 경우 대본상의 인물을 재현하는 존재로서가 아니라 신체의 물체성 그 자체로서 연기자를 보는 관점은 아르토와 그로우스키, 혹은 극중 인물의 신체를 제한적으로만 사용하는 베케트 등에서부터 시작되었다. 이런 경향은 피나 바우쉬의 댄스드라마, 신체에 대한 자의식을 극대화시키는 일본의 일부 실험 연극인들, 자신의 성기를 노출시키는 카렌 핀레이의 페미니스트적 공연, 해체된 역사의 대체물로서 인간의 절단된 신체 이미지에 관심을 갖는 하이네 뮐러의 작품들에서 극대화된다.[21]

절대적인 의미와 그 재현으로서의 고정된 실체를 거부하는 포스트모더니즘에서 중요시하는 것이 퍼포먼스다. 1960년대 미술의 영역에서 출현한 해프닝이나 이벤트로부터 출발한 퍼포먼스는 사실상 포스트모더니즘 공연과 연극의 주요개념이 되어왔다. "기억, 계승, 그리고 재상연 가능성과 같은 부르조아적 억압적 특징들이 아니라 즉각성, 독특성과 같은 해방적 성질"[22]을 지니고 있기 때문이다. 포스트모더니즘 예술의 정의를 본질(foundation)과 총체화(totalizing)에 대한 분열(disruption)로 보고 있는 닉 케이는 역사도 철학도 없는 상태에서 무엇인가를 허물며 무엇인가를 생성시키려고 하고 있는 일어남(happens), 그리고 사건(events)의 개념이야말로 포스트모더니즘 예술의 근본의 하나라고 본다.23) 전통적 연극이 절대적 가치를 지닌 희곡의 의미를 중시하고 공연을 그에 부수된 재현적 개념으로 본 데 반해 포스트모더니즘에서의 공연은 점차 그 일회성, 특수성, 재창조성, 관객과의 교류 등에서 그 자체의 중요성을 확보해왔다. 퍼포먼스는 극중 인물이 아닌 행위자의 행위를 중요시하며 절대적 의미에 대한 틀에 박힌 재생산이 아니기에 우연성이 허용되고 고정된 결과보다는 행위가 이루어지는 일회적이며 현장적 과정성이 중요시되며 노출된다. 따라서 극중환상에 이바지하는 극중 시간이나 공간이 아닌 일상의 시간, 공간, 행위가 무대에 올려지기도 한다. 퍼포먼스적 공연은 종래의 극장이 아닌 자유로운 공간에서 공연될 뿐 아니라 관객/연기자 객석/무대의 구분이 덜 확실해 공연에 대한 관객의 참여도가 높으며 관객의 관심의 초점이 동시에 한곳으로 집중되는 것이 아니라 분산적이며 다초점적이다. 또한 퍼포먼스는 애초의 출발이 그러했듯이 연극 뿐 아니라 무용·미술·음악 등 다른 예술 장르와의 경계 면에서 자유롭다.

　　포스트모더니즘 연극의 또 다른 양상은 외부적 현실세계에 대한 진지한 관심을 잃은 예술이 예술형식이나 예술창조 자체에 대한 언급을 스스로 포함하거나 구축하는 자기반영(self-reflectiveness)적 메타디어터24) 의 성격을 띠는 경우가 많으며, 절대적 진리에 대한 주장보다는 예술 상호간의 담론의 형식으로서 상호텍스트성(intertextuality)이나 상호주관성(inter-subject-ivity)의 경향을 보이고, 과거시대의 예술작품을 재편집 재구성, 혹은 전도하는 패스티쉬(pastich)·패러디(parody)들이 나타난다는 점이다.

　　포스트 모던한 공연들은 급진적인 불확실성의 모드와 그리고 무엇을 재현하는 것이 불가능하다는 확신 속에서 만들어지고 있다. 극의 전통적 구성보다는 자기몰입(self-absorption), 자기성찰(self-reflexiveness), 자기집착(self-obsession)들이 포스트모던한 전환의 지배적인 특성이 되어 버렸다. 행동하는 인간의 재현이 불가능하게 되어버리면서 유일하게 재현 가능한 것은 공연 자체가 되어버렸다. 이런 변환 속에서 제시(presentation)는 재현을 대신하고 공연은 점차 공연 자체에 관한 것이 되어 버린다.25)

이처럼 포스트모던 연극은 연극과 삶, 연극과 비연극적인 것들 사이의 경계에 주목하고 그것을 창조하고 넘나들면서 그 넘나들기를 즐긴다. 더 나아가 포스트모더니즘 연극은 불확실성이며 모순된 것들의 병존이며 일류전과 연극, 안과 밖, 너와 나, 진실과 비진실의 경계를 초월하는 새로운 종교적, 인류학적 체험으로 발전되기도 한다. 포스트모던 연극에서의 재현의 포기, 주체의 해체는 그로토우스키·피터 브룩·리차드 셰크너 등에서 보듯이 연극적 자의식으로의 탐닉과 인류학적 확장, 때로는 신비주의적 우주론으로까지 비약하고 있다. 이런 작업들은 새로운 인식의 탐색을 지향하고 있으나 변환하는 세계에 대응하는 새로운 연극적 패러다임으로서 자리 잡았다기 보다 비운 자리를 메꾸지 못하는 공황이자 어지럼증의 유희에 머무르고 있다.

3. 포스트모더니즘과 한국연극

그렇다면 이런 요소들을 지닌 포스트모더니즘 연극은 한국의 연극적 현실과 어떤 관계에 있는가? 포스트모더니즘이 서양의 경박한 유행사조이기 때문에, 우리 나라에는 모더니즘 연극의 단계가 부재했기 때문에, 혹은 우리 나라가 아직 후기산업사회에 완전히 진입하지 않았기 때문에 포스트모더니즘 연극은 우리 연극계와 별 상관이 없는 것일까?

그런 것 같지는 않다. 우선 소비문화와 대중문화들을 통해 부분적이나마 포스트모더니즘의 생활 감각이 우리 삶에 침투해있으며, 따라서 우리 연극무대에도 칠십년 대에 그 전조를 보이기 시작해 구십년 대 이후에는 포스트모던한 움직임들이 주요한 창작경향으로 자리하기에 이르렀다.

이런 현상적인 측면 외에도 포스트모더니즘이 우리 연극계와 무관하지 않다는 점은 여러 관점에서 설명될 수 있다. 상당히 막연하고 본질주의적인 이야기이기는 하지만 우선 우리 민족은 기질적으로 초논리성, 비합리성, 단편성, 즉흥성들을 지니고 있다고 할 수 있다. 생활이나 예술 창작의 관습에서 보더라도 희노애락의 감정이 명확히 구분되지 않고 모순적으로 뒤섞여 있는 경우가 많으며 조리 정연한 틀이나 형식적 구속을 싫어하고 삶과 예술, 놀이와 노동 등의 경계가 불분명하기도 하다. 예컨대 희노애락의 극단적인 인간감정과 신성한 종교적 체험과 고도의 예술성을 지니는 춤과 노래와 주술이 삶의 현장과 단편적으로 마구 엇갈리며 공존하는 굿판은 전형적인 초장르적 포스트모던한 퍼포먼스의 장이라고도 할 수 있다.26)

이러한 삶과, 심성과, 가치관과, 예술적 관행에 기초한 제 삼세계적 전통예술이 서구의 포스트모던한 연극—아르토·피터 브루크·셰크너 등—에 영감과 단서를 제공했다는 점은 누구나 알고 있는 사실인데 이는 셰크너가 지적했듯이 근대 이전(pre-modern)과 근대 이후(post-modern)와는 상통하는 개념이기 때문인 것이다. 요컨대 우리의 전통적 심성을 연극적으로 파고 들어가면 최근에 포스트모더니즘의 요소들과 만나는 지점들이 없지 않다는 것이다.27)

서구 근대극을 모방적으로 추수했던 우리 근현대연극사에서 한국의 전통적 연극을 다시 살리겠다는 움직임은 대체로 1970년대부터 시작되었는데 이 시기는 마침 서구의 포스트모던한 연극—아르토식 총체극, 구조주의 연극 등—이 우리 극계에 수입되던 시기이기도 했다. 또한 전통극 복권과 관련해 일체의 서구적 근대극적 요소를 거부하던 마당극도 70~80년대에 걸쳐 활발한 활동을 벌였다. 마당극은 정치 저항적 성격이 강한 연극이지만 미학 면에서도 서구 근대적 극장, 서구 사실적 극작술, 논리적이며 일관된 구성, 대본 중심주의들을 거부했다. 또 한국의 전통극과 브레히트의 서사극에서 공통적으로 나타나는 바, 관중과 공연자의 새로운 관계, 단편적 구성, 춤과 노래 등 공연적 놀이적 요소들을 강조함으로써 한국 현대연극을 서구 사실주의 중심의 로고스적 연극으로부터 해방시키기도 했던 것이다. 이로서 한국 전통극에 나타난 한국적 기질, 서구 실험극의 유입, 마당극의 서구 연극미학 파괴, 그리고 80년대 이후 포스트모던한 일본연극의 소개 등의 요소들은 80년대 이후 한국연극에 있어서 포스트모던한 경향의 연극이 출현하도록 길을 닦아준 셈이 되었다.

그 결과 오늘날, 비록 서구의 포스트모더니즘 연극과는 성격을 조금 달리 하자면 비교적 포스트모던한 경향을 띤 작가나 연극인들이 적지 않게 활동하고 있다. 현대 한국연극계의 대표적인 인물로서 기질적인 포스트모더니스트라고 할 수 있는 오태석, 역시 한국을 대표하여 해외 공연에도 주력하며 포스트모던계열의 미학적인 실험을 계속하는 김정옥, 90년대 들어 활발한 활동을 벌이는 신진세력으로서 포스트모더니즘 연극을 의식적으로 추구한다고 할 수 있는 이윤택이 그들이다. 본고에서는 지면상 세 작가의 포스트 모던한 요소를 개괄적으로 살펴보는데 그치고 각 작가에 대한 상론은 다음기회로 미루고자 한다.

1) 오태석

　오태석이 1960년대 말에 〈웨딩드레스〉, 〈유다여 닭이 울기 전에〉 등 도시인의 불안과 방황을 그리는 모더니즘 계열의 작가로 출발했을 때 그는 이미 극계의 주목받기 시작했다. 비록 현대인의 자의식이라는 흔한 문학적 소재였지만, 극적 불안을 묘하게 구축하는 힘, 대사에 있어 극적 어휘의 독창성과 한국적 운율감각은 이 작가가 범상치 않은 신인임을 암시해 주었다.

　오태석의 진면목은 70년대에 들어 한국의 전통적 유산에 관심을 가지기 시작한 〈약장수〉, 〈초분〉, 〈춘풍의 처〉들에 의해 드러나기 시작한다. 전통극을 현대화한다는 다른 연극인들과 달리 오태석은 의식적으로 민요나 춤사위나 탈을 사용하거나 하지 않는다. 한국의 전통극을 수용하는 그의 독창성은 한국적 심성, 토속적 정서, 우리식 대사의 내재율을 체득했다는 데 있다. 충청도 서천 출생의 그는 기질적으로 한국적 흥과 둘러치는 간접화법과 얼렁뚱땅한 모순병존과 초논리의 문법을 타고난 것이다.

　오태석은 흔히 초논리의 작가라고 평가받는다.[28] 부조리의 냄새가 풍기는 그의 초기 모더니즘 작품에서두 서구 부조리극의 근저에 있는 철학적, 사색적 논리 보다는 논리성이 배제된 혼돈, 그 자체의 분위기가 풍겼다. 그런 모호함의 경향이 예컨대 「춘풍의 처」같은 작품에서는 고삐를 풀고 해방되는 것이다. 고전문학의 소재들을 차용한 「춘풍의 처」에는 죽음과 삶과 재생, 남자와 여자, 한과 해학, 집념과 허허로움이 자유롭게 섞여 있다. 아니 섞여있다기보다 그 만의 독특한 정서로 용해되어 있다. 그의 작품세계는 서구의 부조리극의 '反논리'의 세계가 아니라 '무논리'이며 애초부터 논리를 초월한 '초논리'의 세계에 가깝다. 그것은 일과 놀이, 삶과 축제를 이분법적으로 생각했던 서구적 이원론을 뛰어넘는 곳에 있다. 이런 한국적 초논리의 세계를 우리는 '유희' 혹은

'놀이정신'이라고 부른다. 그것은 무논리의 장, 생명의 장이요, 우주적 에너지와 맞닿은 장소요, 삶과 예술이 혼용된 장소요, 내용과 형식이 하나로 어우러져 형식이 곧 내용인, 놀이가 곧 메시지인 그런 장이다. 놀이로서의 극은 연극을 삶의 재현으로 보았던 서구적 합리주의의 가장 반대편에 자리하고 있는 것이다. 〈약장수〉는 자아를 찾아 헤맨다는 점에서 모더니즘의 분위기가 남아있지만 우리의 약행상이 바로 놀이요, 굿이며, 또 삶의 장소로서의 장터에 뿌리내리고 있다는 독특한 한국적 정서에 기반한 작품이다. 영조와 사도세자의 애증관계를 다룬 〈부자유친〉은 아버지와 아들의 처절한 살육극에 도화사적인 광기와 처절함, 그리고 놀이성을 부합시켰다.

그의 놀이감각은 대본에서라기보다 무대극의 유희성과 상상력을 통해 구현된다. 그는 칠십년 대에 〈쇠뚝이 놀이〉, 〈루브〉 등의 연출을 통해 당시 대본중심의 정적인 한국무대의 속성을 깨고 '움직이는 무대'를 선보였다. 그의 배우들은 미끄럼대를 통해 등퇴장했으며 공원의자의 다리에는 바퀴를 달았다. 또한 그의 무대는 온갖 종류의 희한한 오브제들로 가득 차 있다. 휠체어, 운동기구, 자전거, 포크레인 삽, 구명대, 헤드폰 들이 때로는 극의 흐름에 꼭 필요하지 않은 채 등장하며, 미니 오락장, 감시탑 등 의외의 공간들이 무대 안에 설치되고 〈백마강 달밤에〉에서 황천의 인물들은 나비, 거미, 뱀, 악어, 벌레 등 기상천외한 동화적인 분장과 의상으로 등장한다. 이런 오브제에 대한 집착이 대본이나 극 내용 보다 앞서서 가끔 오태석은 물신주의자(fetishist)라는 비판을 받기도 한다.29) 이처럼 오태석의 무대는 의상·조명·음악 등과 더불어 다중적 신호(multiple sign)로서 의사소통한다. 각개의 요소들은 서술적 구조를 떠나 자신들만의 개별적 신호를 발신하는 것이다. 때때로 이런 다중적 기호들은 코드가 지나치게 과잉되어 오태석 연극의 난해함의 요인이 되기도 한다. 오태석은 대부분 자신이 작품을 쓰고 연출을 한다. 그래서인지 자기만의 기질과 상상력에 빠져 있는 듯한 그의 작품은 최소한의 객관성이 결여된 모호성이라는 면에서 비판을 받기도 하는데 그의 모호성의 많은 부분은 구성상의 난삽함과 시·공상의 임의적 재배열에 기인한 것이다.

그는 직관적인 놀이꾼치고는 극 서술에 대한 집요한 관심을 보이기도 하는데 구성을 파괴한다기보다는 내러티브의 실을 미로 속으로 끌고 들어가는 편이다. 그런데 그 미로가 너무나 상상적이며 임의적이다 보니 그런 과정에서 내러티브의 실은 얽히고 끊어지고 녹아버리기도 하는 것이다. 〈춘풍의 처〉, 〈필부의 꿈〉, 〈팔곡병풍〉 등 기존의 전통예술로부터 모티브를 따온 작품들에서 각 에피소드가 앞 에피소드의 끝을 시공을 초월한 채 꼬리를 무는 방식이라면, 〈심청이는 왜 인당수에 두 번 몸을 던졌나〉는 용궁에서 현실로 온 심청이가 현대사회의 부패상을 따라 전전하는 얘기고, 〈자전거〉의 구성은 6·25의 피해를 입은 한 마을 주민들의 집단적 무의식을 그들의 악몽 같은 비현실적 체험들을 통해서 보여주는 식이다. 그러나 이런 과정에서 오태석의 시간과 공간처리는 대담한 해체와 전도를 보인다. 예컨대 〈자전거〉는 극 전체가 헛것을 보고 정신을 잃었던 한 남자의 사건 재구성인데 이처럼 과거로 역류하는 틀 속에서 마을주민들의 죄의식과 공포를 보여주는 에피소드들이 현실과 꿈, 환상, 설명과 되풀이 부여주기 방식으로 시공이 마구 엇갈린 채 끼어든다. 〈아프리카〉에서는 중동으로 일하러 가는 노동자의 애환, KAL기 격추사건, 이디아민의 엉뚱한 주체성 등 여러 가지 사건들이 시·공적으로 병치되며 나타난다. 〈한만선〉에서는 한 포크레인 업자의 범용한 삶과 안중근의사의 비장한 삶이 계속 병치되며 나타난다. 이러한 시공의 자유로운 구사는 주제의 전달이라는 일반적 목표를 위한 몽따쥬로서 사용되기도 하나 선적인 논리적인 구성을 배제하고 때로는 초 논리적으로 시작도 끝도 없이 얽힌 미로의 형태로, 혹은 불가해한 뫼비우스의 띠 같은 새로운 구성개념으로, 시간-공간-오브제의 나열들로 나타나는 것이다.

오태석의 작품에는 전통적 의미의 주인공에 해당하는 인물이 불확실한 경우가 많다. 〈자전거〉에서 깜깜한 시골밤길을 면서기가 자전거를 끌고 가며 꿈인 듯 생시인 듯 여러 사건을 접하게 되지만 그는 단지 나레이터일 뿐이고 나머지 사람들은 그의 주변을 떠돌고 있는 것이다. 따라서 극의 중심은 텅 비어있는 상태이다. 이 작품은 어떤 의미에서 이 작품의 초연 바로 직전에 공연되었던 마이클 커버의 구조주의 연극 〈겹괴기담〉을 연상시키기도 하는바 어떤 관점에서 볼 때 시골 밤의 괴기한 에피소드들의 교차가 있을 뿐 그 중심의 주체는 증발해 있는 것이다. 〈아프리카〉나 〈한만선〉에서도 극의 내러티브를 이끌어 가는 인물은 있으나 교체되는 상황들이 있을 뿐 극의 능동적인 주체는 존재하지 않는다고 할 수 있다. 한국의 고전문학의 텍스트들과 전통예술의 정서에 기반해 일종의 창조적 꿰맞추기를 한 〈춘풍의 처〉, 〈필부의 꿈〉, 〈팔곡병풍〉 등에서도 어떤 관점을 지닌 주체적 존재나 그것이 대변하는 중심적 사상이 아니라 상호텍스트성에 의해 끝없이 펼쳐지고 지연되는 의미망들이 이 극의 요체라고 할 수 있다.

오태석의 연극은 이처럼 초논리적 유희정신과 무대적 상상력, 시공의 처리와 관점의 일부 면에서 포스트모더니즘의 양상을 보인다. 그러나 이런 요소는 그의 무의식적 기질적 측면의 반영이기에 그가 의식적으로 포스트모더니즘의 세계관을 가지고 있다고 말하기는 힘들다. 한국적 정서를 지닌 연극을 추구하는 그가 연극을 통해 주고 싶은 메시지가 있다면 '한', '분' 같은 정서인데 이는 때로는 "우리가 조상의 미덕을 잃어서야 되겠느냐?", "한국인이 오늘날 이렇게 타락해서야 되겠느냐?"는 식의 전근대적 계몽조의 연설로 변하는 경우마저 있는 것이다. 기질적 포스트모더니스트이니만큼 그에게는 포스트모더니스트적 정서와, 그와 이질적인 전근대적 요소가 공존하기도 하는 것이다.

2) 김정옥

　다음의 논의의 대상인 김정옥을 오태석과 비교해보면 우선 양인 모두 뛰어난 연극적 감각의 소유자로서 작가 겸 연출가, 때로는 무대 미술가이며 유희성과 놀이성을 띤 작업을 한다는 점, 그리고 한국적 정서의 구현을 추구한다는 점 등이 공통된다. 차이점이 있다면 오태석이 서구 현대연극에 별로 많이 접하지 못하고 개인적 경험과 전통극과의 만남 등을 통해 비교적 한국의 현실과 토착적 정서에서 출발했다면, 김정옥은 서구연극과 여러 단계의 많은 접촉을 가졌다는 점이다. 오태석의 연극세계가 다분히 무의식적이라면 김정옥의 연극세계는 의식적이며 그 나름의 미학적 의도를 지니고 있다. 김정옥은 연극 활동을 시작했던 1960년대 이후 70년 말까지 몰리에르·골도니·보말세 등 프랑스의 정통 코메디와 이오네스꼬·아라발 등 부조리계열의 연극을 연출해오다가 70년대의 〈어디서 무엇이 되어 만나랴〉, 〈동리자전〉 등의 창작극 모색기를 거쳐 78년 〈무엇이 될꼬하니〉 이후 80년대를 중심으로 계속해서 〈달맞이꽃〉, 〈바람 부는 날에도 꽃은 피네〉, 〈피의 결혼〉, 〈이름 없는 꽃은 바람에 지고〉, 〈수탉이 안 울면 암탉이라도〉, 〈그리고 그들은 죽어갔다〉 등을 통해 한국적 연극의 본격적인 탐색에 나섰다. 세계연극의 동향에 밝은 그는 한국적인 정서를 세계보편적인 세련된 연극언어로 표현할 수 있었다. 그는 한국인의 죽음, 특히 광대로 대표되는 민중계층의 한 많은 죽음과 그 해원에 관심을 지니고 있는데 죽음과 삶을 넘나드는 독특한 한국적 정서를 총체극·서사극·제의극·놀이들의 요소를 지닌 다양한 절충적 스타일로 표현한다. 양반남녀의 사랑과 죽음을 다루는 기둥 줄거리격의 전통설화를, 민중을 대변하는 광대들의 집단 창조적인 논평·해설·춤과 놀이·놀이 제의들을 통해 희비극적으로 해체하며, 그 해체의 틈새에 곁들여진 창이나 판소리, 그리고 탈과 의상 등의 시각적 요소들은 한국적 정서를 매력적으로 극화한다.

　김정옥의 연극은 총체극·제의극·서사극·가무극 등의 요소를 부분적으로 품고 있으나 그 기본이 되는 것은 '놀이정신'이다. 한국적 정서를 비서구적 표현양식에서 찾는 과정에서 대본은 약화되고, 연극은 '광대패들의 짓거리'와 같은 연기자들의 행위로 환원되며, 공연의 유기성과 집약된 의미는 놀이로서 해체되는 것이다.

　이런 '놀이의 연극'을 위해 그가 우선 시도한 것은 자유극단의 연기자들과의 집단창작 작업이다. 그는 연극의 중심기호를 연기자들로 본다. 서구 모더니즘 연극의 중심이 언어적 대본이었다면 그는 연기자들의 비현재적 생동감, 배우이전의 개성, 무한한 놀이적 가능성을 중시한다. 예컨대 모든 김정옥 작품에 공통되는 것으로서 독특한 공연시작부분을 들 수 있다. 연기자들은 공연시작 및 십분 전부터 로비에 나와 몸을 풀기위한 신체훈련을 하거나 윷을 놀거나 관객과 인사를 나누는 등 극중 인물 이전의 연기자 일반 혹은 자연인의 모습으로 관객에게 노출되거나 관객과 교류한다. 이는 후에 이들이 극중 인물로 변신하더라도 결국은 연기자에 의해 배역놀이가 된다는 의미로서 연기자 중심, 혹은 비재현적 의도의 강력한 표현인 것이다.

　또한 김정옥은 연기자의 여러 가능성들이 각자의 적극적이며 즉흥적 아이디어를 모은 공동창작의 형식으로 발현되기를 기대한다. 이런 연기자들 각자의 공동창작이 가장 두드러지게 나타나는 것은 그의 모든 작품 사이사이에 극적 내용을 깨고 삽입되는 놀이부분이다. 그의 연기자들은 작품의 내용을 패러디하거나 혹은 작품과 무관한 춤, 노래, 재담들을 통해 연기자 개인의 창조적 역량을 마음껏 발휘하며 연극의 놀이성과 공연성 그 자체를 증폭시킨다. 또한 이들 연기자들은 극의 사이사이에 관객에게 직접 말을 걸고 동냥도 하고 객석을 통해 무대에서 등퇴장하는 등 관객으로 하여금 극중 허구의 세계와 분리된 객석에 남아 있는 것이 아니라 연기자와 함께 연극과 함께 어울릴 수 있도록 일원화된 마당을 창조한다. 이런 과정에서 관객과 함께 즉흥적인 말 주고받기가 이루어지기도 하고 적극적인 관객의 참여가 유도되기도 한다. 또한 이런 모든 과정에서 기존 연극의 삶과 예술의 분리가 깨어지며 예술이 아닌 일상성의 요소가 공연에 개입되기도 한다. 이러한 그의 놀이적 연극에서의 집단창작·즉흥적·우연성·일상성·관객 참여의 요소들은 포스트모더니즘 공연의 일반적 특성들과 합치하며 특히 퍼포먼스나 해프닝의 현장적, 해방적 요소와 결과적인 유사성을 보이고 있는 것이다.

그런데 그의 이런 해방적 놀이적 연기자들은 바로 김정옥이 파악한 바 한국의 전통사회의 연기자의 모습이기도 하다. 그들은 서구적 의미의 연기자라기보다 잡회의 연회자들이자 놀이패들이다. 오늘날 모더니즘을 거부하는 해방적 놀이적 연기자의 모습으로 재탄생했지만 실은 그들은 떠돌이 탈춤패일 수 있고 사당패들일 수도 있으며 시정의 이야기꾼, 약장수, 각설이패, 엿장수일수도 있다. 그들은 예술인이라기보다 천시 받는 부랑인들이었으며 따라서 뿌리박지 못하고 떠도는 소외된 계층의 인간들이었다. 김정옥의 많은 작품에서 그들이 '민중'계층의 입장을 대변하는 듯이 보이는 것도 그런 까닭인 것이다.[30]

김정옥이 이런 한국의 전통적이며 포스트모던한 연기자나 광대를 통해 보여주고자 한 것은 한국판 '죽음의식'이다. 김정옥의 작품에는 전통적인 인과적인 장면연결이나 응집된 줄거리가 전혀 거부되고 있으며 모두 비슷비슷한 구성을 보인다. 즉 다양한 죽음의 장면들과 그 사이사이에 삽입된 광대들의 놀이판 및 논평의 장면들이다. 김정옥이 다루는 죽음의 장면들은 헤어진 남녀의 한 맺힌 죽음, 소외받는 광대의 억울한 죽음, 역사적 인물들의 치욕스런 죽음 등 모두 억울하며 한 맺힌 죽음들을 다루고 있다. 그런데 김정옥은 그 죽음을 광대들의 단편적인 장면들을 통해 적극적인 자세로 다룬다. 그는 엄숙해지거나 심각해지기 쉬운 죽음을 잊고 그 의미를 희석시키기 위해 애써 웃고, 춤추고 노래하며 희화화한다. 〈무엇이 될꼬 하니〉에서는 무당광대의 억울한 죽음을 잊기 위해 상주를 웃기는 다시래기굿을 벌이며 〈이름 없는 꽃은 바람에

지고〉에서는 근세사의 인물들의 억울한 죽음에 항변하며 울분을 터뜨리기도 한다.

결국 죽음에 대한 그의 이런 태도는 지극히 한국적인 정서로서 그것은 죽음의 한을 풀기 위한 '풀이'라고 할 수 있다. 그리고 '풀이'는 서구적인 일대 일의 논리의 세계를 초월한, 반어적이며 초논리적인 포용과 해방의 세계인 것이다. 그곳은 광대들의 해방된 놀이의 공간이자 삶과 죽음이 희극과 비극이 부정과 긍정이 대긍정으로 생명으로 녹아 넘치는 일종의 포스트모더니즘의 세계라고 할 수 있다. 다만 김정옥의 문제는 죽음과 그 풀이의 철학이 내용면에서 익지 못했다는 점, 부분적으로 센티멘탈리즘에 머물고 있다는 점이다. 또한 광대들의 서투른 역사의식이나 민중의식의 코멘트 등, 섯부른 소외효과를 야기함으로써 극 전체의 유기성이 침해를 받기도 한다.

3) 이윤택

이윤택은 80년대부터 부산지역에서 활동을 시작했으나 90년대에 들어서야 주목받는 작품을 발표하기 시작했다는 점에서 그 작품세계를 정리 평가하기에는 이르다. 또한 그의 작품들은 각각 성향이 다르고 결과가 불안정해 아직 보편적인 미학적 특징을 추출하기 어렵다. 이윤택 역시 대본 작업과 연출 작업을 병행하고 있으며 궁극적으로 한국적인 연극표현을 추구한다는 점에서는 앞의 두 사람과 일치한다. 다만 차이점이 있다면 문학평론가 출신답게 자신의 작업에 대해 누구보다 강력한 미학적 주장을 가지고 있으며 때로는 그것이 실제작업의 성과를 앞지를 정도라는 점이다.

〈시민 K〉는 80년대의 암울한 정치적 압제 하의 한 지식인의 무력함을 강력한 표현주의적 기법으로 그리고 있다. '상황극'으로 이름 붙여진

이 연극은 짧게 토막 난 장면들, 선동적이며 관념적이며 짧은 시구로 이루어진 대사들, 유형화된 인물, 뚜렷한 주제의식을 받치며 추상화된 무대조명 등, 고통 받는 자아를 중심핵으로 하는 모더니즘의 전형적인 작품이다. 그러나 한국무대에서 보기 힘들게 직접적 관념성과 어우러진 파괴적인 에너지는 이후의 이윤택의 작품세계의 경향을 예언해 주고 있다.

이윤택은 무의식이나 감각적 미학에 머물던 앞의 두 작가와 달리 강력한 사회정치적 관심을 보이고 있는데 그의 정치적 관심은 〈청부(하이네 뮐러작)〉, 〈허재비 놀이〉, 〈청바지를 입은 파우스트〉 들에서 독재 권력에 대한 비판, 혁명에 대한 향수 및 회의, 혹은 지식인의 무력감들로 나타나고, 〈불의 가면〉, 〈우리시대의 리어〉, 〈문제적 인간 연산〉들에서는 권력자의 속성에 관한 해부로, 그리고 〈비닐하우스(오태석 작)〉, 〈홍동지는 알고 있다(김광림 작)〉의 연출작업, 〈바보각시〉 등에서는 민중적 관점의 낙관적 전망 등을 통해 다양하게 드러난다. 그의 이런 정치적 관심은 때로는 비판적 리얼리스트의 면모를 보이기도 하면서[31] 대체로 탈정치적이며 탈 역사적 포스트모더니즘의 속성과 대치된다고도 할 수 있다. 그러나 기존의 연극어법을 무너뜨리는 파괴적이며 공격적인 무대 만들기, 정치적 관심과 뒤섞인 초월적 요소들, 기존의 이분법적 이데올로기의 시각을 벗어나 인간과 사회와 역사 정치에 대해 보이는 다각적이며, 상호 모순적이며, 초논리적이며, 개방적인 접근은 그를 포스트 모더니스트의 범주에도 들게 한다.

이윤택이 내세우는 자신의 연극적 방법론은 '해체'이다. 그는 하이네 뮐러의 〈청부〉를 연출한 이래 해체의 개념을 내세우고 있는데 그는 자신의 해체에 대해 다음과 같은 소신을 편다. 그에 의하면 해체란 '닫힌 사회와 문화에 대한 길트기'라는 것이다.

……장르적 명칭이나 자크 데리다의 해체주의 통속과는 무관한 것이 필자

가 생각하고 사용하는 해체정신이다. 해체란 의미는 거대한 전화기 사회와 문화속의 한 혁명적 에너지이며 진보적 인 문화의 지평을 향해 길을 트는 열린 시각이다. 이러한 해체정신은 동서고금을 통틀어 역 사와 문화의 한 발전적 단서로 적용되어 온 것이지 무슨 서구의 사조의 한 유파나 방법론에 구속되는 성질은 아닌 것이다. …… 우리의 개화기 사설시조나 누항가사 우리의 민화나 마당극 운동 또한 싱싱한 민중정서로서의 해체정신이 깃들여있다고 본다.[32]

이와 같은 해체론은 언어관의 탈구조주의 등에 입각해 의미의 근원주의 및 절대성을 거부하는 서구의 해체철학과 구체적인 연결성을 지니지는 못한다. 그러나 이윤택이 기존의 관념과 연극미학에 대해 그 나름의 '해방적 길트기'를 시도하고 있는 것은 사실이다. 우선 이윤택의 해체적 경향은 기존의 관념에 대한 재 진단의 모습으로 나타난다. 예컨대 그는 「죽음의 형식－오구」, 「사랑의 형식－바보각시」, 「권력의 형식－불의 가면」의 삼부작을 통해 기존의 닫힌 개념을 열어 흐트러뜨리려 한다. 이중 「사랑의 형식」은 황폐한 포스트모더니즘의 사회를 전복할 희망으로서 살보시설화나 미륵설화 같은 초월적 상징적 요소를 도입해 닫힌 현실로부터의 해방과 도약이라는 열린 사랑의 형식을 제시하고 있으며, 「권력의 형식」은 권력의 실상을 광기와 이성과 성의 새로운 관계설정 및 경계 허물기를 통해 재조명하려고 시도 한다. 특히 「죽음의 형식－오구」는 죽음에 관한 우리민족의 관념과 의식과 관습 속에 깃든 죽음과 삶을 넘나드는 해체적 경향을 기존의 극 구성을 전혀 무시한 놀이의 개념으로 해체한 수작이었다. 그는 이 작품에서 살아있는 사람의 극락왕생을 비는 오구굿과 장례의 절차, 상가집 풍경을 통해 삶과 죽음, 비장과 해학, 죽음과 섹스, 이승과 저승이 서로 녹아 공존하는 한국적 죽음의 장을 연출해 내고 있다.[33] 또한 그는 이런 해체의 방법론이야말로 지금까지의 서구적 이식문화에 의해 왜곡된 민족적 정서를 회복하는 길이라고 주장한다.

오늘의 삶의 구조가 우리의 민족적 정서와 인식과 생활리듬에 맞는가 하는 근원적인 문제부터 찾아야한다. 바꾸어 말해서 서구 이식문화적 습성과 생활구조가 변형, 왜곡시킨 삶의 구조속에 억눌려 있는 우리의 원천적 정서와 인식부터 회복해야한다는 것이다. ……전통과 현대가 형식의 보존과 차용 및 변형으로 만나기 이전에 전통의 본질과 오늘의 삶의 구조적 본질이 어떻게 만 날 수 있는가 탐색해야 하는 것이다. 본질적인 만남을 위한 해체, 이것이 미래지향적 우리 연극 형식의 제일과제이다.34)

그는 또한 최근작인 〈우리시대의 리어〉, 〈청바지를 입은 파우스트〉, 〈허재비 놀이〉들에서 기존의 서구적 텍스트를 해체하고 재구성하는 관심을 보이기도 한다. 〈리어〉와 〈파우스트〉는 서구의 고전을 독재 통치나 무력한 지식인상 같은 오늘의 정치적 상황에서, 〈허재비 놀이〉 역시 칸토르의 〈죽음의 교실〉을 혁명의 좌절과 망각이라는 한국적 현실의 입장에서 재해석했다.

그의 해체적 미학은 공연적인 면에서는 대체로 기존의 사실주의나 모더니즘적인 연극어법의 거부로 받아들여진다. 그는 "연극성이라는 것이 일관된 사건이나 일관된 구성의 함축적 완결성의 추구라는 메타포에서 자유로웠으면 한다"35)고 말하며 자신의 해체적 연극은 "진술적 순차적 대사로부터의 해체, 무대시간성과 공간성의 해체, 급기야 동일인물의 동일성격으로로부터의 해체가 이루어지고 단선적인 줄거리와 주제로부터도 이탈하는 경향까지 나아간다"36)고 주장하는데 그의 이런 주장은 비단 이윤택의 무대로부터가 아니라 최근의 포스트 모던한 무대에서 일반적으로 드러나는 양상이기도 하다.

이윤택의 해체적 연극에서 가장 특징적인 것은 언어다. 시인 출신이기도 한 그의 희곡은 기존의 일상적 산문에서와 달리 강도 높고 밀도 높은 선동적인 시어로서 점철되어 있다. 초기 〈시민 K〉에서 이미 보였던 이런 경향은 뮐러의 〈청부〉를 연출한 이후 그의 영향을 받아 심화된다. 즉 그의 언어는 간접화법인 극중 대화의 기능을 벗어나 직접화법으로 관객을 공격한다. "작가자신의 주제나 세계관이 뜨뜻미지근한 미학적 은유에 갇혀 삶의 싱싱한 난장에 간접화법으로, 물에 뜬 기름방울처럼 존재한다는 것이 못마땅했다."는 그는 그의 해체적 연극의 언어에 관해

> ……무대언어 또한 보고형 어법, 급격한 외침, 시적 운문성, 강연식 관념의 개입, 엉뚱한 문답, 일차적 의미구조의 파괴에 이른다. 발상의 전환이 생각해내는 다양한 화법들이 무대 속에 자유롭게 뒤섞이면서 말(대사)의 설명이 아니라 말의 느낌과 생각을 본질적으로 전달하려는 표현욕구가 방출되는 것이다. 이때의 관객은 스토리를 따라가는 것이라기보다 즉각적으로 방출되는 말과 행위의 독자적 정서를 받아들인다. 다양한 그리고 독립된 언어와 이미지 가 연쇄적으로 제시되고 결합되면서 스토리는 종합적으로 재건축된다.

고 설명한다. 즉 기존의 연극대사의 제약을 거부하는 그의 직설적 언어와 그로 인해 형성되는 강력한 인물과 거친 관념성과 격앙된 분위기들은 재현성을 거부하는 포스트모던한 연극의 한 특성이자 그의 연극적 에너지의 원천이기도 한 것이다.

연출가로서의 이윤택은 시적 언어 못지않게 배우가 지닌 육체적 언어의 가능성에 관해 고심한다. 그는 현재의 많은 연출가들처럼 연기자를 텍스트적 의미의 운반자가 아닌 물리적 리얼리티로서 받아들이며 따라서 공연의 속도감, 중량감, 리듬형성에 배우의 존재가 매우 중요하다고 역설한다. 이를 위해 호흡과 지구력을 중심으로 하는 신체훈련을 시도하고 있지만 아직 모색단계를 벗어나지 못하고 있다. 많은 포스트모던 계열의 연출가들처럼 이윤택 역시 무대그림과 음악 같은 다중적인 공연기호의 창출에 노력한다. 〈길 떠나는 가족〉, 〈바보각시〉들의 타블로, 〈문제적 인간 연산〉의 음악들은 그가 오늘날 가장 충격적이며 에너지 넘치는 무대를 만드는 연출가의 하나임을 입증한다. 그의 작품은 대체로 독일풍의 무거운 관념적 분위기이지만 〈오구〉의 화르쓰적 활기

나 〈청바지를 입은 파우스트〉에서 보인 지성적이며 자기반영적 유머는 포스트모던의 가벼움을 읽게 해준다. 계속 그의 작업을 지켜봐야겠으나 현재로서 실천을 뒷받침할 철학적 미학적 불안정성이 가장 큰 문제로 지적된다.

4. 나가며

지금까지 살펴본 바와 같이 포스트모더니즘은 그 자체가 모호하고 불안정한 개념이며 특히 연극에서의 포스트모더니즘은 아마도 연극예술의 복합성과 상업적 요인 때문에 더욱 모호하다. 연극에서의 포스트모더니즘은 타 장르에 비해 철학적 기반이 취약하며 모더니즘 연극과의 구분도 매우 모호하다.

그럼에도 불구하고 포스트모더니즘 연극의 특징을 살펴본다면 일반적으로 후기산업사회의 제 양태와 연계되어 있는 외에 철학적으로 후기 구조주의의 불확정성과 해체의 개념에 기반하고 있으며 연극미학적으로는 기존연극의 재현과 모방에 대한 거부라고 할 수 있다. 즉 연극은 근원적 진리나 형이상학적 반영으로서의 언어적 텍스트가 아닌 무한한 해석의 가능성을 담은 공연적 다중신호로서의 의미로 부각되게 된다. 이런 재현불가능성에 대한 자각은 연극에 있어서도 자기반영적인 메타연극으로 이러지며 한편 관점의 혼란이나 장르적 경계의 흐려짐 같은 인식론적 해체로 나타나게 되는데 모더니즘적 중심핵으로서의 주체의 상실과 분산, 주체 / 대상 혹은 연극 / 삶 사이의 경계자체가 모호해지는 양상을 드러낸다.

포스트모더니즘 연극의 구체적 양상은 즉발성, 생성, 해방 등을 속성으로 하는 해프닝이나 퍼포먼스의 개념에서 찾아지며 우연, 일상성, 다촛점, 탈장르, 과정의 중시, 관객참여 등이 기본개념으로 중시된다. 또한 구체적인 작품화의 과정에서 보면 극구성의 단편화, 공연신호의 다중화, 개별신호화, 단편적 이미지화, 시청각적인 히스테리컬한 에너지, 연기자의 신체에 대한 자각과 열광 등으로 나타난다.

그렇다면 이런 포스트모더니즘연극은 한국연극에서 어떤 의미를 지니는가. 포스트모더니즘은 서구철학과 미학으로 설명되지만 한편 한국적인 맥락에서도 재평가될 수 있다. 한국인의 전통적 심성에는 포스트모더니즘적 초논리성과 초월·해방·놀이의 요소가 있으며 이는 예컨대 굿과 같은 전통적 퍼포먼스에서 잘 드러난다. 오태석·김정옥·이윤택 등 대다수의 오늘날의 포스트모던한 공연에서 굿과 놀이는 의식적·무의식적 모델로 작용하고 있는 것이다. 또한 이러한 전통적 요소를 재발견하고자 했던 70년대 이후의 마당극 및 마당극 계열의 연극들에서도 서구식 재현의 미학 및 논리적 구성의 파괴, 관객의 새로운 자리매김, 놀이적 요소의 도입 등 포스트모던한 요소들의 자생적 전승이 확인된다.

본고에서는 오태석·김정옥·이윤택의 작품에 나타난 포스트모더니즘의 경향을 간략하게나마 짚어보았다. 오태석은 무의식적 기질적 포스트모더니스트로서 한국인의 전통적 심성에 내재된 비논리, 초논리성을 시공의 미로화, 요설조의 언어, 현란한 소품 및 특유의 놀이적 숨쉬기를 통해 풀어낸다. 김정옥은 현대세계 연극의 변화하는 맥락 속에서 서구적 연극미학을 거부하는 동양적 한국적 연극미학을 제시한다. 연기자중심의, 즉흥 집단 창조적인 방법론을 통해 그는 보다 의식적인 연극미학을 동원하여 놀이적이며, 굿적이며, 제의적인 새로운 연극양식을 추구한다. 이윤택은 이중 가장 젊고 자의식이 강한 포스트모더니스트이다. 그의 관심은 한국적 연극의 추구뿐 아니라 권력에 대한 비판, 지식인의 허위의식 등 현대한국사회에 대한 비판을 포함하고 있다. 그는 충격적인 시청각적 이미지의 창조, 직접화법의 시어, 배우통제를 통한 신체에너지의 창출 등을 통해 해체적이며 포스트모던한 무대를 추구하고 있다.

　이런 한국적인 포스트모더니즘연극에 공통된 문제점이 있다면 그것은 포스트모더니즘의 연극의 양상이 극 구성, 연출기법, 무대미술 등 공연적 요소나 막연한 분위기 창출을 통해 나타나고 있을 뿐 그 정신적 철학적 기반이 부족하거나 불안하다는 것이다. 예컨대 이윤택의 작품들이 리얼리즘과 모더니즘의 여러 단계를 동시적으로 포함하고 있다는 지적은 사실 세 명의 포스트모더니스트 모두에게 해당되는 것이다. 기개 있는 한국인 상을 재정립하기 위한 오태석의 비분강개, 광대의 서러움을 민중적 저항과 연결시킨 김정옥의 감상적 민중주의, 이윤택의 한국사회 비판 및 민중적 낙관주의들은 낭만주의, 리얼리즘, 모더니즘 등 전시대적 요소들의 혼란스러운 공존에 다름 아니다. 이처럼 주요 한국 작가들에 있어 정신적 철학적 기반이 불안정하다는 사실은 포스트모더니즘 연극의 연구에서뿐 아니라 한국 극작가들 전반에 관한 심층적 연구를 위해 본격적으로 분석되어야 할 점이라고 생각된다.

주석

1) 김진나, 「포스트모더니즘과 연극」, 『포스트모더니즘과 예술』(김욱동 편), 청하, 1991, 113면.
2) Roger F. Copeland "A Post-mortem for the Post-modern", *Theatre*, 1991, summer / fall, p.71.
3) Rodney Simard, *Postmodern Drama*, University Press of America, 1984, pp.15~23.
4) Steven Conner, *Beckett : Repetition Theory and Text*, Oxford : Blackwell, 1988.
5) 김진나의 「포스트모더니즘과 연극」은 포스트모더니즘의 시발점을 논하는 글은 아니나 1930년대의 아르토, 브레히트, 핀란델로 들을 포함시키고 있음.
6) 스티븐 코너, 김성곤·정정호 역, 『포스트모던 문화―현대이론 서설』, 한신문화사, 157~58면.
7) Johannes Birringer, *Theatre, Theory, Postmodernism*, Indiana Univ. Press, 1933는 주로 80년대 이후의 작업들을 다루고 있다.
8) Copeland, 앞의 책, 69면.
9) 스티븐 코너, 앞의 책, 156면.
10) Birringer, 앞의 책, 44~45면.
11) 위의 책, 42~43면.
12) Robert Corrigan, "The search for new ending", *Theatre Journal*, 1984, 160면.

13) Nick Kaye, *Postmodern and Performance*, St. Martins Press, 1994, 11면.

14) Corrigan, 앞의 책, 160면.

15) 리챠드 세크너, 김방옥 역, 「포스트모더니즘과 연극-인본주의의 종말」, 『한국연극』, 1991.9, 79면.

16) 위의 글, 81면.

17) Bonnie Marranca, *The Theatre Images*, Drama Book Specialists, 1977.

18) Corrigan, 앞의 책, 160면.

19) Birringer, 앞의 책, 62~70면.

20) 프레드릭 제임슨, 「포스트모더니즘-후기자본주의 문화논리」, 『포스트모더니즘과 한국문학』, 글, 1991, 265면.

21) Herbert Blau, "The Surpassing Body", *The Drama Review*, 1991, summer, pp.74~98.

22) 위의 글, 158면.

23) Nick Kaye, 앞의 책, 22면.

24) 황계정, 『메타드라마』, 연세대 출판부, 1992, 45면.

25) Corrigan, 앞의 책, 160면.

26) 김방옥, 「오태석의 운상각과 포스트모더니즘」, 『포스트모더니즘과 한국문학』, 글, 1991, 265면.

27) 김방옥, 「포스트모더니즘과 제삼세계 민중극」, 『오늘의 책』 1984년 여름.

28) 양혜숙, 「오태석론」, 『한국현역극작가론』 2, 한국연극평론가협회, 1988, 70~74면.

29) 김방옥, 「목화의 숨쉬기」, 『한국연극』, 1993.4, 30면.

30) 김방옥, 「죽음풀이로서의 광대극-김정옥론」, 『한국연극학』, 1992, 145면.

31) 이혜경, 「세계주의자를 꿈꾸는 포스트모던적 모더니스트」, 『공연과 리뷰』, 현대미학사, 1995년 가을, 53~65면.

32) 이윤택, 「해체정신으로 도려내는 연극의 환부」, 『웃다, 북치다, 죽다』, 평민사, 1993, 22면.

33) 김방옥, 「삶과 죽음, 그 역설과 병존의 난장」, 『객석』, 1990.7.

34) 이윤택, 앞의 글, 28면.

35) 이윤택, 「청부 연출노트」, 『현대연극』, 대학로극장 부정기 매거진, 1990.4, 4면.

36) 이윤택, 「환부정신으로부터 도려내는 연극의 환부」, 앞의 책, 27면.

1980년대 민족문학논쟁

임규찬

1980년대 민족문학 하면 아마도 많은 사람들은 '소시민적 민족문학', '민중적 민족문학', '민주주의 민족문학', '민족해방문학', '노동해방문학'이니 하는 용어의 깃발들을 먼저 떠올릴 것이다. 이른바 문학이념논쟁이라고도 불려졌던 이 깃발들의 나부낌을 두고 한편에서는 비평의 권력시대라고 비아냥거리기도 했지만, 우리문학사의 전개에서 볼 때 일제시대의 프로문학운동, 해방 직후의 진보적 문학운동에 버금가는 하나의 문학사적 격투장이자 화려한 비평의 난장이었음은 분명하다. 마치 일제강점기 때에 프로문학의 등장으로 민족주의문학이니 절충주의 문학이니 하는 것이 태동되었듯이 80년대 민족문학운동(따지고 보면 이른바 60년대의 순수참여논쟁 이후 계속 지속·발전되어온 과정이지만)도 지진의 진앙지처럼 주위의 모든 문학실천에 크건 작건 충격을 주고 영향을 미쳤다.

흔히들 이 논쟁을 두고 민족문학진영의 내부싸움으로 간주하는 경향이 많지만, 딱히 논쟁으로 불붙지 않았더라도 수많은 비판의 화살이 진영 바깥에서 안으로 쏟아지기도 했다. 더구나 90년대 접어들어 아이러니 하게도 이에 비판적인 입장을 가진 사람들도 80년대를 정치의 시대로 규 정하면서 민족문학을 중심에 놓고 이야기하는 경우가 하나의 상식이 되 다시피 했다(물론 여기엔 90년대를 80년대와 변별시켜 새로운 90년대적 문학담론을 만 들고자 한 고의적 의도가 깔려 있다. 왜냐하면 당시에 명백히 비판적 입장을 취하고 다른 경향의 문학을 주창한 사람도 90년대적 신이론을 구축하기 위한 비판 대상으로 도마 위에 올려놓을 절호의 물건감으로 80년대가 선택되었기 때문이다).

1. 80년대 민족문학운동과 이등변 삼각형

그러나 어쨌든 80년대는 정치의 시대, 비평의 시대라고 해도 큰 무리 가 없을 정도로 우리문학사에서 특수한 지형도를 보여준 것만은 사실 이다. 문학 속에 내포된 정치적 측면을 극대화한 결과, 외형적 모습은 마치 '민족문학'이란 이념적 큰 산을 목표로 하여 각기 전투대오를 형 성, 누가 빨리 정상을 정복하느냐며 경쟁하듯 이 능선 저 능선을 타고 '돌격 앞으로!' 하는 격렬한 몸동작의 시대였기 때문이다. 그러나 지금 의 형상은 숨가쁘게 뛰어오른 어느 순간 갑자기 안개가 자욱히 끼어 시 야가 흐려져 길을 잃고 헤매는 양상을 보여주고 있다. 어느 글에서 필 자는 그러한 풍경을 시간체험에 비추어 이렇게 비유한 바 있다.

80년대를 굴곡많은 계곡을 쏜살같이 내달리던 물길의 시간으로 기억하는 사 람이라면 90년대는 아마도 잔잔한 바다 위에 떠 있는 선상의 시간처럼 답답하 게 느껴질 것이다. 물밑 현실은 거대한 속도로 빠르게 변해가는데 속도에 둔감 한 이율배반처럼 말이다. 과연 한때 시간을 앞질러가며 80년대의 가장 가파른

암벽을 타던 젊은 문학의 유격대들은 지금 어디에 있는가.[1]

사실 지금 이 시점에서 80년대, 그것도 당시 젊은 문학 유격대들이 전개한 민족문학논쟁을 사적으로 정리한다는 것은 결코 쉬운 일이 아니다. 특히 필자와 같이 80년대의 그런 급류에 발을 담갔던 사람으로서는 더욱 그러하다. 아직 시간적으로나 주관체험의 객관화에서나 객관적 거리가 충분히 확보되었다고 생각되지는 않는다. 특히 90년대 접어들어 상황이 급변해버린 탓으로 그 격절감은 더욱 크기만 하다.

80년대 민족문학론을 추동하던 이념과 이론적 밑그림, 계몽주의기획의 거대담론들이 현실사회주의권의 몰락과 함께 심각한 자중지란을 겪게 되고, 동시에 문학운동의 살아있는 뿌리 역할을 하던 민중·민족운동도 급격히 위축되었다. 더구나 자본주의의 전지구적 확대, 과학기술의 비약적 발전과 영상·전자매체의 확산, 문화산업의 융성, 생활양식의 변화, 문민정권의 등장 등 일종의 대전환기로 간주되는 새로운 국내외 상황은 마치 긴 터널을 지나 마주한 전혀 낯선 풍경처럼 다가왔다.

물론 이 논생을 독립시켜 발생부터 시작하여 어느 지짐까지 종지부를 찍어 그 흐름을 현상적으로 정리하는 일이라면 별문제가 없을 것이다. 또한 민족문학을 단순히 80년대의 특수한 상황의 산물이라고 손쉽게 치부하면 그 또한 큰 문제가 될 수 없다. 그러나 민족문학이 애초부터 근대의 공적과 근대성의 상존하는 위력을 충분히 인정하면서도 올바른 탈근대를 지향하는 인식과 실천이었음을 감안하면, 그것은 80년대라는 시대적 울타리를 쳐놓고 이미 전투가 끝나고 세월의 퇴적물이 그 위에 덧씌워진 폐허의 사적지로서가 아니라 과거부터 현재진행형으로 지속된 기나긴 여정 속에서 급격한 오르막과 내리막을 형성한 하나의 고비길로 다가온다.

그런 만큼 여기서의 '80년대'도 일차적으로 하나의 길 위에서 어느 지점부터 어느 지점까지를 지칭하는 산술적 개념으로 출발한다. 다만 병면도가 아닌 입체도 선상의 어느 지점, 굴곡 많고 가팔랐던 어느 고비길을 지칭하자는 것이다. 그것은 곧 90년대 오늘에도 연장되는 현재의 전사(前史)로서 살아있게 하는 시간대로 마주하게 하는 일이기도 하다.

그런데 이 80년대 급경사의 단면도를 좀더 세밀히 살펴보면 급격한 고조와 급속한 퇴조를 보여주는, 마치 밑변이 아주 작은 예리한 이등변 삼각형 구조이다. 특히 80년대 민족문학운동이 80년대 중·후반부터 최고조를 향해 치달았다는 사실을 유념하면 더욱 그러하다. 따라서 짧은 시간대에 펄럭이던 다채로운 깃발에만 눈길을 주면 그 실체를 온전히 포착하기 힘들다. 이제 80년대는 그런 의미에서라도 폭넓은 역사적 맥락 속에 자리잡을 필요가 있다. 그것은 현상의 다채로움에 빠져 허우적대는 것이 아니라 오히려 거기서 빠져나와 그것을 한다발로 묶어 길고도 넓은 눈으로 그 정체를 밝히는 일이다.

실제로 민족문학'운동'을 포함한 '민족문학'의 성과는 조직적 문학운동의 실천, 그 이론의 실천과 모색으로서 비평적 울타리를 넘어서는 일이다. 아주 단순화하여 구호를 외치는 것과 창작 성과는 구별된다. 창작 성과까지 포함하여 문학 실천 전반을 대상으로 한다면, 현상적인 논쟁 흐름에 따라 쉽사리 방죽을 쌓기보다는 발원지로부터 시작하여 그때그때 물길을 짚어 장강대하(長江大河)의 굽이굽이를 긴 눈으로 측량하는 감식안과 체계적 분석이 무엇보다 필요하다. 더구나 현실사회주의권의 몰락 이후 대안적 체제론의 위기와 계몽주의 기획 자체에 대한 회의가 팽배해졌고, 동시에 자본주의의 전지구적 확산이 이루어짐으로써 민족문학론 또한 새로운 위기적 상황 조건에 직면한 이상 과거와는 발본적으로 다른 방식으로 그것을 해체하여 재건축해볼 필요가 있다.

물론 논의를 이론적인 비평에 초점을 맞춘 논쟁에 집중한다면, 논쟁 자체의 추이와 대상이 되는 이론들의 객관성을 따지는 일에 일차적으로 주목해야 할 것이다. 그런 점에서 먼저 논쟁의 추이를 대강이나마 정리해둘 필요는 있겠다.

2. 논쟁의 추이와 문학의 민중·민족·계급화

현상적인 흐름을 좇다 보면 우리는 70년대에 민족문학론을 내건 이후 80년대에도 지속적으로 이를 심화시켜온 백낙청 중심의 민족문학론이 있고, 80년대 초반 채광석 등 새로운 젊은 세대를 중심으로 민중문학론이 서서히 대두되다 87년을 기점으로 김명인 등이 채광석의 입장을 이어받아 내건 민중적 민족문학론과, 그리고 조정환 중심의 민주주의 민족문학론과 노동해방문학론, 또한 백진기 등의 민족해방문학론 등으로 분화되어가는 비교적 뚜렷한 문학정파와 조직들을 80년대 후반기에 이르러 만날 수 있다.

그런 점에서 80년대 민족문학논쟁의 본격적인 불지피기는 채광석의 손에 의해 이루어진다. 그는 「소시민적 민족문학에서 민중적 민족문학으로」라는 글에서 기존의 민족문학이 민중지향적이지만 소시민적 한계를 벗어나지 못했다고 비판하면서 민중적 입장에서 삶과 실천을 통일시킬 것을 주창하였다.

> 민중적 민족운동의 매개 아래 민중의 삶과 실천에 대한 통일적 인식을 제고시키고 이 인식을 토대로 민중적 리얼리즘의 원리와 방법을 확립하고 이에 따라 공동의 주제에 공동으로 접근해나가는 문학공동체는 소시민적 자유주의 개인주의에 입각한 일체의 문학행위에 대해 일정한 민중적 규율을 가하면서 민중적 민족문학의 길로 나아가게 하는 중요한 역할을 담당할 수도 있을 것이다.[2]

채광석의 이러한 입장은 물론 80년대 초반, 새로운 문학적 흐름에 대한 점검 속에 이루어진 것이다. 우선 무엇보다도 생산현장에서 일하는 근로대중들이 수기·일기·생활글·시·소설 등을 발표함으로써 기층민중의 문학적 자기표현이 대두한 것을 매우 중시하였다. 또한 그 자신도 참여한 동인지운동에 대한 비판적 대안이자 새로운 확산과 집중을 위한 조직적 모색의 산물이었다.

80년대는 10·26부터 1980년의 짧은 봄, 그리고 광주 5월 항쟁과 이를 전면적으로 뒤엎는 신군부 독재정권의 등장으로 시작되었다. 이로 인해 70년대 문학운동을 주도해왔던 『창작과비평』『문학과지성』등 계간지가 폐간되고, 대신 새로운 세대의 소집단들이 등장하여 동인지시대를 새로이 열어젖힌다(이를 두고 어떤 이는 게릴라부대의 등장이라고 하기도 했다. 어쨌든 동인지시대는 『시와 경제』『오월시』『분단시대』등의 이름에서 보더라도 알 수 있듯이 80년대 문학운동의 풍향계 역할을 했다). 또한 다른 한편으로 사회적으로도 학생운동을 중심으로 조직적 사회운동세력이 확장되고 있었고, 변혁론에 대한 다양한 모색도 이루어지기 시작했다(이들의 입론에 경제학자 박현채의 「문학과 경제」가 큰 몫을 했다는 것도, 그리고 이후 사회구성체논쟁과 직접 연관되면서 민족문학 논쟁이 본격적으로 불붙기 시작함을 주목할 필요가 있다). 그리하여 전체 변혁운동의 일익으로 문학운동을 위치지우고 실제로 이를 구체화하여 1984년 민중문화운동협의회가 결성되기도 했다.

채광석의 이러한 입장을 더욱 구체화한 것이 김명인의 「지식인문학의 위기와 새로운 민족문학의 구상」이었다. 김명인은 이 글에서 민중적 민족문학론을 제창하면서 계급적 시각을 본격적으로 동원하였다. 이전까지의 민족문학운동을 소시민계급운동으로 파악하고, 새로이 선택해야 할 준거집단으로 '노동하는 생산대중'을 들고 나왔다.

여기서 그는 역사적으로 의미있는 계급으로서의 '소시민'은 사실상 소멸되었다며, "지금 소시민계급의 몰락과 함께 위기에 다다른 지식인 문학인들이 새롭게 선택해야 할 준거집단은 노동하는 생산대중이다. 노동하는 생산대중의 세계관을 받아들여 그 전망 아래 세계인식의 질서를 재편성해야 한다"[3]라고 주장하였다. 사실상 이 발언은 백낙청을 중심으로 70년대 이후 전개되어 온 민족문학론을 소시민적 민족문학론으로 규정한 것으로 이와의 명백한 결별이자 새로운 민중문학론으로의 재편을 촉구한 것이다. 그는 여기서 '대중이 창작하고 대중 스스로 비평하며 대중이 형성해 나가는 문학을 건설하는 것이 문학운동의 목표'[4]라 하여 문학의 주체는 지식인이 아니고 대중이라고 선언했다.

여기서부터 당시에 '민족문학주체논쟁'이라 일컬어지는 논쟁이 전개된다. 그러나 사실 '민족문학주체논쟁'이란 기본적으로 잘못된 명칭으로, 그것은 아주 소략한 이분법적 발상에 근거한 것이다. 이에 따르면 이른바 '소시민계급(전문문인) 대 노동자계급(대중문인)'이라는 이분법에 근거하여 누가 썼느냐는 창작자의 신분에 따라 우열을 미리 판가름함으로써 작품이 구현하는 문학적 사상적 가치는 배제되어 버린다(그러므로 지식인작가에 대해서는 결과적으로 노동자계급으로의 전이이라는 존재론적 결단을 요구한다). 또한 민중문학론 혹은 노동문학론의 형태로 제출되더라도 이는 진정한 의미에서 노동계급의 주도성 확립이라는 과제와도 거리가 먼 일종의 노동자주의적 편향을 드러낸 것이었다.

한편 김명인과 거의 때를 같이 하여 조정환은 「80년대 문학운동의 새로운 전망」을 발표하여 그와 구별되는 본격적인 계급문학 대열을 추농한다. 80년대 초·중반의 일련의 흐름들을 계급적 관점에서 철저히 비판하면서 '우리의 문학운동도 가장 철저한 민주주의 계급의 전망 속에서 자신의 세계관적 미학적 조직적 제문제를 통일적으로 정립'[5]해야 한다며, 노동계급적 당파성을 중심축으로 하는 민주주의 민족문학론을 제창하였다. 이때를 전후하여 사회주의 리얼리즘론에 사실상 입각한 문학논의가 본격화된다.

뒤이어 그는 이 민주주의 민족문학론에 대해서도 자기비판하여 노동자계급 당파성을 사상적으로 선취했으면서도 실천에 있어서는 민주주의 민족문학에 머물었다며 이의 통일물로서 노동해방문학론을 제시하였다.

노동해방문학은 무계급적 민족문학과 다를 뿐만 아니라 무당파적 노동문학과도 달라야 한다. 노동해방문학은 노동문학의 최고형태로서 민중문학의 구심이 되고 영도자가 되어야 한다. 이러한 노동해방문학은 무엇보다도 노동자계급 당파성을 분명히 하고 노동해방사상을 견지하며 노동자계급 현실주의의 방법에 의거하지 않으면 안 된다.6)

이 지점에 이르러 김명인에게서 단초적으로 보이던 사회구성체논쟁이 이제 문학진영에서도 관건이 되는 사안으로 떠올랐으며 더 나아가 변혁운동론, 변혁운동조직과의 연계, 마르크시즘미학과 사회주의문학론이 직접적으로 우리네 문학실천에 영향력을 미치기 시작했다. 그러나 백낙청의 비판대로 그때그때의 정세가 요구하는 만큼의 문예적 독자성을 실현하려는 끊임없는 노력 자체가 역사 속에서 노동자계급의 자기인식과 자기형성, 그리고 전체 민중의 지혜로워짐을 이룩하는 과정의 유기적 일부인 것이지 노동자계급 개념의 규정과 그 당파성의 실상이 먼저 확정되고 나서 '독자성'에 대한 답이 순차적으로 나올 수는 없는 것이다.7) 그런 점에서 민중적 민족문학론자를 향해 노동해방문학론자는 경험주의나 대중추수주의라고, 또 노동해방문학론자를 향해 민중적 민족문학론자는 소아병적 전위주의라고 상호 공박했는데 이들 상호간의 비판 자체가 사실상 그 이론의 본질적 측면을 지적한 셈이었다.

다른 한편으로 민중적 민족문학론에 동의를 표하며 함께 활동하던 백진기 등에 의해 주체미학에 근거한 민족해방문학론이 제창된다. 이를 대변하는 대표적 글이 「민족해방문학의 성격과 임무」인데, 이 글에서 그는 '현실세계의 지배자, 개조자로서의 인간을 주인의 자리에 놓고 현실세계의 본질과 그 변화 발전의 합법칙성을 밝혀주는 철학적 세계관(모든 것의 주인으로서의 인간, 자기 운명의 주인으로서의 인간, 모든 것을 결정하는 요인으로서의 인간)에 기초'8)할 것을 강조함으로써 주체사상에 사상적 기반을 둘 것을 공식적으로 천명하였다. 동시에 이들 문학론의 기본 목표는 자주·민주·통일의 문제를 형상화하는 데 있다(이를 우리 시대의 최대강령이라고 명시한다). 그러나 이들은 기본적으로 당면 실천 과제와 이데올로기 차원의 의식성문제를 변별하지 못함으로써 일종의 대중추수주의·소재주의·민족주의라는 공격을 받았다.

3. 소장파 문학담론의 한계—특정 현실의 추상적 논리

이렇게 보았을 때 전체적으로 당시 변혁운동의 주요형태에 민감히 반응하며, 그와 보조를 맞춰서 조직적인 문학실천을 도모, 매체 및 매체를 중심으로 조직적으로 실천하려 했던 것이 가장 먼저 눈에 띄는 특징이다.

김명인 등의 민중적 민족문학론이 『사상문예운동』, 조정환의 노동해방문학론이 『노동해방문학』, 백진기의 민족해방문학론이 『녹두꽃』『노둣돌』 등을 중심으로 이부어졌다. 더 나아가 이들 입상은 전제석 성격에 있어서 '80년대 중반부터 소설창작은 문학평론을 추수하고, 문학평론은 사회구성체론을 추수하고, 사회구성체론은 운동론을 추수하는 관계가, 다른 말로 하자면 일종의 추수의 서열화 현상'[9]을 보여준 것은 분명하다.

실제 창작과 문학이론과의 관계, 문학과 사회과학의 관계, 나아가 사회과학과 운동론과의 관계에 진지한 고려 없이, 말하자면 상대적 독자성과 특수성에 대한 엄밀한 고려 없이 무매개적으로 침입해 들어간 양상을 보여주었다. 말하자면 변혁운동이론에 성급하게 문학적 의상을 입힌 형태였다.

그러나 비록 그 이론이 다소간 조잡스런 기계조립품일지라도 일도양단식으로 쉽게 재단할 수 없는 다양한 계기와 현실적인 요소들이 거기엔 숨쉬고 있다. 주창된 문학론이나 혹은 논쟁을 통해 이루어지는 주요 영역들만 해도 앞서 부분적으로 언급했던 한국사회성격에 대한 이해문제와 그에 기반하여 도출된 변혁론 외에도 리얼리즘론, 대중화론, 문예조직론 등 매우 다양하다. 그중에서도 각기 나름의 리얼리즘론을 개진한 것은 문학적 특수성 속에서 구체적 활로를 찾기 위한 문학적 디딤돌로서 생산적인 단초 역할을 했다.

실제로 이와 연관되면서 생산적인 논쟁이 일구어지기도 했는데, 가령 김명인과 조정환 사이에 전개된 리얼리즘 논쟁도 그 하나의 예이다. 민중적 민족문학론은 그 미학적 기초를 '체험의 유물론적 기초'를 다지는 일이며, 그 핵심은 올바른 전형의 창조에 있음을 강조하였다. 그런데 당대 사회적 상황과 결부시켜 '대표적 전형' '선취된 전형'을 둘러싼 논쟁으로 단순화되면서 논쟁이 본궤도에서 이탈해 버렸다. 김명인 스스로 자칫하면 이러한 사고가 '계급현실에 대한 구조주의적·정태적 파악'이 전제된 '기계적 창작방법론'으로 전락하거나 특정한 전술 목표 아래 문학을 질식시키는 결과를 가져올지도 모른다고 한 것처럼, 자연주의적 예술인식 태도와 경험주의 미학에 기초한 것이어서 문제가 많았다.

하지만 이것이 계기가 되어 전형성과 당파성·총체성에 대한 다양한 미학적 논의가 제출되고, 때로 구체적 작품이 대상이 되어 박노해 시와 김영현 소설을 둘러싼 논쟁이 이루어지기도 했다. 또한 90년대 접어들어 이른바 사회구성체론과 연관된 민족문학논쟁이 일시에 수그러들었음에도 불구하고, 리얼리즘 논의(『실천문학』을 중심으로 한 '다시 문제는 리얼리즘이다' 제하의 일련의 논의들, 시에서의 리얼리즘문제 등)는 나름대로 지속되었고 80년대와는 다른, 80년대보다는 덜 논쟁적이지만 더욱 깊이 있는 문학 논의가 산발적으로 이루어지고 있다.

어쨌든 80년대 민족문학을 둘러싼 논쟁은 그 자체로 본다면 짧은 시간에 모든 것을 한꺼번에 쏟아부어놓아 일종의 과부하가 걸린 불구적 형상으로 우리 앞에 놓여있다. 왜냐하면 시작이 있으면 끝이 있기 마련인데 사실 마무리가 부실한 채 종지부 없이 흐지부지 이어지고 있는 형태이기 때문이다. 그런 만큼 오히려 더 섬세한 추스르기가 필요할지도 모를 일이다.

이미 완결되었거나 정점을 향해 치달았다가 기진맥진해버린 논쟁으로 바라보기보다는, 독재정권의 질곡 속에서 반공이데올로기라는 오랜 억눌림 끝에 그것에 맞서 터져나온, 그리하여 상대적 극단으로 치달아오른 반동력의 속성을 먼저 중시하자는 것이다(사실 이들은 공통적으로 과거 일제시대 프로문학운동의 사실상 복원임을 이구동성으로 강조하였다). 구체적 현실의 복잡성과 정서, 심지어 무의식까지를 포용하는 넓은 현실 속에 스스로 자라난 것이 아니라 선택된 특정 현실을 추상화된 논리로 단단하게 옭아매서 논리의 상승작용을 불러일으킨 것이긴 하지만, 오히려 그 극단 속에 포진하고 있는 풍부한, 그렇지만 경색된 이론적 자산들에 새로이 생명력을 불어넣는 일이다. 억지로 맨 끈들을 자유롭게 풀어서 쇠붙이처럼 차가운 성분들이 스스로 현실 속에서 생명력을 갖도록 현실 속으로 용해시켜야만 한다.

80년대 민족문학논쟁이 원론 논쟁이었다느니 교과서주의적이었다느니 하는 비판도 이와 무관치가 않다. 그만큼 계산이 끝난 이론으로 쉽사리 현실을 재단하는 역방향의 성격이 강했다. 그런 점에서 가령 이 시기 논쟁에서 가장 말썽 많은 개념으로 입에 오르내렸던 '당파성'에 대해 한 중진평론가가 최근에 한 발언은 이 점에서 시사하는 바가 많다.

> 리얼리즘은 시와 산문의 통일이 창작활동 속에서 수행되는 순간의 어떤 경지에 대한 명명이다. 그것은 요즘 잘 쓰이는 말로 하면 이른바 '당파성'이 창작과 독서, 이론과 실천의 행위 속에서 구현되는 절정적 상황의 찬란함에 대한 일컬음일 것이다. 필자 개인으로는 이 '당파성'이라는 낱말에 찍힌 우리 시대의 배타적·전투적 낙인을 좋아하기 힘들다. 그러나 최근의 백낙청씨가 찾아낸 표현인 '지공무사', 인류의 존경받는 스승들이 아주 단순한 낱말로 요약한 '사랑'이

니 '자비심'이니 하는 것, 또 위대한 예술가의 반열에 드는 사람이라면 으레껏 그들의 충만된 창조의 시간에 무심코 토해내곤 했던 발언들을 이 험난한 계급 투쟁 시대의 언어로 번역하자면 결국 '당파성'이 안될 수도 없을 것이다.[10]

4. 현실에의 진지한 응전과 이론의 자기발전 과정

그렇다면 왜 이러한 현상이 나타난 것일까.

문제를 더 넓은 맥락에서 근본적으로 탐색해 들어가면 80년의 짧은 봄과 광주의 비극, 뒤이어 나타난 정치의 전면적인 역행이 오히려 대항의 극단적 대응양상을 산출하는 계기가 되었음을 감지할 수 있다. 한 논자의 표현에 따르면 "조금 냉정히 얘기한다면 80년대에 혁명문학이 왕성해진 것은 혁명의 고양이라기보다는 10·26에서 5·18에 이르는 혁명의 좌절 때문이 아니었을까? 80년대 내내 지식인들을 사로잡았던, 광주항쟁에 대한 부채의식이 오히려 혁명문학의 번성을 촉진했던 것인데, 그 때문에 그 혁명성이란 기실 이론이 현실을 돌아보지 아니하고 가속이 붙은 채 자기운동을 계속함으로써 도달한 매우 추상적인 선취"[11]였다. 이 점에서 이들 문학론이 동시에 갑자기 분출되게 된 배경에는 87년 6월항쟁과 7·8월 대파업투쟁이라는 상대적 고양기의 부산물이었다. 한 예로 노동해방문학론은 그 이론적 출발의 현실적 토대로 7·8월 대파업투쟁을 통해 노동운동의 현실에서 이미 당파성이 발현되고 있다고 주장하였다. 그만큼 이들 입장은 지나치리만큼 당대 현실을 과대평가하거나 혹은 그 역편향으로서 과소평가하기도 했다. 결국 이들은 스스로 결별하고자 했던 소시민성을 더욱 극단화시킴으로써 오히려 소시민적 급진주의를 보여주고만 점에서 오히려 80년대 젊은 세대에 의해 일방적으로 '소시민적 민족문학론'으로 공격당했던 백낙청의 민족문학론은 재평가될 필요가 있다.

사실 백낙청의 민족문학론을 '소시민적 민족문학론'이라고 명명하는 것도 당자보다 비판자의 주장을 일방적으로 수용한 것으로 문제가 많으며, 설사 그렇더라도 이후의 주장과 관련하여 이 문제에 대해 백낙청 스스로 다음과 같이 지적한 사항은 결과적으로 그의 주장이 타당했다는 것을 입증해준다.

> 대부분 소시민적 지식계층 출신인 논자들의 출신성분을 거론하는 것이 무의미한 일은 아니나 그것으로 그들 입론의 소시민성을 규정할 수는 없는 일이며, 70년대 한국사회는 소시민계급이 주도했는데 80년대에는 이 계급이 몰락 내지 거의 소멸했다는 사회사적 진단도 근거가 박약하다고 본다. 또한 이제까지 전문 문인들이 이룩한 구체적 성과에 대한 비판에 경청할 점이 많다고 하더라도 이것이 기존의 민족문학론을 뒤엎지는 못한다. 민족문학론은 처음부터 동시대 문인들의 성과를 비판하면서 다음 단계의 성취를 내다보고자 하는 논의였기 때문이다. 그러므로 좀더 결정적인 쟁점은 민족문학의 새 단계가 이미 다가왔는데도 기존의 논자들이 이를 제대로 알아보지 못하고 있느냐는 물음이다. 이에 대해 나 자신은, 6월항쟁 이후의 새 국면에 큰 기대를 걸고 있는 터이지만, 2년 전의 시점에서 우리문학은 아직 그러한 새 단계에 제대로 올라서지는 못했고 바로 그 목전에까지 이르렀다는 판단을 대체로 견지하고 있다.[12]

실제로 80년대 이후 제출된 평론들을 면밀히 살펴보면 그 자신 끊임없이 당대 현실의 변화에 진지하게 응전하면서 이론의 자기발전과정을 밟아왔다. 오히려 '각성한 노동자의 눈'이라든가 '당파성'에 대한 치밀한 사고를 통해 젊은 세대들의 뼈다귀적인 원론적 되풀이에 현실적인 육체를 부여하기도 했다. 특히 사회구성체논쟁이 이제는 철지난 유물처럼 간주되는 오늘의 상황에서도 분단체제론을 내세우며 이것을 계속 심화시켜 가고 있다는 점을 주목할 필요가 있다.

그런데 젊은 세대들한테 그 이론의 직접적 원천이 되는 사회구성체론이나 변혁이론 자체부터가 문제가 많았다. 이 점과 관련하여 미리 한마디 덧붙이자면, 변혁이론 자체를 문학론이 문제삼았다는 사실까지를 부정해서는 안된다. 인간과 삶의 총체성을 문제삼는 문학이라면 인간과 삶의 구체적 토대와 변화의 방향을 문제삼는 것은 너무나 중요하며, 그런 의미에서라도 이 문제는 더욱 치밀해질 필요가 있다.

다만 80년대 문학론에서 나타났던 문제로는 우선 이론과 현실의 괴리가 너무 컸다는 사실이다. 이른바 사회구성체논쟁을 통해 개진되었던, 그리고 민족문학론과 직접 결부되었던 식민지국가독점자본주의론이나 식민지반봉건사회론, 또한 변혁론으로 제시되었던 인민민주주의혁명론이나 민족해방론, 민족민주변혁론 모두가 그 내용에서는 서로 대립되었지만 실제 현실과 대비해볼 때 당면 변혁을 위해 과잉결정된 이론임이 지금 이 시점에서 다소간 분명해졌다.

우리 사회의 자본주의적 성격을 너무 안이하게 접근하여 평가절하하였고(그렇다고 당시 이런 견해를 비판하며 등장했던 중진자본주의론이나 아류제국주의론을 긍정하자는 입장에서 나온 이야기는 아니다), 또한 현실사회주의권의 논리(이른바 스탈린주의와 그것의 미학적 표현인 관변사회주의 리얼리즘론)에 적잖이 이끌려 들어가 삶의 구체적 실상과 멀어짐으로써 결국 현실사회주의권의 몰락과 함께 실체적 현실로부터 이론이 보복당한 형국을 보여주게 되었다.

그리고 이 문제를 더 확대한다면 80년대 중반부터 말까지 폭발적으로 이루어진 맑스—레닌주의나 주체사상이 사실상 스탈린주의의 변종들이었던 셈이다. 이른바 '정통' 혹은 '주체적'이란 열병 속에서 무비판적, 교조주의적 수용자세를 가지게 되었다. 즉 그 수용이 소위 '정통적 노선'인 맑스—레닌주의를 주로 소련·동구권이나 북한의 교과서적 틀을 통해 받아들이는 방식이었다. 한반도 현실에 대한 구체적 분석이 미비한 상황이라 자연 그에 대한 비판도 제대로 이루어지지 못하고 관념적 비현실성과 교조적 경직성을 노출하였으며, 이것이 다른 한편으로 주체사상의 수용으로 이월되어 나타나기도 한 것이다(추수주의 문제는 비단 여기에만 해당되는 것은 아니다. 여타 문예이론도 마찬가지이며, 작금의 상황도, 가령 포스트모더니즘 논의에서 보듯 여기서 크게 벗어나지 않는다). 그렇기 때문에 지금까지 통상적으로 받아들여졌던 방식, 예컨대 '소시민적 민족문학론'을 지나간 시대의 것으로 차별화하면서 80년대 민족문학론을 '민중적 민족문학론' '노동해방문학론'('민주주의 민족문학론') '민족해방문학론'으로 유형화하는 것은 이제 전면적으로 재조정될 필요가 있다.

사실 그러한 접근방식도 역사의 특정상황(여기서는 광주항쟁)을 계기로 세대론적 차별화전략을 구사한 손쉬운 이항식 구분법의 성격도 강하다. 실상 민족문학론이 70년대부터 이전의 참여문학론·시민문학론·농민문학론·민중문학론·리얼리즘문학론 등 다양한 이름으로 벌어져온 문학적 현실참여의 논의를 수렴한 것이므로, 80년대 민족문학론도 이에 근거한 자기발전과정으로 재조명할 필요가 있다. 그리고 민족문학론이 당면한 민족현실을 중시하고 이를 민중의 입장에서 대하려고 하는 것이라면, 80년대 여러 민족문학론도 이러한 측면에서 구체적으로 가늠할 필요가 있다. 그럴 때만이 단순히 그때 존재했었다는 현상의 존재형태를, 그리하여 유물전시관의 진열처럼 배열하는 차원을 넘어서 민족문학론의 본줄기를 찾기 위한 올바른 지양과정으로 현재화할 수 있다. 이 글은 그런 점에서 80년대 민족문학논쟁의 진정한 본질을 찾기 위한 하나의 문제제기로 받아들여졌으면 좋겠다.

주석

1) 졸고, 「90년대 '젊은 민족문학'의 현실」, 『창작과 비평』 1994년 봄호, 100면.
2) 채광석, 「민중적 민족문학론」, 『채광석전집』, 풀빛, 1989, 223면.
3) 김명인, 「지식인문학의 위기와 새로운 민족문학의 구상」, 『희망의 문학』, 풀빛, 1990, 51면.
4) 위의 글, 53면.
5) 조정환, 「80년대 문학운동의 새로운 전망」, 『민주주의 민족문학론과 자기비판』, 연구사, 1989, 41면.
6) 조정환, 「민주주의 민족문학론에 대한 자기비판과 '노동해방문학론'의 제창」, 『노동해방문학의 논리』, 노동문학사, 1990, 44면.
7) 백낙청, 「지혜의 시대를 위하여」, 『민족문학의 새단계』, 창작과비평사, 1990, 148면.
8) 백진기, 「민족해방문학의 성격과 임무」, 『녹두꽃』 2, 녹두, 1989, 23면.
9) 정인, 「특집좌담」, 『오늘의 소설』, 현암사, 1990년 여름호.
10) 염무웅, 「'시와 리얼리즘'에 대하여」, 『혼돈의 시대에 구상하는 문학의 논리』, 창작과비평사, 1995, 428~429면.
11) 최원식, 「80년대의 문학운동과 오늘의 문학」, 민족문학사연구소 제2회 심포지엄 발제문, 1995(『민족문학사연구소회보』 통권 61호, 22면).
12) 백낙청, 「민족문학론과 분단문제」, 『민족문학의 새단계』, 창작과비평사, 1990, 157~158면.

현대성과 탈현대성의 이질혼성적 탈주
1990~1999

섹스와의 섹스, 슬픈 누드
1990년대 신세대소설 속의 성

김미현

1. 옷의 성, 정신의 그림자

1990년대 이전에는 성(sexuality)에 대해 이야기하는 것이 미인의 얼굴에 대해 이야기하는 것과 같았다. 속 보이게 드러내놓고 칭찬할 수도 없었고, 그렇다고 끝까지 무관심한 척할 수도 없었다. 북실북실한 털이나 두꺼운 입술을 뽐내는 호색한으로 취급받을 위험성과 힘없는 노인네나 답답한 어린애로 취급받을 억울함 사이에 어떤 화해점도 없었기 때문이다. 그런 야박함이 성을 더욱 안으로 멍들게 하고 곪게 만들었었다. 그러나 1990년대에 들어와서는 사정이 달라졌다. 지금은 미인 아닌 여자가 없다. 마치 허물 벗은 '별당아씨'처럼 모든 여자들은 비슷하게 예쁘다. 그런 미인과 연관된 성 자체도 '박씨부인'처럼 영웅이 되었기 때문에 이제는 마음놓고 그것에 대해 이야기할 수 있다.

1990년대에 주로 활동하기 시작한 소위 신세대작가들도 이런 변화에 발맞추어 "도덕은 결국 스페어 타이어같은 것이다. 기존의 것이 닳아 버리거나 구멍이 나면 언제나 갈아끼울 준비가 되어 있다"거나 "나는 처음부터 처녀가 아니었던 것이 아니라 내가 선택한 사랑 앞에서 언제나 처녀일 수 있었다. 그것이 내 순결이었다"(김별아, 『내 마음의 포르노그라피』)라고 자신 있게 말한다. 그리고 연인이 없냐는 질문에 "섹스파트너라면, 사실 없지는 않아요. 하지만 연인은 없어요. 별로 있었으면 하는 생각도 안들어요"(배수아, 『천구백팔십팔 년의 어두운 방』)라고 무감각하게 대답한다. 심지어는 "애를 뗄 때는 반드시 더치 페이할 것"(백민석, 『사랑의 고통』)을 당당하게 요구하기도 한다. 그리고 성을 가지고 예술사를 쓴다면 "고전주의 : SEX(정상체위), 낭만주의 : 구강 혹은 항문, 리얼리즘 : 포도 균성 요도염, 모더니즘 : 레즈비언 혹은 게이, 포스트모더니즘 : AIDS"(박청호, 『푸르고 흰 사각형의 둥근』)일 것이라고 생각한다.

그러나 별당아씨는 과연 허물을 완전히 벗었는가. 혹시 사람들은 성의 옷만 보고, 그 속의 피부는 보지 못한 것은 아닐까. 아니면 성 자체가 원래 그 피부를 파열시켜야 하는 것인데도 불구하고 그러기에는 신세대들의 피부가 너무 두꺼운 것은 아닐까. 활짝 피어나는 목련꽃처럼 성 담론 자체는 맨 얼굴을 드러내면서 노골화되고 과격해졌지만, 그와 동시에 그 희디 흰 꽃이 땅으로 떨어지면 검게 짓이겨지는 것처럼 순식간에 훼손되지는 않을까. 지나치게 옷을 벗으면 그 벗음 자체가 오히려 억압으로 작용할 수도 있지 않을까.

이런 사실들에 대한 의문과 더불어 실체 없이 떠도는 신세대문학에 대해 구체적이고 풍부한 텍스트로 다가가고 싶은 욕망이 신세대문학과 성의 결합을 시도하게 한다. 그리고 그 결합으로 생긴 부족한 자식이 바로 이 글이다. 신세대문학과 성에 대한 이 글 자체가 이합 하산이 포스트모더니즘을 설명하면서 언급했던 '서투른 신조어'에서 '무책임한 상투어'로 바뀌었다는 평가와 동궤의 것일 수 있기 때문이다.

그럼에도 불구하고 이 글에서 문제 삼는 신세대문학과 성에 대한 서투르고도 무책임한 본질 규명은 ① 가벼움이나 쾌락을 추구한다, ② 개인적이고 비사회적이다, ③ 이성과 반대되는 감성을 대변한다 등의 사실이다. 이 글은 이런 고정관념들을 뒤집어 봄으로써 여전히 신세대문학의 육체가 정신의 반대급부가 아닌 그 부속물이라는 사실을 확인하게 될 것이다.

정신은 복화술사처럼 자신은 드러나지 않으면서 육체를 조정하고 있다. 때문에 신세대들의 육체는 날이 바뀌면 양지로 바뀌는 정신의 '그늘'이 아니라 밤이 되어야만 나타나면서 영원히 빛은 될 수 없는 정신의 '그림자'라는 것이다. 정신은 이제 육체를 통해서도 강화된다. 신세대들은 정신을 보여주기 위해 육체를 노출시킨다. 이런 맥락에서 신세대와 성은 '밀월' 관계가 아니라 '냉전' 관계라는 것을 확인하게 될 것이다. 이 확인 과정을 통해 옷을 벗었지만 그래도 몸이 드러나지 않는 성 담론의 딜레마나 신세대문학이 그려내는 성의 성감대를 알 수 있기 때문이다.

2. 반성(反性)의 성, 사회의 그림자

우승제와 박성원, 백민석의 소설은 사회적 억압과 성적 억압을 병치시켜 그런 억압을 조장하거나 양산하는 권력을 문제 삼는다. 그들은 성 자체를 가장 본능적인 욕구로 생각하면서, 그런 성적 욕망을 좌절시키거나 억압하는 권력에 대해 예민하게 반응한다. 리비도와 정치가 상호 침투한다는 이런 사유의 기저에는 성이 어느 시대에도 그 자체로서 투명하거나 객관적으로 존재한 적이 없었다는 믿음이 자리한다. 긍정적이고 해방적인 본래의 본성(本性)에 반대되는 부정적이고 억압적인 현재의 반성(反性)을 반성(反省)하게 함으로써 사회의 그림자를 보여주는 것이다. 이들에게는 사회의 과잉 억압과 실행 원칙에 대해서 반항하는 것이 자유로운 에로스의 구가이고, 그것을 통해 특정한 역사적 제약을 넘어서는 것이 영원한 인간성의 획득이 된다.

우승제의 『열려라, 방』(중앙일보사, 1995)은 "나는 다 필요없어. 단지 그녀와 마음껏 섹스할 수 있는 공간만 있으면 돼. 아무도 간섭하지 않는 아주 비밀스럽고, 자유로울 수 있는 공간"이라는 말에 나타나듯이 인간의 원초적 욕망과 그 좌절을 그리고 있는 소설이다. 이 소설 속에서의 '나'와 '그녀'는 마레크 플레스코의 소설 『제8요일』에 나오는 아그네시카와 피에트레크가 벽이 있는 세 평의 방을 찾아 공산주의 지배하에 있었던 바르샤바를 헤매고 다니듯이 둘이 함께 할 시간과 공간을 찾아 헤맨다. 그러나 그들의 꿈은 이 세상에서는 존재하지 않는 제8요일에나 가능하다.

『열려라, 방』에서의 '나'와 '그녀'는 "이쪽 도시"와 "저쪽 도시"로 양분되는 사회 어느 곳에서도 그들만의 방을 마련하지 못한다. "이쪽 도시"에서는 "창호지 같은 판자벽" 때문에 섹스행위조차 공동 분배해야 한다. 그래서 '나'는 느닷없이 침입하는 혁명가 집단 때문에 항상 조루나 발기 불능의 증세를 보이고, '그녀' 또한 불안해서 언제나 오르가슴에 도달하지 못한다. 이런 상황에서는 애무조차 부르주아적인 발상이 된다.

그런데 "이쪽 도시"를 위해 혁명을 정당화시키는 글을 쓰던 '나'는 혁명을 무화시키는 글을 쓰면서 "저쪽 도시"로 편입된다. "저쪽 도시"에서 원하는 글은 "체면의 상실, 최대의 소비(정액까지도), 무조건 상품화"라는 3대 원칙에 충실한 글이다. 그러나 그곳에서 '나'는 역설적이게도 육체적 조루나 발기 불능이 아닌 정신적 조루나 발기불능 증세를 보이게 된다.

이처럼 우승제의 『열려라, 방』은 온전한 오르가슴을 허락하지 않는 사회적 억압을 고발한 소설이다. 이 소설의 '나'는 "성기와 내 주변관계와는 어떤 질긴 끈이 있길래 내 주변적 상황에 의해 발기를 했다가, 조루가 됐다가, 이렇듯 발기불능이 되어버리는 것일까"라며 한탄하고 있다. '열리지 않는 방'은 이런 '닫혀있는 존재' 자체에 대한 은유이고, 이런 은유로 인해 이 소설은 성애소설이자 풍자소설이 된다. 권력의 억압에 대항하는 반권력을 형상화하기 위해서 성이 대두되었기 때문이다.

박성원의 「라이히 보고서」, 「해뜨는 집」, 「이상(異常)·이상(李箱)·이상(理想)」(『이상(異常)·이상(李箱)·이상(理想)』, 문학과지성사, 1996) 등은 자본이나 제도와 연관된 권력에 의해 왜곡된 성을 통해 성 자체의 순수성을 역설적으로 강조한다. 이 세 소설의 주인공들은 모두 김해경 혹은 이상(李箱)으로서, 그들을 통해 작가는 '사회·정치·경제적 혁명이 없이는 성의 만족은 없다'라는 빌헬름 라이히의 명제를 확인시킨다. 박성원이 라이히에 기대어 말하고 싶은 것은 '금전 경제학'이 '정액 경제학'과 만나는, 즉 마르크스와 프로이드가 결합되는 '프로이트적 마르크스주의'이다. 이들 소설은 모두 성적인 쾌락에 대한 두려움이 심리적인 병을 일으키므로 성의 자유를 억압하는 제반 사회적 조건을 비판하면서 보다 건강한 성 생활을 실천하도록 노력해야 한다는 메시지를 전한다.

이러한 현실 속에서 이상의 1990년대적 화신에 해당하는 '나=그=김선생'을 통해 박성원은 그가 '섹스에 미친 병자'가 아나라 '이상한 이상에 대한 이상'을 지닌 사람임을 부정할 수 없다는 사실을 인정하게 한다. 왜냐하면 그러한 섹스에 대한 탐욕이 존재 자체의 본질과 통하기 때문이다. 그러나 '그녀=연심=본래의 성'을 탐하지 못하게 하는 "악마적인 안타까운 현실성" 때문에 '나'와 '그녀'는 자포자기적이고 허무한 섹스를 나눈다. 이때 '나'는 그런 모습에서 "섹스에 미친 패인(敗人)을 자처하는, 무지개같이 파장이 분열된 폐인(廢人) 같은" 1990년대 판 이상의 원형을 발견한다.

이처럼 박성원의 소설에 나타나는 성은 가장 인간적인 것임에도 불구하고 오히려 그 본능성으로 인해 굴절되고 왜곡되어 있는 기형의 성이라고 할 수 있다. 때문에 박성원은 타율성과 자율성, 왜곡과 순수, 억압과 해방, 권력과 저항 사이에 놓인 성 담론의 가파른 경계선을 문제 삼는다. 그리고 그는 그 경계선을 가로지르며 성을 통해 악마적인 현실을 극복할 힘을 기르려 한다. 이렇게 볼 때 성을 가장 중요한 인간의 조건으로 본다는 의미에서 박성원은 유물론자이고, 그런 물질적인 성을 통해 영혼의 치유를 꿈꾼다는 점에서 다시 유심론자가 된다.

백민석은 『내가 사랑한 캔디』(김영사, 1996)에서 동성애를 발기부전이나 변태의 이형태(異形態)로 간주하면서 비정상적이고 일그러진 성으로 취급한다. 그러나 백민석이 다른 이성애주의자들과 다른 것은 그런 동성애를 비난받아야 할 것이 아니라 이해받아야 할 것으로 생각한다는 사실이다. 그에게 있어 동성애는 이성애로 가기 위한 성, 음울한 시간들을 견디기 위한 성, 시대적 억압에 대한 반항을 보여주기 위한 성에 해당하기 때문이다. 기형적인 성 안에 환멸적인 시대나 일그러진 세계를 담음으로써 시대나 세계가 비정상적이기에 성 또한 비정상적일 수밖에 없다는 사실을 유추하게 하는 것이다. 때문에 이런 동성애의 배경으로 입시 지옥이나 전교조 문제, 지강헌 사건, 김귀정이나 이한열의 죽음 같은 역사적 사건이 등장한다.

이처럼 전교조 1세대로서 "호모가 아니면 발기부전, 아니면 변태"일 수밖에 없었던 아이들이 학교를 떠나 본격적으로 1990년대로 진입하여 도달한 곳이 바로 '믿거나말거나박물지사'(『16믿거나말거나박물지』, 문학과지성사, 1997)에서 개최하는 세기말 콘서트장이다. 그 중에서도 특히 '믿거나말거나박물지젤라틴풀장'은 수간(獸姦)이나 항문섹스, 오랄섹스, 동성애가 판치는 난교파티장이다. 왜 이런 충격적인 성을 묘사하는가? 권태롭기 때문이다. 그런 권태는 어디서 오는가? 세상에서 해야 할 일이 없기 때문이다. 그토록 세상이 평화로운가? 오히려 환멸스럽기 때문이다. 그렇다면 이때의 성은 세상에 대한 분노나 저항을 내장한 위험스런 폭발물에 다름 아니다.

백민석이 보기에 세상은 의미를 파악할 수 없는 것들로 꽉 찬 불가사의한 괴물이다. 그런 세상에서의 삶은 당연히 '소풍'이 아니라 '유배'이다. 그런데도 그런 폭력성을 숨기면서 교묘하게 그 실체를 드러내지 않는 세상을 폭로하기 위해서는 충격 요법이 필요하다. 그래서 그는 부도덕한 포르노로 오해받을 위험조차도 감수한다. 어차피 오해되건 이해되건 세상은 바뀌지 않을 것이지만 그것을 알면서도 그는 절망적인 유희를 계속한다. 심각함이 지나치면 유희가 되기 때문이다. 그래서 이런 일탈적인 성 자체가 백민석에게는 이 세상을 견디는 '은밀한 장난감'이다.

백민석은 말한다. 자신이 묘사한 성은 일그러져 있다고. 그래서 그것을 보고 야하다거나 외설적이라고 말하는 사람 자체가 정말 변태라고. 자신이 진정으로 원한 것은 그런 성이 유발시키는 불편함이라고. 그 불편함이 반성을 촉구하게 하는 것이라고. 그는 성을 이야기하기 위해 가학과 피학을 일삼는 것이 아니다. 그가 진정 보여주고 싶은 것은 헐벗고 왜곡되어 있는 현실이다. 그런 성마저 만들어 낼 수 있는 현실적 상상력이다. 성난 성은 두려움을 유발시킨다. 이때 느끼는 공포가 바로 백민석이 원하는 독자들의 반응이다.

이런 의미에서 우승제와 박성원·백민석은 현실의 성에 저항하는 성을 통해 성다운 성을 환기시키면서, 성을 성답게 만들지 못하는 권력을 비판하는 작가들에 속한다. 그들의 소설에서는 사회적 억압을 재는 리트머스 시험지로 성이 기능하고 있는 것이다. 때문에 이들은 육체적인 성을 다루고 있지만 그 성을 통해 정신을 문제삼는다고 할 수 있다. 정신 자체가 육체에 의해 좌우되고 있기 때문이다. 이들 소설의 인물들은 심리적 요인에 의해 발기불능도 되고 오르가슴에도 도달한다. 이런 점에서 그들의 소설에 나타난 정신과 육체는 이원론적 일원론의 관계에 있다고 할 수 있다. 서로 분리되어 있지만 상대방에게 영향력을 행사하는 함수관계를 형성하기 때문이다. 그러나 궁극적으로는 정신에 의해

육체가 좌우된다고 봄으로써 정신을 육체보다 우위에 두는 정신주의자
들에 가깝다고 할 수 있다.

3. 근성(近性)의 성, 가족의 그림자

멕시코의 화가 프리다 칼로의 그림 〈나의 탄생〉을 보면 섬뜩함을 느
끼게 된다. 자신의 출생을 기형적이고 슬프게 그리고 있기 때문이다. 산
모의 상반신은 흰 시트로 가려져 있어 그 표정을 알 수 없으며, 아이는
머리가 축 늘어진 채 힘겹게 세상 밖으로 나오고 있다. 그리고 산모 머
리 위의 마리아상은 단검에 맞아 눈물을 흘리고 있다. 자신을 낳아 줄
어머니는 죽었다. 그래서 혼자 태어나야 한다. 이런 상황에서 가족은 없
다. 이처럼 태어날 때부터 혼자 태어났기에 그들에게는 한 번도 제대로
가져본 적이 없어서 그 의미가 무엇인지도 모르는 것이 바로 가족이다.
그래서 가족에 대한 미련이 오히려 크기 때문에 그들은 남아있는 가
족끼리도 섹스를 한다. 이런 근친상간적인 성은 가장 가까운 사람들과
의 성을 나타낸다는 점에서, 그리고 제대로 된 성은 아니지만 온전한
성이 되려고 한다거나 성과 비슷하다는 점에서 '근성(近性)'의 성이라고
할 수 있다. 근성의 성은 가족 같은 연인이 존재하기에 가능하다는 점
에서 긍정적으로 볼 수 있지만, 가족이 남처럼 간주되어야 가능하다는
점에서는 부정적으로 보여진다. 그러나 어느 경우이건 가족인 사람과
성적인 관계를 맺는다는 점에서 가족이라는 개념이 부재할 때에나 가
능한 슬프고도 위험한 성이라고 할 수 있다.
특히 배수아나 이응준·조경란에게는 가족다운 가족이 없다. 그들에
게 더 이상 가족은 황금알을 낳아주는 거위가 아니다. 그래서 그들은

가족을 새롭게 만들거나 차라리 가족으로부터 벗어나기 위해 가족과 섹스를 한다. 가족을 너무 사랑하거나 지독하게 증오해서 그들은 가족으로부터 벗어날 수가 없다. 가족과의 섹스는 이런 사랑과 증오를 배설하는 행위이다. 배수아는 가족으로부터 거부당했기에 더욱더 가족을 추구하고, 이응준은 자신을 거부한 가족을 스스로도 부정하거나 극복하려 한다. 조경란은 운명처럼 주어진 가족을 인내하려 한다. 그들에게 사회의 속살이 가족이고, 가족의 피부가 사회가 된다.

배수아의 『랩소디 인 블루』(고려원, 1995)에서 미호가 자신의 친오빠와 섹스를 하는 것은 그녀가 가족을 그리워하기 때문이다. 그녀에게 오빠는 오빠가 아니라 그저 "관심을 가져주는 다정한 사람"일 뿐이다. 무엇보다도 오빠는 가장 가까이 있는 남자이자 마지막으로 기댈 수 있는 남자이다. 이런 오빠를 떠나보내지 않기 위해서 그녀는 오빠와 하나가 되려고 한다. 그녀가 가족에게 이토록 집착하는 이유는 "난 아무것도 아니다. 혼자서는 결국은 모두가 다 아무것도 아닌 것이다"라는 생각을 갖고 있기 때문이다. 혼자이지 않기 위해서 그녀는 자신의 가족이라도 자신의 몸 속에 가두고 싶어한다.

이런 가족에 대한 성적인 이끌림이 『부주의한 사랑』(문학동네, 1996)에서는 더욱 폭력적으로 그려진다. '나'의 친언니이자 사촌인 연연이 이모부를 연인으로 삼은 것은 자신의 친동생인 '나'나 이모부의 가족으로부터 떠나고 싶지 않기 때문이다. 그녀에게 이모부는 아버지와 같은 존재일 수 있다. 아버지가 없었던 그녀는 아버지와 비슷한 사람을 보면 사랑하게 된다. 그리고 '나'가 사촌지간인 택이와 운이 모두와 섹스를 나누는 것은 그들을 가족처럼 생각하기 때문이다. 특히 '나'가 유부남이자 세 아이의 아빠인 택이를 사랑하는 것은 그에게 가족애를 느끼기 때문이다. "오랫동안 그러고 있으니 마치 정말로 그가 나의 사촌처럼 느껴졌다. 다정하고 부드러운, 멀리 떨어져 있으면 언제나 생각나는 나의 사촌"이라는 고백은 연인이 아닌 가족에 대한 갈구를 나타내는 말이다.

그녀는 보호와 안정감을 줄 대상을 추구하는 것이지 성적인 만족을 줄 수 있는 이성을 그리워하는 것이 아니다.

이밖에 '나'의 사촌인 미진이 '나'의 애인이었던 철희와 사귀는 것(「천구백팔십팔 년의 방」, 『푸른 사과가 있는 국도』, 고려원, 1995)이나 아버지가 이모와 사랑을 하고 나중에는 결혼까지 하는 것(「프린세스 안나」, 『바람인형』, 문학과지성사, 1996)은 모두 뿌리가 흔들리는 존재들의 불안한 내면을 보여준다. 현실은 가족처럼 난공불락이기에 바꾸거나 선택할 수 없다. 그러니 성 또한 그런 현실 안에서 이루어져야 한다. 서로의 삶은 다르지 않다는 운명의 회귀성이나 불행의 지속성 때문에 그녀는 가족을 거부하지 못한다. 가족에서 가족으로 유전되는 병이 바로 외로움이나 결핍감이다. 그리고 아픈 사람은 아픈 사람을 잘 알아본다.

이처럼 부도덕하고 부주의한 근친상간적 섹스는 세상 모든 인간들이 사생아나 고아이기에 인위적으로라도 가족을 생산해야 한다는 강박관념의 소산이라고 할 수 있다. 인간 자체가 '버려진' 존재들이고, 배수아에게는 이런 '유기(遺棄)'가 가장 나쁜 상태이다. 나쁜 존재들이 강렬하고 치열하게 나쁜 섹스를 하는 것은 당연하다. 때문에 이런 근친상간적인 섹스는 가벼움과 무감각성의 기호가 아니라 외로움과 두려움의 기호이다. 고아처럼 자신들을 방기한 부모나 형제들에 대해 저항하려는 '발짓'이 아니라 그들을 재발견해서 그들에게 다가서려는 '손짓'이다. 그런 성은 다른 사람은 없고 가족 밖에 없기 때문에 이루어진 관계라는 점에서 선택이 아닌 강요에 의한 것일 수 있다. 부주의한 성은 그것 이외의 다른 선택이 불가능하다는 데서 오는 상처와 폭력의 의미인 것이다.

그래서 라캉식으로 표현하면 배수아가 머무르고 싶어 하는 아이(homme-lette)의 상태는 오믈렛(hommelette)과 비슷한 존재이다. 형태가 없는 계란 덩어리처럼 어린 아이는 비정형상태로서 아무런 경계나 의식, 욕망을 모르는 상태이다. 그래서 결핍 또한 모른다. 배수아는 이런 상태를 지향한다. 오믈렛은 액체도 아니고 고체도 아니며, 우유도 아니고 계란도 아니다. 그녀는 이런 오믈렛처럼 거울을 보기 전, 그래서 자신에 대한 자각조차 생기기 이전의 유아처럼 유모차에 앉아 자라지 않는 어린아이로 머물고 싶은 것이다. 자아를 발견하면 그때부터 가족의 보살핌을 거부해야 한다. 그래서 그녀에게는 거울마저도 필요 없다. 이런 그녀의 섹스는 아이로 남아있기 위한 구순기적 욕망에 머물러 있다.

그런데 이미 오믈렛을 만들기 위해 깨어진 계란은 다시 본래의 모습으로 돌아갈 수 없다. 어머니의 양수로부터 떨어져 나온 이상 그곳으로 다시 돌아갈 수 없듯이 현실은 어머니 품속으로의 회귀를 용납하지 않는다. 배수아와 달리 이응준은 이런 자궁회귀의 불가능성을 너무 잘 안다. 그래서 아버지 같은 현실을 닮아갈 수밖에 없는 것이 이응준의 소설에 나타난 성장의 의미이다. 이런 성장을 해야 "묘지같은 세계에서의 유령 같은 삶"(『느릅나무 아래 숨긴 천국』, 살림, 1996)을 살아갈 수 있기 때문이다.

물론 애정결핍에 시달리며 배고픔처럼 외로움을 느끼는 아이들에게 어머니라는 존재는 뿌리칠 수 없는 유혹이다. 「달의 뒤편으로 가는 자전거여행」(『달의 뒤편으로 가는 자전거 여행』, 문학과지성사, 1996)에서 '나'가 고아출신의 식모인 무리누나에게 첫사랑을 느끼면서 "이세상의 모든 여자들이 여자임과 동시에 어머니일 수 있다는 사실"을 깨닫는 것이나 「어둡고 쓸쓸한 날들의 평화」(앞의 책)에서 꼽추인 친구가 자신의 굽은 등의 마디마디를 어루만져주는 여자들을 보면서 "창녀들에게선 어머니 냄새가 나"라고 말하는 것은 모두 어머니 같은 연인을 위한 말들이다. 그래서 남자들은 "엄마 말 잘 듣는 애처럼"(「그 시절을 위한 잠언」, 앞의 책) 어린 창녀의 요구에 따라주기도 한다.

세상을 알면 불행해진다. 그러나 그런 세상을 모르면 성장할 수 없다. 이응준의 소설에서는 불행을 알게 하는 성장의 촉매로서 가족과 성이 등장한다. 가족은 세상의 속악함을 그대로 담고 있으며, 그런 가족의 속악함은 일그러진 성 관계에 기원을 둔다. 때문에 이응준의 소설 속에 나타난 근친상간적인 사랑은 배수아의 소설에서처럼 소외를 극복하면

서 합일을 추구하려는 성이 아니라 아름다움에서 추악함을 발견하게
되는 모멸과 치욕의 성이다. 이응준은 부모를 통해 그런 성을 경험하면
서 "세상에서 가장 어렵고 힘든 일이 바로 자신의 아버지와 어머니를
극복하는"(「그는 추억의 속도로 걸어갔다」, 앞의 책) 것임을 알게 된다.

　『느릅나무 아래 숨긴 천국』에는 "세상에서 가장 간단한 방법으로 한
식구가 된" 가족의 슬픈 사진이 들어있다. '나'는 10살 때 어머니와 함께
아버지의 집으로 들어간다. 이미 그 왕국에 살고 있던 아버지의 적자(嫡
子)인 인하형은 탐욕스럽고 권력지향적인 아버지가 아니라 우아하고 고
상한 그의 어머니를 닮았다. 이런 구도이기에 이 소설 속의 가족관계는
다음처럼 재편(再編)될 수 있다. '나'에게 있어 억압적인 부성(父性)의 원리
를 대변하는 인물은 아버지와 생모이다. 젊고 아름답지만 천박한 생모는
아버지를 닮은 또 다른 아버지이다. 그리고 합일적인 모성의 원리를 대
변하는 인물이 인하형과 인하형의 어머니이다. '나'는 그들을 통해 "아름
다운 것이 옳은 것이다"라는 유미주의적인 생각을 하게 된다.

　그런데 인하형은 불쌍하게 죽어 간 자신의 어머니를 위해 아버지와
'나'의 생모에 대한 복수를 단행한다. 형의 침대에 같이 있는 생모를 보
면서 '나'는 보고 싶지 않은 생과 성의 이면을 보게 된다. 인하형이 자
신의 아름다움을 지키지 못하게 한 것은 부도덕한 아버지 때문이고, 그
가 스스로 악과 추함이 되어 복수를 하게 만든 것도 폐륜적인 세상 때
문이다. 이런 더러운 성을 경험함으로써 '나'는 진흙탕 같은 세상에 사
는 사람들이 모두 서로에 대해서는 가해자이지만 고통에 대해서는 패
배자일 뿐이라는 사실을 배운다.

　이보다 덜 충격적이지만 성장의 계기로서 부모의 성이 등장하는 또
다른 경우가 「아이는 어떻게 숲을 빠져 나왔는가」(앞의 책)이다. 이 소설
에서 어머니는 오래 앓았던 아버지가 죽자 삼촌과 결혼한다. '나'는 아
픈 아버지가 빨리 죽기를 바랐었기에, 그리고 어머니와 결혼한 삼촌마
저 중동에서 낙사(落死)했기에 더욱 죄책감을 느낀다. 더욱이 삼촌은 옳

고 그름이 아니라 아름답고 추함에 의해 세상의 희망과 혼돈을 가늠하는 사람이었다는 점에서 '나'의 미의식의 진원지였다. 이런 속물 아닌 사람의 죽음을 통해 '나'는 "아름다운 사람들이란 결코 오래 행복할 수 없다"는 사실, 삶이란 "비슷한 몸무게를 지닌 고통과 환멸이란 두 사내가 타고 노는 녹슨 시소"라는 사실을 깨닫게 된다. 아버지들의 성과 죽음이 그를 성장시킨 것이다.

조경란에게는 가족을 견디면 세상을 견딘 것이 된다. 가족이 곧 세상이기 때문이다. 그녀의 부동성은 가족 밖으로의 움직임에 대한 생래적인 두려움을 내장하고 있는 식물적 정지를 의미한다. 그래서 다른 소설들보다 그녀의 소설에는 운명적인 색채가 강하게 나타난다. 그런 운명성은 스스로 가족으로부터 벗어나려 하지 않거나 벗어날 수 없다고 생각할 때 더욱 강화된다. 조경란은 굳은살이나 사마귀, 겨드랑이의 털처럼 가족을 달고 다닌다. 아무리 자르고 잘라도 다시 생겨나는 것, 아무리 거부하려고 해도 거부할 수 없는 것, 그것이 바로 조경란의 소설에 나오는 가족의 실체이다. 또 조경란에게 있어 가족은 식빵이기도 하다. 모든 빵의 기초이기에 잘 만들면 다른 빵들도 손쉽게 만들 수 있으나 잘 만들기가 가장 어려운 식빵 같은 존재가 바로 가족이다. 가족은 가장 가까우면서도 가장 힘들게 하는 '또' 다른 나'이다.

그래서 조경란은 『식빵굽는 시간』(문학동네, 1996)에서 처음과 마지막에 식빵을 굽는다. 이것으로 보아 그녀가 가족에서 시작해 가족에서 끝날 것이라는 사실을 암시받을 수 있다. "너를 낳은 건 나다." 이것은 이모에게서 그녀가 들은 말이다. "우리는 아버지가 달라요. 그러니까 남매라고 하면 이해가 빠르겠군요. 하지만 나는 그를 사랑해요" 이것은 '나'의 애인의 여동생에게서 들은 말이다. 이 두 말을 통해 30살이 된 그녀 앞에는 "혼자 지내야 하는 시간들"만이 남게 된다. 그녀는 그런 사실을 소란스럽지 않게 받아들인다. 그런다고 해서 달라질 것은 아무것도 없기 때문이다. 이런 운명론적 사고는 모든 만남과 헤어짐이 자신의 의지와는 상관없이 벌어지기 때문에 식빵처럼 더욱 굳어진다.

특히 원해서 만나지 않았고, 원해도 헤어지지 못한다는 점에서 가족은 운명 그 자체이다. 치매를 앓고 있는 아버지는 거대한 산처럼 움직일 수 없는 존재이고(「내 사랑 클레멘타인」, 『불란서 안경원』, 문학동네, 1997), 어머니와 남동생은 아무런 예고 없이 열차사고로 내 곁을 떠나간다(「당신의 옆구리」, 앞의 책). 뚜렷한 이유도 없이 술 취한 아버지는 가위로 어머니의 목을 겨눈다. 그런 사람 같지 않은 사람의 자식이라서 '나'와 동생 경서 또한 살의를 품고 적의를 지닌 채 한방에서 지낸다(「환절기」, 앞의 책). 이처럼 가족은 가족이라는 단 하나의 이유만으로도 페스트 같은 질병이 될 수도 있다. 다른 이유가 있다면 그것은 노력해서 피해볼 수도 있는 '불행'일 것이다. 그러나 '운명'은 이유가 너무 당연하기에 노력해서 피해볼 수도 없는 불행을 말한다. 아버지는 피할 수 없는 운명이다.

이런 올가미 같은 가족이 짜는 가장 튼튼하고 커다란 그물은 '성(性)'이라는 실을 가지고 짜여 진다. 「내 사랑 클레멘타인」(앞의 책)에서 '나'는 아버지와 교접하는 꿈을 꾼다. 치매에 걸린 아버지가 아랫도리를 내놓고 집안에서 서성거리기 때문이다. 더욱 심각한 것은 「목이 긴 사내 이야기」(앞의 책)에서 마치 의처증 남편처럼 딸을 감시하고 의심하는 경우이다. 그런 아버지의 태도는 딸이 자신을 떠나버리지 않을까하는 두려움에 연유한다. 그래서 중3 짜리 남자 제자와의 정사를 통해 아버지에 대한 배반과 집에서의 탈출을 꿈꾸면서도 '나'는 결국 아버지의 곁을 떠나지 못한다. 그에게 연민을 느끼면서 "할 수만 있다면 아버지의 머리채를 휘어잡고 푸르게 질린 입술을 벌려 나의 이 단단한 젖가슴을 물려주고 싶은 심정"을 갖는다. 아버지의 구순기적인 욕구를 채워주고 싶기 때문이다. 어차피 "삶 자체가 불륜"(「꿈」, 앞의 책)으로 유지되지 않는가.

이처럼 가족을 통해 세상은 '나'를 조롱하고 시험한다. "삶은 내게 어떻게든 견뎌보라, 자꾸만 약을 올린다."(「환절기」, 앞의 책) 그런 가족을 없애버릴 수도 있다. 그 길은 무당벌레가 되어 자신이 깨고 나온 알의 껍질인 가족을 뜯어먹는 것이다. 그러나 이런 행위는 꿈속에서만 가능하다. 결국 치매에 걸린 아버지는 방에 그대로 있고, 과거에 사는 다른 아버지는 목이 점점 길어지면서도 여전히 밖을 내다보고 있다. 유일하게 '나'에게 남아있는 길은 그저 그들을 견디는 것이다. 그들은 '거기' 있고, '나'는 '여기' 있으면 되는 것이다. 가족을 가족 아닌 것처럼 받아들이는 것이다. 그런데 가족은 너무도 지독해서 그 냉대나 거리도 극복한다. 그러니, 가족이지 않겠는가. 다시, 운명이다.

4. 무성(無性)의 성, 자아의 그림자

김영하나 박청호의 소설에서의 섹스는 성적인 즐거움이나 의미 있는 쾌락보다는 일상적인 무의미와 절망적인 환멸을 확인시키는 행위에 해당한다. 그래서 그들의 소설에 나타난 섹스는 노골석이어도 야하지 않고, 빈번히 행해지는데도 아무런 변화가 일어나지 않는다. 섹스 자체가 단지 '섹슈얼 비지니스'에 불과하기 때문이다. 대부분 불감증을 앓고 있는 이런 육체를 가지고는 오르가즘을 꿈꾼다는 것 자체가 하나의 넌센스이다. 그들의 삶에 엑스타시가 없듯이 그들의 성에도 오르가즘은 없다. 그래서 그들의 섹스는 대부분 지리멸렬하고 불만족스럽게 끝난다. 이런 성은 성이어도 성이 아닌 무성(無性)의 성에 불과하게 된다. 그들의 소설이 어떤 교성(嬌聲)도 들리지 않는 무성(無聲)의 소설인 것도 이 때문이다.
김영하의 『나는 나를 파괴할 권리가 있다』(문학동네, 1996)는 레퀴엠을 들으면서 행해지는 섹스에 몰두하는 소설이다. 그래서 이 소설의 성은 죽음과 육교(肉交)하면서 존재의 불안한 형이상학을 그려나간다. 성과 죽음이 만나 절망이나 허무라는 새끼를 낳고 있기 때문이다. 섹스 자체

가 유일하게 자신의 살아있음을 증명해 주지만 그 살아있음조차 가치
가 없다고 생각하는 사람들에게는 그것이 너무나도 절망적인 포즈에
불과하게 된다.

이 소설에서 '나'의 고객인 '클림트'는 섹스를 하면서도 추파춥스를
빨며 게임처럼 성교를 한다. 총알택시 운전사인 K는 여성의 성적 매력
보다는 달리는 차의 속도감이나 노름인 '섯다'를 치는 긴장감에 보다
쉽게 발기를 한다. '나' 또한 "의사소통이 원활하지 않은 사람과 섹스하
는 일은 편안하다. 잡념 없이 감각에만 집중할 수 있어서 좋다"고 느낀
다. 그런 남녀 사이에 이루어지는 섹스에는 하나로 섞일 수 없는 근원
적인 분리감이 존재한다. 비닐로 각자의 몸을 감싼 후에 섹스를 행하기
때문이다.

그런데 「거울에 대한 명상」(『호출』, 문학동네, 1997)에서처럼 나르시시즘
에 빠진 인물과의 섹스는 훨씬 비극적인 것이 된다. 이 소설의 '나'처럼
자아도취형의 인간들은 "섹스에 몰입하지 않고 사정하는 순간까지도
이,미,지,를 고민"하기 때문이다. 이들에게는 상대방에 대한 배려보다는
자신의 만족이 더 중요하다. 그들은 상대 여성과 성교하는 것이 아니라
거울에 비친 자기 자신과 섹스하는 것이다. 이때의 나르시스는 "세상
어디에든 자신의 복제품을 생산"하는 지독한 에고이스트들이다.

이런 이유로 김영하는 자위를 보다 선호하게 된다. 최소한 실제의 인
간을 복제품으로 만들지는 않는다는 점에서 훨씬 도덕적인 섹스가 바
로 자위행위이기 때문이다. 「도마뱀」(앞의 책)에 나오는 담배여인의 이야
기가 이런 자위의 원형을 보여준다. 어느 날 정액으로 칠갑을 한 채 죽
어있는 남자의 사인(死因)은 자신의 담배 연기로 만든 가상의 연인과 나
눈 격렬한 섹스로 인한 심장마비이다. 자신의 연기로 만든 여인으로부
터 남자는 애무를 받고 섹스를 나눌 수 있지만, 자신이 그 여자를 만질
수는 없다. 이런 섹스는 상호소통적인 섹스가 아닌 일방적인 섹스라는
점에서 나르시시즘과 통한다. 결국 자위는 "삐삐를 통해 호출하는 것은

다른 누구도 아닌 결국 나 자신일 뿐"(「호출」, 앞의 책)인 인간들이 고독을 배설하는 행위인 것이다.

보다 과격하게 이런 자위행위를 발전시키는 육체적 도구가 바로 '손'이다. 김영하의 소설에서 손은 눈의 관념성과 의식성, 위선을 극복하게 해주는 직접적이고 구체적인 더듬이로 작용한다. 하지만 성적인 측면에서 보았을 때는 그것이 성기의 삽입으로 인한 완전한 일체가 아니라 자신이나 타인의 몸을 더듬어줌으로써 발생하는 환상적인 결합만을 허용한다는 점에서 자위의 도구에 머물게 된다.

다소 모호하게 나타나고 있지만, 「도마뱀」(앞의 책)에서 여성화자인 '나'의 꿈속에 등장하는 도마뱀은 남성(아버지)의 성기를 대신하는 자신의 손일 수 있다. 때문에 이 소설 속의 '나'는 꿈결에 손을 몸속에 집어넣으면서 자위행위를 하고 있는 것으로 볼 수도 있다. 아버지에 대한 금기의 위반과 자위행위라는 육체적인 금기의 위반이 도덕의 검열을 통과하면서 '나'의 의식은 분열된다. 「손」(앞의 책)에서는 타인의 몸을 만지는 손이 등장한다. '나'가 레즈비언으로서 성적인 흥분을 느끼는 것은 상대방이 자신의 몸을 손으로 더듬을 때이다. 그러나 그런 손의 감촉은 전유(專有)될 수 없거나 상상적인 것이기에 서로간의 거리를 확인시켜 줄 뿐이다. 이런 '나'의 불구적 성은 남자동생의 자위하는 손과 겹쳐지면서 좌절된 쾌락이나 불안, 쓸쓸함을 강화시킨다.

이렇게 볼 때 김영하의 나르시시즘적인 자위는 아무것도 생산할 수 없는 불임의 성이다. 삽입이 아닌 발기를 문제 삼을 수밖에 없기 때문이다. 그래서 자위는 소비만 있고 생산은 없는 성이다. 이 때 타인과의 상호 소통적인 성교는 불가능하고 대화가 아닌 독백의 사랑만이 가능하다. 하지만 자기 자신이라도 지키려 한다는 점에서 처절한 생존 전략이 된다. '나' 스스로가 누구인지도 모르는 상황에서 가능한 것은 자신의 몸을 통해 자신의 존재를 증명해 보이는 것이다. 그러니 이럴 때의 자위는 성교의 실패와 자아의 존재 증명 사이에서 줄다리기를 하고 있는 나르시스트들의 자가발전인 성이라고 할 수 있다. 자신이기 때문에 자신이 겪을 수밖에 없는 고통의 체위가 바로 자위인 것이다. 자기 자신을 발견해야 하기 때문에 그들은 자신의 몸과 성교한다. 김영하는 그런 웅크림과 단절이 확대와 소통을 위한 기다림의 자세가 되기를 바란다. 그래야 비로소 남의 손이 아닌 자신의 손으로 자신을 연주하면서 자신의 손을 조각할 수 있기 때문이다.

박청호는 이런 김영하보다 상대적으로 낭만주의자이고 이상주의자라고 할 수 있다. 『단 한 편의 연애소설』(문학과지성사, 1996)에 실린 6편의 소설들이 사랑의 불가능성에 대한 확인과 사랑에 대한 희구 사이에서 끝없이 줄다리기를 하고 있는 것에서 이 사실은 확인된다. 그는 사랑의 존재를 믿으면서도 그런 만큼 사랑을 불신한다. 하지만 그래도 꿈이나 낭만을 끝까지 포기하지 않는 것이 박청호 소설의 특징이다. 결국에는 사랑을 통해 소외를 극복하고자 하기 때문이다.

물론 박청호의 소설에 나오는 인물들 또한 자기 자신 이외에는 아무것에도 관심을 두지 않기에 기본적으로는 나르시스트들이다. 그들은 상대방의 감정이나 만족보다는 자신의 존재를 보존하려는 보호본능이 더 강하다. 이런 인물들이기에 그들은 다음과 같은 성의 언어만을 발설할 수 있을 뿐이다. "육체적으로는 내가 그녀 몸속으로 들어갔던 것이 분명한데 그녀의 구멍은 어느새 다물어져서는 쓱쓱 입맛까지 다시면서 시치미를 떼고 있었다."(「장씨행장」) 혹은 "남자는 여자에게 섹스도 육체의 사용일 뿐이니까 어떤 이유를 찾으려고 애쓰지 말라고 충고한다. 본능적인 행위에 어떤 당위성을 부여하면서까지 정신적인 삶을 살아야 할 이유는 없을 테니까."(「Talk to talk about」)

때문에 박청호의 소설에 등장하는 여성들은 모두 '마녀' 아니면 '창녀'이다. 그런데 마녀는 착한 악마와 결탁하고, 창녀는 나쁜 천사와 결탁한다. 그래서 그 둘의 차이는 전혀 없다. '나'가 지닌 이런 위험한 사고가 종교적인 죄의식을 불러일으키기도 하지만 그녀들의 삶 속에 내재하는 엄청난 삶의 에너지를 부정할 수는 없다. 그녀들은 "삶을 내팽개칠 수 있을 만큼 강"(「러닝타임」)하기 때문이다. 그래서 그녀들은 사악한 뱀이 되어 여러 남성들과 한꺼번에 성교를 맺거나 아버지와도 섹스를 나눌 수 있다고 말한다.(「폴란드産 마녀의 외출」) 그리고 "끔찍한 불륜이라도 경험하게 된다면 조금은 자유로워질지도 모른다"(「Telephone」)는 위험한 생각을 한다. 그런 성을 통해 그들은 스스로를 저주 속에 방치함으로써 기존의 도덕이나 신성(神性)에 도전한다.

그러나 이런 과격성에도 불구하고 박청호는 섹스와 사랑의 힘을 믿는다. 여전히 "가장 인간적인 육체의 사용"(「폴란드産 마녀의 외출」)이 섹스이고, "만지고 싶고 키스하고 싶고, 온몸을 비벼대면서 급하게 숨을 몰아쉬는 것. 그리고 함께 잠드는 것"(「단 한 편의 연애소설」)이 사랑이라고 생각하기 때문이다. "인간은 늘 슬픔에 젖어 있을 수 있을 만큼 지독하진 못하"(「폴란드産 마녀의 외출」)기에 성다운 성을 추구하게 되는 것이다.

이렇게 볼 때 김영하나 박청호의 소설은 얼굴을 보지 않고도 행할 수 있는 '가면의 정사'를 주로 연출한다고 할 수 있다. 감정 없이도 섹스를 행할 수 있고, 순간석인 발삭처럼 쉽게 섹스가 이루어진다는 점에서 그렇다. 그들은 이런 성 같지 않은 무성(無性)의 성을 통해 기쁨을 만들어내기보다는 고통을 견디는 일에 더 관심이 있다. 종교적인 위안이나 철학적 위안을 포기했기에 감정 있는 섹스는 오히려 피곤하게 느껴질 뿐이다. 이런 이유에서 이들의 섹스는 자위행위에 가깝게 된다. 상대방과의 상호성이 배제되어 있기 때문이다. 그들은 언제나 소수(素數)로 존재하기에 자기 자신으로만 나누어진다. 이런 자위행위는 부정적인 자아중심주의의 산물이기에 위무나 정화를 동반하지 않는 단순한 배설 행위에 불과하게 된다.

하지만 이런 겉모습과는 달리 소외의 성은 역설적으로 생산적이고 긍정적인 성에 대한 기억을 전제로 해야 가능하다. 그들이 보기에 환희를 포기한 메마른 성교는 단지 짐승들의 교미와 다르지 않다. 때문에 그들은 육체의 교환이 없는 사랑이 '공상'이라면, 사랑의 교환이 없는 섹스는 '공포'임을 너무나 잘 안다. 그런 의미에서 겉으로 보이는 차갑거나 무미건조한 성은 오히려 낭만적이거나 정신적인 성의 역상(逆像)이라고 할 수 있다. 성 행위 자체가 허무와 무의미에서 벗어나려는 처절한 모르스 부호에 해당하기 때문이다. 그들에게는 아직도, 그리고 여전히 육체는 '사랑의 책'이다. 하기에 합일성과 낭만성을 상실한 성을 통해 삶의 활력이나 건강한 쾌락의 중요성을 역설적으로 일깨워 주고 있는 것이다.

5. 누드의 성, 알몸의 그림자

케네스 클라크에 의하면 '알몸(naked)'은 아무것도 걸치지 않은 몸 그 자체나 가식이 없는 본연의 상태를, '누드(nude)'는 알몸에 하나의 시각을 도입함으로써 가면으로 변형되고 대상화된 상태를 나타낸다. 때문에 누드는 또 다른 형태의 '옷'에 불과하다는 것이다. 이런 구분을 고려할 때 1990년대 신세대작가들의 소설에 나타난 성은 알몸의 성이 아니라 누드의 성이라고 할 수 있다. 성을 성 그 자체로 다루지 않고 사회나 가족·자아 등의 프리즘으로 바라본 성을 다루고 있기 때문이다. 그들 중 우승제나 박성원·백민석은 권력에 저항하는 성(反性), 배수아나 이응준·조경란은 가족의 결핍과 충족을 나타내는 성(近性), 김영하나 박청호는 소외를 확인시켜주는 성(無性) 등을 그림으로써 알몸의 성을 누드화시키는 옷을 입히고 있다.

신세대는 공포감이나 위기감 때문에 섹스를 한다. 그래서 그들의 성은 육체적 행위라기보다는 오히려 지나치게 심리적인 행위가 된다. 흔히 '영혼을 박탈당한 세대'로 취급되지만 그들은 영혼이 아니라 '육체를 박탈당한 세대'일 수 있다. 육체가 영혼을 위한 도구로 쓰이기 때문이다. '나는 몸으로 말한다. 고로 존재한다'가 아니라 '나는 섹스를 한다. 그런데도 나는 존재하지 않는다'가 그들의 실존이다. 성 자체가 '존재 증명'이 아닌 '부재 증명'의 증거물이 되는 것이다.

이런 맥락에서 신세대문학의 성이 ① 가벼움이나 쾌락을 추구한다는 기존의 논의는 그들의 성이 지닌 그런 영혼의 무게를 생각하면 그 근거를 잃게 된다. 신세대문학의 성은 그들의 환부를 보여주는 상처의 언어이다. 때문에 그들의 성은 '가벼운 웃음'이 아닌 '무거운 울음'에 보다 가깝다. 좀 더 정확히 표현하면 '무거운 웃음'에 해당한다고 할 수 있다. 그들에게 성은 향유할 수 있는 '쾌락의 은유'가 아니라 일그러질 수밖에 없는 '고통의 환유'인 것이다. 한 번도 문학에서의 성이 누드가 아닌 알몸이었던 적이 없듯이 현실 원칙이 아닌 쾌락 원칙의 지배를 받아 본 경우 또한 없다. 이것이 바로 신세대문학에 나타난 성 담론이 사랑의 표현이 아닌 동물적인 욕망을 배출하면서 전통적인 성 관습을 붕괴시켰다고 우려하거나 기뻐하지 않아도 되는 이유이다.

또 그들의 성이 ② 개인적이고 비사회적이라는 오해는 그런 오해를 받을 정도로 신세대가 성에 관해서는 히스테리성 억압과 강박관념적인 집착을 동시에 강요받고 있다고 말할 수 있다. 신세대의 성은 세상에 존재하는 그 어느 것도 정치성을 띠지 않은 것이 없다는 소극적 의미가 아니라 그 자체로서 자아와 사회의 공명판이라는 적극적 의미를 지닌 것이다. 발기불능이나 조루·동성애·근친상간·자위 등은 모두 존재들의 정치적 무의식 속에 존재하거나 사회적 외상과 관련 있는 불구의 성들이다. 단 그들이 보여주는 이런 비정상적인 성은 정상적인 성을 희구하는 것이고, 단절적인 성은 소통을 원하는 것이다. 때문에 그들의 비도덕성이나 무책임성은 도덕성이나 책임감을 네거필름으로 보여준다. 타락한 사회에서 타락한 방법으로 진정한 가치를 추구하는 것이다. 신세대들은 포르노 같은 성을 통해 그런 포르노를 양산하는 포르노를 닮은 사회를 비판한다.

③이성과 반대되는 감성을 대변한다는 의견 또한 신세대문학의 성이 이성의 전도체라는 점에서 반박될 수 있다. 신세대들은 이성을 적대시하면서 욕망에 사로잡히지 않는다. 오히려 그들의 성은 성에 관한 한 가짜낙원조차 존재하지 않는다는 사실을 알려주는 이성의 피곤한 역할을 담당한다. 그래서 그들의 성은 이성적인 저항을 지향하는 것이지 이성 자체의 실패를 증명해 주는 것이 아니다. 이처럼 너무도 이성적이기 때문에 그들의 몸은 더 많이 벗었음에도 불구하고 덜 감각적인 육체가 되는 것이다.

혹시 신세대가 진정으로 원하는 것은 '지퍼 없는 섹스'일 수도 있다. 그것은 완전한 이방인들 사이에서 이루어지는 이상적이고 순수한 것이기에 기대나 죄의식, 가책이 전혀 없는 섹스를 의미한다. 이런 섹스를 통해 애정과 책임감을 의도적으로 거부함으로써 모든 장애를 없애고 고도로 이상화된 동물적인 행위를 추구한다는 것이다. 혹은 앤소니 기든스가 강조하듯이 앞으로는 피임기술이나 체외수정의 발전으로 인해 성에 대한 규범이나 제약이 사라져 '조형적인 성(plastic sexuality)'이 부상할 수도 있다. 이제는 주어진 성이 아니라 스스로 결정하고 선택한 성을 누릴 수 있다는 것이다.

그러나 아직까지는 신세대들에게조차 이런 지퍼 없는 섹스나 플라스틱으로 만든 섹스는 바벨탑처럼 불가능한 꿈으로 보인다. 감정이나 의식이 없기 위해서는 항온동물이어야지 변온동물이어서는 안 된다. 그런데 이상하게도 항온동물인 인간은 성에 있어서만큼은 주변 환경에 따라 색깔이 바뀌는 카멜레온이 된다. 성 자체가 항온성을 지닐 수 없는 것이기 때문일 것이다. 이처럼 변수를 많이 지니고 시시각각으로 변하는 성이 무엇인지에 대해 확실히 말할 수 있는 자는 없다는 측면에서 성은 다시 바벨탑의 언어가 된다. 성은 영원히 '의심의 해석학'일 수밖에 없다는 것이다. 그 개념이나 본질의 규명이 계속 결핍되고 유예되어야 문학화될 수 있다는 모순 때문에 성은 지금도 플라톤의 이데아나 UFO처럼 존재하고 있다.

때문에 우리가 신세대문학에게 요구하고 신세대문학이 우리에게 요구하는 것 모두가 그들의 '화장술'이 아니라 '변장술'에 대한 관심일 것이다. 어파피 '新세대'는 '辛sin세대'임과 동시에 'scene세대'나 'seen세대'이다. '보는 나'와 '보여지는 나'에 집착할 수밖에 없는 세대라면 겉이 아닌 속을 보거나 보여야 한다는 것이다. 그래야 우리는 서로를 보지 않고 겪을 수 있기 때문이다. 시선의 폭력이 오히려 성욕을 떨어뜨릴 수 있다. 성을 많이 볼수록 그것에 대해 덜 생각하게 되고, 너무 많이 보여주면 직접 섹스하지 않았는데도 실제로 한 것 같은 느낌을 주기 때문이다. 시각의 우월성이 육체의 빈곤을 초래하는 것이다. 신세대에게나 성에게나 진정 필요한 것은 '보는 눈'이 아니라 '만지는 눈'이다. 지금 신세대들의 성 담론 또한 보여지지 않고 만져지기를 원한다. 이것이 바로 이제부터는 '눈 같은 손'이 아니라 '손 같은 눈'이 움직여야 하는 이유이다.

여성성의 발견과 '여성적 글쓰기'

1990년대 이후의 한국 여성 시인들을 중심으로

정끝별

1. '여성적 글쓰기'와 90년대 이후의 한국 여성시

프랑스의 일부 페미니스트들이 옹호했던 '여성적 글쓰기*écriture féminine*'
란 여성의 리비도 에너지로부터 근원하는 문자 그대로의 '여성적인 글쓰
기'를 뜻한다. 이론화할 수도, 약호의 형태로 한정할 수도 없다는 점에서
규정 불가능한 글쓰기(식수)이며, 억압적이고 규정적인 남성 질서에 도전
하는 명시적인 글쓰기(이리가레이)이며, 치환가능하며 복합적이고 심지어
유동적이기까지 한 분열된 또는 복수화된 주체에 의해 유지되는 글쓰기
(크리스테바)이다.[1] 그렇다고 여성적 글쓰기가 존재하지 않는 것은 아니다.
여성적 글쓰기는 현상적으로 존재하는 것이라기보다는 하나의 가능성을
담보한 과정상의 글쓰기이다. 아직까지 그 잠재력이 현실화되지 않은 하
나의 이론이며 '남성적 글쓰기'를 대체하기보다는 그것에 의문을 제기하

는 대안적인 글쓰기인 것이다.[2] 때문에 여성의 조건, 여성의 위치, 여성 주체성의 문제 등에 관한 근본적인 성찰을 담고 있어야 할 것이며 여성만의 특징적인 언어·어조·구문·의미 들을 담보하고 있어야 할 것이다.

80년대까지만 해도 우리의 여성시[3]는 남성중심적 사고가 어떻게 우리 사회의 근간을 이루고 있으며, 여성의 삶이 어떻게 제한적이고 억압적이었는가를 보여주는 데 주력했다. 그러나 90년대 이후의 여성시들은 과거에 비해 '여성됨'이나 여성적 정체성, 여성의 언어에 대한 탐색과 물음에 훨씬 더 적극적이고 구체적인 반응을 보였다. 이제 우리 여성시는, 억압된 여성으로서의 삶과 경험이 어떤 다양하고 개성적인 글쓰기(말·언어≧글쓰기≧언술≧텍스트≧목소리·어조)를 생산해내고 있는가의 차원으로 넘어가게 되었다. 제1·2세계, 서구, 백인, 남성, 인간, 이성 중심의 거대담론 내지 합리주의가 해체되면서, 남성적·획일적·이성적 규범에 의해 주변으로 밀려났던 타자로서의 '여성'과 '여성 몸의 언어'가 새롭게 부상하게 된 것이다. 이 글은 ①여성 시인들의 텍스트들 속에서 그려지는 여성적 언술의 특징은 무엇인가? ②그러한 언술로 발화되는 여성 시인들의 텍스트들은 어떠한 현실 인식과 시인의 내면을 재현하며, 어떠한 가치나 이상을 계시(啓示)하는가? 라는 물음을 중심으로 90년대 여성시를 대표하는 언술 전략들을 갈래화해 보고자 한다.

2. 여성 현실의 발견과 언술 전략

1) 아이러니컬한 풍자

여성이 감당해야 하는 우리 사회의 구조적 모순을 효과적으로 드러

내기 위해 저항과 폭로의 전복적 언술을 구사하는 일련의 여성 시인들
이 있다. 늘 가부장적 질서의 주변을 겉돌던 여성 언어는 아이러니컬한
풍자적 진술과 쉽게 공모하여 주변화된 여성의 소외를 고발하고 중심
을 공격한다. 흔히 '화산처럼 폭발적인 것'으로 비유되는 이같은 전복성
은 하나의 진리·규범·이성만을 강조하는 권위적이고 억압적인 남성
논리에 대한 저항의식을 밑바탕으로 한다. 가부장적 중심으로부터 밀려
나 주변에 위치해 있는 여성들의 반격으로 읽힐 수 있다.

> ●김금동 씨(서울 지방검찰청 검사장), 김금수 씨(서울 초대병원 병원장), 김
> 금남 씨(새한일보 정치부 차장) 부친상, 박영수 씨(오성물산 상무이사) 빙부상―
> 김금연 씨(세화여대 가정과 교수) 부친상, 지상옥 씨(삼성대학 정치과 교수) 빙
> 부상, 이제이쓴 씨(재미, 사업) 빙부상 ＝ 7일 하오 3시 10분 신촌 세브란스 병원
> 서 발인 상오 9시 364-8752 장지 선산
>
> 그런데 누가 죽었다고?
>
> ―김승희, 「한국식 죽음」 전문4)
>
> 멕시코인들은 말하지
> 우리에게 하느님은 너무 멀리 있고
> 미국은 너무나 가까이 있다
>
> 세상의 여자들은 말하네
> 우리에게 하느님은 너무 멀리 있고
> 남자는 너무나 가까이 있다
>
> ―김승희, 「사랑 2」 전문5)

　여성 시인들의 텍스트에 등장하는 말장난이나 유머, 재담, 비속어 등
은 남성질서가 강조하는 단일한 의미나 동일성의 논리를 교란하면서
그것들이 가진 허위의식과 폭력성을 웃음으로 폭로하는 기능을 담당할

때가 많다. 인용시 「한국식 죽음」은 철저하게 남성중심적인 우리 사회의 단면을 통쾌하게 풍자한다. 일간지 사회면의 부음란은 남성중심적으로, 그것도 권력(직업)중심적으로 공고된다. 특히 아버지의 죽음을 알리는 난에 딸을 대신해 딸의 남편 이름이 올라가 있는 현실을 꼬집고 있다. 간신히 '세화여대 가정과 교수'라는 사회적 지위를 가진 딸 하나만이 그녀의 남편과 나란히 기재되고 있을 뿐, 사회적 지위를 갖지 못하는 여성은 친족의 공적인 죽음이나 죽음의 예식으로부터 소외되곤 한다. 정작 우스운 것은 죽은 당사자조차 소외되어버리는 현실이다. 분노와 눈물을 대신하는 그 웃음은 억압 주체의 권위를 파괴하고 전복시킨다. 웃음을 통한 이와 같은 의미의 해체는 여성 주체의 해방을 위한 첫걸음이 될 수 있다.[6]

인용시에서처럼 김승희는 의문문·감탄문·단언적인 긍정문들과 함께 '그런데(그러나)', '그래서'를 삽입해 읽어야 하는 대비적인 구조를 즐겨 구사한다. 이는 보다 선명하게 시인의 메시지를 전달하기 위한 장치들로 읽힌다. 남성과의 대비를 통해, 이중 삼중의 식민지적 상황에 처한 여성의 참혹과 광기와 질곡을 효과적으로 드러내기 위한 전략일 것이다. 「사랑 2」에서도, 사랑이란 말에 내재해 있는 서구중심적이고 남근중심적인 기획을 폭로한다. 여자 vs 남자의 구조를 시인은, 제3세계 vs 제1세계, 식민지 vs 본국, 멕시코 vs 미국의 구조로 파악한다. 그 주변과 중심 사이에서, 사랑의 '하느님'은 '너무 멀리 있음'으로써 부재하고 사랑의 수탈자들은 '너무나 가까이 있어' 고통이다.

90년대 여성 시인들이 보여준 섹슈얼리티에 대한 능동적 인식과 대담한 노출은 풍자적 목소리를 통해 분출되곤 했다. 여성시에서 금기시되었던 직접적이고 적나라한 성적 지시어 및 성적 비유의 거침없는 뇌까림은 가히 선정적이었고 또 그만큼 통쾌한 것이기도 했다.

아, 시바알 샐러리맨만 쉬고 싶은 게 아니라구

내 고통의 무쏘도 쉬어야겠다구 여자로서 당당히 홀로 서기엔 참 더러운 땅
이라구 이혼녀와 노처녀는 더 스트레스 받는 땅 직장 승진도 대우도 버거운 땅
　어떻게 연애나 하려는 놈들 손만 버들가지처럼 건들거리지 그것도 한창때의
얘기지
　같이 살 놈 아니면 연애는 소모전이라구 남자는 유락에 가서 몸이라도 풀
수 있지 우리는 그림자처럼 달라붙는 정욕을 터뜨릴 방법이 없지 이를 악물고
참아야 하는 피로감이나 음악을 그물침대로 삼고 누워 젖가슴이나 쓸어내리는
설움이나 과식이나 수다로 풀며 소나무처럼 까칠해지는 얼굴이나
　좌우지간 여자직장을 사표내자구 시발

　이보게 여성동지, 고통과 고통을 왕복하는 데 여자 남자가 어딨나
　남성동무도 밖에선 눈치보고 갈대처럼 굽신거리다가 집에선 클랙슨 뺑뺑 누
르듯 호통이나 치니 다 불쌍한 동물이지 아, 불쌍한 시발
　　　　　　　　　　　　　　　—신현림, 「너희가 시발을 아느냐」 부분7)

　현실적 불평등 앞에 무기력하기만 한 여성 자아의 공격적인 자기폭
로는 웃음의 마지막 보루인지도 모른다. 여성들은 자신의 육체를 부끄
러워하고 자신의 성(性)을 수치스런 것으로 생각하도록 가르침을 받는
다. 신현림의 「너희가 시발을 아느냐」는 여성의 당위적인 성역할에 저
항한다. 그리하여 여성의 성을 고무하고 과장하면서 '위악적인' 어조와
포즈로 여성들에게 터부시되었던 금지된 욕망을 향해 맹렬히 달려간다.
신현림은 여성의 성이나 생리적 현상은 물론이고 남성의 전유물이었던
욕설이나 은어·비어·속어를 거침없이 구사한다. 남성들이 사용하는
언어 형식들을 패러디하고 흉내내며 풍자하기도 한다. 남성적 언어의
탈을 빌려 남성중심의 메커니즘을 조롱하려는 의도가 담겨 있는 것이
리라. 그러한 전략은 그간 남성들에 의해 미화되고 칭송되었던 음전한
여성적인 글쓰기에 대한 맹렬한 저항인 동시에 남성 전유물이었던 여
성 성욕을 탈환하기 위한 선전포고의 의미를 띠기도 했다. 통렬한, 신랄

한, 코믹한 야유를 특성으로 하는 이같은 아이러니컬한 풍자의 언술 전략은, 근본적으로 여성 정체성을 외부 현실 속에서 모색하고 찾으려 한다는 점에서 외부 지향의 언술이라 할 수 있다.

2) 자연친화적 서정

여성의 정체성을 자연 속에서 찾고자 하는 관점도 있다. 여성은 대지에서 들려오는 목소리를 들으며 '자연과 더불어 말을 하며'(그리핀), 생리·임신·분만·양육과 같은 생물학적 특성 속에서 '자연의 체계와 함께 흐른다'(샐러).[8] 여성의 원리[9]를 자연의 섭리와 연관지어 찬양하는 발언들이다. 남근적 권위에 대립하여 그것을 부정하거나 거부하기보다는 그 권위까지를 감싸 안는 '자연스러운' 화해 혹은 조화를 구현하는 데 그 목적이 있다. 여성이라는 이름의 품으로 타자로서의 모든 차별과 모든 갈등을 감싸 안으려는 그 언어는 '자연친화적'인 '비유'의 언어로서, 가부장적 사회규범을 넘어 근원적이고도 순수한 영역에 속해 있다. 그 대표적인 비유 공간이 여성의 '배(腹)', 바로 자궁이다. 여성의 대지, 우주의 중심, 생명의 원천으로서의 여성성이 바로 자연친화적인 비유의 원관념이 된다. 이때 세상만물로서의 자연은 '여성들이 자신의 육체의 본질과 맺는 관계, 아이나 또 다른 여성 또는 한 남성과 맺는 관계(크리스테바)'[10]를 서술하는 데 필요한 서정적인 보조관념들을 제공해주곤 한다.

> 누가 말했을까요
> 살아 있는 것처럼 완벽한 것이 없다는 것을
> 우리가 하나의 생명일 때 기쁘고 기쁨은 곧 마음의 길을 열어
> 숨은 얘기 속삭인다는 것을

여린 잎 속의 푸른 벌레와 생각난 듯이 날리는 눈발과
훌쩍거리며 내리는 비가
얼마나 기막힌 눈(目)이라는 것을
그토록 작은 것들이 세상을 읽었다는 것을

누가 말했을까요
자연으로 돌아가는 것처럼 자연스런 것이 없다는 것을
우리가 하나의 자연일 때
편하고 편함은 곧 마음의 길을 열어
숨은 얘기 속삭인다는 것을

—천양희 「누가 말했을까요?」 부분11)

　　살아 있음 그 자체가 완벽함이라는 시인의 믿음은, 숨어 있고 작디작은 자연에 깃들여 있는 생명의 소중함을 읽어낸다. 그 소중함을 바라볼 수 있는 마음의 눈(眼)은 자연스러움과 편함으로 자연에 동화될 때, 자연과 하나가 될 때 얻어지는 것이라고 시인은 전하고 있다. 이때 시에 동원된 시적 상관물로서의 자연은 거대한 여성성·모성성에 대한 보조관념이 될 것이다. 위의 시는 '가장 완벽한 것은 살아 있는 생명이고, 생명은 기쁨이고, 기쁨은 마음을 열어 숨은 얘기를 속삭인다'라는 문장과, '가장 자연스러운 것은 자연으로 돌아가는 것이고, 자연은 편하고, 편함은 마음을 열어 숨은 얘기를 속삭인다'라는 두 문장으로 자연이 베풀어주는 생명, 기쁨, 편함을 압축해 놓고 있다. 특히 '그토록 작은 것들이 세상을 읽었다'는 구절은 주목을 요한다. 모성적 유대에 그 뿌리를 두고 있는 그토록 작고 연약한 생명의, 자연의 '속삭임'에 의지해 현실의 난폭함을 감싸 안으려는 시인의 의지를 잘 반영한 구절이다.

어디서 나왔을까 깊은 산길
갓 태어난 듯한 다람쥐새끼
물끄러미 나를 바라보고 있다

그 맑은 눈빛 앞에서
나는 아무것도 고집할 수가 없다
세상의 모든 어린것들은
내 앞에 눈부신 꼬리를 쳐들고
나를 어미라 부른다
괜히 가슴이 저릿저릿한 게
핑그르르 굳었던 젖이 돈다
젖이 차올라 겨드랑이까지 찡해오면
지금쯤 내 어린것은
얼마나 젖이 그리울까
울면서 젖을 짜버리던 생각이 문득 난다
도망갈 생각조차 하지 않는
난만한 그 눈동자.
너를 떠나서는 아무데도 갈 수 없다고
갈 수도 없다고
나는 오르던 산길을 내려오고 만다
하, 물웅덩이에는 무사한 송사리떼

—나희덕, 「어린것」 전문12)

　　나희덕의 「어린것」은 세계를 끌어안는 여성 몸의 언어들로 충만하다. 어린것을 향한 시인의 모성은 먼저 '다람쥐 새끼'나 '송사리떼' 따위의 자연화된 보조관념에 의해 자극된다. '갓 태어난' '어린것'들을 향한 모성은 '핑그르르 굳었던 젖이 도'는 몸의 변화, 즉 자연적인 현상으로 지각되는 것이다. 그때마다 시인의 언어는 부드럽게 휘어지고 한없이 넓어진다. 그 한없는 부드러움이 여성에게 주어진 고된 현실 조건들을 여성의 삶이라는 이름으로, 어머니의 사랑이라는 이름으로 이해하고 받아들이도록 한다. 그러기에 '아무것도 고집'할 수 없게 만들고 '오르던 산길'을 내려오게 하는 것이리라. 자아와, 자아가 품는 욕망을 포기하도록 강력한 힘을 발휘한다. 이때의 모성은 인간의 구원적인 자궁이며 삶의 본래적 순결을 유지하는 세계인 동시에, 여성 자아의 초극에 가까운 무한한 희생을 바탕으로 유지되는 세계임이 분명하다. 이처럼 시인은 모성이 가진 이중적 의미, 지향성이자 지양성을 예리하게 묘파해 낸다. 이 이중적 체험을 몸으로 체화시켜 살아있는 모성을 그려냈다는 데에 나희덕 시의 매력이 있다.

숱한 자연물을 보조관념으로 끌어들이는 이러한 자연친화적 비유들은, 일상 도처에 생명을 불어넣어 주는 동시에 여성들이 지닌 창조력과 유연성을 발현하도록 도와준다. 그리하여 '자연성=여성성=서정성'에 근거해 여성들 속에 살아남아 있는 '최초의 자연', 그 최초의 목소리를 환기하는 서정적 울림으로 독자들을 감동시킨다. 그러나 자연과 여성에 대한 그와 같은 믿음 속에 행여 여성적 자아의 욕망을 억압하거나 희생시킴으로써 여성은 아름다울 수 있다는 낯익은 가부장적 신화의 잔재가 남아 있지는 않은지 의심해봐야 할 것이다.

3) 알레고리적 서사

일정한 방식으로 텍스트를 읽도록 독자들의 시선을 유도하는 것이 서사 전략의 목표라는 것은 주지의 사실이다. 서사적 관점이란 독자들이 의식하지도 못하는 사이에 텍스트가 제시하는 여러 가치들에 공감하도록 만드는 강력한 수단 중 하나이기 때문이다. 신화, 설화, 일대기와 같은 서사 구조에 의지해 여성성의 복원을 기획함으로써 그 정체성을 확인하려는 여성 시인들도 있다. 남근중심적이었던 기존의 서사를 전복하려는, 대안적 여성 중심의 서사를 구축하려는 전략이다. 이때 텍스트에 동원되는 여성 서사는 실로 다채롭다. 근원적 향수를 불러일으키는 대모(大母) 서사가 있는가 하면, 연민을 불러일으키는 고통과 수난의 여성 서사도 있다. 사실주의 양식을 교란시키는 환상과 허구의 여성 서사가 있는가 하면, 일의적이고 비유적인 서사를 와해시키는 침묵과 수다의 다층적인 여성 서사도 있다.

여성 서사를 직조하는 방식 중 가장 일반적인 형태로, 대모신(大母神)과 같은 여성 신 혹은 여성 영웅의 일대기를 재현해내려는 방법이 있다. 모성적 여성 신화를 통해 여성들의 위대함과 창조성을 재구성하려는 전략이다.

> 할아버지가 할머니를 처음 본 것도 그런 새벽이었다. 할머니가 손바닥으로 물을 떠 끼얹을 때마다 앞치마는 스스로 척척 비비고 두드려서는 금세 하얀 무명으로 새로 태어나곤 했는데, 그런 할머니가 젖가슴을 덜렁거리며 지나가고 나면, 할아버지는 나무 밑에서 나와 시내로 달려갔다. 막 빨아진 레이스에서 떨어져 나온 실비늘들이 물바닥에 하얗게 모래로 깔리는 것을 밟고 싶었다. 할아버지가 밟는 자리마다 모래알 눈들이 팍팍 터졌고, 으스러진 모래들이 끈적이는 즙으로 변하는 동안 할아버지의 눈에선 피눈물이 났다. 여름이 다 갈 때까지 숨바꼭질은 계속되었지만, 모래 시내가 실의 강으로 바뀌었을 뿐, 할머니의 앞치마는 조금도 닳지가 않았다. 그리고 어느 날 산그림자가 달을 다 잡아먹은 새벽에 할아버지는 완전히 닳아서 할머니의 앞치마 속으로 들어가 버리고 말았다. 할머니의 배가 산만해졌다.
>
> —노혜경, 「레이스마을 이야기—할머니의 앞치마」 부분[13]

노혜경은 실로 야심만만하게 남성 / 여성의 이분법적 체제를 아우르는 세상의 모든 여성성을 직조해내고자 한다. 인용시는 '옛날에 우리 할머니는 신기한 앞치마를 가지고 계셨다. 전설에 의하면 할머니는 태어날 때부터 레이스 앞치마를 두르고 있었다는데'로 시작해서, 할머니의 '앞치마'를 어머니의 '밥상보'와 오버랩하면서 마무리한다. 늘 새로 태어나곤 하는 할머니, 결코 닳지 않는 할머니, 할아버지를 다시 낳는 할머니는 신화화되고 있다. 신화화된 '여성'은 남성들의 욕망의 대상인 동시에 공포의 대상이었을 것이다. 노혜경의 '레이스 마을'은 강력하고 위대한 여성성이 충만한 신화적 공간이다. 특히 '할머니가 손바닥으로 물을 떠 끼얹을 때마다 앞치마는 스스로 척척 비비고 두드려서는 금새 하얀 무명으로 태어나곤 한'다는 구절을 통해 세상의 모든 할머니들의 앞치마가 상징하는 여성성의 생명성과 강인한 아름다움을 구체화하고 있다.

자연, 아름다움, 선, 탄생과 더불어 악이나 마력, 타락, 죽음 따위를 할머니 대서사 안에 통합하면서 할머니와 어머니와 이모와 언니와 딸로 이어지는 여성 혈통의 계보를 구축하려는 노혜경의 이같은 시도는, 남성 중심의 역사 기술에 대항하는 여성 중심의 신화 재건을 위한 의미 있는 작업임에 분명하다. 그런 의미에서 노혜경의 '레이스'는 더럽혀진 세상을 깨끗이 빨아주고 감싸주고 의식과 무의식, 현실과 비현실을 아우르며 감싸는 여성 영혼을 상징한다고 할 수 있다. 문제는, 신화화된 것들이 대체로 그렇듯, 이런 여성 대서사가 여성 스스로를 추켜세우는 자기 위안의 소지가 있다는 점이다. 나르시시즘적 덫에 빠져 여성들의 실제 삶 속에 나타나는 중요한 차이들을 지워버림으로써 여성의 정체성을 보편적이고 반역사적인 것으로 환원해버리는 결과를 초래할 수도 있기 때문이다.

위대한 여성 대서사가 아니라 현실의 바닥에서 너덜너덜해진 여성의 삶을 섬뜩한 소서사로 풀어내는 시인들도 있다.

요구를 만족시킬 만한 가방을 만나는 건 쉬운 일이 아니었다 그러던 끝에 가방 엄마를 만나게 되었다 가방 엄마의 몸은 잘 무두질된 소가죽이었다 아마 나의 엄마처럼 평생을 쉬지 않고 움직인 소였을 거다 온몸을 내주고 끝끝내 비린내나는 내장까지 비운 이제 말라버린 주머니인 가방 엄마는 나의 엄마와 다르지 않았다 여행이 시작되었다 물이 바뀔 때마다 낯선 사람을 만나야 했다 그건 두려운 일이었다 가방 엄마는 그런 두려움까지 모두 맡아주었다 여행이 계속되면서 가방 엄마도 들어줄 수 없는 상처와 추억이 생겼다 그때마다 내 몸은 조금씩 어두운 공간으로 변해갔다 여행이 끝날 무렵 가방 엄마는 끈이

떨어지고 군데군데 뜯어졌다 더 이상 짐을 들어줄 수 없었다 그러나 그때 나
는 가방이 되었다 낡고 병든 가죽 쪼가리에 불과한 가방 엄마를 내 속에 품어
주었다 진정한 여행은 그렇게 시작되었다

—성미정, 「동화—가방 엄마」 부분[14]

성미정은 어머니라는 이름으로 여성에게 부과되는 숱한 억압들에 초
점을 맞춰, 정교한 방식으로 '가방'과 '엄마'를 병치하면서 통합한다. 잘
무두질되었다는 점, 소처럼 일한다는 점, 내장까지 다주었다는 점이 바
로 가방과 엄마를 연결해주는 고리들이다. 그렇게 가방—엄마가 된 여
성의 몸은 두려움과 상처와 추억으로 어둡게 변해간다. 끈도 떨어지고
군데군데 뜯어져 더 이상 짐을 들어줄 수 없게 되자, 이번에는 '내'가
가방이 되어 '병든 가죽 쪼가리에 불과한 가방 엄마'를 품어준다. '가방'
으로서의 여성성은 마치 '여행'을 하듯 엄마에게서 나에게로, 그리고 여
성 대대로 이어지고 순환된다. 남성들이 사회화한 규범들에 의해 착취
당하고 상처받은 여성의 형상을 시인은 '가방—엄마'로 형상화하고 있
는 것이다. 노혜경의 서사와 대조적으로, 계몽성이나 우월성이 배제되
어 있고 어조 또한 가라앉아 있다. 여성들의 고집스런 순응과 받아들임
을 객관적으로 바라보도록 독자들을 유도한 후, 결과적으로 여성은 항
상 남성들의 타자화된 대상이있음을 사각하게 해주려는 선택적 언술일
것이다. 그것이 대서사든 소서사든, 이렇듯 알레고리화된 여성 서사는
은닉된 채 이어져 온 여성만의 이야기, 여성이자 시인으로서의 정체성
을 찾아 자신의 삶을 탐색하는 이야기를 복원한다는 데 그 의의가 있다.

3. 여성 내면의 발견과 언술 전략

1) 독백과 대화의 말건넴

시어의 보편성이 남성중심적인 관점에서 강조되어 왔음에도 불구하고, 구어체나 노래체의 시, 즉 발라드, 동요, 주문, 수수께끼, 민요 등의 시 전통에서는 여성적 언어의 활약이 두드러진다.[15] 특히 청자(타자)를 전제로 하는 대화체(독백체)와 구어체는 여성 시인들이 즐겨 구사하는 문체적 특징이기도 하다. 여성들의 언어가 친교적이고 관계지향적인 열망을 간직하고 있음을 짐작할 수 있는 대목이다. 이러한 언어를 통해 여성들은 남성들로부터 강요된 침묵을 깨뜨리고, 자신의 무의식적 욕망을 향해 말을 건네고 그 '내면'을 발설하고자 한다.

> 고장난 차는 불쌍해, 왜?
> 건지를 못하잖아, 통과해내지를 못하잖아, 저러다 차는 썩어버릴까요
> 저 뱀도 맘이 아파, 왜?
> 몸이 다리잖아요 자궁까지 다리잖아요 그럼,
> 얼굴은 뭘까?
> 사랑이었을까요 ……
> 아하 사랑!
> 마음이 빗장을 거는 그 소리, 사랑!
>
> —허수경, 「흰 꿈 한 꿈」 부분[16]

킥킥거리며 세월에 대해 혹은 사랑과 상처, 상처의 몸이 나에게 기대와 저를 부빌 때 당신……, 그대라는 자연의 달과 별……, 킥킥거리며 당신이라고 ……, 금방 울 것 같은 사내의 아름다움 그 아름다움에 기대 마음의 무덤에 나 벌초하러 진설 음식도 없이 맨 술 한 병 차고 병자처럼, 그러나 치병과 환후는 각각 따로인 것을 킥킥 당신 이쁜 당신……, 당신이라는 말 참 좋지요, 내가

아니라서 끝내 버릴 수 없는, 무를 수도 없는 참혹……, 그러나 킥킥 당신
—허수경, 「혼자 가는 먼 집」 부분17)

억압된 욕망 혹은 무의식에서 터져 나오기라도 하듯 허수경의 언어는 마침표나 인용부호 없이 쏟아져 나온다. 「흰 꿈 한 꿈」에서 '고장난 차'나 '뱀'은, 경계를 오갈 수 있는 것들이라는 점에서 의도된 상관물이다. 경계를 통과해내지 못하는 '고장난 차'는 멈춰있기에 썩은 것이고 그러기에 불쌍한 것이다. 몸뚱이 전체가 다리이자 자궁이며, 얼굴이자 마음인 '뱀'. 그 '뱀'이 아픈 이유는 현실의 사랑이 항상 마음에 빗장을 걸어 놓고 있기 때문이다. 위의 시는 대화체의 형식을 빌고 있으나 대화라기보다는 툭툭 내던지듯, 스스로에게 묻고 스스로가 답하고 있다. 독자의 틈입을 허용치 않으려는 듯 혼자 묻고 혼자 답하는 시인의 고백에서는 어떤 절박함이 느껴지는데, 마치 발설할 수 없는 것을 함부로 발설함으로써 끝내 내보이지 않으려는 필사의 노력 같기도 하다. 이같은 독백적 대화는 세계와의 교섭을 향한 시인의 열망과, 세계와 결코 교섭할 수 없음의 절망을 동시에 드러낸다.

허수경은 철저히 소외된 개인 방언으로 독자를 매혹시킨다. 개인 방언 자체가 가지고 있는 은밀함, 애매함, 친한 듯 멂, 분방함과 같은 특성이 바로 그 매혹의 뿌리인지도 모른다. 「혼자 가는 먼 집」에서 '당신'을 향해 건네는 말들은 혼란스럽다. 당신을 향한 사랑에는 빗어나지 못하게 하면서 더 이상 다가가지도 못하게 하는 거리가 있다. 시인과 당신, 마음의 상처와 마음의 무덤, 환후와 치병이 만들어내는 그 아득한 거리는 발설할 수도 없고, 발설될 수도 없는 여성적 글쓰기의 참혹한 운명인지도 모른다. 그 참혹이 빚어내는 마음이 단속적인 말줄임표와 쉼표, 그리고 어쩔 수 없이 새어나오는 울음과 웃음이 뒤섞인 '킥킥'이라는 의성어에 배어있다. 단속적인 끊김과 감춤을 주된 무기로 하는 그의 언술에는, 빌설하기와 침묵하기의 사이를 넘나드는 복합적이고 미확정적

인 여성적 말건넴의 특징이 응집되어 있다.

어떤 들판 하나? 둘? 셋? 또는 하나, 그, 하나

밑뿌리에서 윙윙 소리내며 들뜨기 시작한다
아, 이상한 느낌, 내 눈앞에 떠오르는
이상한 이미지, 종합적인 지각 정보,
뭐라 딱히 짚을 수는 없지만, 특히
'통합'이라는 주제를 돌출시키는, // (…중략…) //

거기 아주 알아보기 힘든 미세한 '사이'들이 생겨난다
벌써 그 '사이' 속으로 다른 시간이 흐르기 시작한다
대탈출이 시작된 거야 나는 눈을 반짝인다
부부부부부 내 안에서 작은 우주선들이 시동을 건다

제3의 시간과 우주와 존재방식에 대해서
그 우주선들이 분주히 교신하기 시작한다
난 웃지도 울지도 않는다 다만 나는
이상하게도 행복한 모순 안에 통합되어 있을 뿐이다

아아아무거어어엇도 아아아니이이인 것
멋대로 자유롭게 흐르는 시간
나는 찍찍 늘어난다 나는 5mm이거나 5km이다
축! 고무찰흙 아줌마
　　　　—김정란, 「여자의 말—세기말, 부풀고 뒤틀리는 들판」 부분[18]

　　김정란은 '여자의 말'을 '부풀고 뒤틀리는 들판'에 비유하고 있다. 하
나이면서 둘이면서 셋이면서 다시 하나인 이 '들판'을 수식하거나 서술
하는 시어들은 들떠 부풀어 오르고, 돌출시키고 감싸고, 흔들리고 응시
하고 반짝이면서, '이상한 느낌'으로 부유한다. 이 느낌을 형식화하기

위해 시인은 구문들을 계속 나열하면서 의미를 지연시키는가 하면, 단문의 종결어를 반복함으로써 긴박한 단절감을 조성한다. 이성적인 문법적 질서에 의해 구문이 전개되는가 싶다가도, 강한 내면적 충동을 불러일으키는 비약적 상상으로 구문의 질서는 다시 어긋나곤 한다. 논리적인 것들과 시적인 것들, 문어적인 것들과 구어적인 것들 사이를 비약하고 넘나들며 내적 충동을 풀어내고 설명하곤 한다. 그와 같은 언어는 기존의 시형식이나 시적 장치들로부터 자유롭다. 시의 의미를 규정하기 쉽지 않을 때도 많다. 시인이 자신의 언어들이 정연한 의미로 직조하거나 고정되지 않도록 끊임없이 교란하고 있기 때문이다. '찍찍 늘어나고' 수축되는 '고무찰흙 아줌마'를 닮아있는 김정란의 언술은 '인접'하고 '접촉'(이리가레이)[19]함으로써 세상 모든 '사이'들을 그 사이들의 '행복한 모순' 안에서 '통합'하고자 한다.

　허수경이나 김정란의 시에서 쉽게 찾아볼 수 있는 말건넴이나 고백의 언술이, 말줄임표나 쉼표를 즐겨 사용하면서 현재시제로 쓰여진다는 점은 주목을 요한다. 이러한 어법은 규범화된 공적인 언어를 공략하는 데 유효할 뿐 아니라 단속적 침묵과 파편화된 의미 안에 여성적 에너지와 자발성을 제공하기에 용이하다. 불안하게 흘러내리고 흔들리는 액체성을 띠는, 끊임없이 변신하며 수많은 가능성을 가진, 여성의 복수적인 존재성과 부유하는 내면성을 현재화하려는 언술 전략일 것이다.

2) 비약과 지연의 환상

　불안정한 여성 내면을 환상적 언술로 구현해내는 시인들도 있다. 여성들은 자신의 경험을 있는 그대로 진술하는 데 익숙하지 못하다. 그런 연유로 여성 스스로의 욕망을 무대화할 환상적 공간을 찾곤 한다. 비사실적인 이야기를 꾸며내고, 끊임없이 상상하며, 온갖 사소한 수다와 입담으로 자신의 말들을 쏟아낸다. 비약적인 상상력과 전복적인 에너지에 힘입어 여성들은 자신의 구체적인 경험을 낯선 언어로 창조하고 허구화시킨다. 그 말들은 쉽사리 규정되지 않으며 실재적이지 않다. 그 상상 또한 무한하고 유동적이고 복잡하다. 말할 수 없는 무의식을 환상적으로 말하고 있기 때문이다. 이러한 환상적 언술은 데리다가 지적한 차연differance의 움직임과, 이리가레이가 지적한 여러 면으로 깎인 눈부신 요면speleology[20]을 연상시킨다. 의미가 단일하게 규정되거나 고정될 수 없다는 점에서 차연이 여성적 환상과 유사하다면, 요면은 고정된 의미를 갖고 있지 않는 '나'라는 기표의 정체성을 여러 면으로 반사하고 굴절해 되비춰준다는 점에서 유사하다. 이는 전복적 유희, 의미의 지연, 주체의 분열, 구문의 해체 등의 효과를 동반하기도 한다. 여성 시인들은 그 모호함을 즐긴다.

> 그 작은 구름에게선 천 년 동안 아직도
> 아가인 그 사람의 마음 냄새가 나네요
> 내 자전거 바퀴는 골목의 모퉁이를 만날 때마다
> 둥글게 둥글게 길을 깎아내고 있어요
> 그럴 때마다 나 돌아온 고향 마을만큼
> 큰 사과가 소리없이 깎이고 있네요
> 구멍가게 노망든 할머니가 평상에 앉아
> 그렇게 큰 사과를 숟가락으로 파내서
> 잇몸으로 오물오물 잘도 잡수시네요
>
> ─김혜순, 「잘 익은 사과」 부분[21]

「잘 익은 사과」에서 김혜순은 여성적 정체성을 이 세상에 존재하지 않는 환상적 상관물 '잘 익은 사과'에 투사한다. 여성적 경험의 징후 속에서 놀라운 힘으로 상상력의 기계를 가동하곤 하는 그의 '환상'은, 세계 안팎으로 뚫린 과거와 미래의 구멍 속에서 동시다발적으로 방출된다. 묘사 시점뿐 아니라 시공간적 제한도 없다. 자전거 바퀴가 둥글게 길을 깎아내고 그때마다 고향 마을만큼 큰 사과가 깎인다는 발상이나, 그 큰 사과를 노망든 할머니가 숟가락으로 파내 잇몸으로 오물오물 잡수신다는 발상은, 사뭇 상징적이면서 동화적이다. 섬뜩하면서도 유쾌하다. 환상적 영감이 시인의 내면에서 솟아오르는 순간, 실재와 비실재의 구분은 이미 존재하지 않으며, 이때 대상은 탈현실화되는 운명을 맞는다. 모든 이질적인 대상과 시공간들이 환상에 의해 일시에 통합되어버리는 것이다.[22]

크리스테바는 '경계boundary', '문턱threshold'과 같은 개념을 동원해 의식과 무의식 사이에 존재하는 치환 가능한 경계를 강조한 바 있다. 의사소통적 발화를 만들어내는 대화나 변증법을 통해 사회적인 것과 심리적(무의식적)인 것이 상호작용하게 되는 것이 바로 이 경계지역이다.[23]

> 그리하여, 이렇게
> 나의 양파들은 불탄다.
> 나의 양파들은 튀어오른다.
> 나의 양파들은 나의 늪이다.
> 나아가고 나아가고 나아갈수록 나는 나의 운명에 평등해졌다.
>
> 천 개의 흰 식탁보들이 일제히 춤을 춘다.
> 그것은 천 개의 손가락
>
> 엎질러진 시간들만이 나를 받쳐주었다. 양파 위로 떨어지는 빛이 양파 속으로 들어가 그 어둠을 밖으로 내밀 때 내가 텅 빈 양파로 날마다 식탁에 오를 때 숨막히는 이 투명한 터널로 내 피가 모두 증발해버릴 때
>
> 내 뒤에서 때로 거대한 새떼들이 날아올랐다. 지상의 발자국들이 하늘을 가득 메웠다.
>
> 나아가고 나아가고 나아살수록 나는 나아가지 않았나. 나시 어둠이 와서 아

침과 부딪칠 때 어둠은 나아가지 않았다.

―이수명, 「양파」 부분24)

이 시에서 '양파'는 여성 내면이 직면한 영원한 경계, 영원한 문턱을 상징한다. 까고 또 까야 하는 천(千)의 껍질을 가진 양파는, 결핍된 것이면서도 완전한 것이고 벽이면서도 문이다. '나아가고 나아가도 나아갈수록 나는 나아지지 않음'을 반복적으로 재생산하는, 불타고 튀어오르는 늪이다. 그런 의미를 극대화하기 위해 시인은 단속적인 단문의 단행과 산문의 장행을 효과적으로 배열하고 있다. 어쨌든 그 경계에서 시인은 '텅 빈 양파'로 비상한다. 그 비상의 순간이 바로 '숨막히는 이 투명한 터널로 내 피가 모두 증발해버리는' 순간일 것이며, 그 순간이야말로 환상적 비약의 순간일 것이다. 그리하여 '천 개의 식탁과 흰 식탁보'와 '천 개의 손가락'의 이미지와 부합하는, 그것들이 일제히 춤을 추며 비상하는, 여성적 환상 공간을 창출한다. 이때 '양파'는 여성 육체를 자유롭게 부유하는 기호의 유희로 환원될 수 있다. 그러한 유희는 더 높은 곳으로 날아올라 끝없이 팽창하고 싶은 시인의 내면을 역설적으로 강조한다. 탈경계화된 공간이 자유롭게 유희하는 이러한 텍스트는 비실재적인 상상의 쾌락을 유도한다.

김혜순의 사과 껍질도, 이수명의 양파 껍질도 끊임없이 깎이고 벗겨지고 있다. 그것들이 깎이고 벗겨진다는 것은 강요된 '가부장적 사회구조'의 틀을 거부하고 싶은 여성들의 욕망과, 그로 인한 갈등의 자기분열을 암시하는 것일 게다. 그 껍질 속에 있을 때, '여성'은 절대적 주체인 남성의 '타자'로 존재할 뿐이라고 믿고 있는 듯하다. 그러기에 껍질을 깎고 벗기면서 여성 자신에 관한 허구적 환상을 풀어내고, 메시지보다는 유희적 기능이 앞선 환상의 언어를 만들어내는 것이리라. 그러나 문제는 이러한 언술들이 엘리트주의적이면서 배타적인 속성을 띤다는 데 있다. 구문적으로나 의미적으로나 그 이질성이나 복잡성, 복수화된 정체성을 강조하기 때문에 텍스트들이 쉽게 읽히지 않는다.

3) 가학과 피학의 그로테스크

최근 여성시들을 들여다보면 여성의 내면과 여성의 본질을 심하게 일그러뜨리는 잔혹한 이미지나 묘사들이 반복적으로 등장한다. 여성 혐오적인 이미지들이 대부분인 바, 여성만이 소유할 수 있는 경험이나 생물학적 상태, 예를 들면 출산·수유·월경·강간·성폭행 같은 강박적이고 일탈적인 성적 재현에 초점을 맞추고 있다. 이 잔혹한 이미지에는 여성들의 억압된 목소리, 숨어있던 분노·감금·광기·공포, 그리고 분열된 외침의 플롯을 구현하고 있다.[25] 감금된 채 부패하는 그러한 공간은 억압되고 버려진 여성 무의식의 공간으로서, 전복적이고 유희적인 파괴와 죽음이 강조된 공간이다. 때문에 좀더 넓은 관점에서 보면 앞장의 '비약과 지연의 환상'적 언술 전략에 포함될 수도 있을 것이다. 그러나 가학·피학적 욕망의 기제가 가부장적 사회 구조의 잔혹한 억압 기제를 모방하고 있다는 점에서 변별 가능하다. 일그러진 여성 현실과 내면을 그로테스크한 재현 방식으로 발현해내는 파괴적인 언술들을 보자.

> 살아온 날과 살아갈 날이
> 뼈를 발라낸
> 도살당한 고깃덩어리와 씹한다
>
> 보세요, 내 가죽은 얼마나 잘 다림질되어 있는지
> 이리 오세요
> 파산한 공장의 작업장으로
> 음흉한 향내 곁으로

몸들이 부딪친다.
어디서나
— 도살,
— 간음,
— 피간음,
모두가 같은 종류의

갓난 것의 절망적인 빨판에서
늙은이의 쉰내나는 입술에서
다혈질적인 열기,
유전자들은 맹렬한 분열을 거듭한다

—이연주, 「유토피아는 없다」 부분26)

이연주가 구사하는 절망의 언어는 그의 시 구절처럼 '돌연변이된 변종의 생태'에 관한 기록이다. 도살과 간음으로 얼룩진 피학적이고 가학적 상상력의 소산이기도 하다. '도살당한 고깃덩어리와의 씹', '잘 다림질된 가죽', '갓난 것의 절망적인 빨판', '늙은이의 쉰내나는 입술' 따위의 구절들은 여성의 언어가 몸/성(性)과 얼마나 밀접하게 연관되어 있는가를, 여성의 몸/성(性)이 얼마나 억압받고 일그러져 있는가를, 그리고 그 이미지들이 얼마나 전복적이고 잔혹한가를 보여준다. 자신의 내면을 죽음의 공간, 폐허의 공간으로 구체화시킨 이러한 언술은 여성 안에 내재한 병과 광기와의 싸움에 관한 기록이다. 때로는 악마성으로 무장하고, 때로는 이 세상을 향해 공포에 찬 비명을 내지르는 위악을 가장한다. 과도하게 현재화된 죽음들, 제어할 수 없는 공포의 징후들이 텍스트 속에서 현실과 악몽, 삶과 죽음 사이의 경계를 허물어버리곤 하는 것이다. 그리하여 남성들에 의해 타자화된 여성의 몸은 결국 여성 스스로에게까지 소외되면서 철저하게 타자화된다. 타자화된 여성 스스로의 망가진 형상을 참혹하게 드러내는 글쓰기 방식일 것이다.

　　말라죽은 앵두나무 아래 잠자는 저 여자는 아직도 죽지 않았다 양 한 마리
가 무릎을 꿇은 채 여자의 잠속을 절룩절룩 걸어다닌다 도끼에 찍힌 자국들이
헐벗은 사타구니처럼 드러나 있는 앵두나무 저 여자는 언제 죽을까 죽은 앵두
나무 아래 죽을 줄 모르는 저 여자 미친 사내가 도끼를 들고 다시 등뒤에 선다
미래의 상처가 여자의 두개골 속에서 시커멓게 벌어진다 앵두나무 죽은 앵두
나무 말라죽은 앵두나무 도랑을 가득 채우고 흐르는 것은 검은 머리카락이다.
―김언희, 「말라죽은 앵두나무 아래 잠자는 저 여자」 부분27)

　　김언희의 텍스트에서도 몸은 여성성을 표출하는 강력한 주체이자 상
관물이다. 그러나, 시인은 몸의 일부인 성기와 섹스와 생리에 대해 잔혹
하게 내뱉음으로써 오히려 여성적인 것에 대한 혐오감을 부추긴다. 인
용시에는 김언희가 바라보는 남성 vs 여성의 관계가 잘 그려져 있다.
'도끼에 찍힌 자국들이 헐벗은 사타구니처럼 드러나 있'는 여자 등뒤에
는 '미친 사내가 도끼를 들고' 서 있다. 그리고는 '미래의 상처가 여자
의 두개골 속에서 시커멓게 벌어지'는 것으로 끝이 난다. 여성의 신체,
특히 여성의 성기를 중심으로 구축된 삶 혹은 추억을 끔찍하게 해체해
버리려는 욕망이 내재해 있다. 그러나 그 참혹함은 역설적이게도 참으
로 유희적이다. 자신의 몸이 숨쉬는 소리조차 듣지 못한 채 그 위악적
이 유희에 중독되거나, 지나치게 있거나 없음으로써 여성적 자아는 점
차 스스로 소외된다. 이때 여성은 사물화된다.
　　김언희의 언어는 분명 남성들에 의해 기피되었던 여성의 부정적 정
체성을 반영하는 한편, 폭발적으로 방출되는 여성 무의식의 힘을 표출
한다. 시인은 자신의 몸이 해체되고 모욕받는 근거가, 여성의 욕망을 통
제하는 아버지의 기호, 곧 남성의 언어에 있다고 보고 있는 듯하다. 그
러기에 이렇게 극단적인 부정과 파괴의 화법으로 규범화된 모든 것들
을 전복하려 하는 것이리라. 그러나, 강요된 두려움이나 허약함, 의미의
왜곡을 수반하는 이와 같은 그로테스크 미학이, 자칫, 여성의 글쓰기는
불가피하게 병리학이나 광기와 연관될 수밖에 없다는, 여성혐오적이고

폭력적인 남성중심적 시선을 모방하고 있다는 혐의로부터 자유로울 수는 없을 것이다. 여성에 대한 남성들의 왜곡된 묘사는 사실, 남성들이 여성의 종속을 정당화하기 위해 사용했던 전통적인 방법 중 하나였다. 때문에 여성 스스로에 의해 '사물화'되는 여성성은 일견, 남성들을 위한 남성들의 나르시시즘적 거울과 같은 역할을 할 수도 있다.

4. '발견'과 '과정'으로서의 타자화된 글쓰기

여성 시인들의 텍스트에 나타나는 언술적 특징들은 어떠한 여성 현실과 내면을 재현하고 있으며 나아가 어떠한 여성적 가치나 이상들을 계시하는가 라는 물음을 중심으로, 90년대 여성 시인들이 즐겨 구사하는 언술의 전략들을 살펴보았다. 그 결과, 사회·자연·신화와 같은 외부적 현실 속에서 여성 자신의 정체성을 찾아내려는 통합 지향의 언술 전략(아이러니컬한 풍자, 자연친화적 서정, 알레고리적 서사)과, 욕망·무의식·공포 등으로 가득 찬 여성의 내면을 통해 자신의 정체성을 구현해내려는 내적 분열의 언술 전략(독백과 대화의 말건넴, 비약과 지연의 환상, 가학과 피학의 그로테스크)으로 그 특징들을 정리할 수 있었다. 여성이 놓인 현실을 발견하고 그 지점에서 동일시를 지향하는 전자의 언술 전략이 의미를 고정시키기면서 여성 주체의 동일성을 회복하고 구축하고자 하는 노력이라면, 내면을 발견하고 그 지점에서 내적 분열을 드러내 보이는 후자의 언술 전략은 가능한 한 의미를 비고정화시키고 지연시키면서 분열된 주체의 다중성과 복잡성과 인접성을 실험적으로 고무시키려는 노력이라 할 수 있을 것이다.

문제는 이러한 언술 양상들이 비단 여성 시인에게만 발견되는 것은 아닐 것이라는 점이다. 어쩌면, 동일한 언어를 사용하면서 여성 시인들이 남성 시인과는 '전혀 다른 방식'으로 자신들의 경험을 표현하거나, '전혀 다른 상상 세계'를 구축한다는 것 자체가 불가능한 일인지도 모른다. 그럼에도 불구하고 타자화된 이러한 언술들을 여성 시인들이 즐겨 구사하고 있다는 점, 그러한 언술적 전략은 남성 시인들의 언술적 전략과는 또 다른 의도를 드러내고 있다는 점은 부인할 수 없는 사실이다. 그것은 비결정성, 변동성, 가장과 모방의 유희를 무기 삼아, 남성중심의 지배적인 질서를 교란하는 힘을 가지고 있기 때문이다.

여성적 글쓰기 혹은 여성적 언술의 실체가 여전히 모호한 채로 남아 있다 할지라도, '주변'에서 시작하여 남성적 질서를 분열시키고 수정하는 여성적 글쓰기는 계속되고 있다. 이러한 작업은 여성의 경험을 여성의 눈으로 복원하고 여성의 창조적인 상상력과 전복적인 에너지의 근원들을 발굴해 내려는, 언어·성·정체성간의 복잡한 상호관계를 확인하는 '과정'으로서 의미가 있을 것이다. 여성의 정체성이나 여성적 글쓰기라는 것이 고정된 것이 아니라 항상 타자를 향해 움직이는 '탈주중'인 과정의 주체들이기 때문이다. 그런 점에서 이상에서 살펴본 여성 시인들의 언술은 남근 중심적인 상징계에 해체적인 비판을 가함과 동시에 여성적 글쓰기를 발견하기 위한, 또한 과정으로서의 다양한 언술 전략을 고안해내기 위한 90년대 여성 시인들의 노력의 소산물이다. 그리고 여성적 글쓰기의 이같은 약진이야말로 우리 시단에서 '여성'이 시적 인식의 전망과 모색의 주체로 자리잡아 가는 일련의 확인들이라 할 수 있다.

주석

1) 팸 모리스, 강희원 역,『문학과 페미니즘』, 문예출판사, 1997; 정정호, 「성차와 '여성적 글쓰기'의 정치적 무/의식—엘렌 씻쑤의 새로운 글쓰기 전략」(『현대비평과 이론』 제2권 2호, 1992)도 함께 참조할 것.

2) 안정숙, 「「페넬로페」—여성의 목소리와 여성적 글쓰기」,『영미문학페미니즘』 4호, 1997, 참조.

3) 한국 현대시에서 여성시는 70년대와 90년대를 기점으로 3단계로 구분되는 것이 일반적이다. 70년대 이전까지를 여성시의 발아 단계(김명순, 나혜석, 노천명, 모윤숙 등), 70년대 이후부터 90년대 이전까지를 여성시의 모색 단계(강은교, 최승자, 김혜순, 김승희 등), 90년대 이후를 여성시의 확립 단계(천양희, 문정희, 나희덕, 김정란, 이선영, 이수명, 성미정, 최정례, 정화진, 박서원, 김언희 등)로 파악한다. 김정란, 「Stabat Mater, 서 있는 성모들—죽음을 견디는 여인들, 여성 시인들, 수인(囚人)들?」,『문학정신』, 1991년 9월호); 이숭원, 「산업화 시대 여성시의 전개와 성과」,『시와 사람』, 1996년 겨울호; 정효구, 「남성 시인들이 먼저 맛보아야 할 '아픈 각성의 바늘'—페미니즘 시의 오늘과 내일」,『문학사상』, 1994년 4월호; 문선영, 「90년대말 여성시의 서사전략」,『오늘의 문예비평』, 1998년 가을호; 한영옥, 「'상징적 세계'를 쓰다듬으며, 걷어차며, 헤집으며 힘차게 걸어가는 사람들」,『시와 사람』, 1999년 겨울호.

4) 김승희,『빗자루를 타고 달리는 웃음』, 민음사, 2000.

5) 위의 책.

6) 한국 영미 페미니즘학회,『페미니즘 어제와 오늘』, 민음사, 2000, 168면.

7) 신현림,『세기말 블루스』, 창작과비평사, 1996.

8) 김욱동, 「에코페미니즘의 철학적 기초」,『영미문학페미니즘』 4호, 1997, 41면.

9) 성차에 의해 남녀가 각각 능동적/수동적, 해/달, 문화/자연, 낮/밤, 머리/가슴, 지적인/직감적인, 로고스/파토스, 볼록/오목, 말하기/쓰기, 파롤/에퀴리튀르écriture, 고/저 등의 이분법적인 대립으로 맞선다(정정호, 앞의 글 참조). 또한 논자에 따라서는, 정복과 지배의 폭력적 정서/보살핌과 동정과 연민의 비폭력의 정서, 정의와 권리의 윤리/배려와 책임의 윤리, 범주적 인식/맥락적 인식으로, 계급적 인식/거미줄적 인식, 기계론적이고 원론적인 인식/종합적이고 전일적(全一的)인 인식으로 남성적 원리/여성적 원리를 설명하기도 한다(김욱동, 앞의 글 참조).

10) 팸 모리스, 강희원 역, 앞의 책, 244면.

11) 천양희,『오래된 골목』, 창작과비평사, 1998.

12) 나희덕,『그곳이 멀지 않다』, 민음사, 1995.

13) 노혜경,『뜯어먹기 좋은 빵』, 세계사, 1999.

14) 성미정,『대머리와의 사랑』, 세계사, 1997.

15) 팸 모리스, 강희원 역, 앞의 책, 139~141면, 참조.

16) 허수경,『혼자 가는 먼 집』, 문학과지성사, 1992.

17) 위의 책.

18) 김정란,『그 여자, 입구에서 가만히 뒤돌아보네』, 세계사, 1997.

19) 안정숙, 앞의 글, 140면.

20) "남성적 현존을 비추는 거울mirror로 보는 것에 대항하기 위해 여성적 재현의 형태를

반사경speculum이라는 은유와 연관시키는데, 반사경의 볼록한 표면은 환상적 이미지를 생산해내고 이는 남근 중심적 담론이 만들어내는 나르시시즘적 반영들을 뒤엎는다." 많은 여성 작가들과 독자들이 환상적인 이야기, 공상과학소설, 초현실주의, 언어적 실험 같은 비사실주의적인 형식들에 관심을 가지고 있다는 사실이 이를 간접 증명하고 있다. 팸 모리스, 강희원 역, 앞의 책, 215면 / 152면.
21) 김혜순,『달력 공장 공장장님 보세요』, 문학과지성사, 2000.
22) 김혜순,「여성적 글쓰기에 대한 단상」,『문학동네』, 2000년 가을호, 426면.
23) 팸 모리스, 강희원 역, 앞의 책, 240면.
24) 이수명,『왜가리는 왜가리놀이를 한다』, 세계사, 1998.
25) 길버트와 구바는 여성작가의 텍스트에서 발견되는 억압된 분노와 불안을 진단, 분석한 바 있는데, 여성혐오적 문학전통에 의해 생성된 그들의 분노와 불안은 광기, 감금, 질병의 이미지로 드러나며 이런 이미지들은 여성 텍스트의 곳곳에서 발견된다고 지적한 바 있다. 팸 모리스, 강희원 역, 앞의 책, 154면.
26) 이연주,『매음녀가 있는 밤의 시장』, 세계사, 1991.
27) 김언희,『말라죽은 앵두나무 아래 잠자는 저 여자』, 민음사, 2000.

1990년대 이후 모더니즘 시의 특징과 한계

문혜원

1. 도시성, 인공성, 반자연성

모더니즘 문학의 대전제는 도시의 문학이라는 것이다. 모더니즘은 기술 문명의 발달과 더불어 시작되었고 자본주의의 발전에 대응하며 변화해왔다. 그러므로 그것은 자연의 질서에 순종하고 그것으로부터 의식주에 필요한 물적 자원을 조달받아온 농경공동체적 사고와는 구별된다. 도시에서 탄생한 모더니즘은 그 자체가 반자연적이며 인공적인 성격을 가지고 있다.

기술이 발달하면서 인간은 보다 효율적인 인공물을 만들기 위해 자연을 갈취하고 파괴해왔다. 문명의 발달은 인간이 자연의 일부로서 부여받은 바 그대로인 상태에서는 기대하기 어려웠던 '편리함'을 제공했고, 그것이 인간의 파괴 행위를 정당화했다. 그러나 이 '편리함'은 인간을 육체적인 노동에서 자유롭게 하는 한편, 인간 소외를 불러왔다. 월등하게 효율적인 기계가 들어서면서 수많은 노동자들이 일자리를 잃었고, 분업으로 인해 생산량은 배가된 대신 사람들 사이의 유대감은 약화되었다. 힘을 합쳐서 노동해야 할 필요가 없어진 개인 간의 관계는 점차 느슨해졌고, 그들은 각각 단절된 자기만의 공간 속으로 되돌려졌다. 물신주의가 팽배하면서 인간 사이의 관계는 더욱 더 황폐해졌다. 모더니즘은 자연과 더불어 생활했던 인간이 이러한 새로운 도시적 환경에 마주했을 때 느끼는 당혹감을 반영한 것이다. 타자와의 소통 단절, 세계와의 불화는 모더니즘 문학의 고전적인 주제이다.

이는 우리의 모더니즘 문학을 설명하는 데도 동일하게 적용된다. 도시성은 1930년대의 정지용·김기림 등의 시에서부터 현재에 이르기까지 모더니즘 시의 가장 중요한 특징이다. 그러나 식민지 시대의 모더니즘이 '도시성=새로움'이라는 등식을 가지고 있다면, 이후의 모더니즘 시에서 도시성은 더 이상 새롭고 유니크한 경험이라고 할 수 없다. 그만큼 도시적인 삶이 일반화되었기 때문이다. 도시성에 대한 반응은 경이와 매혹/비판과 우울이라는 상반된 것으로 나타나는데, 대부분의 경우 이러한 반응은 공존한다.

압구정동에 겨울—나무로부터 봄—나무에로라는 까페가 생겼다
온통 나무 나무로 인테리어한 나무랄 데 없는……
그 옆은 뭐, 매춘의 나영희가 경영한대나 시와 포르노의 만남 또는
충돌……몰래 학생 주임과의 충돌을 피하며 펜트하우스를 팔고 다니던,
양아치란 별명을 가진 놈이 있었다 빨간 책과 등록금 영수증을
교환하던 녀석, 배나무숲 너머 산등성이 그애의 집을 바라볼 때마다
피식, 벌거벗은 금발 미녀의 꿀배 같은 유방 그 움푹파인 배꼽 배……
배나무가 바람에 흔들리는 밤이면 옹골지게 익은 배가
후두둑 후두둑 녀석은 도둑고양이처럼 잽싸게 주워담았다
배로 허기진 배를 채운 새벽, 녀석과 난 텅 빈 신사동 사거리에서

유령처럼 축구를……해골바가지……난 자식아, 여기 최후의 원주민이야
그럼 난……정복자? 안개 속 한남동으로 배추 리어카를 끌고 가던
외팔의 그애 아버지……중학교 등록금……와르르 무너진 녀석의
펜트하우스, 바람부는 날이면 녀석 생각이 배맛처럼 떠올라 압구정동
그 넓은 배나무숲에 가야 했다 그의 십팔번 김인순의 여고 졸업반
휘파람이 흐드러진 곳에 재건대원 복장을 한 배시시 녀석의 모습
그 후로부터 후다닥 梨田碧海된 지금까지 그를 볼 수 없었다 어디서
배꽃 가득한 또 다른 압구정동을 재건하고 있는지……바람부는 날이면
배맛처럼 떠오르는 그애 생각에 배나무숲 있던 자리 서성이면……
—유하, 「바람부는 날이면 압구정동에 가야 한다 1」 부분

　이 시에서 '압구정동'은 카페가 있고 연예인이 경영하는 고급 가게가 늘어선, 도시의 화려한 단면을 보여주는 곳이다. 강남의 부자들이 모여 산다는 그 곳에서 화자가 기억하는 것은 그 자리가 배나무 숲이던 시절의 가난했던 친구와 그에 얽힌 기억이다. 친구 가족은 개발 바람이 불면서 쫓겨났고, 친구는 자신이 살던 집을 허문 자리에 새로운 아파트를 건설하는 재건대원이 되었다. 화려한 도시 한복판에서 화자가 가지는 상실감은 문명에 대한 매혹과 비판이라는 이중적인 반응을 대표한다.

　이에 비할 때 1990년대 이후의 모더니즘 시는 도시 경험을 생래적인 것으로 한다는 것이 특징이다. 이 세대의 시인들은 병원 분만실에서 태어나 아파트에서 자라고 단지 내의 놀이터와 놀이방에서 성장한 '아파트 세대'가 중심을 이루고 있다. 인공의 공간에서 출생하고 성장한 그들은 도시의 인공성을 '자연스럽게' 받아들인다. 설령 젊은 시인들의 시에서 도시에 대한 환멸과 문명에 대한 비판의식이 드러난다고 하더라도, 그것은 자신이 살아가는 주변 환경에 대한 감상일 뿐이지 자연친화적인 것과는 거리가 멀다. '나쁜 도시 대 좋은 자연'이란 도식도 물론 성립되지 않는다.

도로에는 신호등과 횡단보도와 노란 중앙선이 있고
　도로의 위에는 구획 정리가 끝나지 않은 하늘과 세계를 불쑥불쑥 가로지르는 그림자가 있다 도로의 밑으로는 시간이 뿌리처럼 뻗어나가고 나도 그 배선의 일부여서 생산 목표가 있고 작동 조건이 있고 전원이 있다 나는 내 몸을 켜놓고 나를 전송해주는 휴대폰을 들고 지하철 순환선에 올라탄다 나를 태운 순환선이 움직이기 시작한다 나는 지금 가벼운 것에 올라타 있다 날아가거나 녹지는 않는 것이다 나의 휘발성은 일시적이다

엘리베이터
　자궁의 시간은 미끌거리고 깨질 듯이 환하다 소리는 천상에서 떨어진다 하늘의 자궁은 태양 뒤에 가려져 있다 사방의 미끄러운 벽에 두리번거리는 내가 복제된다 오른쪽 모니터에서는 쉴 새 없이 바뀌는 오늘의 증시가 표시되고 왼쪽 모니터에서는 습도와 온도가 있다 양쪽 눈에 모니터가 와 박힌다 모니터가 내 눈을 대체한다 내가 건너온 출렁거리는 강과 강을 가로지르는 은색 다리는 모니터 안에 저장되어있던 것일까 7층에 도착했다는 소리가 떨어지자 정확히 엘리베이터의 한가운데가 쫙 갈라진다 순간 세계는 급작스럽게 광폭이 된다 나도 기억 장치쯤은 확장할 수 있다

이원, 「실크 로드」 부분

　화자의 생활 공간은 자동차와 지하철, 모니터와 엘리베이터로 이루어진 인공의 도시이다. 도로 위에서는 차늘이, 도로 아래에서는 지하철이 쉴 새 없이 사람들을 실어 나르고, 화자는 거대한 자궁과도 같은 도시의 건물 엘리베이터에서 디지털로 번쩍이는 숫자들을 본다. 마우스를 클릭하면 날씨와 세계 정세와 주가를 동시에 볼 수 있는 웹 사이트에 접속이 되고, 화자는 그 안을 돌아다니며 하루 종일을 잘 논다. 스스로 '전자사막의 유목민'임을 자청하는 이들 세대는 더 이상 자연에 연연하지 않는다. 자신들이 살아가는 주거 환경을 그대로 표현하는 것만으로도 그들의 시는 인공적이고 반자연적이다. 자연에 대한 반감을 가지는 것이 아니라, 자연에 대한 경험이 없기 때문에 특별한 기억이나 친화력

을 가지고 있지 않은 것이다. 자연이 이상적이고 화해로운 공간이라는 것은 학습을 통해 얻어진 관념일 뿐이다. 이들의 시에서 유기체적인 사고나 친자연적인 성향을 찾으려 하는 것은 무의미한 일이다. 도시의 인공성은 이제 가장 일상적인 삶의 환경이 된 것이다.

2. 주체의 과잉과 유희성

모더니스트들은 객관적인 현실이 따로 존재하는가에 대해 회의를 표명한다. '현대성'이란 사실주의 문학이 표방하는 '실제적' 진실이나 플라톤식의 '이데아적' 진실과 같은 지상의 진실로부터 현실을 제시하거나 언표함으로써 현실을 창조하는 자아의 진실에로의 전이를 의미한다.[1] 현실은 오직 개개인의 내면에만 있다. 이런 의미에서 모더니즘은 주체의 자유를 최대한 허용하는 문학적 경향이라고 할 수 있다.

그렇다고 해서 모더니즘 시에 객관적인 현실이 전혀 나타나지 않는다는 말은 아니다. 모더니즘 시에 나타나는 현실은 시인의 주관적인 시각에 의해 선택되고 재해석된 것이라는 점을 강조하는 것일 뿐이다. 보들레르가 '산책자'라고 명명한 '예술가(시인)'라는 존재는, 대도시의 거리를 배회하며 문명의 상징인 호화로운 건물들과 군중들을 본다. '본다'는 것은 보이는 대상과 보는 주체의 심리적 거리를 전제로 하는 것으로서, 비판적인 성격을 내포하고 있다. 모더니즘 시인들은 현실을 '보고' 그려냄으로써 일그러진 문명의 자화상을 그려내고자 한다. 세계와 심각한 불화를 겪으면서 불화한 자리에 자신을 세워둠으로써 긴장과 갈등 상태를 유지하는 것이다. 이는 주체가 내면으로 침잠해 들어가면서도 현실에 대한 관심과 객관적인 거리감을 상실하지 않음으로써 가능하다.

아무 일도 아닌 걸 가지고 아버지는 저리
화가 나실까 아버지는 목이 말랐다 물을
따라드렸다 아버지, 뭐 그런 걸 가지고
자꾸 그러세요 엄마가 말했다 얘, 내버려
둬라 본디 그런 양반인데 뭐 아버지는
돌아누워 눈썹까지 이불을 끌어 당겼다

1982년 단밀 보통학교 졸업식
며칠 전 장날 아버지 떡 좀 사먹어요
그냥 가자 가서 저녁 먹자
아버지이 …… 또! 이젠 너 안 데리고 다닌다
네 월사금도 내야 하고 교복도 사야 하고 ……
아버지, 아버지는 굶었다 그해 모심기하던
날 저녁 아버지는 어지러워 밥도 못 잡숫고
그 다음날 새벽 돌아가셨습니다
아버지, 藥 한 첩 못 써보고

아무도 일찍 잠들지 못했다 아버지는 꽃 모종
하고 싶었지만 꽃밭이 없었다 엄마, 어디에
아버지를 옮겨 심어야 할까요 살아 온 날들
물결 심하게 이는 오늘, 오늘

—이성복, 「꽃 피는 아버지」 부분

    무능력하고 소심한 가장인 '아버지'는 더 이상 바람직한 모델이 되지 못하는 과거의 권위를 상징하면서, 동시에 무기력한 화자와 닮은꼴이다. 화자는 그런 아버지를 바라보면서 눕거나 잠들고 혼잣말을 하며 지낸다. 아버지의 권위 상실과 화자의 무기력함은, 집을 비우라는 땅 주인의 재촉이나 개선되지 않는 가난한 생활과 같은 현실적인 문제들로 인해 더욱 심화된다. 화자는 점점 현실적인 대응력을 잃고 내면으로 빠져

든다. 그러나 이러한 상황들이 현실과의 접점을 가지고 있는 덕분에, 화
자의 개인적이고 내면적인 고통은 독자들과 공감대를 형성하게 된다.

이에 비하면 1990년대 이후의 모더니즘 시인들은 먼저 단절을 자청
하고 자신을 닫아버린다는 특징이 있다. 그들은 객관적인 현실이 아니
라 자신의 머릿속에 투영된 이미지들을 '보고' 있다. 객관적으로 존재하
는 세계가 있는 지의 여부는 중요하지 않다. 그들은 자신 이외의 세계
에 무관심하며 타자와의 의사소통에도 관심이 없다. 당연히, 독자의 이
해나 동조를 희망하지도 않는다.

모더니즘이 내면 회귀적인 성향과 사회비판적인 성격이 주기적으로
교차되며 진행되어 왔다고 할 때, 유희적 성격이 두드러지는 최근의 모
더니즘 시들은 내면회귀적인 성향의 변형 형태라고 할 것이다. 그러나
이것이 1960,70년대의 모더니즘 시의 내면성[2]과 구별되는 이유는, 주체
의 과잉 상태가 개인적인 놀이 형태로 귀결된다는 것이다. 그들은 각각
혼자만의 놀이에 열중해 있는데, 혼자 하는 놀이이므로 약속이나 규칙
따위는 필요치 않다. 순간순간 자신의 마음에 따라 규칙을 바꾸기도 하
고, 규칙 없이 마구 흩어놓기도 한다.

> 첫번째는 나
> 2는 자동차
> 3은 늑대, 4는 잠수함
>
> 5는 악어, 6은 나무, 7은 돌고래
> 8은 비행기
> 9는 코뿔소, 열번째는 전화기
>
> 첫번째의 내가
> 열번째를 들고 반복해서 말한다
> 2는 자동차, 3은 늑대

숫자를 가르치는 장난감에서 유추된 듯한 이 시에서, 숫자와 대응되는 사물간의 관계는 그야말로 우연적인 것이다. 설령 숫자놀이 장난감에 있는 대응 관계를 따르는 것이라고 해도, 그것 사이에 필연적인 연결성은 없다. 2를 비행기, 8을 늑대라고 하더라도 시의 의미는 변하지 않는다. 이 대응 관계는 시인의 입장에서는 특정한 기준에 의거한 것일 수 있지만, 다른 사람이 볼 때는 의미 없는 우연적인 조합에 불과하다. 독자는 규칙을 발견하지 못하고, 따라서 그 규칙이 일부 바뀐다고 하더라도 아무런 변화를 느끼지 못할 것이다.

놀이의 규칙은 시인에 따라 개별적인 차이가 있지만, 전체적으로 보아 그들은 자신의 놀이에 다른 사람이 끼어드는 것 자체를 달가와하지 않는다는 공통점이 있다. 그들은 각각 자신만의 세계를 가진 고립된 주체들의 집합이다. 유희적 성격이 강해지면 강해질수록 독자는 놀이를 이해하는 극소수 혹은 시인 자신으로 한정되는데, 그것은 결국 타자와의 단절을 불러온다. 그럼으로써 단절과 불화에서 시작된 유희는 결국 단절을 합리화하고 공고하게 하는 아이러니를 낳게 된다.

3. 닫힌 환상과 강박증

모더니즘 시에서 환상은 주체의 고립된 내면과 자아 분열을 표현하는 방식으로서 사용된다. 그것은 실제적 현실에서 억압당하고 배제된 것들을 호출함으로써 현실의 불확정성을 드러내는 동시에 주체의 상처를 지유하는 역할을 한다. 득히 젊은 시인들의 시에서 환상은 필수불가결한 요소처럼 보이는데, 이는 영화와 애니메이션, 비디오 등 시각적 매체에 익숙해진 세대의 특징을 반영한다. 그들이 경험하고 있는 세계는 이미지가 현실을 지배하는 전도된 상황이다. 기호에 의해 산출된 시뮬라크르로 채워진 세계는, 환상이 피어날 수 있는 보다 유리한 조건을 제공한다.

환상은 현실과의 분리 여하에 따라 '열린 환상'과 '닫힌 환상'으로 나누어진다. '열린 환상'이 현실과 환상이 복합적으로 섞여 있어 경계가 모호한 것이라면, '닫힌 환상'은 현실과 환상이 철저히 분리된 상태에서 이루어지는 환상을 말한다. '열린 환상'이 환상과 현실을 끊임없이 중첩시키며 결국에는 현실을 향한 메시지를 담고 있는데 비해, '닫힌 환상'은 환상을 보여주기 위해 현실을 벗어난다. 그러므로 닫힌 환상은 현실과의 직접적인 연관성은 거의 없는 것이 특징이다.[3] 다음 시는 '열린 환상'의 구조를 선명하게 드러내고 있다.

나는 내가 모든 학생인 그런 학교를 세울 수 있지. 쉰 살의 나와 예순 살의 내가 고무줄 양끝을 잡고, 열 살의 내가 고무줄 뛰기 하는 그런 학교. 이를테면 말이야. 지금의 내가 기저귀 찬 나에게 엄마 엄마 이리와 요것 보세요 말을 가르칠 수도 있고, 여중생인 나에게 생리대를 바르게 착용하는 법도 가르칠 수 있을 거야. 어쩌면 열 살인 내가 예순 살인 나에게 인생이란 하고 근엄하게 가르칠 수 있을지도 몰라. 또, 이를테면 말이야, 나는 또 내가 모두 등장인물인 그런 소설도 지을 수 있지. 실연당하고 미친 듯이 농약을 구해 온 열아홉 살 나와 네가 싫어 그랬다고 우리집 담을 도끼로 부수던 남자를 바라보는 스무 살의 내가 함께 나오는 그런 소설도 지을 수 있을 거야. 이런 소설은 어때? 열 살의 나와 예순 살의 나에게 겸상으로 우리 엄마가 밥상 차려주는 그런 소설. 결혼 전의 내가 공원에 앉은 지금 나의 뺨을 때리고, 일흔 살의 내가 뺨맞은 나를 위로해주는 그런 소설 말이야.

불 다 꺼진 한밤중의 공원 벤치
나는 지금 가방을 열었어

일 년 삼백육십오 일 하고도 곱하기 삼
밥상 당번하는 것 지겨워 사춘기 소녀 식모처럼
징징거리며 오늘밤 나는 가출했거든
그런데 무심코 가방을 열자
수많은 나와 가출해 주위를 떠는 내가 동시에 만나버린 거야
—김혜순, 「내가 모든 등장인물인 그런 소설 1」 부분

1연에 나오는 서로 다른 나이의 '나'들의 놀이는, '소설'이라고 표현되는 환상에 속한다. 이 환상이 발생한 현실적인 근거는 2연에 있다. 현실에서 화자는 반복되는 주부로서의 일상이 지겨워서 가출해 공원 벤치에 앉아 있다. 그러나 이 시가 지향하는 현실은 가출이라는 현실적인 행위가 아니라 가부장제 하에서 주부 혹은 엄마라는 이름으로 강요되는 여성에 대한 억압의 역사와 그 현실이다. 환상 속에서 그녀가 보는 쉰 살의 나와 예순 살의 나, 밥상을 차려주는 엄마는 그러한 여성들의 자화상이다. 환상 속에서 '나'들은 서로 위로하고 이해하며 문제의식과 갈등을 공유한다. 환상을 통해 현실을 비판하고 갈등의 구조와 해결책을 모색하려 하는 것이다.

이와 비교할 때, 1990년대 이후 모더니즘 시에서 현실은 대부분 지워져 있다. 대신 자유롭게 출몰하는 이미지와 동화에 가까운 이야기, 의미가 포착되지 않는 언어의 조합들이 시를 만들고 있다. 현실과 환상의 절대적 분리를 지향하는 '닫힌 환상'에 해당하는 것이다. 이 시들에서 역시 환상은 은폐되어 있는 개인적이거나 집단적인 상처들을 드러내는 기능을 한다. 그러나 이들은 환상을 통하여 억눌려있는 주체를 해방시키는 것이 아니라, 끊임없이 자신을 트라우마에 얽어매고 그러한 강박 상태를 시적인 원천으로 하려는 경향이 짙다. 환상은 자신을 드러내지 않기 위한 필사적인 몸부림처럼 보인다.

장례식이 몇 시였지요 곧 가야 해요 겟 백 겟 백 미치겠군 그 노래 좀 꺼주

시겠어요 유리창의 무늬라도 가져갈래요 어쨌든 오 년 넘게 이 방에서 당신과
뒹굴었으니 시간이 흐른 뒤, 저 삐뚤삐뚤한 무늬들이 떠오르지 않으면 그만 죽
고 싶겠죠 두시라고 했나요 그래요 그 손 좀 치워요 당신은 나를 한시도 내버
려두지 않는군요

　항상 부르는 사람 방문을 열 줄만 알았지 닫을 줄 모르는 사람 문틈으로 새
어들어오는 빛이 내 눈을 얼마나 아프게 하는데 나는 여자예요 때로 방문을
걸어 잠그고 작은 불을 켜고 한 계단, 한 계단, 눈썹이 참 짙군요 당신 아 당신
듣기 좋은 멜로디예요 귀를 자를까요 자르겠어요 꿈이겠죠 너무 멀리 가지 말아요
물고기는 싫어요 기르기 힘들죠 당신을 핥고 싶군요 개처럼 곧 이별이겠죠 그전에
당신을 떠날까 봐요 아니 떠나지 않겠어요 입술이 차갑군요 당신 참 무서운 사람이
에요 사랑할까요 사랑할래요 당신 차라리 죽어버려요 아니 죽지 말아요, 계단을
내려서듯 더 많은 혼잣말을 통해서만 계단 끝의 당신에게로 하는, 그래요 나는
상처투성이 여자 좀 까다로운 여자입니다

—황병승, 「그 여자의 장례식」 부분

최근 가장 각광을 받고 있는 새로운 시인의 시이다. 여기에 우리가
짐작할 수 있는 현실은 없다. 이 시에서 환상이 가지는 문학적 의미를
찾을 수 있는 사람(비평가를 포함해서)은 많지 않다. 사실 이 시는 '의미적'
으로 읽히는 것 자체를 거부하고 있다. 환상은 현실과의 긴장 관계를
상실하고, 현실과 무관한 동화 속 이야기처럼 제시된다. 시를 읽는 독자
들 역시 이 시가 현실과 완전히 분리된 환상임을 알고 있으므로, 환상
이상의 다른 의미를 구하려 하지 않는다. 독자들은 오히려 편하게 시를
읽고 별다른 부담 없이 그것을 잊어버릴 수 있다. 『반지의 제왕』이나
『나니아 연대기』 같은 판타지를 볼 때, 현실과 별다른 연관 없이도 충
분히 재미있고 즐거울 수 있는 것과 마찬가지다.
　이 때 환상성은 현실의 억압과 부조리를 폭로하는 고유의 전복적인
기능을 상실한다. 환상의 두 가지 측면—낯설음과 불편함을 제공함으로
써 기존의 질서를 전복시키는 측면과 대리 만족을 통해 거짓 화해를 부

추기는 측면—중에서 비판적인 성격이 사라지고, 현실의 고통을 잠시 망각하게 하는 역할을 하게 되는 것이다. 환상성에 기댄 적지 않은 시들이 의외로 뿌리가 빈약해 보이는 것은, 환상이 종종 인위적으로 조작된 테크닉으로 사용되기 때문이다. 놀이를 위한 놀이가 금방 진력이 나듯이, 놀이를 위해 강박적으로 되풀이되는 환상은 지루하고 뻔한 것이 된다.

4. 갈등의 미해결성과 상호복제 현상

대부분의 환상이 어두움과 혼란스러움, 엽기적이거나 그로테스크하고 파괴적인 형태로 나타나며 해결되지 않는다는 것 역시 모더니즘 시의 특징이다. 위악적인 포즈들은 김언희를 비롯해서 김민정·이민하·고현정 등 여성 시인들의 시에서 더욱 빈번하게 나타난다. 이들은 '여성'이라는 주변화된 성별에서 오는 억압과 상처들을 뒤틀린 가족 관계나 절단되고 훼손된 신체, 난무하는 폭력과 죽음 등 그로테스크하고 엽기적인 형태로 표현한다.

이리 온 내 딸아
네 두 눈이 어여쁘구나
먹음직스럽구나
요리 중엔
어린 양의 눈알요리가 일품이라더구나

잘 먹었다 착한 딸아
후벼 먹힌 눈구멍엔 금작화를

심어보고 싶구나 피고름이 질척여
물 줄 필요 없으니, 거
좋잖니 ……

—김언희, 「아버지의 자장가」 부분

　김언희의 시에서 아버지는 권위와 남근의 상징으로서, 화자를 억압하고 착취하는 존재로 등장한다. 딸의 눈알을 파먹고 딸과 섹스하는 아버지의 형상은, 규칙과 제도라는 이름으로 자행되어온 이성의 폭력에 대항하는 도발적이고 전복적인 상상력의 발현이다. 이는 여성 일반으로서 겪는 불평등한 제도의 억압과 개인적인 트라우마를 결합함으로써 만들어진다. 그렇게 만들어진 고통과 갈등, 불화는 계속해서 반복되고 확산될 뿐 해결될 기미를 보이지 않는다.

　이같은 사건의 미해결성은 모더니즘의 본연의 성격인 '현재성'과도 연관이 있다. 모더니즘은 본질적으로 '현재'의 문학이다. 그것은 이상적인 과거와는 단절되고 미래는 불확실하고 예측할 수 없는 데서 오는 불안과 고통으로 대변된다. 현재의 갈등은 과거의 유토피아로부터 분리된 데서 비롯되지만, 과거로 회귀함으로써 해결되는 것은 아니다. 선조적인 시간은 되돌릴 수 없으며, 과거와 현재, 미래는 단절되어 있다. 이러한 불연속성은 모더니즘을 존속시키는 가장 중요한 특징이다. 주체와 세계의 불화 역시 마찬가지이다. 모더니즘은 본래 비유기체적 세계관에 바탕하고 있다. 주체와 세계 사이에 교감은 성립되지 않고 유추와 상응 또한 불가능하다. 따라서 모더니즘 시가 주체와 세계와의 불화를 주제로 하는 것은 당연한 것이다. 만약 화해가 가능하다면, 모더니즘 시는 과도기적이고 한정된 것으로서 시효가 다하면 폐기되어 사라져 버릴 것이다. 그것이 내세우고자 하는 것은 고통과 갈등이 지속된다는 사실이며, 그것이 모더니즘 시를 의미 있게 한다.

　문제는 고통이 해결되지 않는다거나 해결하려는 노력이 보이지 않는다는 것이 아니라, 그것이 자기증식을 하면서 점점 타성화된다는 점이다. 이같은 현상이 반복될 때 고통은 놀이의 방법이 되고 자기 연민과 현실 도피를 정당화하는 방어막이 된다. 이는 병증의 원인을 규명하는 것을 회피하고 오히려 그것을 즐기는 새디즘적인 기벽을 드러내는 것일 뿐이다. 또한 더욱 중요한 사실은, 고통이 서로 다른 시인들에게서 상호 복제되며 그럼으로써 확대 생산된다는 점이다. 특히 최근의 젊은 시인들의 시에는, 뒤틀린 화법과 자기 분열적 상황의 전시, 환상이라는 이름으로 행해지는 기행과 엽기의 상상력이 유행처럼 만연해 있다. 그들의 시는 각각 개별적인 방식으로 자신의 트라우마를 드러내고 있지만, 한 걸음 물러선 자리에서 보면 엇비슷한 문제의식과 그만그만한 언술의 방식을 가지고 있다. 자신의 고통의 정체를 정직하게 들여다보려는 노력이 없다면, 그들의 시는 기교의 모사와 복제에 그치고 말 것이고, 그것은 또 다른 기교주의를 낳을 것이다.

주석

1) 도미니끄 랭세, 김기봉·채기병 역, 『보들레르와 시의 현대성』, 탐구당, 1987, 41면.
2) 졸고, 「한국 모더니즘 시의 전개와 발전 양상」, 『시와세계』, 2004년 봄.
3) '열린 환상'과 '닫힌 환상'이라는 개념은 김태환의 「환상성의 구조에 관한 몇 가지 단상들」(『문학 판』, 2002년 가을호)을 참고한 것이다. 이 글에서 김태환은 환상소설을 '열린 환상소설'과 '닫힌 환상소설'로 구별하고 있다.

한국 현대극의 서구극 수용과 그 영향

김성희

1. 머리말

한국 근대극이 서구식 연극의 도입과 함께 시작된 이래 한국연극사는 크게 보아 번역극(서구극)과 창작극, 그리고 전통극이라는 세 갈래의 연극의 흐름과 이들 연극간의 갈등과 융합의 역사라고 할 수 있다. 서구 번역극은 근대극의 출발기인 1920년대부터 새로 수립해야 할 '신극'의 모델로 받아들여졌으며, 극작술과 무대기법에 대한 일종의 교과서 역할을 했다. 번역극은 연극 창조자나 관객 양자에게 예술적 자극과 상상력의 원천이었다. 또, 폭넓은 문화적 체험과 다양한 생활 정서를 공감시키는 창구 역할을 했고, 다양한 연극개념과 무대표현의 산실 역할을 했다. 다시 말해 번역극은 고전이나 예술성을 인정받은 작품, 혹은 신사조나 새로운 스타일의 연극에서부터 양식적 실험, 또는 상업주의적 작품까지 갖가지

레퍼토리들을 제공하면서 한국연극에 다양성을 공급해온 것이다.

한편 창작극은 번역극으로부터 극작술이나 표현양식 등 자양분을 흡수하면서 전개되어 왔다. 1920년대에 신파극에 대항해서 근대극운동을 펼친 동우회순회극단 등의 학생극단이나 토월회 등이 서구극 일변도의 공연 레퍼토리를 짜고 거기에 창작극 한 두 편을 끼워 공연한 사실이 바로 우리 근대극 수립기 연극운동의 성격을 암시한다. 이들은 우리 전통적 연극유산과 결별하고 전혀 새로운 형식인 서구식 연극의 모방과 이식을 근대극 수립의 목표로 삼았기 때문에 서구 근대극 위주의 번역극을 주로 공연했다. 극문학의 유산이나 전통이 없었기 때문에 번역극이 극작술의 모델이 될수밖에 없었고 서구적 극작술의 이식을 통해 한국희곡의 전통을 세워나가야 했던 것이다. 이 시기 서구 극작품들로부터 극작술을 배우고 직접적인 영향을 받은 극작가로 김영보, 유치진, 함세덕 등이 잘 알려져 있다.[1]

한편, 한국의 현대극 형성에 있어 단절된 듯 보였던 전통극이나 전통연희는 1970년대 들어 새롭게 그 가치를 인정받고 부활한다. 전통극은 원형을 보존해야 할 박물관적 존재로서만이 아닌 한국연극의 정체성을 담보하는 존재로서, 그리고 벽에 부딪친 서구극 모방 일변도의 현대극에 민족성과 세계성을 부여할 수 있는 실험극의 가능성을 열어주는 존재로서 재평가된다. 그리하여 전통극은 현대극에 수용되고 융합되어 '전통의 현대화' 연극이나 서구극을 토착화하는 실험극의 흐름을 만들어냈다. 그리고 1980년대에 이르러서는 민족극의 가능성을 타진받으며 마당극 양식으로 발전하기도 했다.

이 글에서는 서구극 수용으로 시작된 우리 현대극의 흐름에서, 서구극 수용이 창작극과 전통극에 어떤 영향을 주었고 한국연극의 발전에 어떤 역할을 했는지를 주로 살펴보고자 한다. 따라서 서구극이 창작극에 끼친 영향과 서구극이 전통극의 연극미학과 만나 토착화된 연극사적 사건, 그리고 서구극의 텍스트를 해체하고 새로 쓰기의 과정을 통해

서구극과 창작극이 서로 융합되는 연극작업에 주목하고자 한다.

우리 현대극의 흐름을 살펴보면, 서구극 수용은 대체로 3가지 방식으로 이루어졌다. 첫 번째는 서구극의 번역 공연이며, 두 번째는 번안 공연, 세 번째는 텍스트를 해체하여 재구성하는 경우와 서구극 원전에 기댄 새로운 글쓰기로 대별할 수 있다. 이러한 수용태도와 방법론은 한국 현대극의 전개 양상과도 시대적으로 궤를 같이 하며, 또한 한국연극 내부에서 자발적으로 발생한 실험정신과 새로운 양식 실험을 반영한다.

2. 번역극 수용의 문제점

한국 현대극은 서구극 수용과 한국연극의 대응이란 측면에서 고찰해 보면, 크게 3 종류의 반응양식을 보인다. 첫째가 서구극의 모방적 재현, 두 번째가 서구극의 토착화, 세 번째가 텍스트의 해체구성, 또는 서구극 원전에 기댄 새로운 글쓰기이다. 이 3번의 연극사적 전환은 확연히 시대구분되는 것은 아니고 어느 정도는 서로 겹치면서 일어나는 현상인데, 논의의 편의상 구분해 보면, 다음과 같다.

> ① 서구극의 모방적 재현 (1920년대~현재)
> ② 서구극의 한국적 재창조 (1972~현재)
> ③ 해체 구성(1980년대~현재) 및 서구극 원전의 다시 쓰기(1990년대~현재)

한국연극은 근대극의 출발부터 서구극의 충실한 재현을 최고의 목표로 삼았다. 그러나 1970년대 초에 들어 충실한 재현 위주의 수용방식에 본격적인 변혁이 생긴다. 서구극에 전통연희의 양식과 문화를 혼용하고 실험하면서 한국연극의 정체성 탐색을 시도한 것이다. 1980년대에 이르면, 서구극 텍스트를 해체구성하는 문화상호적 작업들이 활발하게 전개된다. 1990년대에는 포스트모더니즘이 영향으로 연출가들에 의한 해체구성, 패러디, 패스티쉬, 번안이 유행하고, 한편 창작극 갈래에서도 서구 정전의 다시 쓰기가 시도된다.

그동안 서구극 수용사는 여러 선행 연구에 의해 실증주의적 방법론으로 매우 정치하게 연구되었다.[2] 일제강점기의 서구극 도입이 리얼리즘극 수립이란 목표에 초점이 맞춰져 서구근대극 위주로 수용하는 일관성을 보였다면, 해방 이후의 서구극 수용은 그야말로 2500년에 걸친 서구연극들이 한꺼번에 도입되는 양상을 보인다. 그래서 서구극 수용사의 가장 큰 문제점은 세계 각국의 우수한 작품들을 체계적이고 일관적으로 수용하지 못했다는 점이다.

방대한 실증적 조사 연구에 의하면, 1914년부터 1995년까지 공연된 서구극은 총 882편의 작품(22개 국가, 399명 작가)이 2,925회에 걸쳐서 공연되었다. 이중 미국 작품(164명, 273편)과 영국 작품(58명, 155편)이 1, 2위를 차지한다. 영미 작품 공연 수가 전체 공연 수의 53퍼센트에 달하는 것이다.[3] 영국·미국·프랑스·독일·아일랜드·러시아 작품의 공연 수가 전체 공연 수의 90퍼센트를 이루고 있다. 이처럼 우리 번역극 수용은 지나치게 서구극 위주로 이루어져 왔을 뿐 아니라, 현대극작가들의 특정 작품들에 편중되는 경향을 보인다.[4]

우리의 1세기에 걸친 번역극 수용이 이처럼 무원칙과 비체계성, 편향성을 보이게 된 원인과 문제점 및 대안을 생각해 볼 필요가 있다.

첫 번째 문제점은 서구극 중심의 편중된 수용으로 인해 서구적 문화와 가치관을 더욱 강화시킬 수 있다는 점이다. 서구극 편중현상은 우리의 근대화가 서구화와 동일시되어 진행되어온 것과 궤를 같이 하고 있으며, 비서구권 연극의 수용이 빈약한 것은 비서구권 문화에 관심이나 교류가 부족한 우리 문화 현상의 반영이다. 그러나 비서구권 연극이라

해도 우리와 정치 사회상황이 흡사한 작품은 관객들의 열렬한 호응을 받아 장기공연 레퍼토리로 자리잡기도 했다. 〈아일랜드〉(아돌 후가드 작, 1977)가 장기공연에 성공한 것은 남아공의 인종차별과 인권탄압을 그린 내용이 유신정권의 독재체제와 동일시되었고, 엄격한 검열 때문에 체제비판을 할 수 없었던 창작극의 한계를 보상해주는 역할을 했기 때문이다. 이처럼 문화적 균형감각과 세계인식의 지평을 넓히기 위해서도 다양한 문화권의 번역극을 체계적으로 도입하는 노력이 필요하다.

두 번째 문제점은 극단들마다 차별성이 없는 번역극 상연목록의 획일화 현상이다. 이는 공연의 주체인 극단들의 개성 결여와 철학의 빈곤에서 기인한다. 대부분의 극단이 뚜렷한 예술적 비전이나 장기적 플랜을 갖추고 있지 않기 때문에 극단 특유의 지향목표와 연극미학을 드러내는 일관된 레퍼터리 선정 방침도 찾아보기 어렵고, 또 작품 선정의 정당한 기준이나 이유도 찾아보기 어렵다.5) 극단들의 번역극 수용은 다분히 즉흥적이다. 외국에서 흥행성 혹은 작품성이 검증된 작품이라는 이유로 공연하고, 또 국내에서 관객호응이 좋으면 여러 극단들에서 재공연하는 사례가 많다.

세 번째 문제점은 작품의 의미와 가치를 훼손하는 잘못된 수용이 많다는 점이다. 연극 창조자의 역량이 부족한 때문이거나, 또는 수용자의 통속적 취향이나 수준에 영합하기 때문이다.6) 이를테면 고전 대작이나 연극사적 명성을 가진 실험극들을 공연할 때 제작 역량이나 공연환경, 제작 여건을 고려하지 않고 욕심만으로 덤벼들어 작품의 본질과 가치를 훼손시키는 경우가 많다. 또, 깊은 연구 없이 무분별한 각색과 삭제 등으로 원작의 작품성을 훼손하는 경우도 많다. 잘못된 번역, 우리말 어법과 다른 번역투의 대사, 원작의 형식과 내용을 제멋대로 바꾸는 연출이나 무대미술, 이질적인 문화나 생활감정을 국적 불명의 무대화와 연기로 표현하는 미학적·문화적 불충실 등이 흔히 목도되는 오류들이다.

그런가 하면, 원작을 통속화시키거나 외설적으로 각색 공연하는 경

향도 종종 보인다. 특히 80년대 이후엔 상업주의 바람이 불면서 흥행성
과가 좋았던 번역극의 재공연 붐이 일어났고, 90년대 이후엔 기획사들
의 프로덕션 시스템이 자리를 잡으면서 상업주의 기획이 더욱 심해지
는 경향을 보인다. 연극 제작진이 관객의 수준이나 취향에 지나치게 영
합함으로써 작품의 질 저하를 초래하는 것이다.[7]

　네 번째 문제점은 적당한 '타협주의'로 공연하는 경우가 많다는 점이
다. 연극은 무대나 의상, 배우들의 연기에서 정확한 묘사와 구체적 실행
을 필요로 한다. 그런데 서양연극을 시각화할 자료가 부족하고 공연환
경이 열악한 상황에서는 미학적으로 소홀한 무대를 만들게 된다. 또는
역사적 고증이나 사실적 묘사가 필요 없는 서양의 현대연극을 주로 공
연하게 된다. 그런가 하면 연출의 컨셉을 최소주의로 정하고 비사실적
인 무대 만들기, 희곡을 번안하여 한국적 상황으로 전환하기 등의 방식
으로 수용하는 경우가 많은 것이다.[8]

　한국 번역극 수용사에서 동시대연극의 지나친 편중현상, 추상적이거
나 간소한 무대장치를 선호하는 연출경향, 번안극의 성행은 이런 현실
적 여건의 반영인 것이다.

3. 번역극이 창작극에 미친 영향

　서구극과 창작극의 영향관계를 살피는 비교연극학적 연구는 작가가
영향을 구체적으로 밝힌 경우를 제외하곤 입증이 어려워서 유사성을
단서로 한 대비 연구에 그치기 쉽다. 또, 영향의 문제를 어느 범위까지
한정시킬 것인가 하는 문제도 제기된다. 그러한 한계를 의식하면서, 서
구극 수용이 창작극에 어떤 영향을 주었으며 한국연극의 발전에 어떻

게 작용했나를 고찰해 보고자 한다.

한국 사실주의극을 정립한 극작가 유치진이 숀 오케이시·존 밀링턴 싱·체홉 등으로부터 극작술을 배우고 깊은 영향을 받았음은 작가 자신의 술회 외에도 여러 대비연구로 잘 알려진 사실이다. 해방 이후에 등장한 2세대 극작가들은 대체로 미국연극의 영향을 받았다. 이는 1950년대에 공연된 전체 번역극의 3분의 1을 미국연극이 차지한 현상과 관련이 있다. 이 시기를 주도한 극단 신협의 공연활동(1950~1959)을 보면 번역극 총 25회 공연9) 중 미국작품이 13회를 차지했다.10) 신협이 50년대 전반엔 셰익스피어극을 주로 공연하다가 1955년을 고비로 미국 현대극 위주로 선회한 것은 리더이자 연출가인 이해랑·유치진의 미국 연극계 시찰과 관련이 있었다.

미국현대극의 극작술이나 무대기법의 영향은 당시 대표적 극작가들인 임희재·이용찬·유치진 등에서 찾아볼 수 있다. 임희재의 〈꽃잎을 먹고 사는 기관차〉(신협, 1956)에는 테네시 윌리엄즈의 〈욕망이라는 이름의 전차〉의 영향이 지대하게 나타난다. 제목의 유사함, 〈욕망이라는 이름의 전차〉 연극에 대한 직접적 언급, 장면으로 분할한 구성 방법, 무대 공간의 분위기를 표현하는 음악과 시청각적 기호들, 스탠리를 연상시키는 기관사 한창선의 남성적이고 거친 매력 등, 테네시 윌리엄즈의 영향이 구체적으로 논증된 바 있다.11) 그러나 미국작가의 영향은 임희재의 극작술에 부정적으로 작용하기도 했다. 피상적인 이해와 모방, 미국적 생활정조의 이식으로 리얼리티가 결여된 결과를 낳은 것이다.

이용찬은 〈가족〉(국립극단, 1958)에서, 당시로선 혁신적인 무대 표현기법과 순환구조를 사용했다. 플래시백 기법, 여러 장소로 분할된 동시무대, 조명을 통한 장면전환, 부자 갈등의 주제, 회상이나 자유연상으로 현재와 과거가 교차되는 시간구조 등은 〈세일즈맨의 죽음〉의 영향을 받은 것이다.12) 이 극은 국립극단과 언론에 의해, 미국의 현대극처럼 현대감각과 문학성을 고도로 살린 작품13)이라고 소개되었다.

유치진이 미국연극 시찰(1956) 후 발표한 〈한강은 흐른다〉(신협, 1958)에
는 브로드웨이 상업연극, 특히 뮤지컬의 영향이 보인다.14) 미국 시찰 직
전에 발표한 〈자매 2〉(신협, 1955)와 대비해 보면, 극작술의 획기적인 변화
를 절감할 수 있다. 〈자매 2〉는 언어중심의 텍스트, 구심적 구조, 제4의
벽 개념에 바탕한 환영주의 등 유치진의 전작들과 거의 동일한 리얼리
즘 극작술을 보여준다. 그러나 〈한강은 흐른다〉는 원심적 구조, 노래와
춤·스펙타클·액션의 강조, 집단인물의 활용 등 시각적 이미지와 신체
연기에 치중한 뮤지컬적 글쓰기를 보인다.

1960년대에 접어들면 많은 동인제 극단들이 창단되었고 부조리극들
이 수용되었다. 이오네스코·베케트·올비·뒤렌마트·핀터 등의 부조
리극들이 공연되었고, 그중 가장 많이 공연된 극은 〈고도를 기다리며〉
였다.15)

부조리극의 수용은 리얼리즘 위주였던 창작극의 극작술에도 영향을
미쳤다. 미국에서 공부하고 돌아온 이근삼은 서구극에서 소재나 기법·
모티프 등을 활용하여 반사실주의극, 혹은 알레고리적 희극의 세계를
개척했다. 〈원고지〉(신무대실험극회, 1960)는 표현주의극과 부조리극의 영향
을 보여주며, 〈대왕은 죽기를 거부했다〉는 유리피데스의 〈알세스티스〉
에서 극적 상황을 차용했다.16) 박조열의 〈모가지가 긴 두 사람의 대화〉
(극단 탈, 1967)은 베케트의 〈고도를 기다리며〉와의 유사성이 지적된 바 있
고, 작가 자신도 〈고도를 기다리며〉를 읽은 후 자신감을 지니고 계속해
쓸 수 있었다고 술회한 바 있다.17)

오태석의 초기작도 서구극, 특히 부조리극의 영향을 짙게 드러낸다. 오
태석은 "서구가 교과서인 것처럼 생각을" 하고 서구 극작가들의 작품들
을 섭렵했으며, 극작과정에서 서구극 공연의 "틀을 그대로, 그 형식 그대
로 모사하다시피"18) 했다는 술회를 하기도 했다. 그의 데뷔작 〈웨딩드레
스〉(1967)를 비롯하여 〈환절기〉(1968) 〈유다여 닭이 울기 전에〉(1969) 〈교
행〉(1969) 등은 한국 최초의 부조리극으로 평가된다. 그외에도 이강백의

〈보석과 여인〉(1975)과 〈봄날〉(1984),[19] 최인훈의 〈둥둥낙랑둥〉(1978)[20] 등, 대표적인 극작가들의 많은 창작극들에서 서구극의 직접적 영향관계를 찾아볼 수 있다.

서구 희곡이나 공연이 개별 작품에 영향을 미치는 정도를 직접 영향이라 부르고, 서구극의 양식이나 공연미학이 포괄적으로 끼치는 영향을 간접영향이라 부른다면, 대부분의 창작극은 간접영향의 자장권 안에 들어 있다고 할 수 있다. 오태석의 술회처럼 대부분의 극작가들이 서구극을 교과서처럼 배우면서 자신의 극작술을 구축했기 때문이다. 서구극 양식은 비단 개인차원의 극작술 뿐 아니라, 한국연극의 정체성을 추구한 한국적 연극의 정립에도 영향을 미쳤다. 1970년대 '전통의 현대화' 연극이나 1980년대 마당극의 정립에 많은 영향을 미친 것은 브레히트의 서사극이었다. 서구극 모방 일변도의 한국현대극을 반성하고 전통연회에 바탕한 한국적 몸짓과 소리가 주가 되는 한국적 연극을 정립하기 위한 방법론으로 브레히트의 서사적 극작술·무대기법·연극이론 등을 활용했던 것이다. 이처럼 서구극 수용은 창작극의 지평 확대와 세계연극의 조류에 발맞춘 다양한 형식의 연극들을 꽃피우는 데 기여했다.

4. 서구극의 한국적 재창조

외국극 수용의 가장 보편적 방법은 번역극과 번안 두 가지이다. 번안은 근대극 초창기인 신파극시대에 유행했다. 그러다 1920년대 이후 리얼리즘극 수립이 근대극운동의 목표로 담론화되면서 번안은 관중의 저속 취미에 영합하는 비예술적 행위로 배격되었다. 원작의 충실한 재현이 외국극 수용의 정도(正道)로 자리잡은 것이다.

그러나 1970년대 초반에 이르면 서구극 수용 방법에 일대 전환이 일어난다. 서구적 연극문법의 무대 재현을 거부하고, 전통극의 양식과 한국적 정서로 창조적으로 수용하려는 움직임이 일어난 것이다. 이는 1960년대 말부터 시작된 전통 계승 및 전통의 현대화와 맞물려 매우 의식적으로 일어난 서구극의 토착화 실험이었다. 1970년대 한국연극이 도전받았던 두 가지의 커다란 과제가 바로 실험과 토착화였던 것이다.[21] 서구극 수용사에 있어서 한국적 재창조의 성공 사례인 4편의 공연을 중심으로 한국적 재창조 방식과 연극미학의 특성을 살펴본다.

1) 〈쇠뚝이 놀이〉

1972년 동랑레파토리극단은 몰리에르의 〈스카펭의 간계〉를 탈춤의 양식으로 재창조한 〈쇠뚝이 놀이〉(오태석 번안, 연출)를 공연했다. 서구극을 '우리것'으로 토착화해보자는 아이디어로 원작의 꾀많은 하인 스카펭을 탈춤의 하인 말뚝이, 쇠뚝이로 변형시켰고, 연극 양식이나 상번 구성도 탈춤을 원용했다.[22]

이 번안극이 특히 주목되는 것은 한국연극의 세 가지 갈래인 번역극과 창작극, 전통극을 하나로 융합하여 한국연극의 정체성과 보편성을 확대하는 실험을 시도했다는 점이다. 개화기 이후 수입되고 접목된 서구적 연극론과 연극관념이 우리의 재래적 연극관념을 배제하고 소외시킴으로써 연극관의 단절을 가져왔다면,[23] 이 연극은 우리 전통연희적 양식으로 서구극을 소화해서 한국적 연극으로 재창조해낸 의미를 지닌다. 그런데 탈춤 형식으로 재창조된 이 연극에 대해 평론가 여석기는 "탈춤의 인물과 사설과 마당놀이적 구성과 몸짓의 기본까지 모조리 빌어 왔으면서 연출은 지극히 현대적이고 서구적인 냄새"[24]를 풍겼다고 평했다. 극 전체의 템포와 인물을 동작시키는 선이 기본적으로 달라서

'전통 연극성'을 전혀 느끼지 못했다는 것이다.

〈쇠뚝이놀이〉는 서구극을 전통극의 양식으로 바꾼 단순한 재창조가 아니었다. 몰리에르를 그대로 추종하거나 전통극의 양식을 고집하지 않은 창조적 연출감각, 다시 말해 전통극적 요소들을 서구적 감각으로 재창조함으로써 서구극의 한국화, 혹은 "몰리에르를 매개로 한 전통극 현대화"25)에 성공한 것이다.

2) 〈하멸태자〉

1970년대 한국 실험극과 서구극의 토착화를 주도한 극단은 연출가 유덕형과 안민수가 이끄는 동랑레파토리극단이었다. 미국 유학시절 미국의 실험극에 영향받은 이 아방가르드 연출가들은 액자무대를 탈피한 공간 개념의 변화와 비재현적, 비지시적 연극 기호들의 창조를 통해 관객의 새로운 지각을 불러일으키고자 했다.

동랑레파토리극단은 1970년대 초부터는 '세계 속의 한국연극'이라는 목표를 세우고, 해외공연을 통해 한국연극을 알리는 일에 주력했다. 〈초분〉(오태석 작, 유덕형 연출, 1972), 〈리어왕〉(안민수 연출, 1973), 〈태〉(오태석 작, 안민수 연출, 1974), 〈보이체크〉(안민수 연출, 1975), 〈하멸태자〉(안민수 연출, 1976) 등에 대해 연출가 안민수는 이 연극들이 "한국적 혹은 동양적 호흡의 중심이 어디에 있는지를 파악하고 동양적 연기양식을 보편화시키는 데 주력"26)한 공연이라고 자평했고, 평론가들은 잔혹극·그로토프스키적 연극·제의극·총체극의 시도이며, 번역극과 창작극 공연에서 일대 전환기를 맞이했다고 평가했다.27)

〈하멸태자〉(안민수 번안, 연출)는 〈햄릿〉을 노자사상과 불교적 인생관을 토대로 재구성한 번안극28)으로, 연극의 양식을 제의적 움직임에서 창출해냈다. 동양적 세계관과 동양적 연극양식으로 〈햄릿〉을 재창조한 이

총체연극은 연기양식이 일본의 가부끼나 중국의 경극을 모방했다 해서
일부 평론가로부터 거부반응을 일으키기도 했다.[29]

그러나 라마마극단의 초청으로 2개월 동안 가진 미국·네덜란드·프
랑스 순회공연(1977)은 높은 찬사를 받았다. 서구인들은 연기양식의 국적
을 따지는 일 없이 〈햄릿〉이 탈서양화했다는 데 대해, 그리고 전혀 내
용전달에 장애요인이 없이 동양연극의 양식과 뛰어난 무대미학으로 재
창조된 데 대해[30] 높은 평가를 했던 것이다. 셰익스피어를 탈근대적 방
법으로 현대화했다는 점이 성공요인이었다. 〈하멸태자〉 해외공연의 성
공은 '셰익스피어의 한국화를 통한 한국연극의 국제화'를 입증한 것이
었고, 이후 비슷한 실험들이 지속되는 계기가 되었다.

3) 〈피의 결혼〉

1980년대 들어 '한국화'와 '국제화'를 겨냥한 번안 성공작은 극단 자유의
〈피의 결혼〉(로르카 원작, 김정옥 구성, 연출, 1983)이다. 극단 자유는 창작극 〈무엇
이 될고하니〉(박우춘 작, 1978) 이후 전통연희의 놀이정신과 광대들을 코러스로
활용한 서사극적, 총체극적 양식의전통의 현대화 연극에 주력했다.

〈피의 결혼〉은 원작을 해체하여 줄거리보다는 잡다한 유희, 해설, 의
식장면들에 큰 비중을 둔 구성으로 이루어져 있다. 원작과 달리 신랑과
신부의 장례식, 무덤의 평토제 등의 의식을 첫 장면으로 설정하고 마지
막에 죽음장면을 배치한 순환구조의 구성이다. 그리고 중심줄거리 사이
사이에 마을 아낙네, 음담 나누는 광대패, 함쟁이, 신랑신부 양가의 싸움
을 한국의 동족상잔의 비극과 연결시키는 장면들이 삽입된다.[31] 그러나
이러한 해체구성 방식은 "로르카의 얘기가 전개되다가 전혀 다른 타블
로가 나오므로 여러 가지 차단들이 성격적으로 별반 다른 게 없게 되어
버린다. 그러므로 그 상태에서 나오는 시사성있는 대화 제스처들은 다

른 것을 하다가 공연히 지껄이는 것밖에 더 이상의 효과를 거둘 수 없게 된다"[32]는 점에서, 그다지 효과적이지 못하다는 평을 받기도 했다.

몇 년동안 연속해서 여러나라의 해외연극제에 초청된 이 공연은 한국적 연극양식과 서구 연극미학을 결합한 문화상호적 연극이라는 점에서 호평을 받았다. 한편 국내 일각에선 극단 자유의 공연들이 전통놀이와 굿, 광대들의 재담, 한국적 시대상황에 대한 언급 등 정형화된 패턴으로 이루어져 있어, '수출용 관광상품' 연극이라는 혹평을 하기도 했다. 그러나 〈피의 결혼〉의 경우는 원전의 주제와 연극미학을 완전히 한국적 정서와 문화로 옮기는 동시에 서구극의 양식과 전통연희 양식을 적절히 조합하여 동서 관객 양자에 보편적으로 수용되는 무대미학을 만들어낸 문화상호주의 연극이라는 데 큰 의미가 있다.

4) 〈지하철 1호선〉

1990년대에 이르면, 번안극이 하나의 유행처럼 많이 시도된다. 그 이유는 문화계 전반에 불어닥친 포스트모더니즘의 영향으로 볼 수 있다. 재현에 대한 회의나 중심의 해체는 포스트모더니즘의 핵심으로,[33] 텍스트의 충실한 '재현' 대신 여러 텍스트의 겹치기·얽힘·혼성모방·패러디, 혹은 창조적 해체와 재구성, 새롭게 글쓰기 등이 시도되었다.

그러나 1990년대 번안극의 유행은 심각한 부작용을 동반했다. '왜 번안을 하는가'에 대한 예술적 목표나 미학적 타당성, 사회 문화적 의미의 점검 없이 단순히 기발함이나 새로움을 위해, 또는 통속적 관객 취향에 영합하거나 흥행성을 노린 경우가 많았기 때문이다. '번안'의 미학적 타당성이나 예술적 목표 없이 저속취미와 상업적 목적으로 행해지는 번안은 서구극 수용의 가장 잘못된 사례라 할 수 있다.

1990년대 주목을 받은 번안극들[34] 중 '한국화'와 세계화'에 성공한 대표작으로 극단 학전의 〈지하철 1호선〉(폴커 루드비히 원작, 김민기 번안, 연출)을 꼽을 수 있다. 이 뮤지컬은 원작을 완전히 해체해서 철저히 한국적 상황과 현실, 한국적으로 육화된 인물형으로 재창조했다. 이 뮤지컬이 관객들의 열렬한 호응으로 10년 넘게 장기공연을 끌어가고 있는 데에는 1994년 초연부터 1998년까지 무려 5번에 걸친 개작과 수정 보완 작업이 큰 역할을 했다. 1995년에 내한한 독일 그립스극단의 원작자 폴커 루드비히도 외국에서 각색 또는 번안되었던 모든 작품들 가운데 가장 뛰어난 공연이라고 평가했다. 2001년에는 베를린·도쿄·베이징 공연을 갖고 관객과 평론가들로부터 절찬을 받았으며, 독일공연에선 '원작보다 더 뛰어난 공연'이란 평가를 받기도 했다.35)

이 뮤지컬의 성공요인은, 베를린의 밑바닥 이야기를 완전히 서울의 밑바닥 이야기로 전환시킨 적극적이고 전면적인 번안 작업과, 독일 노래를 우리말답게 다듬은 가사와 악곡, 5년에 걸친 개작, 배우들의 뛰어난 앙상블 연기, 더블 캐스팅과 일인 다역의 조직적인 배역 시스템으로 진단된다.36) 특히 서울역, 청량리 588, 강남 복부인, 도시인의 피곤한 출퇴근, 노숙자 등 서울이란 대도시의 단면들과 인간상을 생동감있는 장면화와 이미지, 재치와 유머가 넘치는 대사와 노래 등 거의 창작에 가까운 번안과 연극만들기가 가장 큰 성공요인인 것이다.

5. 텍스트의 해체와 새로운 글쓰기

텍스트를 해체하고 새로운 연극개념과 미학으로 재창조하는 실험극의 출발은 1970년대부터 시작되었다. 실험극의 태동과 융성을 이끈 주역은 연출가들이었다. 안민수의 〈보이체크〉〈리어왕〉〈하멸태자〉는 외국

의 우수한 희곡을 어떻게 우리의 연극, 우리의 동시대 연극으로 바꾸어
놓을 수 있는가를 보여준 공연이었다.37) 또 그들의 해외공연이 호평을
받음으로써 한국연극의 세계화 가능성도 확인할 수 있었다. 1980년대에
도, 70년대 동랑레파토리극단, 민예, 자유의 '전통의 현대화' 연극운동에
자극받아 서구극과 전통극과의 관계를 재정립하거나 서구극을 한국적
시대상황이란 컨텍스트 속에 재창조하는 실험, 혹은 총체연극이나 마당
극운동 등 다양한 시도들이 펼쳐졌다. 5공 군사정권 등장 이후 광주 민
주화운동이나 억압적 정치상황 등에 대해 연극을 통해 발언하거나, 또는
무대와 관객간의 새로운 관계 정립을 꾀하는 연극들이 시도된 것이다.
특히 셰익스피어 작품을 비롯한 서구 고전은 검열 때문에 현실비판을 제
대로 할 수 없는 창작극의 대안으로 받아들여지기도 했다. 〈햄릿〉을 한
국적 시대현실과 관련시켜 정치적 함의를 담아낸 기국서의 〈햄릿 1~
5〉(1981~1990) 시리즈가 대표적인 예라 할 수 있다.

　　그러나 서구 텍스트 해체구성의 유행은 부정적인 현상도 파생시켰다.
원작의 예술성이나 극적 논리를 무시하고 연출가의 정치적 메시지나
연극미학 실험 대상으로 인식하는 텍스트 경시현상이 나타났던 것이다.
텍스트의 고유한 의미구조나 미학을 제멋대로 손상시키는 왜곡과 파괴
는 서구극 수용사에서 가장 심각한 부정적 사례이다.

　　70년대부터 시작된 실험극 운동은 88올림픽을 전후해서 더욱 본격화
되었다. 공산권 국가 작품의 해금과 서울 국제연극제 개최 등으로 연극
의 국제교류가 시작되고, 탈이념의 시대정신과 함께 지배적 미학으로
자리잡은 포스트모더니즘의 영향이라 할 수 있다. 1990년대 한국연극은
특히 무대표현술에서 두드러진 발전을 보였다. 무대디자인, 연출 등 무
대표현력이 획기적으로 발전했으며, 몇몇 연출가들은 한국 전통연희양
식을 바탕으로 보편성있는 한국적 무대미학을 개발하는 업적을 보였다.
연극의 미학적 주체가 극작가에서 연출로 이양되었는데,38) 이는 언어중
심의 연극에서 탈텍스트적 수행성과 비언어적 연극성을 중시하는 무대

미학의 전환을 의미한다. 연출가가 자신의 연극개념에 맞춰 텍스트를 수정하는 관행이 자리잡았고, 극작을 겸하는 연출가가 늘어나 연출가의 미학적 위상을 높였다.

　실제로 1990년대 연극은 '연출가 연극'이라 불릴 정도로, 텍스트의 해체와 전복, 연출가의 연극개념에 의한 해체구성과 양식 실험이 주도적인 흐름을 형성한다. 그들은 대체로 텍스트를 존중해야 할 대상이 아니라 단순히 자신의 연극미학을 위해 새롭게 재구성되어야 할 스크립트 정도로 인식하는 경향이 있다. 따라서, 서구극을 한국적 연극미학과 한국 시대상황이라는 문맥으로 재창조하기 위해 번안 같은 한국적 수용방법을 택하거나 또는 원작을 해체하여 전위극 스타일의 구성과 현대적 실험을 해보는 경우도 많다. 서구 고전을 원전으로 한 연출가 연극을 꼽아보면, 이윤택의 〈허재비놀이〉(칸토르의 「죽음의 교실」, 1994) 〈청바지를 입은 파우스트〉(1995), 〈우리 시대의 리어왕〉(가스통 살바토레의 「스탈린」 원작, 1995), 〈햄릿〉(1996)이라든지, 기국서의 〈미친 리어〉(1995), 김아라의 〈메디아 환타지〉(1993), 〈이디푸스와의 여행〉(「오이디푸스왕」과 장정일의 「긴 여행」, 1995), 〈오이디푸스 3부작〉(1997), 〈인간 리어〉(1998), 〈햄릿 프로젝트〉(1999), 오태석의 〈로미오와 줄리엣〉(1995), 오경숙의 〈뮈토스의 사람들〉(바톤 카벤더의 「그리스 사람들」, 1998), 김정옥의 〈햄릿〉(1993), 〈바람 타오르는 불길〉(극단 자유의 「바람부는 날에도 꽃은 피네」와 뮤지컬 「헤어」, 1994), 〈그여자, 억척어멈〉(브레히트의 「억척어멈」, 1997), 한태숙의 〈레이디 맥베스〉(1998) 등을 들 수 있다.

　90년대 서구극 수용의 특성은 크게 두가지 방식으로 나타난다. 하나는 서구극과 전통적 연극미학의 융합이요, 또하나는 서구극과 창작극의 융합 방식이다. 후자의 경우는 서구극 원전과 창작극을 결합하거나, 텍스트를 해체하여 새롭게 다시 쓰기, 또는 서구극과 창작극을 패스티쉬한 포스트모더니즘적 스타일 실험으로 나타난다. 박준용의 〈九테TA〉(최용훈 연출, 민중극단, 1995)는 페테르 바이스의 〈마라/사드〉와 이근삼의 〈이성계의 부동산〉을 패스티쉬 기법으로 창조한 것이고, 김명화의 〈오이디푸스, 그것은 인간〉(김광보 연출, 극단 청우, 2000)은 소포클레스의 〈오이디푸스왕〉을 해체하여 새롭게 쓴 것이다.

이상의 포스트모더니즘 계열의 해체구성 연극은 이전에 행해진 한국화 실험이나 문화상호적 실천작업과는 방법론을 달리 한다. 1970, 80년대에 행해진 서구고전의 해체구성 방식이 대체로 전통연희에 바탕한 재창조였다면, 90년대의 해체연극은 연출가의 연극개념과 동시대적 연극미학에 바탕한 창조작업이라는 점이다.

1) 〈이디푸스와의 여행〉

〈이디푸스와의 여행〉(김아라 연출)은 장정일의 〈긴여행〉과 소포클레스의 〈오이디푸스왕〉, 두 편의 텍스트를 묶어 구성한 연극이다. 배우들이 공연을 하러 기차를 타는 장면으로 시작된다. 그 기차 안에서 무임승차한 남녀가 우연히 만난다. 오랫동안 헤어져 살아온 부녀로 암시되는 이들은 검표원을 피해 기차 지붕으로 올라갔다가 정사를 벌인다. 남자는 소녀에게 '오이디푸스왕'이란 옛날 이야기를 들려준다. 검표원을 살해하고 도망친 남녀는 역병으로 폐허가 된 곳에 이른다. 이처럼 현대 배경의 이야기와 〈오이디푸스왕〉의 내용이 뒤섞인다. 근친상간, 검표원 살해, 도망과 쫓김, 저주와 폐허 등의 이미지와 장면으로 신화와 현실이 교차되는 것이다. 마지막 장면은 눈먼 늙은 오이디푸스와 부녀인 듯한 남녀가 다시 기차 안에 앉아 있다. 시작도 끝도 알 수 없이 반복되는 삶, 통과의례에 붙들린 삶이 기차여행으로 상징된다. 운명은 순환의 이미지로, 탈출할 수 없는 반복으로 형상화된다. 언어중심의 텍스트가 아니라, 택견을 응용한 양식화된 춤과 마임, 아름답게 안무된 배우들의 하모니, 피아노와 타악기 연주 등 동서양의 연극미학과 시청각적 이미지들이 강조된 수행적 텍스트로 창조된 것이다.

이 연극이 시도한 새로운 방법론은 서구고전과 한국 창작극의 융합이다. '근친상간'이란 동일한 소재의 운명비극 2편을 교직하여 같은 소재에 대한 서구와 한국의 동일성과 차이를 뫼비우스의 띠처럼 조합한 것이다. 당시 공연평들은 두 텍스트를 교직한 구성방식에 대해 대체로 부정적인 평가를 했다. "성질이 다른 두 이야기를 단순 봉합해서 공연의 의미가 혼란스럽다. 더욱이 근친상간, 부친살해, 파멸 등을 핵심내용으로 하는 동일한 극중극에서 일인다역과 성의 전도가 시도되고 있기 때문에 의미의 혼돈은 가중된다."39) 또는 "두 개의 이야기가 만나지 못하고 별도로 끝난 느낌이라 작품의 핵심이 다가오지 못했다. (…중략…) 이러한 아쉬움에도 불구하고 공연의 새로운 형태 추구에 관한 한 분명한 방향성과 감각을 느끼게 했던 공연으로 주목"40)된다는 평을 받았다.

그러나 정전인 서구 고전극을 창작극 속에 인용하고, 다시쓰기를 통해 재배치함으로써 두 개의 서사를 충돌시키거나 조합한 텍스트의 상호소통방식은 한국 서구극 수용사에서 새로운 차원을 시도했다고 할 수 있다. 이는 한국적(동양적) 연희양식으로 서구극을 재창조했던 70, 80년대 수용방식과 명백히 차별되는 것이다. 서양과 동양, 신화와 현대라는 이원론적 시공간 구조를 동심원으로 융합시켜 영원보편의 이야기와 이미지로 시각화해낸 것은 매우 뛰어난 양식 실험인 동시에 서구극의 창조적 수용 방법론의 한 전범을 제시했다고 할 수 있다. 서구극과 창작극의 소재적 융합, 동서의 이미지와 양식의 융합으로, 번안도 각색도 아닌 독창적 연극 을 창조함으로써 한국연극의 세계화에 성공41)한 것이다.

2) 〈레이디 맥베스〉

〈레이디 맥베스〉(한태숙 연출)는 셰익스피어 〈맥베스〉의 남성중심적 줄거리를 전복하고, 여성을 중심에 놓는다. 그리고 양식 측면에서도 연극과 오브제극과 음악극을 함께 묶어 '연극의 재연극화'42)를 시도한다. 언어 중심의 서사와 재현전략을 해체하고 배우의 몸과 오브제, 조명, 음악 등 공연의 물질성을 전시하는 퍼포먼스적 수행성이 전경화된다. 이 연극은 서구 정전의 해체와 다시쓰기를 통해 조연의 역할에 머물렀던 여성을 주연으로 자리를 바꾸고, 그녀의 눈으로 텍스트를 새롭게 읽기를 시도한다. 몽유병에 시달리는 레이디 맥베스를 치료하기 위해 전의와 시종들이 벌이는 최면극을 틀로 삼아, 그녀의 심리와 죄의식이 역할놀이와 오브제와 음악 속에서 펼쳐진다. "물체극의 창시자 이영란이 자유자재로 다루는 밀가루, 진흙, 인형 등이 텍스트의 내용과 적절하게 조화를 이루면서 상징성을 극대화한다. 철문에 짓이겨지는 진흙덩이는 곧 살해당한 자의 형상이 되고 그의 심장부위에서 쏟아지는 밀가루 위를 비추는 붉은 빛 조명은 공포감을 효과적으로 시각화한다. 타이밍과 강도, 그리고 색채가 알맞게 이루어진 조명의 도움으로 인간 내면의 고통과 절규를 주관적으로 드러내는 표현주의 회화와 조각들이 즉석에서 나타나고 사라지는 환상적인 무대이다"43)라는 평에서도 알 수 있듯, 이 연극은 서구 원전의 서사나 캐릭터의 재현 대신 배우들의 몸과 오브제와 음악으로 만들어내는 상황과 이미지와 소리의 연극성에 초점을 맞춘다. 즉 '언어의 연극'이 아니라 이미지의 퍼포먼스를 지향하고 있는 것이다.

따라서 이 극의 독창성은 원 텍스트의 중심을 전복하고 주변인물의 중심화라는 미학적 무게중심의 이동과, 누구의 시각으로 보느냐에 따라 줄거리가 새롭게 쓰여질 수 있다는 '시각의 중요성'과 '인식의 상대성'을 일깨우는 점에 있다. 또, 인간의 존재상황을 연극(심리치료극)과 대응시키고 눈에 보이지 않는 레이디 맥베스의 욕망이나 죄의식을 오브제와 음악을 통해 상징적으로 시각화·청각화 시켰다는 점에도 있다. 던컨왕의 얼굴, 뱀 등으로 형체를 다양하게 바꾸는 진흙덩이나 밀가루, 또는 얼음(3번째 버전, 2000)오브제의 현현, 비재현적·비지시적 연기로 관객의 창조적 의미해석을 이끌어내는 배우의 현존, 감각적인 음악과 조명

등 공연요소들의 특수한 '현상성'이 강조됨으로써, 원전의 서사는 주변화되고 대신 표현양식이 전경화된다.

그동안 서구극 수용방식이 인용·번안·다시쓰기 등을 통해 원전의 서사를 한국적 문화와 생활정서로 옮기거나 전통연희양식을 통한 한국화로 이루어졌다면, 〈레이디 맥베스〉는 세계연극의 조류와 발맞춘 '수행성'과 오브제 중심의 포스트모던 공연이라는 새로운 시도를 보여준 것이다.

3) 〈오이디푸스, 그것은 인간〉

〈오이디푸스, 그것은 인간〉(김명화 작, 김광보 연출)은 연출가의 각색이나 번안이 아닌 극작가에 의한 창작극이라는 점에서 주목된다. 그동안 서구극 수용은 주로 연출가에 의한 '연출가 연극'으로 주도되어왔는데, 이제 한국희곡에서도 서구 정전의 해체와 다시쓰기가 시도된 것이다. 물론 그리스비극의 새로운 글쓰기는 헬레니즘이 바탕이 된 서구 문화권에선 드문 일이 아니다. 셸리·괴테·사르트르·장 아누이·하이너 뮐러 등 많은 작가들이 그리스비극을 새롭게 해석한 걸작[44]들을 많이 발표했던 것이다.

서구 작가들의 그리스비극 재창작이나 〈이디푸스와의 여행〉이 텍스트의 신화적 배경과 신화적 인물들을 현대적 관점과 표현양식으로 재해석했다면, 이 작품은 언어 중심의 서사 속에서 탈신화화를 의도한다. 신화를 조작된 이야기로 치부하고 철저히 현실적·사회적 맥락에서 전복적인 읽기를 감행하는 것이다. 역사가 승자의 기록인 것처럼, 신화도 승자에 의해 조작된 역사일 수 있으므로 거기서 박해자와 피해자의 자리바꿈이 일어날 수 있다고 해석한 다. 메타연극으로 구성된 이 작품은 서사적 화자인 시인이 인간 오이디푸스의 몰락사를 들려주며 연극에 관한 자기반영적 성찰을 얘기하는 바깥 틀과, 인간 오이디푸스의 개혁과 패배가 펼쳐지는 극중극의 이중구조로 이루어져 있다. 원전에서 오이디푸스의 파멸을 가져오는 것이 신탁 혹은 운명이라면, 이 극에서는 수구와 진보의 싸움, 크레온의 정치적 모략과 민중의 야합으로 제시된다.

그러나 이 극의 정전 '다시쓰기'는 상반된 평을 얻었다. "신화 자체를 뒤집어버린 시각의 확장"45)이라는 긍정적 평이 나왔는가 하면, 원전의 신화를 인간의 정치사로 풀어낸 해석이 원대했던 고대에 비하여 왜소해진 현대인의 모습을 그대로 반영하는 듯하여 씁쓸했으며, "신격화를 포기한 인간의 공연에서 어찌 다시 고대의 장엄한 스케일을 느낄 수 있었겠는가?"46)라는 부정적 평가를 받았다.

물론 이러한 공연평은 희곡보다는 공연의 성과에 초점이 맞춰진 것이긴 하다. 그러나 후자의 공연평은 '탈신화화'를 의도하고 있는 이 연극을, '신화적 세계관'이 중심가치여야 한다는 잣대로 비판하는 우를 범하고 있다. 어법에 맞지 않음에도 강조하기 위해 붙인 듯한 '그것은 인간'이라는 제목이 말해주듯, 신화의 장엄한 무대화나 인간운명의 보편성을 그리고자 하지 않는다. 정전의 권위와 고정된 해석을 깨트리고자 하는 것이 이 극의 의도이다. 이런 맥락에서, 이 극은 인간사회의 권력투쟁의 역사와 기록자인 '시인'(지식인)의 역사에 대한 책임을 전경화한다. '고대의 장엄한 스케일'을 포기한 탈신화화 전략으로 현대인의 역사의식과 '연극-신화'와 인생의 상동구조를 일깨운 데 의의가 있는 것이다. 특히, 창작극이 서구극을 소재로 활용하여 우리 시대현실과 관점을 담아냄으로써 한국적 특수성과 세계적 보편성을 동시에 추구할 수 있는 가능성을 제시했다는 데 의미가 있다.

6. 맺음말

이상에서 해방 이후 현재까지의 한국연극에 나타난 서구극 수용문제를 고찰해 보았다. 서구극 수용이 한국연극의 발전에 어떤 작용을 했는가, 번역극(서구극)과 창작극, 전통극이라는 세 갈래의 연극이 서로 어떤 영향을 주고받으며 융합해나갔는가 하는, '창조적 수용'의 성공작에 초점을 맞추어 살펴보았다.

다양한 문화권의 번역극 공연은 한국연극의 지평을 확대하고, 세계의 문화와 연극 양식을 수용하는 창구 역할을 한다는 점에서 매우 중요하다. 충실한 재현에 치중하던 서구극 수용방식은 1970년대 이후 일대 변화가 일어났다. 동랑레파토리극단이 서구 정전을 동양연극적 양식과 정신세계로 재창조하는 실험극적 시도를 했다면, 극단 자유는 서구극 양식과 전통극 양식을 혼합한 문화상호주의적 연극을 시도했다. 그런가 하면 극단 학전은 서구의 현대극을 철저히 한국적 현실과 인물형으로 육화시킨, 창작극에 가까운 번안작업을 시도했다.

1990년대에 이르면 포스트모더니즘의 영향으로 텍스트의 해체와 전복, 연출가의 연극개념에 의한 해체구성과 양식 실험이 주도적인 흐름을 형성한다. 1990년대 서구극 수용의 특성은 서구극과 전통극의 융합, 혹은 서구극과 창작극의 교묘한 혼종 양식으로 나타난다. 특히 정전의 권위나 작가의 권위로부터 해방된 탈신화적 글쓰기와 퍼포먼스적 연극 만들기가 시도된다.

창조적 수용의 성공작들을 살펴볼 때, 연극적 논리나 연극성을 훼손하지 않는 구조적 번안, 한국적 연극미학과 정신세계로 전환시킨 재창조, 중심가치를 해체한 독창적 관점, 한국적 현실로의 육화 등이 성공요인이었다. 이는 서구극을 '모방'하거나 '차용'하는 게 아니라, 세계의 보편적 소재라는 시각으로 '활용'한 독창적 시각과 미학적 실천작업인 것이다. 아르또 이후 피터 부룩이나 아리안느 무느쉬킨 등 세계적 연출가들이 동양 전통극을 차용을 넘어선 활용의 대상으로 실험[47]하고 자기 것으로 만듦으로써 명성을 쌓아가고 있는 것처럼, 우리도 서구극을 활용의 대상으로 접근하고 우리것으로 재창조하는 작업이 필요하다. 그것이 곧 문화의 장벽이 사라진 세계화시대에 한국연극이 세계성을 가질 수 있는 한 방법이다. 뮤지컬과 외국연극이 물밀듯 수입 공연되는 현실에서 우리의 문화적 독자성과 세계성을 입증할 수 있는 공연, 즉 "민족 전통을 바탕으로 한 문화양식"[48]을 확립하지 못한다면 자칫 문화적 종속 상태에 떨어질 수도 있기 때문이다.

주석

1) 이두현, 『한국 신극사 연구』, 서울대 출판부, 1966, 121~272면 참조.
2) 신정옥·한상철·전신재·신현숙·김창화·이혜경, 『한국에서의 서양연극-1900년~1995년까지』, 소화, 1999(이하 『한국에서의 서양연극』으로 표기함); 신정옥, 『한국신극과 서양연극』, 새문사, 1994; 신현숙, 「광복 50년의 번역극과 그 수용 양상」, 『한국연극학』(한국연극학회 편) 제7호, 1995.
3) 전신재, 「편향적 수용과 그 의미」, 『한국에서의 서양연극』, 452~453면.
4) 위의 글, 453~459면. 한국인이 선호한 서양 연극의 작품과 작가(1914~1995)를 선호순으로 적으면 다음과 같다. ( )안은 공연수.
작품-〈고도를 기다리며〉(50), 〈햄릿〉(42), 〈블랙 코미디〉(36), 〈콜렉터(미란다)〉(35), 〈쥐덫〉(30), 〈한여름밤의 꿈〉(29), 〈에쿠우스〉(28), 〈오셀로〉(27), 〈정복되지 않는 여자〉(26), 〈베니스의 상인〉(23), 〈꿀맛〉(22), 〈아일랜드〉(22).
작가-셰익스피어(233), 사무엘 베케트(104), 피터 셰퍼(93), 해롤드 핀터(79), 닐 사이먼(71), 테네시 윌리암스(63), 몰리에르(57), 아가사 크리스티(52), 안톤 체홉(49), 으젠 이오네스코(49), 아돌 후가드(46), 서머셋 모옴(45).
이 작가 12명은 셰익스피어와 몰리에르를 제외하곤 다 19세기말부터 20세기에 걸친 현대 작가이다. 또 전체 공연 작가 수(399명)의 3%에 해당하는 이 12명의 작품들의 공연수(941회)가 전체 공연 수(2925회)의 32%를 차지한다.
5) 여석기, 「번역극 공연의 허상」, 『주간조선』, 1979.3.25.
6) 김석만, 「번역극의 수용에 관한 연구(1)」, 『한국연극의 쟁점과 새로운 탐구(비교연극학)』(서연호 편), 연극과인간, 2001, 34면.
7) 예컨대 극단 민중의 〈진짜 사랑, 거짓 사랑〉(톰 스토파드 작, 정진수 편역, 연출, 1993)의 경우, 연출가는 우리 대중의 문화적 이해력과 통속성의 수준에 영합하기 위해 '편역'을 했다고 밝힌다. 군소 등장인물 세 명을 없애고, 원작의 고도의 지적 유희 부분을 상당히

절단하고 브로디라는 인물의 정체를 변조하는 식으로, 전체적으로 '원작을 통속화' 시켰다는 것이다. 그러나 대중적 취향에 영합한 '편역'은 작품의 본질적 의미를 왜곡시킨 상업적 발상이라 하지 않을 수 없다. 외설 시비로 재판에 회부까지 된 〈미란다〉(콜렉터)는 원작 소설의 주제의식을 상업적 발상으로 심각하게 훼손한 공연의 대표적인 예라 할 것이다.

8) 이혜경, 「연극의 특성과 번역극 공연의 관계」,『연극의 현실인식과 자의식』, 현대미학사, 1997, 90면.

9) 미국 작품을 제외한 나머지 공연은 셰익스피어 작품(5회)과 〈붉은 장갑〉(사르트르, 프랑스), 〈수전노〉(2회, 몰리에르, 프랑스), 〈향수〉(파뇰, 프랑스), 〈빌헬름 텔〉(쉴러, 독일), 〈민중의 적〉(입센, 노르웨이), 〈죄와 벌〉(도스토옙스키, 러시아)이다.

10) 〈느릅나무 밑의 욕망〉(3회), 〈세일즈맨의 죽음〉(2회), 〈뜨거운 양철지붕 위의 고양이〉(2회), 〈욕망이라는 이름의 전차〉(1회) 등이 주로 공연되었다.

11) 여석기, 앞의 글, 283~284면; 김성희, 「1950년대 한국희곡에 나타난 가정」,『한국 현대희곡 연구』, 태학사, 1998. 164~169면.

12) 자세한 논의는 김성희, 앞의 글을 참고할 것.

13) 「새로운 형식의 연극」,『동아일보』, 1958.4.25.

14) 유치진은 미국에서 주로 브로드웨이 뮤지컬을 보았고 뮤지컬의 엄청난 대중적 호소력을 실감했다고 한다(『동랑 유치진전집 9-자서전』, 서울예대 출판부, 1993, 284면). 이 작품은 1988년에 윤대성 각색, 김우옥 연출로 서울예술단에 의해 뮤지컬로 공연되었다.

15) 김미혜, 「부조리극 수용과 한국연극」,『한국연극의 쟁점과 새로운 탐구-비교연극학』(서연호 편), 18~19면.

16) 아드메테우스는 신의 뜻을 어긴 죄로 죽게 되는데, 아폴로가 대신 죽어줄 사람을 찾으면 살 수 있다고 한다. 아드메테우스는 늙은 부모한테 찾아가 자기 대신 죽어달라고 청하나 거절당한다. 그러나 그의 헌신적인 아내인 알세스티스만이 남편 대신 숙겠다고 맹세를 한다. 〈대왕은 죽기를 거부했다〉에서는 늙은 독재자 대왕이 어느날 죽음의 사자로부터 태양이 질 때 목숨을 내놓아야 하는데, 만약 대왕 대신 죽어줄 사람이 있으면 그사람의 목숨을 가져가겠다고 말한다. 대왕은 늙은 아버지, 신하들, 왕비, 성문앞 거지 등에게 부탁을 하지만 모두에게 거절 당한다. 결국 대왕은 자기가 죽어야 이 나라에 웃음과 희망이 온다는 걸 알고 죽음을 받아들인다.

17) 박조열,『박조열 희곡집』, 학고방, 1991, 139면. 두 작품의 유사성과 차이는 다음 논문을 참조할 것. 송정애, 「사무엘 베케트의 〈고도를 기다리며〉와 박조열의 〈목이 긴 두 사람의 대화〉의 대비연구」,『한국연극연구』(한국연극사학회 편) 제2집, 1999.

18) 서연호, 「인터뷰-오태석의 창작활동」,『오태석 희곡집 4-도라지』, 평민사, 1994, 342면.

19) 〈보석과 여인〉은 괴테의 〈파우스트〉와 상황 설정이 유사하며, 〈봄날〉은 유진 오닐의 〈느릅나무 그늘의 욕망〉의 영향을 볼 수 있다.

20) 호동설화를 재창조했는데, 의붓어미와 호동왕자의 사랑과 착란이란 모티프는 〈페드르〉(라신느)의 영향.

21) 여석기, 「셰익스피어와 한국연극-玄哲 이후 65년의 궤적」,『동서연극의 비교연구』, 고려대 출판부, 1987, 212면.

22) 여석기, 「한국연극의 실험」,『한국연극의 현실』, 동화출판공사, 1974, 53면.

23) 이상일, 「굿놀이의 마당극적 복권과 신전통주의」,『전통과 실험의 연극문화』, 눈빛,

2000, 55면.

24) 여석기, 「한국연극의 실험」, 『한국연극의 현실』, 동화출판공사, 1974, 56면.

25) 여석기, 앞의 글, 55면.

26) 안민수, 「실험과 최선의 의미로 다진 70년대」, 『연극평론』, 1979년 겨울호, 11면.

27) 유민영, 「안민수의 리어왕」, 『전통극과 현대극』, 단국대 출판부, 1984, 486면; 유민영, 「절충과 자유의 갈등, 그 초극-〈초분〉에 대하여」, 『전통극과 현대극』, 477면; 이태주, 「연극과 사회」, 『충격과 방황의 한국연극』, 현대미학사, 1999, 189면.

28) 신현숙, 「광복 50년의 번역극과 그 수용양상」, 『한국연극학』 제7호(한국연극학회 편), 1995, 312면.

29) 예컨대, 서연호는 '소재불명의 작품'이 되고 말았다며, "굳이 그런 식의 이국적 정취를 강하게 풍길 바에야 애초에 그 실력으로 원작 「햄릿」을 그대로 공연하는 게 훨씬 더 설득력이 있고 공감이 갈 뻔"했다고 말한다. 이 작품은 '일본 풍토'에 딱 들어맞는 작품이라고, 즉 왜색이 짙다고 혹평했다. 서연호, 「1976년의 연극」, 『동시대적 삶과 연극』, 열음사, 1988, 320~321면.

30) 1977년 미국의 달라스에서 올린 〈하멸태자〉 첫 공연은 우레와 같은 기립박수를 받았으며, 미국, 프랑스, 네델란드 등 15개 도시에서 총 48회 공연을 갖는 동안 매회 기립박수의 열광적 호응을 얻었고 18개 신문으로부터 격찬을 받았다. 안민수는 다음과 같이 기술한다. "Henry Hewes, Sylvia Gold 같은 저명한 평론가의 찬사가 있다. 이들의 평은 세계 각국의 이러저러한 연극을 다 보아온 영향력있는 평론가들의 글로서 가장 객관적이며 편견 없는 내용이라는 것이 옳다."(안민수, 「실험과 최선의 의미로 다진 70년대」, 『연극평론』, 1979 겨울호, 13면)

31) 김방옥, 「죽음풀이로서의 광대극-김정옥론」, 『열린 연극의 미학』, 문예마당, 1997, 277면.

32) 홍가이, 「아름다우나 논리적 구성이 없는 타블로의 나열」, 『객석』, 1984.7, 199면.

33) 권택영, 「과거의 형식을 새롭게 하기」, 『포스트모더니즘과 문화』(권택영 편), 문예출판사, 1991, 11면.

34) 〈어느 아버지의 죽음〉(아더 밀러 작, 윤대성 번안, 현대예술극장, 정일성 연출, 1993), 〈한여름밤의 꿈〉(셰익스피어 작, 김혁수 각색, 한국연출가협회, 심재찬 연출, 1993), 〈한여름밤의 꿈〉(오은희 각색, 한국연출가협회, 주요철 연출, 1993) 〈햄릿〉(김정옥 번안, 연출, 자유, 1993), 〈자기만의 방〉(버지니아 울프, 류숙렬 각색, 여성문화기획, 김상열 연출, 1993), 〈MR.매킨도·씨〉(다리오 포 원작, 공동 각색, 최용훈 연출, 작은신화, 1993), 〈여성반란-여자들 그것을 거부하다〉(「리시스타라타」, 김광림 번안, 이성렬 연출, 산울림, 1993), 〈쿠니·나라〉(브레히트의 「코카서스의 백묵원」, 이상우 번안, 연출, 실험극장, 1993), 〈지젤〉(기국서 번안, 연출, 바탕골극단, 1994), 〈실수연발〉(셰익스피어, 이승규 번안, 연출, 인천시립극단, 1994), 〈아파트의 류시스트라테〉(아리스토파네스 원작, 이상우 번안, 학전, 이상우 연출, 1994), 〈메디아 환타지〉(김윤미 번안, 김아라 연출, 무천, 1995), 〈지하철 1호선〉(1995), 〈우리 시대의 리어왕〉(살바토레, 이윤택 각색, 유재철 연출, 극단 동숭레퍼터리, 1995) 〈우리에게는 또다른 정부가 있다〉(덕 루시 작 「적의」, 이윤택 번안, 연출, 1996), 〈모스키토〉(볼커 루드비히, 김민기 이상범 번안, 연출, 학전 그린, 1997), 〈의형제〉(윌리 러셀, 김민기 번안, 연출, 학전, 1998), 〈매직 타임〉(셔면, 장 진 번안, 연출, 1998), 〈하얀 동그라미〉(브레히트, 배삼식 김석만 번안, 김석만 연출, 1999) 등.

35) 「2001 문화 결산/연극·무용」, 『문화일보』, 2001.12.18.

36) 김미도, 「김민기와 '학전' 뮤지컬의 성과」, 『21세기의 한국연극의 길찾기』, 연극과인간, 2001, 266~267면.

37) 한상철, 「70년대의 연극을 어떻게 볼 것인가」, 『한국연극의 쟁점과 반성』, 현대미학사, 1992, 267면.

38) 김윤철, 「우리의 연기에 대한 진단 1」, 『우리는 지금 추학의 시대로 가는가?』, 연극과인간, 2000, 471~72면.

39) 김윤철, 「연극적 논리 흐리멍텅했다」, 『한겨레21』, 1995.10.26.

40) 이미원, 「패스티쉬와 해체 연극의 등장」, 『포스트모던 시대와 한국연극』, 현대미학사, 1996, 185면.

41) 이 공연은 덴마크와 일본 공연에서 호평을 받았으며, 서울연극제(1995) 대상을 받았다.

42) '연극의 재연극화'는 20세기 초 언어 중심의 사실주의연극에 대해 연극 본연의 공연성을 되찾자는 아방가르드 연극의 표현양식 혹은 아방가르드 연극미학에 토대를 둔 것으로, 언어 중심 서사와 충실한 재현방식을 거부하고 비재현적, 비지시적 행위 등의 다양한 실험적 표현양식으로 관객의 새로운 지각을 이끌어내고자 한다.

43) 이혜경, 「사로잡힌 영혼에 대한 몽환적인 보고서」, 『한국연극』, 1999.11, 106면.

44) 셸리의 〈사슬에서 풀린 프로메테우스〉, 괴테의 〈타우리스의 이피게니아〉, 사르트르의 〈파리떼〉, 장 아누이의 〈앙티고느〉, 하이너 뮐러의 〈햄릿머신〉 〈메데아〉 등.

45) 이순녀, 「신화를 바라보는 시각의 확장」, 『한국연극』, 2000.10, 94면.

46) 이미원, 「새천년 서울국제연극제」, 『세계화시대 해체화 연극』, 연극과인간, 2001, 154면.

47) 여석기, 「서구극에 끼친 아시아연극의 영향」, 『동서연극의 비교연구』, 187면.

48) 이윤택, 「해외공연의 허허실실」, 『한국연극』, 2001.4, 24면.